Jorge Amado
Die Geheimnisse des Mulatten Pedro

SERIE PIPER
Band 1504

Zu diesem Buch

Als der arme Pedro Archanjo von den Insassen eines Freudenhauses zu Grabe getragen wird, ahnt niemand, daß es sich bei ihm um ein verkanntes Genie handelt, auf das die Stadt noch stolz sein wird. Obwohl es dieser Gelehrte nur zum Pedell an der medizinischen Fakultät brachte, hinterließ er ein einzigartiges Werk: Seine Studien über Volksbräuche und Rassenmischung in Bahia werden nachträglich als Glanzleistung brasilianischer Wissenschaft anerkannt.

Jorge Amado, 1912 als Sohn eines Kakaoplantagenbesitzers im brasilianischen Staat Bahia geboren. Jornalistische Tätigkeit ab 1927. Studium der Rechtswissenschaften in Rio de Janeiro. War als engagierter Sozialist mehrfach inhaftiert, 1941–1945 im Exil in Argentinien. 1945 Parlamentsabgeordneter in Brasilien, 1948–1952 in Europa und in Asien im Exil. Lebt heute in Salvador, Bahia.

Amados Bücher wurden in 35 Sprachen übersetzt; in Deutschland wurde er bekannt durch die Romane »Gabriela wie Zimt und Nelken«, »Die Abenteuer des Kapitäns Vasco Moscoso«, »Nächte in Bahia«, »Viva Teresa« und andere.

Jorge Amado

Die Geheimnisse des Mulatten Pedro

Roman

Aus dem brasilianischen Portugiesisch
von Kristina Hering

Piper
München Zürich

Die Originalausgabe erschien 1969 unter dem Titel
»Tenda dos Milagres«
bei Livraria Martins Editora, São Paulo.

Die deutsche Übersetzung erschien erstmals
beim Verlag Volk und Welt, Berlin 1972.

Von Jorge Amado liegen in der Serie Piper außerdem vor:
Nächte in Bahia (411)
Viva Teresa (454)
Dona Flor und ihre zwei Ehemänner (666)
Tieta aus Agreste (926)
Die Abenteuer des Kapitäns Vasco Moscoso (1187)
Die drei Tode des Jochen Wasserbrüller (1341)

ISBN 3-492-11504-7
Neuausgabe 1992
2. Auflage, 6.–13. Tausend Januar 1992
(1. Auflage, 1.–8. Tausend dieser Ausgabe)

Umschlag: Federico Luci,
unter Verwendung eines Gemäldes von Iberê Camargo
Foto Umschlagrückseite: Zélia Amado
Satz: Wiener Verlag, Wien
Druck und Bindung: Clausen & Bosse, Leck
Printed in Germany

Für Zélia, die Rose und die Hexerei

Während ich dieses Buch schrieb, dachte ich oft an den verstorbenen Professor Martiniano Eliseu do Bonfim, Ajimuda, den gelehrten Babalaô und meinen Freund; hier möchte ich seines Namens gedenken – neben den Namen Dulce und Miécio Táti, Nair und Genaro de Carvalho, Waldeloir Rego und Emanoel Araújo, axé.

»Das seid ihr, mein Bahia,
das geschieht in eurer Stadt.«

GREGÓRIO DE MATOS

»Brasilien besitzt zwei wirkliche Schätze: Fruchtbarkeit des Bodens und Talent des Mischlings.«

MANUEL QUERINO
(Der schwarze Siedler als Faktor der brasilianischen Zivilisation)

»Ihnen bleibt natürlich ein Ausweg, der groß in Mode ist: ihn mit einem anderen Bild in Einklang zu bringen ... Sie werden einen ungeheuren Roboter schaffen, fügsam und programmiert. Ein modernes Genie, eingeordnet in ein vergangenes oder künftiges System. Ähnlich dem GM, sicherlich schöner und besser erzogen. Und sie werden es in Volks-, Mittel- und Hochschulen, in Buchhandlungen und an Zeitungsständen verteilen. Mit der Macht der Verbreitung in den Vorlesungen der Fakultäten und von Werbeagenturen geleitet, werden sie ihn in allen Altersklassen ausstreuen, vom Kind bis zum Greis, und ihn mit der Leistungsfähigkeit seiner angepaßten Wahrheit einsetzen ... wie eine beliebige Industrieware.«

»Diese Gebildeten sollten auf die Tatsache achten, daß der Poet weder gerecht noch ungerecht, weder bedeutend noch anonym sein wollte, er zog sich nicht in das Heiligtum des Einsiedlers zurück und erlaubte sich nicht die Flucht in sein Arbeitsgebiet, wonach er sich anfangs gesehnt hatte. GM verlor sich weder in der Aktionslosigkeit noch im Frieden der Kontemplation ohne Engagement. Er betrieb das Leben, das seine Poesie ihn lehrte, Liebe und Freiheit des Menschen über das Mittelmaß hinaus.«

»Dieses Bild ist hier wiedergegeben in seiner ganzen Reinheit – oder Unreinheit, wenn euch das lieber ist.“

JAMES AMADO
(Das seit dreihundert Jahren verbotene Bild – Randbemerkungen zur Herausgabe des Textes der *Gesammelten Werke von Gregório de Matos)*

»Mulatte, Zivilist und Armer – hochgelehrt und unbesonnen.«
(Aus einem Polizeibericht über Pedro Archanjo, 1926)

»Iạba ist eine Teufelin ohne Hinterteil.« CARYBÉ
(»Iaba«, Drehbuch für einen Film*)*

In dem weiten Bereich des Pelourinho lehren und studieren Männer und Frauen. Die ausgedehnte, bunte Universität breitet sich aus und verzweigt sich über Tabuão, Portas do Carmo und Santo Antônio Além-do-Carmo, Baixa dos Sapateiros, Märkte, Maciel, Lapinha, Largo da Sé, Tororó, Barroquinha, Sete Portas und Rio Vermelho, überall dort, wo Männer und Frauen Metalle und Holz bearbeiten, Kräuter und Wurzeln nutzbar machen, Rhythmen, Schritte und ihr Blut vermischen; in der Mischung schaffen sie eine Farbe und einen Ton, ein neues, ursprüngliches Bild.
Hier klingen Atabaques, Maultrommeln, Rasseln, Agogôs, Tamburins, Adufes, Caxixis, Klappern: Instrumente der Armen, so reich an Rhythmus und Melodie. In diesem volkstümlichen Bezirk sind Musik und Tanz geboren worden.

»Freundchen, he,
Freundchen, Kamerad.«

Neben der Igreja do Rosário dos Prêtos hatte Meister Budião im ersten Stock mit fünf auf den Largo do Pelourinho hinausgehenden Fenstern seine angolanische Capoeiraschule eingerichtet: Die Schüler kamen am späten Nachmittag und am frühen Abend, müde von der Arbeit des Tages, aber bereit zum Spiel. Die Maultrommeln regelten die unterschiedlichen und fürchterlichen Schläge: Halbmond, Beinhebel, Kopfstoß, Streifgriff, Rollenabgang, Taumelabgang, Peitschenschlag, Bananen-

staude, Galoppierender, Hammer, Stützer, bewaffnete Gerte, Stich, Sirimund, Fußringöffnung, Stirnschlag, Rückenschlag und Fußschlag. Die Jungen spielen zum Ton der Maultrommeln, in der närrischen Geographie der Schläge: Großer São Bento, Kleiner São Bento, Santa Maria, Cavalaria, Amazonas, Angola, Doppelter Angola, Kleiner Angola, Nimm-die-Orange-vom-Boden-Piepmatz, Iúna, Samongo und Fünf Salomons – es gibt noch mehr, und ob! Hier auf diesem Territorium hat sich die angolanische Capoeira bereichert und verändert: Ohne daß sie aufhörte, Kampf zu sein, wurde sie Balé.
Meister Budiãos Beweglichkeit ist unerhört: Ob es eine so geschickte, leichtfüßige und listige Katze gibt? Er springt zur Seite und nach hinten, niemals ist es einem Gegner gelungen, ihn zu schlagen. In der Halle zeigen die großen Meister Tapferkeit und Können, ihr ganzes Wissen.

»Junge, wer war dein Meister?
Mein Meister war Barroquinha,
einen Bart hatte er nicht,
er zog das Buschmesser gegen die Polizei,
und Zivilisten behandelte er gut.«

Eines Tages erschienen die Tanzmeister und entdeckten die Baléschritte. Komponisten kamen, alle Talente, unaufdringliche und Betrüger, und für alle war genug da, ist es nicht so? Hier, im Bereich des Pelourinho, in dieser freien Universität, wird in der Schöpfung des Volkes die Kunst geboren. In später Nacht singen die Schüler:

»Da, da, Aidê,
ein hübsches Spiel, das ich lernen möchte.
Da, da, Aidê.«

Die Professoren sind in jedem Haus, in jedem Laden, in jeder Werkstatt. Im selben Gebäude wie Budiãos Schule probt in einem Innenhof der Afoxé der Kinder Bahias und bereitet sich für den Umzug vor, und hier hat der Terno da Sereia seinen Sitz, unter der Führung des jungen Valdeloir, eines Draufgängers

beim Schäferspiel und beim Karneval; über Capoeira weiß er alles, und er hat Stöße und Schläge noch erweitert, als er eine eigene Schule am Tororó eröffnete. In dem großen Hof hat sich auch die Sambarunde eingerichtet, sonnabends und sonntags, und in ihr tritt der Neger Ajaiy auf, als Afoxébotschafter Lídio Corrós Rivale, doch einzig und ungeschlagen in der Sambarunde, ihr bedeutendster Rhythmiker, ihr größter Choreograph.
Zahlreich sind die Maler von Wundern, die mit Öl-, Wasser- und Gouachefarben oder dem Farbstift hergestellt werden. Wer dem Herrn vom guten Ende, Nossa Senhora das Candeias, oder einem anderen Heiligen ein Gelübde ablegt, erhört wird und Gnade und Vorteil erringt, der geht in die Werkstätten der Wundermaler, um sie mit einem Bild zu beauftragen, das in der Kirche aufgehängt wird – zahlende Dankbarkeit. Die Maler heißen João Duarte da Silva, Meister Licídio Lopes, Meister Queiroz, Agripiniano Barros, Raimondo Fraga. Meister Licídio schneidet auch in Holz und entwirft Umschläge für Heftchen mit seichter Literatur.
Troubadoure, Violenspieler, Stegreifdichter, Autoren kleiner Broschüren, wie sie in Meister Lídio Corrós Druckerei und in anderen primitiven Offizinen zusammengestellt und gedruckt werden, verkaufen die Romanze und die Poesie in dem freien Bezirk für fünfzig Réis und einen Tostão.
Sie sind Dichter, Pamphletisten, Chronisten, Moralisten. Sie berichten über das Leben der Stadt und kommentieren es, indem sie jedes Ereignis und auch die erfundenen Geschichten, manche verblüffend, in Reime bringen: *Die Jungfrau von der Haarwurzel, die eine Banane einschob* oder *Die Prinzessin Maricruz und der Ritter vom blauen Dunst.* Sie protestieren und kritisieren, lehren und belustigen, mitunter gelingt ihnen ein erstaunlicher Vers.
In Agnaldos Werkstatt verwandeln sich edle Hölzer – Palisander, Brasilholz, Vinhático, Peroba, Putumuju, Massaranduba – in Oxés von Xangô, in Oxuns, in Yemanjás, in Mischlingsfiguren, Weltzerstörer, Drei Sterne, Sieben Degen. Gewaltig ist Agnaldos Hand: Als ihm das Herz, verurteilt durch die Krankheit der Wunden (in dieser Zeit hatte die unselige Plage noch nicht einmal einen Namen, sie war nur ein langsamer und

sicherer Tod), schon fast versagte, schufen die unermüdlichen Hände Orixás und Mulatten, und sie besaßen ein Mysterium, niemand weiß, was es sein mochte, als hätte Agnaldo, dem Tode so nahe, ihnen einen unsterblichen Lebenshauch eingegeben. Es sind beunruhigende Gestalten, sie erinnern an legendäre Wesen und lebende Personen zugleich. Einmal beauftragte ihn ein Heiligenvater aus Marogogipe mit einem riesigen Oxossi und brachte dafür einen Stamm des Brotbaumes; sechs Männer wurden benötigt, ihn zu transportieren. Agnaldo, schon von der Krankheit gezeichnet, keuchend, lächelte beim Anblick des Baumes: Mit einem solch ungewöhnlichen Stamm machte ihm die Arbeit Freude. Er spaltete das Holz mit ungeheurem Entzücken: Oxossi, der große Jäger; aber nicht mit Pfeil und Bogen, sondern mit dem Gewehr. Es war ein veränderter Oxossi: Obwohl er mit Sicherheit jener König von Ketu und Herr des Waldes war, ähnelte er mehr Lucas da Feira, einem Banditen aus dem Sertão, oder dem Straßenräuber Besouro Cordão de Ouro.

»Bevor Besouro starb,
öffnete er den Mund und sprach:
Mein Sohn, gib nicht auf,
denn dein Vater hat niemals aufgegeben.«

So hatte Agnaldo Oxossi gesehen, und so gestaltete er ihn: Lederhut, Fischkorb, Flinte und an der Hutkrempe den Banditenstern.

Der Babalorixá lehnte die Figur ab, ein weltliches Bild: Oxossi blieb und hütete die Werkstatt viele Monate lang, bis eines Tages ein französischer Reisender hinkam und, als er ihn sah, gleich einen schönen Batzen Geld dafür bot. Wie man sagt, wurde Oxossi in einem Museum in Paris aufgestellt. Man erzählt viele Dinge im freien Bezirk.

In Mário Proenças Händen – ein kleiner Kerl, ein fast weißer Mulatte – werden aus Weißblech, Zink, Kupfer Schwerter von Ogun, Fächer von Yemanjá, Abebés von Oxun, Paxorôs von Oxalá. Eine große Yemanjá in Kupfer ist das Wahrzeichen seiner Werkstatt: Werkstatt der Mãe-Dágua.

Meister Manu, schmutzig, gesund und kräftig, mit sorgfältigen

Worten und von anspruchsvoller Natur, schmiedet in seinem Feuer Exús Dreizack, die zahlreichen Waffen Oguns, den straffen Bogen Oxossis, die Schlange Oxumarês. In Manus Feuer und mächtigen Pranken werden die Orixás und ihre Embleme geboren. Die Bildhauerkunst geht aus den schöpferischen Händen dieser Ungebildeten hervor.
Meister Didi, der sich an den Portas do Carmo niedergelassen hat, arbeitet mit Perlen, Stroh, Roßhaar und Leder: Er erschafft und ergänzt Ebiris, Adês, Eruexins und Erukerês, Xaxarás für Omolu. Sein Nachbar ist Deodoro, ein Mulatte mit schrillem Lachen, Spezialist für Atabaques aller Arten und Völkerschaften: Nagô und Gêge, Angola und Congo und für Ilus des Ijexávolkes. Er stellt auch Agbés und Xerês her, doch die besten Agogôs sind von Manu.
In der Rua do Liceu stellt der Heiligenbildhändler Miguel Engel, Erzengel und Heilige her und repariert sie. Katholische Heilige, kirchliche Ergebenheit, die Jungfrau der Unbefleckten Empfängnis und Santo Antônio von Lissabon, der Erzengel Gabriel und das Jesuskind – welches ist der Verwandtschaftsgrad, der sie so innig mit den Orixás des Meisters Agnaldo verbindet? Zwischen diesen Auserwählten des Vatikans und jenen Mulatten vom Terreiro gibt es eine Gemeinsamkeit: das gemischte Blut. Agnaldos Oxossi ist ein Revolverheld aus dem Sertão. Ob es nicht auch der heilige Georg des Bilderhändlers ist? Sein Helm scheint mehr ein Lederhut, und der Drachen hat etwas vom Kaiman und vom Hinterwäldler des Epiphaniasfestes.
Dann und wann, wenn Miguel Zeit bleibt und ihm der Sinn danach steht, schnitzt er zu seinem Vergnügen eine nackte Negerin in Kraft und Anmut und bietet sie einem Freund an. Eine von ihnen entstand ganz genau nach dem Vorbild der Negerin Dorotéia: pralle Brüste, unbändiges Hinterteil, blühender Leib, zierliche Füße. Wer könnte sie verdienen, wenn nicht Archanjo? Dagegen verstand es Miguel nicht, Rosa de Oxalá zu schaffen, es gelang ihm nicht, »ihren Stolz zu begreifen«, wie er sagte.
Die Silberschmiede bearbeiten edle Metalle: Silber und Kupfer erhalten als Früchte, Fische, Amulette, Anhänger eine strenge

Schönheit. In der Sé und in der Baixa dos Sapateiros wird das Gold gehämmert, und da verwandelt es sich in Ketten und Armbänder. Der berühmteste Silberschmied war Lúcio Reis; der Vater, ein begabter Portugiese, lehrte ihn das Handwerk, doch er verschmähte die Arbeiten auf Mahagoni, die Filigrane der Ananas, Pitangas, Zapfen, Amulette aller Größen. Von seiner Mutter, der Negerin Predileta, erbte er die Freude am Schöpferischen, und er gestaltete Ohrgehänge, Broschen, Ringe – heute sind sie in Antiquitätenläden Vermögen wert.

In den Kräuterbuden wird die Medizin durch Obis und Walderbsen und geheimnisvolle rituelle Samen ergänzt. Dona Adelaide Tostes, brummig, bei Cachaça unflätig und lächerlich, kennt jede Bedeutung und jedes Blatt, seine Kraft als Ebó und seine Wirkung. Sie kennt Wurzeln, Rinden, Pflanzen und Gräser und weiß um ihre heilenden Eigenschaften. Alaun für die Leber, Melisse zur Nervenberuhigung, schleimiges Zyperngras gegen Katzenjammer, Wolfsmilch für die Nieren, Mariengras gegen Magenschmerzen, Riedgras, die Stange und den Mut aufzurichten. Anders Dona Filomena: Wenn man sie bittet und bezahlt, betet sie und feit den Körper des Kunden gegen den bösen Blick, heilt chronischen Katarrh mit einem Hausmittel aus Mastruço, Honig, Milch und Zitrone und wer weiß was sonst. Es gibt keinen noch so schlimmen Keuchhusten, der widersteht und anhält. Ein Arzt lernte bei ihr ein Rezept für die Blutreinigung, zog nach São Paulo und wurde reich, indem er Syphiliskranke heilte.

In der Werkstatt der Wunder, Ladeira do Tabuão 60, liegt das Rektorat dieser volkstümlichen Universität. Dort malt Meister Lídio Corró Wunder, bewegt geheimnisvolle Schatten, fertigt ungefüge Holzschnitte; dort ist auch Pedro Archanjo, der Rektor, wer weiß? Über alte, abgenutzte Schrifttypen und die launische Druckerpresse gebeugt, setzt und druckt er ein Buch über das Leben in Bahia.

Ganz in der Nähe, auf dem Terreiro de Jesus, erhebt sich die Medizinische Fakultät, und auch in ihr lehrt man, Krankheiten zu heilen, Kranke zu pflegen. Dazu kommt noch anderer Lehrstoff: von der Rhetorik bis zum Sonett und verdächtige Theorien.

Wie der Dichter Fausto Pena, Bakkalaureus der Gesellschaftswissenschaften, einen Forschungsauftrag erhielt und ihn ausführte

Auf den folgenden Seiten finden die Leser das Ergebnis meiner Nachforschungen über Leben und Werk Pedro Archanjos. Diese Arbeit wurde mir von dem großen James D. Levenson übertragen und in Dollar bezahlt.

Einige einleitende Erklärungen scheinen unvermeidlich, denn diese Angelegenheit erwies sich von Anfang bis Ende als recht absurd, ein sinnloses Spiel von Mißverständnissen. Lese ich meine Aufzeichnungen durch, so kann ich nicht übersehen, was in ihnen offenkundig zum Ausdruck kommt: Widersinn und Torheit bleiben in vielerlei Hinsicht bestehen, alles ist wirr und verschwommen, trotz meiner ehrlichen und ungeheuren Bemühungen, Sie mögen mir glauben oder nicht.

Wenn ich von Zweifeln und Ungewißheiten, von unklaren Behauptungen und Lügen spreche, so beziehe ich mich nicht nur auf das Leben des bahianischen Meisters, sondern auf die Gesamtheit der Fakten in ihrer Vielfalt: von den Ereignissen der fernen Vergangenheit bis zu den Vorfällen unserer Tage mit dem aufsehenerregenden Interview Levensons, von der unerhörten Sauferei bei den Festlichkeiten des fünfzigsten Geburtstages bis zum feierlichen Abschlußabend der Gedenkveranstaltungen zur Hundertjahrfeier. Pedro Archanjos Leben zu rekonstruieren, hatte ich mir weder vorgenommen, noch hatte es der Gelehrte von der Columbia-Universität gefordert; sein Interesse beschränkte sich auf die Forschungs- und Studienmethoden sowie auf die Arbeitsbedingungen, die ein so lebendiges und ursprüngliches Werk hervorbringen und vollenden lassen konnten. Er beauftragte mich lediglich, Daten zu sammeln, um sich so ein besseres Bild von Archanjos Persönlichkeit machen zu können, über die er einige Seiten, eine Art Vorwort zur Übersetzung der Werke Archanjos, schreiben wollte.

Von Archanjos Existenz entgingen mir nicht nur Einzelheiten, sondern wesentliche, vielleicht lebenswichtige Tatsachen. Oft stieß ich auf Leere, eine Lücke in Raum und Zeit, oder unerklärliche Ereignisse, mannigfaltige Versionen, ungereimte Auslegungen, vollständiges Durcheinander des gesammelten Materials, widersprüchliche Auskünfte und Zeugnisse. Zum Beispiel bekam ich niemals heraus, ob die Negerin Rosa de Oxalá die von Malês abstammende Mulattin Risoleta war oder jene Dorotéia aus dem Pakt mit dem Teufel. Manche personifizierten sie als Rosenda Batista dos Reis, die von Muritiba gekommen war, während andere die Erzählung der schönen Sabina dos Anjos zuschrieben, »von allen Engeln der schönste«, wie Meister Archanjo in seinem Liebeswerben sagte. Kurz und gut, war es eine einzige Frau, oder waren es mehrere Geschöpfe? Ich verzichtete darauf, das zu erfahren, im übrigen glaube ich nicht, daß es jemand weiß.

Ich gestehe, daß ich aus Erschöpfung oder Überdruß aufgegeben habe, gewisse Hypothesen zu erhellen, vielleicht entscheidende Einzelheiten aufzuklären, so uneinheitlich waren die Berichte und so widersprüchlich die Hinweise. Alles läuft hinaus auf »vielleicht«, »kann sein«, »wenn es nicht so war, dann war es anders« – völliges Fehlen von Überzeugung und Sicherheit, als ständen diese Leute nicht mit den Füßen auf der Erde und als sähen sie in dem Verstorbenen nicht ein Wesen aus Fleisch und Blut, sondern ein Heer von Helden und Zauberern, so viele und bedeutende Taten schreiben sie ihm zu. Es gelang mir niemals, die Grenze zwischen Tatsachen und Erfindungen, zwischen Wahrheit und Phantasie zu ziehen.

Was Archanjos Bücher betrifft, so habe ich sie von Anfang bis Ende gelesen, übrigens keine große Mühe – vier Büchlein nur, das umfangreichste erreicht nicht einmal zweihundert Seiten (ein Verleger in São Paulo hat kürzlich drei davon zu einem einzigen Band zusammengestellt und nur das über die Kochkunst beiseite gelassen, da sein besonderer Charakter ihm ein breiteres Publikum verspricht). Ich will mich nicht über Archanjos Werk äußern, das heute über jede Debatte und Einschränkung erhaben ist; nach seiner endgültigen Weihe durch Levenson und nach mehreren Übersetzungen, nach dem allseitigen Erfolg wagt niemand, es abzulehnen. Erst gestern las ich

unter den Kurzmeldungen der Zeitungen: »Archanjo in Moskau veröffentlicht, Lob in der *Prawda*.«
Ich kann bestenfalls meine Lobreden den allgemeinen Ruhmesworten hinzusetzen. Ich möchte sagen, die Lektüre hat mir Spaß gemacht: Viele Dinge, die Archanjo erwähnt, sind noch heute ein Teil unseres Lebens, des Alltags der Stadt. Sehr amüsiert habe ich mich beim vorletzten seiner vier Bücher (es heißt, er habe vor seinem Tode einen neuen Band vorbereitet), bei dem, das ihm so viel Verdruß, so viele Schwierigkeiten einbrachte. Wenn ich jetzt gewisse Typen blaues Blut, Stammbaum, Wappen, adlige Vorfahren und andere Dummheiten vortäuschen sehe, frage ich sie nach dem Familiennamen, und schon finde ich sie in der Liste, die Archanjo so gewissenhaft und zuverlässig, so von der Wahrheit seines Werkes besessen, aufgestellt hat.
Mir bleibt zu erklären, wie ich Verbindung mit dem nordamerikanischen Gelehrten aufgenommen und mich durch seine Wahl geehrt gesehen habe. Bei dem Namen James D. Levenson erübrigt sich jegliches Vorstellen oder Kommentieren, und die Tatsache, daß er mir die schwierige Aufgabe übertragen hat, macht mich eitel und dankbar zugleich. Von unserer kurzen Bekanntschaft bewahre ich eine freundliche Erinnerung, trotz meines Kummers. Einfach, heiter und herzlich, gut aussehend und elegant, ist er die Negation der Gelehrten in der Karikatur, wo sie als alt, schimmlig und langweilig dargestellt werden.
Bei dieser Gelegenheit möchte ich den Punkt aufs i einer Seite meiner Zusammenarbeit mit dem berühmten Professor von der Columbia-Universität setzen, die von den bösen Zungen der Neider und der Argwöhnischen schäbig ausgenutzt worden ist. Nicht zufrieden, sich in mein intimes Leben einzumischen, den Namen Ana Mercedes' in den Schmutz zu ziehen, in dem sich jene Elemente wohlfühlen, haben sie obendrein versucht, mich bei der Linken unmöglichzumachen, und ausposaunt, ich hätte mich, mich selbst und das Andenken Archanjos, für eine Handvoll Dollars dem nordamerikanischen Imperialismus verkauft.
Nun, was für ein Zusammenhang besteht zwischen Levenson und dem State Department oder dem Pentagon? Weit davon

entfernt, wird Levensons Position von Reaktionären und Konservativen als wenig orthodox angesehen, und sein Name ist mit fortschrittlichen Bewegungen und Antikriegskundgebungen verbunden. Als ihm der Nobelpreis für seinen Beitrag zur Entwicklung der Gesellschafts- und Humanwissenschaften verliehen wurde, hob die europäische Presse gerade die Jugend – er war kaum in den Vierzigern – und die politische Unabhängigkeit des Preisgekrönten hervor, die ihn in gewissen offiziellen Kreisen verdächtig gemacht hatte. Im übrigen spricht Levensons Werk, jedem zugänglich, für sich selbst: dieses ungeheure Panorama des Lebens wenig zivilisierter und Naturvölker, das einmal jemand als »dramatischen Protestschrei gegen eine ungerechte und irrige Welt« bezeichnet hat.

Ich habe keineswegs zur Verbreitung von Archanjos Büchern in den Vereinigten Staaten beigetragen, aber ich betrachte diese Verbreitung als einen Sieg fortschrittlichen Denkens, denn dieser Bahianer ist ein Mann gewesen, der für die Freiheit eintrat, zwar ohne Ideologie, doch mit unvergleichlicher, volkstümlicher Leidenschaft, ein Banner im Kampf gegen Rassismus, Vorurteil, Elend und Traurigkeit.

An Levenson geriet ich durch die Vermittlung von Ana Mercedes, die – verbürgter Wert junger Poesie – sich heute ganz und gar der brasilianischen Volksmusik widmet und damals Redakteurin einer örtlichen Morgenzeitung war, beauftragt, dem Gelehrten den kurzen Aufenthalt in unserer Stadt angenehm zu gestalten. Sie erfüllte den Auftrag ihres Direktors so gut, daß sie sich nicht von dem Amerikaner trennte, ihn begleitete und für ihn dolmetschte. Tag und Nacht. Sicherlich fiel ihre Empfehlung bei meiner Wahl ins Gewicht, doch zwischen dieser Tatsache und dem, was manche Lumpen über sie und mich redeten, liegt ein großer Unterschied und ein Meer von Niedertracht: Bevor Levenson mich verpflichtete, hatte er Gelegenheit, meine Fähigkeiten zu prüfen.

Wir drei besuchten gemeinsam das Yansãfest auf dem Terreiro von Alaketu, und dort konnte ich meine fachliche Bildung anbringen, wobei ich Levenson meine Kenntnisse und meinen Wert bewies. In einem Gemisch aus Portugiesisch und Spanisch, mein spärliches Englisch dem noch spärlicheren von Ana

Mercedes hinzufügend, erklärte ich ihm die verschiedenen Zeremonien, nannte ihm die Namen der Orixás, den Sinn der Bewegungen, Gesten und Haltungen, sprach über Tänze und Lieder, über die Farben der Kostüme und viele Dinge mehr – wenn ich aufgelegt bin, kann ich gut reden, und was ich nicht wußte, das erfand ich, denn ich hatte nicht die Absicht, die versprochenen Dollars einzubüßen, Dollars und nicht abgewertete Cruzeiros, die Hälfte davon wurde mir kurz danach in der Hotelhalle gezahlt, wo ich mich nur ungern verabschiedete.

Mehr habe ich nicht zu erklären, alles ist bereits gesagt. Ich füge mit einer gewissen Schwermut hinzu, daß der große Levenson meine Arbeit, diese meine Arbeit, nicht berücksichtigt hat. Sobald ich sie abgeschlossen hatte, schickte ich ihm, wie vereinbart, eine maschinegeschriebene Kopie und fügte eines der beiden einzigen fotografischen Dokumente hinzu, die ich entdecken und erlangen konnte. Auf dem verblichenen Bild sieht man einen dunklen Mulatten, jung und kräftig, in schwarzem Anzug, posierend – das ist Archanjo, kürzlich zum Pedell der Medizinischen Fakultät von Bahia ernannt. Ich hielt es für besser, das andere Foto nicht zu schicken, auf dem Meister Pedro, schon alt und nachlässig, in Lumpen, in Gesellschaft zweifelhafter Frauenzimmer zu sehen ist und sein Glas in offensichtlich genießerischem Rausch leert.

Rund zwei Wochen danach brachte mir die Post einen von Levensons Sekretärin unterzeichneten Brief, mit dem der Empfang meines Textes bestätigt und mir ein Dollarscheck zugestellt wurde, dessen Höhe der noch fälligen Hälfte entsprach, zuzüglich einiger Ausgaben, die ich im Interesse des Erfolges meiner Nachforschungen gehabt hatte oder gehabt haben konnte. Sie hatten alles bezahlt, ohne um einen Centavo zu feilschen, und sicherlich hätten sie noch mehr gezahlt, wenn ich in meinen Forderungen nicht so bescheiden, bei meiner Kostenaufstellung nicht so schüchtern gewesen wäre.

Von dem gesamten übersandten Material verwendete der Gelehrte nur die Fotografie für die Veröffentlichung der englischen Übersetzung eines guten Teiles vom Werk Pedro Archanjos in einem Band seiner monumentalen Enzyklopädie über das Leben der Völker Afrikas, Asiens und Lateinamerikas *(Encyclopedia of*

Life in the Tropical and Underdeveloped Countries), an der die größten Namen unserer Zeit beteiligt waren. Auf den einführenden Seiten beschäftigt sich Levenson faktisch nicht mit der Analyse der Bücher des Bahianers; spärlich sind die Bezüge auf sein Leben. Sie reichen jedoch aus, mir zu beweisen, daß er auch nicht einen Blick in meinen Text geworfen hat. In seinem Vorwort ist Archanjo zum Professor und hervorragenden Mitglied der Kongregation der Medizinischen Fakultät befördert worden *(»distinguished Professor, member of the Teachers' Council«),* auf deren Kosten und in deren Auftrag er seine Forschungen ausführte und seine Bücher veröffentlichte – man stelle sich das vor! Wer Levenson solche Märchen angedreht hat, weiß ich nicht, aber hätte er mein Manuskript zumindest durchgeblättert, dann wäre er nicht einem so groben Irrtum verfallen – vom Pedell zum Professor, ach, mein armer Archanjo, das hat dir gerade noch gefehlt!
Nicht ein einziges Mal wird mein Name genannt, noch gibt es in James D. Levensons Text einen Bezug auf diese Arbeit. Deshalb fühle ich mich frei und bin gewillt, den Vorschlag anzunehmen, den mir Senhor Dmeval Chaves, der wohlhabende Buchhändler in der Rua da Ajuda, jetzt auch Verleger, zwecks Herausgabe und Verkauf dieser anspruchslosen Seiten gemacht hat. Ich stellte eine einzige Bedingung: einen schriftlichen Vertrag aufzusetzen; denn wie man sagt, ist Senhor Chaves zwar wohlhabend und reich, aber schwierig im Bezahlen der Autorenhonorare, womit er übrigens einer örtlichen Tradition folgt – schon unser Archanjo war vor langer Zeit, wie man noch sehen wird, das Opfer eines gewissen Bonfanti, ebenfalls Buchhändler und Verleger, der sein Geschäft am Largo da Sé hatte.

Über die Ankunft des nordamerikanischen Gelehrten James D. Levenson in Brasilien, ihren Ablauf und ihre Folgen

1

»Das ist aber ein Brot! O mein Gott, ein Honigbrot!« rief Ana Mercedes aus, während sie einen Schritt nach vorn machte, um sich wie eine tropische Palme von der Masse der Journalisten, Professoren, Studenten, Snobs, Literaten und Müßiggänger abzuheben, die sich in Erwartung James D. Levensons zum Interview im Salon des großen Hotels versammelt hatten.
Mikrofone von Rundfunksendern, Kameras vom Fernsehen, Scheinwerfer, Fotografen, Leute vom Film, ein Dickicht von elektrischen Leitungen, und zwischen alldem bewegte sich die junge Reporterin des *Diário da Manhã* lächelnd und hüftenwiegend, als wäre sie von der Stadt beauftragt, den großen Mann zu empfangen und willkommenzuheißen.
Hüftenwiegend ist ein häßlicher und falscher Ausdruck, ein gemeines Wort für dieses Wogen der Hüften und der Brüste im Sambatakt, im Rhythmus eines Standartenträgers. Sehr sexy, der Minirock gab die braunen Säulen ihrer Schenkel frei, Schlafzimmerblick, das Lächeln der halb geöffneten sinnlichen Lippen, die Zähne lüstern und der Nabel zur Schau, alles an ihr aus Gold. Nein, sie wiegte nicht die Hüften, sie war selbst ein Tanz, Aufforderung und Angebot.
Der Amerikaner trat aus dem Fahrstuhl und blieb stehen, um den Saal zu überblicken und sich ansehen zu lassen: ein Meter neunzig groß, sportliche Erscheinung, Bewegungen wie ein Schauspieler, blondes Haar, himmelblaue Augen, Pfeife – wer gäbe ihm die fünfundvierzig Jahre, die in seinem Lebenslauf stehen? Die ganzseitigen Fotos in den Zeitungen von Rio und São Paulo waren verantwortlich, daß soviel holde Weiblichkeit anwesend war, die sofort einmütig feststellte: Das lebende Material übertraf die Bilder bei weitem. Was für ein Mann!
»So was Schamloses!« sagte eine von ihnen mit einer Täubchenbrust und meinte damit Ana Mercedes.

Fasziniert betrachtete der Gelehrte das Mädchen: Entschlossen ging sie ihm entgegen, mit bloßem Nabel, nie hatte er einen so wiegenden Gang, einen so beweglichen Körper gesehen, ein Gesicht aus Unschuld und Raffinesse, eine mulattendunkle Weiße. Sie kam und blieb vor ihm stehen – das war keine Stimme, das war ein Zwitschern: »Hallo, boy!«
»Hallo«, säuselte Levenson und nahm die Pfeife aus dem Mund, um ihr die Hand zu küssen.
Die Frauen bebten, seufzten einhellig, bekümmert, entsetzt. Ach, diese Ana Mercedes war wirklich nicht mehr als ein gewöhnliches Hürchen, von wegen Journalistin, Scheißpoetin, wer weiß übrigens nicht, daß ihre Verse von Fausto Pena, dem Hahnrei dieses Augenblicks, geschrieben werden?
»Wie es sich gehört, waren Charme, Klasse und Kultur der Bahianerin bei der genialen Begegnung mit James D. vertreten, die Mädchen gaben sich als Ethnologen, die Verblendeten spielten sich als Soziologen auf ...«, schrieb der vortreffliche Silvinho in seiner Zeitungsspalte.
Einige dieser Donas hatten außer Schönheit, Eleganz, Perücken und Fähigkeiten im Bett noch andere Verdienste: Sie besaßen Nachweise über den Besuch von Lehrgängen – »Volkstrachten und -bräuche«, »Tradition, Geschichte und Denkmäler der Stadt«, »Konkrete Poesie«, »Religion, Geschlecht und Psychoanalyse« –, die im »Turismo« oder in der Theaterschule stattfanden.
Doch ob ausgebildet oder bloße Liebhaberinnen, jugendliche Unerfahrene oder unbeugsame Matronen am Vorabend der zweiten oder dritten Schönheitsoperation, sie alle spürten das Ende eines rechtschaffenen Wettbewerbs, die Nutzlosigkeit jedweder Bemühung: Kühn und schamlos hatte Ana Mercedes vorweggegriffen und den männlichen Exponenten der Wissenschaft als privates und ausschließliches Eigentum unter ihre Kontrolle gebracht. Besitzhungrig und unersättlich – »unersättliche Kuh, kopulativer Star« im Vers des lyrischen und duldsamen Fausto Pena –, würde sie ihn nicht teilen, mit keiner anderen, verloren alle Hoffnungen auf Konkurrenz.
An der Hand der Dichterin und Journalistin schritt der Professor der Columbia-Universität bis in die Mitte des Saales, zu dem

für ihn reservierten Sessel. Fotografen zündeten Blitzlichter, die an Blumen erinnerten, man öffnete das Piano und spielte den Hochzeitsmarsch, Ana Mercedes in Minirock und Minibluse und James D. Levenson in tropischem Blau auf dem Wege zum Altar, sie würden das Brautpaar des Jahres sein. »Brautpaar«, tuschelte Silvinho.
Der Gelehrte setzte sich, und erst jetzt trennten sich ihre Hände. Ana blieb an seiner Seite stehen, auf Posten, sie war nicht so idiotisch, ihn freizugeben, inmitten der Gier so vieler läufiger Hündinnen. Sie kannte diese Stuten alle, eine war leichter und genußsüchtiger als die andere. Sie lachte ihnen zu, nur um sie zu vernichten. Die Fotografen, völlig vom Fieber gepackt, stiegen auf die Stühle, auf die Tische, krochen auf dem Boden umher in der Besessenheit von Winkeln und Einstellungen. Auf ein diskretes Zeichen des Leiters des »Turismo« servierten die Kellner Getränke, und das Interview begann.
Júlio Marcos, Redakteur des *Jornal da Cidade* und Literaturkritiker, setzte sein Glas ab und erhob sich ungeheuer wichtig und gelehrt, selbstgefällig und dünkelhaft. Ein Schweigen und ein Heiligenschein von Bewunderung entstand. Im weiblichen Flügel atmete jemand tief auf – in Ermangelung des blonden Gelehrten, des ausländischen Produktes, hatte der anmaßende, leicht blondierte Marcos auch seinen Zauber. Im Namen des *Jornal da Cidade* – und der fortschrittlichsten Intellektuellen – stellte er die erste Frage, die erste und vernichtende: »Ich würde gern in kurzen Worten die Meinung des erlauchten Professors über Marcuse, sein Werk und seinen Einfluß hören. Glauben Sie nicht, daß nach Marcuse Marx ein unnützer alter Hut ist? Stimmen Sie mit mir überein oder nicht?«
Er sagte es und überflog den Salon mit siegesbewußtem Blick, während der vom Rektorat benannte Dolmetscher die Frage ins Englische übertrug – in tadelloser Aussprache selbstverständlich – und die uneinsichtige Mariucha Palanga – zwei Verjüngungsoperationen im Gesicht, eine an der Brust, traurige Karikatur eines jungen Mädchens – leise, aber gut hörbar Beifall spendete: »Welch ein Talent!«
James D. Levenson stieß Pfeifenrauch aus, schaute zärtlich Ana Mercedes' Nabel an, Blume auf dem Feld der Träume, Brunnen

tiefen Geheimnisses, und antwortete in gutturalem Spanisch mit jener Ungehörigkeit, die Künstlern und Gelehrten so gut steht: »Die Frage ist idiotisch, und nur ein leichtfertiger Mensch oder ein Schwachkopf würde in den Grenzen eines Zeitungsinterviews über das Werk Marcuses urteilen oder die Aktualität des Marxismus diskutieren. Wenn ich Zeit hätte für eine Tagung oder eine Vorlesung über diese Angelegenheiten, sehr gut; aber ich habe keine Zeit, ich bin auch nicht nach Bahia gekommen, um über Marcuse zu sprechen. Ich bin hierhergekommen, um die Stadt kennenzulernen, in der ein bemerkenswerter Mann mit tiefgreifenden und edlen Gedanken, ein Schöpfer des Humanismus, Ihr Mitbürger Pedro Archanjo, lebte und arbeitete. Deshalb, nur deshalb bin ich nach Bahia gekommen.«
Er entlockte der Pfeife eine neue Wolke, lächelte allen Anwesenden zu, ungezwungen, ruhig, ein sympathischer Gringo, und ohne den völlig zusammengebrochenen Journalisten Marcos, der in das Schweißtuch seines Dünkels gehüllt war, zu beachten, betrachtete er wieder Ana Mercedes, maß sie von oben bis unten, von dem schwarzen, gelösten Haar bis zu den außergewöhnlichen, weißlackierten Zehennägeln, und fand sie immer mehr seinem Anspruch und seinem Geschmack angemessen. In einem seiner Bücher hatte Archanjo geschrieben: »Die Schönheit der Frauen, der einfachen Frauen des Volkes, ist ein Merkmal der Mischlingsstadt, der Liebe der Rassen, des klaren Morgens ohne Vorurteil.« Er betrachtete noch einmal diesen lockenden Nabel, den Nabel der Welt, und sagte in dem korrekten und harten Spanisch einer nordamerikanischen Universität: »Wissen Sie, womit ich das Werk Pedro Archanjos vergleichen würde? Mit dieser Senhorita. Sie scheint eine Seite Mr. Archanjos zu sein, ganz ähnlich, genau.«
So begann an jenem lieblichen Aprilnachmittag in Bahia Pedro Archanjos Ruhm.

2

Berühmtheit, öffentliche Anerkennung, Beifall, Achtung der Gelehrten, Ruhm, Erfolg überall in der Welt, mit Nennung seines Namens in den Klatschspalten und den hysterischen Aufschreien bedeutender und freigebiger Frauen aus höchsten Kreisen – Pedro Archanjo fiel all das erst nach dem Tode zu, als es ihm nichts mehr nützte, nicht einmal die Frauen, die so sehr nach seinem Geschmack gewesen waren.

Das war das »Jahr Pedro Archanjos«, wie ein führender Journalist in der Jahresübersicht schrieb, als er die kulturellen Ereignisse aufzählte. Tatsächlich genoß keine intellektuelle Gestalt so großen Zuspruch, kein anderes Werk erhielt die Anerkennung, die man seinen vier schmalen Bänden zollte, die überstürzt wieder gedruckt wurden, Bücher, die während so vieler Jahre vergessen oder vielmehr unbekannt geblieben waren, nicht nur der breiten Masse der Leser, sondern auch den Fachleuten – mit den üblichen und ehrenwerten Ausnahmen, von denen später die Rede sein wird.

Alles begann mit der Ankunft des berühmten James D. Levenson in Brasilien, eines der »fünf Genies unseres Jahrhunderts«, wie die *Encyclopaedia Britannica* sagt: Philosoph, Mathematiker, Soziologe, Anthropologe, Ethnologe und noch vieles mehr, Professor an der Columbia-Universität, Nobelpreisträger der Naturwissenschaften, all das und, als genügte dies nicht, Nordamerikaner. Polemisch und verwegen hatte er die zeitgenössische Wissenschaft mit seinen Theorien revolutioniert: Er hatte die Entwicklung der Menschheit unter ungeahnten Blickwinkeln studiert und erklärt und war in einer Umformulierung von Thesen und Begriffen zu neuen, kühnen Schlußfolgerungen gelangt. Für die Konservativen war er ein gefährlicher Ketzer, für seine Schüler und Anhänger ein Gott und für die Journalisten ein Segen des Himmels, denn James D. maß nicht Worte noch Meinungen.

Er kam auf Einladung der Universidade do Brasil zu einer Reihe von fünf Vorlesungen an der Philosophischen Fakultät nach Rio de Janeiro. Es war der riesige Erfolg, von dem alle gehört haben: Die erste Plauderei war in der Aula der Fakultät vorgesehen

und mußte eilig in den großen Hörsaal des Rektorats verlegt werden, und selbst da waren Korridore und Treppen noch von Hörern überfüllt. Zeitungen und Zeitschriften, Reporter und Fotografen hatten reichen Stoff: Levenson war nicht nur genial, sondern auch fotogen.
Die Vorträge, denen Fragen und heiße, mitunter bissige Auseinandersetzungen folgten, waren Anlaß heftiger studentischer Kundgebungen für den Gelehrten und gegen die Diktatur. Mehr als einmal sprangen die Studenten auf und jubelten ihm minutenlang begeistert zu. Manche seiner Sätze fanden beim Publikum großen Anklang und durchliefen das Land von einem Ende zum anderen: »Zehn Jahre endloser internationaler Konferenzen sind mehr wert als ein einziger Kriegstag, und sie sind billiger.« – »Gefängnisse und Polizei sind unter allen Regierungsformen gleichermaßen widerlich, ohne Ausnahme.« – »Die Welt wird erst dann wirklich zivilisiert sein, wenn die Uniformen Museumsstücke geworden sind.«
Levenson, von Fotografen und Stars umringt und mit einer winzigen Badehose bekleidet, behielt sich den Vormittag stets für den Strand vor. Systematisch wies er Einladungen von Akademien, Instituten, Vereinen, Kulturräten und Professoren zurück – all das hatte er in New York zur Genüge, und es war ihm zuwider; doch diese brasilianische Sonne, wann würde er die wieder genießen können? Am Strand spielte er sogar Fußball, und man fotografierte ihn, während er ein Tor schoß. Aber zweifellos waren die Frauen sein Lieblingssport. Am Strand und in den Nachtbars knüpfte er intime Beziehungen zu den vortrefflichsten einheimischen Exemplaren an.
Da er vor nicht langer Zeit geschieden worden war, übertrafen die Berichterstatter gesellschaftlicher Ereignisse einander, ihm Liebschaften und Bräute anzudichten. Eine überspannte häßliche Ziege, die über Skandale informierte, sah den Ruin eines aristokratischen Hauses voraus; doch sie täuschte sich: Der sehr ehrenwerte Ehemann machte sich zum engen Vertrauten des gelehrten Zuchthengstes. »In der Pergola von Copa sah Katy Siqueira Prado gestern in einem Bikini aus Cannes zärtlich ihren Mann Baby und den großen James D. an, die Unzertrennlichen«, widerlegte der Lobhudler Zul. Eine gewisse Zei-

tung mit großem Leserkreis zeigte auf dem Titelblatt der Wochenausgabe die athletische Blöße des Nobelpreisträgers an der Seite der erhebenden Nacktheit Nádia Sílvias, der Schauspielerin mit dem großen Talent, das sich zeigen wird, sobald man ihr beim Film oder auf der Bühne die Gelegenheit gibt, die man ihr unerklärlicherweise bisher versagt hat – und Nádia lachte viel während der Reportage, gestand nichts, stritt aber Leidenschaft und Bindung auch nicht ab. »Levenson ist die sechste Weltberühmtheit, die wegen der unwiderstehlichen Nádia Sílvia den Kopf verliert«, bemerkte eine Zeitung ernsthaft und nannte die fünf Vorläufer: John Kennedy, Richard Burton, Aga Khan, ein Schweizer Bankier und ein englischer Lord. Ganz zu schweigen von der italienischen Gräfin, die Millionärin und ein Mannweib war.

»Der geniale Levenson gestern wieder auf der Rennbahn von Le Bateau, in love mit der wehleidigen Helena von Kloster«, las man in der *Crônica da Noite* von Gisa. »Er hat Samba gelernt und läßt keinen anderen Rhythmus mehr gelten«, enthüllte Robert Sabad in achtzehn Zeitschriften und soundso vielen Fernsehstationen und verbreitete unter den Leuten einen Ausspruch von Branquinha do Val Burnier, der großartigen Wirtin, deren Tafel und Bett unvergleichlich waren: »Wenn James nicht der Nobelpreisträger wäre, der er ist, könnte er sein Brot als Berufstänzer verdienen.«

Nichts jedoch war so sensationell wie die Erklärung über Pedro Archanjo, eine Bombe, die auf dem Flughafen explodierte, zur Stunde von Levensons Abreise nach Bahia. Tatsächlich hatte Levenson, als er aus New York kam, bei seinem ersten Kontakt mit der Presse kurz auf den Bahianer angespielt, seinen Namen erwähnt: »Ich bin in Archanjos Heimatland, ich bin glücklich.« Die Reporter jedoch zeichneten den Satz nicht auf, entweder weil sie ihn nicht verstanden, oder weil sie ihm keine größere Bedeutung beimaßen. Als James D. aber nach Bahia abreiste, war es anders, denn der verwirrende Nobelpreisträger erklärte, er habe zwei Tage seines kurzen Aufenthaltes in Brasilien für Salvador reserviert, »um die Stadt und das Volk kennenzulernen, die Gegenstand der Studien des faszinierenden Pedro Archanjo waren, in dessen Büchern Wissenschaft Poesie ist«, ein

Autor, der die brasilianische Kultur so emporgehoben hat. Es war ein Gott-steh-uns-bei.
Wer ist besagter Pedro Archanjo, von dem wir nie gehört haben? fragten sich die Journalisten verblüfft. Einer von ihnen wollte in der Hoffnung auf ein Stichwort wissen, wie Levenson Kenntnis von diesem brasilianischen Autor bekommen habe. »Indem ich seine Bücher las«, antwortete der Gelehrte, »seine unvergänglichen Bücher.«
Die Frage hatte Ápio Correia gestellt, ein gewitzter Bursche, Herausgeber der Beilage für Wissenschaft, Kunst und Literatur einer Morgenzeitung, ein beschlagener und verwegener Schelm. Er führte seinen Bluff noch weiter: Er sagte, er habe nichts von Übersetzungen der Bücher Archanjos ins Englische gehört.
Er habe diese Bücher nicht in englisch, sondern in portugiesisch gelesen, informierte der schreckliche Amerikaner und fügte hinzu, er habe das trotz seiner minimalen Kenntnisse unserer Sprache dank seiner Beherrschung des Spanischen und vor allem des Lateinischen tun können. »Es war nicht schwierig«, ergänzte er und erklärte, er habe Archanjos Bücher in der Bibliothek der Columbia-Universität bei neueren Forschungen über das Leben tropischer Völker entdeckt. Er habe die Absicht, das »Werk Ihres großen Landsmannes« in den Vereinigten Staaten übersetzen und veröffentlichen zu lassen.
Ich muß rasch handeln, dachte Ápio Correia und machte sich auf die Suche nach einem Taxi, das ihn zur Nationalbibliothek bringen sollte.
Das war eine Rennerei, bevor die Journalisten Professor Ramos ausfindig machten und aufstöberten. Er zeichnete sich durch mehrere Titel und jetzt zudem dadurch aus, daß er das Werk dieses Archanjo kannte und dessen Wert mehr als einmal bestätigt und in Fachzeitschriften gerühmt hatte, die leider in geringer Zahl in Umlauf und nur einem kleinen Leserkreis zugänglich waren.
»Jahrelang«, erzählte Ramos, »wanderte ich auf einem Leidensweg von Verleger zu Verleger und bot Archanjos Bücher für eine Neuauflage an. Ich schrieb Vorworte, Fußnoten, Erklärungen – kein Verlag interessierte sich dafür. Ich ging zu Professor Viana, dem Dekan der Philosophischen Fakultät, um zu sehen,

ob die Universität durch seine Vermittlung an der Publikation mitarbeiten würde. Er antwortete mir, ich ›verlöre meine Zeit mit dem Unsinn eines trunksüchtigen, jawohl, trunksüchtigen und umstürzlerischen Negers‹. Vielleicht wird man sich jetzt der Größe von Archanjos Werk bewußt, da Levenson ihm die nötige Wichtigkeit beimißt. Übrigens sei beiläufig erwähnt, daß auch Levensons Werk in Brasilien kaum bekannt ist, und jene, die ihn so rühmen und ihm so schmeicheln, haben nicht einmal seine grundlegenden Bücher gelesen, sie erkennen den Gehalt seines Denkens nicht, diese Schwätzer.«

Ein wenig bitter, diese Begegnung mit Professor Ramos, doch hatte er reichlich Veranlassung, schwermütig zu sein – so viele Jahre hatte er für den armen Archanjo gekämpft, ohne etwas zu erreichen, hatte die Ablehnungen der Verleger gehört, Dummheiten und Drohungen von Viana Dedo-duro, und dann kam ein Ausländer und setzte mit einem einzigen Interview die gesamte Presse und die Meute der Intellektuellen in Bewegung – Intellektuelle aller Tendenzen und Strömungen, ohne Unterschied der Ideologie, Aufgeschlossene und Zurückgezogene, die die Bücher durchschnüffelten, denn Pedro Archanjo kam in Mode, und wer seine Werke nicht kannte und zitierte, der konnte nicht als zeitgemäß und fortgeschritten gelten.

Wahrhaft sensationell war der Artikel Ápio Correias drei Wochen später: *Pedro Archanjo, Poet der Ethnologie*. Darin findet man eine vortreffliche, glänzende Version des Dialogs, der sich auf dem Flughafen zwischen dem weisen Levenson und dem gelehrten Correia entsponnen hatte, wobei der eine wie der andere gründliche Kenntnis des Archanjoschen Werkes bewies. Daß die des Kritikers älter und ausgedehnter war, ist natürlich, da es sich um einen Brasilianer handelte.

3

In Bahia, Archanjos Heimat, dem Ort und Gegenstand seiner Studien, der Quelle seiner Forschungen, war der Rummel noch größer.

Die Unkenntnis des von Levenson geweihten Namens war hier nicht so groß wie in Rio und in São Paulo. In São Paulo erhielten die Journalisten mit erheblicher Mühe eine einzige Auskunft über den Bahianer, diese allerdings war von größtem Wert: ein Artikel von Sérgio Milliet, 1929 für *O Estado de São Paulo* geschrieben. Der große modernistische Kritiker kommentierte mit außergewöhnlicher Sympathie und freimütigem Lob Archanjos Buch über bahianische Kochkunst *(Die bahianische Kochkunst – Ursprung und Rezepte)* und sah im Autor zum Ruhm seines Landes einen »der Größten, der Authentischsten« der »Antropophagia«, »der kürzlich von Tarsila, Oswald de Andrade und Raul Bopp ins Leben gerufenen revolutionären und umstrittenen Bewegung«. »Der köstliche Band« schien ihm wegen der brasilianischen Eigenschaft des Inhalts und wegen des Vergnügens der Prosa das »vollendete Beispiel eines wahren anthropophagischen Essays«. Milliet schloß damit, daß er bedauerte, die vorangegangenen Bücher des kenntnisreichen Essayisten nicht zu kennen, der gewiß nicht von den Anthropophagen in São Paulo gehört und sie doch übertroffen hatte.
In Bahia tauchten sogar Leute auf, die ihn gekannt und die mit ihm verkehrt hatten, wie die Zeitungen bezeugen. Eine solche Bekanntschaft beschränkte sich jedoch auf ein paar Personen und einige Geschichten. Pedro Archanjos Werk aber, die vier schmalen Bände über das Leben des bahianischen Volkes, die unter großen Mühen in winzigen Auflagen in der unzulänglichen Werkstatt seines Freundes Lídio Corró in der Ladeira do Tabuão publiziert worden waren, dieses Werk, dessen Verdienste den gelehrten Amerikaner begeisterten, war hier ebenso unbekannt wie im übrigen Land.
Hätte Archanjo nicht Exemplare an Institutionen, Universitäten, inländische und ausländische Bibliotheken versandt, so hätte man nie wieder von seinen Büchern gesprochen, denn dann hätte Levenson sie nicht entdeckt. In Salvador wußten nur ein paar Ethnologen und Anthropologen von ihnen, und die meisten davon nur vom Hörensagen.
Nun wurden sich plötzlich nicht nur Journalisten, sondern auch öffentliche Institutionen, die Universität, Intellektuelle, Institute, Akademien, die Medizinische Fakultät, Dichter, Professo-

ren, Studenten, Theaterleute, die zahlreiche Schar der Ethnologen und der Anthropologen, das Zentrum für Folklorestudium, die Touristenstelle und andere Unbeschäftigte klar darüber, daß wir einen großen Mann, einen berühmten Autor besessen und nicht gekannt, ihn nicht einmal in Ansprachen genutzt, sondern ihn ohne jede Würdigung in die vollkommenste Anonymität verbannt hatten. Also begann das Wettrennen um Archanjo und sein Werk. Viel Papier, viel Tinte und viel Platz wurde seit Levensons Interview in den Zeitungen verschwendet, um den ungerecht behandelten Schriftgelehrten zu bejubeln, zu analysieren, zu studieren, zu kommentieren und zu loben. Der Verzug mußte aufgeholt, der Irrtum korrigiert, das Schweigen so vieler Jahre ausgelöscht werden.

Archanjos Werk erlangte schließlich das Ansehen und die Bedeutung, die ihm angemessen war, und trotz all der Schwätzer und Scharlatane, die Gelegenheit und Thema nutzten, um voranzukommen, wurde auch etwas Ernsthaftes geschrieben, Seiten, die dem Andenken eines Mannes würdig waren, der gearbeitet hatte, gleichgültig gegenüber Erfolg und Gewinn. Einige Aussagen von Zeitgenossen, Leuten, die Archanjo gekannt und mit ihm verkehrt hatten, trugen den Stempel echten Erlebens, und die Persönlichkeit dieses Mannes wurde enthüllt. Archanjo war an Jahren nicht so fern, wie man anfangs geglaubt hatte: Er hatte 1943 im Alter von fünfundsiebzig Jahren das Zeitliche gesegnet, wie man hört, unter seltsamen Umständen; man hatte ihn zu vorgerückter Nachtstunde tot im Rinnstein aufgefunden. In seinen Taschen waren nur ein Notizbuch und ein Bleistiftstummel, keine Ausweispapiere. Die waren übrigens in diesem armen und schmutzigen Bordellviertel der Altstadt nicht erforderlich, denn dort kannte und schätzte ihn jeder.

Über den Tod Pedro Archanjos, Ojuobá, und seine Beisetzung auf dem Friedhof das Quintas

1

Schwerfällig stützte sich der Alte an Häusermauern bergan, und wer ihn sehen könnte, der würde meinen, er sei betrunken, vor allem wer ihn kannte. Es war stockfinster, alle Lampen auf den Straßen und in den Häusern waren verloschen, nicht ein Lichtfünkchen – eine Kriegsmaßnahme, denn deutsche Unterseeboote kreuzten vor der brasilianischen Küste, wo immer häufiger friedliche Handels- und Fahrgastschiffe versenkt wurden. Der Alte fühlte, daß der Schmerz in der Brust zunahm, und versuchte, den Schritt zu beschleunigen. Sobald er zu Hause einträfe, würde er die Lampe anzünden und das Gespräch, den wunderbaren Satz in seinem Notizheft vermerken; sein Gedächtnis war nicht mehr so wie früher, als er eine Unterhaltung, eine Geste, ein Ereignis mit allen Einzelheiten Monate und Jahre hindurch behalten hatte, ohne etwas notieren zu müssen. Nachdem er die Debatte aufgeschrieben haben würde, konnte er ausruhen, dieser Schmerz war mehr als einmal gekommen und wieder vergangen. Allerdings war er noch nie so stark gewesen. Ach, könnte er noch ein paar Monate leben, nur wenige, ausreichend, seine Anmerkungen zu vervollständigen, die Manuskripte zu ordnen und sie dem sympathischen Jungen, dem Gehilfen der Druckerei, zu übergeben! Nur ein paar Monate.

Er tastete die Wand ab, bemüht, seine Umgebung zu erkennen; die Sehkraft hatte nachgelassen, das Geld reichte nicht für eine neue Brille, nicht einmal für einen Schluck Cachaça hatte er genug.

Der heftige Schmerz drückte ihn gegen das Mauerwerk, er keuchte. Indessen genügte eine Anstrengung, nach Hause zu gelangen, ein paar Häuserblocks weiter, in die Kammer in Esters Freudenhaus. Beim Schein des Lämpchens würde er seine winzigen Buchstaben schreiben – sobald der Schmerz sich beruhigte und es gestattete.

Er erinnerte sich seines Gefährten Corró, der über der Skizze eines Wunders tot umgefallen war, eine Blutspur im Mundwinkel. So vieles hatten die beiden gemeinsam unternommen, er und der Wundermaler, so viele Streifzüge auf diesen Hügeln mit den ungenierten Mulattinnen vor den Türen. Lídio Corró war vor langer Zeit gestorben, ungefähr fünfzehn Jahre war es her, vielleicht noch mehr. Wieviel, mein Lieber? Achtzehn, zwanzig? Das Gedächtnis ließ nach, doch den Ausspruch des Schlossers hatte es noch vollständig behalten, Wort für Wort. An die Wand gelehnt, versuchte er, ihn zu wiederholen, er durfte ihn nicht vergessen, erst mußte er ihn in seinem Heft notieren. Nur wenige Häuserblocks, rund hundert Meter. Mühsam murmelte er den abschließenden Fluch des Schlossers, den er mit einem Faustschlag auf den Tisch unterstrichen hatte, die schwarze Hand wie ein Hammer auf dem Amboß.

Er hatte Radio gehört, ausländische Sender, BBC London, Moskau, die »Stimme Amerikas«; sein Freund Maluf hatte einen Apparat erstanden, der die ganze Welt auffing. Die Nachrichten an diesem Abend waren gut gewesen, die »Arier« hatten tüchtig Hiebe bezogen. Alle Welt beschimpfte die Deutschen, »die deutschen Nazis«, »die deutschen Ungeheuer«, der Alte aber sprach nur von den »arischen Banditen«, Juden-, Neger- und Arabermördern. Er kannte großartige Deutsche, Wilhelm Knodler zum Beispiel, der eine Negerin geheiratet und acht Kinder mit ihr gezeugt hatte. Als man eines Tages zu ihm was von Ariertum sagte, da zog er den Knüppel aus der Hose und erwiderte: »Nur, wenn ich diesen Prügel abschneide.«

Als Maluf einen Tropfen einschenkte, um die Siege des Tages zu feiern, begann die Diskussion: Wenn Hitler den Krieg gewänne, dann könnte er alles, was nicht rein weiß war, umbringen und ein für allemal Schluß machen mit dem Rest des Volkes, nicht wahr? Der eine meinte dies, der andere jenes, er könnte, er könnte nicht, und ob er könnte. Der Schlosser rief empört aus: »Nicht einmal Gott, der das Volk geschaffen hat, kann alle auf einmal umbringen, er tötet einen nach dem andern, und je mehr Menschen er tötet, desto mehr werden geboren und wachsen heran und müssen geboren werden und heranwachsen und sich vermischen, einen Hurensohn wird niemand verhindern!« Und die Hand schlug auf die Theke und warf das Glas um, und fort war die restliche Cachaça. Doch der Türke Maluf war ein feiner Kerl, er erschien mit einer zweiten Runde, bevor sie sich verabschiedeten.

Der Alte versucht, seinen Weg fortzusetzen, während er die Worte des Schlossers wiederholt: »Müssen geboren werden, heranwachsen und sich vermischen . . .« Je mehr vermischt, desto besser – der Alte lächelt fast unter seinem Schmerz, der ihm wie ein Kreuz auf dem Rücken lastet, ein noch größerer Schmerz, den er sich aufladen muß. Er lächelt, als er sich an Rosas Enkelin erinnert, in ihrer Schönheit der Großmutter so ähnlich und doch so anders: glattes seidiges Haar, schlanker Körper, blaue Augen, braune Haut – viele waren beteiligt, sie so vollkommen zu schaffen. Rosa, Rosa de Oxalá, verführerisches Weib, so viele hat der Alte geliebt und besessen, keine jedoch ist ihr vergleichbar, ihretwegen hat er Unbeschreibliches gelitten, Dummheiten angestellt, lächerliche Rollen gespielt, hat er an Sterben und Töten gedacht.

Könnte er doch Rosas Enkelin noch einmal sehen, das Lachen, die Anmut, die Bewegungen der Großmutter – und die blauen Augen; von wem mochten sie sein? Auch ein paar Freunde möchte er wiedersehen, auf den Terreiro gehen und den Heiligen grüßen, ein Tanzschritt, ein Lied, im Freudenhaus Geflügelragout und Fisch-Moqueca essen mit Ester und den Mädchen bei Tisch. Nein, er will nicht sterben, wozu? Das lohnt nicht. Wie hat der Schlosser doch gesagt? Er muß es in sein Heft schreiben, damit es ihm nicht entfällt, er vergißt es bereits allmählich. Das angefangene Buch muß fertig werden, er muß Ereignisse, Sätze, Geschichten auswählen, die Sache mit der Iaba, die in verführerischer Absicht gekommen ist, den Frauenhelden zugrundezurichten, und sich in den Eitlen verliebt hat, in seinen Armen dahingeschmolzen ist; er allein kennt diesen erstaunlichen Fall genau. Ach, Dorotéia! Ach, Tadeu!

Der Schmerz zerbricht ihn, zerreißt ihm die Brust, er wird Esters Haus nicht erreichen, verloren der Satz des Schlossers . . . Er stürzt auf den Fußweg, rollt in den Rinnstein. Dort bleibt sein Körper liegen, zunächst nur von Finsternis bedeckt; dann steigt der Schimmer des Morgenrots auf und kleidet ihn in Licht.

2

Der Heiligenbildhändler zeigte auf den ausgestreckten Körper, lachte und stellte belustigt fest, während er sich auf seine Beine stützte: »Der Kollege hier hat mehr getankt als wir drei zusammen. Nun liegt er auf der Nase und fühlt sich elend.« Er lachte wieder und schwankte wie bei einer Zirkuspirouette.
Major Damião de Souza wurde mißtrauisch – er hatte vielleicht weniger Cachaça in sich oder einen besseren Kontakt mit dem Tode, war als Rechtsanwalt mit Verbrechen und Toten vertraut, das Leichenschauhaus gewohnt – und näherte sich, sah das Blut, berührte mit der Schuhspitze den Rücken des Alten, die abgetragene Jacke und sagte: »Tot. Helft mal.«
Welche Menge Alkohol kann der Major schlucken, ohne betrunken zu sein? fragte sich der Heiligenbildhändler und wiederholte damit die einmütige Frage aller Säufer dieser Erde, die angesichts eines solchen Mysteriums, das außerhalb jeden Begreifens lag, gedemütigt und bestürzt waren. Bis jetzt hatten sich die Schnapsbrennereien der Stadt und des Recôncavo als unzureichend erwiesen, und nach Mané Limas Meinung könnte der Major »die Lagerbestände der ganzen Welt aufbrauchen«, bis zum Schluß bei klarem Verstand.
Der Heiligenbildhändler und Mané Lima eilten stolpernd und lachend zu Hilfe, und zu dritt drehten sie den Körper um. Schon bevor man ihn von vorn sah, ihm ins Gesicht blicken konnte, hatte der Major ihn erkannt, von Anfang an war ihm etwas vertraut vorgekommen, vielleicht die Jacke.
Dem bestürzten Mané Lima verschlug es die Sprache, dann stieß er einen Schrei des Entsetzens aus. »Es ist Pedro Archanjo!«
Der Major stand aufrecht, kaum ein Schatten lag auf seinem kupfrigen Gesicht. Er hatte sich nicht getäuscht, es war der Alte; und der Major mit seinen neunundvierzig gut verbrachten Jahren fühlte sich verlassen wie eine Vollwaise. Ja, es war der Alte, und, ach, da war nichts mehr zu machen; ach, warum nicht ein anderer, am besten ein Stockfremder? So viele schlechte Menschen gab es auf der Welt, dieser verdammten Welt, und ausgerechnet der alte Archanjo mußte sterben,

nachts auf der Straße, ohne jemanden zu benachrichtigen, wo hat man so etwas schon erlebt?
»Ach, der Alte ist es, was für ein Unglück!« Die gesamte Cachaça fuhr dem Heiligenbildhändler in die Beine, und er ließ sich stumm und unbrauchbar auf das Pflaster sinken. Er vermochte nur die Hand des Verstorbenen aus dem Schmutz zu ziehen und festzuhalten.
Einmal in der Woche, mittwochs, unveränderlich, bei Sonnenschein und bei Regen, hatte Archanjo ihn in seinem Bilderladen besucht, erstens wegen der wunderbar kühlen Biere in Osmários Bar, zweitens wegen des Amalá beim Candomblé in Casa Branca.
Das gemütliche Gespräch, mit Geschichten verwoben, ein uraltes Gespräch.
»Schütte den Sack aus, mein Lieber, erzähl, was es Neues gibt.«
»Ich weiß gar nichts, Meister Archanjo, nicht eine einzige Neuigkeit.«
»Nun, man weiß doch ... Mein Lieber, zu jeder Zeit geschehen Dinge, hübsche Dinge, manche zum Lachen, manche zum Weinen. Komm, eise die Zunge los, Freund, denn der Mund ist zum Sprechen gemacht.«
Was für eine Art, was für einen Redeschwall, was für eine Macht besaß er, anderen Mund und Herz zu öffnen. Nicht einmal die eifrigsten und strengsten Heiligenmütter, Tante Maci, Dona Menininha, Mãe Senhora, do Opô Afonjá, die ehrbaren Matronen, nicht einmal sie hüteten ihre Geheimnisse vor dem Alten, sie enthüllten ihm alles – übrigens hatten die Orixás ohnehin angeordnet: »Für Ojuobá gibt es keine verschlossene Tür.«
Ojuobá, Xangôs Augen, lag jetzt tot ausgestreckt hier am Rande des Fußwegs.
Aus war es mit dem Bier, Meister Archanjo, drei oder vier Flaschen; an einem Mittwoch bezahlte der Alte, am anderen gingen die Ausgaben zu Lasten des Heiligenbildhändlers – der Alte hatte in letzter Zeit einfach und hart gelebt, ohne einen Cruzeiro. Es lohnte, seine Genugtuung in jener Woche zu sehen, in der er ein paar Münzen oder ein paar spärliche Geldscheine besaß – dann schlug er kräftig auf den Tisch und rief dem Kellner zu: »Bring die Rechnung, mein Lieber ...«

»Laß mich das machen, Meister Archanjo, behalte dein bißchen Geld . . .«
»Womit habe ich dich beleidigt, daß du mich unhöflich behandelst, Freund? Wenn ich kein Geld habe, dann bezahlst du, das betrübt mich nicht, denn es ist weder meine Schuld noch mein Wille. Aber wenn ich heute reich bin, warum sollst du dann bezahlen? Mach mir weder meine Pflicht streitig noch mein Recht, verkleinere den alten Archanjo nicht, laß mich ganz, mein Lieber.« Er lachte und zeigte seine weißen Zähne, die noch vollständig waren, mit denen er Zuckerrohr und Dörrfleisch aß. »Es ist kein gestohlenes Geld, ich habe es mit meinem Schweiß verdient.«
Er arbeitete zuletzt als Bote in den Freudenhäusern, und wer ihn so fröhlich und zufrieden sah, der hätte sich niemals die Einschränkungen und die Nöte, die grenzenlose Armut vorstellen können. Noch am Mittwoch zuvor hatte er sich vor Freude nicht zu lassen gewußt: In Esters Pension hatte er einen jungen Studenten kennengelernt, eine Hilfskraft in einer Druckerei, der bereit war, sein Buch zu drucken – er hatte die vorhergehenden gelesen und laut und vernehmlich gesagt, Archanjo sei herausfordernd, er habe dieses ganze Pack von Schwätzern an der Fakultät entlarvt.
In der Straßenbahn, zu Beginn der Nacht aus Sternen und Meeresbrise, hatte Meister Archanjo auf dem Wege von Rio Vermelho de Baixo, wo sich Casa Branca do Engenho Velho auf dem Hügel erhebt, dem Jungen von dem neuen Buch erzählt, und die kleinen Augen hatten dabei listig und verschlagen geglänzt. Wieviel hatte er gesammelt, in Heftchen notiert, für dieses Werk, »ein Sack voller Zitate«, die Weisheit des Volkes.
»Was ich allein in Freudenhäusern zusammengetragen habe, mein Lieber, das kannst du dir nicht vorstellen. Du mußt wissen, Freund, für einen Philosophen gibt es keinen besseren Aufenthaltsort als ein Freudenhaus.«
»Du bist tatsächlich ein Philosoph, Meister Archanjo, der größte, den ich gesehen habe, es gibt keinen zweiten, der das Leben so philosophisch zu führen versteht.«
Sie gingen zum Candomblé, zum Amalá von Xangô – eine Mittwochsverpflichtung. Tante Maci gab dem Heiligen beim

Klang des Adjá zu essen. Danach servierte man am großen Tisch im Saal Caruru, Abará, Acarajé und Schildkrötenragout. Meister Archanjo war ein guter Esser, ein guter Esser und Trinker. Das Gespräch zog sich hin bis in die Nacht, bewegt und herzlich, in freundschaftlicher Atmosphäre; Archanjo zu hören war ein Vorrecht der Armen.

Nun war es aus mit dem Buch, mit Amalá und Cachaça, mit der Bahnfahrt und dem Unvorhergesehenen; der Alte hatte jeden Winkel am Wege gekannt, Häuser und Bäume waren ihm vertraut, es war eine jahrhundertealte Vertrautheit, denn er wußte von jetzt und einst, von wem es kam und woher es stammte, vom Sohn und vom Vater, vom Vater des Vaters und vom Vater des Großvaters und mit wem sie sich vermischt hatten. Er wußte von dem Neger, der als Sklave aus Afrika gekommen war, von dem Portugiesen, der vom Hofe verbannt worden war, von dem bekehrten Christen, der vor der Inquisition geflohen war. Jetzt waren all dieses Wissen, das Lachen und der Witz zu Ende, die Augen der Augen Xangôs hatten sich geschlossen, Ojuobá war nur noch für den Friedhof zu gebrauchen. Der Heiligenbildhändler war in Tränen aufgelöst, einsam und leer.

Da der Major nicht betrunken wurde, konnte er nicht weinen, höchstens – und dann mit welcher Leichtigkeit! – vor Gericht oder bei Gedenkfeiern, wenn es nötig war, die Zuhörer zu rühren, sie für seinen Fall zu gewinnen. Aber der wirkliche Schmerz frißt innerlich, zeigt sich nicht im Gesicht.

Mané Lima verkündete überall Namen und Tod des Alten, stellte sich mitten auf die Ladeira do Pelourinho, einen geeigneten und sicheren Ort, doch in der trüben Stunde des Morgengrauens hörten nur ein paar riesige Ratten und ein magerer Hund seinen Schrei.

Der Major wandte sich ab von dem armseligen Anblick, ging die Straße entlang zu Esters Haus, das Gewicht der Nachricht lastete ihm auf den Schultern. Dort würde er den kräftigen Schluck nehmen, den er jetzt brauchte.

3

Plötzlich begann sich der Hügel zu beleben. Eilig und bekümmert tauchten Männer und Frauen vom Largo da Sé, aus der Baixa dos Sapateiros, vom Carmo auf. Sie kamen nicht, weil der Tod Pedro Archanjo ereilt hatte, den gelehrten Autor vielleicht entscheidender Bücher über Rassenmischung, sondern weil Ojuobá gestorben war, die Augen Xangôs, ein Vater des Volkes. Von Esters Freudenhaus hatte sich die Nachricht von Mund zu Mund, von Tür zu Tür, von Haus zu Haus, die Straße entlang, die Treppe hinauf, den Hügel hinunter und in den Gäßchen verbreitet und den Largo da Sé rechtzeitig erreicht, um mit den ersten Straßenbahnen und Omnibussen hinauszufahren.

Frauen wurden aus dem Schlaf oder aus den Armen später Besucher gerissen und begannen zu weinen und zu klagen. Arbeiter, Vagabunden, Betrunkene und Bettler, Bewohner der Mietskasernen, dieser verpesteten Bienenkörbe, verschuldete Araber, Junge und Alte, Heiligendiener und Kaufleute vom Terreiro de Jesus, ein Fuhrmann mit seinem Wagen und Ester mit einem Morgenrock über ihrer Nacktheit, der jedem, der es sehen wollte, alles zeigte. Doch wer würde das ausnutzen, da sie sich das Haar raufte und sich auf die Brust schlug.

»Ach, Archanjo, mein Heiliger, warum hat er nicht gesagt, daß er krank war? Wie sollte ich es wissen? Was soll nun werden, Ojuobá? Du warst unser Licht, unsere Augen, die für uns sahen, unser Mund, der für uns sprach. Du warst unser Mut und unser Verstand. Du kanntest das Gestern und das Morgen, wer kennt es sonst?«

Wer, ach, wer? Hier im Rinnstein, ohne den geringsten Trost, sahen Männer und Frauen den rauhen Tod in der Stunde des Schreckens. Pedro Archanjo Ojuobá war noch nicht Erinnerung geworden, er war tot, nichts weiter. Türen und Fenster wurden geöffnet, der Küster erschien mit einer brennenden Kerze, Ester umarmte ihn schluchzend. Bei dem Toten die Menge und ein Soldat der Militärpolizei mit Waffen und Autorität. Ester setzte sich neben den Heiligenbildhändler und stützte Archanjos Kopf. Mit einem Zipfel des Morgenrocks wischte sie ihm das Blut von den Lippen. Der Major sprach sie an und wandte dabei den

Blick ab, um die bloßen Brüste nicht zu sehen, denn er hielt den Zeitpunkt dafür nicht für angemessen – sollte es für so etwas eine verbotene Zeit geben, Archanjo? Du hast gesagt, nein, »jede Stunde ist gut, den Körper zu vergnügen«.

»Wir wollen ihn in dein Haus tragen, Ester.«

»Nach Hause?« Ester unterbrach das Schluchzen, schaute den Major an, ohne ihn zu erkennen. »Bist du verrückt? Siehst du nicht, daß das nicht geht? Das ist Ojuobás Begräbnis, nicht das Begräbnis einer öffentlichen Hure oder eines Schlappschwanzes, das seinen Ausgang von einem Freudenhaus nimmt.«

»Nicht damit das Begräbnis dort seinen Ausgang nimmt, nur um ihn umzukleiden, damit er nicht mit diesen schmutzigen Hosen und dieser geflickten Jacke beerdigt wird.«

»Und auch nicht ohne Krawatte, nie ist er ohne Krawatte zu einem Fest gegangen«, ergänzte Rosália, die älteste Dirne, früher Archanjos Geliebte.

»Er hat nichts anderes.«

»Damit nicht. Ich gebe meinen blauen Kaschmiranzug, ich habe ihn für meine Hochzeit machen lassen, er ist wie neu«, bot der Tischlermeister João dos Prazeres aus der Nachbarschaft an. »Damit nicht«, wiederholte er und entfernte sich, den Anzug zu holen.

»Wohin bringen wir ihn danach?« fragte Rosália.

»Frag mich nichts, Mädchen, ich bin nicht imstande, zu denken oder etwas zu entscheiden. Frag den Major, laß mich bei meinem Alten«, jammerte Ester, Archanjos Kopf an ihrer Brust, in der Wärme ihres Fleisches.

Der Major war unvorbereitet. Wohin? Nun, störe mich nicht mit Albernheiten, wichtig ist jetzt, ihn hier von der Straße wegzubringen. Danach wird es schon nicht an einem Platz fehlen. Doch der Küster der Igreja de Nossa Senhora do Rosário dos Prêtos, seit langem der Gefährte bei vielerlei Vergnügungen, erinnerte sich, daß Pedro Archanjo ein altes Mitglied der Bruderschaft war, verdienstvoll und frei, und daß er ein Recht hatte auf eine Totenwache in der Kirche, ein Gebet für den Verstorbenen, eine Totenmesse und die ewige Ruhe auf dem Cemitério das Quintas.

»Also los«, befahl der Major.

Sie wollten den Körper aufheben, doch der Soldat brauste auf: Niemand solle wagen, den Leichnam anzurühren, bevor Polizei, Kommissar und Arzt dagewesen seien.
Ein junger Soldat, noch nicht erwachsen, fast ein Kind; sie hatten ihm eine Uniform angezogen, Waffen und drastische Befehle gegeben, in ihm verkörperten sie Macht und Gewalt, das Schlechte in der Welt.
»Niemand wage es.«
Der Major prüfte Soldat und Situation: ein Rekrut aus dem Landesinnern, der Disziplin treu ergeben, schwerlich umzustimmen.
Der Major versuchte es. »Bist du von hier, Junge? Oder bist du aus dem Sertão? Weißt du, wer das ist? Wenn du es nicht weißt, dann will ich es dir sagen ...«
»Ich will es nicht wissen. Nur mit der Polizei kommt er hier weg.«
Da griff der Major ein. Er werde nicht zulassen, daß Archanjos Körper weiter mitten auf der Straße zur Schau liege wie der Körper eines Verbrechers, ohne Recht auf Totenwache. »Er wird hier verschwinden, und zwar sofort.«
Aus vielen Gründen, alle höchst bedeutsam, nannte man Major Damião de Souza den Anwalt des Volkes. Man tat es in Anerkennung seiner zahlreichen Verdienste. Schon früher hatte man ihm den Titel Major aufgedrängt – Major ohne Patent, ohne Bataillon, ohne Schulterklappen, ohne Uniform, ohne Befehlsgewalt und Kommando, ein prächtiger Major. Der Anwalt des Volkes stellte sich auf den Fußweg und sagte empört mit bebender Stimme: »Wird das Volk von Bahia zulassen, daß Pedro Archanjos, Ojuobás Körper mitten auf der Straße im Dreck der Abwässer, in dieser Fäulnis, die der Präfekt nicht sieht und nicht beseitigen läßt, liegenbleibt, daß er hier bleiben und warten muß, bis ein Polizeiarzt erscheint? Wie lange? Bis Mittag, bis vier Uhr nachmittags? Das Volk, oh, das ruhmreiche Volk von Bahia, das die Holländer vertrieben und die portugiesischen Gauner geschlagen hat, sollte unseren Vater Ojuobá im Dreck verwesen lassen? Oh, Volk von Bahia!«
Das Volk von Bahia – rund dreißig Personen, nicht gerechnet jene, die oberhalb und unterhalb der Ladeira zum Vorschein

kamen – brüllte, Hände hoben sich, und die schluchzenden Frauen näherten sich dem Soldaten der Briosa. Es war ein gefährlicher Augenblick, schändlich und schwierig; der Soldat war hart, wie es der Major vorausgesehen hatte. Verschlossen, grimmig, unbeugsam, weil er so jung war und weil eine Autorität sich nicht beschimpfen läßt, zog er die Waffe. »Wer sich heranwagt, der stirbt!«

Ester erhob sich, um zu sterben.

Noch lauter jedoch trillerte der fast zivile Pfiff des Nachtwächters Everaldo, genannt Fode-Mansinho, der nach einer Nacht erfüllter Pflicht und ein paar Tropfen Wein auf dem Heimweg war. Was bedeutete dieser Lärm in der Morgenfrühe? Er erblickte den Soldaten mit dem Säbel in der Hand und Ester, die die Brüste sehen ließ. Eine Hurenrauferei, dachte er, aber für Ester hatte er viel übrig.

»Soldat«, schrie er den Rekruten an, »stillgestanden!«

Autorität gegen Autorität, auf der einen Seite der Nachtwächter, der letzte der Uniformierten, mit seinem vor Dieben warnenden Pfiff, voll Schelmerei, Biegsamkeit und Witz; auf der anderen Seite der Soldat der Briosa, wirkliche Miliz, mit seinem Säbel, seinem Revolver, seiner Dienstvorschrift, seiner Heftigkeit, seiner rohen Gewalt.

Everaldo entdeckte die Gestalt am Boden. »Was macht denn Archanjo hier? Es ist nur die Cachaça, nicht wahr?«

»Ach, das ist es eben nicht ...«

Der Major erklärte, daß sie den Körper gefunden hatten und der starrköpfige Soldat nicht erlauben wolle, daß sie ihn in Esters Haus brachten. Everaldo Fode-Mansinho bereinigte den Streit von Uniform zu Uniform.

»Soldat, es ist besser, du haust ab, solange noch Zeit ist, du hast den Kopf verloren und dem Major keine Achtung gezollt.«

»Major? Ich sehe keinen Major.«

»Dies ist Major Damião de Souza. Hast du nie von ihm gehört?«

Wer kannte den Namen des Majors nicht? Sogar der junge Soldat hatte ihn schon in Juàzeiro und täglich in der Kaserne gehört.

»Das ist der Major? Warum hat er es nicht gleich gesagt?«

Er verlor seine starre Haltung, seine einzige Macht, und da war

er vernünftig, der erste, der die Anweisungen des Majors befolgte – sie legten den Körper auf den Wagen, und alle zogen zu Esters Freudenhaus.
Meister Pedro Archanjo fuhr dahin, zufrieden mit dem Leben, zufrieden mit dem Tod. Diese Fahrt im offenen Wagen, von einem Esel mit Schellen am Hals gezogen, begleitet von Betrunkenen, Nachtschwärmern, Huren und Freunden, an der Spitze des Zuges der Wächter Everaldo, der auf seiner Pfeife trillerte, dahinter der Soldat in strammer Haltung, ach, diese kurze Reise schien eine seiner Erfindungen zu sein, ein Spaß, der im Heft notiert werden mußte, über den man am Tisch des Amalá an Xangôs Mittwoch berichten konnte.

4

Das Geld für die Beerdigung kam vor allem von den Freudenmädchen. Für Sarg, Wagen, Kerzen und Blumen.
Rosália als ehemalige Geliebte kleidete sich in Trauer und Witwenschaft, schwarzer Schleier über dem spärlichen, blondierten Haar – sie sammelte Spenden am Pelourinho, niemand schloß sich aus. Nicht einmal Marques Unha de Fome; sogar er, der niemals einen Schluck Cachaça auf Borg verkaufte, steuerte seinen Obolus und ein Wort über den Verstorbenen bei.
Jawohl, denn außer Geld sammelte Rosália Geschichten, Erinnerungen, Äußerungen, Gedanken; überall Pedro Archanjos Spur, seine Anwesenheit. Die kleine Kiki, noch nicht ganz fünfzehn und schmächtig, ein Leckerbissen für Landgerichtsräte in Dedés Freudenhaus, machte große Augen, holte die Puppe, die er ihr geschenkt hatte, und schluchzte.
Dedé, die runzlige Kupplerin, hatte Archanjo das ganze Leben lang stets als uneigennützig und toll gekannt. Noch Kind und Mädchen, Hirtin vom Heiligedreikönigstag, war sie seine Lieblingspartnerin auf Jahresabschlußfesten, bei Neun- und Dreizehntagefeiern, bei den Proben der Gruppen im Karnevalsrummel gewesen. Archanjo war ein Abenteurer, wer konnte mit seinem Leben mithalten? Viele Mädchen hatte er zu Frauen

gemacht, allein die Hirtinnen am Epiphaniastag. Dedé weinte und lachte bei der Erinnerung. »Ich modern und hübsch, er ein Strolch.«

»War er der erste, der Ihnen den Dienst erwiesen hat?«

Die Frage blieb ohne Antwort, Dedé sagte nichts mehr, Rosália ging im Zweifel weg. Auch sie hatte ihr Teil zu berichten und entfernte sich trotzdem gefaßt, ohne zu schluchzen und zu weinen, sammelte sie Gaben ein.

»Ich gebe es gern, und wenn ich mehr hätte, dann würde ich mehr geben«, sagte Roque und leerte die Taschen, ein paar magere Milréis.

Alle fünf im Büro trugen dazu bei, und Roque erklärte: »Es ist noch nicht lange her, etwa fünfzehn Jahre oder nicht einmal ... Warten Sie, ich kann das genaue Datum sagen, es war vierunddreißig, vor neun Jahren; wer erinnert sich nicht des Streiks bei der Circular? Anfangs war es nur das Personal der Straßenbahnen, der alte Teufel brauchte sich nicht einzumischen.«

»Er hat bei der Circular gearbeitet? Das habe ich nicht gewußt.«

»Nur kurze Zeit, er war Lichtquittungszusteller, er hatte den Posten durch Beziehungen und mit viel Mühe bekommen, er brauchte Geld.«

»Er brauchte immer Geld.«

»Da hat er doch auch gestreikt, er hat den Auftrag sausen lassen, wurde auf die Straße gesetzt und wäre beinahe festgenommen worden. Von ihm verlangte auch niemand mehr Fahrgeld für die Bahn. Der Alte war ein Teufel.«

In der Capoeiraschule, im ersten Stock des Hauses neben der Kirche, saß Meister Budião auf einer Bank, sah starr geradeaus, Haut und Knochen waren ausgetrocknet, und lauschte aufmerksam den Geräuschen, er war allein. Mit zweiundachtzig Jahren quälte ihn ein Bluterguß, als genügte die Blindheit nicht. Doch selbst so griff er in den Nächten im überfüllten Saal zur Maultrommel und stimmte den Gesang an. Rosália erstattete ihren Bericht.

»Ich habe es schon erfahren und meine Frau geschickt, eine Unterstützung zu bringen. Wenn sie zurück ist, gehe ich in die Kirche zu Pedro.«

»Gevatter, Sie sind nicht in der Lage ...«

»Halt den Mund. Weshalb sollte ich nicht hingehen? Ich bin ein paar Jahre älter als er, ich habe ihn Capoeira gelehrt, aber alles, was ich weiß, verdanke ich Pedro. Er war der zuverlässigste und ernsthafteste Mensch.«
»Ernsthaft? Bei seiner Vorliebe für Feste?«
»Ich sage, er war ernsthaft in seiner Rechtschaffenheit, nicht indem er ein verschlossenes Gesicht machte.«
Im Dunkel verloren, auf den schwankenden Beinen gefangen, sah Meister Budião den jungen Archanjo, der sich mit Büchern beschäftigte, immer mit Büchern, er lernte allein, niemals hatte er einen Lehrer.
»Er brauchte keinen, er lernte von selbst.«
Die Frau des Capoeirameisters, eine kräftige Fünfzigerin, steigt die Treppen herauf, ihre Stimme füllt den Raum. »Er ist hübsch anzusehen, in neuen Sachen, voller Blumen. Geh in die Kirche, viele Leute sind da. Der Trauerzug beginnt um drei.«
»Hast du den Betrag abgegeben?«
»Dem Heiligenbildhändler Miguel selbst, er hält Totenwache.«
Rosália nahm ihren Weg von Haus zu Haus, von Laden zu Laden, von Bar zu Bar, von Freudenhaus zu Freudenhaus; sie überquerte die Portas do Carmo, stieg den Tabuão hinunter. Wo Lídio Corrós Werkstatt gestanden hatte, war jetzt ein Kurzwarenbasar, dort machte sie eine Pause auf ihrer Wanderung.
Vor mehr als zwanzig Jahren war es geschehen, vor fünfundzwanzig oder dreißig, wer weiß? Wozu die Zeit nachrechnen, das half nichts. Auch sie, Rosália, war modern und hübsch, nicht mehr Kind und Mädchen, vielmehr eine fertige und begehrenswerte Frau in den besten Jahren; Archanjo war bald fünfzig. Unmäßiger Geliebter, wahnwitzige, hoffnungslose Leidenschaft.
In Lídio Corrós Werkstatt verbrachten sie einen Teil der Zeit: die beiden Männer mit dem kleinen Gehilfen an den Setzkästen. Von Zeit zu Zeit ein Schluck, um die Arbeit anzuheizen. Rosália zündete das Feuer an, sie kochten Leckerbissen, abends kamen Freunde und brachten Getränke mit.
Weiter vorn, an der Biegung des Hanges, hatte das Haus gestanden, es war nicht mehr da. Von der Mansarde dort oben hatten sie das Morgenrot über den Kais, den Schiffen und den Fischerbooten aufgehen sehen. Durch die zerschlagenen Fen-

sterscheiben drangen Regen, Meeresbrise, gelber Mond und Sterne. Das Ach und Weh der Liebe erstarb in den Falten des Morgens. Pedro Archanjo, angriffslustig im Bett und so zärtlich!

Rosália setzte ihren Weg fort, nicht mehr einsam, auch nicht traurig. Zwei Männer kamen eilig herauf.

»Ich habe einen Sohn von ihm gekannt, ein Kumpel von mir auf den Docks, später Seemann auf einem Schiff.«

»Aber er war niemals verheiratet.«

»Er hat mehr als zwanzig Kinder gezeugt, er war ein richtiger Zuchthengst.«

Er lachte lustig, auch sein Gefährte, der Mann war der Teufel. Und dieses andere Lachen, voller und reiner, woher kam es, Rosália? Nur zwanzig? Steck den Sohn ein, Gefährte, sei nicht verlegen; kraftvolle Rute, Seelsorger der Jungfrauen, Verführer der Verheirateten, Patriarch der Freudenmädchen, Pedro Archanjo hatte die Welt mit diesen und jenen bevölkert, mein Lieber.

5

Vom Blau überflutete Kirche am Nachmittag, Kirche der Sklaven auf dem Platz, über dem Gefängnis und Pelourinho aufragend. Ist es der Widerschein des Sonnenlichts oder ein Blutfleck auf dem Steinboden? Soviel Blut ist über diese Steine geflossen, so viele Schmerzensseufzer sind zu diesem Himmel aufgestiegen, soviel Flehen und so viele Flüche sind an den Mauern der blauen Igreja do Rosário dos Prêtos widergehallt.

Seit langem hatte sich nicht eine so große Menschenmenge am Pelourinho versammelt, die Kirche, Kirchplatz und Freitreppe füllte und sich auf Gehwegen und Fahrdamm ausbreitete. Würden die beiden Omnibusse genügen? Wegen der Benzinrationierung war es nicht leicht gewesen, sie zu bekommen, der Major hatte sich einschalten, seine Beziehungen spielen lassen müssen. Eine zumindest ebenso große Volksmenge wartete auf der Ladeira das Quintas unterhalb des Friedhofes. Viele waren bis zur Kirche gekommen, hatten das ruhige Gesicht des Verstorbenen betrachtet, einige hatten ihm die Hand geküßt; dann fuhren sie von der Baixa dos Sapateiros aus mit der Straßenbahn nach Quintas, wo sie auf den Trauerzug warteten. Eine Schärpe aus schwarzem Tuch von einer Seite zur anderen am Sitz des Afoxé.

Auf der Freitreppe der Kirche raucht der Major seine billige Zigarre, brummt Begrüßungen, er ist nicht zu vertraulichen Gesprächen aufgelegt.

Dort drinnen liegt Pedro Archanjo, für die Beerdigung bereit, sauber und gut gekleidet, unaufdringlich. So zurechtgemacht ist er zu den Zeremonien des Terreiro gegangen, zu Straßenfesten, Geburtstagen, Hochzeiten, Totenwachen und Begräbnissen. Nur am Ende seines Lebens war er etwas nachlässiger geworden, durch äußerste Not gezwungen. Eins aber hatte er nie eingebüßt: seine Heiterkeit.

Als junger Mann von dreißig Jahren war er jeden Morgen auf den Mercado do Ouro an die Bude der Gevatterin Terência, der Mutter des Gassenjungen Damião, gekommen, um Kaffee zu trinken und Pubakuskus und Tapiokakuchen zu essen. Umsonst – wer könnte Geld von ihm verlangen? Beizeiten gewöhnte er sich an, gewisse Dinge nicht zu bezahlen oder sie vielmehr mit der Münze seines Lachens, seiner amüsanten und lehrreichen Unterhaltung zu begleichen. Nicht aus Geiz – er war freigebig und verschwenderisch –, sondern weil man es nicht von ihm forderte, weil er meistens nichts zum Bezahlen hatte; Geld wurde in seinen Taschen nicht warm, denn wozu ist es gut, wenn nicht zum Ausgeben, mein Lieber?

Sobald der Gassenjunge Damião das helle Lachen hörte, ließ er alles im Stich, selbst die aufregendste Rauferei, setzte sich auf den Boden und wartete auf die Geschichten. Von den Orixás kannte Archanjo alle Heimlichkeiten, auch von anderen Helden: Herkules und Perseus, Achilles und Odysseus. Als ausgelassener Teufel, Schrecken der Nachbarn, liederlich und unmäßig, Anführer einer gesetzlosen Bande, hätte Damião niemals lesen gelernt, wenn Archanjo es ihm nicht beigebracht hätte. Keine Schule hielt ihn, keine Schläge überzeugten ihn, dreimal war er aus dem Kinderasyl geflohen. Aber Archanjos Bücher – die *Griechische Mythologie*, das Testament, *Die drei Musketiere*,

Gullivers Reisen, Don Quijote de La Mancha –, das ansteckende Lachen, die lebhafte, brüderliche Stimme – »Setz dich hierher, mein kleiner Freund, komm, lies eine spannende Geschichte mit mir« – gewannen den Jungen für Literatur und Rechnen. Archanjo kannte eine Menge Verse auswendig, und er verstand es, sie vorzutragen – ein Schauspieler. Gedichte von Castro Alves – »Es war ein dantischer Traum ... Das Segel, das der Lichter Schein rot färbt, sich in Blut zu baden« – und von Gonçalves Dias – »Weine nicht, mein Sohn; weine nicht, denn das Leben ist ein heißer Kampf: leben heißt kämpfen« –, die Truppe der Jungen hörte mit offenem Munde zu, verblüfft und gefesselt.
Wenn Terência wütend war, an ihren Mann dachte, der sie wegen einer anderen verlassen hatte und untergetaucht war, dann erzwang der Freund ein Lächeln auf ihren schönen Lippen, indem er lyrische Verse, Liebesgedichte aufsagte. »Ihr Mund war ein scharlachroter Vogel, der ein fröhliches Lächeln sang ...« Gevatterin Terência, die in ihrer Imbißbude nur für den Sohn Damião lebte, richtete die nachdenklichen Augen auf den Freund – was sollte sie tun, wenn nicht lächeln, die Traurigkeit beiseite schieben? In Miros Laden ließ die impulsive Ivone, von den Reimen betört, ihre Pakete liegen. »Eines Nachts, ich erinnere mich ... Sie schlief sanft zurückgelehnt in einer Hängematte ... Fast aufgeschlagen war der Morgenrock, das Haar gelöst ...« Terências Augen waren nachdenklich.
An einem stürmischen Morgen – der Himmel war pechschwarz, der Wind entfesselt – trafen sich Pedro Archanjo und Kirsi, die Schwedin, auf dem Mercado do Ouro. Der Major sieht sie wieder vor sich: ein faszinierender Anblick, sie stand an der Tür, vom Regen gepeitscht, das Kleid an den Körper geklebt, neugierig und erstaunt. Nie zuvor hatte er so glattes blondes Haar gesehen, so unwahrscheinlich blond, rosige Haut, Augen von tiefgründigem Blau, blau wie diese Igreja do Rosário dos Prêtos.
In der Kirche ein Murmeln, ein Hin und Her, Leute kamen und gingen, dauerndes Gedränge um den Sarg. Es war kein luxuriöser Sarg, keine prachtvolle Aufbahrung, so viel hatten die Einnahmen nicht erlaubt, aber er war anständig mit diesen Schnürentressen, dem violetten Tuch, den Metallringen, und

Archanjo selbst war in den roten Umhang der Bruderschaft gekleidet.
Rings um ihn saßen die ehrwürdigsten Heiligenmütter, keine fehlte. Vorher, noch in Esters Haus, in der verborgenen Kammer, hatte Mutter Pulquéria die ersten Pflichten des Axexê Ojuobás erfüllt. Überall in der Kirche und auf dem Platz das Volk der Terreiros: ehrwürdige Ogãs, Heiligentöchter, Iaôs vom letzten Schiff. Lila, gelbe und blaue Blumen, eine rote Rose in Archanjos dunkler Hand. So hatte er es gewollt und erbeten. Der Küster und der Heiligenbildhändler kamen, den Major zu rufen, nur noch fünf Minuten fehlten an drei Uhr.
Der Leichenwagen und die überfüllten Omnibusse fuhren zum Cemitério das Quintas, wo Ojuobá, Xangôs Augen, ein Recht auf ewige Ruhe in der Erde seiner katholischen Bruderschaft hatte. Ein Auto mit Gasgenerator begleitete den Leichenzug, es brachte Professor Azevêdo und den Dichter Simões, die beiden einzigen, die hier erschienen, weil der Verstorbene vier Bücher geschrieben und Theorien erörtert hatte, weil er mit zeitgenössischen Gelehrten polemisiert, die offizielle Pseudowissenschaft abgelehnt, sich gegen sie erhoben hatte, um sie zu zerstören. Die anderen waren gekommen, um einen alten Gevatter von großer Klugheit, ja Weisheit, einen guten und erfahrenen Ratgeber, berühmten Plauderer, außergewöhnlichen Trinker, Frauenhelden bis zum letzten Tage, verschwenderischen Kinderzeuger, Liebling der Orixás, Vertrauten der Geheimnisse, einen hochgeachteten alten Gevatter, fast einen Zauberer, Ojuobá, zu verabschieden.
Der Friedhof lag auf einem Hügel, doch der Leichenwagen, die Omnibusse und das Auto fuhren nicht wie sonst bei Beerdigungen bis vor die Pforte hinauf. Da dies nicht ein beliebiges Begräbnis war, wurden der Tote und seine Begleiter am Fuße des Hügels abgesetzt.
Das Volk, das aus der Kirche strömte, vermengte sich mit den Leuten, die schon in Quintas warteten, eine unüberschaubare Masse: Eine solche Beerdigung hatte es nur vier Jahre zuvor für Mutter Aninha gegeben. Kein Politiker, nicht einmal ein Millionär, kein General oder Bischof hatte soviel Volk in der Stunde des Abschieds vereint.

Obás und Ogãs, einige unter der Last des Alters gebeugt, von der Fahrt erschöpfte Greise, der Major und der Heiligenbildhändler Miguel nahmen den Sarg und hoben ihn dreimal über das Volk, dreimal senkten sie ihn zur Erde, zum Beginn des Nagôrituals.
Die Stimme des Heiligenvaters Nèzinho erhob sich zur Trauerweise in der Iurubásprache:

»Axexê, axexê
Omorode.«

Der Chor wiederholte, die Stimmen schwollen an im Abschiedsgesang: »Axexê, axexê.«
Der Trauerzug stieg weiter hügelan: drei Schritte vorwärts, zwei zurück, Tanzschritte beim Klang der heiligen Litanei, der Sarg auf den Schultern der Obás.

»Iku lonan ta ewê xê.
Iku lonan ta ewê xê.
Iku lonan.«

Mitten auf dem Hang erfaßte Professor Azevêdo einen Sarggriff, die Schritte gingen ihm leicht ein, er trug sie in der Mischung des Blutes. Die Fenster waren voller Menschen, Leute liefen herbei, um das einzigartige Schauspiel zu sehen. Ein Begräbnis wie dieses gab es nur in Bahia, und auch hier immer seltener.
Da nahte Pedro Archanjo Ojuobá, gut gekleidet, neuer Anzug und Krawatte, roter Umhang, alles unaufdringlich, und tanzte seinen letzten Tanz. Der mächtige Gesang drang durch die Häuser, zerschnitt den Himmel über der Stadt, unterbrach Geschäfte, veranlaßte Passanten stehenzubleiben; der Tanz beherrschte die Straße, drei Schritte vorwärts, zwei zurück – der Tote, jene, die ihn bringen, und das ganze Volk.

»Ara ara la insu.
Iku ô iku ô.
A insu bereré.«

Schließlich erreichten sie die Friedhofspforte. Obás und Ogãs trugen Ojuobás Sarg auf der Schulter hinein, wie es die Pflicht verlangte. An der Seite der Gruft, zwischen Blumen und Wehklagen, schwiegen die Atabaques, Tanz und Gesang brachen ab. »Wir sind die letzten, die so etwas sehen«, sagte der Dichter Simões zu Professor Azevêdo, der sich betrübt fragte, wie viele hier eine Ahnung von Archanjos Werk hatten. Wäre es nicht der Mühe wert, es in einer kleinen Rede zu erwähnen? Die Schüchternheit hinderte ihn daran. Alle waren in Weiß, die Farbe der Trauer, gekleidet.

Der Sarg ruhte einen Augenblick, bevor er für immer in das Grab gesenkt wurde: Noch war Archanjo bei den Seinen. Die Menge verdichtete sich, jemand schluchzte.

Dann, als es ganz still geworden war und die Totengräber Pedro Archanjo mit seinem Sarge nahmen, erhob sich eine einsame Stimme zitternd und ernst zu einem schmerzlichen, herzzerreißenden Gesang, zu einem zärtlichen und wehmütigen Abschied. Es war Meister Budião, ganz in Weiß, ganz in Trauer, von seiner Frau geführt und von Mané Lima gestützt, blind und gelähmt am Hügel eines Grabes: ein Gespräch zwischen Vater und Sohn, untrennbaren Brüdern; leb wohl, Bruder, leb wohl für immer, leb wohl, ein paar Worte der Liebe, iku ô iku ô dabó ra jô ma boiá.

»Wenn ich sterbe, dann gebt mir eine rote Rose in die Hand.« Eine Rose aus Feuer, eine Rose aus Kupfer, aus Gesang und Tanz, Rose von Oxalá, axexê, axexê.

Über unseren Dichter und Forscher als poetisches Musterbeispiel eines Geliebten (und Gehörnten)

1

Da der große Levenson Ana Mercedes' Hilfe brauchte, um noch in derselben Nacht einige Notizen zu ordnen, und meine Anwesenheit für den Erfolg dieser Aufgabe weder erforderlich noch erwünscht war, verabschiedete ich mich in der Hotelhalle von ihm. Er wünschte mir gute Arbeit und schien mir zynisch.

Also rief ich seine neue Mitarbeiterin beiseite, um ihr Sorgfalt und Standhaftigkeit zu empfehlen, damit sich der Gringo nicht als billiger Eroberer entpuppe und die nächtliche Wissenschaft nicht in grobe Gemeinheit ausarte. Anmaßend, in ihrem Ehrgefühl verletzt, unterbrach sie meine Besorgnis und meine Zweifel mit der bündigen Frage und schrecklichen Drohung: Glaubte ich an ihre Treue und Ehrbarkeit oder nicht? Denn wenn ich den geringsten Zweifel hegte, dann wäre es besser ... Ich ließ sie nicht aussprechen, ich Ärmster, ich versicherte ihr blindes Vertrauen und erhielt ihr Verzeihen, einen flüchtigen Kuß und ein zweifelhaftes Lächeln.

Ich ging auf die Suche nach einer Kneipe für die bürgerliche Nachtwache: mich betrinken, die Reste der Eifersucht, die die Dollars des Amerikaners und Ana Mercedes' Proteste nicht aufgelöst hatten, in Cachaça ertränken.

Ja, Eifersucht, denn daran starb ich jeden Abend und davon erwachte ich jeden Morgen, jeden Augenblick des Tages und vor allem nachts – wenn ich sie nicht bei mir hatte –, Eifersucht wegen Ana Mercedes, deretwegen ich Streit hatte, schlug und geschlagen wurde, deretwegen ich unbeschreiblich litt, in einem Brunnen von Demütigungen und Gehässigkeiten, deretwegen ich ein elender und schmählicher Lump wurde, zum allgemeinen Gespött der Literaten und derer, die es sein wollen – und all das war sogar wenig, denn sie verdiente viel mehr.

Als Muse und Bollwerk der jüngsten poetischen Generation nahm Ana Mercedes an der Bewegung »Kommunikation durch

Hermetismus« teil, eine geniale Formel, ein Gebot, dessen Aktualität nur Starrköpfige und Neider bestreiten können. In diesen Heerscharen der neuen Poesie wird mein Name bewundert und gefeiert. »Fausto Pena, Autor von *Der Rülpser,* einer der bedeutendsten Führer junger Poesie«, hatte Zino Batel, Autor von *Hoch die Aa* und nicht weniger führend und bedeutsam, im *Jornal da Cidade* geschrieben. Ana Mercedes, Journalistikstudentin an derselben Fakultät, an der ich zwei Jahre zuvor das Soziologiediplom gemacht hatte, vermietete den Glanz ihrer Intelligenz gegen niedrigen Lohn an die Redaktion des *Diário da Manhã* (und in ihrer Position als Reporterin lernte sie Levenson kennen und verkehrte mit ihm) und gewährte diesem bärtigen erwerbslosen Dichter kostenlos die Reize ihres unvergleichlichen, göttlichen Körpers. Ach, wie sollte man diese götterhafte Mulattin, von Kopf bis Fuß aus purem Golde, ihr nach Rosmarin duftendes Fleisch, ihr kristallhelles Lachen, ihre kokette, schmachtende Gestalt, ihre unermeßliche Fähigkeit zu lügen beschreiben!

Wenn sie im *Diário da Manhã* zu tun hatte, dann wirkte sie wie ein Boot auf der Fahrt über das aufgewühlte Meer, und von den Chefs bis zu den Pförtnern, über Redaktion, Verwaltung und Büros, hatte keiner dieser Lumpen einen anderen Gedanken, einen anderen Wunsch, als sie auf einem der weichen Sofas im Direktorenzimmer unter dem Bild des erlauchten Gründers – einem Werk Jenners – stranden zu lassen; ob auf den schwankenden Tischen der Redaktion und der Geschäftsführung, der uralten Druckmaschine, den Papierstapeln oder den schmutzigen Dielen voll Schmiere und Dreck – wenn Ana Mercedes ihren Körper auf dem schmutzigen Boden ausstreckte, dann würde sie ihn in ein Rosenbett, in gesegnete Erde verwandeln.

Ich glaube nicht, daß sie jeden dieser Schurken gewähren ließ; man sagt, früher habe sie es getan. Als Bewerberin für die Stelle habe sie es Dr. Brito, dem geschäftsführenden Direktor des Blattes, leicht gemacht, mit ihm sei sie in der verdächtigen Gegend des »Oitenta e Um«, des luxuriösen Freudenhauses, das unter Madame Elzas Leitung steht, gesehen worden. Sie schwor mir, unschuldig zu sein; sie war mit dem Chef in diese Gegend gegangen, das stimmte schon, doch sie hatte es getan, um ihm

Begabung, Reporterspürsinn zu beweisen, in einer wirren Geschichte, die ich nicht ergründen möchte – es ist auch nicht angebracht, hier darüber zu diskutieren.

Ich akzeptierte die zwielichtige Erklärung, diese und viele andere, einschließlich jener von wissenschaftlicher Art an dem Abend, an dem ich die Verpflichtung übernahm, auf der Suche nach Pedro Archanjo durch Bahias abschüssige Straßen und Gäßchen zu wandern: Meine erbarmungslose, heftige Eifersucht – mörderisch und selbstmörderisch – löste sich in Liebesschwüre auf, wenn die Schlange Minibluse und Minirock fallen ließ und den Rest zeigte, während sie Arme und Beine ausstreckte, diese ganze vergoldete Landschaft, Kupfer und Gold und der Rosmarinduft, eine Meisterin der Unzucht. »Bei dir haben die Dirnen gelernt und studiert«, schrieb ich in einem der zahlreichen Gedichte, die ich ihr widmete, zahlreich und schön (man verzeihe mir die Unbescheidenheit).

Die Literatur war das erste Band, das uns verknüpfte, und Ana Mercedes hatte diesen Dichter und seine rauhe Poesie bewundert, bevor sie der wilden Natter mit Bart, großem Haarschopf und Jeans nachgab. Wilde Natter, man verzeihe mir noch einmal die Unbescheidenheit; das hatten die Dichterinnen gesagt: eine Riesenschlange.

Es war ein unvergeßlicher Augenblick, als sie mir schüchtern und ängstlich das Studentenheft mit ihren Erstlingen zur Beurteilung entgegenhielt: rührende Schönheit, flehendes Lächeln, ganz bescheiden. Es war das erste und einzige Mal, daß ich sie demütig zu meinen Füßen hatte.

Zino Batel hatte eine Viertelseite in der Sonntagsbeilage des *Jornal da Cidade* für die Spalte »Junge Poesie« erhalten und wollte, daß wir sie gemeinsam gestalteten: Acht Stunden täglich Sklave in einem Bankinstitut und abends in der Redaktion der Zeitung, blieb ihm keine Zeit, Gedichte zu sammeln und auszuwählen. Diese unentgeltliche und schwierige Aufgabe fiel mir zu, wenn sie auch in gewisser Hinsicht lohnend war, denn sie verlieh Ansehen und Größe. Ich ließ mich in einer kleinen, wenig beleuchteten Bar im Hintergrund einer Kunstgalerie nieder und war von einer zahlreichen Kundschaft von Mädchen und Jungen umringt – nie hätte ich gedacht, daß es so viele und so schlechte junge Dichter gibt, einer begeisterter und fruchtbarer als der andere, alle begierig auf einen Zoll Platz in unserer Spalte. Die Kandidaten, im allgemeinen reich an Inspiration und spärlich an Vermögen, zahlten den Zitronendrink; einige, die die Anlagen zum Unternehmer in sich trugen, boten Whisky. Ich betone hier noch einmal, daß ich mich in Urteil und Auswahl der Originale nicht durch Qualität oder Menge des Getränks beeinflussen ließ. Selbst einige aufreizende Dichterinnen, die mir ihre mageren Schenkel öffneten, besiegten auch so meine anerkannte kritische Strenge nicht, sie milderten sie bestenfalls.

Ana Mercedes setzte dieser großen Charakterfestigkeit und Unabhängigkeit in wenigen Minuten ein Ende. Kaum hatte ich den Blick über die Zeilen des Heftes schweifen lassen, da konnte ich feststellen: Dafür war sie nicht geboren; mein Gott, wie schlecht das war! Aber ihre Knie und eine Handbreit ihrer Schenkel, Vollkommenheit der Natur, und die Augen voll Angst. »Mein Kind, ich sage dir, du hast Talent.« Da sie dankbar lächelte, fügte ich hinzu: »Unerfahrenes Talent!«

»Werden Sie es veröffentlichen?« wollte sie gleich ungeduldig wissen, wobei sie die Lippen halb öffnete und mit der Zungenspitze darüberfuhr. Mein Gott!

»Möglich. Das hängt von dir ab«, antwortete ich verschlagen, Anspielung und Zweideutigkeit in der Stimme.

Ich gestehe, daß ich in diesem Moment noch schurkisch dachte, mich sieghaft und ehrenvoll dadurch aus der Verlegenheit zu ziehen, daß ich mit der Dichterin schlief und den Unsinn nicht veröffentlichte. Schöner Irrtum – am Sonntag debütierte sie und füllte unter Lobpreisungen die Spalte »Junge Poesie« allein aus: »Ana Mercedes, die große literarische Entdeckung der letzten Zeit«, und ich war nicht über ein paar Küsse, das Betasten ihrer Brüste und Versprechen hinausgekommen. Wahr ist auch, daß die drei unter ihrem Namen gedruckten Gedichte faktisch von mir stammten. In einem war nur das Wort »Unterbreitseite« von ihr, ein hübsches, mir nicht bekanntes Wort; es bedeutete Hinterteil. Übrigens kann man von Ana Mercedes' dichterischer Produktion sagen, daß sie zunächst ganz mein Werk war und dann das des Poeten Ildázio Taveira, als die

Undankbare, vielleicht der Eifersuchtsszenen müde, mein Bett aufgab und eine neue Phase in ihrer Literatur begann. Nach dem Poeten Ildázio wandte sie sich als Partnerin des Komponisten Toninho Lins der Volksmusik zu, mehr im Bett als in Schrift und Melodie.

Als Levenson nach Bahia kam, hatte meine Geschichte mit Ana Mercedes ihren Höhepunkt erreicht: endgültige Leidenschaft, ewige Liebe. Viele Monate hindurch hatte ich weder Augen noch Kraft für eine andere Frau, und wenn sie unsere Liebesschwüre einige Male brach, so gelang es mir doch nie, dies zu beweisen – vielleicht weil ich es nicht wirklich wollte? Wozu hätte mir ein solcher Beweis genützt, wenn nicht dazu, endgültig mit ihr zu brechen – und das, ach, niemals! – oder in verbitterten Stunden nicht einmal mehr die Wohltat des Zweifels zu genießen, des geringsten, des winzigsten Stückes Zweifel?

Zweifel und Eifersucht, der Wunsch, sie in meinem Bett zu haben, und sie zu dieser Nachtstunde mit dem Gelehrten im Hotel zu wissen, in meiner Abscheulichkeit gekreuzigt und mit Dollars bezahlt, so ging ich mich verstecken, um mir im »Xixi dos Anjos«, einem unbekannten Loch ohne Kundschaft, einen Rausch anzutrinken.

Kaum hatte ich es mir vor der unvermischten Cachaça bequem gemacht, wen sah ich da in vertrauter Unterhaltung mit einem unbeschreiblich widerwärtigen unzüchtigen Weibsbild, ich weiß nicht, ob Dirne oder alte Jungfer? Den Akademiker Luiz Batista, Stützpfeiler der Moral und der Familie, den vortrefflichen Frömmler, den Kämpfer für die gute Sache! Er zitterte, als er mich erblickte, und ich ließ ihm keine Wahl: Er war gezwungen, freundlich und herzlich zu mir zu kommen und alles zu erklären mit einer wirren Geschichte, die den Geschichten Ana Mercedes' glich.

Ich hatte Studienrat Batista im Gymnasium erlitten, seine unheimlich langweiligen Stunden, seine schwülstigen Reden, seine blöde Rückschrittlichkeit, seinen schlechten Atem, seine grammatischen Spitzfindigkeiten; wir fühlten uns nicht wohl, weder damals noch später, wenn wir uns einige wenige Male begegneten. Und nun finden wir – ich an meinem Kummer, an meinem Hörnerschmerz kauend, er bei unzüchtiger Verbindung ertappt – in der niedersten stinkenden Kneipe einen Anlaß, uns zu verbünden, einen Punkt gemeinsamen Interesses, einen Feind, der uns vereint: Levenson, den amerikanischen Gelehrten, und seinen brasilianischen Kontrapunkt, den anonymen Pedro Archanjo.

Der rühmliche Akademiker legte sein Mißtrauen gegenüber Levenson, seine Zweifel über dessen Mission in Brasilien dar; ich verschwieg meine, da sie intimer und persönlicher Natur waren. Seine waren von öffentlichem Interesse und betrafen die nationale Sicherheit.

»So viele erlauchte Leute in Bahia, dem Vaterland von Genies und Helden, angefangen beim unsterblichen Ruy bis zu Águia de Haia, und dieser Ausländer wählt für seine Lobreden als einzigen seiner Anerkennung Würdigen einen trunksüchtigen gemeinen Neger aus.«

Empörung packte ihn, und er erhob sich in Rednerpose, ebenso in Trance wie bei den Iaôs des Terreiro de Alaketu: Er wandte sich mal an mich, mal an das gloriose Weibsbild oder an den Kellner, der in seinen Zähnen stocherte.

»Das wird überprüft, und diese ganze Kulturinszenierung ist nichts anderes als ein kommunistischer Plan, die Grundfesten der Regierung zu untergraben.« Und mit leiser, vertraulicher Stimme fuhr er fort: »Irgendwo habe ich gelesen, daß dieser Levenson gedroht habe, vor dem Ausschuß für unamerikanisches Verhalten auszusagen, und ich weiß aus sicherer Quelle, daß sein Name auf der Liste des FBI steht.«

Er bewegte den Finger in Richtung der förmlichen Gleichgültigkeit des Kellners, der die unterschiedlichsten und lächerlichsten Betrunkenen gewohnt war.

»Was versucht er uns schließlich als allerhöchste Wissenschaft anzudrehen? Gewäsch in schlechtem Portugiesisch über den Abschaum, über den Pöbel. Wer war dieser Archanjo? Eine exponierte Gestalt, ein Professor, ein Gelehrter, eine Leuchte, eine politische Größe, zumindest ein reicher Kaufmann? Nichts von alldem: ein gewöhnlicher Pedell der Medizinischen Fakultät, wenig mehr als ein Bettler, faktisch ein Arbeiter.«

Der hervorragende Bürger schäumte, und ich sprach ihm die Motive für solch großen Zorn nicht ab. Er hatte seine Existenz

dem Protest gegen die Ausschweifungen, gegen die Auflösung der Sitten, gegen Badeanzüge, Marx und Lenin, die Verunreinigung der portugiesischen Sprache, »die letzte Blüte Lácios«, geweiht, und welche Ergebnisse hat er erzielt? Keine. Die Pornographie beherrscht Bücher, Theater, Kino und Leben; die Auflösung der Sitten ist Alltäglichkeit geworden, die jungen Mädchen greifen zur Pille statt zum Rosenkranz, die Badeanzüge sind Bikinis geworden, und siehe da, als genügten Marx und Lenin nicht, sind da nun auch noch andere, ohne von den Priestern zu sprechen, die vom Teufel besessen sind; was Bücher und portugiesische Sprache betrifft – die Bände des berühmten Akademikers, aus der reinen und fehlerfreien Sprache Camões' gegossen und auf Kosten des Autors veröffentlicht, ruhen in den Regalen der Buchhandlungen in ewiger Hinterlegung, während die Bücher dieser Schreiberlinge, die die Regeln der Grammatik mißachten und die Sprache der Klassiker auf einen afrikanischen Unterdialekt reduzieren, zu Tausenden verkauft werden.
Ich hatte Angst, daß er mich oder den Kellner beißen könnte. Er tat es nicht. Er nahm die Dirne, stieg in seinen Volkswagen und fuhr davon, auf der Suche nach einem wirklich verschwiegenen Winkel, wo ein Vater der Heimat und der Moral die unumgänglichen Präliminarien betreiben konnte, die geeignet waren, ihn einmal im Leben den fleischlichen Beischlaf mit einer anderen als der geheiligten Ehefrau erfahren zu lassen, ohne daß er bei diesen süßen Initiativen von Typen niederer moralischer und literarischer Herkunft bespitzelt wurde.
Niederer Herkunft, gewiß. Wenn es nicht so wäre, dann würde ich, anstatt schwache Zweifel in die Cachaça, in die Inspiration fragwürdiger Verse zu hegen, unerbittlich in das Hotel und Appartement wegen des offenkundigen Vergehens eindringen, in einer Hand die Dollars, um sie dem Lumpen ins Gesicht zu schleudern, in der anderen die geladene Pistole: fünf Schüsse auf die Treulose, in ihren ausschweifenden Leib der Genußsucht und des Verrats, die letzte Kugel schließlich in den eigenen Kopf. Meine Eifersucht, ach, ist mörderisch und selbstmörderisch.

2

Riesenschlange Hahnrei

Geschändeter Stern
fremdes Lager
Beischlaf in Latein
o Geschändete
ich werde deine Reste vernaschen
die Überbleibsel
Rosen Erschöpfung Nachtwache
Landesvater Weltschmerz
ich werde deine Reste vernaschen
die soziologischen
Rosmarinparfüm Lavendelduft
Whisky Bad Seife Pfeifenrauch
oh yes

Bloßes Anrecht
nicht Revolver nicht Dolch
nicht Messer nicht Erbrechen nicht
Weinen Klagen Drohen Schreien
nur Liebe
ich werde deine Reste vernaschen
König der Gehörnten
Natter Riesenschlange Hahnrei
Garten aus Hörnern
Hörner Geweihe Kreuzbalken Haken Stümpfe Galläpfel
an Kopf Hand Füßen
in den Wirbeln des Rückgrats
an der Unterbreitseite
mit ihnen werde ich dich durchdringen
geschändeter reiner Stern
dein König Herr.

Fausto Pena
»Xixi dos Anjos«, früher Morgen, 1968

Wo es sich um berühmte und hochgestellte Leute handelt, um maßgebende, im allgemeinen überaus gelehrte Intellektuelle

1

Levensons Erklärungen wurden von den Mikrofonen des Rundfunks, vom Fernsehen, in die Seiten der Zeitungen aufgenommen, im Dienste des Gedenkens und des Werkes eines bis dahin unbekannten Bahianers – plötzlich einer internationalen Berühmtheit. Reportagen, Interviews, Stellungnahmen der Kulturgewaltigen, Artikel in den Sonntagsbeilagen, Chroniken, Rundgespräche in den Programmen mit größter Reichweite.

Im allgemeinen suchten die Intellektuellen in Interviews und Artikeln, in Radio und Fernsehen vor allem eine seit langem vertraute Bindung an Archanjos Werk zu beweisen. Wie man sieht, kein Unterschied zwischen denen hier und denen in Rio und São Paulo: Der Fortschritt verwischt Ungleichheiten und kulturellen Abstand, all das, was früher Hauptstadt und Provinz trennte. Wir sind heute genauso auf dem laufenden, fähig, gebildet und kühn wie jedes andere große Zentrum im Süden, und unsere talentierten Jungen bleiben Ápio Correia und den anderen Salonlöwen von Ipanema und Leblon nichts schuldig, so geschickt und verwegen sie auch sein mögen. Ein einziger grober Unterschied besteht noch: Löhne und Gagen sind hier weiterhin niedrig, unwahrscheinlich schäbig – provinziell.

Erstaunlicherweise entdeckte man, daß jedes unserer größten Talente angesichts der schmählichen Gleichgültigkeit der Kollegen seit langem und mit allen Mitteln den unschätzbaren Wert des Werkes von Master Pedro (sie erhoben ihn sogar vom Pedell der Medizinischen Fakultät zum »Master« der Universität) ausposaunt hatte. Man hatte den Eindruck, daß Archanjos Name und seine Bücher niemals in Dunkel und Anonymität geruht hatten, woraus sie erst durch Levensons Erwähnen hervorgeholt wurden, sondern daß Worte und Ansichten des Autors von *Das Leben des Volkes in Bahia* in ständigem Licht und Glanz in Essays, Vorlesungen, Konferenzen und Debatten von einer riesigen Schar von Jüngern in alle vier Winde verkündet worden waren. Ergreifende Einmütigkeit des Denkens, bewegende Feststellung: Wer konnte die Existenz einer so großen Zahl von Schülern Pedro Archanjos ahnen, einer wahren Heerschar, da gerade Bahia ausgesprochen reich an Ethnologen, Soziologen, Anthropologen, Folkloreforschern und anderen Exemplaren derselben Fauna war, einer wissensdurstiger und maßgebender als der andere – o Herr vom guten Ende, steh uns bei!

Es lohnt, aus all diesem umfangreichen, gelehrten und grotesken Pressematerial zwei oder drei wirklich ernsthafte und erwähnenswerte Beiträge hervorzuheben. Zum Beispiel das ausgedehnte Interview, das Professor Azevêdo dem Abendblatt *A Tarde* gewährt hat.

Als Ordinarius der Soziologie hatte der Professor nichts gemein mit der eiligen Beförderungsgier der Intellektuellen. Er kannte Archanjos Werk tatsächlich; er hatte zusammen mit Professor Ramos aus Rio de Janeiro Anmerkungen erarbeitet, die dieses Werk aktualisieren und erläutern sollten; er hatte sich bemüht, junge Spezialisten an diesen schmalen Bänden zu interessieren, doch die Spezialisten waren mit sich und ihrem Wissen zufrieden, genügten sich selbst. Erst das Kommen James D. Levensons, des Nobelpreisträgers, war nötig, damit sie sich bekehrten und die Führung von Archanjos spätem Ruhm übernahmen.

Professor Azevêdos Interview war die Hauptquelle, aus der sich die Unterzeichner der glänzenden Artikel in Beilagen und Zeitungen speisten, denn Archanjos Bücher, alte und begrenzte Ausgaben, zu bekommen, war nicht leicht. Gewissenhaft erklärte, analysierte, schilderte Azevêdo das Werk des Autors von *Afrikanische Einflüsse auf die Sitten von Bahia,* betonte sein Autodidaktentum, seinen wissenschaftlichen Ernst und seinen Mut, erstaunlich für diese Epoche. Er zitierte Titel, Abschnitte, Forschungsorte, Namen, Daten, sagte einiges über den Menschen, mit dem er kurz Verbindung gehabt und an dessen Beerdigung er teilgenommen hatte.

Mehr als zwanzig Essays, Artikel und Chroniken entsprangen diesem Interview; einige brachten ihren Autoren einträgliches Lob; nicht ein einziger erwähnte den Ordinarius, aber alle zitierten Levensons Werke und die mehrerer anderer nordamerikanischer und europäischer Autoren. Einer klassifizierte die »archanjonische Botschaft« als ein »rückwirkendes Produkt von Maos Denken«. Ein anderer, nicht weniger vorwärtsgewandt, schrieb über *Archanjo und Sartre: zwei Maßstäbe des Menschen*. Unglaublich!

Eine merkwürdige Sache, die unter so vielen Albernheiten hervorgehoben zu werden verdient, war die Chronik des Kommentators Guerra, einer der wenigen, die sich nicht als Ethnologen ausgaben, sich nicht als Archanjos Schüler bezeichneten. In unehrerbietiger Umgangssprache griff dieser Guerra nur in die Debatte ein, um die wiederholten Plagiate zu enthüllen, deren Opfer ein Werk des Meisters war, das einzige, das eine gewisse Verbreitung gefunden hatte, als es vor mehr als dreißig Jahren in den Schaufenstern der Buchhandlungen ausgestellt wurde.

Professor Azevêdo hatte in seinen Aussagen von dem ungeheuren Opfer gesprochen, das der bettelarme Pedell mit dem spärlichen Gehalt und dem großen Hang zur Cachaça gebracht hatte, um seine Bücher zu drucken. Über seinen Freund und Gevatter Lídio Corró brachte der Essayist Valadares im Rahmen der Gedenkveranstaltungen zur Hundertjahrfeier Archanjos eine gewissenhafte Arbeit heraus, die Aufmerksamkeit und gründliches Studium verdient: *Corró, Archanjo und die Universität vom Tabuão*. Dort, in der armseligen Werkstatt, wurden drei der vier Bände des unbekannten Meisters zusammengestellt und gedruckt, alle von geringster grafischer Qualität.

Eines seiner Bücher jedoch hatte einen verantwortlichen Verleger und eine Auflage von tausend Exemplaren gehabt; das war viel für diese Zeit und ungeheuerlich für Archanjo, dessen vorangegangene Ausgaben dreihundert Abzüge nicht überstiegen, und von der letzten, den besonders wichtigen *Anmerkungen über die Rassenmischung in bahianischen Familien,* wurden nur hundertzweiundvierzig Exemplare gedruckt, für mehr hatte das Papier nicht gereicht. Hundertzweiundvierzig, so wenige, und trotzdem genug, Skandal, Schrecken und Gewalt herauszufordern. Als Corró neue Papierstöße erhielt und weiterdrucken wollte, kam die Polizei.

Die bahianische Kochkunst – Ursprung und Rezepte hatte

mehr Glück. Ein gewisser Herr Bonfanti, ein Mann von zweifelhafter Herkunft und verdächtigem Ruf, hatte sich auf der Praça da Sé mit mannigfachem Angebot niedergelassen, ein Spezialist in Schülerartikeln und in der Ausbeutung von Gymnasiasten und Studenten, denen er Bücher billig abkaufte, um sie teuer weiterzuverkaufen: Anthologien, Logarithmentafeln, Wörterbücher, medizinische und juristische Abhandlungen. Pedro Archanjo besuchte seinen Laden häufig, schwatzte über alles mögliche mit dem niederträchtigen Kerl und schaffte es sogar, ihm ein paar Groschen für eine gebrauchte, jedoch vollständige Ausgabe der *Erinnerungen eines Arztes* von Dumas dem Älteren zu schulden, ein Beweis für die große Achtung des Buchhändlers, der nicht jedem beliebigen traute.

Bonfanti gab einige Schmöker heraus, die bestimmt waren, schwerfälligen Schülern bei den Examina des Gymnasiums von Bahia und der Privatschulen zu helfen: die in der schriftlichen Lateinprüfung obligatorische Übersetzung der Fabeln von Phaedrus, Lösungen von Problemen der Algebra und der Geometrie, gewisse grammatikalische Begriffe, die Analyse der *Lusiaden,* alles in Bänden reduzierter Ausmaße, um die heimliche Beförderung und in den Examensräumen die verbotene Konsultation zu erleichtern. Als Ergänzung zur Erziehung der Jugend, für die der Italiener soviel Interesse zeigte, druckte und verkaufte er pornographische Blättchen, für die er eine auserlesene Kundschaft seriöser Herren hatte.

Außer den Büchern vereinte gutes Essen den bahianischen Mulatten und den dunklen Italiener, beide mit starkem Appetit und gewähltem Geschmack, beide ausgezeichnete Köche. Bei gewissen bahianischen Gerichten hatte Archanjo keine Konkurrenz, seine Arraia-Moqueca war wunderbar. Bonfanti verstand eine Pasta asciutta al funghi secchi zuzubereiten, daß man sich die Finger leckte, wobei er sich beklagte, daß in Bahia unerläßliche Zutaten fehlten. Aus Gesprächen und sonntäglichen Essen entsprang die Idee eines Handbuches bahianischer Kochkunst, das Rezepte, die bis dahin mündlich weitergegeben oder in Kochheftchen handschriftlich vermerkt worden waren, vereinen sollte.

Die Zusammenstellung der Ausgabe ging nicht friedlich vonstatten, da Bonfanti den Text auf die Rezepte beschränken wollte, höchstens mit einer halben Seite Vorwort, während Archanjo die vollständige Veröffentlichung ohne Streichungen forderte: erst Nachforschung, Kommentare, ausgedehntes Studium, dann die Rezepte. Schließlich erschien das Buch vollständig, doch es dauerte Jahre, bevor die Auflage verkauft war, entweder weil »ein Küchenhandbuch für Hausfrauen bestimmt ist und keine Literatur oder Wissenschaft enthalten soll«, wie Bonfanti erklärte – während er über den Verlust klagte und sich weigerte, die Autorenrechte zu bezahlen –, oder weil der »Gauner von Italiener viel mehr als tausend Exemplare gedruckt hatte«, oder aber weil das Publikum nicht interessiert war. Als Archanjo starb, hatte Bonfanti noch einen kleinen Rest, ein paar Bände.

Doch wenn es mangelndes Interesse gegeben hatte – im Laufe der Jahre, mit dem Wachsen der Stadt, dem Fortschritt, dem Entstehen von Industrien und vor allem mit dem Tourismus erlangte die bahianische Kochkunst einen großen Ruf und wurde populär im ganzen Lande. Mehrere Rezeptbücher erschienen in Rio und São Paulo. Einige in prachtvollen Ausgaben, ausgezeichnete grafische Arbeit, mit bunten Abbildungen der Gerichte illustriert. Journalisten, Damen der Gesellschaft, ein Franzose, Chefkoch im »Corredor da Vitória«, sie alle verdienten als improvisierte Autoren ebenso wie ihre Verleger ein schönes Stück Geld mit Büchern wie *Die bahianische Küche, 100 Rezepte bahianischer Gerichte und Süßspeisen, Dendê, Kokosnuß und Pfeffer, Afrobrasilianische Küche, Die Kokossterne von Yayá* und so weiter.

Nach Meinung des aufsässigen Guerra hatten sie aus Archanjos Broschüre ungeniert wörtlich abgeschrieben, ohne etwas Neues und Eigenes hinzuzufügen. Im Gegenteil, sie hatten den Teil der Forschung, der Studien und der Schlußfolgerungen weggelassen, weil er ihnen unnütz und langweilig schien – »Diese Schwachköpfe!« rief der Kommentator wütend aus –, und nur die Rezepte gestohlen. Ein äußerst gerissener und schamloser Journalist aus Rio aber klaute nach einer knappen Woche Aufenthalt in Bahia alles – Seite für Seite. Noch schlimmer: Er hatte die Frechheit, Archanjos Ansichten neu aufzuschreiben,

wobei er sie entstellte und herabwürdigte. Der Literat Guerra enthüllte die Gemeinheit – »Ich möchte jedoch erwähnen, daß ich weder Ethnologe noch Folklorist bin«.
Was das Interview mit Major Damião de Souza, der volkstümlichen Gestalt der Gerichtskämpfe und vieler denkwürdiger Feldzüge, betrifft, so verdient es einen gesonderten Abschnitt, denn großartig und unvorhergesehen waren seine Folgen.

2

Wenige, sehr wenige sind jene, die eine Hand auf die Klinke legen und geradenwegs in das Zimmer eintreten dürfen, in das Dr. Zèzinho Pinto, Direktor (und Inhaber) des *Jornal da Cidade,* der mächtige Bürger, sich zurückzieht, um über Pläne und Geschäfte nachzudenken und zu entscheiden – im Finanzamt war das unmöglich, in der Petrolchemie ebenfalls, vom Sitz der vereinigten Industrien ganz zu schweigen. Hier, in dem Zimmer mit streng verbotenem Eintritt, fand er um zwei Uhr nachmittags, bevor die Geräusche der Redaktion und der Büros einsetzten, die nötige Ruhe für seine Ausarbeitungen und auch für ein erholsames Schläfchen.
Major Damião de Souza jedoch hatte überall freien Zugang; er hob die knochige Hand, die Klinke gab nach, er trat ein.
»Dr. Zèzinho, mein Verehrter, Gott möge Sie und Ihre Frau Gemahlin behüten. Zu Hause alles in Ordnung? Die Gesundheit auch, und das Vermögen wächst, ja? So wünscht man's sich, und so lohnt es. Also, ich bin gekommen, um mit Ihnen über Pedro Archanjo zu sprechen. Die Jungs von Ihrer Zeitung hören alle Welt an, veröffentlichen Berichte von jedem beliebigen Taugenichts, aber Ihr ergebener Diener, der in Bahia allein über Archanjo zu berichten weiß, wird mißachtet, vergessen, übersehen. Was ist das, Doktor? Sie verschmähen den Major?«
Er hatte an eine frische Kränkung, eine offene Wunde gerührt: Dr. Zèzinho Pinto kam von dem Mittagstisch, nach dem die drei Magnaten der bahianischen Presse, die Herren der Zeitungen von Salvador, ihre Uhren richteten. Sie waren seit langem

befreundet, und das Essen war stets ein lustiges Zusammentreffen, mit guten Weinen und Whisky vom schwarzen Markt; neben dem Austausch von Informationen und der Analyse der politischen und wirtschaftlichen Situation lachten sie und sprachen über andere, hänselten einander, indem sie die letzten Unbesonnenheiten des jeweiligen Blattes kommentierten. An diesem Tag war Dr. Zèzinho das Opfer wegen des geringen Beitrages, den das *Jornal da Cidade* zu dem großen aktuellen Thema Pedro Archanjo lieferte. »Eine Redaktion mit so vielen Talenten, Blüte der Intelligenz, und doch ist das Material über das augenblickliche Thema weit entfernt von den Erfolgen in *A Tarde* – dem Interview mit Professor Azevêdo, um ein einziges Beispiel zu nennen – und denen des *Diário da Manhã* mit der Sonderbeilage *Bahias Archanjo,* ganz zu schweigen von den exklusiven Erklärungen Levensons, die er Ana Mercedes gegenüber abgegeben hat und die von der Presse in Rio und São Paulo, Pôrto Alegre und Recife übernommen worden sind.«

»Wir stimmen doch darin überein, mein lieber Brito, daß mit solchen Methoden... Wer würde Ana Mercedes in einem Hotelzimmer unter vier Augen kein Exklusivinterview geben? Sogar ich. Wenn das keine unlautere Konkurrenz ist, weiß ich nicht, was es dann ist. Ihr wißt, wofür sie in den Redaktionen bekannt ist? Eine Goldschnecke.«

»Ist sie wirklich aus Gold, Brito? Man sagt, du wüßtest es«, witzelte Cardim.

Die drei lachten und tranken den guten deutschen Wein, aber der Stachel blieb in Dr. Zèzinhos Kehle, er war ein Verfechter seiner Zeitung, eifrig in seinem Beruf. Er zahlte diesen Jungen mit Titeln und Aufgeblasenheit ein Heidengeld, ließ sie eine Menge Ketzereien in seiner Zeitung schreiben, damit das *Jornal da Cidade* Verkünder der Kultur war, und da wurden sie in einer so wichtigen Angelegenheit von den Konkurrenten billiger und ungeschliffener Redaktionen geschlagen. Heute, in der Besprechung mit den Verantwortlichen, würde er ihnen nach einem raschen Schlummer im gekühlten Zimmer Feuer unter den gelehrten und verwöhnten Hintern machen; er zahlte den Kerlen viel zuviel. Er konnte die demütigende Position seiner Zeitung bei diesem Fall nicht dulden.

»Archanjo? Sie haben ihn gekannt, Major? Ist das wahr?«
»Ob ich ihn gekannt habe? Wer hat mich lesen gelehrt? Wer hat ihn tot in der Ladeira do Pelourinho aufgefunden? Er war nur deshalb nicht mein Vater, weil Sinhá Terência, meine Mutter, ihm erst begegnete, als der Krumme Souza schon für die Fortführung der Familie gesorgt und sie eine Bude auf dem Mercado do Ouro aufgeschlagen hatte. Jeden Morgen kam er, seinen Kaffee zu trinken, er allein war einen ganzen Zirkus wert: Geschichten, Verse, Witze. Noch heute glaube ich, daß Sinhá Terência eine Schwäche für ihn hatte. Er war es, der mich erzogen hat, er lehrte mich Lesen und Schreiben, das Gute und das Böse des Lebens.«
Er sagte es nicht, aber er hätte hinzufügen können: den Geschmack an der Cachaça und das Vergnügen an den Frauen. Doch Dr. Zèzinho hörte ihm nicht mehr zu, er betätigte die Klingel, rief nach dem Bürodiener.
»Ist schon jemand in der Redaktion? Wer? Ari? Schicken Sie ihn rasch hierher.« Er wandte sich wieder dem Major zu und lächelte sein berühmtes Lächeln. »Major, Sie sind großartig, kein Zweifel.« Und er lächelte ihm wieder zu, lächelte, als überreichte er ein Geschenk. »Sie sind großartig.«
In einem war er sich absolut sicher: Der Major, kurz vor seinem fünfundsiebzigsten Geburtstag, hatte keinen Rivalen, was die Popularität betraf, er war gewiß die malerischste Gestalt von Bahia. Anwalt des Volkes, Bevollmächtigter der Armen, Vorsehung der Unglücklichen, am Gericht tätig, hatte er alle Rekorde der Verteidigung – und des Freispruchs – bei den Geschworenen, wo er seit etwa fünfzig Jahren arbeitete, überboten; unzählige Klienten, bettelarme, hilflose Angeklagte, die meisten völlig mittellos. Journalist mit einem Platz bei allen Zeitungen, denn in allen schrieb und veröffentlichte er die vielgelesenen »Zwei Zeilen« der Einsprüche und der Gesuche an die Autoritäten, der Enthüllung von Gewaltakten und Ungerechtigkeiten, der Anklage gegen Elend, Hunger und Analphabetentum. Als ehemaliges Mitglied des Stadtrates auf Grund der Ernennung durch eine kleine Partei, die im Hinblick auf ihr öffentliches Ansehen zwei Pfiffige wählte, den Präsidenten und den Ersten Sekretär der Vereinigung, unersättliche Ratten, hatte er das Rathaus

zum Haus des armen Volkes gemacht, brachte die anderen Stadträte in Verlegenheit, verwickelte die Stadtverwaltung in manches Andrängen, aus dem neue Wohnviertel entstanden, und wurde nie wieder berufen. Ein glänzender Redner: nicht nur vor den Geschworenen und dem Berufungsgericht, sondern bei jeder Zeremonie und jedem Fest, an dem er teilnahm, ließ er seine Stimme erschallen, bei offiziellen Feierlichkeiten wie bei Hochzeits-, Geburtstags- oder Taufschmäusen, bei der Einweihung öffentlicher Schulen oder Gesundheitsämter wie bei der Eröffnung von Läden, Kaufhäusern, Konditoreien, Bars, beim Begräbnis hochgestellter Persönlichkeiten wie bei politischen Versammlungen (früher, als sie noch erlaubt waren), ohne Unterschied der Partei. Seiner Meinung nach war jede Schrift und jede Tribüne recht, die Interessen des Volkes zu verteidigen, gegen Elend, Arbeitslosigkeit und Mangel an Schulen zu protestieren, alles andere war ihm gleich.
Es lohnt, eine seiner Reden zu hören – ach, die unfehlbare Rede am 2. Juli auf der Praça da Sé vor den Figuren des Caboclo und der Cabocla, mit Labatut, Maria Quitéria, Joana Angélica, ein Denkmal bürgerlicher und barocker Redekunst. Die Menge tobte, wie oft war er auf den Schultern getragen worden!
Die Stimme war rauh von Tabakrauch und Cachaça, geeignet für blumige Worte und für Formulierungen, die Beifall hervorriefen, und er zitierte nationale und ausländische Größen – er bevorzugte Christus, Ruy Barbosa und Clemenceau. In den Reden des Majors glänzten Sätze und Aussprüche, die er berühmten lebenden, toten und erfundenen Leuten zuschrieb; in den Gerichtssälen schleuderte er sie den Anklagevertretern entgegen, die sprachlos waren angesichts solcher Kühnheit. Einmal, als er zur Unterstützung der abgeschmackten These von der Notwehr den »unsterblichen Rechtsgelehrten Bernabó, den Ruhm Italiens und der romanischen Welt«, zitiert hatte, entschloß sich der Anklagevertreter, ein hitziger und selbstbewußter Milchbart, den Schwindel aufzudecken, den Lügner ein für allemal zu demaskieren.
»Herr Major, verzeihen Sie, aber ich habe niemals von dem von Ihnen zitierten Rechtsgelehrten gehört. Sollte dieser Bernabó tatsächlich existieren?«

Mitleidig ließ der Major den Blick auf dem Eingebildeten ruhen. »Sie sind noch sehr jung und wenig belesen, es ist natürlich, daß Sie Bernabós klassische Werke nicht kennen, niemand kann verlangen, daß Sie sie gelesen haben. Wenn Sie in meinem Alter wären, die Augen fast blind von vieler Lektüre, dann würde Ihnen eine so große Unwissenheit nicht verziehen . . .«
Er konnte ausgezeichnet sehen, niemals benötigte er eine Brille. In einem Alter, da die meisten mit einem Fuß im Grabe stehen, im Ruhestand den Tod erwarten, hielt er sich zäh aufrecht, »in Cachaça konserviert«, aß um Mitternacht Sarapatel im »São Joaquim«, in den »Sete Portas«, in der »Rampa do Mercado« und ließ die Frauen im Bett schwach werden – »Wenn ich keine Liebe gemacht habe, kann ich nachts keine Ruhe finden« –, die billige Zigarre im Mund voller schlechter Zähne, die großen, knochigen Hände, der hohe Kragen, der weiße Anzug – da er von Oxalá war, trug er nur Weiß –, manchmal Kragen und Manschetten schmutzig.
Sein Büro war grundsätzlich dort, wo er auftauchte, denn er war nie allein, stets gingen drei oder vier Unglückliche, die seinen Schritt hemmten, mit ihm durch die Straßen, und wenn er sich an der Theke einer Kneipe zu einem gegen Kälte oder Hitze heilsamen Schluck niederließ, begannen sofort die Berichte, die Klagen und die Bitten. Er machte sich Notizen auf einem Stück Papier, das er in die Jackentasche steckte. Sein offizielles Büro, in dem er jeden Morgen Sprechstunde hatte, lag hinter der Tür eines Gebäudes aus der Kolonialzeit in der Rua do Liceu, in der ehemaligen Werkstatt des Heiligenbildhändlers Miguel. Als der Heiligenbildhändler gestorben war, hatte ein Flickschuster den Raum gemietet und seine Werkzeuge und seine Sohlen dort untergebracht. Der Tisch des Majors jedoch blieb an derselben Stelle, und der neue Handwerker, ein sympathischer Blonder mit sommersprossigem Gesicht, erhielt ihm Cachaça und Freundschaft.
Dort sammelte sich schon frühmorgens vor der Tür eine erstaunliche Menge von Klienten: Frauen von Häftlingen, manchmal mit der ganzen Kinderschar, Mütter mit Kindern im Schulalter, Arbeitslose, Prostituierte, Landstreicher, Kranke, die Arzt, Krankenhaus und Medikamente brauchten, Spitz-

buben mit schwebenden Verfahren und Bewährung, Angehörige Verstorbener ohne Geld für die Beerdigung, verlassene Ehefrauen, frisch verführte Jungfrauen, Schwangere ohne die Aussicht auf Heirat – die unterschiedlichsten Typen, alle bedroht von der Justiz, der Polizei, von Mächtigen, und einfache Betrunkene, in der Hoffnung auf einen Morgenschluck, den Mund auszuspülen – eine bekümmerte, hungrige und durstige Volksmenge. Der Major ließ einen nach dem andern vor.

Seine Wohnungen lagen in der Liberdade, im Cosme de Faria und in Itapagipe, und in jeder erwartete ihn eine zärtliche Konkubine mit Geduld und Liebe in der Nacht, in der sie an der Reihe war, bis in den Morgen hinein.

In der Liberdade wohnte die gut vierzigjährige Emerência, eine dicke und ruhige Kreolin, reich gesegnet mit Brüsten und Hinterteil, sie bereitete bahianische Gerichte für vornehme Häuser, auserlesene Kundschaft. Sie war die älteste der derzeitigen Geliebten des Majors, vor mehr als fünfundzwanzig Jahren hatte er sie von daheim entführt.

Im Cosme de Faria nähte die zärtliche Dalina für andere, nähte und stickte; Feenhände, pockennarbiges Gesicht, Dreißigerin, blond, anmutig. Sie hatte den Major kennengelernt, als sie ihn mit dickem Bauch aufsuchte, von ihrem strengen Vater verstoßen. Der Schuldige, verheiratet und Gefreiter im Heer, hatte eine rasche Versetzung nach dem Süden erreicht. Der Major hatte eine Entbindungsanstalt und einen Arzt für Dalina aufgetrieben und sie und das Kind dann aufgenommen, er wollte sie nicht ihrem Schicksal überlassen.

In Itapagipe, in einem Häuschen mit grüner Fassade und rosenfarbenen Fenstern, fertigte Mara, ein hübscher achtzehnjähriger Mischling mit zwei Goldzähnen, mit viel Geschick Kreppapierblumen für eine Kurzwarenhandlung in der Avenida 7. Der Inhaber der Kurzwarenhandlung trug ihr übrigens schon andere Abkommen und Vorteile an, und der Kunstmaler Floriano Coelho, hübsch und wortgewandt – einer wie der andere wollte sie in seine Obhut nehmen. Mara jedoch war ihren Blumen und ihrem Mann treu. Wenn der Major kam, kuschelte sie sich in seine hageren Arme, spürte seinen starken Atem, hörte die rauhe nächtliche Stimme.

»Wie geht es, mein Vögelchen?«

Drei Heime, drei Geliebte? Angesichts des erklärlichen und natürlichen Erstaunens vieler, wenn sie von der Zahl und den Schönen erfahren – »Das ist gelogen, das kann nicht wahr sein« –, bittet der Major um Verständnis und Entschuldigung: Ziehen Sie das vorgerückte Alter und die vielen Verpflichtungen in Betracht. Als ich jünger und weniger beschäftigt war, da waren es nicht drei, Häuser und Frauen waren ohne Zahl, solche sicherer Ruhe und solche zufälliger Rast.

»Archanjo war dauernd von Leuten umlagert, und die Mädchen ließen ihn nicht los«, sagte der Major, während Ari, der Chefredakteur, die Sätze mit seiner unleserlichen Schrift festhielt. Dr. Zèzinho verfolgte das Interview neugierig. Gestalten, Geschichten, Orte und Daten zogen vorüber; das Gedächtnis des Majors war ein Brunnen ohne Grund. Die Werkstatt der Wunder, Lídio Corró, Budião, Kirsi, Imbißbude, Ivone, Rosa, Rosália, Ester, Frauen über Frauen, Afoxé der Kinder Bahias, Procópios Verfolgung, Polizeikommissar Pedrito Gordo, eine Bestie, der Streik bei der Circular 1934 (»In der augenblicklichen Situation ist es besser, nicht von Streik zu sprechen, vermeiden Sie diesen Punkt, Seu Ari«, empfahl der Doktor dem Journalisten, einem Hitzkopf, der imstande war, den Streik zum Mittelpunkt der Angelegenheit zu machen und Schwierigkeiten mit der Zensur heraufzubeschwören), Terno da Sereia, Heiligenbildhändler Miguel. Vielerlei, gewiß, doch diese ganze Litanei des Majors befriedigte den Herausgeber der Zeitung nicht: Das taugt wenig, es hat nicht den geringsten wissenschaftlichen Charakter.

»Er ist im Elend gestorben, nicht wahr?« fragte Ari.

Gut und schlicht, aber ein hartnäckiger Dickkopf mit innerem Stolz, niemand konnte bei ihm etwas erreichen. Viele Male hatte der Major (und nicht nur der Major, auch andere Freunde) ihn in eines seiner Häuser mitnehmen wollen, als der Alte die letzten Arbeitsmöglichkeiten eingebüßt hatte. Hätten Sie angenommen? Er nicht. »Ich schlage mich allein durch, ich brauche kein Almosen.« Der alte Tropf.

»Genau fünfundzwanzig Jahre ist es nun her, daß er gestorben ist. Und im Dezember, eine Woche vor Weihnachten, am

achtzehnten, werden es hundert Jahre, daß er geboren wurde.« Man hörte einen Ausruf. Das war Dr. Zèzinho, der endlich das hatte, was er gesucht hatte.
»Was haben Sie gesagt, Major? Hundert Jahre? Wiederholen Sie das!«
»Es ist wahr: Archanjos hundertster Geburtstag. Als er den fünfzigsten feierte, Doktor, war das ein fabelhaftes Fest, eine ganze Woche, und was für eine Woche!«
Bewegt stand Dr. Zèzinho auf und verkündete: »Eine Woche? Nun, eine Woche ... Den hundertsten, Major, werden wir das ganze Jahr feiern, von morgen an. Und am Tag seiner Geburt werden wir es mit einer großen Zeremonie abschließen. Seu Ari, das *Jornal da Cidade* wird die Schirmherrschaft über die Gedenkveranstaltungen zum hundertsten Geburtstag des unsterblichen Archanjo übernehmen. Begreifen Sie, erfassen Sie die Idee? Wer jetzt lachen wird, der bin ich. Auf Britos und Cardims Gesichter bin ich gespannt. Seu Ari, benachrichtigen Sie Ferreirinha und Goldman, wir wollen noch heute eine Besprechung stattfinden lassen, wir werden die beste Würdigung der letzten Zeit auf die Beine stellen, in großem Stil. Wir werden Regierung, Universität – die Medizinische Fakultät an der Spitze –, Historisches Institut, Philosophische Akademie, das Zentrum für Folklorestudium, Banken, Handel und Industrie einberufen, wir werden einen Ehrenausschuß bilden, Leute aus Rio holen. Haha! Wir werden diese Blättchen in den Schatten stellen, wir werden ihnen zeigen, wie man eine Zeitung macht.«
Ari war einverstanden. »Die Zeitung braucht sogar eine gute Kampagne. Seit wir die Regierung nicht mehr angreifen dürfen, wird der Absatz immer schlechter.«
Dr. Zèzinho Pinto wandte sich an den Major. »Major, Sie haben mir die Idee für die Würdigung des Jahres eingegeben: die Hundertjahrfeier für Pedro Archanjo. Ich weiß nicht, wie ich Ihnen danken, wie ich Sie bezahlen soll.«
Er lächelte ihm zu, es gibt keine bessere Bezahlung, keinen besseren Dank, keine angenehmere Belohnung als dieses herzliche Lächeln des bedeutenden Bürgers.
Doch der Major – haha! –, dieser Major Damião de Souza

erwiderte: »Nun, nichts für ungut, Doktor. Gehen Sie mit mir in die ›Bar dos Focas‹ hier gegenüber und bezahlen Sie einen Kognak oder zwei, außer dem für Sie. Einen für mich, den anderen trinke ich für Archanjo, der Alte war verrückt nach einem Schluck Macieira. Gehen wir gleich, die Stunde ist günstig.«
Es machte keinen guten Eindruck, daß dieser Große des Landes an der Theke einer drittklassigen Kneipe nationalen Kognak hinunterschüttete, schon gar nicht in der Hitze des Nachmittags. In einer edelmütigen Anwandlung befahl er indessen der Geschäftsführung, einen Scheck für die Cachaça des Majors auszustellen. Heute wird alles bezahlt, die guten Zeiten sind vorüber.

3

Der große Levenson wußte nichts von dem Interview mit Major Damião de Souza, das nach seiner Abreise aus Bahia stattfand und veröffentlicht wurde, und bedauerte Monate danach in einem kurzen Brief seiner Sekretärin an Dr. Zèzinho Pinto, den Direktor und Eigentümer des *Jornal da Cidade,* die Einladung des angesehenen Presseorgans, das Wort auf der »feierlichen Gedächtnissitzung für den unsterblichen Pedro Archanjo« zum Abschluß der Gedenkveranstaltungen anläßlich der Hundertjahrfeier des Bahianer Meisters zu ergreifen, nicht annehmen zu können.
»Professor Levenson dankt für die Nachrichten über die Ehrungen für Pedro Archanjo und schließt sich ihnen an, glücklich, daß das brasilianische Volk seine Achtung und Wertschätzung für den hervorragenden Autor bekundet.«
Leider konnte er nicht kommen, obschon er es wünschte: vorher eingegangene und unaufschiebbare Verpflichtungen im Fernen Osten, in Japan und China. Ein interessanter Nachsatz in der Handschrift und mit dem Namenszug des Gelehrten gab dem mit der Maschine geschriebenen und von der Sekretärin unterzeichneten Brief einen unglaublichen dokumentarischen Wert: »PS. Das hier erwähnte China ist das kontinentale, die Volks-

republik China, denn das andere, die Insel Taiwan, ist nur eine lächerliche und gefährliche Erfindung von Kriegstreibern.«
»Nobelpreisträger würdigt Initiative des *Jornal da Cidade.*« Das war die Schlagzeile, die die Nachricht der »begeisterten Solidarität James D. Levensons, des großen Mannes der Wissenschaft der Vereinigten Staaten, mit der Initiative unserer Zeitung« und der bedauerlichen Unmöglichkeit seiner Anwesenheit krönte. »Ich erkläre mich solidarisch und bin glücklich über die Würdigungen«, gab die Zeitung wieder und verschwieg gleichzeitig Sekretärin und Nachsatz.
Dr. Zèzinho verhehlte seinen Ärger nicht: Er hatte Levensons Erscheinen für sicher gehalten, jetzt beschränkte sich seine Initiative auf einheimische Genies und Provinzwerte. Die Anwesenheit des Professors Ramos aus Rio de Janeiro war ihm garantiert, ein schwacher Trost für die Abwesenheit des Nobelpreisträgers, »der ausdrücklich von dem Giganten des Nordens, dem amerikanischen Koloß kommt«, wie Ankündigungen und Gerüchte behaupteten.
Der mächtige Mann in Bahia erfuhr nichts von der Unentschlossenheit Levensons, der drauf und dran war, die Vorlesung an der Universität Tokio und die Einladung nach Peking zum Teufel zu schicken und nach Bahia zurückzukehren, um das blaugrüne Meer, die Segel der Fischerboote, die Stadt auf dem Berg, diese Menschen in zivilisierter Anmut wiederzusehen und das große Mädchen – wie war doch ihr Name? –, eine hochaufgerichtete Palme, unvergessene Lippen, Brüste, Hüften, Mischling aus einem von Archanjos Büchern, dieses verwirrenden Archanjo, dessen Spuren er im Mysterium der Stadt kaum hatte erhellen können.
Er war für zwei Tage gekommen und drei geblieben – drei Tage und drei Nächte – und hatte poetische und unsinnige Gedanken von dem kurzen Aufenthalt bewahrt: Archanjo war ein Hexenmeister, darüber war er sich klargeworden, und er hatte jenes Mädchen für ihn, Levenson, erfunden, um ihm lebendig zu beweisen, was er geschrieben hatte. Wie war doch ihr Name? Ann, ja, Ann, einladend und unerschrocken – und mit diesem idiotischen Verlobten im Gefolge.
»Wer ist dieser schwermütige Kerl, der uns überallhin folgt? Ein

Bewunderer oder ein Polizist, ›ein Polizeier‹?« hatte der Gelehrte gefragt, der die Gewohnheiten von Entwicklungsländern und deren Diktaturen kannte, während er auf den Poeten Fausto Pena, den Schatten seiner Schritte, zeigte.
»Der?« Ana lachte dreist. »Das ist mein Verlobter ... Da wir gerade davon sprechen, sagten Sie nicht, Sie wollten jemanden verpflichten, Daten über Pedro Archanjo zusammenzutragen? Dafür ist er geeignet. Er ist Soziologe und Dichter, er hat Talent und freie Zeit.«
»Wenn er garantiert, daß er gleich mit der Arbeit beginnt und uns in Ruhe läßt, kann er sich als engagiert betrachten.«
Es waren ausgefüllte Tage gewesen: In Ana Mercedes' Begleitung war Levenson durch die Stadt gewandert, ein unerschrokkener Fußgänger, interessiert an Gäßchen, abschüssigen Straßen, am Pântano dos Alagados, am Bordellviertel, an den Barockkirchen aus Gold und Kacheln. Er unterhielt sich mit den verschiedensten Leuten: Camafeu de Oxossi, Eduardo de Ijexá, Meister Pastinha, Menininha und Mãezinha, Miguel de Santana Obá Aré. Er floh die Würdenträger, und unter dem Vorwand einer Magenstörung infolge des scharfen Menüs und der Begrüßungsrede des Studienrats Luiz Batista, einer Berühmtheit, schlug er das ihm zu Ehren angesetzte Festessen aus. Er aß Vatapá, Caruru, Efó, weiche Sirimoqueca, Cocada und Abacaxí am Mercado Modêlo im Restaurant der verstorbenen Maria de São Pedro, von wo aus er die Fischerboote mit ihren entfalteten Segeln den Golf überqueren und die farbenfrohen Berge von Früchten auf der Rampe über dem Meer sah.
Beim Candomblé Olgas, der Tochter Lôkos und Yansãs, im Alaketu, erkannte er die Orixás aus Archanjos Büchern wieder, grüßte sie fröhlich und freundschaftlich und hörte nicht den Erklärungen des Verlobten des Mädchens zu. Oxalá, auf seinen glänzenden Paxorô gestützt, näherte sich ihm tanzend und umarmte ihn. »Sein Zauber, mein Vater, ist Oxolufan, der alte Oxalá«, sagte Olga zu ihm und nahm ihn mit, die Pejis anzusehen. Eine Königin, diese Olga, im Kostüm und mit den Ketten einer Bahianerin, mit ihrem Gefolge von Zauberern und Iaôs. »Königinnen in den Straßen der Stadt, mit ihren Tabletts voll Gerichten und Süßigkeiten, zweifach Königinnen auf den Ter-

reiros, Heiligenmütter und -töchter«, hatte Pedro Archanjo geschrieben.

Die Stunden der Nacht, der drei kurzen bahianischen Nächte, galten dem Bett und der Liebe, den langen Beinen des Mädchens, den Hüften, den braunen Brüsten, dem tropischen Parfüm, dem unverschämten, verwegenen Lachen. »Wir wollen sehen, Seu Gringo, ob Sie etwas taugen oder ob alles nur Fassade ist«, hatte sie in der ersten Nacht gesagt und sich die wenigen Kleidungsstücke heruntergerissen. »Ich werde Ihnen beibringen, was eine brasilianische Mulattin wert ist.«

Ein Fest, ein unvergleichliches Fest aus Lachen und Stöhnen. Ein Fest, was sollte man weiter sagen? Die Worte fehlen, und der gelehrte Levenson, lieber Dr. Zèzinho, war im Begriff, alles fahrenzulassen, Japan und China – das kontinentale, man möge es nicht vergessen –, und Ihre Einladung anzunehmen, um Archanjos Stadt aus Mysterium und Zauberei wiederzusehen.

Ach, hätte Dr. Zèzinho das gewußt, dann hätte er eine neue Schlagzeile in seiner Zeitung anbringen können: »In New York quält den großen Levenson die Sehnsucht nach Bahia.«

4

Einige wenige Zeitgenossen Pedro Archanjos, die von den Reportern mehr zufällig als auf Grund planmäßigen Suchens entdeckt worden waren, schüchterne Greise, einfache Leute aus dem Volk, beschränkten sich darauf, die Gestalt eines guten Nachbarn heraufzubeschwören, eines etwas verrückten Bohemien, der die Manie hatte, alles aufzuschreiben, der viele Fragen und Geschichten wußte, aufmerksam zuhörte, geschickt Fiedel und Bratsche spielte, ganz zu schweigen von Capoeiratrommel und Atabaque, Instrumente ohne Geheimnis für einen, der sie von Kind an bei Straßen- und Terreirofesten gehandhabt hat.

Ängstliche Aussagen, eingeschüchterte Zeugen angesichts dieser bedrückend herausfordernden Journalisten, begierig auf sensationelle Einzelheiten, auf liederliches und trauriges Geschlecht, auf Gewalt durch Gewalt; Erinnerungen an eine Zeit und an

Menschen, die für die Presse der hündischen Welt ohne Zauber waren. Eine Zeit und ihre Menschen, die dem Kalender nach noch nahe, in ihren Sitten, Gefühlen, ihrem Lebensstil aber so weit entfernt waren, daß der Reporter Peçanha den Freunden und Freundinnen in der Kellerkneipe kommentierte: »Stellt euch vor! Ich im totalen Rausch und ein kleiner dunkler Alter, der vor mehr als zwanzig Jahren gestorben ist und begraben wurde, und ich zweifle nicht einmal daran. Mir Faseleien, Scherze zu erzählen, die er barbarisch fand, über ein Ding, das ›Die Werkstatt der Wunder‹ hieß...«

Im Rausch, der Reporter Peçanha; alle seine Freunde, alle seine Freundinnen im Rausch; einer mehr als der andere, völlig im Rausch, und wer es nicht ist, der ist ein armer Teufel.

»Ich in diesem fürchterlichen Rausch, daß es keine Pille gibt, die hilft, und der Methusalem stopft mich voll mit dieser Werkstatt, wo der öde Kerl Archanjo den Schauspieler gemacht, Verse aufgesagt hat, ein allgemeines Vergnügen. Wißt ihr, was ich denke? Dieser Archanjo war nichts als ein Hanswurst.«

Über Karneval, Straßenschlägereien und anderen Zauber mit Mulattinnen, Negerinnen und einer Schwedin (die in Wahrheit eine Finnin war)

1

Das Volk lief herbei, um alles zu sehen, und klatschte Beifall, hüpfte und tanzte in lebhafter Anteilnahme. Der bunte Zug näherte sich: Masken, Karnevalsgruppen, Narren, Trommeln, Phantasiegestalten, Blocks, Kordons, Lumpen, große Pappköpfe, Grimassen. Als der Afoxé am Politeama auftauchte, hörte man einen einstimmigen Begrüßungsschrei, einen Ausruf der Begeisterung: Hoch, hoch, hoch!
Die Überraschung machte den Trubel noch größer: Hatte Dr. Francisco Antônio de Castro Loureiro, der stellvertretende Kommissar des Polizeidistrikts, nicht von 1904 an Auszug und Vorbeimarsch der Afoxés unter jeglichem Vorwand und wo auch immer in der Stadt aus »ethnischen und sozialen Gründen zur Verteidigung der Familie, der Sitten, der Moral und des öffentlichen Wohlergehens im Kampf gegen Verbrechen, Ausschweifung und Unruhe« verboten? Wer also würde es wagen?
Der Afoxé der Kinder Bahias hatte es gewagt; nie zuvor hatte man einen ähnlich majestätischen Zug von so großer und schöner Gestaltung mit einem solchen Batuque, mit so wunderbaren Farben, sehenswerter Ordnung und einem so erhabenen Zumbi ausgestattet oder gesehen.
Er hatte zweifach gewagt, denn er trug die República dos Palmares in Kriegsbewaffnung durch die Straßen, die Kriegshelden und Zumbi, Oberhaupt und Befehlshaber, den größten aller Krieger, Sieger über drei Heere, der dem vierten im Augenblick des Kampfes gegenübertritt und Reich und Herrscher in Gefahr bringt, siegreich in seinem Gebirge des Feuers und der Freiheit.
Da stand Zumbi auf dem Gebirge, die Lanze in der Faust, der Oberkörper nackt, ein Jaguarfell bedeckte ihm die Lenden. Der Kriegsschrei unterstrich den Tanz der aus den Zuckersiedereien, vor Peitsche, Aufsehern und Herren, aus viehischen Bedingungen geflohenen Neger, die nun wieder Menschen und Krieger

waren, niemals mehr Sklaven. Auf einem Flügel die halbnackten Krieger, auf dem anderen die Söldner Domingos Jorge Velhos, der ein Verfechter des Sklavenhandels war, ein Anführer im Krieg, ohne Mitleid und Erbarmen, ohne Gesetz und Verträge. »Ich will sie lebend, alle, als Sklaven«, verkündete er beim Karneval in seiner Rede an das Volk von Bahia. Er trug einen langen Bart, Waffenrock und Wehrgehänge, Pfadfinderhut und in der Hand die dreischwänzige Peitsche.

Das Volk zollte dem Aufsässigen Beifall, eine tüchtige Herausforderung; wo sah man schon, Senhor Dr. Francisco Antônio de Castro Loureiro, Stellvertreter der Polizei und Weißer mit schwarzem Hintern, wo sah man schon einen Karneval ohne Afoxé, Spielzeug des armen, des ärmsten Volkes, sein Theater und sein Ballett, seine Vorstellung? Elend, Mangel an Nahrung und Arbeit, Krankheiten, Pocken, verfluchtes Fieber, das Wechselfieber, Ruhr, die die Kinder umbringt, scheinen Ihnen wohl wenig, Senhor Dr. Francisco Antônio Negerschlächter, Sie wollen es noch ärmer machen, noch mehr unterwerfen. Zum Teufel mit dem Polizeichef, spottend, zischend, lachend, fort mit ihm. Beifall und Hochrufe für die Unerschrockenen des Afoxé: Hoch, hoch, hoch!

Der ganze Karneval kam, den Afoxé der Kinder Bahias zu grüßen, die befreite República dos Palmares zu feiern. Soviel Erfolg hatte nicht einmal der Afoxé der afrikanischen Botschaft gehabt, als er sich 1895 zum ersten Male vorstellte und Oxalás bewunderungswürdigen Hofstaat zeigte. Auch nicht, als man drei Jahre später in der Stadt den Hofstaat des letzten Königs von Dahome, Seiner Schwärzesten Majestät Agô Li Agbô, vorführte. Nicht einmal die afrikanischen Pândegos mit Häuptling Lobossi und seinem angolanischen Ritual. Auch nicht die Dorfkinder 1898, ein Caboclo-Afoxé, betörende Neuheit, die Beifall und Lob herausforderte. Keiner konnte sich mit dem der Kinder von Bahia im Jahre des Verbots vergleichen.

Der ganze Karneval kam, und mit ihm kamen Kavallerie und Polizei. Das Volk reagierte und verteidigte den Afoxé, nieder mit Chico Cagão, nieder mit der Unduldsamkeit. Der Kampf breitete sich aus, die Kavalleristen zogen die Säbel, schlugen, stampften und zermalmten mit Pferdehufen – der Afoxé zer-

streute sich in der Menge. Schreie und Klagen, Nieder- und Hochrufe, zerquetschte Menschen, Gerenne, Stürze, Zusammenstöße, ein paar Krieger von den Häschern gefangen, vom hartnäckigen Volk mit Schlägerei und Getöse befreit.
Das also war die erste und letzte Vorstellung, der einzige Aufmarsch des Afoxé der Kinder Bahias, der den Zumbi dos Palmares und seine unbesiegbaren Kämpfer auf die Straße geführt hatte.
Ein Büttel schrie Befehle: »Nehmt diesen Mulatten fest, er ist der Anführer!« Aber der Mulatte, der Anführer, Pedro Archanjo, verschwand mit zwei anderen in einem Gäßchen hügelabwärts. Einer von ihnen sollte Zumbis Sekretär sein, da er außer dem Lendenschurz Federhalter, Pergament und ein blaues Tintenfaß unter dem Arm trug. Wer konnte dieser Schreiber sein, wenn nicht Lídio Corró? Was den zweiten Flüchtling betraf, so erkannte man in ihm Domingos Jorge Velho, denn er war weiß und in Uniform, obwohl er in der Hitze des Gefechts Pfadfinderhut und Bart verloren hatte; im bürgerlichen Leben war er der Spanier Paco Muñoz, Inhaber der Kneipe »A Flor do Carmo«.
Die drei liefen Hals über Kopf davon, gewissenlose Helden. Doch plötzlich hielt Pedro Archanjo, einfacher Krieger der Palmares und Anführer der Bande, in seinem Marathonlauf inne und begann zu lachen, frei herauszulachen, das laute, klare und gute Lachen eines Mannes, der die ungerechte Ordnung gebrochen und das Fest ausgerufen hat; nieder mit dem Despotismus, es lebe das Volk, reines und grenzenloses Lachen der Fröhlichkeit, nieder, zum Teufel, hoch und hoch, hoch!

2

Sein letzter Karnevalsscherz, die Kinder Bahias: 1918 kehrten die Afoxés nach fünfzehn Jahren des Verbots zurück, doch Archanjo widmete ihnen nicht mehr soviel Zeit und Anteilnahme wie früher, obwohl er auf Bitten Mutter Aninhas von der Leitung der afrikanischen Pândegos teilgenommen hatte, als

ihre glorreiche Standarte, in Bibiano Cupims Händen erhoben, wieder durch den Karneval zog.
Afoxé bedeutet Zauber, und der erste von allen, der einleitende, wurde von Majé Bassan, der Schrecklichen, in Pedro Archanjos Hände gelegt.
Archanjo war gekommen, ihr den Entschluß mitzuteilen und sie um Segen und Rat zu bitten. Lídio Corró, José Aussá, Manuel de Praxedes, Budião, Sabina und er beabsichtigten, im Einverständnis mit einigen mutigen Leuten des Tororó, einen Karnevalsrummel, die »Embaixada Africana«, zu Ehren der Verzauberten und der Zivilisation, der Neger und Mulatten entstammten, zu organisieren.
Mutter Majé Bassan machte das Spiel, um zu erfahren, wer der Herr der »Embaixada Africana« und wer der sie beschützende Exú sei. Yemanjá, Sirene des Meeres, erklärte sich zur Herrin, und Exú Akssan übernahm Sorge und Verantwortung. Daher brachte die Priesterin das kleine versilberte Hammelgeweih, das die Axé, den Grundstein der Erde, enthält.
»Das ist der Afoxé«, sagte sie, »und ohne ihn oder einen ihm ähnlichen darf kein Karnevalsrummel oder Umzug auf die Straße ziehen noch es versuchen.«
Die »Embaixada Africana«, der erste Afoxé, der um die Gunst und den Beifall der Öffentlichkeit rang und der großen Vereinigung, dem allmächtigen »Roten Kreuz«, dem monumentalen »Vulkankongreß«, den »Marionetten der Euterpe«, den »Unschuldigen im Fortschritt« entgegentrat, zog im Jahre 1895 aus, mit Lídio Corró als Botschafter, Zeremonienmeister und Choreograph ohnegleichen. Auf seinen Wink unterbrach der Tänzer Valdeloir, ein Junge vom Tororó, den Afoxé und nahm den Gesang auf:

»Afoxé loni
E loni
Afoxé ê loni é.«

Der Chor schritt in Lied und Tanz voran:

»E loni ô imalé xê.«

Es gibt Zauber heute, sagten sie, heute gibt es Zauber. Oxalás Hofstaat, das für den Zug gewählte Thema, hatte einen solchen Erfolg, daß sich der von Leuten angolanischer Nation mit Sitz in Santo Antônio Além-do-Carmo gegründete und geleitete Afoxé dos Pândegos da África schon ein Jahr später mit der Botschaft verband. Noch ein Jahr verging, und es waren fünf, die den Gesang der Neger und Mulatten, der bis dahin auf das Versteck der Macumbas beschränkt war, anstimmten – und die Samba auf den Straßen gehörte allen.

Dieser Negergesang, diese Gruppensamba, der Tanz, der Batuque, der Zauber der Afoxés fanden überall großen Zuspruch – welchen Ausweg gab es, als sie zu verbieten?

Die Zeitungen protestierten gegen die »Art, wie sich das Fest des Karnevals, dieses große Fest der Zivilisation, bei uns afrikanisiert hat«.

In den ersten Jahren des neuen Jahrhunderts wuchs der Pressefeldzug gegen die Afoxés heftig und systematisch mit jedem Erfolg der »Afrikanergruppen« und mit jeder Niederlage der großen Karnevalsvereinigungen – mit dem »Alten Griechenland«, »Ludwig XV.«, »Katharina von Medici« –, den Lieblingen der Handelsherren, der Doktoren, der Reichen. »Die Behörde sollte diese Batuques und Candomblés verbieten, die sich in diesen Tagen in großer Anzahl auf den Straßen ausbreiten und diesen riesigen Krach ohne Ton und Klang hervorbringen, als wären wir in der Quinta das Beates oder im Engenho Velho, ebenso wie diesen Mummenschanz mit Rock und Turban, während sie die abscheuliche Samba anstimmen, denn all das ist unvereinbar mit unserem Stand der Zivilisation«, eiferte das *Jornal de Notícias,* ein mächtiges Organ der Konservativen.

Die Afoxés füllten die Straßen, waren bestechend und entwürdigend zugleich.

Das Volk hatte bei den Bewegungen der Samba keinen Blick und keine Bewunderung mehr für die allegorischen Wagen der großen Gesellschaften, für ihre Themen des Hofstaates von Frankreich; fern war die Zeit, da »Begeisterung beim Vorbeiziehen der siegreichen Klubs ausbrach, die alle Aufmerksamkeit für sich beanspruchten«.

Der Herausgeber forderte radikale Maßnahmen: »Was wird

aus dem Karneval von 1902 werden, wenn die Polizei keine Vorkehrungen trifft, damit unsere Straßen nicht den Anblick dieser Terreiros bieten, wo der Fetischismus mit seinem Gefolge von Ogãs und seinem Orchester der Rasseln und Tamburins herrscht?« Die Afoxés hatten auf Plätzen und Straßen den Vorrang, einer triumphaler und reicher an Farben, Melodien und Sambaschritten als der andere – gegenüber dem Politeama, in Campo Grande, in der Rua de Baixo, auf dem Largo do Teatro. Sie ernteten Triumph über Triumph, Beifall, Zuspruch und sogar Preise. Afoxés und Samba überschwemmten die Straßen, eine Epidemie. Nur ein drastisches Mittel konnte helfen. Im Jahre 1903, als dreizehn Afoxés von Negern und Mulatten ihre wunderbaren Züge aufmarschieren ließen (»Eröffnen werden den Zug zwei Trompeter, die die Lüfte mit den gellenden Tönen ihrer Instrumente erschüttern werden und hübsche Kostüme aus Tunis tragen, um zu beweisen, daß die Zivilisation auf dem schwarzen Kontinent keine Utopie ist, wie die Lästerer sagen« – so begann das Manifest eines der Afoxés an das Volk), 1903 streute sich der Journalist nach dem Karneval Asche aufs Haupt und schämte sich: »Wenn jemand Bahia nach dem Karneval einschätzt, dann muß er es neben Afrika einordnen, und zu unserer Schande sei vermerkt, daß eine Delegation österreichischer Gelehrter hier weilt, die diese Fakten natürlich mit offenkundigem Bedauern feststellen werden, um sie in den Zeitschriften des gebildeten Europas zu verbreiten.« Wo war die Polizei? Was hatte sie getan, um »zu zeigen, daß dieses Land zivilisiert ist«? Sollte diese skandalöse Vorführung Afrikas weitergehen: die Orchester der Atabaques, die Gruppen der Mestizen und aller Grade der Rassenmischung – von üppigen Kreolinnen bis zu galanten hellen Mulattinnen –, die betörende Samba, dieser Zauber, diese Hexerei, dieser Fetischismus, worauf sollte sich unsere Latinität da noch stützen? Denn wir sind Romanen, ihr wißt es wohl, und ihr werdet es mit Peitsche und Faustschlag lernen.

Schließlich reagierte die Polizei zur Verteidigung von Zivilisation und Moral, Familie, Ordnung, Regierung, bedrohter Gesellschaft und großen Vereinigungen mit ihren Wagen und anmutigen, auserlesenen Umzügen: Sie verbot Afoxés, Batuque,

Samba, »das Zurschaustellen von Gruppen mit afrikanischen Kostümen«. Also gut, besser spät als nie. Jetzt konnten Gelehrte aus Österreich, Deutschland, Belgien, Frankreich oder aus dem blonden England kommen. Jetzt, ja, jetzt konnten sie kommen.

Doch wer kam, war Kirsi, die Schwedin, die übrigens, wie gleich berichtigt wird, nicht Schwedin war, wie alle glaubten, sagten und beharrten, sondern Finnin, ganz Weizen und Staunen. Verwundert und naß vom Regen an der Pforte des Mercado do Ouro, am Aschermittwochmorgen, mit ängstlichem Gesicht und Augen von unendlichem Blau.

Pedro Archanjo erhob sich vom Tisch mit Kuskus und Inhame, lächelte sein offenes Lächeln, ging geradenwegs und entschlossen auf sie zu, als hätte man ihn beauftragt, sie zu empfangen, und streckte ihr die Hand entgegen. »Kommen Sie, frühstücken Sie mit.«

Ob sie die morgendliche Einladung verstand oder nicht, erfuhr man niemals, sie nahm sie jedenfalls an; sie setzte sich in Terências Bude an den Tisch und verschlang gierig süßen Maniok, Inhame, Pubakuchen, Tapiokakuskus.

Die ungestüme Ivone nagte in Miros Laden an ihrer Eifersucht und murmelte Flüche: »Geschälte Küchenschabe!« Terência starrte mit ihren traurigen Augen – vielleicht noch trauriger – die Tischplatte an. Als die Eingeladene satt war, sagte sie ein Wort in ihrer Sprache und lachte allen zu. Der Gassenjunge Damião, der bis dahin schweigend im Hintergrund geblieben war, ergab sich schließlich und lachte auch. »Weißer als weiß, bleiweiß.«

»Sie ist Schwedin«, erläuterte Manuel de Praxedes, der auf einen Kaffee und einen Schluck hereingeschaut hatte. »Sie ist von dem schwedischen Schiff, dem Frachter, der Holz und Zucker aufnimmt, sie ist mit demselben Leichter gekommen wie ich.« Manuel de Praxedes arbeitete als Schauermann. »Ab und zu fährt eine reiche und verrückte Dona mit einem Frachter, um die Welt kennenzulernen.«

Sie wirkte weder reich noch verrückt, zumindest nicht hier in der Bude, als sie noch naß vom Regen war, die Haare ins Gesicht geklebt, so unschuldig und zerbrechlich, ein sanftes Kind.

»Das Schiff läuft um drei aus, doch sie weiß, daß sie vorher zurück sein muß, ich habe gesehen, daß der Kapitän mit ihr gesprochen hat, als sie von Bord ging.«
Sie tippte sich mit dem Finger auf die Brust und sagte: »Kirsi.« Dann wiederholte sie langsam die beiden Silben.
Sie heißt Kirsi, verstand Archanjo und sprach es aus: »Kirsi.«
Die Schwedin klatschte fröhlich zustimmend in die Hände und tippte Archanjo auf die Brust, während sie etwas in ihrer Sprache fragte. Manuel de Praxedes forderte ihn auf: »Löse das Rätsel, los, Gevatter Hochgelehrt.«
»Nun, ich habe es schon, mein Lieber. Ich heiße Pedro«, antwortete er und wandte sich dem Mädchen zu; er hatte die Frage erraten, machte es wie die Gringa und wiederholte: »Pedro, Pedro Archanjo, Ojuobá.«
»Oju, Oju«, nannte sie ihn.
Es war Aschermittwoch. Am Vortag, am Fastnachtsdienstag, war der Afoxé der Kinder Bahias gegenüber dem Politeama-Theater mit Klingenhieben und Pferdehufen zerstreut worden, nachdem er Freiheit und Samba vorgeführt und erzwungen hatte. Der Gassenjunge Damião hatte einen Kavalleristen vom Pferd gerissen und sein Käppi als Trophäe mitgebracht. Nicht einmal Terência hatte er es gezeigt, aus Angst vor Strafe. Er lief hinaus, um es in der Sandgrube, im Versteck der Bande, zu suchen. Als er mit seiner Kriegsbeute zurückkehrte, waren Archanjo und die Schwedin schon fort.
Wer darüber hell begeistert war, das war Manuel de Praxedes, der am Vortage selbst Zumbi dos Palmares gewesen war, mit seinem riesenhaften Körper, seinen fast zwei Metern und seiner kräftigen Brust. Am Nachmittag beim Afoxé und bei der Schlägerei, im Morgengrauen auf dem Leichter, im Laderaum des in der Nacht vor Anker gegangenen Frachtschiffes. Er hatte nicht einmal Zeit gehabt für ein kommentierendes Gespräch mit Archanjo und Lídio, mit Valdeloir und Aussá. Bei dem Zusammenstoß hatte er sich seinen Weg gebahnt und dabei ein paar Dummköpfe von der Polizei umgerissen, erst auf dem Meer, als er auf das Schiff wartete, hatte er darüber gelacht. Mit seiner eisenharten Hand streichelte er den Kopf des Jungen. »Frecher Lausejunge!«

»Ich werde seine Frechheit zügeln«, drohte Terência mit leiser, strenger Stimme, den Blick in die Ferne gerichtet.
»Nun, Sinhá Terência, wer hat sich gestern nicht geprügelt? Das Recht war auf unserer Seite, wo hat man so etwas schon gesehen?«
»Er ist ein Kind und zu jung dafür.«
Ein Kind? Der neueste Krieger aus Zumbis Heer, kampffähig, und hier war der Beweis: das Polizistenkäppi. Manuel de Praxedes lachte aus vollem Halse, und seine Lachsalve erschütterte die Fundamente des Mercado.
Auf dem Wege zum Tabuão im Nieselregen die Schwedin und Archanjo, ohne ein Wort, doch in einem einzigen Lachen. In der Bude peinliches Schweigen. Warum? Manuel de Praxedes nahm den Gesprächsfaden wieder auf: »Haben Sie sich gestern nicht den Karneval angesehen, Sinhá Terência?«
»Wozu? Ich habe nichts übrig für Fest und Karneval, Seu Manuel.«
»Um die Leute anzuschauen, den Afoxé, ich bin als Zumbi gegangen, Damião als Krieger gekleidet. Meister Pedro hätte sich gefreut, Sie dort zu sehen.«
»Mich vermißt niemand, am wenigsten mein Gevatter. Er hat so viele, die er anschauen kann, er bemerkt mich nicht einmal. Jetzt hat er sogar eine Weiße vom Schiff. Seu Manuel, lassen Sie mich in meinem Winkel, in meiner Ruhe, mit meinem Mißmut.«
Der Wind trug abgerissenes Lachen herüber; in der Ferne, am Strand, Archanjo und die Schwedin, sie hielten einander an der Hand.

3

Sie verständigten sich leicht durch Gesten und Lachen; an den Händen gefaßt, gingen sie spazieren. Sie erlebten den Aschermittwoch in der goldenen Kirche von São Francisco, in der steinernen Kathedrale, in der blauen Kirche von Rosário dos Prêtos. Trauergespenster, alte Betschwestern, unter der Last der Schuld aus der heidnischen Zeit des Karnevals, der Sünden der Männer gebeugt, so empfingen sie die Asche der Buße. Wer

verdient Gottes Barmherzigkeit? Die Schwedin schritt von Staunen zu Staunen, von Kirche zu Kirche, sie machte große Augen und drückte Archanjos Arm.
Sie gingen über Straßen und Hügel, er zeigte ihr die Werkstatt der Wunder mit verschlossenen Türen. Lídio Corró hatte am Vortage bei der Feier mindestens ein Faß geleert, vor Mittag würde er nicht aufwachen. Dann fragte sie ihn mit vielen Gesten und unter Lachen, wo seine Wohnung sei. Hier ganz in der Nähe, eine Mansarde über dem Meer, mit Mondschein und Sternenschimmer in der Nacht. Vor fünf Jahren hatte er sie von dem Spanier Cervino gemietet, und mehr als dreißig Jahre sollte er darin wohnen.
Auf der dunklen, steilen Treppe tummelten sich Mäuse, und als eine besonders große an der Schwedin hochsprang, erschrak sie sehr und hatte damit einen Vorwand, sich in Archanjos Arme zu flüchten und ihm den Mund zu bieten, der nach Salz und Seeluft schmeckte. Er nahm das zerbrechliche Kind auf die Arme und trug es die Treppe hinauf.
Der Duft von Pitangablättern und alte Cachaça in einem Fäßchen aus parfümiertem Holz. In einer Ecke der Mansarde eine Art Altar, doch anders: Anstelle von Heiligenbildern sah man Zauberwerkzeuge und Sinnbilder, Exús Heiligtum mit seinem Fetisch, seinem Itá. Für Exú den ersten Schluck Cachaça.
Manchmal sagte man, Archanjo sei Oguns Sohn, viele glaubten, er sei von Xangô, in dessen Haus er einen hohen Posten und Würde hatte.
Doch wenn sie die Tritonshörner bliesen und das Spiel inszenierten, dann antwortete der umherschweifende Exú, der Herr der Bewegung, unverzüglich, vor jedem anderen. Dann kam Xangô für seinen Ojuobá, Ogun war nahe, und Yemanjá erschien. Gegenüber lachte Exú furchterregend und schwelgerisch. Kein Zweifel, Archanjo war der Teufel.
Kirsi blieb vor dem Heiligtum stehen, dann zeigte sie durch das Fenster auf das Frachtschiff, das weit hinter dem Fort lag. Aus dem Schornstein stieg eine Rauchfahne. »Mein Schiff«, sagte sie in ihrer Sprache, er verstand und sah nach der Uhr – der Zeiger stand genau auf Mittag, und die Glocken bestätigten es. Beim

Klang der Glocken zog sie sich ohne Theater und ohne Scheu aus, einfach und natürlich, mit einem Lächeln und einem finnischen Wort, einem Fluch, einem Scherz, wer weiß. Beim Klang der Glocken waren sie zusammen; der Tag ging zur Neige, und sie bemerkten es nicht.

Schon war es nicht mehr der Ton der Glocke, sondern der lästige Pfiff des Schiffes, Ankündigung der Ausreise, um Schiffsjungen und Matrosen aus dem Dirnenviertel loszureißen. Stoßweise stieg der Rauch aus dem Schornstein auf. Ein langer Pfiff, um die verspätete Reisende zu rufen. In der Mansarde waren die beiden eins, im selben Traum entschlummert. Archanjo hatte ihr Schlaflied und Streicheln beigebracht. In ihrer ungewohnten, aber musikalischen Sprache hatte sie ihn mit einer nordländischen Weise eingewiegt.

Sie erwachten zur selben Zeit durch die Beharrlichkeit des besorgten Frachtschiffes; die Uhr zeigte halb vier. Archanjo sprang auf, vor Sehnsucht gebrochen, bleich vor Verlangen, es war so kurz, und schon ging es zu Ende! Schiff, Meer und Kapitän riefen sie zurück, Archanjo schlüpfte in seine Hosen, sie lachte.

Sie erhob sich splitternackt und weiß, durch das Fenster winkte sie dem Schiff zum Abschied. Die Hand senkte sich auf Archanjos Brust, auf die samtige Mulattenhaut, verweilte am Gürtel – was für eine Idee, sich anzukleiden? Die Ausländerin sagte mancherlei, und Archanjo wußte, und es war ein Wissen ohne Zweifel, daß diese Worte von Liebe sprachen.

»Gringa«, erwiderte er wörtlich, »der Mulatte, den wir zusammen zeugen, wird, wenn es ein Junge wird, der stärkste und klügste Mensch, König von Skandinavien oder Präsident von Brasilien. Wenn es aber ein Mädchen wird, dann wird sich keine an Schönheit und Haltung mit ihr vergleichen können. Vorwärts also.«

Das Frachtschiff pfiff noch lange nach dem verlorenen Passagier, und die Polizei wurde benachrichtigt. Schließlich befahl der Kapitän abzulegen, man durfte sich keinesfalls noch mehr verspäten. Sein Chef, der Reeder, hatte, als er die Reisende an Deck sah, gleich zu ihm gesagt: »Diese Närrin wird Ihnen Kopfzerbrechen bereiten, bitte verzögern Sie die Reise nicht,

wenn sie im ersten Hafen verschwindet.« In Bahia nahm die Mischung ihren Lauf.
Los, vorwärts, Gringa, und lassen wir uns Zeit, ans Werk!
Die Worte gingen ineinander unter, allesamt voll Liebe.

4

Das Licht des Nachmittags ging in Dämmerung über; die Ladeira do Tabuão, fast leer, hatte sich noch nicht vom Karneval erholt. Meister Lídio Corró beugte sich über das Papier, skizzierte und zeichnete, malte das Wunder. Er hatte vor dem Karneval damit begonnen und mußte es noch heute fertigstellen. Trotz Erschöpfung und Trägheit öffneten sich seine Züge zu einem Lächeln.
Das Wunder war großartig, des Gelübdes und der Dankbarkeit würdig, der Dankbarkeit, die Lídio Corró, Meister des Pinsels, auf Bestellung ausdrückte, wobei er seine Farben und sein Talent verwendete. Aber Lídio dachte nicht an die Größe der gewährten Gnade, an die Art des Wunders; sein Lächeln und seine Zufriedenheit gingen von dem eigenen Bilde aus: von dem gelungenen Licht, von Farben und der schwierigen Komposition der Gestalten, der flüchtenden Pferde, des Heiligen und des Urwaldes. Vor allem gefiel ihm der Jaguar.
Ein Pinselstrich hier, ein anderer dort, um das Grün des Waldes, den schwarzen nächtlichen Himmel, die Blässe der Menschen zu betonen; die Szene war pathetisch, und der Meister kam mit seiner Arbeit zu Ende. Vielleicht sollte er noch ein oder zwei Strahlen hineinbringen, die das Dunkel zerteilten, um dem Drama mehr Nachdruck zu verleihen.
Als Lídio Corró, ein kleiner, stämmiger Mulatte in den Vierzigern, lebhaft und verschmitzt, den Pinsel ergriff, um das Wunder zu überarbeiten und zu vollenden, tat er es unlustig. Am Vortage hatte er übermäßig getrunken; Budião und er hatten beim Batuque in Sabinas Haus den Verstand verloren. Von einem gewissen Zeitpunkt an konnte sich Lídio an nichts mehr erinnern: wie das Fest zu Ende gegangen und er in die Werk-

statt gelangt war und wer ihn gebracht hatte – als er gegen zwei Uhr nachmittags aufwachte, fand er sich in Kleidern und Schuhen auf dem Gestell, auf dem er auch sonst schlief und Dirnen beglückte, in einem Verschlag hinten in der Werkstatt. Werkstatt und Wohnung zugleich, mit Küche, einem Wasserhahn für ein angenehmes Bad und einem Stück Garten, in dem Rosa Blumen pflanzte und pflückte. Wenn Rosa sich einmal entschließen könnte, ach, welch ein Garten würde unter ihren Händen wachsen! Lídio bereitete sich einen starken Kaffee. Bei diesem Karneval hatte niemand Rosa de Oxalá gesehen.

Am liebsten wäre der Wundermaler wieder ins Bett gekrochen und hätte bis zum Abend geschlafen; erst dann würde er die Pforten der Werkstatt öffnen, um die Freunde zu empfangen und mit ihnen zu plaudern. Viele Themen und Geschehnisse erwarteten sie: die Ereignisse des Vortages, die sich zu einem Meer von Gerüchten und unsinnigen Nachrichten ausgeweitet hatten. Jemand war in Sabinas Haus gekommen und hatte eine großartige Neuigkeit gebracht: Der stellvertretende Kommissar des Polizeidistrikts, Dr. Francisco Antônio de Castro Loureiro, war plötzlich krank geworden, als er erfuhr, daß sich ein Neger- und Mulattenafoxé seiner Anordnung widersetzt hatte und auf die Straßen gezogen war.

Dr. Francisco Antônio, aus adliger Familie und von erlauchter Abstammung, eigenwillig und bösartig, unbeugsam – ein Befehl von ihm war blind zu befolgen, rasch und vollständig auszuführen. Er konnte nicht annehmen, daß jemand wagen würde, das von ihm auferlegte Gesetz zu mißachten und zu verletzen, daß ein Afoxé zusammengestellt wurde und zum Umzug aufmarschierte. Diese herausfordernde und beleidigende Machenschaft war der Gipfel. Unvorhergesehene Kühnheit, unmögliche Heldentat, mühevoll und vielfältig in mehrfacher Hinsicht, die Zeit, Geld, Organisation und größte Verschwiegenheit erforderte. Es widerstrebte dem Doktor, zu glauben, daß nur das dreckige Pack, das Gesindel von Mulatten das unglaubliche Unternehmen ausgedacht und gewagt hatte. Hier war fraglos die käufliche und flinke Hand der Monarchisten oder ein umstürzlerisches Komplott der niederträchtigen Opposition im Spiel. Aber wenn es tatsächlich nur die Mulatten waren oder das Negervolk,

dann blieb ihm nur der Tod oder, noch schlimmer, der Rücktritt von seinem Posten.
In Anwesenheit Dr. Francisco Antônios mit seinem Ruf, mutig und grausam zu sein, büßten die grimmigsten Banditen ihren Schneid ein, die kaltblütigsten Verbrecher machten sich vor Angst in die Hosen. Und dieser Held der Polizei, dieser Sklavenjäger wurde auf Straßen und Plätzen der Stadt lächerlich gemacht, zur Zielscheibe des Spotts und des Vergnügens, der Schmähungen im Munde von Aufschneidern und Negerjungen. In seinem Stolz verletzt, eingehüllt in Haß und Demütigung und zurückgetreten, so lag er, von Ärzten und Hausmittelchen umgeben, im Bett.
Während Lídio an der Vollendung des unglaublichen Wunders arbeitete, ließ er seiner Phantasie freien Lauf: Vielleicht legte in diesem Augenblick die Familie des stellvertretenden Polizeidirektors dem Herrn vom guten Ende ein Gelübde ab, damit er ihm Leben und Posten rette, und es würde ihm, Meister Corró – Botschafter des Afoxé, Zumbis Sekretär, Zeremonienmeister, der den Tanz angeführt hatte –, zukommen, den Doktor im Bett zu malen, grün vor Wut und Ohnmacht, das Herz krank von Sambas und Nagôliedern, ein Herz, in dem nur Eitelkeit, Hochmut und Verachtung für das Volk Platz hatten. Niemals hatte man einen so gelungenen Scherz inszeniert, niemals war man den Anordnungen und den Gesetzen der Mächtigen so mutig, so tapfer entgegengetreten. Als Archanjo die Verfügung, das Verbot der Afoxés, der Samba und des Batuque in der Zeitung gelesen hatte und ihm den Spaß vorschlug, da hatte auch er, Corró, gesagt: »Das ist unmöglich.« Doch wer konnte Archanjo, seiner goldenen Zunge, seiner Masse von Gründen und Argumenten widerstehen? Auf Lídio hatte bei dem Ereignis große Verantwortung gelastet. Budião, Valdeloir, Aussá und er waren die Hauptfiguren der Organisation gewesen. Abgesehen natürlich von Archanjo, dem Wichtigsten von allen.
Lídio hatte träge und mißmutig zu Pinsel und Farbe gegriffen: Wie kann ein Possenreißer am toten Aschermittwoch, am Tag der Ruhe, arbeiten? Aber der Liefertermin war unabwendbar: Donnerstag vor neun Uhr morgens, ohne die geringste Verzögerung, denn für elf Uhr hatte der Auftraggeber, der Nutznießer

des Wunders, ein gewisser Assis, ein reicher Mann aus dem Landesinnern, Eigentümer von Tabak- und Zuckerrohrplantagen, bereits Pater und Messe mit Predigt und Gesang bestellt. Er hatte ein wirkliches Gelübde abgelegt, er würde einen schönen Packen Geld ausgeben, eine ganze Tabakernte: nur Kerzen von einem Meter, zwei Dutzend hatte er davon bestellt. Und das Feuerwerk, Seu Corró? Die ganze Familie seit einer Woche in der Stadt, im Hotel, eine Menge Leute. Auch Sie sind eingeladen, nach der Messe werden wir feiern, wenn Gott will.

»Ach, mein Lieber, für Donnerstag ist es unmöglich, das geht wirklich nicht. Das ist mitten im Karneval, und im Karneval kann keiner mit mir rechnen, dieses Jahr noch weniger. Wenn Sie es so eilig haben, dann suchen Sie sich einen andern.«

Aber der Herr wollte nichts von einem anderen hören; für ihn kam nur Lídio Corró in Frage – sein Ruf als Künstler war bis in den Süden und in den Sertão gedrungen. Von Ilhéus bis Cachoeira, von Belmonte bis Feira de Santana, von Lençois und sogar von Aracaju und Maceió kamen Kunden in die Werkstatt. Seu Assis wurde bestimmt. »Nur Sie nützen mir; man hat mir gesagt, daß es keinen besseren gibt, und ich, mein Freund, will vom Guten und vom Besten; das war ein erstklassiges Wunder, Seu Corró, das war kein Jaguar, es war ein seelenloses Untier, die Augen, glauben Sie mir, wie Feuer!« Wenn man dem Mann aus dem Sertão glauben wollte, dann hatte sich der Herr vom guten Ende diesmal selbst übertroffen.

Aus dem dichten grünen Wald taucht unter einem traurigen Himmel schlechten Vorzeichens das gewandte, schwarz und gelb gestreifte gierige Raubtier auf, es beherrscht Himmel und Erde, beherrscht das ganze Bild; neben seinem gewaltigen Riesenleib sind die Menschen Zwerge, die Bäume Gartensträucher. Die Augen des Untiers blitzen, diese Augen aus Feuer, das einzige vorhandene Licht, denn nachdem Meister Corró darüber nachgedacht hatte, verzichtete er auf die Strahlen, sie schienen ihm falsch und übertrieben. Für den Schreck genügen die Augen des Tieres, von glühendem, hypnotischen Glanz, sie durchbohren die Finsternis, lähmen die Reisenden.

Das Gebrüll der Wildkatze weckt die vier Erwachsenen und die drei Kinder auf der Lichtung aus dem Schlaf. Lídio hat sie starr vor Entsetzen dargestellt. Die Pferde galoppieren wiehernd davon, man sieht nur noch die Kruppen im Sprung und im Lauf. Ein erstklassiges Wunder, ein fabelhaftes Wunder, zuviel, als daß es in die Grenzen eines Bildes zu bringen wäre. Eben weil es so schwierig war, vermochte es Lídio Corró aus seiner Faulheit und Erschöpfung zu reißen und ihn an die aufregende Arbeit zu fesseln. Leichtes rührt ihn nicht, er ist ein Künstler und hat Stolz und Selbstbewußtsein – oder hat etwa nur Dr. Francisco Antônio ein Recht auf Selbstachtung, Ehrgefühl und Stolz?

Nicht jeden Tag malt man ein solches Wunder, obendrein in dieser Vollkommenheit. In verschnörkelten Buchstaben schreibt er unter das Bild: »Das große Wunder, das Unser Herr vom guten Ende am 15. Januar 1904 an der Familie des Ramiro Assis geschehen ließ, als dieser mit Frau, lediger Schwester, drei Kindern und einer jungen Negersklavin auf der Reise von Amargosa nach Morro Prêto auf der Lichtung, auf der sie schliefen, von einem Jaguar angefallen wurde. Sie riefen den Herrn vom guten Ende um Hilfe an, und der Jaguar hielt inne, wurde zahm und schlich davon.«

In vier Zeilen geschrieben, wirkte die Geschichte sehr einfach. Meister Corró brachte Qual, Angst, Sorge und Verzweiflung der Familie und die Fassungslosigkeit der Mutter ins Bild. In Ramiro Assis' Händen nur ein Messer zum Tabakschlagen, denn sein Karabiner war auf der Kruppe des Pferdes geblieben.

Lídio hatte das Raubtier dargestellt, wie es sich mit leisen, tückischen Schritten nähert. Es wandte sich dem jüngsten Kind zu, das noch nicht laufen konnte und der riesigen Wildkatze unschuldig zulächelte. In diesem Augenblick stieß Joaquina, Assis' Gattin und Mutter der Kleinen, ihren furchtbaren Schrei aus: »Herr vom guten Ende, rette mein Kind!«

Der Heilige hatte sie unverzüglich erhört. Einen Schritt vor dem Kinde blieb das Raubtier stehen, als hielte eine himmlische Hand es zurück. Erwachsene und Kinder vereinten ihre Stimmen in neuem Flehen, mit Ausnahme des Kleinsten, das noch ein Heide war und sich damit begnügte, dem Jaguar vertraulich zuzulachen. In einem einzigen Schrei riefen sie den allmächtigen Heiligen an: »Rette uns, o Herr vom guten Ende!« Ramiro Assis versprach goldene Berge.

»Sie hätten es sehen müssen, Meister Corró, um es glauben zu können: Der Jaguar machte kehrt, ging langsam dem Dickicht zu und verschwand. Ich umarmte die Meinen. Alle sagen, Sie seien der berühmteste Wundermaler von Bahia. Ich möchte ein Bild mit allem, was ich erzählt habe, alles ganz genau.«

Wer Ihnen das gesagt hat, Seu Assis, der hat wahr und richtig gesprochen. Zahlreich sind die Wunderzeichner in Bahia, allein zwischen Tabuão und Pelourinho gibt es außer Meister Lídio drei andere, aber ihm gleich ist keiner, weder hier noch im ganzen Lande. Das Volk behauptet das, nicht er selbst, denn er neigt nicht zu Prahlerei und Geschwätz. »Ich werde mich mit dem Heiligen befassen, er hat es verdient.«

Meister Corró hält sich mit der Gestalt des Herrn vom guten Ende auf, ans Kreuz genagelt, doch ein Arm ist frei und zeigt auf den Jaguar und die Familie. In der Höhe des Bildes, wo der Heilige sein Wunder vollbringt, beherrscht die Helligkeit die Finsternis, die Morgenröte hat sich verfrüht.

Doch Lídio Corró kehrt zu seiner bevorzugten aufsässigen Gestalt zurück: der aufgebrachte, grausame, riesige Jaguar, die funkelnden Augen und die Schnauze, ach, die Schnauze lächelt dem Kinde zu. Der Künstler hat alles getan, um dieses Lächeln, diese Zärtlichkeit auszulöschen; er hat dem Sertãojaguar die Haltung eines Tigers und die Miene eines Drachens verliehen. Es liegt außerhalb seiner Kräfte – so wild er ihn auch malt, er lächelt; zwischen dem Raubtier und dem Kind existiert ein geheimer Pakt, eine uralte Freundschaft, eine alte Bekanntschaft. Lídio gibt es auf und signiert das Gemälde des Wunders. Ein roter Rand umzieht das Bild, und mit weißer Farbe schreibt der Maler seinen Namen und seine Adresse: Meister Lídio Corró, Werkstatt der Wunder, Tabuão Nr. 60.

Im Dämmerlicht des späten Nachmittags, im violetten Abendschein bewundert Meister Corró die beendete Arbeit aufrichtig und gerührt: herrlich. Wieder ein Meisterwerk, das diese Werkstatt verläßt, die Werkstatt der Wunder (wenn Rosa einverstanden wäre, würde er den Namen ändern in »Rosas Wunderwerkstatt«), in der ein bescheidener, aber begabter Künstler in seinem Beruf sein Bestes zu geben versucht. Und nicht nur in diesem Amt, Wunder zu gestalten, in dieser Kunst, gegebene

Gelübde zu malen, sondern auch in vielen anderen; es genügt, in der Straße nach Lídio Corró zu fragen und danach, was er sich alles ausdenkt und was er verwirklicht.
Im übrigen ist es nicht er allein, es sind zwei. Lídio Corró und Pedro Archanjo, fast immer zusammen, und mit diesen beiden kann es keiner aufnehmen: Gevattern, Brüder, mehr als Brüder, sie sind Zwillinge, sind einander gleich, zwei losgelassene Exús in der Stadt. Wer es wissen will, der gehe zur Polizei und frage Dr. Francisco Antônio.
Meister Lídio tritt zurück, nähert sich der Tür, um besser sehen zu können. Es wird dunkel, die Nacht sinkt herab.
»Hübsch«, sagt Archanjos Stimme. »Wenn ich reich wäre, mein Lieber, dann würde ich jede Woche wenigstens ein Wunder bestellen. Um es im Hause zu haben und anzuschauen, wenn ich Lust habe.«
Der Maler wandte sich um, lächelte im Dämmerlicht und traf mit der Ausländerin zusammen, mit ihrer marmorgleichen transparenten Weiße, ihrem kindlichen Aussehen.
»Kirsi«, stellte Archanjo vor, und seine Genugtuung war offensichtlich.
»Sehr erfreut«, sagte Corró und streckte die Hand aus. »Treten Sie ein, das Haus gehört Ihnen«, und für Archanjo fügte er hinzu: »Bitte sie, Platz zu nehmen, und mach die Lampe an.«
Er zeigte der Fremden, dem unerwarteten Gast gegenüber keine Überraschung. Er hielt das Bild gegen das Licht, betrachtete es lange und nahm es in sich auf. Die große schlanke Gringa schaute ihm zustimmend, fröhlich über die Schulter, spendete ungestüm Beifall und stieß Ausrufe aus. Jetzt fehlte nur die ungewöhnliche Rosa, und vielleicht erschien sie plötzlich leibhaftig. Hier in der Werkstatt der Wunder kann alles geschehen und geschieht alles.

5

Wenn am Tage schon viel Betrieb war, so war es abends noch schlimmer. Die Stimmung in der Wunderwerkstatt steigt, sobald die angezündeten Lämpchen die Zeit der Vorstellung

anzeigen. Danach nur die Freunde und die Schönen, gelöste, ungezwungene Unterhaltung.
Nicht einmal am Tag nach dem Karneval, am Aschermittwoch, mangelt es an Besuchern der Laterna magica; der Projektionsapparat wird in der Küche aufgestellt. Von wem mag die Idee des vereinfachten Kinos stammen? Von Lídio Corró, von Pedro Archanjo? Das ist schwer zu sagen, doch sicherlich sind die aus starker Pappe geschnittenen Gliederpuppen im Profil von Corró. Von Archanjo werden Bewegung, Inszenierung, Wortreichtum und Würze kommen.
Sind die Lampen gelöscht, dann bleibt nur der matte Schimmer des Lichtkegels unter dem schwarzen Tuch, von wo aus die vergrößerten Schatten der naiven, liederlichen Figuren auf die weiße Kalkwand geworfen werden. Alles ist sehr einfach und ursprünglich und kostet zwei Zwanziger. Es zieht Junge und Alte, Reiche und Arme, Seeleute, Tagelöhner, Verkäufer und Geschäftsleute an. Sogar Frauen wagen sich heimlich hin.
In der Vorstellung werden die Schatten Pinguelinhos und Zé Pirocas, zweier vertrauter Freunde, an die Wand geworfen. Sie umarmen sich und schwören einander Freundschaft. Da erscheint Lili Chupeta kokettierend auf der Bildfläche, und die ewige und großmütige Freundschaft geht zum Teufel. Die beiden kämpfen mit Fausthieben, Beschimpfungen, Ohrfeigen, Magenstößen, Beinstellen, Fußtritten, Capoeiratricks um die Kokotte, die Schlägerei reißt die Zuschauer zu Beifall hin.
Alles endet in gröbster Gemeinheit: Sobald Zé Piroca, mit glühender Glatze, Pinguelinho außer Gefecht gesetzt hat, stürzt er sich auf Lili Chupeta, öffnet ihr die Schenkel und verpaßt ihr die Rute. Das Publikum rast bei diesem außergewöhnlichen Spaß in maßlosem Rhythmus; höchster Augenblick, erregender Gipfel der Glanzleistung.
Aber nicht das Ende der Verwicklung, nicht einmal der komischste Teil, der allein die zwei Zwanziger Eintritt wert ist. Der kommt erst in der höchsten Stunde der Liebenden, im größten Genuß: Da taucht Pinguelinho, wieder gestärkt und rachsüchtig, von neuem auf der Szene auf, und Zé Piroca merkt es erst, als er spürt, daß ihm der Nebenbuhler auf den Rücken steigt und ihm die Falte bepflanzt.

Die Vorstellung ist zu Ende, das Publikum geht vergnügt davon, bald werden andere kommen. Der Projektionsapparat ist von sechs Uhr nachmittags bis zehn Uhr abends in Betrieb. Für zwei Zwanziger, das ist wirklich nicht teuer.

6

Manchmal, wenn Meister Lídio Corró ein gezeichnetes Wunder phantasiereich und kunstvoll abgeschlossen hat, hat er den Wunsch, auf die Entlohnung zu verzichten, das Bild zu behalten, es nicht abzuliefern, es in der Werkstatt an der Wand hängen zu lassen. Zumindest die schönsten. Indessen ist nur eines dieser Bilder in der Werkstatt der Wunder geblieben.

Es zeigt die Gestalt eines blassen Jünglings, des Opfers einer galoppierenden Schwindsucht, das bei einer gewissen Gelegenheit vom Tode errettet wurde, als eine seiner Tanten, die der Medizin mißtraute und der Jungfrau ergeben war, in der Stunde des letzten Blutsturzes Nossa Senhora das Candeias anrief und das Schicksal des blutüberströmten Neffen in ihre Hände legte.

Die Tante selbst war gekommen, die Arbeit zu bestellen: eine beleibte Senhora von gewinnender Art, geschwätziger als Assis mit dem Jaguar und rundlich. Manuel de Praxedes, der bei der Begegnung anwesend war, war ganz hin, denn er war den Kräftigen zugetan. »Ich habe gern Fleisch in der Hand, Knochen sind etwas für Hunde, weißt du, und hast du es mit fleischigen Schenkeln oder Rührei probiert, dann kommst du auf den Geschmack.«

Die Begnadete war glücklich mit ihrem Wunder, sprach von Bevorzugung, prahlte mit ihrem Einfluß bei der Jungfrau. Manuel de Praxedes sagte, auch er sei den Candeias sehr ergeben, das Fest lasse er sich nicht entgehen, ob Sonne oder Regen, er gehe jedes Jahr hin. Eine starke Heilige, eine wahre Wundertäterin, sie verblüffte ihn, sie hatte niemals versagt.

Die Tante, ganz kokett unter der Last ihrer Eitelkeit, bestand darauf, die Hälfte des Preises für den Auftrag gleich zu bezahlen, und das war ein Glück, denn sie kam nie wieder. Wie man erzählt, hatte sich die Heilige bei einem neuerlichen Blutsturz ferngehalten, wer weiß weshalb, sicherlich aus einem schwerwiegenden Grund! Nach der bedeutsamen Meinung der Rosenda Batista dos Reis, der Corró die Episode erzählte, hatte sich die Heilige durch den Flirt der beleibten Tante mit dem Hafenarbeiter, bei dem ihr Name als Vorwand diente, beleidigt gefühlt und sie dadurch bestraft, daß sie den Schwindsüchtigen im Stich ließ, als er Blut spuckte. Rosenda urteilte klug, sicher und souverän und verstand etwas von Wundern und Fetischen.

Das Bild an der Wand zeigt ein düsteres Zimmer ohne Aussicht, feierliche Farben, das sprudelnde Blut. Der Sterbende, schmal, kraftlos, im Krankenbett halb aufgerichtet: ein Bündel Knochen, wächserne Haut, in seinen Zügen erkennbar der Tod. Die Tante, frömmlerisch und flink, geblümter Rock, roter Schal über dem Haar, schaut zu der Figur der Senhora das Candeias auf und bittet um Erbarmen. Das Blut strömt aus dem Bett, von den Laken, bedeckt den Boden, erreicht den Himmel. Ein Stück entfernt von dieser Blutlache ein tönerner Nachttopf mit grünen, rosa und roten Blumen. Die gleichen Blumen auf dem Rock der Tante, am Kopfende und am Fuße des Bettes. Vielleicht wollte Meister Corró damit die dürftige Atmosphäre der Verzweiflung und des Todes brechen – ach, meine Teure, es gibt keinen Heiligen, der diesen Unglücklichen retten könnte. Es genügt, das Bild anzuschauen und sein Gesicht zu sehen.

Das einzige Wunder, das in der Werkstatt an der Wand blieb, weil es falsch und nicht geschehen war, hing zwischen dem Ölgemälde des heiligen Georg mit seinem weißen Pferd und dem Drachen und einem Plakat des »Moulin Rouge« in Paris, von Toulouse-Lautrec signiert, eine Cancanszene – Französinnen mit gerafften Röcken zeigen Schenkel, Strümpfe und Rüschen; wie, zum Teufel, war es hierhergekommen?

Ach, er hätte gern einige seiner Wunder, die schönsten, die er kunst- und phantasievoll gemalt hatte, behalten, doch wie sollte er das, wenn er Geld brauchte? Geld, viel Geld, und dringend. Er hatte seine Ersparnisse, er lieferte die Tageseinnahme bei Seu Herval, einem Großhändler in der Unterstadt, ab. Eine Druckerei, so klein sie auch sein mag, kostet nicht nur zwei Zwanziger, man muß einen Haufen Geld zusammentragen.

Eine Druckerei, sein einziger Wunsch im Leben, er mußte ihn verwirklichen. Der einzige, denn der andere, der Rosa de Oxalá betraf, hing nicht von Arbeit oder Geld ab, das war ein unbestimmter Traum. Um diesen Traum in Wirklichkeit zu verwandeln, mußten der Herr vom guten Ende und die Jungfrau der Öllampen ihre Kräfte, ihre Macht im höchsten Wunder vereinen – und vielleicht war es obendrein notwendig, bei dieser Gelegenheit einen Ebó für Oxolufan, den alten Oxalá, den Größten von allen, zu bestellen.

7

Das ist ein Wunder, mein Lieber – wenn Rosa hier tanzt, der weite weiße Rock, die sieben Unterröcke, Arme und Schultern bloß unter der Spitzenbluse, die Ketten, die Perlen, die Armbänder, das rauhe Lachen. Zu sagen, wie Rosa war, Rosa de Oxalá, die schwarze Rosa, sie zu beschreiben mit den Samtschuhen, ihrem nächtlichen Duft, diesem Geruch eines Weibchens, diesem Parfüm, die blauschwarze Haut in Seide und Blumenblättern, ihre ganze Macht von Kopf bis Fuß, die abgründige Seltsamkeit, die Darstellungskunst, die Silberanhänger, das Schmachten der Iurubáaugen, ach, mein Lieber, das auszudrükken vermag nur ein Dichter von hohem Rang, mit Leier und fliegender Mähne, und nicht die Troubadoure vom Hügel mit sieben Silben – gute Violenspieler beim Wettsingen, aber für Rosa, ach, viel zu gering!

Einmal ging Rosa in Festkleidung durch die Straße, denn sie wollte nach Casa Branca, und da Freitag war, hatte sie weißen Conquém gekauft, um ihn ihrem Vater Oxolufan zu opfern. Vom Fenster eines reichen Hauses aus sahen zwei wohlhabende Herren, einer ziemlich bejahrt, der andere recht jung, sie mit ihrem Geschenk und in ihrer königlichen Würde vorbeigehen, herausgeputzt, und die Schuhe hinterließen eine Spur wie Musik, sie hatte eine Rose im Haar – das Haar war wie morgendliches Moos –, das Hinterteil wogte in hoher Flut, und einen Teil des Busens schmückte die Sonne.

Die beiden seufzten, und der jüngere, ein verwöhnter Sohn aus guter Familie, Sprößling von Basen und Vettern in Vereinigung und Hurerei reinen Blutes, schmächtiger Zimperling und Prahlhans, sagte stammelnd: »Was für eine Sache, Oberst, diese Kreolin, oh, hätte ich das Glück, oh, wenn ich sie unter mir hätte, und ich über ihr!« Der alte Fazendeiro – einst war er ein Baum, ein Fluß mit reißender Strömung, ein wildes Pferd, ein Bulle, ein Erdbeben – riß den Blick von der Negerin, ließ ihn auf dem hübschen Studenten – armes dekadentes Blut, schwächlich, kraftlos – ruhen und erwiderte: »Ach, Herr Doktor, das ist eine Frau für große Fähigkeiten, das ist kein Schlitz für irgendeinen Pipimatz, ein Pißmännchen, nicht einmal für einen Stamm, der schon als Bauholz dient. Für mich ist sie nichts mehr, und für Sie wird sie nie etwas sein.«

Lídio Corró nimmt die Flöte, und ihr Klang weckt Sterne; auf der Bratsche sucht Pedro Archanjo das Mondlicht und bringt es von weither – für Rosa ist alles wenig, von ihr wird die Samba in der Werkstatt der Wunder geboren. Die Flöte seufzt Liebe, schluchzt.

Rosa erscheint immer so, unerwartet, plötzlich. Ebenso überraschend verschwindet sie; wochen- und monatelang bekommt niemand sie zu sehen, nur zu wenigen und bestimmten Verpflichtungen beim Candomblé ist sie pünktlich, wenn sie Oxalá im großen Zelt von Casa Branca do Engenho Velho empfängt, wo Oxums Boot segelt. Ausgenommen den Zauberkreis dieser großen Feste, ist sie in allem unberechenbar.

Eines Tages taucht sie auf und bleibt eine ganze Woche, von Montag bis Samstag, kommt vor allen anderen, geht mit dem ersten Morgenrot, lebhaft, lachend und singend, scherzt und plaudert mit Corró, lehnt sich in seinen Arm, legt ihren Kopf auf seine Schulter, eine so zärtliche Geliebte und eine so eifrige Hausfrau, die aufräumt und Ordnung schafft, daß er glaubt, sie bliebe endgültig und für immer, als Geliebte in inniger Verbindung, als Gattin in der Ehe, als seine Frau.

Aber wenn alles sicher und fest scheint, dann verschwindet Rosa, läßt ein oder zwei Monate nichts von sich hören – eine freudlose Zeit.

Als das Wunder zufällig und plötzlich, ohne Einleitung und

Verzögerung geschah – es ist länger als ein Jahr her –, wollte Lídio, der sie seit langem begehrte, die Verbindung offiziell machen: »Hol deine Sachen und zieh gleich um.«
In der Nacht waren sie zusammen von einem Fest gekommen, Lídio hatte ihr seine Begleitung auf der leeren und gefahrvollen Straße angeboten, und sie hatte dann gebeten, den berühmten Guckkasten sehen zu dürfen. Sie lachte sich halbtot über Zé Piroca, trank ein Glas Aluá und war entbrannt, bot sich fast an, als hätte sie das nötig. Sie blieb im Auf und Ab dreier Tage und Nächte, sie räumte Werkstatt und Zimmer auf, putzte alles blank und sauber, füllte das Haus mit Gesang, Lídio lachte über die Lieder. Doch es genügte, daß er davon sprach, ihren Kram zu holen, da wurde sie ernst und streng, die bittere Stimme drohte und warnte: »Rede niemals davon, nie, sonst siehst du mich nicht wieder. Wenn du mich liebst, mich gern hast, dann muß es so sein, wie es mir gerade einfällt, wie ich freiwillig kommen möchte. Ich bitte dich um nichts, ich bitte dich nur, dich nicht in mein Leben einzumischen, mich nicht zu überwachen, mir nicht nachzuspionieren, denn wenn ich es erfahre, dann wirst du mein Gesicht nie wiedersehen, das schwöre ich dir.« Sie sagte es in einer solchen Art und mit einer solchen Betonung, daß ihm keine Möglichkeit der Diskussion blieb. »Um dich zu sehen und bei mir zu haben, würde ich Kröten und Nattern verschlingen, wenn es sein müßte.«
Er hielt sein Versprechen: Er stellte ihr keine Fragen und wollte kein Gerede hören. Tratsch, Geschwätz, Klatsch, denn in Wahrheit wußte niemand etwas Genaues über Rosa. Das komfortable Haus in den Barris mit einem Garten davor, Gardinen an den Fenstern und einem Wachhund, ein unnahbares Heim – nur das Kind, mit größter Eigenwilligkeit gekleidet, spielt zwischen den Blumen mit dem großen Hund; eine kleine Mulattin, die eines Kirchenaltars würdig ist, Rosa als Kind, mit glattem Haar, in der braunen Farbe einer Sapotifrucht.
Eine Erklärung für Rosas Leben, für ihre Besonderheiten wußte nur Majé Bassan, Begründungen und Schlußfolgerungen waren in den ungeheuren Brüsten wohlgehütet. Die Brüste einer Heiligenmutter müssen so sein, riesig, damit der Kummer der Söhne und der Töchter, der Fremden und der Ausländer darin

Platz hat. Sie sind Schreine für Verzweiflung und Groll, Hoffnung und Träume, Tresore für Liebe und Haß.
Nur Majé Bassan, die gefürchtete und sanfte Mutter, sie und sonst niemand weiß von Rosa und ihrem Leben, alles andere ist Geschwätz. »Sie lebt mit einem reichen weißen Kauz, einem Alten aus adliger Familie, Baron oder Graf, Herzog von Anzóis und Carapuça, dem Vater ihrer Tochter.« – »Sie ist vor Kirche und Gesetz mit einem portugiesischen Kaufmann verheiratet, und von ihm hat sie das Kind.« Bloßer Gevatterntratsch, Geschwätz von Klatschbasen, die Gefallen an übler Nachrede haben. Lídio hat niemals gefragt, hat es nicht wissen wollen.
Rosa kommt, ausgelassen und fröhlich, ihre Anwesenheit genügt, was bedeutet alles andere? Sie plaudert, lacht und tanzt; sie singt, und ihre Stimme ist ernst, mit dunklem Klang, Rosa in Schatten eingehüllt im schwachen Licht der Werkstatt, wo Lídios Flöte weint und fleht. Für wen tanzt sie? Wem gelten die Wendungen ihres Körpers, das Schmachten ihrer Hüften, die Verführung ihres Blickes? Lídio, dem beständigen und zufälligen Geliebten? Einem, der nicht hier ist und von dem man nicht weiß, wer er ist, Ehemann, Geliebter, adlig oder reich, Vater ihrer Tochter? Archanjo?
Das ist ein Wunder – Rosa und ihr Gesang, ein alter Gesang voller Versprechen, Durchtriebenheit, Anzüglichkeit:

»Gehen wir hinter die Sé
in das Haus von Sinhá Teté
Caiumba.«

Meister Lídio Corró stirbt auf der Flöte, übersteigerte Leidenschaft zerbricht ihm die bekümmerte Brust. Um sie ab und an zu besitzen, ißt er Frösche, Eidechsen, Klapperschlangen. Vor ihm tanzt und singt Rosa, bietet sich an und verweigert sich. Vor ihnen beiden. Pedro Archanjo zeigt nichts; von dem Feuer, das ihn verschlingt, darf niemand etwas wissen, nicht einmal Lídio ahnt es und Rosa noch weniger. Seine Miene ist verschlossen, seine Züge sind wie aus Stein. Dieses Geheimnis Archanjos, dieses Rätsel ohne Lösung – nicht einmal Majé Bassan entziffert es.

Der Beifall der Schönen erklingt, die Runde öffnet sich zur Samba, die Flöte bebt, der Ton der Bratsche schwillt. Jeder mit seinem Geheimnis, seiner Sehnsucht, seiner Folter. Zu Archanjos Füßen lehnt die Schwedin, schneeweiß und blond. Doch sie ist nicht allein. Neben ihr richtet sich Sabina dos Anjos auf, der schönste Engel, die Königin von Saba, wie Meister Pedro sagt, ihr Leib ist hoch, sie erwartet ein Kind; trotz der Schwangerschaft hat sie am Vortag Samba getanzt, ohne Pause, und auch jetzt tritt sie in die Runde, zu der sich schon Rosenda Batista dos Reis gesellt hat, die aus Muritiba, die Wundertäterin, die das Erbe der Hexen und der Zauberer bewahrt. Beim Quartinhasfest des Oxossi hatte sie sich vor Ojuobá ausgestreckt, und als er sie aufrichtete, berührte er mit den Fingerspitzen die starken Brüste. Neben dem Stuhl stand Risoleta, ein biegsames Rohr, Blüte des Muçurumimstammes mit einer Mischung aus Weiß und Ijexá, ihre Lippen öffneten sich zu einem Lächeln: Hinter der Sé hatte sie Archanjo gesehen und erkannt.
Die einzige jedoch, die eifersüchtig auf die seefahrende Gringa war, die einzige von allen, die nie in seinen Armen gelegen und deren Mund er nie geküßt hatte, die einzige, deren Herz in Haß entbrannte und die den Tod erflehte – den Tod für die Weiße und für sie alle, ohne Unterschied der Hautfarbe –, war Rosa de Oxalá; die Brüste frei unter der Bluse, die Hüften entfesselt unter den sieben Unterröcken, tanzte sie vor beiden. Lídio seufzte lächelnd, bald würde er sie in seinen Armen haben, eine hohe Flamme. Archanjo verschloß sich in seinem Rätsel.
Ein Wunder ist das, meine Heilige, ein Wunder des Herrn vom guten Ende, ein Wunder der Candeias, ein Wunder Oxalás – Rosa bei Gesang und Tanz in der Werkstatt der Wunder, in der Nacht des Kummers und der Rätsel.

8

Ein bedrückender Traum, ein Alptraum: Er sah sich auf dem Strand am Hafen, glühende und zugleich kalte Wüste, dem Wechselfieber ähnlich. Er, Archanjo, das Herz zur Schau

gestellt, die Rute aufgerichtet, verwandelte sich in Zé Piroca, und Lídio Corró wurde Pinguelinho. Unter Umarmungen und Schwüren ewiger Freundschaft spielten sie Flöte und Bratsche.
Da kam Lili Chupeta, ohne Rock, ohne Unterröcke, ohne Spitzenbluse, nur mit Ketten, Perlen, Armbändern, die nackte Rosa de Oxalá, splitternackt, blauschwarz, geschmeidige Rose, Duft, der Ton ihrer Stimme verschleiert und ernst, unermeßliche, kalte Nacht, ferner Himmel.
Sie tanzte vor beiden und zeigte alles, und plötzlich wurden sie Gegner, Feinde, tiefe Brunnen des Hasses. Unerbittliche Mörder, den Tod in der Faust: Flöte und Bratsche und die Säbel berittener Soldaten. Das Duell fand an der Ecke des Lagerschuppens statt, und Lídio Pinguelinhos Körper, für immer tot, stürzte in die Wogen. Eine Sonne ging in der Nacht auf, als der Bruder fiel, und beim letzten Ton der Flöte brannte sie den Kalk.
Das war der Augenblick, Rosa in Besitz zu nehmen, ihr die Schenkel zu öffnen, einladendes Moos. Archanjo, schweißbedeckt, in Sehnsucht und Verzweiflung, die Brust von Hitze und Kälte, vom Wechselfieber erdrückt, kämpft mit dem Traum, als die Freundschaft schon zu Füßen der Verführerin stirbt.
Der Adlige macht mir nichts aus, der Reiche kümmert mich nicht, Rosa, ganz im Gegenteil. Wäre es der Junker von Cachupeleta, wäre es der Portugiese mit dem Kaufladen, ich würde seinen Kopf mit Vergnügen schmücken. Aber höre, Rosa, und schau mich nicht so an: Wenn Lídio von meiner Mutter geboren, in ihr von meinem Vater gezeugt wäre, dann wäre er weniger mein Bruder, schuldete ich ihm weniger Aufrichtigkeit und Treue.
Nein, es kann nicht sein – selbst wenn ich vor Liebe sterbe, selbst wenn das Herz zerspringt oder von Hafen zu Hafen zieht und unstet in jeder Frau deinen nächtlichen Geschmack und deinen Duft sucht und in keiner dein Rätsel löst.
Rosa, wir sind nicht die Figuren aus dem Guckkasten, wir haben Ehre und Gefühl. Rosa, wir sind keine in schmutzigem Durcheinander Entarteten, Tiere oder gar gewöhnliche Verbrecher. Ja, Rosa, genau das: »Degenerierte Mulatten in widerlicher, schmutziger Vermischung«, das ist es, was ein Professor der

Medizin, ein Doktor, ein Ordinarius geschrieben hat. Aber das ist Lüge, Rosa, es ist Verleumdung dieses Alleswissers, der nichts weiß.

Archanjo durchbricht mit äußerster Anstrengung den Traum, öffnet die Augen, der Morgen wird im Meer geboren, und die Segelboote fahren hinaus. Die Schwedin ist aus Jasmin gemacht und strömt einen zarten, morgenfrischen Duft aus. Ein dunkles Kind wird durch den Schnee laufen. Das Bild der splitternackten Rosa löst sich in der Ferne auf.

Bei der Gringa werde ich dich vergessen, und bei Sabina, Rosenda, Risoleta; ich werde dich bei vielen anderen vergessen, frei von Folter und Kummer. Frei? Vergessen oder verzweifelt suchen? In einem Feld von Jasmin und Weizen deine Schwärze. In ihnen allen, Rosa de Oxalá, ein unlösbares Rätsel, deine verbotene ewige Liebe.

9

Weiter unten, an der Biegung der Ladeira, hatte der alte Emo Corró in seiner Toreinfahrt einen einträglichen Barbierstuhl und einen Heilmittelschrank eingerichtet, außerdem besaß er eine Zange zum Zahnziehen. Er brachte das Handwerk und die Medizin seinen beiden Söhnen Lucas und Lídio bei. Letzterer jedoch verließ beizeiten Rasiermesser und Schere. Er nahm das Angebot seines Paten Cândido Maia, des Buchdruckermeisters, an und lernte bei ihm in der Fachschule für Kunst und Gewerbe. Als Schüler mit lebhafter Intelligenz und voller Interesse für den Beruf, übertraf er den Gevatter bald, aus dem Lehrling wurde in kurzer Zeit ein Meister.

In dieser Zeit hatte er Artur Ribeiro kennengelernt, einen seltsamen Menschen, schwermütig und einsam. Da er eine Gefängnisstrafe abgebüßt hatte, war es nicht einfach für ihn, eine feste Arbeit zu finden. Cândido und andere alte Freunde besorgten ihm kleine Gelegenheitsarbeiten in der Schule. Als Metall- und Holzgraveur hatte er im ganzen Norden des Landes keinen Rivalen. 1848 hatte er zusammen mit einem Libanesen

und einem Russen eine geheime Gravierwerkstatt eingerichtet; es war unmöglich, die von Artur gestochenen falschen Banknoten von den echten der Regierung, die in England hergestellt wurden, zu unterscheiden.
Das Geschäft blühte zu sehr: Ribeiro arbeitete in der Werkstatt, der Libanese und der Russe tauschten das Falschgeld ein, eine Ware, die viel Anklang fand. Sie hätten es weit gebracht, wenn der Libanese nicht verrückt gewesen wäre. Er wurde größenwahnsinnig, trieb Unfug: Weiber, Champagner, Wagen. Was gut war, das ging zu Ende, das Geheimnis landete auf dem Polizeipräsidium, Ribeiro und Mahul, der Libanese, schlugen im Gefängnis mit den Flügeln, von dem Russen hörte man nie wieder etwas, er hatte sich beizeiten abgesetzt, den Koffer voll Geld, Banknoten der Regierung, echte.
Artur Ribeiro, verschlossen, brummig, schweigsam, noch hinter den Gittern der Scham, wenn auch aus dem Gefängnis entlassen, zeigte Interesse für den aufgeweckten Jungen, der geschickt war im Zeichnen, und lehrte ihn, Wunder zu malen – etwas, was ihm an diesem elenden Lebensende geblieben war – und in Holz zu schneiden; nicht in Metall, denn nie wieder würde er eine Kupferplatte anrühren, das hatte er sich im Gefängnis geschworen. Eines Tages vertraute er Lídio bei einer Cachaça an, er habe einen einzigen Wunsch: den elenden Fayerman mit eigenen Händen umzubringen; der Russe hatte im voraus von den Schritten der Polizei erfahren und sich mit dem Gewinn aus dem Staube gemacht, ohne die Teilhaber der Falschmünzerei auch nur zu warnen.
Der Tod des Bruders Lucas hatte Lídio zu Schere, Rasiermesser und Zange zurückgeholt. Emo hatte im Laufe der Jahre und der Schlucke die ruhige Hand eingebüßt, jemand mußte die Ausgaben des Alten und Zizinhas, seiner letzten Ehefrau, der dritten, eines jungen Hühnchens von achtzehn Jahren, sichern. Zittrige Hand, kurzsichtig, schwerhörig, aber das Wichtigste war in Ordnung. »Das ist mir geblieben«, sagte Emo, als er die neue Frau vorstellte.
Lídios Lehre in der Fachschule für Kunst und Gewerbe und auf den Straßen Bahias beschränkte sich nicht auf Buchdruck, Wunderzeichnen und Holzschnitt. Man brachte ihm Tanz-

schritte bei, Grundbegriffe der Musik, Dame, Tricktrack und Domino und Flöteblasen, seine größte Begabung. In jedem war er geschickt und sicher, er stand mit den Füßen auf der Erde, war praktisch und schlau.
Eine Zeitlang blieb er bei Bart und Haar, riß Zähne aus und verordnete Drogen – Schlangengift, Heilkräuter, Hausmachersirup aus Brunnenkresse (erfolgreich bei der Heilung der Schwindsucht), wunderwirkende Baumrinden, Paus-de-resposta – eine Pflanze, die das Gemüt und alles andere aufrichtet – und Eidechsenpulver gegen Asthma. Bis er Pedro Archanjo, seinen Schulkameraden, wiedertraf, der ebenso wißbegierig und entschlossen und acht Jahre jünger war. Auch Archanjo hatte in verschiedenen Werkstätten gearbeitet. In der Druckerei war er am längsten gewesen, obwohl seine Stärke im Schreiben und im Lesen lag – er studierte Grammatik, Arithmetik, Geschichte, Geographie. Man rühmte seine Schrift, im Buchstaben und im Erfindungsgeist.
Eines Tages war er verschwunden, ein paar Jahre hörte man nichts von ihm. Seine Mutter, die einzige Verwandte, die ihn in Bahia gehalten hatte, war gestorben. Den Vater hatte er nicht gekannt, einen jungen Soldaten, der in den Paraguaykrieg mußte und Nóca in ihrer ersten Schwangerschaft zurückließ; denn sie lebten erst seit kurzem zusammen. Bei der Durchquerung der Sümpfe des Chacos fand er den Tod, ohne von der Geburt des Sohnes erfahren zu haben.
Archanjo machte sich auf, die Welt kennenzulernen. Wo er hinkam, dort lernte er. Er war nicht wählerisch bei der Arbeit – Schiffsjunge, Barmixer, Maurergehilfe, Verfasser von Briefen, die mit Nachrichten und Grüßen geistig schwerfälliger Einwanderer für Portugal bestimmt waren. Er lief von Pontius zu Pilatus, stets mit Büchern und Frauen beschäftigt. Warum übte er soviel Anziehungskraft auf Frauen aus? Vielleicht war es dem angeborenen Takt und der Wortgewandtheit zuzuschreiben. Er zwang sich den Frauen kaum auf; er war noch so jung, und alle hörten ihm schon schweigend und aufmerksam zu.
Als er aus Rio zurückkehrte, war er einundzwanzig und kleidete sich mit geschmackvoller Eleganz; er spielte Bratsche und Fiedel. Er nahm eine Stelle in der Druckerei der Mönche an,

und ein paar Monate danach traf er in der Epiphaniasnacht mit Lídio Corró zusammen, als sie Schäferinnen ausprobierten, eine appetitliche Beschäftigung. Sie wurden unzertrennlich, und die Barbierstube verwandelte sich bald.

Drei Jahre nach der Begegnung im Terno da Estrêla D'Alva mietete Lídio das frei gewordene Erdgeschoß im Haus Nummer 60 und malte mit Phantasie das Schild, jeden Buchstaben in einer anderen Farbe: WERKSTATT DER WUNDER – denn mit dem Wundermalen nahm er das meiste ein.

Archanjo hatte den Namen ausgewählt. Er verließ die Druckerei und brachte zurückgebliebenen Kindern das Abc und Rechnen bei und wurde so etwas wie Corrós Teilhaber. Teilhaber an der Arbeit und im Bummeln, denn Lídio legte den spärlichen Gewinn an, damit er Zinsen brachte. Corrós Ziel: die Tipografia Democrática, in der Seu Estevão das Dores die Geschichten von Sängern, Lieder, Verse für das Wettsingen und eine umfassende Schundliteratur zusammenstellte und druckte; die Umschläge der Heftchen waren Holzschnitte von Lídio. Seu Estevão, ergraut, rheumatisch und hinkend, hatte versprochen, ihm die Druckstöcke auf Abzahlung zu verkaufen, wenn er sich entschließen sollte auszuruhen.

In Erwartung der Druckstöcke und der Kundschaft der Democrática wurde die Werkstatt der Wunder das Herz, der Mittelpunkt dieses ganzen Stadtteils, in dem sich das volkstümliche Leben stark und intensiv abspielt und der sich von der Praça da Sé und vom Terreiro de Jesus bis zu den Portas do Carmo und Santo Antônio erstreckt und Pelourinho, Tabuão, Maciel de Cima und Maciel de Baixa, São Miguel und die Baixa dos Sapateiros mit dem Mercado de Yansan (oder Santa Bárbara, nach Wahl und Geschmack des einzelnen) umfaßt.

Mit Holzschnitt, Wunderzeichnen, mit der Zahnzange, dem Verkauf von Hausmitteln, der Laterna magica nimmt Meister Lídio Corró sein reichlich und sauer verdientes Geld ein. Aber im selben Raum wird über eine Menge Dinge gesprochen und entschieden. Hier werden Ideen geboren, reifen zu Plänen heran und werden auf Straßen, bei Festen, auf Kultplätzen verwirklicht. Man erörtert wichtige Angelegenheiten, die Nachfolge von Heiligenmüttern und -vätern, grundlegende Gesänge, magische

Natur der Blätter, Formeln für Ebós und Fetische. Hier werden Dreikönigstagszeremonien, Karnevalszüge, Capoeiraschulen besprochen, Feste und Feiern zusammengestellt und die notwendigen Maßnahmen eingeleitet, um den Erfolg der Reinigung der Kirche vom guten Ende und der Anwesenheit Mutter Dáguas zu sichern. Die Werkstatt der Wunder ist eine Art Senat, der die Notabeln der Armut vereint, eine zahlreiche und gewichtige Versammlung. Hier treffen sich und diskutieren Yalorixás, Kultpriester, Literaten, Heiligenbildmaler, Sänger, Schrittmacher von Karnevalsgruppen, Capoeirakämpfer, Kunst- und Handwerksmeister, jeder seiner Würde gemäß.
In dieser Zeit, als junger Mann von rund zwanzig Jahren, gewöhnte Pedro Archanjo sich an, Geschichten, Ereignisse, Nachrichten, Dinge, Namen, Daten, unbedeutende Einzelheiten, alles, was sich auf das volkstümliche Leben bezog, zu notieren. Wozu? Wer weiß das. Pedro Archanjo war voller Widerstreit, voller Wissen, und sicherlich war seine Wahl für einen hohen Posten in Xangôs Haus, obwohl er noch so jung war, kein Zufall: erhabener und anerkannter Ojuobá, unter so vielen, vielen Kandidaten – geachteten und weisen Alten – bevorzugt. Der Titel indessen brachte ihm Rechte und Pflichten; er war noch keine dreißig Jahre alt, als der Heilige ihn auswählte und ernannte – es konnte keine bessere Bestätigung geben, Xangô hat seine Gründe.
Eine Version läuft unter den Leuten vom Terreiro um, geht durch die Straßen der Stadt: Orixá selbst sei es gewesen, der Archanjo befohlen habe, alles zu sehen, zu wissen und aufzuschreiben. Deshalb habe er ihn zum Ojuobá, zu den Augen Xangôs, gemacht.
Mit zweiunddreißig Jahren, genau im Jahre 1900, wurde Pedro Archanjo zum Pedell der Medizinischen Fakultät ernannt und übernahm das Amt am Terreiro. Er wurde rasch beliebt bei den Studenten und brachte ihnen bald die verschiedenen Grundbegriffe bei. Die Stelle hatte er durch Majé Bassans Vermittlung erhalten, die allmächtig in ihren Verbindungen und Freundschaften war und sogar von Einflußreichen in der Regierung gefürchtet wurde. Oft, wenn der Name eines Bedeutenden aus Politik oder Wirtschaft, eines Machthabers oder sogar eines

Priesters der Kirche zitiert wurde, murmelte Mutter Bassan: »Der gehört zu den Meinen.« Unter allen, Jungen, Alten, Neuen, Armen oder Reichen, war Pedro Archanjo der Liebling, die Leuchte.

10

Kirsi probt mit den Schäferinnen, sie ist der neue Morgenstern, der wirkliche, der wahre. Irena, die es vorher war, hat ihr Amt niedergelegt, um mit einem Uhrmacher in den Recôncavo zu ziehen. Hätte sie es nicht getan, dann wäre die Stadt Santo Amaro da Purificação ohne Kalender, ohne Stunde und ohne Minute für Zuckersiedereien und Destillierapparate geblieben: Als der Uhrmacher, der in Bahia auf der Durchreise war, Irena beim Dreikönigstagsfest sah, geriet er aus dem Häuschen.
Die Schäferinnen kommen und gehen im Schritt des Lundutanzes und befolgen aufmerksam die Befehle des Zeremonienmeisters Lídio Corró. Vor allen anderen geht Kirsi und erntet Archanjos Blick und sein zustimmendes Lächeln. Ein Stück dahinter empfängt auch Dedé ihn in der bebenden Brust; die kleine Dedé, so jung und engelhaft, will schon den Tanz eröffnen.

»Bring das Eselchen hinein,
damit es vom Abendtau nicht naß wird.
Der Sattel ist aus Samt,
die Decke aus Taft.«

Wer auf der Probe war, der sah Kirsi als vortrefflichen, leuchtenden Morgenstern, aber das Volk der Stadt konnte sie beim Umzug nicht bewundern, es war keine Zeit mehr. Ein anderes Schiff kam und nahm sie mit: Fast sechs Monate war sie geblieben; man sagte, sie sei Schwedin, nur wenige wußten, daß sie Finnin war, aber alle schätzten sie. Ohne viel Fragen aufgenommen, war sie eine von ihnen.
Als das Frachtschiff im Hafen vor Anker ging, sagte sie in ihrem bißchen Portugiesisch mit Seemannsakzent zu Archanjo: »Es ist Zeit, daß ich gehe, ich trage unser Kind unter dem Herzen.

Alles, was gut ist, hat seine richtige Dauer, es muß zur rechten Zeit zu Ende gehen, wenn wir wollen, daß es ewig währt. Ich nehme die Sonne, deine Musik und dein Blut mit, du wirst sein, wo ich bin, in jedem Augenblick. Danke, Oju.«

Manuel de Praxedes führte sie auf den Leichter, und um Mitternacht lichtete das Frachtschiff den Anker. Pedro Archanjo im Schatten der Sterne, sein Gesicht aus Stein. Der Dampfer pfiff, als er die Hafenausfahrt verließ, an den Pforten des Ozeans. Ich werde dir nicht Lebewohl sagen, ein bronzefarbenes Kind, ein Mischling aus Bahia, wird durch den Schnee laufen.

Am Rande des Meeres singt Dedé verspielt Epiphaniasweisen:

»Balaiomädchen,
gib mir einen Schluck zu trinken,
Cipriana gibst du nicht,
die uns ins Verderben stürzt.«

Dort hinter den Inseln steuert ein grauer Frachter in Richtung der Nebel und der fahlen Sterne und entführt den Morgenstern nach dem kalten Norden. Dedé möchte ihn aufheitern, seinen schweigenden Mund, sein steinernes Gesicht zu einem Lächeln öffnen. Dedé wird der neue Stern sein, ohne das goldblonde Haar eines Kometen, ohne den leuchtenden Nimbus, aber mit einer tropischen Wärme und Anziehungsvermögen. Dedé, das Balaiomädchen, vom großen Balaio.

»Es gibt auf der Welt keine besseren Menschen als euch, kein zivilisierteres Volk als das Mulattenvolk von Bahia«, hatte die Schwedin beim Abschied in der Werkstatt der Wunder gesagt, als sie mit Lídio, Budião und Aussá sprach. Sie war von weither gekommen, hatte mit ihnen gelebt und aus ihrer Erfahrung erzählt, einer Erfahrung ohne Einschränkungen und Zweifel, aus wirklicher Kenntnis. Warum also hatte Dr. Nilo Argolo – ordentlicher Professor an der Medizinischen Fakultät und wissenschaftlicher Mentor der Kongregation, mit dem Ruf eines Gelehrten und einer ungewöhnlichen Bibliothek – diese schrecklichen Seiten, die brennenden Worte über die Mischlinge von Bahia geschrieben?

Schon der Titel des mageren Sonderdruckes, einer auf einem wissenschaftlichen Kongreß vorgelegten und in einer medizinischen Zeitschrift wiedergegebenen Denkschrift, deutete auf seinen Inhalt hin: *Die psychische und geistige Degeneration der Mischvölker – das Beispiel Bahias.* Mein Gott, wo hatte der Professor derart kategorische Behauptungen hernehmen können? »Als größter Faktor unseres Zurückbleibens, unserer Minderwertigkeit bilden die Mischlinge eine unfähige Unterrasse.« Die Neger haben nach Meinung Professor Argolos die menschliche Natur noch nicht erreicht. »In welchem Land haben die Neger einen Staat mit einem Minimum an Zivilisation errichten können?« hatte er seine Kongreßkollegen gefragt.
An einem dieser Tage mit hellem Sonnenschein und leichter Brise kam Archanjo in seinem leicht wiegenden Gang zum Terreiro de Jesus. Er brachte einen Auftrag des Sekretariats der Fakultät zum Prior der Franziskaner, einem netten holländischen Mönch mit Bart und Glatze; mit offensichtlichem Vergnügen trank er Kaffee und schenkte dem lächelnden Pedell ein.
»Ich kenne Sie ...«, sagte er mit seinem rauhen Akzent.
»Ich bin fast den ganzen Tag hier am Platz, in der Schule.«
»Es war nicht hier.« Der Mönch lachte tönend und lustig. »Wissen Sie, wo? Beim Candomblé. Nur daß ich in bürgerlicher Kleidung war, in einem Winkel versteckt, und Sie in einem Sonderstuhl neben der Heiligenmutter.«
»Sie, Pater, beim Candomblé?«
»Manchmal gehe ich hin, sagen Sie es niemandem. Dona Majé ist meine Freundin. Sie hat mir gesagt, daß Sie in Macumba-Angelegenheiten sehr maßgebend sind. Wenn Sie mir die Freude machen wollten, würde ich gern bei Gelegenheit mit Ihnen plaudern ...«
Archanjo spürte den Frieden der Welt im Kreuzgang der dicht belaubten Bäume, der Blumen und Fliesen, den Frieden der Welt in dem einnehmenden Franziskaner. »Wann Sie wünschen, Pater, stehe ich zu Ihrer Verfügung.«
Er kam in Richtung der Fakultät über den Terreiro: ein Pater, ein Mönch aus dem Kloster, der dem Candomblé beiwohnt, eine Überraschung, eine Neuigkeit, die es wert war, notiert zu werden. Eine Gruppe von Studenten kam ihm entgegen.

Pedro Archanjo hatte sehr gute Beziehungen zu den Medizinstudenten. Der Sekretariatspedell, gefällig, aufmerksam und lustig, war stets bereit, den Jungen in ihren Schwierigkeiten bei Anwesenheit und Fehlen zu helfen; er bewahrte ihnen Bücher, Hefte und Nachschriften auf. Eine Welt kleiner Gefälligkeiten, die Kameradschaft langer Gespräche. Neulinge und Doktoranden besuchten ihn in der Werkstatt der Wunder oder in Meister Budiãos Capoeiraschule, zwei oder drei nahmen an Candomblé-festen teil.
Archanjo war ihnen gegenüber, ebenso wie gegenüber hohen Beamten und Professoren, hilfsbereit und höflich, niemals untertänig, ehrerbietig oder kriecherisch – das Volk von Bahia ist so. Der ärmste Mann der Stadt ist in seinem männlichen Stolz dem mächtigsten Magnaten gleich, und er ist mit Sicherheit zivilisierter.
Die Sympathie der Jungen für den bescheidenen Pedell festigte sich und wurde Dankbarkeit, als Pedro Archanjo einen Studenten im sechsten Jahr durch seine entscheidende Aussage vor der drohenden Exmatrikulation wegen einer verworrenen und komplizierten Angelegenheit rettete, die die Familienehre eines Gastdozenten betraf. Archanjo, der im Sekretariat Dienst hatte, machte bei der Untersuchung eine Zeugenaussage, durch die die Schuldlosigkeit des Jungen, gegen den sich der Zorn des beleidigten Professors richtete, bewiesen wurde. Die Studenten hatten sich zur Verteidigung des Kommilitonen zusammengeschlossen, doch sie glaubten nicht an ihren Erfolg. Obwohl man Archanjo erst kurz zuvor für das Amt eines Pedells verpflichtet hatte, ließ er sich weder verwirren noch einschüchtern. Er gewann die Achtung der Jungen und die Feindschaft des Dozenten, der die Studenten übrigens mitten im Semester aufgab.
Als er bei dem Brunnen mitten auf dem Platz anlangte, wurde er von den Jungen umringt, und einer der Studenten – ein lustiger Kerl aus dem vierten Jahr, der Festlichkeiten und Späße liebte und Archanjos Talente auf Bratsche und Fiedel schätzte, denn er selbst zupfte gern die Saiten – zeigte ihm ein Flugblatt. »Wie finden Sie das, Meister Pedro?« Die anderen lachten, offenbar in der Absicht, den eleganten und angesehenen Mulatten zu erfreuen.

Archanjo ließ den Blick über die Seiten gleiten, seine Augen wurden klein und rot. Für Dr. Nilo Argolo war Brasiliens Unglück dieses Negervolk, die schändliche »Rassenmischung«.
»Der Professor beschimpft Sie, er läßt kein gutes Haar an Ihnen«, erklärte der Student amüsiert. »Von Dieb und Mörder an abwärts, für weniger tut er's nicht. Sie stehen an der Grenze zwischen Unvernunft und Vernunft. Und die Mulatten sind schlimmer als die Neger, sehen Sie. Das Ungeheuer macht mit Ihnen und Ihrer Art Schluß, Meister Pedro.«
Pedro Archanjos Gedanken kamen von weit her, er faßte sich. »Nur mit mir, mein Lieber?« Er betrachtete das Haar des Jungen, den Mund, die Lippen, die Nase. »Er macht mit uns allen Schluß, mit allen Mischlingen, mein Lieber. Mit mir, mit dir...« Und während er die Blicke über die anderen schweifen ließ, fuhr er fort: »In dieser Gruppe entkommt keiner, ausnahmslos.«
Kurzes Lachen, zaghaft, zwei oder drei laut. Der Student gestand gutgelaunt: »Bei Ihnen ist niemand im Vorteil, Sie haben die Stammbäume der Leute schon auf ein Nichts reduziert.«
Ein Grünschnabel sonderte sich mit erhabener und dreister Miene von der Gruppe ab. »Meinen nicht.« Der Narr berief sich auf vier Beinamen und zwei Adelstitel. »In meiner Familie ist das Blut rein, es hat sich nicht mit Negern beschmutzt, Gott sei Dank.«
Archanjo hatte den Haß verscheucht, jetzt war er belustigt. Er fühlte sich stark in seiner unumschränkten Kenntnis und wußte, daß Dr. Nilos These – ein Dummkopf, ein gemeiner Scheißkerl – nur Irrtum und Verleumdung, Dünkel und Unwissenheit war.
Er schaute das Jüngelchen an. »Bist du sicher, mein Lieber? Als du geboren wurdest, war deine Urgroßmutter schon tot. Weißt du, wie sie hieß? Maria Iabaci war ihr Mädchenname. Dein Urgroßvater, ein rechtschaffener Mann, heiratete sie.«
»Unverschämter Neger, ich werde dir das Gesicht einschlagen.«
»Nun, mein Lieber, sei nicht schüchtern, trau dich.«
»Vorsicht, Armando, er beherrscht Capoeira«, warnte ein Kommilitone.

Aber die anderen hielten den eingebildeten Kameraden zum besten: »Laß sehen, Armando, diesen Mut, das blaue Blut!«
»Ich werde meine Kühnheit nicht an einen Pedell verschwenden.« Der feine Herr zog sich aus der Arena zurück, und die Diskussion war zu Ende.
Der Student aus dem vierten Jahr spottete noch: »Dieser ausgeblichene Kater benimmt sich wie ein Rindvieh, Meister Pedro, weil sein Großvater Minister im Kaiserreich war. Ein Dummkopf.«
Ein Junge mit Brille und einer Melone auf dem Kopf mischte sich in das Gespräch ein. »Meine Großmutter war Mulattin, sie war der beste Mensch, den ich gekannt habe.«
Archanjo wandte sich zum Gehen. »Kannst du mir dieses Flugblatt leihen?«
»Es ist für Sie.«
Niemals mehr belästigte ein Student Archanjo mit solchen Angelegenheiten. Nicht einmal, als sich Gobineaus Schatten über dem Terreiro de Jesus ausbreitete und das Ariertum als offizielle Doktrin der Fakultät Mode war. Als es zwanzig Jahre später zum Skandal kam, waren andere Studenten in den Semestern, aber sie unterstützten den Pedell gegen die Professoren.
In der Gruppe des Morgensterns tanzten Weiße, Neger und Mulatten, gleichgültig gegenüber den Theorien der Professoren. Kirsi oder Dedé, jede der beiden kann der Stern der Epiphaniasfeier sein, das Volk wird ihnen mit gleicher Begeisterung Beifall zollen, es gibt weder eine erste noch eine zweite, um so weniger eine Bessere und eine Schlechtere.
Das Schiff ist schon in Nacht und Ozean verschwunden. Dedé beendet ihren Gesang, streckt sich in ihrer Schönheit auf dem Sand aus, fähig und einladend. Pedro Archanjo hört den Wind des Meeres, das Rauschen der Wellen und die Ferne. »Es gibt keine besseren Menschen auf der Welt.« Im kalten Suomi wird ein bronzefarbenes Kind aus Sonne und Schnee spielen, in der rechten Hand einen Paxorô, König von Skandinavien.

Wie Fausto Pena, ein ungelehriger Streber, einen Scheck (einen kleinen), eine Lektion und einen Vorschlag erhält

Ich stelle mit Betrübnis fest und bestätige: Neid und Dünkel beherrschen die besten Kreise unserer Intelligenz. Es ist mir unmöglich, die traurige Wahrheit zu verheimlichen, denn ich habe ihre Folgen am eigenen Leibe gespürt. Ich bin das auserwählte Opfer verschlagenen und schändlichen Neides, dummen und albernen Dünkels. Weil ich durch Wahl und Vertrag (mündlich) des großen Levenson geehrt wurde, Pedro Archanjos Leben zu erforschen, zerreißen mich die Kollegen auf dem Wege der Bitterkeit, reden schlecht über Ana Mercedes und mich, tauchen mich in Schmutz, so daß ich in Dreck und Verleumdung ersticke.

Ich sprach schon von den politischen Intrigen, den niederträchtigen Versuchen, mich zum kulturellen Parteigänger des nordamerikanischen Imperialismus zu stempeln, mich mit den Linken in Konflikt zu bringen (was übrigens bei der augenblicklichen Lage nicht ohne Vorteil ist) und mir den Zugang zu Dingen zu verwehren, die notwendig sind für einen, der sich einen Namen und Karriere machen will – und ich will es – und dazu Trompeten und Gönner braucht. Ich habe das elende Komplott beizeiten aufgedeckt, und wenn ich hier nicht noch einmal öffentlich meine unerschütterlichen Überzeugungen verkünde, so schließlich nur, weil ich ein Forscher bin und nicht ein Verrückter oder ein Abenteurer auf der Suche nach Herausforderung und Gefängnis. Ich ziehe es vor, mich mit der unbesiegbaren Waffe der Poesie, meiner hermetischen, doch äußerst radikalen Poesie, zu schlagen.

Das Gesindel beschränkte sich nicht auf das Feld der Linken, es ging noch weiter und schloß mir die Pforten der Zeitungen. Beim *Jornal da Cidade* bin ich seit langem unbezahlter Mitarbeiter. (Wer würde von Dr. Zèzinho ein Honorar für die in seiner Zeitung veröffentlichten Gedichte fordern? Ich und die anderen

Dichter sind glücklich, weil es ihm noch nicht eingefallen ist, uns den Platz und die gegenseitigen Lobreden in Rechnung zu stellen.) Sonntags bin ich obligatorisch anwesend in diesem geliebten *J. C.,* auf dessen Seiten die Bildung Zuflucht und Förderung findet: Dieser Zeitung verdanken wir die großartige Kampagne für die Feierlichkeiten anläßlich des hundertsten Geburtstags von Pedro Archanjo. In der Literaturbeilage dieses siegreichen Organs unterhalten wir, Zino Batel und ich, die Spalte »Junge Poesie« – tatsächlich allerdings kommt mir die Arbeit zu, Lobeshymnen und Dichterinnen teilen wir uns.
Ich addierte diese eingefahrene Tätigkeit eines Poeten und Kritikers, eines Mitarbeiters des *J. C.* mit der gegenwärtigen bedeutenden Position des Soziologen »bei der Erforschung internationalen Erlebens und Wirkens« (der Satz stammt von Silvinho, der mir in seiner herzlichen Spalte schillernde »engelreine Schriftopale« widmet) und begab mich in die Redaktion des kämpferischen Morgenblattes, als ich von dem denkwürdigen Unternehmen erfuhr.
Sagen Sie mir bitte freimütig: Wer eignete sich besser, daran mitzuarbeiten, wenn nicht gar es zu leiten, als ich, der unmittelbare Assistent, eine Art Bevollmächtigter des Genius von der Columbia-Universität, der mich auserwählt hatte, mich und sonst keinen, den unsterblichen Bahianer zu erforschen? Nicht nur beauftragt und verpflichtet, sondern bezahlt. BEZAHLT – erlauben Sie mir, dieses geweihte, heilige Wort in Großbuchstaben zu schreiben, es in das gierige Gesicht dieses Krötengesindels aus Neid und Dünkel zu schmieren: Wer von ihnen wurde schon freigebig und pünktlich für eine ernsthafte Arbeit bezahlt, von einem transkontinentalen Genius bezahlt, obendrein in Dollar? Sie leben von den Krümchen der Regierung und der Universität, sie knurren mächtig, aber vor den Großen sind sie sanfte Lämmer. Wer ist in jeder Hinsicht berufener – sagen Sie selbst –, an dieser verdienstvollen Kampagne des verdienstvollen *Jornal da Cidade* gegen ein kleines Entgelt und vernünftige Reklame teilzunehmen? Schließlich ist Pedro Archanjo der Boden, den ich bearbeite, er ist mein Acker.
Nun, glauben Sie – ich wurde mit Prügel und Steinen empfangen, und zwischen Dr. Zèzinho und mich baute man Hindernisse

aller Art. Ich fürchtete, ihn nicht einmal sehen zu können, so zahlreich waren die vergeblichen Versuche und die zynischen Absagen. Die Herren der Würdigungsaktion – ein mächtiges Lumpentrio – hörten mich eilig an, oder vielmehr, einer von ihnen hörte mich an und schickte mich mit leeren Versprechen weg. »Im Augenblick brauchen wir nichts, mein Teuerster, doch im Laufe der Kampagne gibt es vielleicht eine Gelegenheit für Sie, in einem Interview oder einer Reportage.« Und das, obgleich ich bekanntlich nicht einmal von Teilnahme gesprochen habe; ich hatte mich lediglich erboten, mit ihnen zusammenzuarbeiten.

Ich bin wieder hingegangen, so leicht besiegen sie mich nicht. Ich habe etwas Material mitgenommen, um es ihnen zu zeigen, und habe erreicht, daß sich die Bande vollzählig versammelt hat. Sie boten mir einen lächerlichen Betrag für die Unterlagen – und gaben mir nicht die geringste Chance, meinen Namen mit der aufsehenerregenden Ehrung zu verknüpfen.

Ich entschloß mich, ihnen Stirn und Konkurrenz zu bieten, indem ich mich an die anderen Zeitungen wandte, und Ana Mercedes versuchte, in ihrem *Diário da Manhã* zu meinen Gunsten zu vermitteln. Unnützer Eifer: Die Machthaber der Presse sind in einem Monopol der öffentlichen Meinung vereint, sie bekämpfen einander nicht.

Da mir keine andere Wahl blieb, ging ich zurück zum *Jornal da Cidade,* bereit, den unwürdigen, aber einzigen Vorschlag zu akzeptieren und mein bestes Material für einen Pfifferling zu verkaufen. Mit dem Schneid der Hoffnungslosen klopfte ich an Dr. Zèzinhos Tür, und der große Chef hörte mir gütig zu. Als ich ihm jedoch meine Aufzeichnungen zeigte, hätte ich einen hysterischen Anfall beinahe nicht verhindern können. »Das ist genau das, was ich nicht will: dieser mangelnde Respekt gegenüber einem großen Manne, gegenüber einem erhabenen Geist, diese Verspottung, diese Herabsetzung der Person Archanjos. Das lasse ich nicht zu! Wenn wir Ihnen diese geschwätzigen und schmähsüchtigen Seiten abkaufen, dann tun wir es, um ihre Verbreitung zu unterbinden, damit sie nicht verwendet werden und Pedro Archanjos Bild beflecken. Mein lieber Fausto, denken Sie an die Schulkinder.«

Ich dachte an die Schulkinder, ich verkaufte mein Schweigen für eine Kleinigkeit. Dr. Zèzinho fügte noch nervös hinzu: »Polygamist, was für eine Schande! Er war nicht einmal verheiratet! Mein lieber Poet, lernen Sie diese Lektion: Ein großer Geist muß moralische Integrität haben, und wenn er zufällig nachgiebig und verdorben war, dann fällt es uns zu, ihn in seine Vollkommenheit zurückzuversetzen. Große Männer sind das Vermögen des Vaterlandes, Vorbilder für neue Generationen, wir müssen sie auf dem Altar des Genius und der Tugend bewahren.«

Ich bedankte mich für Scheck und Lektion, zog mich zurück und machte mich auf die Suche nach Ana Mercedes und Whisky, teure Trostpflaster.

So konnte ich am journalistischen Ruhm Pedro Archanjos nicht teilhaben. Mir blieben nur ein paar erhebende Bemerkungen großmütiger Kolumnisten: Silvinho und Renot, July und Matilde. Mich suchten auch sympathische Jungen aus dem Theatermilieu auf, Mitglieder der sehr avantgardistischen Gruppe, die sich »Nieder mit Text und Rampe« nannte – der Name sagt schon alles. Sie schlugen mir vor, ein Stück über Pedro Archanjo zu verfassen, oder vielmehr ein Schauspiel, denn sie mögen das Wort »Stück« nicht. Ich werde die Angelegenheit prüfen, und wenn sie mir zumindest einen Vertrag über Teilnahme an der Regie geben, dann lasse ich mich vielleicht auf das Abenteuer ein.

Wie die Verbrauchergesellschaft die Feierlichkeiten zum hundertsten Geburtstag Pedro Archanjos förderte, indem sie aus seinem Ruhm Kapital schlug und ihm Sinn und Bedeutung verlieh

1

Das Generalsekretariat des Exekutivausschusses, Organisator der Feierlichkeiten zum hundertsten Geburtstag Pedro Archanjos, wurde Professor Calazans anvertraut, eine richtige Wahl. Calazans' Ruf als Historiker hatte seit langem die Grenzen des Staates Bahia überschritten und erstreckte sich auf ein weites Bundesgebiet; seine Arbeiten über Canudos und Antônio Conselheiro, die wirklich ernsthaft und originell waren, hatten ihm den Beifall der alten Männer vom Nationalen Historischen Institut und – Irrtum vorbehalten – den Preis der Brasilianischen Akademie eingebracht (ob die Information falsch ist und sie ihm den akademischen Grad nicht verliehen haben, bleibt hier unberücksichtigt; noch ist Zeit, daß die unsterblichen Herren eine so schreiende Ungerechtigkeit beheben). Als Professor in zwei Fakultäten und mehreren Semestern, gelehrt und gutmütig, eilt er den ganzen Tag mit prächtiger Laune und einem reichen Sortiment historischer Anekdoten von Vorlesung zu Vorlesung und verteidigt damit sein schweres Brot. Bei so vielen Verpflichtungen findet er noch Zeit und Gefallen, sich Ämter und Titel aufhängen zu lassen; einige pompös, alle mühsam und alle umsonst, ohne eine Spur von Vergütung; Sekretär der Bahianischen Akademie, Schatzmeister des Historischen und Geographischen Instituts von Bahia, Präsident des Zentrums für Folklorestudium und des Sergipe-Hauses, ohne die Mitarbeit an der Verwaltung des Gebäudes zu rechnen, das er bewohnt, dessen Verwalter er seit eh und je ist.

Soviel erfolgreiche Tätigkeit, so viele pünktlich und ordentlich erledigte Aufgaben, dazu die Studien, die Forschung, die Ausarbeitung von Artikeln und Essays – und immer war der Professor lustig, ausgeglichen, gelassen –, diese Rennerei, diese Hetze werden nur jenen außergewöhnlich und unsinnig erscheinen, die

die Lebensumstände des Professor Calazans aus dem sagenhaften Staat Sergipe nicht kennen. Für den Sergipaner, der auf einem feudalen Großgrundbesitz in grenzenloser Armut ohne jeden Ausweg, ohne Arbeitsmarkt und Lohn geboren war, für diesen Mann, der Kindersterblichkeit, Endemien, vom Wechselfieber bis zu den Pocken alle Entbehrungen und Schwierigkeiten überlebt hat, für diesen Helden gibt es nichts Unmögliches, und die Zeit vervielfacht sich für ihn. Wenn Professor Calazans die Vorbereitungen leitete, dann war der Erfolg der Gedenkfeierlichkeiten gesichert.
Im übrigen war der Große Ehrenausschuß – abgekürzt GEA – schon eine Vorwegnahme der Größe der Feierlichkeiten. Unter dem Vorsitz Seiner Exzellenz des Herrn Staatsgouverneurs gehörten ihm Primas, Militärbefehlshaber, Seine Magnifizenz der Rektor, der Präfekt der Hauptstadt, Präsidenten von kulturellen Institutionen und bahianischen Bankdirektionen, der Direktor der Bank von Brasilien, der Generaldirektor des Industriellen Zentrums von Aratú, der Präsident des Handelsverbandes, Direktoren von Tageszeitungen, der Sekretär für Erziehung und Bildung und Major Damião de Souza an.
Nicht genannt dabei sind jene, deren Anwesenheit sich notwendig machte, weil ohne ihre Zustimmung oder Sympathie jede Kundgebung zum Scheitern oder zum Verbot verurteilt gewesen wäre, alle anderen Mitglieder des GEA gehörten ihm in besonderer und bestimmter Absicht an. So erklärte es Dr. Zèzinho Pinto, als er, von Sekretär und Geschäftsführer des *Jornal da Cidade* unterstützt, den kleinen Exekutivausschuß – »klein gerade, um beweglich und wirksam zu sein« – in seinem Arbeitszimmer versammelte.
So klein war er nun auch wieder nicht. Außer Dr. Zèzinho, selbstverständlich als Präsident, und dem Generalsekretär Calazans setzte er sich aus den Präsidenten des Historischen und Geographischen Instituts und der Geisteswissenschaftlichen Akademie, den Dekanen der Medizinischen und der Philosophischen Fakultät, der Sekretärin des Zentrums für Folklorestudium, dem Leiter des Amtes für Tourismus und dem Generaldirektor der *Doping Promoção e Publicidade S. A.* in Bahia zusammen.

Alle waren zur ersten Zusammenkunft erschienen, der Rahmen war festlich, und ein Kellner – der Nachtportier – brachte gefüllte Whiskygläser, Eis, Soda, Guaraná und Wasser.
»Hiesiger...«, murmelte der boshafte Redaktionssekretär Ferreirinha, als er den Whisky probierte.
Als Dr. Zèzinho die »hervorragenden Persönlichkeiten, die mit ihrer Anwesenheit die Redaktion des *J. C.* ehren«, begrüßte, legte er in einer raschen, jedoch brillanten Rede die Hauptlinien der Würdigungsaktion dar und erwähnte die anderen Mitglieder des Großen Ehrenausschusses vom Gouverneur bis zum Major mit begeisterten Lobesworten. Gleichzeitig gab er zu verstehen, was man jedem von ihnen übertragen solle. So werde es dem schwungvollen Präfekten der Hauptstadt zukommen, eine der neuen Straßen der Stadt nach Pedro Archanjo zu benennen, während der Sekretär für Erziehung und Bildung diesen Namen einer Schule verleihen werde, in der Archanjos Andenken glänzen werde, »geehrt von den Kinderchen, die die Männer von morgen, die strahlende Zukunft Brasiliens sind«. Von Seiner Magnifizenz werde man die unerläßliche geistige und materielle Hilfe der Universität bei der Organisation der ganzen Kampagne und besonders bei dem vorgesehenen Seminar erhalten; vom Leiter des Amtes für Tourismus Beförderung und Unterbringung der Gäste, die aus dem Norden und dem Süden des Landes kommen würden. Von den Direktoren der Zeitungen – »Kollegen, nicht Konkurrenten« – erwartete man umfangreiche Berichterstattung, uneingeschränkte Unterstützung nicht nur durch die Organe des geschriebenen Wortes, sondern auch durch Rundfunk- und Fernsehsender, die gleichermaßen von ihnen kontrolliert wurden. Was die anderen betraf – Bankiers, Industrielle, Kaufleute –, so war das Angelegenheit der tatkräftigen und vorwärtsdrängenden Angestellten der *Doping S. A.* Habe ich etwa einen vergessen? Ach ja, den Major Damião de Souza, den Kämpfer für die Sache des Volkes, Sinnbild unserer Stadt; da er ein Freund Pedro Archanjos war, war er ein authentischer Vertreter des Volkes im Großen Ehrenausschuß: »Wir können nicht vergessen, daß Archanjo aus dem Volke kam, aus den bescheidenen und fleißigen Schichten, von ihnen erhob er sich zu den Gipfeln der Wissenschaft und der Literatur.« (Beifall.)

Zwischen Whisky und Kaffee (Landstreicherwhisky, billigste Sorte, Archanjo hätte etwas Besseres verdient, zumindest eine anständige Cachaça, dachte Magalhães Neto, ein berühmter alter Mann, ein Institutspräsident, während er das Glas mit dem Gesöff gegen die Kaffeetasse austauschte) steckte der Ausschuß das Programm für die Gedenkfeierlichkeiten ab, wobei er es auf drei grundsätzliche Punkte konzentrierte, unbeschadet anderer Anregungen, an die erinnert wurde:

a) eine Serie von vier Sonderheften des *J. C.*, die an den vier dem 18. Dezember vorangehenden Sonntagen veröffentlicht werden sollten, ausschließlich über Archanjo und sein Werk; Mitarbeit der repräsentativsten Leute nicht nur von Bahia, sondern von ganz Brasilien. Selbst die Anzeigen, regte der Direktor der *Doping* an, würden der Verherrlichung von Archanjos Namen dienen. Man stellte eine erste Liste der Mitarbeiter auf, gewichtige Leute. Verantwortlich für die Hefte waren die Präsidenten des Instituts und der Akademie, die Sekretärin des Zentrums für Folklorestudium und Professor Calazans (ohne ihn kein Heft, nicht einmal ein halbes);

b) ein Studienseminar unter dem Schutz Pedro Archanjos in der Philosophischen Fakultät mit dem Thema: »Die brasilianische Rassendemokratie und die Apartheid – Bejahung und Verneinung des Humanismus.« Der Vorschlag zu diesem Seminar kam mit einem Brief von Professor Ramos aus Rio de Janeiro an Dr. Zèzinho: »Pedro Archanjo ist Meister und Beispiel für die Größe der brasilianischen Lösung des Rassenproblems: Verschmelzung, Mischung, Kreuzung – und um sein Andenken, das so viele Jahre in Vergessenheit geraten ist, zu ehren, ist nichts berufener als eine Zusammenkunft von Gelehrten, bei der sich von neuem die brasilianische These bestätigt und die Verbrechen der Apartheid, des Rassismus, des Hasses unter den Menschen aufgedeckt werden.«

Die Dekane der Medizinischen und der Philosophischen Fakultät, der Leiter des Amtes für Tourismus und natürlich der starke Mann aus Sergipe erhielten den Auftrag, das Seminar zu organisieren;

c) feierliche Sitzung zum Abschluß der Gedenkveranstaltungen am Abend des 18. Dezember im Festsaal des Historischen und

Geographischen Institutes – ein besser als alle anderen geeigneter Ort, Sitz der erlauchten Gesellschaft, ein nüchterner Raum, hoheitsvoll und klein. »Denn«, so sagte Dr. Zèzinho bündig und klug, »lieber einen kleinen und von Zuhörern überfüllten Raum als einen riesigen Saal, in dem nur leere Stühle stehen.« Der Leiter des Amtes für Tourismus, ein Optimist, schlug den geräumigen Festsaal der Medizinischen Fakultät vor, warum nicht den des Rektorats, der noch besser und größer war? Aber würde es in der Stadt so viele Selbstlose geben, die imstande waren, sich aufzuraffen, um außer Professor Ramos aus Rio die Vertreter der Medizinischen Fakultät, der Geisteswissenschaftlichen Akademie, des Zentrums für Folklorestudium, der Philosophischen Fakultät und des Historischen Institutes selbst zu hören – fünf Reden, sicherlich voll reiner Schönheit und bemerkenswerter Wissenschaft, hochtrabende Meisterwerke, ach, hochtrabend, ausgedehnt und langweilig. Dr. Zèzinho, der seine Erfahrungen mit dem Leben und den Menschen hatte, war nicht optimistisch, und in seinen Augen war der Leiter des Amtes für Tourismus leichtgläubig. Die Organisation des höchst feierlichen Aktes lief ausschließlich unter Calazans' Verantwortung. Wenn er den Festsaal des Instituts mit seinen zweihundert bequemen Sesseln nicht füllte, dann würde das auch keinem anderen gelingen.
Ein Protokoll der Arbeiten wurde nicht angefertigt, das war nicht nötig. Dafür bat Dr. Zèzinho um eine maschinegeschriebene Kopie der drei Punkte mit allen Einzelheiten – Namen, Themen, Redner, Thesen und alles andere, haargenau, denn er wollte alles noch überprüfen, »bevor es verbreitet wird«. Während er wie üblich gewinnend lächelte – es wirkte, als hätte er den Gesprächspartner zu beglückwünschen, ihm Geld zu überreichen –, fügte er hinzu: »Wir werden das alles nach und nach veröffentlichen – jeden Tag eine Neuigkeit. So werden wir Spannung und Interesse erzeugen.«
»Er wird um das Nihil obstat bitten«, flüsterte der boshafte Ferreirinha dem lustigen Goldman, dem Geschäftsführer, dem König des Nein, zu. »In der Kasse ist kein Geld.«
»Beim SNI oder beim Polizeichef?«
»Bei beiden wahrscheinlich.«

Fotografen dokumentierten die herzliche und nützliche Zusammenkunft für die erste Seite der Ausgabe am nächsten Tage und für die Nachwelt. Fernsehkameras nahmen sie für die Abendnachrichten auf, eine spontane Initiative Dr. Britos – »niemals Konkurrent: herzlicher Kollege« –, Dr. Zèzinho Pinto hatte wieder einmal recht.

Nachdem man das Datum der nächsten Zusammenkunft festgelegt hatte, erhielten alle zum Abschied einen Händedruck des unbesiegbaren Managers. Ob er seinen Gästen zu Hause den gleichen scheußlichen Whisky anbietet? überlegte Meister Magalhães, noch immer beeindruckt. Sicherlich nicht. Er wird einen schottischen auf Lager haben. Nun, bei diesen Millionären ist alles möglich, man weiß nie.

2

Gastão Simas – volles Gesicht, das Energie und Tatkraft verrät und freundlich zu Lachen und Wortschwall aufgeht, dichter Schnurrbart und offensichtlicher Ansatz zur Glatze, Zeichen vorzeitiger Fettleibigkeit, und das Hemd schweißnaß –, Leiter der *Doping Promoção e Publicidade S. A.* in Bahia, wendet sich an seine Assistenten, eine festgefügte Gruppe von fünf Fachleuten, fünf Assen, fünf Unschlagbaren, und teilt ihnen die Ergebnisse der Zusammenkunft des Exekutivausschusses mit, der für die Gedenkfeierlichkeiten zum hundertsten Geburtstag Pedro Archanjos verantwortlich ist. Jetzt fällt es diesen fünf königlich bezahlten Köpfen zu, die andere Seite der Würdigungsaktion auf die Beine zu stellen, die einzige, die wirklich zählt: die Unternehmerseite, die der Anzeigen, das, was Geld, was Profit bringt. Gastão Simas rollt das Schlüsselwort im Mund unter dem Schnurrbart: Profit. Man hat den Eindruck, er koste Ambrosia oder Kaviar, einen Schluck Wein von einem seltenen Rebstock: »Fünf von acht Seiten jeder Beilage sind für Anzeigen vorbehalten. Die vierte und letzte Beilage wird zwölf Seiten haben, und für uns sind davon sieben oder siebeneinhalb, wenn nötig, können wir bis zu acht Seiten haben. Im übrigen, meine

Lieben, müssen wir uns nicht auf die Beilagen beschränken. Das Feld ist weit, wir müssen der Phantasie freien Lauf lassen, schöpferisch tätig, Künstler sein! An die Arbeit, Jungs, ohne Zeitverlust. Ich möchte greifbare Ergebnisse in kürzester Frist. Unsere Devise ist: Leistungsfähigkeit und Qualität. Vergeßt das nicht.«

Nachdem er das gesagt hat, geht er in sein Arbeitszimmer zurück und läßt sich in den Sessel fallen. Gastão Simas ist ein leistungsfähiger und tatkräftiger Mann, arbeitsam, intelligent, einfallsreich. Wenn er sich der Selbstkritik hingibt, muß er jedoch feststellen, daß das nicht der Beruf ist, für den er geboren wurde, das Leben, das ihn begeistern könnte. Er übt ihn aus Notwendigkeit und Eitelkeit aus, denn in ihm erreicht er hohe Vergütung und gesellschaftliches Ansehen. Er würde freiwillig im Büro der Zeitung weitermachen, wo er mit niedrigem Lohn, aber frei von dieser Maske eines wichtigen Mannes, die so wenig zu seinem heiteren, lebenslustigen Gesicht paßt, begonnen hat; für ihn ist der Genuß des Lebens eine Partie Domino an der Pforte des Mercado Modêlo, ein Schluck und ein Fest, ein unverbindlicher, gemütlicher Schwatz. »Ich bin zu sehr Bahianer für diesen Beruf«, hat er eines Tages einem seiner Leute, dem jungen Arno, einem netten Burschen und mustergültigen Werbefachmann aus Rio, gestanden. Was tun? Nun, was für eine Frage, mein lieber Gastão: sich zusammenreißen, die Leitung der *Doping* bedeutet viel Geld und eine beneidenswerte Stellung. Ein unvermögender Knecht in seinem Zimmer, betrachtet GS die Golflandschaft, das Fort am Meer, die grüne Insel und die Boote auf friedlicher Überfahrt. Das Zimmer ist eine Schaustellung von Reichtum und Macht – Möbel aus Palisanderholz, Tapete von Genaro: ein verwegener Vogel, ein grausames Insekt von Mário Cravo, in Holz und Eisen, und eine goldblonde Sekretärin. Beruf um Beruf, Kunst um Kunst, das ist noch die einträglichste, die wichtigste Kunst unserer Zeit.

Wir wissen alle, und nicht einmal der gewöhnlichste Schurke wagt das zu bestreiten, daß die Kunst der Werbung die höchste und erhabenste Kunst ist: Keine ist ihr vergleichbar, weder die Poesie noch die Malerei, noch die Erzählkunst, weder die Musik noch das Theater, nicht einmal das Kino. Was Rundfunk und

Fernsehen angeht, so kann man sagen, daß sie ein wesentlicher Teil der Werbung sind, ohne unabhängige Existenz.
Kein Maler beherrscht die schöpferische Technik der schaffenden Künstler in der Werbung: In den Agenturen wimmelt es von Picassos. Es gibt keinen Schriftsteller, der sich mit denen vergleichen könnte, die Anzeigen verfassen; es gibt keinen Stil in Prosa und Dichtkunst mit diesen Möglichkeiten der Phantasie, diesem Realismus und Surrealismus, der Mitteilsamkeit jener Texte der Agenturen, in denen Dutzende von Hemingways die neue Literatur schaffen. Was hilft es, die Wahrheit zu verbergen, wenn sie sich leuchtend und lebenswichtig im Licht der Sonne aufzwingt?
Von der Werbung hängen sogar die Picassos und die Hemingways ab, viele von ihnen sind in Werbebüros, wo sie in einem Augenblick geplant und popularisiert werden, fabriziert werden. Wenigstens einige Monate lang genießt der Name des Malers oder des Schriftstellers Beifall und Bewunderung der Massen und der Maulaffen. Dann verschwindet er, schließlich ist niemand Gott, daß er Literaten und Bildhauer aus dem Nichts schaffen und sie endlos auf dem Kamm der Wogen und auf den Säulen halten könnte! Aber der Geförderte hat seinen Zeitpunkt, seine Gelegenheit gehabt, die um so größer ist, je mehr er aufwenden kann. Der Rest ist ihr Problem, sie brauchen nur zu verstehen, sich verwalten zu lassen: Es genügt, einen Blick auf den Markt der Eitelkeiten zu werfen, um den starken Andrang dieser Betrüger zu bemerken, dieser Durchtriebenen, die in den Brutapparaten der Agenturen zur Welt gekommen sind und, in ihrem Mangel an Talent, in ihrer Wertlosigkeit gut geleitet, in der Bequemlichkeit glänzen und kassieren, ohne sich in zwei Fakultäten und verschiedenen Semestern ruinieren zu müssen – ein Marathonlauf für Vierschrötige und Narren vom Typ Calazans', ohne die geringste Fähigkeit für das unerläßliche Strebertum, für die Gammelei, bester Ausdruck unserer Epoche, unserer bewundernswerten, verdienstvollen, niemals genug gelobten Verbrauchergesellschaft.
Arno, dieser verwünschte, aus Rio importierte Bursche, in echten schottischen Whisky getauchter Kummer, war der erste, der Gastão Simas mit dem Ergebnis von zwei oder drei intensi-

ven Arbeitstagen, gründlicher Überlegung und grenzenloser Phantasie blendete. Er legte dem *big shot* ein Blatt Papier auf den Tisch, und darauf stand in großen Lettern dieser geniale Fund:

»Übersetzt ins Englische, Deutsche, Russische
IST PEDRO ARCHANJO
EIN SPRUDELNDER QUELL VON DEVISEN
für den Aufstieg Brasiliens.
Ein gleicher Quell von Devisen ist
DIE GENOSSENSCHAFT DER KAKAOEXPORTEURE.«

»Fabelhaft!« lobte Gastão. »Sie sind der Größte.«

Andere, ebenso grandiose Ergebnisse folgten, doch man muß Arnos Vorrang anerkennen, ein junger Werbefürst, ein barbarisches Talent mit dem Gehalt der halben Besetzung einer Fakultät.

Es lohnt, sich zum Nutzen der höheren Bildung des Lesers einige der erfolgreichsten Texte ins Gedächtnis zu rufen:

»Feiern Sie Archanjos hundertsten Geburtstag mit einem Schoppen Polar!«

»Lebte Pedro Archanjo noch, so schriebe er seine Bücher auf elektrischen Schreibmaschinen von Zolimpicus.«

»Im Jahre des hundertsten Geburtstages von Archanjo baut Centro Industrial das neue Bahia.«

»1868 wurden zwei Große in Bahia geboren: Pedro Archanjo und die Firma Archote Seguros.«

Arno, mit dem anfänglichen Triumph nicht zufrieden, schuf noch ein Wunder – die Wiedergabe sagt mehr als jedes Beiwort:

»Archanjo Engel Stern
Stern Stern Stern
Herrenausstatter Stern
seit vier Generationen
kleidet er Engel und Erzengel
in fünf mühelosen Raten.«

Er brachte es selbst, höflich und mit seiner Schöpfung zufrieden, zu dem Kunden, dem Inhaber des Schuhhandels, der ihn offenkundig schlechtgelaunt empfing – er machte gerade eine Diätkur zwecks Abmagerung, und es gibt nichts Schlimmeres für den menschlichen Charakter. Der Mann, ein Fünfziger mit dichten Augenbrauen und dem Ring als Zeichen akademischer Bildung, maß die Eleganz des Stutzers, seine träge Selbstgefälligkeit, schüttelte hoffnungslos den Kopf und sagte: »Ich bin alt, gebeugt und hungrig, Sie sind jung, hübsch, elegant, Ihr Atem riecht nach Whisky und Acarajé, eine kluge Zusammenstellung; aber erlauben Sie mir, daß ich Ihnen sage: Ihre Anzeige ist ein Dreck.«

Er sagte das in einer Art, mit so falscher Demut und plötzlicher Heftigkeit, daß Arno, statt beleidigt zu sein, in Lachen ausbrach. Der Kunde erläuterte: »Mein schöner Herr, die Häuser Stern sind drei, nicht nur eins, wie die Anzeige zu verstehen gibt. Und nicht einmal von einem nennt Ihre Anzeige die Adresse. Sie spricht nicht von Schuhen – ich handele mit Schuhen, ich habe das Ihrer Direktion gesagt, ich glaube, Sie wissen das gar nicht. Ja, eine leichte Anspielung auf das Handelsobjekt ist tatsächlich vorhanden, nämlich das Verb ›kleiden‹ in der dritten Person des Indikativs: kleidet, und dabei denkt man an ein Kleid oder eine Jacke. Es bleibt unklar, ob es sich um ein Schuhgeschäft oder eine Schneiderei handelt. Unter uns, ich mache das besser und billiger.«

Sie prügelten sich nicht, so daß die Angestellten wieder einmal enttäuscht waren, denn sie warteten immer darauf, den Chef eines Tages in körperlichem Kampf über den Boden rollen zu sehen; im Gegenteil, sie überarbeiteten den Text gemeinsam und gingen dann weg, am späten Nachmittag, wenn die Brise vom Meer kommt und die Hügel hinaufweht.

»Mögen Sie Antiquitäten?« fragte ihn der Kaufmann. – »Ich bin mehr fürs Moderne«, gestand Arno, aber er ging mit dem Mürrischen zu den Antiquitätenhändlern, in enge Straßen und Gassen – zum ersten Male betrat er einen Trödlerladen. Er sah altertümliche Laternen, silberne Schiffchen, Ringe, auffälligen Schmuck, Bänke und Sofas, Lüster aus Kristall, Stiche von London und Amsterdam, einen handgemalten Hausaltar und einen alten Heiligen aus Holz. Arno wurde plötzlich fähig, Schönheit zu erfassen.

Am nächsten Tag im Büro, als das neugefaßte Layout die endgültige Zustimmung Gastão Simas' fand, sagte Arno Melo zu ihm: »Mein Alter, Sie haben recht: In Bahia gibt es dafür nicht

das richtige Klima, es findet keinen Boden. Wenn ich die Möglichkeit hätte, ich würde diese Scheiße aufgeben und abhauen. Sagen Sie mir eines, Gastão: Haben Sie schon mal die Fassade der Kirche vom Ordem Terceira gesehen?«
»Menschenskind, Junge, ich bin hier geboren.«
»Nun, ich bin schon ein Jahr in Bahia, mehr als tausendmal bin ich da vorbeigegangen, und niemals bin ich stehengeblieben, um zu schauen und zu sehen. Ich bin ein Ochse, Seu Gastão, ein Tier, ein Knecht, ein Hurensohn der Werbeagentur.«
Gastão Simas seufzte: Das war nicht möglich.

3

Der Zustrom zur zweiten Sitzung des Exekutivausschusses war wesentlich geringer; so ist das immer, denn eine zweite Sitzung hat keinen Anspruch auf Fotografen und Bekanntgabe auf der ersten Seite einer Zeitung – zwei Zeilen, wenn es hochkommt, im Innenteil.
Die Präsidenten der Akademie und des Instituts ließen sich durch Professor Calazans vertreten, der der Leitung beider Institutionen angehörte. Auch die Dekane der Medizinischen und der Philosophischen Fakultät sowie der Leiter des Amtes für Tourismus entschuldigten sich damit, daß sie vorrangige Verpflichtungen hätten, während sie gleichzeitig Einverständnis und Unterstützung für jede Maßnahme oder Entscheidung zusagten.
Von der Philosophischen Fakultät kam Professor Azevêdo höchstpersönlich, angelockt von dem Projekt eines Seminars und von dieser Idee begeistert. Professor Ramos hatte ihm aus Rio geschrieben und um seine Hilfe bei der Organisation des Symposiums gebeten: »Das kann ein großartiges Ereignis der brasilianischen Kultur werden – die erste systematische Debatte auf echter wissenschaftlicher Grundlage zum Thema des Rassenproblems, das heute offenkundiger und brennender ist als je zuvor und überall zu Konflikten führt, besonders in den Vereinigten Staaten, wo die Black Power ein neuer und ernst-

hafter Faktor ist, während es sich in Südafrika, wo sich das Erbe des Nazismus festgesetzt zu haben scheint, zuspitzt.« Professor Azevêdo arbeitete an einer mit Beweisen belegten These über Archanjos Beitrag zur brasilianischen Lösung des Problems, um sie der Versammlung vorzulegen, die, wie er Professor Ramos vorgeschlagen hatte, als Motto einen Satz des Meisters Pedro aus den *Anmerkungen über die Rassenmischung in bahianischen Familien* wählen könnte: »Wenn Brasilien einen wertvollen Beitrag zur Bereicherung der Weltkultur geleistet hat, so ist es die Rassenmischung – sie zeugt von unserer Gegenwart auf den Höhen des Humanismus, sie ist unser größter Beitrag zur Menschlichkeit.«

Die Sekretärin des Zentrums für Folklorestudium war erschienen. Sie kämpfte tapfer um einen Platz an der Sonne zwischen so vielen Ethnologen, Anthropologen, Soziologen, alle mit abgeschlossener Ausbildung, die meisten Nutznießer von Stipendien an ausländischen Universitäten und Bildungseinrichtungen, unterstützt von Arbeitsgemeinschaften, Scharen von Schülern und Assistenten – sie, die Autodidaktin, Handwerkerin und Pfadfinderin, die ihre Forschungen allein bestreiten und ausführen mußte, konnte diese Gelegenheit nicht versäumen. Edelweiss Vieira, ein kräftiges und fähiges Mädchen, gehörte zu den wenigen Leuten in Bahia, die Archanjos Werk kannten. Außer ihr und Professor Azevêdo nur der Generalsekretär Calazans: »Wenn mir eine Verantwortung übertragen wird, dann nehme ich sie ernst.«

Auch der Direktor der *Doping S.A.* kam, ausgerüstet mit Ledermappe, Papieren, Entwürfen, grafischen Darstellungen, Layouts; kaum daß er eingetroffen war, zog er sich in Begleitung des Leiters der Zeitung in das Arbeitszimmer des Direktors zurück. Dr. Zèzinho ließ Calazans und seinen Kollegen ausrichten, »sie möchten bitte eine Minute warten«. Sie plauderten in der Redaktion.

Der boshafte Ferreirinha zog den Generalsekretär des Exekutivausschusses an ein offenes Fenster und vertraute ihm unheilvolle Befürchtungen an: Die Dinge standen nicht gut, »der Zar läuft mit einer Leichenbittermiene herum«. Da der Sergipaner den Ruf des Redaktionssekretärs als Gerüchtemacher kannte,

glaubte er ihm nicht recht. Die Zeit war voll von ungereimten Gerüchten, pessimistischen Voraussagen, trübsinnigem und unruhigem Alltag. Aber als sich schließlich die Tür des Arbeitszimmers öffnete und Gastão Simas und der Leiter des Morgenblattes herauskamen, bemerkte Calazans Spuren einer schlaflosen Nacht und von Aufregung hinter der Verstellung des scheinbar offenen und herzlichen Gesichts von Dr. Zèzinho. »Bitte«, sagte er, »treten Sie ein, und entschuldigen Sie die Verzögerung.«
Noch stehend, informierte Calazans: »Meister Neto konnte nicht kommen, und der Senator ist in Brasilia – der Präsident der Akademie ist zum Senator der Republik gewählt worden. Ich bin bevollmächtigt, ihn zu vertreten. Der Dekan der Medizinischen Fakultät und der Leiter . . .«
»Haben angerufen und ihre Abwesenheit erklärt«, unterbrach der Magnat. »Das macht nichts, es ist sogar besser. In kleinem Kreis kann man alles ruhiger besprechen, die Gedanken ordnen und die Probleme unserer großen Ehrung lösen. Setzen wir uns, meine Freunde.«
Professor Azevêdo ergriff das Wort in fast feierlichem Ton. »Erlauben Sie, Dr. Pinto, daß ich Sie zur Initiative der Gedenkfeierlichkeiten beglückwünsche, die allen Lobes würdig ist. Ich hebe besonders das Seminar über Rassenmischung und Apartheid hervor, ein Ereignis von größter Wichtigkeit und brennender Aktualität. Es wird die ernsthafteste wissenschaftliche Veranstaltung Brasiliens der letzten Jahre werden. Wir sind alle zu beglückwünschen, und Sie in erster Linie.«
Dr. Zèzinho empfing das Lob mit der bescheidenen Miene eines Menschen, der nur seine Pflicht gegenüber dem Vaterland und der Kultur erfüllt, ohne Opfer zu scheuen. »Vielen Dank, lieber Professor. Ihre Worte stärken mich. Aber da Sie gerade von dem Seminar sprechen, möchte ich einige kurze Ausführungen über die Angelegenheit machen: Ich habe die Idee noch einmal geprüft, mich in ihre Widersprüche vertieft und bin zu gewissen Schlußfolgerungen gekommen, die ich dem gesunden Menschenverstand und dem Patriotismus der Herren unterbreiten möchte. Vor allem anderen möchte ich Professor Ramos und seinem Meisterwerk meine Bewunderung zollen. Der beste Beweis dafür liegt darin, daß ich es war, der ihn aufgesucht und

ihn um seine Mitarbeit bei den Ehrungen Pedro Archanjos gebeten hat. Das Konklave jedoch, das einzuberufen er uns vorschlägt und das zweifellos von wissenschaftlichem Interesse ist, scheint mir bei der augenblicklichen Lage der Dinge . . .«
Professor Azevêdo fühlte einen Schauer im Rücken: Wenn er diese unseligen Worte von der »augenblicklichen Lage der Dinge« hörte, dann geschah jedesmal etwas Unangenehmes. Die letzten Jahre waren für ihn und seine Kollegen an der Universität weder heiter noch leicht gewesen. Deshalb unterbrach er, bevor er den Rest, die schlimmste Gewißheit, hörte: »Der Augenblick, Dr. Pinto, ist im Gegenteil sehr passend: Da die Rassenkämpfe in den Vereinigten Staaten beinahe die Situation eines Bürgerkrieges erreichen, da die neuen afrikanischen Länder beginnen, eine wichtige Rolle in der Weltpolitik zu spielen, da . . .«
»Genau, mein lieber Professor und Freund. Ebendiese Argumente, die für Sie auf die Richtigkeit des Seminars hinweisen, sind dieselben, die es meiner Meinung nach in eine Gefahr verwandeln, in eine ernsthafte Gefahr.«
»Gefahr?« warf jetzt Calazans ein. »Ich sehe nicht, wo.«
»Gefahr, und sogar große Gefahr. Dieses Seminar mit einer explosiven Thematik – Rassenmischung und Apartheid – ist ein äußerst gefährlicher Unruheherd, aus ihm kann eine Feuersbrunst entstehen, deren Ausmaße nicht vorauszusehen sind, meine Lieben. Denken Sie an die Studenten der Universität, an die Jungen in den Gymnasien. Ich spreche ihnen nicht das Recht auf gewisse Forderungen ab, und unsere Zeitung hat das mutig gesagt. Aber wir sind uns einig, daß den in studentische Kreise eingeschleusten Aufwieglern, den berufsmäßigen Unruhestiftern, jeder Vorwand willkommen ist.«
»Alles ist verloren«, meinte Professor Azevêdo, aber noch kämpfte er, Ramos' Idee verdiente eine letzte Anstrengung. »Um Gottes willen, Dr. Pinto, die Studenten, auch die linksgerichteten, werden das Symposium massenweise unterstützen, sie werden es ganz und gar schützen, ich selbst habe schon mit einigen von ihnen gesprochen, und alle zeigen sich beflissen und interessiert. Es handelt sich um eine rein wissenschaftliche Versammlung.«

»Sehen Sie, Professor, Sie selbst geben mir Veranlassung und liefern mir neue Argumente. Die Gefahr liegt gerade in der studentischen Unterstützung. Der Gegenstand ist das reine Dynamit, eine Bombe. Nichts ist einfacher, als dieses Seminar mit wissenschaftlichem Charakter in Umzüge, Straßenkundgebungen zur Unterstützung der nordamerikanischen Neger und gegen die Vereinigten Staaten zu verwandeln; wenn wir es realisierten, könnte es mit dem Brand des amerikanischen Konsulats enden. Sie selbst, Professor, sagten, daß es sich um ein Symposium der Linken handelt.«
»Das habe ich nicht gesagt. Die Wissenschaft gehört nicht der Linken oder der Rechten, sie ist Wissenschaft. Ich habe gesagt, daß die Studenten . . .«
»Das ist dasselbe; Sie haben gesagt, daß die linksgerichteten Studenten, die Masse der Studenten den Gedanken unterstützt. Hier steckt die Gefahr, Professor.«
»Aber in diesem Falle kann man doch nicht . . .«, meinte noch einmal Calazans, um dem Kollegen zu helfen.
Dr. Zèzinho entschloß sich, sichtlich gezwungen, die Angelegenheit zu erledigen. »Verzeihung, Professor Calazans, wenn ich Sie unterbreche: Wir alle verlieren Zeit. Selbst wenn Sie mich überzeugten, und vielleicht wäre es nicht so schwierig, mich zu überzeugen . . .« – er machte eine Pause, er war tatsächlich verlegen –, »selbst dann könnte das Seminar nicht verwirklicht werden.« Immer unwilliger fuhr er fort: »Ich wurde . . . nun . . . ich wurde aufgesucht und hatte Gelegenheit, die Sache unter allen Gesichtspunkten zu erörtern.«
»Aufgesucht? Von wem?« wollte die Sekretärin des Zentrums für Folklorestudium wissen, die in den Spitzfindigkeiten der Politik völlig unerfahren war.
»Von jemandem von rechts, meine liebe Freundin. Professor Azevêdo, ich glaube, daß Sie mich jetzt verstehen und meine Position rechtfertigen. Im übrigen möchte ich Sie bitten, das Professor Ramos zu erklären. Ich möchte nicht, daß er sich ein schlechtes Urteil über mich bildet.«
Er sah zum Fenster hinaus, in der Kneipe gegenüber verzehrten Redakteure von der Zeitung Milchkaffee und Butterbrot.
»Gewisse Dinge entgehen uns, wir sind nicht bewandert in

Einzelheiten, die in einem bestimmten Moment das, was scheinbar eine gute Idee ist, unerwünscht machen. Ich will Ihnen etwas enthüllen, etwas sehr Vertrauliches: Die brasilianische Diplomatie arbeitet in ebendiesem Augenblick an einem umfassenden Abkommen mit Südafrika. Wir haben größtes Interesse, unsere Beziehungen zu diesem mächtigen Land mit der außergewöhnlichen Wachstumsrate zu erweitern. Sogar ein politisches Bündnis gegen den Kommunismus könnte in Betracht gezogen werden, schließlich sind wir schon in der UNO Verbündete, vertreten dieselben Gesichtspunkte. Eine direkte Fluglinie, die Rio mit Johannesburg verbindet, wird in den nächsten Tagen eingerichtet werden. Machen Sie sich das klar? Wie also zu dieser Stunde die brasilianischen Gelehrten versammeln, damit sie den Knüppel niedersausen lassen auf die Apartheid oder sogar auf die südafrikanische Republik? Ich will mich nicht einmal auf die Vereinigten Staaten beziehen, auf unsere Verpflichtungen gegenüber der großen amerikanischen Nation. Gerade wenn ihre Schwierigkeiten mit den Negern größer werden, wollen wir ihnen Öl ins Feuer gießen? Vom Rassismus nach Vietnam ist es ein Schritt. Ein winziges Schrittchen. Das sind ernste Argumente, liebe Freunde, und sosehr ich unsere Idee auch zu verteidigen wünschte, ich kann nicht diskutieren.«
»Das heißt, das Seminar ist verboten worden?« fragte die Sekretärin der Folklore, ohne ihre Worte abzuwägen, wie es die schlechte Angewohnheit des Volksmundes ist, einfach und geradezu.
Der stärkere Dr. Zèzinho hob die Arme. »Niemand hat etwas verboten, Dona Edelweiss, um Gottes willen. Wir leben in einer Demokratie, niemand verbietet in Brasilien etwas, ich bitte Sie! Wir sind es, die jetzt und hier die Angelegenheit auf der Grundlage neuer Gegebenheiten geprüft haben, und wir – wir, der Exekutivausschuß, und sonst niemand – beschließen, das Seminar abzusetzen. Aber deshalb werden wir Pedro Archanjos hundertsten Geburtstags gedenken. Die Beilagen sind in Arbeit, Gastão hat mir ermutigende Nachrichten gebracht, die Aussichten sind gut. Die feierliche Sitzung wird den unerläßlichen wissenschaftlichen und rednerischen Anstrich geben. Außerdem hindert uns nichts, uns etwas anderes auszudenken, sofern es

nicht den gleichen subversiven Charakter wie das Symposium hat.«
In dem Schweigen, das der augenblicklichen Lage der Dinge so eigen war, erhob sich Dr. Zèzinho neubelebt aus der Asche der unangenehmen Angelegenheit.
»Ich bitte Sie, zum Beispiel über einen großen Wettbewerb nachzudenken, der unter den Schülern höherer Schulen ausgetragen wird, ein Aufsatz zu einem aktuellen patriotischen Thema. Das wäre der Pedro-Archanjo-Preis, ein wertvoller und begehrter Preis: Flugreise und einwöchiger Aufenthalt in Portugal für den Gewinner und eine Begleitperson. Wie finden Sie das? Denken Sie darüber nach, liebe Freunde, und vielen Dank.«
Nicht einmal hiesiger Whisky.

4

Die Gesellschaft schreibender Mediziner (mit Stammsitz in Bahia und Zweigstellen in mehreren Städten in anderen Bundesstaaten) veröffentlichte ein Manifest zur Unterstützung der Feierlichkeiten, denn Pedro Archanjo hatte zwar keinen Doktorgrad gehabt, aber er hatte sich der Kaste der Mediziner durch die Nabelschnur der Medizinischen Fakultät in Bahia, »der er mit bemerkenswerter Tatkraft und rührender Ergebenheit gedient hat«, eng verbunden gefühlt.
Der Vorsitzende der fruchtbaren Organisation, ein beliebter Radiologe mit einer beneidenswerten Klinik, Biograph hervorragender Mediziner, schrieb sich als Redner – der sechste! – für den feierlichen Schlußakt ein. Er ging auf die Suche nach genaueren und persönlichen Daten über Pedro Archanjo, die ihm eine menschliche Note in der Dürre wissenschaftlicher Rede ermöglichen sollten. Von Auskunft zu Auskunft geriet er schließlich an Major Damião de Souza, der sein nächtliches Büro seit vielen Jahren in der Bar »Bizarria« in einer fürchterlichen Gasse am Pelourinho eingerichtet hatte.
Die Bar »Bizarria«, eine der letzten, die ihren Kunden Tische

und Stühle anboten und ihnen das Vergnügen des Gesprächs ermöglichten, hatte vorher an der besten Stelle der Praça da Sé im Brennpunkt der Aufmerksamkeit gelegen; Inhaber war ein freundlicher Portugiese, der mehr als ein halbes Jahrhundert zuvor aus Pontevedra gekommen war. Seine Söhne hatten an der begehrten Ecke die Selbstbedienung »ISS IM STEHN« eröffnet, eine Neuheit mit aufsehenerregendem Erfolg: Die Kunden erhielten zu einem niedrigen Preis das schon aufgetragene einzige Gericht und eine Erfrischung nach Wahl; sie stellten Teller und Flasche auf eine Art Tablett, das in dem Raum zirkulierte, und innerhalb von zehn Minuten sahen sie sich frei von der Essenspflicht, einer Zeit, in der sie kein Geld verdienten, verlorener Zeit. Der Portugiese, der den Anfang gemacht hatte, Freund seiner Kundschaft und eines guten Schluckes Wein (Cachaça verschmähte er nicht, wenn sie gut war), überließ die wertvolle Ecke den fortschrittlichen und begierigen Söhnen, gab aber seine Bar mit Tischen und Stühlen, angeregten Gesprächen und ohne Sperrstunde nicht auf, ließ sich in einer Dirnengasse nieder und fuhr da fort im Umgang mit widerspenstigen Trunkenbolden, seinen Kunden und Freunden. Uralter Stammgast, der seinen Platz bei Anbruch des Abends belegte, war der Major, der unfehlbar zum Aperitif vor dem Abendessen erschien.

Der elegante, etwas förmliche Radiologe fühlte sich in dieser verbrauchten Umgebung beengt und war sprachlos; es war, als wäre er in der Zeit zurückgegangen und in einer geächteten Stadt angekommen: die schwarzen Pflastersteine, das trübe Licht, die jahrhundertealten Wände des Raumes, die Schatten, ein Geruch nach Orient. Er war nicht der einzige, der den Major an diesem Abend auf der Jagd nach Erinnerungen an Archanjo aufsuchte. Er traf in der »Bizarria« schon den bekannten Gastão Simas und einen Stutzer seiner Werbeagentur. Sie hatten Gläser mit einem kräftigen Gebräu in den Händen, das früher berühmt war, Bocksschwanz genannt, und der Kerl (später erfuhr er, daß er Arno Melo hieß) aß Acarajé – »es gibt keine gleichwertigen Gaumenfreuden«. Eine Bahianerin hatte seit zwanzig Jahren ihr Blech und ihren Ofen an der Tür der Bar aufgestellt; sie war mit der Bar von der Praça da Sé gekommen.

Für den Vorsitzenden der Schreibenden Mediziner war das eine neue und aufreizende Erfahrung: Seine Welt beschränkte sich auf die Klinik mit den Studenten der Fakultät, auf die Praxis in der Rua Chile, auf das Haus in der Graça, auf die literarisch-wissenschaftlichen Versammlungen, auf Gastessen und Empfänge. Sonntags genehmigte er sich ein Bad im Meer und Feijoada.

»Radiologe« las der Major auf der Karte des Arztes. »Ausgezeichnet. Da Dr. Natal Ferien hat und Dr. Humberto verreist ist, fehlt mir einer. Setzen Sie sich, das Haus gehört uns. Was trinken Sie? Das gleiche wie wir? Ich kann es Ihnen empfehlen. Es gibt nichts Besseres, um den Appetit anzuregen.« Er wandte sich an den Portugiesen: »Paco, bring noch ein paar Schnäpschen und mach dich mit Dr. Benito bekannt, der uns heute die Ehre gibt.«

Dr. Benito nahm das Glas aus bloßer vorgetäuschter Höflichkeit an und probierte die unmögliche Mischung ängstlich – ah, ungeheuerlich! Simas und Arno waren auf Archanjos Wegen schon weit vorangekommen – bei der vierten oder fünften Runde. Der Major zog unerschrocken den Rauch der stinkenden Zigarre ein.

»Man erzählt, daß sich einmal eine Iaba, die von Pedro Archanjos Ruf als Weiberheld gehört hatte, entschloß, ihm eine Lektion zu erteilen und sich über ihn lustig zu machen. Deshalb verwandelte sie sich in die reizendste Mulattin von Bahia . . .«

»Iaba, was ist das?« erkundigte sich Arno.

»Eine Teufelin mit verstecktem Schwanz.«

Sie verzehrten gleich dort in der Bar in gelbem Öl gebackenen Fisch, dazu eine Menge kühles Bier, um die Dendêwürze zu löschen; sie leckten sich die Lippen. Zweimal während des Essens bestellte der Major eine Runde Cachaça, »um das Bier zu überlisten«.

Später besuchten sie den nahe gelegenen ersten Stock, wo Esters Freudenhaus war – heute gehört es Rute Pote de Mel – und man noch einen vortrefflichen Kognak aus Archanjos Zeiten trank. Mitten in der Nacht sang Gastão Simas den »Chão de Estrêlas« für ein teilnahmsvolles romantisches Publikum, und Arno Melo hielt eine Rede mit einer etwas wirren, jedoch

heftigen Ideologie gegen die Verbrauchergesellschaft und den Kapitalismus im allgemeinen.
Um zwei Uhr morgens gelang es Dr. Benito mit größter Anstrengung, sich dort loszureißen. Er setzte sich in ein Taxi und ließ seinen Wagen auf dem Terreiro stehen: Nie in seinem ganzen Leben hatte er so viel getrunken, nicht einmal in seiner Studentenzeit, nie hatte er sich so widersinnig und inkonsequent benommen. »Verzeih, Liebe, ich sah mich von einer absurden Welt umgeben, und über Archanjo habe ich nur erfahren, daß er einige Zeit mit dem Teufel befreundet war.«
»Mit dem Teufel?« Die Gattin mischte das Fruchtsalz.
Als er am anderen Tag in die Praxis kam, traf er die ersten drei Klienten des Majors, jeder mit seinem Zettel: »Major Damião de Souza empfiehlt den bedürftigen Überbringer dieser Karte dem gütigen Arzt und bittet ihn um die Barmherzigkeit einer Röntgenaufnahme des Genannten, die Gott Ihnen mit Zinsen bezahlen wird.«
Zwei Röntgenaufnahmen der Lunge und eine der Nieren waren die drei ersten – endlos ist der Strom der Bedürftigen.

5

Unter den begeistertsten Beiträgen zu den Ehrungen anläßlich des hundertsten Geburtstags Pedro Archanjos muß man die der Medizinischen Fakultät von Bahia nennen. Ein Sprecher der traditionellen Lehranstalt bestätigte in einem Interview im *J. C.* gleich zu Beginn der Kampagne, noch in der ersten Phase der Zusagen einer Unterstützung: »Pedro Archanjo ist ein Sohn der Medizinischen Fakultät, sein Werk ist ein Teil unseres heiligen Erbes, dieses unvergleichlichen Erbes, das auf dem jahrhundertealten Largo do Terreiro de Jesus, im vorzüglichen Colégio dos Jesuítas entstand und sich durch die erfolgreichen Meister der Fakultät bestätigte, es erhebt sich über dem Grundstein der ersten Bildungseinrichtung Brasiliens. Pedro Archanjos Werk, das heute sogar im Ausland anerkannt ist, konnte nur dadurch verwirklicht werden, daß sein Autor, Mitglied der Fakultätsver-

waltung, sich mit dem Geist der verdienstvollen Institution tränkte, die, obwohl sie sich in erster Linie den medizinischen Wissenschaften widmete, zu einem gewissen Zeitpunkt auch die benachbarten Wissenschaften, vor allem die schöne Literatur pflegte. In unserer ehrwürdigen Fakultät erheben die bedeutendsten Redner Brasiliens ihre Stimme, sie bestätigen sich als Männer eines durch die Eleganz des Stils und die Reinheit der Sprache bewunderungswürdigen Schrifttums – Wissenschaft und Literatur, Medizin und Rhetorik haben sich in den Höfen und den Hörsälen die Hand gereicht. Pedro Archanjo schmiedete seinen Geist in dieser Atmosphäre hohen geistigen Lebens, in der Lehre der ehrwürdigen Schule stählte er seine Feder. Mit gerechtem Stolz behaupten wir anläßlich dieser glorreichen Gelegenheit: Pedro Archanjos Werk ist ein Produkt der Medizinischen Fakultät von Bahia.«
Womit er trotz allem in gewisser Beziehung recht hatte.

Wo von Büchern, Thesen und Theorien, von Professoren und Troubadouren, von der Königin von Saba, der Gräfin und der Iaba erzählt wird und wo inmitten so vieler Rätsel eine Frage bleibt und eine gewagte Meinung zum Ausdruck gebracht wird

1

Man erzählt, daß sich einmal eine Iaba, die durch Bahia kam, über Meister Pedro Archanjos Hemmungslosigkeit, seinen ausschweifenden Lebenswandel, seinen großen Stolz ärgerte und sich durch all das beleidigt fühlte. Er betrachtete alle Frauen als sein Eigentum, war Männchen so vieler Weibchen, Hirt einer fügsamen und treuen Herde, glich einem von Mätressen umgebenen Häuptling, denn seine Damen kannten und besuchten einander, man sah sie gemeinsam ihre Kinder hüten – alle von ihm –, sie verkehrten miteinander wie Gevatterinnen und Schwestern, scherzend, ungezwungen, plaudernd und vergnügt. Oder sie waren am Herd versammelt, um Kokossterne für den Tyrannen zuzubereiten.

Um alle kümmerte sich Pedro Archanjo, um jede zu ihrer Zeit, und alle befriedigte er, als hätte er keinen Beruf außer Bett und Schlendrian, außer dem Vergnügen, den Pflanzstock zu betätigen und zu lenken, ein liebliches Amt. Ein Lord, ein Pascha, ein Eingebildeter, auf Trinken und Lieben erpicht, dem Vergnügen lebend. Selbstsicher, unbekümmert, genießerisch, erleidet er wegen keiner Frau Todesqualen oder Seelenpein, hat keine Angst, sie zu verlieren oder nicht zu besitzen, denn die Schamlosen, die Leichtfertigen sind noch kokett und schmeichlerisch hinter ihm her; sie denken nicht daran, ihn zu verlassen, ihn eifersüchtig zu machen oder zu betrügen – sie denken nicht einmal im Traum daran. Der sorglose Pedro Archanjo, wortgewaltig und groß in der Liebe.

Da der Iaba ein solcher Zustand unerträglich schien, weil er für die gesamte Frauenwelt erniedrigend war, entschloß sie sich, Meister Archanjo streng zu bestrafen und ihm eine bittere und harte Lektion zu erteilen, die ihn das Liebesleid in Flehen und

Worten, in Bitten und Verweigern, in Verachten und Verlassen, in Verrat und Schande, im Schmerz unerwiderter Liebe lehren sollte. Einen solchen Liebesschmerz hatte der Schürzenjäger niemals gelitten, dieser Verführer, der sich auf unzähligen Lagern vergnügte, auf weicher Wollmatratze oder harter Holzpritsche, am Strand oder im Wald, in der Morgendämmerung oder bei Anbruch der Nacht. Doch jetzt sollte er leiden, sollte er es am eigenen Leibe erfahren – das schwor die Iaba angesichts des Ärgernisses und der Gleichgültigkeit dieses Herrn: Du wirst vor der Welt und Bahia mit hängendem Schwanz, verwundetem Herzen und im Kopfschmuck der Hörner dem Hohn und Spott ausgesetzt sein, in Lumpen, Not und trauriger Hülle.
Um das zu erreichen, verwandelte sich die Iaba in die schönste Negerin, die man bis heute auf afrikanischem, kubanischem und brasilianischem Boden gesehen hat, über die in Geschichte, Begebenheit, Erzählung oder Klatsch berichtet wurde: ein Bild von einer Negerin, kohlrabenschwarze Blendung. Der Duft frischgepflückter Rosen verdeckte den Schwefelgestank, die Ziegenfüße waren in geschlossenen Schuhen verborgen. Und den Schwanz hatte sie sich um das Hinterteil gewickelt; munter und aufsässig, vom übrigen Körper unabhängig, kokettierte er auf eigene Faust. Um sich eine schwache Vorstellung von der Schönheit der Negerin zu machen, genügt es zu erwähnen, daß auf dem Weg aus den Tiefen der Hölle bis zur Werkstatt der Wunder sechs Mulatten, zwei Neger und ein Dutzend Weiße bei ihrem Anblick den Verstand verloren, und eine Prozession löste sich auf, als die Iaba sie durchquerte. Man sah, daß der Priester sich die Soutane vom Leibe riß und seinen Glauben verleugnete; der heilige Onofre drehte sich in seiner Trage nach ihr um und lächelte ihr zu.
Die Iaba in ihren gestärkten Röcken lachte zufrieden: Der überhebliche Kerl würde seinen Stolz eines Wüstlings, eines ungebärdigen Hengstes auf der Weide der Frauen bezahlen. Zu Beginn der Unterredung würde sie ihm den gelobten Riemen rasch erschlaffen lassen, und plötzlich würde er welk und tot sein, für das Gute nicht mehr brauchbar, ein vertrockneter Mumienfinger. Hier ruht Pedro Archanjos großes Glied, es war berühmt, und eine Iaba bereitete seinem Ruf und seiner Tüchtigkeit ein Ende.

Ihres Sieges in dieser Sache war die Böse sicher und gewiß: Es ist allgemein bekannt, daß Iabas sich in Frauen von außergewöhnlicher Schönheit, von unwiderstehlichem Zauber, in glühende Geliebte, in Lehrmeisterinnen der Zärtlichkeit verwandeln können; man weiß auch allenthalben, daß es ihnen niemals gelingt, sich im Genuß zu verlieren – sie erleben ihn nie, sind immer unbefriedigt und wollen mehr, in ständig wachsender Begierde. Bevor sie die Pforten der Wonnen und des Paradieses erreichen und durchschreiten, schrumpft das besiegte Glied des Partners zu schäbiger Schlaffheit. Niemals hat man von einer Rute gehört, die fähig gewesen wäre, diese Mauern vergeblicher Sehnsucht und Verzweiflung zu durchbrechen und eine wüste und verfluchte Iaba ans Ziel des Hosiannas und Hallelujas zu führen. Aber die Strafe sollte sich nicht auf Impotenz, auf einen Mißerfolg im lieblichen und stürmischen Handwerk beschränken, noch schlimmer würde vielleicht das gebrochene und verwundete Herz sein. Denn die Iaba gedachte sich über ihn lustig zu machen, ihn zum elenden Bettler, zum unglücklichen Sklaven zu demütigen, verraten und verachtet. Welche Schande von beiden war grausamer, niederträchtiger?

Zufrieden kam die Trügerische mit ihrem fertigen Plan die Straße entlang: Wenn sie ihn tausendmal Wonne und Erschöpfung hätte kosten lassen, wenn sie ihn vom Reiz der Geliebten gefangen und besiegt sähe, dann würde sie gleichgültig in die Welt hinausgehen, ohne ihm Lebewohl zu sagen. Sie wollte ihn sehen – alle sollten ihn so sehen –, wie er ihr bittend zu Füßen lag; seine Zunge würde ihre Spuren küssen, ein verächtlicher Lumpen, außen Wrack, innen ein zahmer Hahnrei, der um die Gnade eines Blickes, eines Lächelns, einer Geste, um den kleinen Finger, um die Ferse, ach, um der Barmherzigkeit willen um die Brustwarze, diese dunkle, schwellende Weinbeere, flehte.

Nachdem die Iaba ihn durch Verachtung und Spott gezogen hätte, würde sie ihn noch mehr erniedrigen: durch die Schande, da sie sich anderen durch Gesten und Versprechen anbieten, vor seinen Augen mit den Nachbarn abgeben würde. Alle sollten sehen, wie er den Rand der Glocke umschlich, dieser Nachttopfstöpsel; sie sollten ihn außer sich sehen, mit erhobenem Dolch, mit geöffnetem Messer: Komm zurück, oder ich töte dich,

Unglückselige; wenn du die Feldblume anderen schenkst, dann werde ich dich mit meinen Händen umbringen, und auch ich werde sterben.
So heruntergekommen der ganzen Stadt ausgesetzt, am hellichten Tage, vor aller Augen, in Wehklagen und Bitten, gedemütigter Hahnrei, bar der letzten Überreste von Anstand und Stolz, ein Wurm in Dreck, Schande, Tod, Liebesschmerz. Komm und bring alle deine Liebschaften mit, alle deine Männchen, setze mir die Hörner auf, wie du willst, ich begehre dich auch noch mit Kot und Galle beschmutzt, und ich flehe dich an, komm, und ich nehme dich dankbar auf.
Die Iabas kennen die Wonne nicht; aber sie lieben und leiden auch nicht, weil sie – wie bewiesen ist – kein Herz haben, die Brust ist leer, hoffnungslos leer. Weil sie also gefeit und verdammt war, ging sie lachend ihren Weg, mit wippendem Hinterteil, und die Männer brachten sich um, wenn sie sie nur sahen. Armer Archanjo.
Es geschah aber, daß Pedro Archanjo sie zerstreut an der Tür der Werkstatt der Wunder erwartete, sobald die Nacht im Abendstern erglühte und der Mond aus seinem Hause in Itaparica trat und sich über das dunkelgrüne Meer beugte. Archanjo hatte Mond, Sterne, dieses stille Meer und ein Lied bestellt:

»Danke, meine Dame,
für Ihren Gruß;
ich habe gesehen, daß Sie schön sind
und sehr elegant.«

Er stützte sich auf die Rute, als wäre sie sein Obástab, so sehr war sie in ungeduldiger Erwartung gewachsen; der bloße Geruch seiner Männlichkeit entjungferte und schwängerte die jungen Mädchen im Umkreis von Meilen.
Man wird fragen: Was ist das für eine Neuigkeit, wieso wußte Archanjo von den Bosheiten, den versteckten Absichten der Iaba? Das ist ganz einfach: War Pedro Archanjo nicht der Lieblingssohn Exús, des Herrn der Wege und der Kreuzungen? Er war auch Xangôs Augen – sein Blick reicht weit und sieht nach innen.

Exú hatte ihn vor dem Übergriff und den höchst niederträchtigen Plänen der perversen Teufelstochter mit der leeren Brust gewarnt. Er hatte ihn gewarnt und ihm gesagt, was er zu tun habe: »Nimm zuerst ein Blätterbad, aber nicht irgendeines; geh zu Ossain und frag ihn, welches, er allein kennt das Wesen aller Pflanzen. Danach bereite Wasser mit Pitangaessenz, mische es mit Salz, Honig und Pfeffer und bade darin den Vater der Welt zusammen mit den Hinterbacken, den beiden Zwillingen – das wird ziemlich schmerzhaft sein, aber mach dir nichts daraus, sei ein Mann, halte es aus; das Ergebnis wirst du bald sehen: Es wird die beste Rute der Welt sein in ihrem Umfang, ihrer Schwellung und Länge, in ihrer Köstlichkeit, Schönheit und in ihrer Verlockung. Es wird keinen Samtschlitz einer Frau oder Iaba geben, der imstande wäre, ihren Bau ins Wanken zu bringen oder sie gar zögern oder erschlaffen zu lassen.«
Um den Reiz zu vervollkommnen, überließ der Exú ihm einen Kelê, eine Halskette zur Unterwerfung, und einen Xaôrô, der den Knöchel bändigt.
»Wenn sie schläft, leg ihr Kelê und Xaôrô an, und sie wird an Kopf und Füßen gefangen sein, Sklavin für immer. Alles übrige wird dir Xangô sagen.«
Xangô befahl einen Ebó mit zwölf weißen und zwölf schwarzen Hähnen, mit zwölf vollkommenen Opferspeisen und einer weißen Taube von fleckenloser Reinheit, mit geschwollener Brust und lieblichem Gurren. Am Schluß des Ebós machte Xangô durch einen Hexenzauber aus dem Herzen der Taube in Blut und Liebe eine Perle, die weiß war und rot, und überreichte sie Archanjo, während er mit seiner Stimme aus Blitz und Donner zu ihm sagte: »Ojuobá, höre und begreife diesen Fetisch: Wenn die Iaba schon an Kopf und Füßen unterworfen ist, schläft und sich ergeben hat, dann stecke diese Perle in ihr Hinterteil und warte ohne Furcht das Ergebnis ab: Was auch geschehen mag, fliehe nicht, weiche nicht von der Stelle, warte.« Archanjo berührte mit dem Kopf den Erdboden und sagte: »Axé.«
Danach nahm er das Blätterbad, jedes einzelne Blatt war von Ossain ausgesucht. In Honig und Pitangawasser, in Salz und afrikanischem Pfeffer bereitete er die Waffe vor und sah sie zu einem ungewöhnlichen Pilgerstab anwachsen. Kelê, Xaôrô und

das Taubenherz, Xangôs rotweiße Perle, verbarg er in seiner Tasche. Dann erwartete er die Iaba an der Tür der Werkstatt.

Als sie an der Ecke erschien, begannen sie ohne Umschweife; kaum war die Iaba aufgetaucht, da reckte sich ihr Archanjos Männlichkeit entgegen und erhob sich an den gestärkten Röcken, drängte sich im genauen Maß in die Grotte: Feuer zu Feuer, Honig zu Honig, Salz zu Salz, Pfeffer zu Pfeffer und Pfefferkorn. Diese Schlacht zu schildern, diesen Krieg der beiden Mächte, den Angriff der Stute und den des Hengstes, das Schreien der Katze im Fieberwahn, das Heulen des Wolfes, das Grunzen des wilden Ebers, das Schluchzen der Jungfrau in der Stunde der Erfüllung, das Gurren des Täuberichs, das Tosen der Wellen, wer könnte das?

Ineinander verschmolzen rollten sie den Hang hinunter, blieben auf dem Strand am Hafen und durchquerten die Nacht. Die Flut stieg und trug sie davon; in der Tiefe des Meeres fuhren sie in ihrer wilden Kavalkade fort, in närrischer Brandung.

Mit einer solchen Ausdauer hatte die Iaba nicht gerechnet; bei jeder Ermattung Archanjos dachte die Hinterhältige voll Hoffnung und Wut: Jetzt wird der Stattliche erschlaffen, wird er den Kopf hängenlassen! Aber im Gegenteil, statt zu verenden, wuchs das Eisen in glühender Asche und Liebkosung.

So wenig hatte sie sich ein so großes Vergnügen vorstellen können, eine Rute aus Honig, Pfeffer und Salz, Wonne der Wonnen, ein Phänomen, ein Wunder. Ach, jammerte die Iaba verzweifelt, wenn ich wenigstens könnte . . . Sie konnte nicht.

Der große Kampf, das höchste Fest dauerte ohne Unterbrechung drei Tage und drei Nächte: zehntausend Angriffe und eine einzige Brandung, und die Iaba straffte sich so sehr in ihrer grenzenlosen Begeisterung, daß plötzlich ein Taumel sie erfaßte und sie sich im Genuß öffnete, wie der Himmel zum Regen aufbricht. Die Wüste war bewässert, die Dürre besiegt, der Fluch gebrochen, hosianna und halleluja!

Dann schlief sie ein, zum Weibchen gemacht, aber noch nicht zur Frau, o nein!

In Archanjos Zimmer der Schatten und der gemischten Düfte schlief die Iaba lang ausgestreckt: unfaßbar, eine unwahrscheinliche Negerin, Inkarnation des Weibes. Als ihr Atem sang, legte

Archanjo ihr den Kelê um den Hals und den Xaôrô um das Fußgelenk, und so hatte er sie unterworfen. Danach schob er ihr mit dem Feingefühl eines Bahianers das Herz des Vogels, Xangôs verwunschene Perle, in das himmlische Hinterteil.
Im selben Augenblick stieß sie einen Schrei aus und erbebte unter einem mächtigen Schlag, beides fürchterlich, unheilvoll, entsetzlich, die Luft war reiner Schwefel, tödlicher Rauch. Blitze leuchteten über dem Meer, dumpf hallte der Donner wider, entfesselte Stürme und Unwetter von einem Ende des Alls zum andern. Ein riesiger Pilz stieg zum Himmel auf und löschte die Sonne aus.
Doch bald beruhigte sich alles in Jubel und Heiterkeit; der Regenbogen wölbte sich bunt: Oxumarê eröffnete das Fest und den Frieden. Dem Gestank des Schwefels folgte der Duft erblühter Rosen, und die Iaba war schon keine Iaba mehr, sie war die Negerin Dorotéia. Durch Xangôs Künste war in ihrer Brust das zärtlichste und ergebenste liebende Herz gewachsen. Negerin Dorotéia für immer, mit ihrer feurigen Grotte, ihrem dreisten, aufsässigen Hinterteil, dem Herzen einer Turteltaube.
Das Rätsel ist gelöst, die Unbekannte entdeckt, die Antwort auf die Fragen gefunden, die Geschichte ist zu Ende, was soll man noch erzählen? Dorotéia tat Heiliges, eine ungestüme Tochter Yansãs; sie verdrängte das Oberhaupt eines Schiffes der Iaôs und wurde schließlich Dagã und tanzte Exús Padê bei Beginn der Riten. Manche Klatschbasen behaupten, einen schwachen Schwefelgeruch zu spüren, wenn Dorotéia den Tanz auf dem Terreiro eröffnet, diesen Gestank aus der Zeit, da sie als Iaba Meister Pedro Archanjos Eichel zerbrechen wollte.
Aber es ist schwierig, die Eichel des Mulatten zu zerbrechen. Viele haben es versucht, in der Umgebung des Tabuão, wo die Werkstatt der Wunder liegt, und auf dem Terreiro de Jesus, wo sich die Fakultät erhebt, doch keine hat es geschafft. Wenn nicht Rosa – wenn eine Archanjo Liebesleid lehrte und ihn besiegte, so war es Rosa de Oxalá und keine andere. Nicht die ebenholzschwarze und verderbte Iaba und auch kein in Cutaway und Weisheit gehüllter Professor.

2

Der Lehrling bemühte sich, den unwiderstehlichen Drang, zu schlafen, vor den beiden über die Maschine gebeugten Männern zu verbergen. Er sollte den Druck der ersten Seiten überprüfen; monatelang hatte er in Begeisterung gelebt, genauso wie Archanjo, ebenso wie Lídio, der ungestümere von beiden – wer über Einzelheiten nicht unterrichtet war, der hätte Lídio Corró für den Autor von *Das Leben des Volkes in Bahia,* des ersten Buches Pedro Archanjos, gehalten.
Die letzten Betrunkenen waren bereits heimgegangen, die späte Serenade der letzten Bratsche war verstummt. Hahnenschreie ertönten am Hügel, bald würde die Stadt zum Leben erwachen. Der Lehrling hatte der Lesung der Kapitel zugehört, er hatte bei der Zusammenstellung und der Durchsicht geholfen. Er versuchte, das Gähnen, das Augenbrennen, die schweren Lider zu verheimlichen, doch Lídio bemerkte es und befahl ihm: »Geh schlafen.«
»Noch nicht, Meister Lídio, ich bin nicht müde.«
»Du fällst beinahe um, kannst dich nicht mehr auf den Beinen halten. Geh schlafen.«
»Mein Pate, bitte« – die Stimme des Jungen wurde inständiges Flehen, eifrig, entschlossen –, »bitten Sie Meister Lídio, daß er mich bis zum Schluß bleiben läßt. Ich bin schon gar nicht mehr müde.«
Sie hatten nur die Nacht für die Arbeit an dem Buch, tagsüber brauchten sie die Typen, die gezählt und abgenutzt waren und zur Druckerei für die normalen Aufträge gehörten, um Troubadourheftchen, Prospekte für Läden, Kurzwarenhandlungen, Kaufhäuser herzustellen. Am Monatsende mußte Corró Seu Estevão die Rate zahlen, das war unantastbares Geld. Ein Kampf gegen die Zeit und gegen die rheumatische, mürrische, launische kleine Druckerpresse. Lídio Corró sagte zu ihr »liebe Tante«, bat sie um Segen und guten Willen, um Mitarbeit. In dieser Nacht war sie störrisch, die meiste Zeit verbrachten sie damit, Schäden an ihr zu beheben.
Der Lehrling hieß Tadeu und hatte Freude am Beruf. Als Estevão das Dores schließlich bereit gewesen war, sich zur Ruhe

zu setzen und die Druckerei zu verkaufen, hatte Lídio den Gassenjungen Damião zum Gehilfen genommen. Nicht für lange Zeit, denn Druckerschwärze und Typen hatten den Unruhigen nicht interessiert. Er zog Bewegung, die Freiheit der Straße vor. Er ging als Botenjunge ans Gericht und überbrachte Urkunden, Prozeßakten, Anträge, Bittschriften, lief von Richtern zu Rechtsanwälten, von Gerichtsvollziehern zu Sekretären; am Anfang seiner Karriere war Damião die Schlauheit selbst, die reine Durchtriebenheit. Die Lehrlinge in der Werkstatt folgten einander, alle blieben nur kurze Zeit in dem kleinen Raum und bei der vielen Arbeit. Keiner genügte den Anforderungen, Tadeu war der erste, der Meister Lídio zufriedenstellte.
Mit einem Freudenschrei begrüßte er die Zustimmung des Meisters, benetzte das Gesicht, um den Schlaf zu vertreiben. Tag für Tag, Seite für Seite hatte er Archanjos Arbeit verfolgt, und nicht einmal er selbst wußte, wie nützlich er dem war, den er Pate nannte: Wie sehr hatte er ihn bei der neuen und schwierigen Aufgabe ermutigt, in dieser Kunst der Genauigkeiten und Nuancen, der Behauptungen und Spitzfindigkeiten, der auf das Papier gebannten Wahrheit, im Handwerk der Worte und ihres Sinnes. Ihretwegen und für sie hatte Pedro Archanjo geschrieben: für den Freund seines ganzen Lebens, den Gevatter, den Teilhaber, seinen Zwillingsbruder, und für den Negerjungen mit den glühenden Augen, zart, aufgeweckt, wißbegierig, für Dorotéias Sohn. Endlich war er zum Schluß gekommen, und Lídio hatte auf Kredit Papier erhalten.
Der Gedanke war von Valdeloir, diesem Jungen vom Tororó, ausgegangen, aber verschiedene Anregungen und Widersprüche tauchten fast gleichzeitig auf und veranlaßten Pedro Archanjo, aufs Geratewohl Notizen zu machen. Er hatte immer gern gelesen, jedes Buch, das ihm in die Hände gefallen war, hatte gern Fakten, Ereignisse und Geschichten notiert: alles, was sich auf Sitten und Bräuche des Volkes von Bahia bezog, doch ohne die Absicht, zu schreiben. Mehr als einmal jedoch hatte er gedacht, daß in diesen Notizen die Antwort auf Thesen gewisser Professoren von der Fakultät steckte, Thesen, die so in Mode waren – er hörte sie immer wieder in Hörsälen, Höfen und Korridoren. Es war in einer ausgedehnten Cachaçanacht: Eine große auf-

merksame Gruppe hörte Archanjo zu, wie er über vortreffliche und eindrucksvolle Dinge berichtete, während Lídio Corró und Tadeu Pakete von Heftchen verschnürten, in denen João Caldas, »Dichter des Volkes und sein Diener«, in Versen mit sieben Silben und ärmlichen Reimen die Geschichte von der Frau des Küsters erzählte, die es dem Priester leicht gemacht hatte, dann in ein kopfloses Maultier verwandelt worden war und nachts durch Straße und Buschwald irrte, Feuer aus dem Halse spie und die Menschen erschreckte. Auf dem Umschlag, von Lídio geschnitten, zeigte die in ihren Ausdrucksmitteln sparsame und zugleich reiche Gravur das kopflose Maultier, den Schrecken der Wege, wie es das Volk entsetzte, während der abgehackte, aber nicht tote Kopf den gotteslästerlichen Mund des Priesters küßte. Ergötzlich nach Meinung Manuel de Praxedes'.
»Wer gut eine Vielfalt von Geschichten schreiben und sie Meister Lídio zum Drucken geben könnte, wäre Meister Pedro, der soviel kennt, soviel weiß, was geschehen ist, und großartig erzählen kann«, bemerkte Valdeloir, Afoxétänzer, Gafieiraschrittmacher, Capoeirakämpfer und begieriger Leser von Gedichten und Geschichten.
Sie plauderten in einer Art Vorbau, den Lídio im Garten aus Holzwänden unter einem Zinkdach errichtet hatte. Da der Raum durch die Druckerei besetzt war, waren Gespräche und Vorführungen dorthin verlegt worden.
Lídio war sehr vielseitig in der Arbeit: Er setzte und druckte, zeichnete Wunder, stach Umschläge für die Heftchen und zog ab und zu einen Zahn. Er hatte noch Schulden bei Estevão, zwei Jahre lang eine lastende Verpflichtung. Es war erforderlich gewesen, den Vorbau zu errichten, denn die Vorführungen besserten die Einnahmen auf, und auch Archanjo wäre nicht einverstanden gewesen, Castro Alves, Casimiro de Abreu, Gonçalves Dias, die Liebessonette und die Gedichte gegen die Sklaverei nicht mehr vorzutragen, nicht mehr in die Sambarunde einzufallen, Lídios und Valdeloirs Schritte, die weiche Stimme Risoletas, den Tanz Rosa de Oxalás nicht mehr zu bewundern. Selbst wenn der Eintritt frei gewesen wäre, würde Archanjo die Vorstellung nicht auslassen: HEUTE IST VORSTELLUNG verkündete auch weiterhin das Plakat donnerstags am Tor der Werkstatt.

Seit einer Woche regnete es fast ununterbrochen, Monat des Unwetters und des Südwindes. Ein nadelscharfer, stechender und feuchter Wind, ein unheimliches Brausen: zwei Fischerboote schiffbrüchig, und von den sieben Toten waren drei nicht an den Strand geschwemmt worden, sie fuhren in alle Ewigkeit zur See, auf der Suche nach der Küste von Aiaká am Ende der Welt. Die anderen Körper waren Tage später auf den Sand geworfen worden, schon ohne Augen und voller kleiner Schaltiere, entsetzlich.
Die Freunde kamen durchnäßt, vor Kälte zitternd, und baten um einen Schluck. Bei diesen Gelegenheiten, in Unglück und Kummer, bewies sich der Wert der Cachaça. In jener Nacht nach Valdeloirs Eingebung ergriff Manuel de Praxedes das Wort und schlug eine Variante vor.
»Meister Archanjo weiß viel, hat ein ganzes Vorratslager von Rätseln im Kopf und auf seinen Papierfetzen. Aber was er kann, das sind nicht Dinge, die in Groschenversen verlorengehen, sondern etwas sehr Gehaltvolles, Dinge, von denen wenige gehört haben. Es wäre der Mühe wert, wenn er es einem Professor der Fakultät, einer dieser Autoritäten der Schrift, erzählte – dort ist jeder ein As –, damit der Hochgelehrte den Abriß zu Papier bringt und er der Lehre dient. Ich garantiere, das würde viel Bewunderung hervorrufen.«
Meister Pedro Archanjo betrachtete Manuel de Praxedes, diesen gutmütigen Riesen, schaute ihn mit ruhigen, nachdenklichen Augen an und erinnerte sich einer Menge Dinge, die in der letzten Zeit geschehen waren, hier im Tabuão und seiner Umgebung und am Terreiro de Jesus. Das fröhliche Lächeln kehrte allmählich in sein Gesicht zurück und brach die ungewohnte Strenge, und es öffnete sich ganz, als seine Augen, die von einem zum anderen wanderten, denen seiner Gevatterin Terência, Damiãos hübscher Mutter, begegneten.
»Warum einen Professor beauftragen, mein Lieber? Ich schreibe es selbst. Oder denkst du, Manuel, nur weil wir arm sind, können wir nichts tun, was etwas taugt? Daß wir über ein Liedchen mit Halbversen nicht hinauskommen? Nun, ich werde es dir zeigen, mein Lieber, mein Freund. Ich schreibe selbst.«
»Nicht daß ich an dir zweifle, Freund Pedro. Tu es nur. Aber bei

einem Professor hätte man die Gewißheit, daß es gelehrt wird. Diese Gebildeten verstehen etwas davon.«
Wer verdreht und entstellt mehr als diese Gebildeten? Wer hat es nötiger zu lernen, wenn nicht die mittelmäßigen Hochgelehrten? Darüber war sich Manuel de Praxedes nicht im klaren, man mußte an der Fakultät arbeiten, um das zu hören und zu verstehen. Nach Ansicht gewisser Professoren, Manuel, sind Mulatte und Verbrecher Synonyme. Drück dich genauer aus, Freund Pedro, ich weiß nicht, was ein Synonym ist, aber was es auch sein mag, es ist die Lüge eines Schlappschwanzes.
Der Lehrling Tadeu hielt sich nicht zurück, er lachte und klatschte Beifall. »Mein Pate unterrichtet diese Herren, und wenn jemand an ihm zweifelt, dann ist er sehr töricht.«
Würde er es wirklich beschreiben, oder hatte er das in einer langen und stürmischen Cachaçanacht gegebene Versprechen beim Bummeln auf Festen und mit Frauen, auf den Proben der Hirten, in Budiãos Schule, bei den Riten auf dem Terreiro vergessen? Vielleicht wäre es so gekommen, hätte Archanjo nicht ein paar Tage danach eine dringliche Aufforderung von Mutter Majé Bassan erhalten, die ihn sprechen wollte.
Im Heiligtum, in ihrem Lehnstuhl sitzend – ein ärmlicher Thron, doch deshalb nicht weniger gefürchtet –, gab Majé Bassan ihm den Adjá und sang eine Litanei für den Heiligen. Während sie danach mit den Tritonenhörnern spielte, ohne sie indessen zu befragen, als wäre das Spiel unnütz, sagte sie: »Ich habe erfahren, daß du ein Buch schreiben willst, aber ich weiß, daß du es nicht tust, du schwatzt nur herum, du begnügst dich mit dem Denken. Du verbringst dein Leben damit, hier und dort zu klatschen, plauderst hier, plauderst dort, machst Notizen über alles mögliche, und wozu? Willst du dein ganzes Leben Doktorendiener sein? Weiter nichts? Die Stelle hast du, damit du dir dein Brot verdienst, um nicht Not zu leiden. Aber nicht, damit dir das genügt oder damit du schweigst. Nicht deshalb bist du Ojuobá.«
Darauf griff Pedro Archanjo zum Federhalter und schrieb.
Lídio war eine große Hilfe: bei der Auswahl des Materials, mit seinem fast immer richtigen Fingerspitzengefühl, ein verschwiegener und aufmerksamer Zuhörer. Wäre er nicht gewesen, der den Arbeitsrhythmus beschleunigte, Geld für die Druckerschwärze

beschaffte, Papier auf Kredit erhielt, ihn beim mühevollen Anfang vorantrieb, vielleicht hätte Archanjo die Arbeit auf halbem Wege aufgegeben oder viel länger gebraucht, sie zu beenden, noch befangen von Absichten und Umständen und sehr besorgt, keine grammatischen Fehler zu machen. Manchmal fiel es ihm schwer, einem Vororttanz, einem sonntäglichen Rummel, einem unbekannten Frauenkörper fernzubleiben. Die Disziplin kam von Lídio, die Begeisterung von dem Lehrling und das Wissen von Meister Pedro Archanjo, der auf diese Weise den Auftrag Majé Bassans rechtzeitig erfüllte.
Als er das Buch begonnen hatte, waren ihm das anmaßende Bild bestimmter Professoren und das Echo rassistischer Theorien gegenwärtig gewesen und hatten seine Sätze und Worte beeinflußt, wobei sie ihre Kraft und Freiheit einschränkten und begrenzten. Je mehr Seiten und Kapitel aber entstanden, um so mehr vergaß Pedro Archanjo Professoren und Theorien, lag ihm nicht länger daran, ihnen in einer Polemik der Behauptungen zu widersprechen, ohne darauf vorbereitet zu sein, sondern er wollte das bahianische Leben schildern, Elend und Wunder dieses Alltags voll Armut und Vertrauen; er wollte die Entschlossenheit des verfolgten und gezüchtigten Volkes von Bahia zeigen, alles zu überwinden und zu überleben, während es die Fähigkeiten des Tanzes, des Gesangs, der Bearbeitung von Metall, Eisen und Holz – Güter der Kultur und der Freiheit, die aus dem Erbe der Siedlungen und der Zufluchtsorte der Sklaven stammten – bewahrte und erweiterte.
Da schrieb er schon mit unsagbarem, fast sinnlichem Vergnügen und suchte Zeit, widmete der Arbeit jeden freien Augenblick. Er erinnerte sich weder des trockenen und schroffen Professors Nilo Argolo mit dem feindseligen Blick noch des leutseligen Dr. Fontes, der höflich und sogar lustig war, aber vielleicht noch aggressiver in der Darlegung diskriminierender Theorien; Professoren und Schüler, Gelehrte und Scharlatane beunruhigten ihn nicht mehr. Die Liebe zu seinem Volk führte Archanjos Hand; der Zorn gab ihm beim Schreiben nur eine Spur Leidenschaft und Poesie. Deshalb wurde das, was aus seiner Feder kam, ein unwiderlegbares Dokument.
In der schlaflosen Nacht der Werkstatt, unter dem Schweiß der

Hände ächzt die Druckmaschine langsam über dem Papier. Der Lehrling Tadeu springt aus Schlaf und Erschöpfung auf, als er das Papier mit den gedruckten Buchstaben sieht: die ersten Seiten, die frische Druckerschwärze und ihr Geruch. Die beiden Gevattern heben das Blatt, und Pedro Archanjo liest – liest er, oder weiß er es auswendig? – den ersten Satz, seine Fanfare, sein Befehlswort, die Zusammenfassung seines Wissens, seine Wahrheit: »Farbig ist das Angesicht des brasilianischen Volkes, und farbig ist seine Kultur.«
Lídio Corró, ein Gefühlvoller, spürt einen Druck in der Brust, er wird noch vor Ergriffenheit sterben in einer dieser Stunden. Pedro Archanjo bleibt einen Augenblick ernst, fern, still, fast feierlich. Plötzlich verändert sich seine Miene, er lacht sein hohes, helles und gutes Lachen: Er denkt an Professor Argolos Gesicht, an das des Dr. Fontes, zwei Leuchten, zwei Kluge, die nichts vom Leben wissen. »Farbig ist unser Gesicht und euer Gesicht, farbig ist unsere Kultur, doch eure ist importiert, ist getrocknete Scheiße.« Der Schlag wird sie treffen. Sein Lachen zündet das Morgenrot an und erleuchtet Bahias Erde.

3

Monate vorher in einer gewissen Nacht, als das Fest auf dem Terreiro in vollem Gange war und die Orixás mit ihren Söhnen zum Klang der Atabaques und unter dem Beifall der Anwesenden tanzten, war Dorotéia erschienen mit einem Jungen an der Hand, einem Negerjungen von etwa vierzehn Jahren. Yansã wollte sie noch am Eingang des großen Zeltes aufstellen, aber sie entschuldigte sich und kniete vor Majé Bassan nieder, sie um den Segen für sich und das Kind zu bitten. Dann brachte sie es zu Ojuobá und befahl ihm: »Bitte um den Segen.«
Archanjo sah das Kind hager und stark, die Haut brünett, das Gesicht fein, offen und frei, das Haar glatt und dunkel, glänzend, die Augen lebhaft, die Hände mit schlanken Fingern, der Mund sinnlich, verführerisch. Neben ihm stehend verglich José Aussá, Ogã von Oxossi, die beiden mit einem neugierigen Lächeln.

»Was ist er von mir?« wollte der Junge wissen.
Auch Dorotéia lächelte, wie Aussá, ein etwas rätselhaftes Lächeln. »Er ist dein Pate.«
»Den Segen, mein Pate.«
»Setz dich her zu mir, mein kleiner Freund.«
Bevor Dorotéia sich Yansã anschloß, die ungeduldig nach ihr verlangte, sagte sie mit ihrer sanften und selbstbewußten Stimme: »Er sagt, er will studieren, er spricht nur davon. Bis jetzt hat er zu nichts Lust, weder zum Zimmermann noch zum Maurer, er rechnet immerzu, er weiß mehr Aufgaben als viele Bücher und Professoren. Wozu nützt er mir so? Er kostet nur Geld und kann nicht arbeiten. Soll ich das Schicksal zwingen, das er in dem Blut trägt, das nicht von mir ist? Soll ich ihm eine Richtung geben, die nicht die seine ist? Das werde ich nicht tun, weil ich eine Mutter bin, die ihr Kind liebt. Ich bin Mutter und Vater, das ist viel für eine, die wie ich vom Straßenhandel lebt, von Kohleofen und Essenkanister. Ich bin gekommen, ihn herzubringen und ihn dir zu überlassen, Ojuobá. Gib ihm ein Ziel.«
Sie nahm die Hand des Sohnes und küßte sie. Auch Archanjos Hand küßte sie, und sie betrachtete beide lange. Dann vertraute sie sich Yansã an, die selbst hier ihren Schrei ausstieß, der die Toten erschreckt. Während sie Eruexin und Säbel empfing, eröffnete sie den Tanz. Die beiden begrüßten sie gleichzeitig: »Eparrei!«
In der Werkstatt und in den Büchern, in Archanjos Wissen fand Tadeu das, was er suchte.
Meister Pedro erkannte sich selbst in dem Schützling wieder: die gleiche zügellose Unruhe, die gleiche Wißbegier und das gleiche Ungestüm. Nur daß in dem Jungen eine bestimmte Absicht lag, ein vorgezeichneter Weg: Er studierte nicht zufällig, wie es die Umstände ergaben, bloß um des Lernens willen. Er tat es mit einem ganz bestimmten Ziel, denn er wollte es zu etwas bringen im Leben. Woher hatte er den Ehrgeiz? Von wem hatte er ihn geerbt, von welchem fernen Großvater? Der Starrsinn war von der Mutter, die unkontrollierbare Kraft dieses Teufels von einer Frau.
»Pate, ich will die Vorprüfungen machen«, erklärte er Archanjo eines Sonntags, als er eine Aufforderung zum Spaziergang ab-

lehnte. »Ich muß viel lernen. Aber wenn Sie mir in Portugiesisch und Geographie helfen wollen, werde ich es Ihnen beweisen. Für Arithmetik brauche ich niemanden, und ich habe jemanden, der mich in brasilianischer Geschichte unterrichtet, einen Bekannten.«

»Du willst vier Vorprüfungen auf einmal ablegen? Noch in diesem Jahr?«

»Wenn Sie mir helfen, tue ich es.«

»Wir wollen jetzt gleich anfangen, mein Lieber.«

Der Spaziergang führte nach Ribeira, Budião ging mit dem Proviant und den Mädchen voran. Eine von ihnen mit Namen Durvalina – was für eine Gestalt! Pedro Archanjo hatte ihr Lieder auf Bratsche und Fiedel und einen Besuch auf dem schönsten aller Feste, eine Bootsfahrt nach Plataforma, versprochen. Verzeih, Durvalina, sei nicht böse, das bleibt für eine andere Gelegenheit.

4

Die Volksdichter, vor allem die Kunden von Lídio Corrós Werkstatt, ließen sich die Gelegenheit nicht entgehen und glossierten den Streit zwischen den Professoren und Meister Archanjo, ein erstklassiges Thema:

»Es gab eine große Aufregung
am Terreiro de Jesus.«

Wenigstens sechs oder sieben Heftchen wurden im Laufe der Jahre veröffentlicht, die die Ereignisse kommentierten. Alle zugunsten Archanjos. Sein erstes Buch hatte Verse und Beifall von Florisvaldo Matos verdient, dem Stegreifdichter eines begeisterten Publikums bei Geburtstagsfeiern, Taufen und Hochzeiten.

»Ich präsentiere den Lesern
eine großartige Abhandlung
über das Leben in Bahia,
die Meister Archanjo geschrieben hat,

seine Feder ist Begabung
und seine Tinte mutige Tat.«

Als die Polizei über Procópios Candomblé herfiel, wurde Pedro Archanjo der Held dreier Broschüren mit Lobeshymnen, alle begierig diskutiert von den Lesern, dem armen Volk von Märkten und Gassen, Werkstätten und Läden. Cardozinho Bemtevi, der »romantische Sänger«, ließ von den Liebesthemen, seiner Stärke, ab, um *Die Begegnung des Polizeikommissars Pedrito mit Pedro Archanjo auf dem Terreiro de Procópio* zu schreiben, ein langer und verlockender Titel. Auf dem Umschlag des Heftchens von Lucindo Formiga, *Die Niederlage Pedrito Gordos im Kampf gegen Meister Archanjo,* sieht man den Polizeikommissar Pedrito ängstlich zurückweichen: einen Schritt nach hinten, die Peitsche auf dem Boden, und ihm gegenüber hochaufgerichtet und ohne Waffen Pedro Archanjo.
Der größte Erfolg jedoch fiel Durval Pimenta zu mit seinem sensationellen Epos *Pedro Archanjo tritt dem Polizeiungeheuer entgegen.*
Was den Kampf im eigentlichen Sinne betraf, so hatten João Caldas und Caetano Gil die großen Erfolge. Der erste, jener erfahrene Troubadour mit acht Kindern, später vierzehn, die sich aus vollen Kräften in Enkeln vervielfältigten, beschenkte sein Publikum mit dem Meisterwerk *Der Pedell, der den Professoren eine Lektion erteilte:*

»Da sie keine anderen Argumente mehr hatten,
sagten sie, daß Pedro Archanjo
die Gestalt des Teufels sei.«

Am Schluß der Polemik nach der Veröffentlichung der *Anmerkungen* erschien Caetano Gil auf dem Kampfplatz, er setzte sich über alle gültigen Regeln hinweg, ein ungestümer und rebellischer Troubadour, der Verse machte und Musik auf der Bratsche, Sambas und Schlager, die Liebe, Leben und Hoffnung besangen:

»Meister Archanjo hat gesagt,
daß ein Mulatte lesen kann.

Oh, welch kühne Meinung,
schrie sogleich ein Professor.
Wo sah man einen gelehrten Schwarzen?
Wo sah man einen dunklen Doktor?
Hören Sie, Herr Kommissar,
wie kühn doch diese Meinung war.

Der Herr Kommissar kam rasch,
den Unglücklichen anzuhören.
Oh, welch kühne Meinung,
schrie sogleich ein Professor.
Werft den Neger ins Gefängnis.
Meister Archanjo hat gesagt,
daß ein Mulatte lesen kann.
Oh, welch kühne Meinung.«

5

Im Jahre 1904 legte Professor Nilo Argolo, ordentlicher Professor der Medizin an der Medizinischen Fakultät von Bahia, einem in Rio de Janeiro versammelten wissenschaftlichen Kongreß die Denkschrift *Die psychische und geistige Degeneration der Mischvölker – das Beispiel Bahias* vor, die er auch in einer medizinischen Zeitschrift und als Sonderdruck veröffentlichte. Im Jahre 1928 schrieb Pedro Archanjo die *Anmerkungen über die Rassenmischung in bahianischen Familien,* ein kleiner Band, von dem nur hundertzweiundvierzig Exemplare gedruckt und etwa fünfzig von Lídio Corró an Bibliotheken, nationale und ausländische Universitäten und Schulen, an Gelehrte, Professoren und Literaten geschickt wurden.
In diesen zwei Jahrzehnten entspann sich hinter den Kulissen der Fakultät eine Polemik um das Rassenproblem in der Welt und in Brasilien, die Thesen, Theorien, Autoren, Lehrstühle, wissenschaftliche Autoritäten und Polizeistellen einbezog. Bücher, Denkschriften, Artikel, Hefte wurden geschrieben und veröffentlicht, vor allem in Form von giftigen Kampagnen gegen

die Lebensformen in der Stadt und ihre religiösen und kulturellen Bedingungen.
Archanjos Bücher, besonders die drei ersten, hängen unmittelbar mit dieser Auseinandersetzung zusammen, man kann daher mit Recht behaupten: Im ersten Viertel des Jahrhunderts wurde in der Stadt Bahia ein Kampf der Ideen und Prinzipien zwischen gewissen Professoren der Fakultät, die auf dem Thron der ordentlichen medizinischen und psychiatrischen Lehrstühle saßen, und den Meistern jener Universität des Lebens am Pelourinho ausgetragen, von denen sich viele erst darüber klar wurden – und selbst dann noch in Grenzen –, als die Polizei zum Einschreiten aufgefordert wurde und eingriff.
Zu Beginn des Jahrhunderts hielt sich die Medizinische Fakultät für berufen, rassistische Theorien zu entwerfen und auszubrüten, denn sie hörte allmählich auf, das von Don João VI. gegründete mächtige Zentrum medizinischer Studien, eine ursprüngliche Quelle wissenschaftlicher Kenntnis in Brasilien, das erste Zuhause für Doktoren der Materie und des Lebens zu sein, und verwandelte sich in ein Nest der vollständigsten und verbrauchtesten, phrasenhaftesten, aufgedunsenen, akademischen, der rückschrittlichsten Subliteratur. Auf der großen Schule wehten nun die Fahnen des Vorurteils und Hasses.
Traurige Epoche der Medizinliteraten, die mehr an grammatischen Regeln als an den Gesetzen der Wissenschaft interessiert waren, stärker in der Anordnung der Pronomen als im Umgang mit Skalpell und Mikroben. Statt gegen Krankheiten zu wirken, kämpften sie gegen Gallizismen, und statt die Ursachen der Endemien zu erforschen und sie zu verhindern, schufen sie Neologismen: Anidropodotecas statt Überschuhe. Unverfälschte, reine klassische Prosa; falsche, billige reaktionäre Wissenschaft.
Man kann behaupten, daß es Pedro Archanjo war, der mit seinen fast unbekannten Büchern, mit seinem Kampf gegen die offizielle Pseudowissenschaft dieser trübseligen Phase der ruhmreichen Schule ein Ende setzte. Die Debatte über die Rassenfrage riß die Fakultät aus billiger Rhetorik und verdächtiger Theorie heraus und führte sie wieder wissenschaftlichen Belangen, ehrbarer und ursprünglicher Forschung und der Pflege des Lehrstoffes zu.
Die Polemik nahm seltsame Merkmale an.

Erstens, weil für dieses Gebiet Aufzeichnungen und Archive fehlten, keine Untersuchungen oder Hinweise irgendwelcher Art existierten, wenn auch Gewaltakte und Studentenunruhen stattgefunden hatten. Nur die Kartei der Polizei hatte noch Pedro Archanjos Karte von 1928 bewahrt: »Bekannter Aufrührer, rebellierte gegen die edlen Professoren.« Die Honoratioren, die an der Auseinandersetzung teilhatten, waren niemals bereit zu einem Streit, schon gar nicht einem wissenschaftlichen, mit einem Pedell der Hochschule. Nicht ein einziges Mal, in keinem Artikel, keinem Essay, keiner Studie, Denkschrift oder These erwähnten die erlauchten Professoren Pedro Archanjos Werke, um sie zu zitieren, zu diskutieren oder zu widerlegen. Auch Archanjo bezog sich nur in den *Anmerkungen* unmittelbar und unverhüllt auf Bücher und Broschüren der Professoren Nilo Argolo und Oswaldo Fontes (und auf einige Artikel des Professors Fraga, eines jungen Hochschullehrers, der aus Deutschland gekommen war, der einzige in der ganzen Versammlung, der einige Behauptungen der großen Eminenzen bestritt). In den vorangegangenen Büchern hatte Archanjo die beiden bahianischen Theoretiker des Rassismus nicht erwähnt, auch nicht ihre Artikel und ihre Schriften, er hatte seine Antwort nicht an sie gerichtet und lieber arische Behauptungen und Theorien mit jener unleugbaren Menge von Fakten durch glühende Verteidigung und leidenschaftliche Lobpreisung der Rassenmischung angefochten. Zweitens hatte diese Polemik, die schließlich in der ganzen Fakultät, in ihrem Lehrkörper, bei den Studenten und sogar bei der Polizei Widerhall gefunden hatte, die öffentliche Meinung weder erfaßt noch bewegt. Die Intellektuellen der verschiedenen Richtungen kannten sie nicht, so daß sie sich auf den Bereich der Hochschule beschränkte: Es gibt nur einen Bezug auf ein Epigramm von Lulu Parola, einem angesehenen Journalisten dieser Zeit. In einem Abendblatt kommentierte er in Versen die täglichen Ereignisse mit Witz und bissigem Humor. Ein Exemplar der *Anmerkungen* war ihm in die Hände geraten, und er fand mit unterhaltsamer Boshaftigkeit Gefallen an der Entlarvung des blauen Blutes und der Prahlerei der »heimlichen Mulatten« (heimlich, weil sie ihre Rassenmischung verbargen) und lobte die »freien Mulatten« (frei, weil sie ihre Rassenmi-

schung frei und stolz zeigten). So hatte Archanjo die Poesie auf seiner Seite: die volkstümliche, die primitiv gereimte, und die des Modedichters in Zeitungen und Salons.
Die Bevölkerung wußte wenig von der Sache. Sie wurde nur von Ojuobás Festnahme berührt, obwohl sie die Torheiten der Polizei gewohnt war. Unter den Ärgernissen, Schwierigkeiten, Unannehmlichkeiten und Tumulten, in die Pedro Archanjo sich eingemischt hatte, war das vielleicht das Ereignis mit dem geringsten Widerhall, das am wenigsten zu der Legende über ihn beigetragen hatte.
Gleichzeitig mit der Debatte über die Rassenmischung sah sich Archanjo in den Kampf zwischen Polizeikommissar Pedrito Gordo und den Candomblés verwickelt. Noch heute erzählt man sich in den Heiligenhäusern, auf Marktplätzen und Jahrmärkten, am Hafenkai, an Ecken und in Gassen der Stadt verschiedene, doch stets heldische Versionen von der Begegnung Pedritos und Archanjos, als die gallige Amtsgewalt Procópios Terreiro heimsuchte. Man wiederholt die Antwort, die er dem Polizeikommissar, diesem Maulhelden, gegeben hat, den alle so maßlos fürchteten. Indessen war die Verfolgung der Candomblés eine natürliche Folge der rassistischen Predigt, die an der Fakultät begonnen und von gewissen Zeitungen aufgenommen wurde. Pedrito Gordo setzte die Theorie in die Praxis um, ein unmittelbares Produkt Nilo Argolos und Oswaldo Fontes', ihre logische Fortführung.
Von dieser in Vergessenheit geratenen Polemik kann man sagen, daß sie grundsätzlich und entscheidend war: Sie stürzte den Rassismus in die Schande der Antiwissenschaft, ein häßliches Synonym für Scharlatanerie und Reaktion, eine Waffe der untergehenden Klassen und Rassen gegen die Entwicklung, die nicht zu verhindern ist. Wenn Pedro Archanjo auch die Rassisten nicht ausgerottet hat – zu jeder Zeit und in jeder Gesellschaft wird es Schwachköpfe und Ungebildete geben –, so hat er sie doch mit Feuer und Schwert gebrandmarkt, indem er sie öffentlich mit »Da sind sie ja, meine Lieben, diese Antibrasilianer« bezeichnete und die Würde des Mischlings verkündete. Oh, welch kühne Meinung!

6

»Nein, verehrter Kollege, ich möchte nicht sagen, völlig ohne Interesse«, bemerkte Professor Nilo Argolo. »Ein Werk von größerem Gehalt aus der Feder eines Pedells, eines Mulatten, zu erwarten, wäre unvernünftig. Lassen wir die unverschämte Verteidigung der Rassenmischung beiseite, weil sie unangebracht ist. Sicherlich steht es einem Mischling zu, sich dafür einzusetzen, und nicht Ihnen oder mir, die wir weiß sind und Zugang zu den Quellen der Wissenschaft haben. Sehen Sie von den lächerlichen Gesichtspunkten, den Schlußfolgerungen ab, und achten Sie nur auf die verschwenderische Fülle an merkwürdigen Informationen über Sitten und Bräuche. Ich fühle mich gezwungen zuzugeben, daß mir gewisse, von dem Schlaukopf dargestellte Eigenheiten vorher nicht bekannt waren.«

»Wenn es so ist, entschließe ich mich vielleicht zur Lektüre, doch ich gestehe, ich bin wenig dazu geneigt, ich bin sehr beschäftigt. Da kommt er, und ich gehe in meine Vorlesung«, sagte Professor Oswaldo Fontes und verschwand durch die Zimmertür. Als Kollege, Freund und Adept, als intellektuelle Schöpfung Professor Argolos hatte er ein bißchen Angst vor ihm. Nilo Argolo de Araújo war nicht nur ein Theoretiker, er war ein Prophet und ein Führer.

Sie hatten über Pedro Archanjos Buch gesprochen, und Professor Argolo hatte den Gesinnungsgenossen dadurch verblüfft, daß er bat: »Zeigen Sie mir den Schwarzen, wenn Sie ihn sehen. Ich achte nicht auf die Physiognomie der Bediensteten und halte mich nur an die, die unmittelbar für mich arbeiten. Von den Pedellen kenne ich nur die von meinem Lehrstuhl; alle anderen scheinen mir einander gleich, alle riechen schlecht. Zu Hause zwingt Dona Augusta, meine Gemahlin, die Angestellten, jeden Tag zu baden.«

Als Professor Fontes den Namen der erlauchten Dona Augusta Cavalcanti dos Mendes Argolo de Araújo – »Dona Augusta, meine Gemahlin« – hörte, grüßte er die vornehme und schreckliche Gattin des berühmten Professors mit einer Verneigung. Dona Augusta – Dame alten Stils, Tochter eines Grafen des Kaiserreichs, verschwenderischer Adel, erhobenes Haupt, die

Peitsche immer griffbereit – setzte sich nicht nur bei der Dienerschaft durch: Selbst anmaßende Politiker zögerten, ihr gegenüberzutreten.
Obwohl Professor Fontes überzeugter Rassist war und die Mulatten für eine verachtenswerte Unterrasse und die Neger für Affen mit der Gabe des Wortes (man höre!) hielt, hatte er Mitleid mit den Hausangestellten der Familie Argolo: Jeder der Ehegatten für sich war eine schwere Heimsuchung für einen Sterblichen, man stelle sich die beiden zusammen vor!
Pedro Archanjo kam den Korridor in Richtung des Ausgangs entlang, fröhlich angesichts des sonnenglänzenden Tages, und wiegte sich zur Melodie einer Samba, die er mit Rücksicht auf das Fakultätsgebäude nur leise pfiff.
Die befehlende Stimme hielt ihn dicht vor der Tür zurück, als sein Pfeifen schon lauter wurde, denn der Platz war frei für Lärm und Gesang.
»Hören Sie, Pedell.«
Archanjo unterbrach die Melodie ungern, schaute sich um und erkannte den Professor. Nilo Argolo, ordentlicher Professor der Medizin, Ruhm der Fakultät, groß, aufrecht, ganz in Schwarz, hager, Stimme und Benehmen unerbittlich, schien ein fanatischer Inquisitor des Mittelalters. Hartes hellbraunes Licht in den kleinen Augen offenbarte den Mystiker und Sektierer.
»Kommen Sie her.«
Archanjo näherte sich langsam mit dem wiegenden Gang eines Capoeirakämpfers. Warum hielt der Professor ihn auf? Sollte er das Buch gelesen haben?
Großzügig hatte Lídio Corró an einige Professoren Exemplare geschickt. Papier und Druckerschwärze kosteten viel Geld, und um die Ausgaben zu bestreiten, wurde jedes Exemplar mit ein klein wenig Gewinn in Buchhandlungen und von Hand zu Hand verkauft. Aber Meister Corró wurde wütend, wenn Archanjo ihn an die Kosten erinnerte und seine Verschwendung kritisierte.
»Diese Papageien mit steifem Kragen, Gevatter, diese Aufgeblasenen müssen sehen, wozu ein bahianischer Mulatte fähig ist.«
Das Leben des Volkes in Bahia, von Gevatter Pedro Archanjo geschrieben, unbesonnen unter Unbesonnenen, in seiner Drucke-

rei gesetzt und gedruckt, schien ihm das wichtigste Buch der Welt. Da er es unter so vielen Opfern veröffentlicht hatte, strebte er keinen Gewinn an. Er wollte es »diesen Regelscheißern, diesem Gesindel von Schlappschwänzen« ins Gesicht schleudern, das wollte er, dieser Bande, die Mulatten und Neger als minderwertige Wesen, als eine Stufe zwischen Menschen und Tieren betrachtete. Während Pedro Archanjos Abwesenheit schickte er Exemplare an die Nationalbibliothek nach Rio, an die Öffentliche Staatsbibliothek, an Schriftsteller und Journalisten im Süden, ins Ausland – er brauchte nur die Adressen.

»Gevatter, weißt du, wohin ich unser Büchlein geschickt habe? In die Vereinigten Staaten, an die Columbia-Universität in New York. Ich habe die Adresse in einer Zeitschrift gefunden – vorher habe ich Bände an die Sorbonne und die Universität Coimbra abgesandt.«

Für die Professoren Nilo Argolo und Oswaldo Fontes hatte Pedro Archanjo selbst Exemplare im Sekretariat der Fakultät hinterlassen. Jetzt im Korridor fragte er sich, ob das »Ungeheuer« den unfeinen Band von geringer graphischer Qualität gelesen hatte. Es hätte ihn gefreut, wenn es so wäre, denn die Arbeiten des Professors hatten zu seinem Entschluß zu schreiben beigetragen, an ihnen hatte er sich mit Wut aufgeheizt.

»Ungeheuer!« sagten die Studenten, wenn sie Professor Argolo erwähnten, wobei sie sich gleichzeitig auf seinen allgemeinen Ruf als Leuchte – »Er ist ungeheuer, er liest und spricht sieben Sprachen« – und auf seine Bosheit, seine hoffnungslose Gefühlskälte bezogen: Feind des Lachens, der Fröhlichkeit und der Freiheit, bei Prüfungen mitleidloser Ankläger, dem es ein Vergnügen war, Kandidaten durchfallen zu lassen. »Das Ungeheuer hat einen Orgasmus, wenn eine Fünf gegeben wird.« Die Stille, die in seinen Stunden herrschte, ließ die meisten Professoren neidisch werden, denn sie waren außerstande, eine solche Unterwerfung der Studenten zu erreichen. Mit himmlischer Macht ausgestattet, duldete er keine Unterbrechungen und noch weniger Widerspruch gegen seine Behauptungen eines Phantasten, eines Erleuchteten in Trance.

Junge Professoren, die von anarchischen europäischen Gepflogenheiten durchdrungen waren, diskutierten die Themen mit ihren Schülern, hörten sich Einwände an, ließen Zweifel zu. »Eine empörende Ausschweifung« nach Meinung des Professors Argolo de Araújo. Sein Hörsaal würde sich nicht »in eine Kneipe der Ketzer und Bummler, in ein Bordell der Dummheit« verwandeln. Als ein gewisser Ju, Student mit glänzenden Ergebnissen – Auszeichnung in allen Fächern –, »vom schlechten Beispiel anderer Lehrstühle genährt«, ihn rückständiger Ideen bezichtigte, forderte er eine Untersuchung und den Ausschluß des Vermessenen, der seine Vorlesung mit erstaunlichem Geschrei unterbrochen hatte: »Professor Nilo Argolo, Sie sind Savonarola selbst, der von der Inquisition an die Medizinische Fakultät von Bahia gekommen ist!«

Da es ihm dank den beiden anderen Prüfern nicht gelang, Ju am Ende des Jahres durchfallen zu lassen, nahm er ihm die Einstimmigkeit der Auszeichnungen mit einem Genügend. Aber der Ausruf des Jungen, der sich gegen die diskriminierenden Gedanken des Professors aufgelehnt hatte, wurde Bestandteil der unzähligen Geschichten über die Hochschullehrer, die von Studenten und Klatschtanten in der Stadt erzählt wurden. Ohne einen so großen und erheiternden Anekdotenschatz wie Professor Montenegro – Held vieler Witze über richtige Pronomen, Rektion der Verben, überholte Terminologie und komische Neologismen – zu verdienen, gab der finstere Professor der Medizin Anlaß zu einem reichlichen Kapital an Spott und unterhaltsamer und bissiger Kritik – mitunter in niedrigem Jargon – an der monarchischen Strenge seiner Methoden und Vorurteile. Eine übrigens wahre Anekdote berichtet, daß der Professor, der mit Dr. Marcos Andrade, einem Berufsrichter aus der Hauptstadt, seit mehr als zehn Jahren in herzlicher Verbindung befreundet war, diesen eines Abends besuchte, wie es ihrer monatlichen Gewohnheit entsprach. Nach dem Essen hatte es sich der Justizbeamte im Kreise der Familie bequem gemacht, mit anderen Worten, er hatte die gestreiften Hosen, die Weste, den steifen Kragen und das Vorhemd anbehalten, den Rock aber wegen der großen Hitze der schwülen, stickigen Nacht ausgezogen.

Als der Staatsbeamte durch das Dienstmädchen von der Anwesenheit des erlauchten Freundes, der im Besuchszimmer wartete, unterrichtet wurde, stürzte er davon, ihn zu empfangen, und in der Eile, ihn zu begrüßen und das Vergnügen seiner so gelehrten Unterhaltung zu genießen, vergaß er, die Jacke anzuziehen. Als Professor Argolo ihn so unordentlich sah, in solch skandalösem Aufzug, in fast intimer Vertraulichkeit, erhob er sich. »Bis heute habe ich geglaubt, Ihre Hochachtung zu besitzen. Ich sehe, daß ich mich getäuscht habe.« Und ohne noch etwas zu sagen, ging er zur Tür hinaus. Er verweigerte Erklärungen und Entschuldigungen des Hochverdienten und entzog ihm Freundschaft und Gruß für immer.

Grob, schmutzig und sicherlich falsch ist die Meldung, die man in Versen und unter Lachen am Terreiro de Jesus verbreitete, eine boshafte Rache des Studenten Mundinho Carvalho, der beim Ungeheuer durchgefallen war:

»Ich will in weißen Versen singen,
um schwarze Reime zu vermeiden,
von einem Ereignis, das geschah:
Der Dr. Nilo Argolo,
unser edler Professor
mit dem Vorurteil der Farbe,
befahl der Gräfin Dona Augusta,
sich unten die Härchen zu rasieren,
die so hübsch sind, doch ach so schwarz.«

Als Pedro Archanjo näher trat, bemerkte er, daß Nilo Argolo die Arme auf den Rücken legte, um jeden Versuch eines Händedrucks zu vermeiden. Dem Mulatten stieg die Hitze ins Gesicht. Mit der Dreistigkeit, mit der man ein Tier oder einen Gegenstand mustert, betrachtete der Professor aufmerksam Physiognomie und Haltung des anderen; auf dem feindlichen Gesicht spiegelte sich unverhohlene Überraschung wider, als er Stattlichkeit und Reinheit der Kleidung des Mulatten, seinen tadellosen Anstand feststellte. Von gewissen Mischlingen dachte der Professor – und mitunter sagte er es sogar: »Dieser verdiente es, weiß zu sein; was ihm Unglück bringt, ist das afrikanische Blut.«

»Sind Sie es, der eine Broschüre geschrieben hat mit dem Titel *Das Leben* ...«

»... *des Volkes in Bahia.*« Archanjo überwand die anfängliche

Demütigung, machte sich auf einen Dialog gefaßt. »Ich habe ein Exemplar für Sie im Sekretariat hinterlassen.«
»Sagen Sie ›Herr Professor‹«, korrigierte der berühmte Universitätslehrer streng. »Herr Professor, nicht nur Sie, vergessen Sie das nicht. Ich habe den Titel durch eine Prüfung erworben, ich habe ein Recht darauf und verlange ihn. Haben Sie verstanden?«
»Ja, Herr Professor.« Die Stimme klang fern und eisig, Pedro Archanjo wünschte einzig, wegzugehen.
»Sagen Sie mir: Die einzelnen Darstellungen von Bräuchen, traditionellen Festen, Zauberzeremonien, die Sie als Riten bezeichnen, sind wirklich genau?«
»Ja, Herr Professor.«
»Über Cucumbis zum Beispiel. Sind sie wahrheitsgetreu?«
»Ja, Herr Professor.«
»Sie sind nicht von Ihnen erfunden?«
»Nein, Herr Professor.«
»Ich habe Ihre Broschüre gelesen, und wenn man in Betracht zieht, wer sie geschrieben hat« – wieder prüfte er ihn mit den hellbraunen, feindseligen Augen –, »leugne ich nicht ein gewisses Verdienst, das sich wohlverstanden auf einige Beobachtungen beschränkt. Es fehlt an jeglichem wissenschaftlichen Ernst, und die Schlußfolgerungen über Rassenmischung sind irrsinnige und gefährliche Torheiten. Desungeachtet enthält die Broschüre eine Menge Fakten, die Aufmerksamkeit verdienen. Sie ist der Lektüre wert.«
Pedro Archanjo durchdrang die Mauer, die ihn von dem Professor trennte, in einem neuen Bemühen und knüpfte das Gespräch wieder an: »Glauben Herr Professor nicht, daß solche Fakten zugunsten meiner Schlußfolgerungen sprechen?«
Kam schon das spärliche Lächeln nicht oft auf die dünne Linie der Lippen, so war ein gelöstes Lachen für Professor Argolo eine Seltenheit, die fast immer durch die Dummheit, die Torheit anderer hervorgerufen wurde.
»Da muß ich ja lachen. Ihr Traktätchen enthält nicht eine einzige Erwähnung einer These, einer Denkschrift oder eines Buches, Sie berufen sich nicht auf die Meinung irgendeiner einheimischen oder ausländischen Größe, wie können Sie wagen, ihm wissenschaftlichen Rang einzuräumen? Worauf stützen Sie

sich, um die Rassenmischung zu verteidigen und sie als ideale Lösung für das Rassenproblem in Brasilien darzustellen? Um sich herauszunehmen, unsere romanische Kultur als Mulattenkultur zu klassifizieren? Eine ungeheure, eine verderbliche Behauptung.«

»Ich stütze mich auf die Fakten, Herr Professor.«

»Unsinn. Was bedeuten die Fakten, was sind sie wert, wenn wir sie nicht im Lichte der Philosophie, im Lichte der Wissenschaft untersuchen? Ist Ihnen schon in den Sinn gekommen, etwas über den fraglichen Gegenstand zu lesen?« Er blieb bei dem spöttischen Lachen. »Ich empfehle Ihnen Gobineau. Ein französischer Diplomat und Gelehrter: Er hat in Brasilien gelebt und ist eine maßgebende Autorität in Rassenfragen. Seine Arbeiten sind in der Bibliothek der Hochschule.«

»Ich habe nur einige Arbeiten des Herrn Professors und des Professors Fontes gelesen.«

»Und das hat Sie nicht überzeugt? Sie verwechseln Batuque und Samba, schauderhafte Töne, mit Musik; abscheuliche Gravüren, ohne die geringste Beachtung ästhetischer Gesetze gestochen, werden als Kunstbeispiele bezeichnet; Kaffernriten haben in Ihren Augen kulturellen Wert. Wie unglücklich wird dieses Land, wenn wir uns solche Widrigkeiten aneignen, wenn wir gegen diese Schwemme von Greueln nichts unternehmen. Hören Sie: All das, all dieses Zeug, das aus Afrika kommt, das uns besudelt, werden wir auslöschen aus dem Leben und der Kultur des Vaterlandes, selbst wenn es erforderlich sein sollte, dabei Gewalt anzuwenden.«

»Sie wurde bereits angewendet, Herr Professor.«

»Vielleicht war es nicht in der richtigen Form und im nötigen Maße.« Seine im allgemeinen frostige Stimme nahm einen härteren Ton an; in den feindseligen Augen herzloser Verdammung loderte die gelbe Flamme des Fanatismus auf. »Es handelt sich um einen Krebsschaden, man muß ihn ausrotten. Die Chirurgie scheint eine grausame Form, Medizin auszuüben, aber in Wahrheit ist sie wohltuend und unerläßlich.«

»Vielleicht, indem man uns alle tötet ... einen nach dem andern, Herr Professor.«

Er wagte diese Ironie, der Lump? Der Ruhm der Fakultät

richtete seinen mißtrauischen und drohenden Blick auf den Pedell, aber er sah nur das ernste Gesicht, die korrekte Haltung, kein Zeichen von Unhöflichkeit. Beruhigt, wurde sein Blick träumerisch, und mit einem fast heiteren Lächeln beantwortete er Archanjos Vorschlag. »Alle beseitigen, eine Welt nur aus Ariern?«

Eine vollkommene Welt! Ein herrlicher, nicht realisierbarer Traum! Wo gab es den verwegenen Geist, der imstande war, sich der kühnen Idee anzunehmen und sie zu verwirklichen? Vielleicht würde eines Tages ein unbesiegbarer Kriegsgott die höchste Mission erfüllen? Hellsichtig durchdrang Professor Argolo die Zukunft und ahnte den Helden an der Spitze arischer Truppen. Leuchtendes Bild, glorreicher Augenblick, kaum eine Sekunde lang: Er kehrte in die elende Wirklichkeit zurück.

»Ich glaube, so weit muß man nicht gehen. Es genügt, Gesetze zu erlassen, die die Rassenmischung verbieten und Eheschließungen regeln: Weißer mit Weißer, Schwarzer mit Schwarzer und Mulattin, und Gefängnis für alle, die das Gesetz übertreten.«

»Es wird schwierig sein, zu trennen und zu klassifizieren, Herr Professor.«

Wieder suchte der Professor in der sanften Stimme des Pedells und in seinen gut gesprochenen Worten einen spöttischen Ton. Ach, wenn er ihn entdeckte!

»Schwierig, wieso? Ich sehe keine Schwierigkeit.« Er entschloß sich, das Gespräch als beendet zu betrachten, und befahl: »Gehen Sie Ihren Verpflichtungen nach, ich habe keine Zeit mehr zu verlieren. Irgendwie ist unter all den Ungereimtheiten etwas Nützliches in Ihrem Buch, junger Mann.« Wenn es ihm auch nicht gelang, liebenswürdig zu sein, so war er zumindest nachgiebig: Er streckte dem Mischling die Fingerspitzen hin.

Nun war es an Pedro Archanjo, die knochige Hand zu übersehen, während er sich auf ein Nicken beschränkte, ähnlich der Begrüßung, mit der Professor Nilo Argolo de Araújo ihn zu Beginn der Unterhaltung empfangen hatte, nur ein bißchen, ein winziges bißchen weniger. »Lump!« knurrte der Professor und wurde leichenblaß.

7

Nachdenklich machte sich Pedro Archanjo auf den Weg zum Tabuão: Es gab genügend Anlaß zu Grübelei und Sorge.
An der Fakultät das böse Gerede. Ganz in der Nähe, beim Krankenhaus, Dorotéia, verwirrt, von Leidenschaft aufgewühlt. Dieser Teufel forderte von ihr, den Boden Bahias, Freiheit und Sohn aufzugeben und ihm zu folgen. Seit langem bestand zwischen Archanjo und Dorotéia keinerlei Verpflichtung mehr; wenn das Gute dann und wann bei einer Begegnung geschah, so war es bloßer Zufall, eine Erinnerung an Sturm und Glück. Doch es gab Tadeu. Für Archanjo das Salz des Lebens. In der Werkstatt wuchsen die finanziellen Schwierigkeiten mit der Publikation des Buches, und Lídio Corró hatte sich nie in so großer Bedrängnis gesehen.
Mit einer Strohzigarette, einem Stockdegen und vom Rheuma geplagt, war Estevão das Dores zu Beginn jedes Monats unvermeidliche Gegenwart in der Werkstatt, vom Fälligkeitstage der Zahlung an, auf einem Stuhl an der Tür, ganze Nachmittage in friedfertigem Gespräch. Manchmal lehnte er den Stock an die Wand, wenn er Lídio und Tadeu überlastet sah, stand auf, die Hände in den Hüften, »um die Krankheit zu stützen«, und wandte sich den Typenregalen zu. Kränklich und gebeugt, aber ein Meister seiner Kunst; unter den vom Tabak vergilbten Händen ging die Arbeit rasch voran, und sogar die uralte Druckerpresse schien weniger launisch und träge. Obwohl er kein Wort von Schuld und Zahlungsfrist sagte (»Ich war zu Hause zu nichts nütze, und nichts ermüdet so sehr wie Mangel an Beschäftigung ... deshalb bin ich gekommen, ein Schwätzchen mit den Freunden zu machen«), fühlte sich Lídio unbehaglich bei der ständigen Anwesenheit des wartenden Gläubigers.
»Ich habe Außenstände. Das erste Geld, das einkommt, ist für Sie, Seu Estevão.«
»Reden Sie nicht davon, ich bin nicht zum Kassieren gekommen ... Aber lassen Sie mich Ihnen sagen, Meister Corró, Sie verborgen zuviel, geben Sie acht.«
Das stimmte: Die Troubadoure druckten ihre Heftchen auf Kredit, bezahlten nach und nach, je nach Verkauf. Lídio war

faktisch der Geldgeber der Hintertreppenliteratur geworden. Aber konnte er denn, um Gottes willen, dem Freund João Caldas, Vater von acht Kindern, der von seiner Inspiration lebte, den Kredit verweigern? Oder dem auf beiden Augen blinden Isidro Pororoca, einem Genie der Naturschilderung?
»Das Geheimnis der Druckerei ist rasche und gute Arbeit gegen Barzahlung. Den Rat gebe ich umsonst ...«
Kaum war Estevão bezahlt worden, hatte das bißchen Geld gezählt und wieder gezählt, da verschwand er mit seinen Ratschlägen, den Strohzigaretten, dem Rheumatismus, dem Stock, der den Lehrling verwirrte: Der Alte hatte noch einen zweiten, gleichen, mit einer im Rohr versteckten Klinge, eine schreckliche Waffe.
»Ich kann es gar nicht erwarten, daß er den Stock öffnet und mir einen Dolchstoß versetzt.« Lídio bewahrte trotz aller Schwierigkeiten seine gute Laune.
Solche Bedrängnisse machten die Vorstellungen häufiger: In manchen Wochen kamen sie auf drei Vorführungen, mit Hilfe Budiãos und seiner Schüler, Valdeloirs, Aussás und eines Matrosen, Mané Lima, der wegen Schlägerei und Messerstecherei von einem Schiff des »Lloyd« gekommen war. Tüchtig beim Maxixe und beim Lundutanz, hatte er in den Häfen, in denen er an Land gegangen war, argentinischen Tango, Paso doble und Gauchotänze gelernt und kündigte sich als »internationaler Künstler« an. Er hatte sich mit der dicken Fernanda zusammengetan, die sehr dick und sehr leicht war, eine Feder in den Armen des Seemanns, ein berühmtes Paar. Von der Werkstatt der Wunder gingen sie in Kabaretts, hatten viele Jahre später Erfolg in der Pension »Monte Carlo«, in der Pension »Elegante«, im »Tabaris«. Mit Ausnahme kurzer Gastspiele in Aracaju, Maceió und Recife ging Mané Lima, der »Seemann Walzerfuß«, niemals wieder von Bahia weg.
Wer nicht mehr die frühere Begeisterung für die jetzt häufigeren Vorstellungen zeigte, war Pedro Archanjo: Die Zeit wurde knapp für Lektüre und Studium. Für sein und Tadeus Studium.
»Daß Sie so viel lesen, Meister Pedro, Sie, der schon so viel weiß!«
»Ach, mein Freund, ich lese, um das zu verstehen, was ich sehe und was man mir erzählt.«

Die Frauen spürten die fast unmerkliche, feine Veränderung: Fleißiger, treuer und zärtlicher Liebhaber, zuverlässig und vergnüglich von einer zur andern wechselnd, war er doch nicht mehr der sorglose Junge von einst, ohne eine andere wichtige Beschäftigung. Bis dahin hatte sich sein Leben auf Vereinsfeste, Sambarunden, Afoxés und Capoeira, auf die Pflichten beim Candomblé, auf das Vergnügen des Gesprächs, auf das Hören und Berichten von Ereignissen und vor allem auf den berauschenden Dienst an Frauen – überall in grundlosem Eifer – beschränkt. Jetzt war die Neugier, die ihn zu Candomblés, Afoxés, Vereinen, Karnevalsgruppen, in Capoeiraschulen, in die Häuser alter Gevattern, zu langen Gesprächen mit alten Damen führte, schon nicht mehr grundlos.
Eine fast unmerkliche Veränderung, als hätte Archanjo mit seinen vierzig Jahren plötzlich die vollständige Erkenntnis der Welt und des Lebens gewonnen.
Als er am Haus von Sabina dos Anjos vorbeiging, lief der kleine Negerjunge herbei und bat ihn: »Den Segen, mein Pate.« Archanjo nahm ihn auf den Arm. Er hatte die Schönheit seiner Mutter Sabina, der Königin des Tanzes, geerbt, Körper tiefer Heftigkeit, reifen Lebenssaftes, Königin von Saba. Saba, ich bin der König Salomon und komme, dich im Königreich deines Alkovens zu besuchen. Er sagte ihr Psalmen aus der Bibel, sie duftete nach Narde, dem Balsam unruhiger Herzen.
»Schenk mir ein Geldstück, Pate.« Er war ebenso wie Sabina hinter dem Geld her. Archanjo zog die Münze aus der Tasche, das Gesicht des Jungen öffnet sich zu einem Lachen: Von wem war dieses schlaue und freie Lachen?
Sabina erscheint an der Tür und ruft den Sohn. Archanjo führt ihn an der Hand, die Mulattin lacht angesichts der unverhofften Erscheinung. »Du hier? Ich dachte, du kämst heute nicht.« Ihre Stimme ist wie die Brise, sanft, weich.
»Ich komme nur vorbei. Ich habe viel zu tun.«
»Seit wann hast du etwas zu tun, Pedro?«
»Das weiß ich selbst nicht, Saba. Ich trage die Last einer zu großen Verpflichtung.«
»Verpflichtung durch einen Heiligen? Ebó? Oder Arbeit in der Fakultät?«

»Weder das eine noch das andere. Verpflichtung mir selbst gegenüber.«
»Du redest so, daß man nichts versteht.«
Sie lehnt an der Tür, der Körper bebt, die Brüste verführerisch, der Mund schmollend in der Versuchung des Nachmittags. Archanjo spürt diesen Lockruf in jeder Fiber des Körpers und betrachtet die Schöne, nähert sich ihrem Atem. Er zieht den Umschlag mit den hübschen Marken aus der Tasche, der vom Ende der Welt gekommen war, vom Nordpol, wo alles Eis ist und die Nacht ewig dauert.
»Kirsi lebt im Eis?«
»In einer Stadt, die Helsinki heißt, in Finnland.«
»Ich weiß, Kirsi ist Schwedin, so hübsch. Hat sie geschrieben?«
Er zieht das Bild des Jungen aus dem Umschlag: Er hat keinen Brief, nur ein paar Sätze in französisch, einige Wörter in portugiesisch. Sabina nimmt die Fotografie, welch zauberhaftes Geschöpf! So fein und zart, das Haar kraus, Kirsis Augen, eine Anmut, strahlende und verwirrende Schönheit. Sabina hebt den Blick vergleichend von dem Bild zu dem Sohn auf der Straße.
»Auch er ist hübsch.« Auf welchen der beiden bezieht sie sich?
»Sie sind unterschiedlich und ähnlich, es ist lustig. Warum zeugst du nur Söhne, Pedro?«
Archanjo lächelt neben Sabinas schmollendem Mund, an der Tür.
»Komm herein«, sagt die schwere, warme Stimme.
»Ich habe viel zu tun.«
»Seit wann hast du keine Zeit mehr, Kinder zu machen?« Sie legt ihm den Arm um den Hals. »Ich habe eben gebadet, ich bin noch naß.«
Im Duft des Haars, im festen Fleisch verliert sich Pedro Archanjos Ziel – wann wird er in der Werkstatt der Wunder eintreffen, wo Lídio und Tadeu auf ihn warten? Sabina von den Engeln, der schönste der Engel, Königin von Saba im Königreich ihres Lagers. Jede, wenn sie an der Reihe ist, und dazu das Unvorhergesehene. Es hatte eine Zeit gegeben, da er ganz frei gewesen war und nur die ausschweifende Liebe als Obliegenheit gehabt hatte. Jetzt nicht mehr.

8

»Sagen Sie, mein Freund, wieviel es kosten wird. Ich bin mehr als arm, ich bin ruiniert. Wissen Sie, was das bedeutet? Lange war ich großzügig, habe ich Geld verschwendet, jetzt bin ich ein Hungerleider. Machen Sie einen Preis unter Freunden, übervorteilen Sie eine arme Alte nicht.«
Lídio verkauft nicht zu Schleuderpreisen: Keiner kann sich im Wundermalen mit ihm messen, Kundschaft und Heiliger sind zufrieden, nie hat es eine Reklamation gegeben, er ist der Liebling Unseres Herrn vom guten Ende. Es regnet Aufträge, und in manchen Monaten bringt die Malerei der Gelübde mehr ein als die Druckerei. Er hatte schon Kunden aus Recife und Rio, und ein Engländer bestellte vier Stück auf einmal.
»Welcher war der wundertätige Heilige, und was hat er getan?«
»Malen Sie die Heiligen, die Sie wollen, die Krankheiten, die Ihnen zusagen.«
Der Gringo war ebenso närrisch gewesen wie die ulkige Dame ihm gegenüber, die ihm mit dem Sonnenschirm drohte, das Haar weiß wie Baumwolle, die Haut runzlig, schlaff, mager, das Alter sichtbar, mehr als sechzig bestimmt. Sechzig oder dreißig? Frech, geschwätzig, aufgekratzt: eiserne Energie, dazu die Geschichte vom ausschweifenden Kater mit der widerlichen Zeit der Räude. »Ich bin eine ruinierte Alte, aber ich beklage mich nicht.«
Sie war einmal die steinreiche Prinzessin vom Recôncavo in Pracht und Luxus gewesen. Herrin von Zuckerrohrplantagen, Zuckersiedereien, Sklaven, Häusern in Städten wie Santo Amaro, Cachoeira und Salvador. In sie waren die Galane des Hofes verliebt, und ein Offizier hatte den Verlobten der Eleganten, einen Referendar der Rechte, im Duell tödlich verwundet. Später hatten sich Bankiers und Barone im Bemühen um ihre Gunst ruiniert. Sie hatte ein bewegtes Leben, viele Liebschaften hinter sich und die Welt gesehen; Titel, Ämter und Vermögen hatten ihr zu Füßen gelegen. Nie hatte sie sich des Geldes wegen hingegeben, und wer, um sie zu erobern, Unsummen in Juwelen, herrschaftlichen Häusern und Wagen anlegte, der gewann sie doch nur, wenn es ihm gelang, die Flamme des Begehrens in ihrem Herzen zu entzünden oder ihr zumindest eine kurze

Zuneigung einzuflößen; als unersättliche Geliebte war sie leichten Sinnes und unbeständigen Herzens.
Als das Alter der Runzeln, des weißen Haars und der falschen Zähne kam, vergeudete sie das Vermögen in königlichen Geschenken, die sie den Gigolos mit der gleichen Lässigkeit machte, wie sie sie als junges Mädchen erhalten hatte. Das Fest des Lebens begann für sie unsinnig teuer zu werden, und ohne zu zögern, zahlte sie den geforderten Preis: Es lohnte. Als schließlich sie und ihre Finanzen spindeldürr geworden waren, kehrte sie mit ihrem großen Kater und der Erinnerung an den ungebundenen und nun so eingeschränkten Lebenswandel nach Bahia zurück. Warum so wenig, warum war es nicht mehr gewesen?
Sie kam, um wegen der Zeichnung eines Wunders zu verhandeln: Preis, Frist, Umstände. Der Kater, Argolo de Araújo genannt, hatte sich auf den Dächern in der Laufzeit der Katzen eine abscheuliche Krätze geholt. In wenigen Tagen war ihm das Fell ausgegangen, dieser blauschwarze Samt, in den die Betagte ihre Finger versenkte, während sie sich ihrer Liebschaften erinnerte. Sie hatte sogar Ärzte befragt – »In diesem Lande gibt es keinen Tierarzt« –, in Apotheken hatte sie Geld für Salben und Arzneien ausgegeben, alles vergebens. Die Genesung war dem heiligen Franziskus von Assisi zu verdanken, den sie verehrte – unter Küssen hatte ein Dichter sie in Venedig gelehrt, Gottes Bettler zu lieben; im Bett hatte er ihr die Predigt an die Vögel wiederholt, und als er sich davonmachte, hatte er ihre Börse mitgenommen, der Poverello!
Verwirrt von soviel Geschwätz und Lachen, nannte Meister Lídio den Preis für die Arbeit. Die Betagte wirkte wie eine komische Alte vom Theater. Da bettelte sie, verhandelte hemmungslos, sie hatte einen unbestimmten Charme. In gewissen Momenten verschwindet das Alter, leuchten Jugend und Verführung hervor; die anmaßende Prinzessin vom Recôncavo wird die liebenswürdige Halbweltdame im Ruhestand, vertraulich, bezaubernd. Der Schacher zog sich hin, denn die Greisin setzte sich, um besser feilschen zu können, und als sie das tat, fiel ihr Blick auf das Plakat des »Moulin Rouge« an der Wand, und sie fuhr hoch. »*Oh, mon Dieu, c'est le Moulin!*«
Die lose und ausschweifende Zunge erzählte, solange sie lebte,

von der Welt, die sie bereist, von den Wundern, die sie gesehen und erlebt hatte; sie rief auch Musik, Theaterstücke, Ausstellungen, Spaziergänge, Feste, Käse, Weine und Liebhaber ins Gedächtnis. Dem Vergnügen der Erinnerungen überlassen, eine zweifache Freude, denn ihr blieb keine andere, da sie arm und alt war, früher war sie einmal reich und närrisch gewesen. In der Begeisterung über die Einzelheiten mischte sie Französisch und Portugiesisch in die Erzählung, die mit Ausrufen in Spanisch, Englisch und Italienisch gesprenkelt war.
Pedro Archanjo kam genau in dem Augenblick aus Sabas Königreich, als die alte Seefahrerin zu ihrer Weltumseglung auf die Reise ging, und er brach mit ihr begeistert lachend auf. Sie lichteten die Anker in Montmartre, mit Zwischenstationen in Kabaretts, Theatern, Restaurants, Galerien von Paris und Umgebung oder auch in der restlichen Welt. Denn die Freunde mußten wissen, es gibt Paris und den Rest: der Rest, *oh! là là! c'est la banlieue.*
Sie war glücklich, erzählen zu können: Die Kinder ihrer Neffen hatten keine Geduld, ihr zuzuhören bei den seltenen und kurzen Besuchen in ihrer Hütte, einem Häuschen, das dem Kloster von Lapa gegenüberlag und in dem sie mit dem Kater und einer einfältigen Hausangestellten vegetierte. Der vollständige Name der leidenschaftlichen Alten war Senhora Dona Isabel Tereza Gonçalves Martins de Araújo e Pinho, von Rechts wegen Gräfin da Água Brusca. Für die Freunde Zabela.
Pedro Archanjo fragte sie, ob sie Helsinki kenne. Nein, in Helsinki war sie nicht gewesen. In Petersburg ja und in Stockholm, Oslo und Kopenhagen. Warum sprach der Freund mit so viel Innigkeit von Finnland? War er mit dem Schiff dort gewesen? Aber der Freund schien kein Seemann zu sein, er wirkte wie ein Professor oder ein Studierender.
Archanjo lachte sein herzliches Lachen. Weder Student noch Professor – wer bin ich denn, Madame! –, auch kein Seefahrer; einfacher Diener der Fakultät und ein Vorwitziger in den Wissenschaften, ein Neugieriger. Die Verbindung mit Finnland, ach, war Liebe.
Er zeigte ihr das Bild, und die Gräfin bewunderte lange das Gesicht des Jungen: Feinheit und Zauber. In gepflegter Hand-

schrift hatte Kirsi wenige bestimmte Wörter in Portugiesisch geschrieben, um die Weite des Meeres und der Zeit zu überbrükken: Liebe, Sehnsucht, Bahia. Ein ganzer Satz in Französisch; Isabel Tereza übersetzte ihn, was unnötig war, denn Archanjo wußte ihn schon auswendig: Unser Sohn wächst schön und stark heran, er heißt Oju wie der Vater, er kommandiert die Lausejungen und macht die Mädchen verliebt, ein kleiner Zauberer.
»Der Freund heißt Oju?«
»Mein Taufname ist Pedro Archanjo, aber in Nagô bin ich Ojuobá.«
»Ich möchte gern eine Macumba sehen. Niemals habe ich das miterlebt.«
»Wenn Sie erlauben, werde ich Sie gern begleiten.«
»Nichts würden Sie gern, lügen Sie nicht. Wer wünscht schon die Gesellschaft einer hinfälligen Alten?« Sie lachte schelmisch und maß den starken, hübschen Mulatten, den Liebhaber der Finnin, mit den Augen. »Der Junge hat Ihr Gesicht.«
»Aber er ähnelt auch Kirsi. Er wird König von Skandinavien werden.« Archanjo lachte, und die Prinzessin vom Recôncavo, Zabela für die Freunde, teilte entzückt sein Vergnügen.
»Bitten Sie Seu Lídio um einen Preisnachlaß, so viel kann ich nicht dafür bezahlen, obwohl ich anerkenne, daß es mehr wert ist.« Sie war ebenso liebenswürdig wie Corró und Archanjo, wie jemand aus dem Volk von Bahia.
Lídio ging sofort darauf ein. »Nennen Sie selbst einen Preis.«
»Das möchte ich auch nicht.«
»Nun, machen Sie sich keine Gedanken. Ich zeichne das Wunder, und wenn es fertig ist, zahlen Sie, was Sie möchten.«
»Was ich möchte nicht – was ich kann.«
Tadeu kam mit Büchern und Heften herein. Zabela verglich ihn mit Archanjo und lächelte diskret. Der Lehrling war zu einem kräftigen und anmutigen Jüngling herangewachsen; wenn er lachte – ein Verführer.
»Mein Patenkind, Tadeu Canhoto.«
»Canhoto? Ist das der Familien- oder der Rufname?«
»Es ist der Name, den die Mutter ihm gegeben hat, als er zur Welt gekommen ist.«
Tadeu ging in die hinteren Räume des Hauses.

»Student?«
»Er arbeitet hier, hilft Gevatter Lídio in der Werkstatt und studiert. Im vergangenen Jahr hat er vier Vorprüfungen bestanden, er hatte eine Zwei, zwei Einsen und eine Auszeichnung.« Der Stolz schwingt in Archanjos Stimme. »Er wird in diesem Jahr vier weitere ablegen, und im nächsten wird er fertig. Er will auf die Hochschule.«
»Was will er studieren?«
»Ingenieurwesen. Wir werden sehen, ob es möglich sein wird. Für einen Armen ist es nicht leicht, die Hochschule zu besuchen, Madame. Die Ausgaben sind groß.«
Tadeu kommt ins Zimmer zurück, schlägt Bücher auf dem Tisch auf, doch er bemerkt das Bild. »Darf ich es sehen? Wer ist das, Pate?«
»Ein Verwandter von mir ... entfernt.« So weit entfernt, am anderen Ende der Welt.
»Es ist der hübscheste Junge, den ich je gesehen habe.« Er nimmt die Hefte, er hat Aufgaben zu erledigen.
Die Gräfin da Água Brusca, Senhora Dona Isabel Tereza Gonçalves Martins de Araújo e Pinho, wird immer mehr die vertraute Zabela. Sie erklärt Tadeu französische Verben, bringt ihm Argot bei. Sie kostet den Hauslikör – Kakaolikör, Erzeugnis Rosa de Oxalás, edler Nektar! –, als probiere sie den besten Champagner. Als sie geht, läßt sie wehmütige Erinnerungen zurück. »Am besten, Seu Lídio«, sagt sie, als sie sich verabschiedet, »der Freund kommt bei mir vorbei, um Argolo de Araújo kennenzulernen, so könnten Sie ihn naturgetreu malen, er ist der hübscheste Kater von Bahia. Und der mit dem schlechtesten Charakter.«
»Mit Vergnügen, Madame. Morgen werde ich vorbeikommen.«
»Argolo de Araújo heißt der Kater? Drollig ... Wie der Professor«, stellt Archanjo fest.
»Meint der Freund Nilo d'Ávila Argolo de Araújo? Ich kenne diese Mikrobe zur Genüge. Wir sind miteinander verwandt durch die Araújos, ich war die Braut seines Onkels Ernesto; doch er geht an mir vorbei und tut, als sähe er mich nicht. Er verkauft sich für viele, täuscht Adel vor, aber nicht mir gegenüber. Ich kenne die schwachen Seiten der Familie haargenau, die Unverschämtheiten, die Hochstapeleien, *oh! mon cher, quelle*

famille! Ich erzähle es Ihnen einmal, wenn Sie es hören wollen.«
»Was könnte ich mehr wünschen, Madame, heute ist ein gesegneter Tag: Mittwoch, Xangôs Tag, und ich bin Ojuobá, seine wohlgeöffneten Augen, mit denen er alles sieht und alles erfährt, vor allem über die Armen, aber auch über die Reichen, wenn es nötig ist.«
»Nehmen Sie mich zur Macumba mit, und ich erzähle Ihnen die Geschichte des Adels von Bahia.«
Tadeu kommt, ihr zu helfen, als sie die beiden Stufen an der Tür hinabsteigt.
»Eine Alte taugt zu nichts mehr, und nicht einmal so habe ich Lust zu sterben.« Sie berührt das Kinn des Jungen mit der Hand. »Wegen eines solchen Kaffeebraunen verlor meine Großmutter Virgínia Martins den Verstand und würzte das Blut der Familie.«
Sie öffnet den betörenden Sonnenschirm, geht die abschüssige Straße des Tabuão entlang, mit ihrem Schritt der Belle époque: Sie geht durch die Straßen von Paris, bummelt über den Boulevard des Capucines.

9

Unter all den falschen Überlieferungen ist eine zutreffend: Zabelas Anwesenheit bei Oguns Fest, auf dem der Zauber geschah. Die Berichte weichen je nach dem Erzähler voneinander ab. Alle haben den Tumult mit den Augen, die die Erde eines Tages verschlingen wird, gesehen, doch jeder hat ihn auf seine Weise beobachtet. Am meisten behaupten natürlich jene zu wissen, die nicht da waren und nichts miterlebt haben; sie wissen alles, besser als jeder andere, sie sind die Hauptzeugen.
In einem Punkt sind sich Abwesende und Anwesende einig: »Wer mich nicht lügen läßt, das ist die Steinreiche von Lapa, die mit Juwelen behängte Adlige, die vornehme Senhora. Sie war dort und hat es gesehen.«
Eine hochgestellte Adlige, gewiß. Zweifellos steinreich, früher einmal. Die Juwelen jedoch waren falsch. Imitationen und Kopien, viele und vielfarbig: Halsketten, Perlen, Tand; so mit

Ketten und Armbändern herausgeputzt war nur die Heiligenmutter. Mit einer Geste, die typisch war für die Gräfin da Água Brusca, nahm sie beim Abschied (um öfter wiederzukommen) eine Kette vom Hals und schenkte sie Majé Bassan. »Sie ist nichts wert, aber behalten Sie sie bitte.«

Zabela, elegant in dem Lehnstuhl, der den Ehrengästen vorbehalten war, verfolgte die Zeremonien mit großem Interesse. Sie stand auf, um besser sehen zu können, nervös, Hand auf der Brust, französische Ausrufe – *nom de Dieu! zut alors!* – beim Herabsteigen der Orixás zum Ton des Adarrum, beim Zusammenprall der Degen im Kampf der Oguns, beim Tanz Oxumarês, einer Schlange, deren Leib an die Erde gefesselt ist, halb Mann, halb Weib, männlich und weiblich zugleich.

»Was ist mit diesem hübschen Mädchen geschehen, das ich mit Ihnen sprechen sah und das dann so lebhaft tanzte? Es stand an der Tür und verschwand. Warum tanzt es nicht mehr, warum ist es weg?«

Wenn Pedro Archanjo die Lösung des Sinnbildes kannte, so enthüllte er sie der Geschwätzigen doch nicht. »Ich habe es nicht bemerkt, Madame.«

»Halten Sie mich nicht für eine dumme Gans. Ich habe einen Mann dicht bei ihr gesehen, hinter dem Feuer, weiß und stolz, erregt, ungeduldig. Sagen Sie es mir schon.«

»Sie ist verschwunden.« Und er fügte nichts hinzu.

Während Meinungen geklärt und neue daraus gefolgert wurden, sah man Dorotéia in der Runde der Darsteller; sie war in das große Zelt zurückgekehrt und wetteiferte mit Rosa de Oxalá in Schönheit und Anmut der Schritte. Auch Stela de Oxossi, Paula de Euá und andere ziemlich Stolze waren da.

Oxossi mit dem Erukerê aus Pferdeschwanz kam herab und bestieg Stela. Euá vereinte sich mit Paulas Körper, Lagunenwind, Quellwasser. In einem Erbeben wurde aus Rosa Oxolufan, der alte Oxalá. Drei Omolus, zwei Oxumarês, zwei Yemanjás, ein Ossain und ein Xangô. Gleichzeitig kamen sechs Oguns – es war der 13. Juni, sein Festtag, in Bahia ist Ogun Santo Antônio –, und das Volk grüßte sie stehend und fröhlich: Ogunjê!

Als Yansã mit einem langen Pfeifen, dem Pfiff eines Zuges, dem Ruf eines Schiffes, ein Zeichen gab, quälte sich Dorotéia,

näherte sich, Archanjo die Hand zu küssen. »Warum hast du meinen Jungen nicht mitgebracht?«
»Er ist zum Lernen zu Hause geblieben, er muß viel studieren.«
»Ich gehe, Pedro. Ich gehe noch heute. Noch heute nacht.«
»Ist er gekommen, dich zu holen? Du gehst endgültig?«
»Es ist endgültig, und ich gehe mit ihm. Erzähl Tadeu nichts, verschweig ihm die Wahrheit und sag ihm, ich sei gestorben, es ist besser so: Das schmerzt nur einmal und ist vorüber.«
Sie kniete nieder, beugte den Kopf über den Erdboden. Archanjo berührte das Kraushaar der schwarzen Dorotéia und richtete sie auf. Sie war noch nicht ganz aufgestanden, und schon beherrschte Yansã sie mit einem Schrei, der die Toten aufweckte. Es heißt, daß die Eguns aus dem Hintergrund des Terreiro antworteten, Jammern des Entsetzens.
In dem großen Zelt hatten recht wenige Yansãs Ankunft in der vorhergehenden Szene bemerkt. Zabela jedoch hatte sie von Anfang bis Ende verfolgt, für sie war das alles neu und aufregend. Die Ékédés führten die Verzauberten in die Umkleideräume, wo sie die Gewänder wechselten, danach tanzten sie zu rituellen Liedern. Am heftigsten tanzte Yansã mitten unter den sechs Oguns. Es war ein Abschied, aber niemand wußte es.
Während des Kostümwechsels wurde in einem anderen Raum Oguns Mahl, ein königliches Bankett, serviert. Zabela stocherte in jedem Gericht herum, bewunderte die Dendêspeise, leider schadete sie ihrer Leber. Als die Raketen aufstiegen und die Rückkehr der Orixás verkündeten, ging die Greisin fast eilend hinaus, sie wollte nicht die geringste Einzelheit der Macumba versäumen.
Die majestätische Prozession der Verzauberten näherte sich, an ihrer Spitze einer der sechs Oguns, der von Epifânia. Die Trommeln donnerten, das Volk blieb stehen und klatschte Beifall, ein heller Schein erleuchtete die Luft, Raketen, Leuchtkugeln und Fontänen – der Monat Juni ist in Bahia der Monat des Maises und des Feuerwerks. Beim Aufleuchten der berstenden Raketen betraten die Orixás einer nach dem anderen mit Emblemen, Waffen und Werkzeugen das große Zelt. Mutter Majé Bassan stimmte den Gesang an, Oxossi eröffnete den Tanz.
Wo ist Yansã, warum ist sie nicht in das große Zelt zurückge-

kehrt? Man hört von ihr das Echo eines Lautes in der Ferne. Das Pfeifen eines Zuges? Nein, der Pfiff eines Schiffes. Alle hatten Dorotéia in der Türöffnung zum letztenmal gesehen. Sie trug nicht Yansãs Kleider, obwohl viele es behaupten und bei ihrem Augenlicht beschwören; auch nicht den gestärkten Rock und die Spitzenbluse, die Tracht der Bahianerinnen. Mit der Eleganz einer Senhora zeigte sie ein vornehmes Gewand, ein Kleid aus feinstem Stoff, mit langer Schleppe, Rüschenjabot. Bebender Busen, feurige Augen.
Alle erwähnen den Mann, der hinter Dorotéia stand, und stimmen überein, daß er kleine Teufelshörner hatte. Über alles andere herrschen Uneinigkeit und Streit. Einige sahen den Schwanz als Spazierstock, das gebogene Ende über dem Arm; andere sprechen von den Bocksfüßen; die meisten bezeichnen ihn als kohlschwarz. Nach Aussage Evandro Cafés, eines alten und ehrwürdigen Gevatters, war der Teufel rot, von lebhaftem, leuchtenden Rot. Die neugierigen und aufmerksamen Augen Zabelas hatten ihn weiß und blond erblickt, auf dem Kopf zwei Locken, ein Prachtexemplar von einem Mann! Die Gräfin und der ehemalige Sklave waren einander an Alter und Erfahrung gleich, die beiden waren glaubwürdig.
Alles ereignete sich im Glanz des Feuerwerks, beim Aufzischen der Raketen, bei blendendem Licht und Feuer. In dieser Glut, im Schimmer dieser Morgenröte, in Flamme, Donner und Blitz, im Glitzern und Funkeln löste sich Dorotéia in Luft auf. Sie hatte an der Tür gestanden, und im selben Moment war sie nicht mehr da: die Tür leer, nur Schwefelgeruch, Helligkeit und Krach. Von einer Leuchtkugel, einer Rakete? Wer es erlebt hat, der weiß, daß es nicht davon war.
Dorotéia wurde nie wieder gesehen. Auch nicht der Verhexte. Man hatte ein Geräusch vernommen: für Zabela galoppierende Pferdehufe, Flucht Liebender in ferne Länder; für Evandro Café der Lärm von Bocksfüßen in jagender Hast, es war der Teufel mit seiner Iaba. So oder so, mit Dorotéia war es zu Ende.
Tagelang blieb die Stelle beim Krankenhaus leer, wo die Kunden für Abará, Acarajé, Cocada und Pé-de-Moleque viele Jahre hindurch die Negerin Dorotéia mit Yansãs Kette und einer roten und einer weißen Perle von Xangô angetroffen hatten.

Dann setzte sich Miquelina dorthin, still und weiß, das Tablett geschmückt, die Augen grünlich.
In der Werkstatt der Wunder weinte ein Jüngling, über die Bücher gebeugt, um die Mutter, die für ihn tot war. Für andere war sie verzaubert, zu ihrem Anfang zurückgekehrt. Jeder hat sein Schicksal. Wenn Archanjo die Lösung des Rätsels kannte, so sagte er doch nichts.

Was Fausto Pena über seine Theatererfahrung und andere Kümmernisse berichtet

Meine Theatererfahrung war unheilvoll. Denken Sie nicht, ich übertreibe. Unheilvoll, tragisch, unselig. Von welcher Seite ich die Sache auch prüfe, ich komme nur auf ein negatives Ergebnis: Enttäuschung, Desillusion und Schmerz. Echter Hörnerschmerz. Dabei kam ich über die Kulissen der Dramaturgie nicht hinaus, ich erreichte die Bühne nicht, das Erlebnis der Lichter und des Parketts, des Beifalls und der Rezensionen wurde mir nicht zuteil. In Tagen fieberhafter Begeisterung hatte ich von alldem geträumt und von noch viel mehr. Mein Name auf Plakaten, an der Fassade des Teatro Castro Alves, im Neonlicht der Theater von Rio und São Paulo, neben dem von Ana Mercedes, der gefeierten Künstlerin, einzigartig und königlich, die bekannte Stars auf Anhieb entthronte. Überfüllte Säle, rasendes Publikum, begeisterte Kritik, hohe Einnahmen und pünktlich bezahlte Rechte: Beginn der triumphalen Karriere eines neuen Autors. Die Wahrheit ist ganz anders: kein Geld, kein Glockenläuten, kein gedruckter oder leuchtender Name. Der Name auf der Polizei, wie man mich informierte, unter Verdacht. Die letzten Tostãos ausgegeben. Das einzige Gut, das ich besaß, verloren. Zweifellos habe ich etwas gelernt, und gegen meine Gefährten in diesem Abenteuer hege ich keinen Groll, ich wurde nicht einmal Ildázio Taveiras Feind. Hier, unter uns, gestehe ich, daß ich ihn nicht ertragen kann und auf eine Gelegenheit warte, es ihm heimzuzahlen: Alles zu seiner Zeit, ich habe keine Eile. Sofort mit dem Judas zu brechen ist mir unmöglich: Das Nationale Buchinstitut hat ihn mit einer Anthologie *Junge bahianische Poesie* beauftragt, in die er Gedichte von mir aufnehmen will – wie er mir versprochen hat –, mehr als eines, wie viele, hat er nicht gesagt. Wenn ich ihm meine Höflichkeit entziehe, dann riskiere ich, für die Auswahl verworfen, in der Literatur übergangen zu werden. Ich bewahre mein schönstes Lächeln für ihn, rühme seine Verse beharrlich und begeistert. Für einen Platz an der literarischen Sonne nehme ich alles auf mich.

Wir waren vier, die Gemeinschaftsautoren des Theaterstückes. Meine drei Partner prahlten alle mit hohem intellektuellen Rang: genial und avantgardistisch. Ildázio Taveira, der bekannteste der vier – er hatte in Rio, São Paulo und sogar in Lissabon Gedichte veröffentlicht, trug mächtige Koteletten und grelle Hemden –, gab sein Debüt auf dem Theater. Die beiden anderen waren Jurastudenten. Der Komponist Toninho Lins studierte im dritten Jahr, eine Samba von ihm war auf Schallplatte erschienen, mehrere noch unveröffentlicht in Erwartung eines Festivals. Estácio Maia, ein Widerspenstiger aus dem ersten Jahr, hatte mehrere Prädikate aufzuweisen: herausfordernde und radikale Trunksucht, hellseherische Weisheit und einen Onkel General. In unbesonnener Vertraulichkeit, in der Verschwiegenheit kleiner Gruppen verfluchte er die Verwandtschaft, beschimpfte den Onkel.

Als sehr fortschrittlicher Literat, unbegrenzt selbstgefällig, voller Fehlschläge, unbeständig und unstet, lebte er in Rollen: bald unerbittlicher Terrorist, bald Mystiker, der wegen seiner Fehler um Vergebung bittet, ein wahrer Akteur, ein widerlicher Galan. Als Ana Mercedes ihn näher kommen sah, identifizierte sie sogleich die Maske des Tages. »Heute kommt er als Krieger.« Am Vorabend war er Dostojewskis Held gewesen, Raskolnikow in billiger Variante. Ein sonderbarer Mensch.

Vor allem anderen begehrten wir einen Vertrag mit dem Teatro Castro Alves, eine Vorsichtsmaßregel, die Estácio Maia erledigte, bei dieser Gelegenheit wieder Neffe seines Onkels. Dann begannen wir die endlosen Diskussionen über das Stück, mit Schreien, Beschimpfungen, angedrohten Gewalttaten und viel Cachaça. Die unterschiedlichen Meinungen bezogen sich auf den Inhalt des Schauspiels und auf die Gestalt Pedro Archanjos. Estácio Maia, der sich für einen unbeugsamen brasilianischen Parteigänger des Black Power Nordamerikas erklärte, verwandelte Pedro Archanjo in ein Mitglied der Black-Panther-Organisation, der auf der Bühne Reden halten und Worte im Stile Carmichaels sprechen, für Rassentrennung, für unabänderlichen Haß eintreten sollte. Eine Art Professor Nilo Argolo im umgekehrten Sinne.

Neger auf der einen Seite, Weiße auf der anderen, jegliche Mischung und Annäherung verboten, in tödlichem Kampf. Niemals ist es mir gelungen, herauszufinden, wo der heftige Führer der einheimischen Neger die Mulatten einordnet.

Ich weiß nicht, ob ich schon erwähnt habe, daß dieser Maia ein weißer Junge mit blondem Haar und blauen Augen war, der wenig Umgang mit Negern und Mulatten hatte. Ich selbst bin ihm dankbar: Die acht nachgewiesenen Schlangen ausgenommen, hatten neunzehn Leute mit dem Theaterstück zu tun, Direktor, Schauspieler, Beleuchter, Regisseure, Statisten und so weiter, und von den neunzehn war er der einzige, der nicht hinter Ana Mercedes her war.

Ildázio akzeptierte seine Thesen nicht, auch Toninho Lins nicht. Dieser, ein ernster Mensch, der Ansehen bei den Studenten genoß, wollte vor allem Pedro Archanjo als Streikenden zeigen, der sich gegen Chefs, Trusts und Polizei erhob; er machte den Klassenkampf zum Mittelpunkt des Stückes. »Das Rassenproblem, Freunde, ist eine Folge des Klassenproblems«, erklärte er, während er Autoren zitierte, ruhig, ohne sich aufzuregen. »In Brasilien, Freunde, sind Neger und Mulatten in ihrem Stand als Proletarier diskriminiert: Ein armer Weißer ist ein ›dreckiger Neger‹, ein reicher Mulatte ist ein ›reiner Weißer‹.« Klassenkampf und Folklore, das war sein Rezept für ein kämpferisches und zugleich volkstümliches Schauspiel. Er komponierte nach Folklorethemen, und von allem, was man für die geplante Aufführung unternommen hatte, blieb nur die schöne Melodie Toninho Lins' zu Pedro Archanjos Beerdigung. Mit ihr nahm er später an einem Universitätsfestival in Rio teil und gewann den zweiten Preis. Nach Meinung des Publikums hätte er den ersten verdient.

Was Ildázio betraf, so muß ich gestehen, daß mir seine Auffassung dem wirklichen Archanjo am nächsten zu kommen schien, wenn überhaupt eine einzige »archanjosche« Wahrheit (um ein Modewort zu gebrauchen) existierte, so viele Archanjos waren in diesen Gedenkfeiern zum Hundertjährigen aufgetaucht. Sogar an den Stadtmauern kann man ihn sehen, wie er für Coca-Côco wirbt: »Zu meiner Zeit fehlte nur Coca-Côco bei den Bräuchen von Bahia.«

Ildázio Taveira stimmte mit Toninho darin überein, daß die Klassenfrage den Vorrang vor der Rassenfrage hatte, und gab gegenüber Estácio Maia zu, daß in Brasilien viele Farb- und Rassenvorurteile existierten; er schlug einen Archanjo ohne Sektierertum vor, der sich der eigenen und der Kraft des Volkes bewußt war, um die Lösung des brasilianischen Problems, die Rassenmischung, die Beziehungen, Mestizen, Mulattinnen und vor allen anderen und in erster Linie Ana Mercedes zu verteidigen, der er seine Anträge in den Winkeln des Theaters wiederholte, der Schuft.

Wir diskutierten in Schenken und Nachtbars, in den Morgenstunden im »Xixi dos Anjos«. Ildázio wählte mit meiner Hilfe Sätze aus Pedro Archanjos Büchern als Grundlage für die Dialoge aus. Estácio Maia war damit nicht einverstanden. »Dieser Kerl ist unbeugsam.« Er legte Archanjo schreckliche Worte in den Mund, fürchterliche Drohungen über die Ausrottung der weißen Rasse und des Okzidents im allgemeinen: »Wir, die Neger, werden Russen und Amerikaner erledigen, die allesamt weiße Mörder sind.« Toninho Lins und ich fuhren dazwischen, denn wir fürchteten, die Debatte würde mit einem Nahkampf enden, so groß war die Erregung der Gegner. Ildázio, von derbem Humor, nannte den blonden Maia »Carmichaels Laus«, es war verteufelt.

Sie beschimpften einander, schlossen Frieden mit Umarmungen und Schwüren ewiger Freundschaft, stritten von neuem, verhöhnten und schlugen. Das dauerte einen Monat, und sie tranken ganze Bars leer.

Ich selbst kämpfte darum, Standpunkte, Reden, Dialoge, Dogmen, Mißtrauen, Parteien, Anschauungen und Gewalten zu versöhnen. Ich wollte nur das Stück, Name auf dem Plakat, meinen und den Ana Mercedes' gemeinsam, Autor und Diva, oh, ruhmreiche Nacht der Premiere! Ana Mercedes würde Rosa de Oxalá darstellen, darüber gab es keine Diskussion, alle waren einverstanden. Auf dieser Höhe der Debatten kümmerte mich Pedro Archanjos nachträgliches Theaterschicksal wenig: Arbeiterführer im Streik, rassistischer Black Panther, der die Rassenmischung verwirft, den heiligen Krieg gegen die Weißen predigt, bahianischer Mulatte als Gründer der Zivilisation, so viel bot sich mir an. Ich wollte das Stück auf dem Plakat sehen.

Dank unendlicher Geduld gelang es mir, daß ein anarchischer und widerspruchsvoller Text auf die Beine gestellt und der Zensur eingereicht wurde. Im übrigen ist nach Álvaro Orlandos, des als Regisseur gewonnenen Direktors, fachmännischer und fortschrittlicher Meinung der Text beim Theater eine nebensächliche, fast unnütze Angelegenheit. Wenn es so ist, dann hatten die Widersprüche keinerlei Bedeutung. Estácio Maia erhielt Zuschußversprechen und schlug der Universität vor, die Uraufführung für die Studenten zu erwerben. Bei solchen Gelegenheiten spielte er den Neffen des Generals.
Wir beschlossen, das Ergebnis der Zensur nicht abzuwarten, sondern mit den Proben zu beginnen, und wir taten es in einer Woche heftiger studentischer Unruhen. Da die Studenten von der Anwesenheit von Spitzeln in der Juristischen Fakultät gehört hatten, traten sie in Streik und wurden bald von den anderen Wissenschaftsdisziplinen unterstützt. Die erste Demonstration verlief friedlich, aber die zweite wurde von der Polizei mit Gas und Kugeln zerstreut. Massenverhaftungen, verwundete Studenten, das Benediktinerkloster überrannt, die Läden geschlossen, brutale Gewaltakte, ein Weltende.
Toninho Lins wurde in der Rua Chile festgenommen. Er hatte ein Transparent bei sich und gebrauchte es im Kampf gegen die Polizisten. Eine Woche brachte er im Kittchen zu und hielt sich gut, ein Mann! Estácio Maia verschwand in den Tagen der Gefahr aus dem Verkehr; Demonstrationen, Schlägereien, Gefängnis reizten ihn nicht: Er war ein Theoretiker. Sein Name indessen stand auf der in den Zeitungen veröffentlichten Liste der Aufwiegler. Er tauchte nicht wieder auf, blieb verschwunden. Später erfuhren wir, daß es ihm gelungen war, sich nach Aracaju umschreiben zu lassen. Er ging nach Sergipe, ein bißchen ungern, und versank von neuem in Mystizismus.
Die Zensur verbot das Stück und meldete, wie man mir sagte, der Polizei die Namen der Autoren für die entsprechende Kartei. Wohin war ich gelangt! Um den Vertrag mit dem Theater nicht zu verlieren, schrieb Ildázio in Rekordzeit ein Kinderstück und bot Ana Mercedes die Rolle des Glitzernden Schmetterlings an. Ich widersetzte mich entschieden und wortreich. Um sie für die verpaßte Gelegenheit zu entschädigen, reiste ich mit ihr nach Rio

und São Paulo, wobei ich die letzten Dollars vom großen Levenson für die verspäteten Flitterwochen verschwendete.
Sie lösten sich einer nach dem anderen auf in den Boutiquen von Copacabana und der Rua Augusta, in den Restaurants und Bars, im Umgang mit Literaten, kostbaren und sehr teuren Freundschaften. Der Markt der Protektionen ist bis tief in die Nacht hinein geöffnet: Die bloße Erwähnung des Namens eines Provinzdichters in einer Literaturspalte kostet ein Essen im Museum für moderne Kunst oder Runden schottischen Whiskys in den Bars von Ipanema.
Mein Kontostand sank auf Null, und das Opfer war nutzlos gewesen. Ana Mercedes, in Modelle von Laís gekleidet, wurde wieder schroff und scheu. Eines Sonntags öffnete ich die Literaturbeilage des *Diário da Manhã* und stieß auf zwei Gedichte unter ihrem Namen. Sie hatte sie mir nicht zur Durchsicht gegeben. Ich las die Verse; ich verstehe etwas von Poesie, in der ersten Strophe erkannte ich Ildázio Taveiras Stil. Ich fuhr mir mit der Hand über den Kopf, der von Fieber und Hörnern glühte.
Ich habe gelitten und leide noch, träume nachts von ihr, beiße in den Kissenbezug, das Bett bewahrt den Rosmarinduft unversehrt. Doch als ich den beiden Arm in Arm plötzlich auf der Straße begegnete, ließ ich mir von dem Schmerz der Hörner, der mir das Innere zerfrißt, nichts anmerken. Ildázio erzählte mir von der Anthologie, drängte wegen der Gedichte, er wollte die Originale ins Institut schicken. Die Dirne behandelte mich mit Abstand und Gleichgültigkeit.
An diesem Tage tröstete mich nicht einmal die Cachaça: Am Ende der Nacht verfaßte ich, erleuchtet und benommen zugleich, ein Abschiedssonett für Ana Mercedes. Bei gewissen Schmerzen gibt es nur den Selbstmord oder das Sonett. Nach Camões.

Wo Pedro Archanjo Auszeichnung und Gegenstand einer Auszeichnung ist; von Dichtern, Werbeleuten, Lehrerinnen und dem fröhlichen Krokodil

1

»Nein! Moment, das ist zuviel.« Professor Calazans war im Begriff, seine gewohnte Gutmütigkeit aufzugeben und zu explodieren. »Fernando Pessoa, nein, das nicht!«

Sie hatten sich im Arbeitszimmer Gastão Simas' in der *Doping Promoção e Publicidade* versammelt, um den Gegenstand auszuwählen, der als Thema für den Pedro-Archanjo-Preis dienen sollte. Als sich Enttäuschung und Wut nach den Gedenkfeiern zum hundertsten Geburtstag in einen heiteren Anekdotenschatz verwandelten, betrachtete der Professor die Tatsache, daß man in den Räumen einer Werbeagentur die Probleme der größten kulturellen Veranstaltung des Jahres diskutiert und gelöst hatte, als ein Zeichen der Zeit. Es lohnte, ihn die Versammlungen beschreiben zu hören, diese Komödie.

»Fernando Pessoa ist ein begeisterndes Thema, und in gewisser Hinsicht war Pedro Archanjo ein Poet«, argumentierte Almir Hipólito, der von der Poesie zur Publizistik gewechselt hatte, während er die romantischen Augen mit den tiefen Schatten auf den gewichtigen Sergipaner richtete. »Haben Sie den Artikel von Ápio Correia nicht gelesen, *Pedro Archanjo, Poet der Wissenschaft?* Der *Diário da Manhã* hat ihn gebracht. Genial.«

»Na und? Was hat Ihr genialer Schreiberling Gemeinsames bei Archanjo und Pessoa gefunden?« Professor Calazans nervte der übertriebene Gebrauch des Adjektivs genial. Er hörte es jeden Augenblick von seiner Tochter und deren Freundinnen, auf alles, besonders auf die jeweiligen Liebhaber, angewandt. »Pedro Archanjo war einem Schnäpschen zugetan, aber deshalb werden wir nicht den Siripreis oder den Crocodilopreis stiften und den Konkurrenten das Thema der Vortrefflichkeit dieser Rumarten vorschlagen.«

»Das ist eine gute Idee!« Gastão Simas lachte. »Wenn der Herr Professor mit uns zusammenarbeitete, würde er ein Werbewunder. Er hat gewaltige Ideen. Der Spanier vom Crocodilo ist womöglich imstande, die Anregung zu kaufen.«

»Sind Sie noch nicht zufrieden mit der Unwürdigkeit dieser Reklame für Coca-Côco? Pedro Archanjo im Dienste von Erfrischungen! Das ist das Ende!«

Wie Dona Lúcia, die Gattin des Generalsekretärs, behauptete, verlor ihr Mann die Ruhe höchstens zweimal im Jahr. 1968 hatte er sie dank der Feiern zum hundertsten Geburtstag Pedro Archanjos wenigstens zweimal am Tage verloren: schreiend, aufgeregt, Torheiten anprangernd. Nur Torheiten? Auch Gemeinheiten, und zwar sehr große. Archanjos Name für Reklame zu verwenden, schien ihm eine schreckliche Entweihung, doch es gab Schlimmeres. Sich seines Werkes zu bedienen, indem man es verfälschte, um Gesichtspunkte des Kolonialismus zu unterstreichen, wie es ein gewisser Essayist mit angesehener Stellung und gutbezahlten Artikeln tat, das war der Gipfel der Schändlichkeit. Der Sergipaner hatte wohl Lust, das alles zum Teufel zu schicken. Er tat es nur nicht, weil er Verpflichtungen gegenüber hartnäckig treu blieb; wer würde außerdem, wenn er es täte, die Gestalt Pedro Archanjos verteidigen, verhindern, daß man sein Werk auf volkstümliche Empörung reduzierte, von seinem Inhalt gerade den tiefsten und lebendigsten Teil abzog? Wichtig die Beschreibung der Sitten und Bräuche, die Folkloreforschung, noch wichtiger die Polemik gegen den Rassismus, die Proklamation der Rassendemokratie.

Calazans hatte Zuneigung gefaßt zu diesem armen Mann mit begrenzter Bildung, diesem Autodidakten, der sich, alle Hindernisse überwindend, zum Gelehrten machte, ein ursprüngliches, tiefes und großmütiges Werk in Angriff nahm und vollendete. Sein Beispiel würde die Jugend Redlichkeit und Mut unter widrigsten Umständen lehren. Aus Liebe zu Pedro Archanjo blieb der Professor im Amt, auf dem Kampfplatz.

»Es ist komisch ...«, vertraute er Professor Azevêdo, dem Kollegen und Freund, an. »So viel Lärm, so viel Gerenne, so viel Feuerwerk um die Gedenkfeierlichkeiten für Archanjo, dabei haben sie ihn und sein Werk entstellt. Sie haben ihm zwar ein Denkmal gesetzt, aber der Archanjo, den sie ehren, ist nicht der unsere, sondern ein anderer, verwandelt und verkleinert.«

»Zweifellos«, stimmte Professor Azevêdo zu. »Jahrelang haben sie den Mann und seine Bücher ignoriert. Dann erscheint Levenson, und sie fühlen sich verpflichtet, Archanjo aus der bequemen Vergessenheit hervorzuholen. Sie bürsten ihn ab, bauen ihn in den Rahmen ihrer Interessen ein, ziehen ihm neue Kleider an, versuchen, ihn sozial zu erhöhen, damit sie ihn besser verwenden können. Doch, Calazans, all das ist zweitrangig: Archanjos Werk widersteht jeder Entstellung. Dieser ganze Lärm hat übrigens seinen Nutzen: Er popularisiert den Namen des Meisters vom Tabuão.«

»Manchmal verzweifle ich und möchte alles aufgeben.«

»Dazu besteht kein Anlaß. Nicht alles ist ein Schurkenstreich. Es gibt rechtschaffene Leute darunter. Einige vortreffliche Jungen sind dabei, Archanjos Werk zu erforschen, darüber zu arbeiten, neue Koordinaten unserer Entwicklung aufzustellen. Professor Ramos' Buch ist ein Denkmal, es ist das wahre Denkmal für Archanjo. Es wurde aus unserem verbotenen Seminar geboren.«

Auch Professor Azevêdos Buch *Der Bahianer Pedro Archanjo,* bereits in fortgeschrittenem Stadium, war aus dem gescheiterten Konklave hervorgegangen. Selbst verboten, trug es in Büchern und Forschungen Früchte. »Sie haben recht. Allein der Preis für die Studenten lohnt jeden Kopfschmerz.«

Gerade die Wahl der Themen für den Pedro-Archanjo-Preis veranlaßte den Professor, wieder einmal im Arbeitszimmer Gastão Simas' die Ruhe zu verlieren. »Fernando Pessoa, Moment, das ist zuviel! Würden wir einen Dichter dafür auswählen, warum dann nicht Castro Alves, der für die Abschaffung der Sklaverei eintrat und Brasilianer ist?«

Almir Hipólito, so gefällig und reizend in seinem glühenden Protest, barst in Worten der Empörung. »Oh, bitte, ziehen Sie nicht einen solchen Vergleich! Wenn Sie von Poesie sprechen, dann zitieren Sie nicht Castro Alves, einen mittelmäßigen Reimeschmied, und vergleichen Sie ihn niemals mit Fernando, dem größten Dichter portugiesischer Sprache aller Zeiten.« Castro Alves, ein Weiberheld und Schürzenjäger, war ihm zuwider.

Professor Calazans schluckte einige böse Worte hinunter und hielt sich im Zaum. »Der größte? Armer Camões! Doch selbst wenn er es wäre, wäre er nicht geeignet für unseren Preis.«

»Es hätte einen gewissen Vorteil«, bemerkte Goldman, der Direktor des *Jornal da Cidade,* »wir könnten der portugiesischen Siedlung etwas mehr berechnen.«
»Sind wir nun hier, um Pedro Archanjo zu ehren oder um Geld aus den Portugiesen herauszuholen? Sie denken nur an Profit.«
»Pedro Archanjo ist der Schlüssel ...«, sagte Arno, der bis dahin geschwiegen hatte, »der Schlüssel zur Kassette.«
Gastão Simas mischte sich ein. »Professor Calazans hat recht. Hipólitos Idee ist glänzend, aber wir müssen sie aufheben für eine mit der portugiesischen Siedlung verbundenen Würdigung. Die Gedenkfeierlichkeiten für Cabral oder der hundertste Geburtstag Gago Coutinhos: ›Von Camões zu Fernando Pessoa, von Cabral zu Gago Coutinho.‹ Wie ist das?« Er warf sich in die Brust. »Doch darüber werden wir später sprechen. Jetzt wollen wir diesen unmöglichen Preis ein für allemal klären. Wir hätten ihn schon bekanntgeben müssen, wir dürfen keine Minute mehr verlieren. Geschätzter Professor, machen Sie einen konkreten Vorschlag.«
Während Professor Calazans verschiedene Papiere aus seiner Tasche zog und sie auf dem Tisch ausbreitete, gelang es ihm, eine Regelung für den Pedro-Archanjo-Preis zu finden, die er und Edelweiss Vieira vom Folklorezentrum entworfen hatten. Arno Melo war gerührt, als er den Papierkram sah. »Der Ärmste besaß weder Aktenmappe noch Diplomatenkoffer, wie konnte er arbeiten? Notizen auf Papierfetzen, die seine Jackentaschen ausbeulten, eine typische Form der Unterentwicklung. Kaufen Sie einen Diplomatenkoffer, Professor, und mit ihm gelangen Sie zu neuer Persönlichkeit, stark und kühn, als ein Manager, befähigt, Gedanken hervorzubringen und zu entwickeln, Meinungen durchzusetzen.«
Als Lebenskünstler brauchte der Professor keine Aktenmappe, keinen Diplomatenkoffer, um seine Meinung durchzusetzen: Entweder die Herren bestätigen den Preis, wie er ihn auf diesen Papieren entworfen hat, Thema, Bedingungen, Schiedskommission, oder sie bemühen sich selbst, verwenden Archanjo als Schlüssel oder Dietrich.

2

Gastão Simas hatte die Leitung der bahianischen *Doping S. A.* vor allem dank seiner Fähigkeit errungen, auszusöhnen, Streit zu schlichten, Lächeln und Zustimmung zu ernten, wo andere nur auf verschlossene Gesichter und Uneinigkeit trafen. »Er ist eine geniale Vaseline«, faßte Arno, sein Bewunderer, zusammen. Wenn sich ein Kunde weigerte, seine Rechnung anzuerkennen, weil er das von den Jungen verursachte Durcheinander satt hatte und wütend über die wiederholten Fehler in den Anzeigen war, dann wuchs GS über sich selbst hinaus und bewies unschätzbare Nützlichkeit.

Er beruhigte den Professor – »Es wird gemacht, wie Sie es anordnen« –, und schließlich stellten sie den vollständigen Plan für den Pedro-Archanjo-Preis auf. Der anfängliche Vorschlag des ausgezeichneten Dr. Zèzinho Pinto wurde in zwei oder drei Punkten abgeändert. Der Rahmen der Bewerber wurde erweitert: außer den Oberschülern die Studenten. Anstelle eines einfachen Aufsatzes eine Arbeit von wenigstens zehn Schreibmaschinenseiten über ein beliebiges Teilgebiet der bahianischen Folklore nach Wahl des Kandidaten: Capoeira, Candomblé, Xaréufang, Samba, Afoxé, Schäferdichtung, Seefahrerprozession, Geschenke für Yemanjá, die Alphabete von Lucas da Feira, der Capoeirameister Besouro, der Maler Carybé, Unser Herr vom guten Ende und die Reinigung seiner Kirche, die Feste Conceição da Praia und Santa Bárbara. Eine Reise ins Ausland wurde als erster Preis beibehalten. Allerdings nicht mehr nach Portugal, sondern in die Vereinigten Staaten, denn eine nordamerikanische Fluggesellschaft stiftete die Flüge. Die Reise nach Portugal hatte GS für jene andere Ehrung reserviert, die Pedro Álvares Cabral und Gago Coutinho verbinden sollte; wegen der Unterstützung hatte er schon Kontakt mit dem Fernsehen, einer Fluggesellschaft und dem Reisebüro in Portugal aufgenommen. Neue Preise wurden geschaffen: Reise nach Rio de Janeiro, Fernsehapparate, Plattenspieler, Radios, die sieben Bände der *Enciclopédia Juvenil* und einige andere Nachschlagewerke. Professor Calazans fühlte sich zumindest teilweise für die Menge Arbeit und die entsetzlichen Albernheiten, die er sich hatte anhören müssen, entschädigt. Bei einem Interview im *J. C.* bestätigte er, daß »der Pedro-Archanjo-Preis bei unserer Jugend den Forschungsgeist, das Gefallen an der Folklore und das Interesse für die Quellen der brasilianischen Kultur anspornen wird«.

Der Professor hatte eben die Lektüre des auf der ersten Seite der Zeitung abgedruckten Interviews beendet und lächelte zufrieden, als das Telefon klingelte. Gastão Simas bat ihn um seinen Besuch in den Büros der *Doping* für eine kurze Unterredung. Calazans möge so bald wie möglich kommen, er habe gute Neuigkeiten.

Der Sergipaner verzichtete auf seine kurze Ruhepause und ging hin. Gastão Simas und sein Generalstab strahlten zufrieden: der Stolz derer, die ihre Fähigkeit bewiesen hatten.

»Teuerster Professor! Lassen Sie mich zu Ihnen sagen: teuerster Mitarbeiter der *Doping!* Der Gedanke stammt von Ihnen.«

»Was für ein Gedanke?« fragte Calazans mißtrauisch. Diese Spezialisten, die so anmaßend und skrupellos in Dingen der Ehrung, der Werbung und des Profits waren, beunruhigten ihn.

»Erinnern Sie sich unserer Versammlung am vergangenen Mittwoch, als wir über die letzten Einzelheiten des Pedro-Archanjo-Preises entschieden?«

»Aber natürlich.«

»Erinnern Sie sich der Anspielung, die Sie auf Schnapsmarken machten?«

»Gastão, sagen Sie mir ja nicht, daß Sie Pedro Archanjo in die Spirituosenwerbung einbeziehen wollen. Die Würdelosigkeit mit Coca-Côco genügt vollauf!«

»Wir wollen über diese Einzelheit nicht mehr diskutieren, mein lieber Meister. Was die Schnapsreklame anbelangt, so können Sie beruhigt sein, die Herren vom Crocodilo haben die Idee nicht akzeptiert, gerade weil sie schon für Coca-Côco verwendet wird. Dafür sind sie bereit, die Schirmherrschaft über einen Preis zu übernehmen, um den sich Schüler der Grundschulen, nur der staatlichen, für die wir bis jetzt in dieser Würdigung des hundertsten Geburtstages Pedro Archanjos nichts geboten haben, bewerben können. Was meinen Sie dazu?«

»Wie sieht dieser sogenannte Preis aus?«

»Ganz einfach: Jedes Kind wird ein paar Zeilen über Pedro

Archanjo schreiben, die Lehrerinnen werden die besten auswählen, unter denen eine Jury von Pädagogen und Schriftstellern die fünf Sieger für den Crocodilo-Brandy-Preis benennen werden.«
»Crocodilo-Brandy-Preis, was für ein Ding!«
»Wissen Sie, worin er bestehen wird, Professor? Stipendien für das Studium an einem guten College während der ganzen Ausbildung auf der höheren Schule für die fünf Besten. Der Crocodilokonzern stiftet die Stipendien.«
Calazans wurde weich: Fünf arme Kinder würden die Möglichkeit haben, eine höhere Schule zu besuchen.
»Schließlich benimmt sich der Schnaps besser als die Erfrischungen. Er nutzt Archanjos Namen, bietet aber zumindest etwas. Die von der Coca machen nicht mal das. Indessen sehe ich nicht, was ich mit der Sache zu tun habe.«
»Sie haben durch einen kleinen Text damit zu tun, den wir den Lehrerinnen in die Hand geben müssen, damit sie den Kindern etwas über Archanjo erzählen können. Eine halbe, höchstens eine Seite, eine kurze biographische Notiz über unseren Helden, die die Lehrerinnen studieren werden, um dann den Kindern eine Vorstellung zu vermitteln, wer Archanjo war. Die Kinder werden das individuell auslegen. Ist das nicht wunderbar? Dieser Text ist es, um den wir Sie bitten wollen, oder vielmehr, mit dem wir Sie beauftragen.«
»Das ist nicht leicht.«
»Das wissen wir, Professor, und ebendeshalb wenden wir uns an Sie. Übrigens kam die Idee ursprünglich von Ihnen, als Sie Spirituosenmarken zitierten. Und da wir gerade von Schnaps reden, nehmen Sie einen Schluck Whisky? Es ist echter schottischer, nicht so einer wie bei unserem erlauchten Dr. Zèzinho.«
»Das ist nicht leicht«, wiederholte der Sergipaner, »wir haben jetzt Prüfungen, wo soll ich die Zeit hernehmen?«
»Eine halbe Seite, Professor, eine kurze Sache, nur das Wesentliche. Ich möchte erläutern, daß es sich um einen Auftrag handelt: Die Agentur wird Ihnen den Text bezahlen.«
Professor Calazans hob ernst, fast beleidigt die Stimme. »Das niemals! Ich beteilige mich nicht an dieser Angelegenheit, um Geld einzunehmen, sondern um dem Gedenken Pedro Archanjos zu dienen. Reden Sie mir nicht von Honorar.«

Arno Melo schüttelte den Kopf: Dieser Mann taugte nichts, ein hoffnungsloser Fall. Warum, zum Teufel, war er ihm dann so sympathisch?
Gastão Simas entschuldigte sich. »Niemand wird wieder von Bezahlung sprechen, Professor. Verzeihen Sie mir. Kann ich den Text morgen früh abholen lassen?«
»Das geht nicht, Gastão. Heute muß ich Prüfungsarbeiten korrigieren, morgen bin ich von acht bis zwölf in der Fakultät. Wo soll ich die Zeit hernehmen, einen Text abzufassen?«
»Wenigstens ein paar Notizen, ein paar Daten, Professor. Die Redaktion machen wir dann hier.«
»Daten, Notizen? Gut, das ist möglich. Schicken Sie morgen einen Boten zu mir nach Hause. Ich werde es bei Lúcia lassen.«
Die rothaarige Sekretärin brachte eiskalte Gläser. So schweigend und ruhig, warum den lächelnden, verheißungsvollen Mund durch Worte abnutzen, den ansehnlichen und ergötzlichen Körper bei niedriger Arbeit ermüden?

3

Von Professor Calazans an die Agentur *Doping S. A.* gelieferte Daten:
Name: Pedro Archanjo.
Geburtstag und -ort: 18. Dezember 1868 in Salvador, Staat Bahia.
Herkunft: Sohn von Antônio Archanjo und Noemia, bekannt als Nóca de Logunedê. Vom Vater weiß man nur, daß er Soldat im Paraguaykrieg war, in dem er bei der Durchquerung des Chacos starb, und die Gefährtin mit Pedro, dem ersten und einzigen Sohn, schwanger zurückließ.
Studien: Nachdem er allein lesen gelernt hatte, besuchte er die Fachschule für Kunst und Gewerbe, wo er Kenntnisse auf verschiedenen Lehrgebieten und in der Buchdruckerkunst erwarb. Er zeichnete sich in Portugiesisch aus und widmete sich früh der Lektüre. Als reifer Mann vertiefte er sich in das Studium der Anthropologie, der Ethnologie und der Soziologie. Zu

diesem Zweck lernte er Französisch, Englisch und Spanisch. Seine Kenntnisse von Leben und Bräuchen des Volkes waren unbegrenzt.
Bücher: Er publizierte vier Bücher – *Das Leben des Volkes in Bahia* (1907), *Afrikanische Einflüsse auf die Sitten von Bahia* (1918), *Anmerkungen über die Rassenmischung in bahianischen Familien* (1928), *Die bahianische Kochkunst: Ursprung und Rezepte* (1930), Bücher, die heute als grundsätzlich für das Studium der Folklore, die Kenntnis des brasilianischen Lebens Ende des vorigen und Anfang unseres Jahrhunderts und vor allem für das Verständnis des Rassenproblems in Brasilien betrachtet werden. Als glühender Verteidiger der Rassenmischung, der Verschmelzung der Völker, war Pedro Archanjo nach Meinung des nordamerikanischen Gelehrten James D. Levenson (Nobelpreis) »einer der Begründer der modernen Ethnologie«. Sein Gesamtwerk ist von dem Verlag Martins, São Paulo, in *Sammlung brasilianischer Meister* in zwei Bänden neu aufgelegt worden, mit Anmerkungen und Kommentaren von Professor Artur Ramos von der Philosophischen Fakultät der Universität von Brasilien. Die ersten drei Bücher wurden in einem Band unter dem gemeinsamen Titel *Brasilien, Land des Mischlings* (Titel von Professor Ramos) zusammengestellt, während das Buch über die Kochkunst einen gesonderten Band bildet. Pedro Archanjos Werk geriet viele Jahre lang in Vergessenheit, nun aber ist es wieder international bekannt und bewundert. Es wurde in den Vereinigten Staaten in Englisch veröffentlicht als Ergänzung der bemerkenswerten Enzyklopädie über das Leben unterentwickelter Völker, herausgegeben unter der Schirmherrschaft der Columbia-Universität (New York). In diesem Jahr 1968 wurde anläßlich des Gedenkens seines hundertsten Geburtstages viel über Pedro Archanjo geschrieben. Hervorzuheben sind die Arbeiten von Professor Ramos und das Vorwort zur nordamerikanischen Übersetzung seiner Bücher von Levenson: *Pedro Archanjo, ein Genius der Wissenschaft.*
Weitere Daten: Mulatte, arm, Autodidakt. Noch als Jugendlicher verdingte er sich als Schiffsjunge auf einem Lastkahn. Einige Jahre lebte er in Rio de Janeiro. Wieder in Bahia, übte er den Beruf eines Buchdruckers aus und unterrichtete in den Grund-

fächern, bevor er an der Medizinischen Fakultät angestellt wurde. Diesen Posten verlor er, nachdem er ihn ungefähr dreißig Jahre lang innehatte, wegen des Widerhalls eines seiner Bücher. Als Musikliebhaber spielte er Bratsche und Fiedel. Er nahm aktiv am Leben des Volkes teil. Da er Junggeselle geblieben war, schrieb man ihm viele Liebschaften zu, einschließlich der mit einer schönen Skandinavierin, Schwedin oder Finnin, man weiß es nicht genau.

Todestag: Er starb 1943 im Alter von fünfundsiebzig Jahren. Eine große Volksmenge nahm an seiner Beisetzung teil, bei der Professor Azevêdo und der Dichter Hélio Simões zugegen waren. Pedro Archanjo zeigt uns am Beispiel seines Lebens, wie ein Mensch – bettelarm geboren, Halbwaise, in einer der Kultur wenig günstigen Umgebung, in bescheidenen Berufen – alle Schwierigkeiten überwinden, sich auf die Gipfel des Wissens erheben, den bekanntesten Größen seiner Zeit gleichkommen und sie sogar überflügeln kann.

4

Von den Assen der *Doping Promoção e Publicidade S.A.* redigierter und den Lehrerinnen der Grundschulen der Stadt Salvador übergebener Text:

Der unsterbliche Schriftsteller und Ethnologe Pedro Archanjo, Stolz Bahias und Brasiliens, international bekannt, dessen hundertsten Geburtstag wir in diesem Jahr unter der Schirmherrschaft des *Jornal da Cidade* und des Crocodilo-Brandy feiern, wurde am 18. Dezember 1868 in Salvador als Halbwaise eines Helden aus dem Paraguaykrieg geboren. Dem Ruf des Vaterlandes folgend, hatte sich sein Vater, Antônio Archanjo, von der schwangeren Gattin verabschiedet und war fern im Chaco, in ungleichem Kampf gegen den hinterhältigen Feind, gefallen. Pedro Archanjo, Erbe der ruhmreichen väterlichen Traditionen, kämpfte schon früh, sich aus der beschränkten und mittelmäßigen Umwelt, in der er geboren war, zu erheben. Er begann Studien der Literatur und der Musik und zeichnete sich vor den

Kameraden bald durch eine grandiose Berufung zu den Geisteswissenschaften aus. Bald beherrschte er mehrere Sprachen, darunter Englisch, Französisch und Spanisch. In seiner Jugend reiste er, vom Wunsch nach Abenteuern getrieben, als Seemann durch die Welt. In Stockholm lernte er eine schöne Skandinavierin kennen, die die große Liebe seines Lebens wurde.
Wieder in Bahia, trat er in die Medizinische Fakultät ein und fand dort etwa dreißig Jahre lang eine fruchtbare Umgebung für die Studien und Arbeiten, die seinen Namen als Wissenschaftler und Schriftsteller begründeten.
Als Autor mehrerer Bücher, in denen er Folklore und bahianische Sitten sowie die Rassenprobleme behandelt und die in mehrere Sprachen übersetzt worden sind, wurde er weltbekannt, vor allem in den Vereinigten Staaten, wo seine Werke in der Columbia-Universität in New York auf Anregung des berühmten Professors James D. Levenson (Nobelpreisträger), der sich als Schüler Pedro Archanjos bezeichnet, mit Anmerkungen versehen worden sind.
Er starb 1943 in Salvador im Alter von fünfundsiebzig Jahren, in allgemeiner Hochachtung und Bewunderung der Gelehrten. Autoritäten, Professoren der Fakultät, Schriftsteller und Poeten erwiesen ihm die letzte Ehre.
Als Stolz Bahias und Brasiliens, dessen Name sich im Ausland erhebt, lehrt uns Pedro Archanjo durch sein Beispiel, wie ein in Armut und bildungsfeindlicher Umgebung geborener Mensch sich zu den Zinnen des Wissens erheben und einen erhabenen Platz in der Gesellschaft einnehmen kann.
Wenn wir den hundertsten Geburtstag dieses großartigen Kämpfers der Wissenschaft und der Literatur feiern, so vereinen sich alle Bahianer, um sein glorreiches Andenken zu ehren, und folgen damit der Aufforderung des *Jornal da Cidade*, das einen weiteren denkwürdigen und patriotischen Feldzug führt.
Der Crocodilo-Brandy durfte bei dieser großen Feierlichkeit nicht fehlen, denn er selbst ist schon ein wesentlicher Teil bahianischer Folklore, deren Studium der geniale Landsmann sein Leben widmete. Ist aus diesem geschätzten Brandy nicht die Gestalt des fröhlichen Krokodils hervorgegangen, das die Freude der Kinder in den Werbesendungen in Radio und

Fernsehen ist, eine echte Schöpfung moderner Folklore mit seinen Späßen und seiner hübschen Musik?
Das fröhliche Krokodil hat zu einem großen Wettbewerb in den Grundschulen von Salvador aufgerufen: Die lieben Lehrerinnen werden in der Schule Pedro Archanjos Geschichte erzählen, und jedes Kind von der ersten bis zur fünften Klasse wird seinen Eindruck niederschreiben und sich damit um eines der fünf Stipendien zum Besuch der Oberschule bewerben, die für die Sieger in einem privaten Gymnasium unserer Hauptstadt ausgesetzt sind, Preise, die der Crocodilo-Brandy stiftet.
Zusammen mit den Kindern der staatlichen Schulen von Salvador ruft das fröhliche Krokodil: »Hoch der unsterbliche Pedro Archanjo!«

5

Vortrag der Lehrerin Dida Queiroz vor Schülern der dritten Klasse der Vormittagsgruppe in der »Staatlichen Schule Journalist Giovanni Guimarães« in Rio Vermelho:
»Pedro Archanjo ist ein Stolz Bahias, Brasiliens und der Welt. Er wurde vor hundert Jahren geboren, und deshalb begehen das *Jornal da Cidade* und der Crocodilo-Brandy eine Hundertjahrfeier, indem sie einen Wettbewerb unter Schülern veranstalten und wertvolle Preise verteilen, wie Reisen in die Vereinigten Staaten und nach Rio de Janeiro, Fernseh- und Radioapparate, Bücher und anderes. Für die Schüler der Grundschulen werden fünf Stipendien für eine vollständige Ausbildung an einer höheren Lehranstalt unserer Hauptstadt zur Verfügung gestellt. Bei den jetzigen unglaublichen Preisen, die die Oberschulen kassieren, handelt es sich um mehr als einen bloßen Hauptgewinn. Der Vater Pedro Archanjos war General im Paraguaykrieg, und er starb im Kampf gegen den Tyrannen Solano López, der unser Vaterland angegriffen hatte. Der kleine Pedro wurde Halbwaise und arm, aber er verzagte nicht. Da er die Schule nicht besuchen konnte, ging er auf ein Frachtschiff, und es gelang ihm, Sprachen zu lernen, so wurde er ein Polyglott, was ein Mensch ist, der außer Portugiesisch andere Sprachen sprechen kann. Er

bestand die Aufnahmeprüfung an der Medizinischen Fakultät, wo er, nachdem er einen akademischen Grad erworben hatte, mehr als dreißig Jahre Professor war.
Er schrieb viele Bücher, die auf der Folklore aufbauen, das heißt Bücher, die Geschichten von Tieren und Menschen erzählen, aber nicht für Kinder geeignet sind. Es sind ernste, sehr wichtige Bücher, die von Gelehrten und Professoren studiert werden.
Er ist viel gereist und kannte Europa und die Vereinigten Staaten, ich denke, Reisen muß die beste Sache der Welt sein. In Europa lernte er eine hübsche Skandinavierin kennen, die er heiratete und mit der er sein ganzes Leben glücklich war.
In den Vereinigten Staaten unterrichtete er an der Columbia-Universität in New York, der größten Stadt der Welt, und hielt die Vorlesungen in Englisch. Unter seinen Schülern ist der nordamerikanische Gelehrte Levenson, der, weil er viel bei ihm gelernt hatte, später den Nobelpreis erhielt, einen Preis mit viel Geld; wenn einer diesen Preis erhält, geht er geradenwegs in die Geschichte ein.
Er starb 1943 als alter Mann, und sein Begräbnis war eine Weihe, an der Spitze gingen der Gouverneur, der Präfekt und die Professoren der Fakultät.
Das Beispiel Pedro Archanjos lehrt uns, wie ein armer Junge, wenn er Veranlagung hat und wirklich lernt, in die hohe Gesellschaft eingehen, an der Universität unterrichten, viel Geld verdienen, viel reisen und ein Ruhm für Brasilien werden kann. Man muß nur Willenskraft haben und nicht ungezogen zur Lehrerin sein. Ihr werdet jetzt schreiben, wie ihr Pedro Archanjo findet, aber vorher wollen wir mit dem fröhlichen Krokodil, das die Stipendien stiftet, rufen: ›Hoch lebe der unsterbliche Pedro Archanjo!‹«

6

Aufsatz von Rai, neun Jahre alt, Schüler der dritten Klasse der erwähnten »Schule Journalist Giovanni Guimarães«:
Pedro Archanjo war ein sehr armes Waisenkind und floh als

Matrose mit einer Gringa wie mein Onkel Zuca und ging in die Vereinigten Staaten weil es dort schrecklich viel Geld gibt aber er sagte ich bin Brasilianer und kam nach Bahia und erzählte Geschichten von Tieren und Menschen und war so schlau daß er Kindern keinen Unterricht gab, nur Ärzten und Professoren und als er starb wurde er der Ruhm von Brasilien und gewann einen Preis von der Zeitung was ein ganzer Sack voll Schnapsflaschen war. Hoch lebe Pedro Archanjo und das fröhliche Krokodil!

Über Pedro Archanjo Ojuobás Zivilschlacht und wie das Volk den Marktplatz besetzte

1

»Nestor Souza spricht ein vollkommenes, tadelloses Französisch«, bestätigte Professor Aristides de Castro, womit er sich auf den Dekan der Juristischen Fakultät, einen hervorragenden Rechtsgelehrten, Mitglied internationaler Verbände, bezog. Er wiederholte den Namen in verzückter Bewunderung. »Nestor Souza, ein bedeutender Kopf!«

Der Anatomieprofessor Fonsêca entgegnete: »Zweifellos ist Nestors Aussprache sehr gut. Hingegen weiß ich nicht, ob er sich im Gebrauch der Sprache mit Zinho de Carvalho vergleichen kann. Für Zinho hat das Französische keine Geheimnisse. Er kann Seiten über Seiten vom *Geist des Christentums* von Chateaubriand, Gedichte von Victor Hugo, ganze Seiten aus *Cyrano de Bergerac* von Rostand auswendig.« Er erwähnte Hugo und Rostand, um seine eigenen Kenntnisse zu zeigen. »Haben Sie ihn schon deklamieren hören?«

»Allerdings. Und ich teile Ihre positive Meinung über ihn. Trotzdem frage ich: Wäre Zinho imstande, eine Rede in französisch zu improvisieren wie Nestor Souza? Erinnern sich die Kollegen des Banketts zu Ehren des Maître Daix, des Anwalts aus Paris, der uns im vergangenen Jahr die Ehre gab? Nestor begrüßte ihn aus dem Stegreif auf französisch! Meisterhaft! Als ich ihn hörte, war ich stolz, Bahianer zu sein.«

»Aus dem Stegreif? Ach was«, spottete der dünne Honorardozent Isaias Luna, ein Lästermaul, der bei den Studenten wegen seiner schmähsüchtigen Reden und seiner Großzügigkeit beim Examen beliebt war. »Soviel ich weiß, lernt er seine Stunden zuvor auswendig und probt die Gesten vor dem Spiegel.«

»Sagen Sie nicht so etwas, solche vom Neid gezeugten Niederträchtigkeiten.«

»Das erzählt man, es ist die Stimme des Volkes. Vox populi, vox Dei!«

»Zinho ...« Professor Fonsêca brachte seinen Kandidaten wieder in die Arena.
In den Pausen vereinte das Gespräch im Sekretariat die Lehrkräfte der Medizinischen Fakultät, einer hervorragender und selbstbewußter, von seinen Vorzügen überzeugter als der andere. Während sie ihren von den Pedellen servierten heißen Kaffee schlürften, erholten sie sich von Unterricht und Schülern bei müßigem Schwatz über die verschiedensten Themen: vom wissenschaftlichen Kommentar bis zum Klatsch. Hin und wieder lautes Lachen oder ein leise erzählter Witz. »Das Beste an der Fakultät ist der Plausch im Sekretariat«, versicherte Professor Aristides Caires, der das an diesem Morgen debattierte Thema begonnen hatte: das Beherrschen der französischen Sprache. Eine Sprache, deren Kenntnis obligatorisch war, wenn man als Intellektueller gelten wollte, ein notwendiges Hilfsmittel im Hochschulunterricht. Damals existierten keine portugiesischen Übersetzungen der grundsätzlichen Abhandlungen und Bücher, die zum Studium des Lehrstoffes für die Kurse an der Fakultät gebraucht wurden. Die Bibliographie der meisten Professoren war ausschließlich französisch; manche konnten auch Englisch, wenige Deutsch. Französisch fehlerfrei und mit guter Aussprache zu können, war ein Grund für Eitelkeit, ein Faktor des Ansehens. Andere Autoritäten wurden in der Diskussion genannt: Professor Bernard von der Polytechnischen Schule, in Grenoble ausgebildeter Sohn eines Franzosen; der Journalist Henrique Damásio, der mehrere Reisen nach Europa und einen vollständigen Kursus in den Kabaretts von Paris absolviert hatte, »dieser nicht, bitte, er spricht Boudoir-Französisch«; der Maler Florêncio Valença, zwölf Bohemienjahre im Quartier Latin; Pater Cabral vom Jesuitenkolleg, »der zählt auch nicht, wir sprechen von Brasilianern, und er ist Portugiese«. Wer von allen war der mit der besten Aussprache? Wer der pariserischste, der schickste, der vollendetste in der Wiedergabe von r und s?
»Die Kollegen zitieren so viele Leute und vergessen, daß wir hier an unserer Fakultät vier oder fünf Leuchten auf dem Gebiet haben«, warf Professor Aires ein.
Allgemeine Erleichterung: Dieses sonderbare Übersehen der Eminenzen des Hauses rief Verlegenheit hervor. Im damaligen Bahia

gab es keinen rühmlicheren Titel als den eines Professors der Medizinischen Fakultät. Er bedeutete nicht nur einen Lehrstuhl auf Lebenszeit, gutes Gehalt, Wichtigkeit und Ansehen. Er garantierte außerdem einträgliche Praxis, ein mit reichen Patienten angefülltes Wartezimmer. Viele kamen, von Zeitungsanzeigen angelockt, aus dem Landesinnern: »Professor Dr. Soundso, Professor der Medizinischen Fakultät von Bahia mit praktischer Erfahrung in Kliniken von Paris.« Magische Anziehung, der hervorragende Titel öffnete die unterschiedlichsten Türen: der Geisteswissenschaften, der Politik, der Landwirtschaft und der Viehzucht. Die Professoren wurden Akademiemitglieder, Staats- oder Bundesabgeordnete, kauften Fazendas, Viehherden, Latifundien.

Die Bewerbung um einen freien Lehrstuhl war ein Ereignis mit nationalem Widerhall: Mediziner aus Rio und São Paulo machten sich auf, um den Bahianern Posten und Vorteile streitig zu machen. Die gesamte Öffentlichkeit erschien zu den Beweisführungen, den Thesenverteidigungen, den Probevorlesungen der Kandidaten, verfolgte aufmerksam Fragen und Antworten, kommentierte geistvolle und mangelhafte Sätze. Parteien bildeten sich, die Meinungen teilten sich, die Ergebnisse lieferten den Anlaß zu Polemiken und Protesten, es hatte schon Fälle mit Androhung von Mord und blutiger Rache gegeben. Wie konnte man da die Großen der Medizinischen Fakultät im Zusammenhang mit den Meistern eines guten Französisch vergessen? Eine Absurdität, fast ein Skandal.

Um so mehr, da Professor Nilo Argolo, ein Polyglott, der eine Menge Sprachen beherrschte – »das Ungeheuer mit sieben Sprachen« – anwesend war und schweigend – und sicherlich erwartungsvoll – zuhörte. Er sprach und diskutierte nicht nur, er faßte sogar Mitteilungen und Thesen in französisch ab. Gerade jetzt hatte er eine wichtige Arbeit – *La paranoia chez les nègres et métis* – an einen Kongreß in Brüssel geschickt.

»Vollständig in französisch abgefaßt, Zeile für Zeile, Wort für Wort!« betonte Professor Oswaldo Fontes und beanspruchte den ersten Platz für den Lehrer und Freund.

Während der hervorragende Professor Silva Virajá, der in der Welt der medizinischen Wissenschaft wirklich zählte als Erforscher des Schistosomum, seinen Kaffee in kleinen Schlucken genoß, beobachtete er vergnügt die Veränderungen im Gesicht seines Kollegen Nilo d'Ávila Argolo de Araújo vor und nach den Bemerkungen von Aires und Fontes: ernst, verschlossen, unruhig, plötzlich befriedigt und gleich darauf von falscher Bescheidenheit überzogen, stets anmaßend. Virajá war nachsichtig gegenüber menschlicher Torheit, aber Dünkel reizte ihn.

Nach dem anerkennenden Chòr, dem allgemeinen Beifall, gestand Professor Argolo hochherzig zu: »Auch Professor Nestor Gomes zeichnet sich in der Sprache Corneilles aus. Was die anderen erwähnten Namen betrifft, so betrachte ich sie nicht als Konkurrenz.«

Angesichts dieser höchsten Arroganz setzte Professor Silva Virajá die Tasse ab und sagte: »Ich kenne alle Genannten und habe ihr Französisch gehört. Trotzdem wage ich zu behaupten, daß es in dieser ganzen Stadt nur einen gibt, der die französische Sprache besser kann, völlig korrekt und ohne Akzent: Pedro Archanjo, ein Pedell in meiner Fakultät.«

Professor Nilo Argolo richtete sich mit feuerrotem Gesicht auf, als hätte der Kollege ihm eine Ohrfeige gegeben. Hätte ein anderer eine solche Behauptung ausgesprochen, dann hätte der ordentliche Professor der Medizin sicherlich heftig reagiert, als er mit einem Pedell, obendrein einem Mulatten, verglichen wurde. Aber an der Medizinischen Fakultät und in ganz Bahia gab es niemanden, der gewagt hätte, die Stimme gegen Professor Silva Virajá zu erheben.

»Bezieht sich der Kollege etwa auf diesen Schwarzen, der vor ein paar Jahren eine magere Broschüre über Sitten und Bräuche veröffentlicht hat?«

»Auf den beziehe ich mich, Professor. Er ist seit fast zehn Jahren meine Hilfskraft. Ich habe ihn angefordert, als ich seine magere Broschüre, wie Sie es nennen, gelesen hatte. Mager an Seiten, ja, aber reich an Beobachtungen und Begriffen. Er wird jetzt ein neues Buch veröffentlichen, weniger dünn und noch reichhaltiger, eine Arbeit von wirklichem ethnologischen Interesse. Er hat mir einige Kapitel zu lesen gegeben, und ich habe sie mit Bewunderung aufgenommen.«

»Dieser ... dieser ... Pedell kann Französisch?«

»Und ob! Es macht Spaß, ihn zu hören. Sein Englisch ist gleichermaßen bewunderungswürdig. Er kann gut Spanisch und Italienisch, und wenn ich Zeit hätte, ihn Deutsch zu lehren, würde er es eines Tages besser können als ich selbst. Im übrigen teilt diese Meinung Ihre Base und meine Freundin, die Gräfin Isabel Tereza, deren Französisch, wie ich am Rande bemerken möchte, bezaubernd ist.«
Die Erwähnung der unbequemen Verwandten vertiefte die Röte des beleidigten Professors.
»Ihre allen bekannte Güte, Professor Virajá, verführt Sie, die Untergebenen zu überschätzen. Dieser Mulatte hat sicherlich ein paar Sätze Französisch auswendig gelernt, und der edelmütige Kollege macht ihn gleich zu einem Sprachgenie.«
Der Gelehrte lachte fröhlich, wie ein Kind.
»Danke für die Lobesworte, ich verdiene sie gar nicht, ich habe diese Güte nicht ganz. Es stimmt, daß ich bei der Beurteilung der Menschen gern überschätze, denn wer unterschätzt, der mißt die anderen im allgemeinen nach eigenem Maß. Doch in diesem Falle übertreibe ich nicht, Professor.«
»Ein gewöhnlicher Pedell, ich weigere mich, das zu glauben.«
Dünkel reizte Meister Silva Virajá, doch nur Übergriffe im Umgang mit Armen konnten ihn erzürnen. »Seid mißtrauisch gegenüber Leuten, die den Mächtigen schmeicheln und die Schutzlosen mit Füßen treten«, empfahl er den Jungen, »und zieht euch von ihnen zurück, denn sie haben einen schlechten Charakter, keine menschliche Größe.«
»Dieser Pedell ist ein Mann der Wissenschaft, er kann manchem Professor eine Lektion erteilen.«
Der ordentliche Professor der Medizin verließ überstürzt den Raum, Professor Oswaldo Fontes folgte ihm. Meister Silva Virajá lachte ausgelassen wie ein Junge nach einem Lausbubenstreich, mit schalkhaftem Glanz in den Augen und einer Spur von Erstaunen in der Stimme. »Talent ist unabhängig von Hautfarbe, Titel, sozialer Stellung, das ist alles Dummheit. Mein Gott, wie ist es möglich, daß es noch Leute gibt, die diese Wahrheit nicht anerkennen?«
Er erhob sich, zuckte die Achseln, löste sich von Nilo d'Ávila de Araújo, einem Sack voller Vorurteile, Ungeheuer der Eitelkeit, so

eingenommen von sich und so leer, und ging in den ersten Stock, wo ihn der Neger Evaristo mit dem Material aus dem Leichenschauhaus erwartete. Ach, armer Nilo, wann wirst du begreifen, daß allein die Wissenschaft zählt und dauert, daß weder die Sprache, in der sie sich ausdrückt, noch der Titel dessen wichtig ist, der sie erforscht und schafft? Im Labor umringten die Studenten Professor Silva Virajá, die Objektträger bereits in den Mikroskopen.

2

Länger als zehn Jahre, von 1907 bis 1918, in den elf Jahren zwischen der Veröffentlichung von *Das Leben des Volkes in Bahia* und *Afrikanische Einflüsse auf die Sitten von Bahia,* seinem zweiten Buch, studierte Pedro Archanjo. Ordentlich, methodisch, wißbegierig und beharrlich. Er mußte wissen und wußte: Er las, was es über Rassenprobleme gab. Er verschlang Abhandlungen, Bücher, Thesen, wissenschaftliche Mitteilungen, Artikel, er durchstöberte Sammlungen von Zeitschriften und Zeitungen, er arbeitete wie eine Wühlmaus in Bibliotheken und Archiven.

Er hörte nicht auf, intensiv und leidenschaftlich zu leben, im Alltag der Stadt und des Volkes zu forschen. Aber er lernte auch aus Büchern, und während er sich mit einem zentralen Thema beschäftigte, schlug er verschiedene Wege der Erkenntnis ein und erreichte einen hohen Bildungsgrad. Alles, was er in diesen Jahren unternahm, hatte Ziel, Zweck und Folgerichtigkeit.

Meister Lídio Corró trieb ihn zur Eile an. Er wurde wütend, wenn er die Provokationen und Drohungen in den Zeitungen las, mit fetten Schlagzeilen: *Wie lange wollen wir dulden, daß Bahia ein riesiges und würdeloses Negerdorf ist?*

»Es scheint, der Gevatter hat den Federhalter zerbrochen, das Tintenfaß verstöpselt. Was ist mit dem andern Buch? Du redest viel davon, aber ich sehe dich nicht schreiben.«

»Mein Lieber, dränge mich nicht, ich bin noch nicht soweit.«

Um ihn anzustacheln, hob Lídio die Stimme, wenn er Artikel und Nachrichten in den Zeitungen las: Candomblés überrannt,

Heiligenväter festgenommen, Feste verboten, Geschenke für Yemanjá beschlagnahmt, Capoeirakämpfer bei der Polizei mit der flachen Klinge des Buschmessers mißhandelt.
»Die Leute lassen fröhlich den Knüppel auf uns niedergehen. Da braucht man nicht erst diesen Stapel Bücher zu lesen, um das zu begreifen.« Er zeigte auf die Broschüren, die medizinischen Zeitschriften, die auf dem Tisch gehäuften Bücher. »Es genügt, die Zeitungen aufzuschlagen, und man sieht nur Beschwerden über Sambarunden, Capoeira, Candomblé, schlechte Nachrichten. Wenn wir nicht aufpassen, machen sie mit allem Schluß.«
»Du hast recht, mein Lieber. Sie wollen Schluß machen mit uns.«
»Und du, der so viel weiß, was tust du?«
»All das, Freund, ist auf diese Professoren und ihre Theorien zurückzuführen. Man muß die Ursache bekämpfen, mein Lieber. Briefe an die Zeitungen schreiben, protestieren, das ist nützlich, aber es ist keine Lösung.«
»Sehr schön. Warum schreibst du dann nicht das Buch?«
»Ich bereite mich darauf vor. Höre, Gevatter: Ich war unwissender als ein Stück Holz. Versteh doch, mein Lieber. Ich dachte, ich wüßte viel, und wußte gar nichts.«
»Du wußtest gar nichts? Nun, ich denke, daß dieses Wissen von hier, vom Tabuão, von der Werkstatt der Wunder mehr wert ist als das von deiner Fakultät.«
»Die Fakultät ist nicht meine, und ich bestreite den Wert der Volksweisheit nicht. Aber ich habe gelernt, daß dieses Wissen allein nicht genügt. Ich will es dir erklären, Freund.«
Tadeu, mit Büchern, Heften und Aufgaben beschäftigt, hörte jedes Wort des Paten.
»Mein Lieber«, erklärte Archanjo seinem Freund Lídio, »ich bin diesem Professor Argolo, der Neger und Mulatten kastrieren möchte, zu großem Dank verpflichtet, ja, diesem, der die Polizei gegen die Candomblés aufhetzt, diesem Ungeheuer Argolo de Araújo. Um mich zu demütigen – und er hat mich gedemütigt –, enthüllte er mir eines Tages meine ganze Dummheit. Anfangs war ich wütend, böse auf das Leben. Dann dachte ich: Es stimmt, er hat recht, ich bin ein Analphabet. Ich sah die Dinge, mein Lieber, aber ich begriff sie nicht, ich wußte von allem, aber ich verstand nicht zu wissen.«

»Du redest schlimmer als ein Medizinprofessor. ›Ich verstand nicht zu wissen‹ ist ein Rätsel oder ein Orakel.«
»Ein Kind ißt eine Frucht, und dann kennt es ihren Geschmack, aber es kennt nicht die Ursache dieses Geschmacks. Ich kenne die Dinge, ich muß ihr Warum erfahren, und ich bin dabei, es zu lernen. Ich muß lernen, Freund, das versichere ich dir.«
Während er sich vorbereitete, schrieb er Briefe an die Redaktionen, Proteste gegen den üblen Feldzug und die zunehmenden Gewaltakte der Polizei. Wer sich die Mühe machte, diese Briefe zu lesen – die wenigen veröffentlichten, einige mit seiner Unterschrift, andere mit »Ein empörter Leser«, »Ein Nachkomme Zumbis«, »Ein Malê«, »Ein brasilianischer Mulatte« unterzeichnet –, könnte Archanjos Entwicklung im Laufe dieser Jahre leicht verfolgen. Die auf Zitate einheimischer und ausländischer Autoren gestützten Argumente gewannen an Kraft, wurden überzeugend, unwiderlegbar. In den »Briefen an die Redaktion« stählte Meister Archanjo seine Feder, lernte er, sie in klarer und präziser Sprache zu handhaben, ohne die Spur von Poesie zu verlieren, die allem, was er schrieb, eigen war.
Allein lieferte er eine ungleiche Polemik fast gegen die gesamte bahianische Presse jener Zeit. Bevor er die Papiere abschickte, las er sie den Freunden in der Werkstatt der Wunder vor. Begeistert erbot sich Manuel de Praxedes, »diesen Mistkackern das Gesicht einzuschlagen«, Budião wiegte bei jedem Punkt den Kopf zum Zeichen der Zustimmung, Valdeloir klatschte Beifall, Lídio Corró lächelte, Tadeu diente als Überbringer. Dutzende und aber Dutzende »Briefe an die Redaktion«: Einigen wurde ein Platz in den Zeitungen eingeräumt, ganz oder teilweise, die meisten wanderten in den Papierkorb, zwei verdienen besondere Erwähnung.
Der erste, lang, fast ein Essay, war an die Redaktion einer Zeitung gerichtet, die die Candomblés am hartnäckigsten und am giftigsten angriff. In ruhiger und wohlbegründeter Darstellung analysierte Pedro Archanjo das Problem der animistischen Religionen in Brasilien und forderte, daß ihnen »die Freiheit, die Achtung und die Vorrechte, die man der katholischen und der protestantischen Religion gewährt«, zugesichert würden, »denn die afrobrasilianischen Kulte sind Überzeugung, Glaube und

geistige Nahrung Tausender von Bürgern, die den anderen an Würde gleich sind«.
Tage später brachte das Blatt auf der ersten Seite einen Artikel über drei Spalten in barscher und grimmiger Sprache mit fetter Schlagzeile: UNGEHEUERLICHE FORDERUNG. Ohne Archanjos Argumente zu zitieren oder zu widerlegen, bezog er sich nur auf sie, um »die Autoritäten, den Klerus und die Gesellschaft« in Kenntnis zu setzen »von der ungeheuerlichen Forderung der Fetischisten, die in einem Brief an diese Redaktion fordern – FORDERN! –, daß ihre heidnischen Praktiken der Zauberei Gegenstand der gleichen Achtung sein, die gleichen Rechte genießen und sich auf die gleiche geistige Ebene stellen sollen wie die edle katholische Religion, wie die geheiligte Kirche Christi und die protestantischen Sekten, mit deren Irrlehre wir nicht übereinstimmen, ohne jedoch den christlichen Ursprung der Kalvinisten und der Lutheraner zu leugnen«. Am Schluß der Schmähworte versicherte die Redaktion die bahianische Gesellschaft noch einmal des Vorsatzes, »den ruhelosen Kampf gegen den abscheulichen Götzendienst, gegen die barbarische Störung der Macumbas, die Gefühl und Gehör der Bahianer verletzen«, immer nachdrücklicher fortzuführen.
Der zweite Brief ging an eine neue Zeitung mit liberaler Tendenz, die sich um Leser und Popularität bemühte. Archanjo verfaßte ihn als Antwort auf die bissige Rede des Professors Oswaldo Fontes auf den Seiten eines konservativen Organs unter dem Titel *Ein Alarmruf*. Der Professor der Psychiatrie forderte die Aufmerksamkeit der Elite und der öffentlichen Gewalt für einen Umstand, der seiner Meinung nach eine äußerst gefährliche Bedrohung für die Zukunft des Landes darstellte: Die höheren Bildungsinstitutionen des Landes erlebten in ihrer Schülerschaft eine unheilvolle Mischlingsinvasion. »Die Zahl der Farbigen, die freie Stellen besetzen, die ausschließlich den jungen Männern aus Familien reinen Blutes und mit Tradition vorbehalten sein sollten, wird immer größer.« Eine drastische Maßnahme drängte sich auf: »das unverblümte, einfache Verbot, diese schädlichen Elemente zu immatrikulieren«. Er nannte das Beispiel der Kriegsmarine, bei der Neger und Mulatten sich nicht um das Offizierspatent bewerben

konnten, und fand Lobesworte für Itamaraty, das verhüllt, jedoch bestimmt »die Ausbreitung würdeloser Makel in seinen auserwählten diplomatischen Kreisen verhindert«.
Pedro Archanjo überbot ihn in einem Brief, der von einem »brasilianischen Mulatten mit viel Ehre« unterzeichnet war. Gewichtige Argumentation, Berufung auf bedeutende Anthropologen, die alle die geistigen Fähigkeiten der Neger und der Mulatten bestätigten, Verzeichnis berühmter Mischlinge, »einschließlich brasilianischer Botschafter an ausländischen Höfen«, und ein in groben Zügen gezeichnetes Charakterbild des Professors Fontes.
»Professor Fontes fordert Doktoren reinen Blutes. Nun, ein reines Blut ist ein Rennpferd. Wenn die Studenten den Professor den Terreiro de Jesus in Richtung der Schule überqueren sehen, erklären sie, daß Dr. Fontes, als er den Titel eines Professors der Psychiatrie dank dem Einfluß einiger Leute von der Medizinischen Fakultät erhielt, die Wiederholung eines berühmten historischen Ereignisses ermöglichte: Caligula gab dem Pferd Incitatus einen Sitz im römischen Senat; Professor Argolo de Araújo gab Oswaldo Fontes einen Lehrstuhl an der Medizinischen Fakultät. Vielleicht liegt hier die Erklärung dafür, daß der Professor reines Blut in der Fakultät fordert. Reines Blut hat ein Rennpferd, rein und edel. Ob das des Professors rein und edel ist?«
Wie groß war Archanjos Überraschung, als er den ganzen ersten Teil seines Briefes in den Leitartikel des neuen Organs verwandelt sah: Argumente, Zitate, Sätze, Abschnitte, ganze Absätze waren wiedergegeben. Von dem Teil, der sich auf Professor Oswaldo Fontes bezog, hatte der Redakteur wenig verwendet; die Wortspiele über Reinheit des Blutes und Geschichte der Pferde hatte er auf einen kleinen Kommentar reduziert: »Der berühmte Professor, dessen Bildung wir nicht anzweifeln, ist wegen der von ihm vertretenen anachronistischen Gesichtspunkte Zielscheibe der Spötteleien der Studenten.« Keinerlei Bezug auf den »brasilianischen Mulatten mit viel Ehre«. Die ganze Ehre fiel der Zeitung zu, der Artikel fand Widerhall.
An jenem Tage hatte Archanjo die Genugtuung, zu erleben, daß Studenten die Seiten der Zeitung an die Wände des Fakultäts-

gebäudes klebten. Professor Oswaldo Fontes befahl dem Pedell, sie herunterzureißen und zu vernichten. Er benahm sich wie ein wildes Tier, büßte die Kaltblütigkeit, die Höflichkeit und die ironische Miene ein, mit der er den Spötteleien der Jungen stets begegnet war.

3

Am Beispiel des Professors Silva Virajá lernte Pedro Archanjo, Meinungen, Formulierungen und Gestalten gewissenhaft zu analysieren, als erforschte er sie unter dem Mikroskop, um sie in ihren kleinsten Einzelheiten haargenau und von jeder Seite zu durchschauen. Gobineaus Leben und Werk, seine ungeheuerliche These, jeden Moment seiner Botschafterzeit in Brasilien wußte er auswendig: Nur totale Kenntnis, nur Wissen ohne Zweifel konnte den blinden Haß in Verachtung und Ekel verwandeln.
So traf er, als er der Spur des französischen Botschafters am kaiserlichen Hof Tag für Tag folgte, Monsieur Joseph Arthur Comte de Gobineau in den Palastgärten von São Cristóvão, wie er mit Seiner Majestät Pedro II. Literatur und Wissenschaft kommentierte, genau in dem Augenblick, da Nóca de Logunedê die Wehen spürte und einen Jungen auf die Suche nach Rita Apara-Jegue, der bekannten und vielgefragten Geburtshelferin, schickte. Im Jahre 1868, als Pedro Archanjo geboren wurde, war Gobineau zweiundfünfzig und hatte fünfzehn Jahre vorher den *Essai sur l'inégalité des races humaines* veröffentlicht. Er wandelte mit dem Monarchen unter den Parkbäumen, während Nóca in Wehen und Wimmern mit ihren Gedanken Wälder, Flüsse und Gebirge in Richtung der trostlosen Landschaft von Paraguay durchquerte, wohin sie ihren Mann entführt hatten, indem sie ihn vom Beruf eines Maurers in das Amt des Tötens und Sterbens in einem endlosen Krieg ohne Hoffnung auf Wiederkehr versetzt hatten. Er hatte das Kind so sehr gewünscht und war nicht hier, um zu sehen, wie es geboren wurde. Nóca wußte noch nichts vom Tode des Gefreiten Antônio Archanjo bei der Durchquerung des Chacos. Als Maurermeister hatte er die Wände einer Schule errichtet, als ihn die Werber

aushoben. Freiwilliger durch den Zwang des flachen Klingenhiebes, hatten sie ihm nicht einmal erlaubt, nach Hause zu gehen und sich zu verabschieden. Nóca winkte ihm am Morgen der Einschiffung zum Abschied. Obwohl er traurig im Bataillon der »Zuavos Baianos« vorbeizog, ein bedrückter Maurer ohne Kelle und Lot, fand sie ihn stattlich und schön in der Soldatenuniform und mit den Werkzeugen des neuen Berufes, Waffen und Tod. Zwei oder drei Wochen zuvor hatte sie ihm anvertraut, daß sie schwanger sei, und der Geliebte war vor Glück fast verrückt geworden. Er hatte gleich vom Heiraten gesprochen und wußte nicht, was er alles tun könnte, ihr Freude zu bereiten: Solange du schwanger bist, arbeitest du nicht, ich gestatte es nicht. Nóca wusch und stärkte Wäsche bis zur Stunde der Niederkunft. Das Kind kommt zur Welt, Antônio, es zerreißt mich innerlich, was ist mit Rita, wo bleibt sie? Was ist mit meinem Antônio, warum kommt er nicht? Oh, Antônio, mein Schatz, komm schnell, jetzt sind wir zwei, die auf dich warten in Elend und Einsamkeit.

Mit Gewalt in den Krieg geführt und ohne Möglichkeit einer Rückkehr, befolgte der Soldat Antônio die Befehle zu töten klug und tapfer und wurde zum Gefreiten befördert. »Er wurde immer zu Spähtruppunternehmen bei den Vorstößen seiner Einheit ausgewählt«, las Pedro Archanjo in den Kriegsannalen über den Vater, als er das für das Vaterland vergossene Blut der Weißen, der Schwarzen und der Mulatten maß: Wer hatte mehr Leben und Tode gefordert? Der Gefreite Antônio Archanjo, ein verwester Leichnam, Fraß für die Tiere, würde niemals den Sohn sehen, der, um das Leben gut zu beginnen, allein zur Welt kam, ohne die Hilfe einer Hebamme, die ihm diesen Schritt erleichtert hätte. Zu dieser selben Stunde plauderten Monsieur le Comte de Gobineau und Seine Kaiserliche Majestät, der Rassentheoretiker und der unversöhnliche Sonettdichter, im kühlen Schatten der Bäume geistreich und gewählt. Als Rita Apara-Jegue in Nóca de Logunedês Haus eintrat, bewies der Neugeborene schon die Kraft seiner Lungen. Die robuste kleine Fünfzigerin stemmte die Hände in die Hüften und lachte laut: Das ist ein Exú, Gott behüte und bewahre mich, nur Teufelskerle kommen zur Welt, ohne auf die Hebamme zu warten. Er wird viel zu sagen und zu tun haben.

4

Von dem Maurer, der ein Gefreiter geworden war, erbte Pedro Archanjo die in den Kriegsberichten erwähnte Intelligenz und Tapferkeit, von Nóca die Sanftmut der Gesichtszüge und die Hartnäckigkeit. Hartnäckig zog sie den Sohn groß, gab ihm Dach, Essen und Schule, ohne jegliche Unterstützung, ohne die Hilfe eines Mannes, denn sie wollte keinen mehr, keinem gewährte sie noch einmal Liebe oder Abenteuer, obwohl viele mit Bitten und Angeboten um ihre Tür strichen. Im Zusammenleben mit der Mutter, in diesem kargen und harten Leben, lernte der Junge, sich zu behaupten, nicht den Mut zu verlieren, voranzudrängen. In diesen fruchtbaren und arbeitsreichen zehn Jahren erinnerte sich Archanjo häufig der Mutter: Sie war jung gestorben, als auf dem Dunghaufen des Elends die Knospen der schwarzen Pocken in Straßen und an Hügeln im Tod erblühten. Reiche Ernte, die verfluchte Krankheit machte fette Beute und holte sich sogar aus wohlhabenden Häusern ihre Opfer. Mit dem ersten Schub ging Nóca de Logunedê, es gab keinen Omolu, der einen Ausweg fand, Nócas Kraft löste sich in Wunden auf, ihre Anmut verweste in der Gasse, in der der Eiter Pfützen bildete. Wenn Archanjo mutlos wurde, dachte er an die Mutter: von morgens bis abends bei anstrengender Arbeit, eingeschlossen in einen Kreis wehmütiger Erinnerungen, unbeugsam im Entschluß, weiter in Trauer zu leben und den Unterhalt des Sohnes mit der Kraft ihrer schwachen Arme zu verdienen.

Den Rest lernte er allein, doch niemals war er einsam, die Hilfe der Freundschaft fehlte ihm nicht: die Erinnerung an Nóca, die Anwesenheit Tadeus, das Drängen Lídios, die Wachsamkeit Majé Bassans, die Unterstützung des Professors Silva Virajá, der Ansporn Bruder Timóteos, des Mönches aus dem Kloster São Francisco, der Beistand der gutherzigen Zabela, dieser unvergleichlichen Freundin.

In diesen Jahren war Tadeu Schüler, Studienkamerad und Professor. Noch heute ist die Erinnerung an den Studenten Tadeu Canhoto in der Politécnica lebendig: Der Beweis in zehnsilbigen Versen ist berühmt; die Begabung für die Mathematik machte ihn zu Professor Bernards Günstling; seine angebo-

rene Führungsfähigkeit stellte ihn in den fünf Jahren an der Fakultät an die Spitze der Kommilitonen, bei Demonstrationen für die Alliierten im Ersten Weltkrieg, an den Abenden des Beifalls und des Pfeifens in den Theatern São João und Politeama.
Archanjo verdankte Zabela, daß er Sprachen beherrschte. Im Umgang mit der vornehmen Dame verwandelte er sein Französisch, Englisch, Spanisch und Italienisch, die er allein gelernt hatte, in lebendige, verwandte, vertraute Sprachen. Mit einem musikalischen Gehör begabt, sprach er das Französisch eines Marquis', das Englisch eines Lords.
»Meister Pedro, Sie sind geboren, Sprachen zu lernen. Nie habe ich so viel Mühelosigkeit gesehen«, lobte die ehemalige Prinzessin des Recôncavo zufrieden.
Niemals mußte sie einen von Archanjo begangenen Grammatik- oder Aussprachefehler zweimal verbessern: Wenn er korrigiert worden war, wurde er nicht rückfällig. Die Alte saß in dem österreichischen Schaukelstuhl und schloß die Augen halb, während Meister Pedro mit lauter Stimme Verse von Baudelaire, Verlaine und Rimbaud, Zabelas Dichtern, las: Die kostbar gebundenen Bücher erinnerten an die Zeit der Größe, die Reime brachten Leidenschaften und Liebhaber zurück. Zabela seufzte, von der weichen Stimme Archanjos eingewiegt, der so seine Aussprache übte.
»Lassen Sie mich Ihnen erzählen, Meister Pedro, das ist eine hübsche Geschichte ...«
Die verarmte Aristokratin, die verdächtige Verwandte, hatte in den beiden Gevattern und in dem Jungen eine Familie gefunden, sie war nicht völlig verwaist, als der Kater Argolo de Araújo schließlich an Altersschwäche starb und im Garten begraben wurde.
Professor Silva Virajá riet Archanjo zum Studium der deutschen Sprache, und Bruder Timóteo, der Prior von São Francisco und Freund Majé Bassans, erbot sich, ihm Stunden zu geben. Oft übersetzte der Mönch auf sein Bitten Abschnitte aus Büchern und ganze Artikel aus dem Deutschen ins Portugiesische, bis schließlich auch er sich für das Rassenproblem in Brasilien interessierte, obwohl er sich auf das Studium des religiösen

Synkretismus spezialisiert hatte. Lange Zeit, kurze Frist – Pedro hatte dringende Aufgaben, das Erlernen der deutschen Sprache ging nicht voran.

Viel verdankte er Professor Silva Virajá, der den Pedell, nachdem er *Das Leben des Volkes in Bahia* gelesen hatte, für seinen Lehrstuhl anforderte und damit vom Sekretariat abzog, wo die Arbeit ihm keinen freien Augenblick ließ. Der Gelehrte, der durch den Neger Evaristo, eine zuverlässige alte Hilfskraft, gut bedient wurde, gab Archanjo Zeit für die Bibliotheken, für die der Schule angeschlossene und die staatliche, für die städtischen Archive, für Bücher und Schriftstücke. Aber er gab ihm nicht nur Zeit, er wies ihn in seiner Lektüre an, empfahl ihm Autoren, unterrichtete ihn über Neuigkeiten auf dem Gebiet der Anthropologie und der Ethnologie. Auch Bruder Timóteo lieh ihm Bücher, einige waren in Bahia sogar den Professoren unbekannt, die sich diesen Studien widmeten. Durch Vermittlung des Mönches erfuhr er von Franz Boas, und vielleicht war er der erste Brasilianer, der ihn studierte.

Was soll man von Lídio Corró sagen? Gevatter, Bruder, mehr als ein Bruder, Zwillingsbruder, wie oft hatte er nicht den Gürtel enger geschnallt, um zu borgen – warum den sinnlosen Euphemismus? –, um ihm das nötige Geld für die Bücherbestellungen aus Rio und sogar aus Europa zu verschaffen? Die neuen Setzkästen, die einer teuren Generalreparatur unterzogene Druckerpresse, wozu all das? All das in Erwartung neuer Bücher Pedro Archanjos.

»Gevatter, du willst alles wissen, genügt dir das nicht, was du schon weißt? Reicht das nicht für das Buch?«

Pedro Archanjo lachte über die Eile des anderen. »Was ich weiß, ist noch wenig, es scheint sogar, je mehr ich lese, desto mehr muß ich studieren.«

In diesen zehn langen Jahren las Pedro Archanjo über Anthropologie, Ethnologie und Soziologie, was er in Bahia fand und was er von außerhalb kommen ließ, wofür er Tostão um Tostão zusammenkratzte, seine und die anderer. Einmal öffnete Majé Bassan Xangôs Kassette und vervollständigte den erforderlichen Betrag für den Kauf der *Reise in Brasilien* von Spix und Martius, eines von einem kürzlich an der Praça da Sé eingezogenen Buchhändler, dem Italiener Bonfanti, entdeckten Exemplars. Lang und trocken wäre das selbst unvollständige Verzeichnis der von Meister Archanjo studierten Autoren und Bücher, doch es lohnt, einige Einzelheiten seines weiten Weges aufzuzeichnen, ihn vom Zorn zum Lachen zu begleiten.

Anfangs mußte er die Zähne zusammenbeißen, um in der Lektüre überzeugter und – noch schlimmer – beschämender Rassisten fortzufahren. Er ballte die Fäuste: Thesen und Behauptungen klangen wie Beleidigungen, waren Ohrfeigen, Peitschenhiebe. Mehr als einmal spürte er ein Brennen in den Augen, den Wunsch von Tränen der Demütigung, wenn er Arbeiten von Gobineau, Madison Grant, Otto Amnon, Houston Stewart Chamberlain las. Als er sich jedoch mit den Direktoren der italienischen anthropologischen Schule der Kriminalistik, Lombroso, Ferri und Garofalo, beschäftigte, mußte er laut lachen, denn die Zeit war vergangen, und die Anhäufung von Wissen gab Archanjo Ruhe und Gewißheit – er konnte Dummheit feststellen, wo er früher unter Beleidigung und Angriff gelitten hatte.

Er las Freunde und Feinde, Franzosen und Engländer, Deutsche, Italiener, den Nordamerikaner Boas, entdeckte das Lachen der Welt bei Voltaire, amüsierte sich. Er las Brasilianer und Bahianer: von Alberto Tôrres bis zu Evaristo de Morais, von Manuel Bernardo Calmon du Pin e Almeida und João Batista de Sá Oliveira bis zu Aurelino Leal. Nicht nur die hier zitierten, viele andere mehr, er kannte weder Berechnung noch Maß.

Mit dem Vergnügen der Bücher verließ er nicht das Vergnügen des Lebens, mit dem Studium der Autoren nicht das Studium der Menschen. Er fand genug Zeit für Lektüre, Forschung, Fröhlichkeit, Liebesfest, für alle Quellen seines Wissens. Er war Pedro Archanjo und Ojuobá zugleich. Er teilte sich nicht in zwei, mit einer genauen Stunde für den einen und den anderen, den Gelehrten und den Menschen. Er weigerte sich, die kleine Leiter des Erfolges zu erklimmen und eine Sprosse über dem Boden, auf dem er geboren wurde, zu erreichen, dem Boden der Hügel, der Buden, der Werkstätten, der Terreiros, des Volkes. Er wollte nicht hinaufsteigen, er wollte vorangehen, und er tat es. Er war Meister Archanjo Ojuobá, ein einziger und ganzer.

Bis zum letzten Tage seines Lebens lernte er vom Volk und

machte sich Notizen in Heftchen. Kurz vor seinem Tode vereinbarte er mit dem Studenten Oliva, dem Gehilfen in einer Druckerei, ein Buch herauszubringen, und als er am Pelourinho zusammenbrach, wiederholte er den kurz vorher aus dem Munde eines Schlossers gehörten Satz: Nicht einmal Gott kann mit dem Volk Schluß machen. Bis zu diesem Zeitpunkt hatte er fast alle seine Bücher eingebüßt, die kostbare Sammlung, die er nach und nach unter riesigen Mühen und mit Hilfe so vieler rauher und armer, arbeitsamer und trinkfester Menschen zusammengetragen hatte. Die meisten Bände waren vernichtet worden, als die Werkstatt gestürmt worden war, andere waren hier und dort verschwunden, bei Wohnungswechseln und Streifzügen, oder in Stunden verzweifelter Not bei Bonfanti verkauft. Einige wenige hatte er behalten, die grundsätzlichen Werke seines Studiums. Selbst als er sie nicht mehr las, nahm er sie gern in die Hand, blätterte sie durch, verweilte mit den überanstrengten Augen auf einer Seite, wiederholte einen Satz, einen Ausspruch, ein Wort aus dem Gedächtnis. Unter den Büchern, die er in der Petroleumkiste im Hinterzimmerchen von Esters Freudenhaus aufbewahrte, fand sich eine alte Ausgabe von Gobineaus Essay und die erste Schrift des Professors Nilo Argolo de Araújo. Pedro Archanjo war vom Haß zum Wissen gelangt.

Im Jahre 1918 erwarb er auf ärztlichen Rat eine Brille und veröffentlichte sein zweites Buch. Abgesehen von der ermüdeten Sehkraft, hatte er sich nie so gesund gefühlt, so voll Mut und Vertrauen und, wenn nicht Tadeus Abwesenheit gewesen wäre, so herzensfroh. Die ersten Bände von *Afrikanische Einflüsse auf die Sitten von Bahia* waren am Vorabend der Festlichkeiten zu seinem fünfzigsten Geburtstag fertig, eine intensive und lärmende Woche, die Cachaça floß in Strömen, die Samba klapperte in den Rasseln, die Schäferinnen bei den Proben, die Afoxés zurückgekehrt, die Capoeiraschule des Meisters Budião im Festschmuck, die Orixás mit Atabaque und Tanz auf den Terreiros, Rosália lachend, entblättert auf der Pritsche in der Mansarde.

5

Das ist ein Wunder: Die Großmütter tanzen in der Werkstatt der Wunder am Abend von Tadeus Studienabschluß. Unechte Großmütter beide, Großmütter aus reiner Liebe, Mutter Majé Bassan und die Gräfin Isabel Tereza Gonçalves Martins de Araújo e Pinho, Zabela für die Freunde.

Tadeu sitzt in dem Lehnstuhl, der auserwählten Persönlichkeiten vorbehalten ist, unter dem Bild des rückgängig gemachten Wunders, und ist Mittelpunkt der Aufmerksamkeiten und Ehrungen.

Er trägt eine gestreifte Hose zu der gemusterten Jacke, Kragen mit gerundeten Ecken, Lackschuhe und den blauen Saphirring, den Ring der Ingenieure. Rührung in der glücklichen Miene, der Wunsch, alle gleichzeitig zu umarmen, Weinen und Lachen mischen sich in dem kupfrigen Gesicht, dem verwirrenden Blick, glattgestrichenes ebenholzschwarzes Haar, romantisches Bild eines emanzipierten Negers, Ingenieur Tadeu Canhoto. Es ist der Abend eines großen Festes, das in der Aula der Polytechnischen Schule begann, wo er den Ring des Akademikers und das Doktordiplom bekommen hatte, und es würde weitergehen beim Abschlußball in den Sälen von Cruz Vermelha, im Klub der Reichen. Zwischen Feierlichkeit und Ball tanzen die Großmütter im Kreis der Freunde in der Werkstatt der Wunder.

Ihnen allen, die sich hier versammelt haben, ist der Junge zu Dank verpflichtet. Im Laufe der Jahre haben alle auf diese oder jene Weise zum Glanz dieses Abends beigetragen. Ohne Kleidung, Ring, Lackschuhe, das Bild des Studienabschlusses, dieses historische Porträt, ohne all das zu rechnen, was mit den unter ihnen gesammelten Tostãos bezahlt worden ist. Doktor durch Opfer, Sparsamkeit, Unterstützung. Darüber fällt kein Wort, das ist kein Gesprächsthema, doch während Tadeu die ausgeprägten Gesichter betrachtet, die schwieligen Hände drückt, weiß er, wieviel der zehnjährige Weg gekostet hat, er kennt den hohen Preis für diese Stunde der Freude. Es hat gelohnt, und man wird es mit Atabaques und Bratschen feiern.

Zuerst die Atabaques. Pedro Archanjo am Rum, Lídio Corró am Rumpi, Valdeloir am Lé. Die Hände bewegen sich lebhaft zum

Batuque, und die alte Stimme Majé Bassans erneuert sich in der Litanei des Dankes an die Orixás.
Der Kreis der Frauen findet sich zusammen, die alten Tanten, die Senhoras in ihrer von der Lebenserfahrung geformten, undurchdringlichen Schönheit und die in Heiligenpflicht und Vergnügen neuen Kultdienerinnen. Die schönste, ohne Rivalin, ohne Vergleich, ist Rosa de Oxalá, die Zeit hat ihre Anmut zur Schönheit erhöht. Die Männer vereinigen ihre Stimmen in rituellem Gesang. Majé Bassan richtet sich auf, und alle erheben sich. Um sie zu verehren, nehmen sie die Hände in Brusthöhe. Yemanjás, der Herrin des Wassers, geliebte Tochter, alle wiederholen ihr zu Ehren den Gruß, der der Mutter der Verzauberten gilt. Odoia Iyá olo oyon oruba! Gegrüßt seist du, Mutter der gesegneten Brüste! Sie streicht ihre Röcke glatt, lächelt und durchquert unter Jubel langsam den Raum: Odoia odoia Iyá! Sie verbeugt sich vor Tadeu, um ihm das Fest zu widmen. Die Atabaques tönen, Majé Bassan eröffnet Tanz und Ehrengesang. Die Stimme in Lobpreisung, die Füße unermüdlich.
Sie ist die Mutter, Iyá, die alte, die ursprüngliche, die erste, neu von Aiaká gekommen, nachdem sie Wogen, entfesselte Stürme, Flauten, Schiffbrüche, tote Seemänner überflogen hat, um den geliebten Sohn, den Jüngsten, den Enkel, den Urenkel, den siegreich aus der Schlacht zurückgekehrten Nachkommen zu feiern. Gegrüßt seist du, Tadeu Canhoto, der über Drohungen, Hindernisse, Widrigkeiten, Krankheiten triumphiert hat, im Besitz des Doktordiploms. Odoia!
Eine Alte ohne Alter, sanfte und gefürchtete Mutter Majé Bassan, so großartig in der Beherrschung des eleganten und schwierigen Schrittes, so schnell und leicht, so jung im Tanz wie eine neue Heiligentochter. Ein Tanz vom Anbeginn der Welt: Angst, Unbekanntes, Gefahr, Kampf, Sieg, Vertrautheit mit den Göttern. Ein Tanz von Zauber und Mut, der Mensch, gegen dunkle Mächte ringend und siegend. So tanzt Majé Bassan für Tadeu in der Werkstatt der Wunder. Eine unechte Großmutter, die für den Enkel, den fertigen Doktoringenieur tanzt.
So feierlich und schlicht, so majestätisch und vertraut hält sie unter dem Beifall der flachen Hände vor Tadeu inne und öffnet ihm die Arme. In ihren riesigen Brüsten empfängt sie die Gedan-

ken des Jungen, Rührung, Ungestüm, Zweifel, Ehrgeiz, Stolz, Bitterkeit, Liebe, Gutes und Böses, die Fibern des jungen Herzens, Tadeus Schicksal: Alles findet Platz in der Behausung des Mutterbusens, der so riesig ist, daß er Fröhlichkeit und Schmerz der Welt zu umfassen vermag. Die Alte und der Junge umarmen einander, sie, die im ursprünglichen Mysterium verharrt, und er, der im Schiff der Erkenntnis abgereist ist, in eroberter Freiheit.

Dann kommen alle und tanzen nacheinander, Frauen und Männer im Wechsel. Lídio Corró fühlt sein Herz beben, als er Tadeu umarmt: Er wird noch vor Freude sterben in einer solchen Stunde. Gevatterin Terência hat ihm Kaffee und Brot umsonst gegeben, jahrelang Mittag- und Abendessen. Damião hat sich vor ihm in der Schule des Lebens gebildet, Rechtsanwalt an Polizei- und Gefängnistür. Rosenda Batista dos Reis, den Segen, meine Tante Hexenmeisterin, deiner Sorgfalt, deinen Kräutern und Heilmitteln verdanke ich, daß ich heute hier mit dem Doktorring bin, frei vom Wechselfieber. Bei Meister Budião lernte ich beim Capoeirakampf, bescheiden und ruhig zu sein, Unverschämtheit und Dünkel zu verachten. Die zaghafte Umarmung der kleinen Dé mit den Mandelaugen und dem klopfenden Herzen: Warum nimmst du mich heute nicht wie einen Schluck Likör, entblätterst mich nicht als Blume deines Festes? Manuel de Praxedes, Riese der Leichter, hat ihn mit Meer und Schiffen vertraut gemacht. Rosa de Oxalá, die mysteriöse Tante, war Hausherrin in der Werkstatt der Wunder und doch nur Gast, eine vorübergehende, flüchtige Besucherin, die erste Tante.

Sie und andere kamen, Valdeloirs Rhythmus und seine Phantasie, Aussás Gesang, Mané Limas lautes Lachen, jeder tanzte einen Schritt und empfing in der Brust die Freude des Doktors, der noch gestern ein kühner und ungeschliffener Negerjunge war. Zuletzt kam Pedro Archanjo, und wieder erhoben sich alle, um Ojuobá zu grüßen, die Hände ihm in Beifall zugewandt. Das rätselhafte Gesicht in sanftem Lächeln geöffnet, gedankenversunken, im Herzen Bilder und Erinnerungen, Dorotéia in der letzten Nacht, der Junge, über die Bücher gebeugt. Ojuobá, Xangôs Augen, verfolgt Sehnsucht und Erregung in Tadeus Gesicht. Er sieht wieder die blonden Locken, das unruhige, leidenschaftliche Mädchen.

Wer besitzt den Schlüssel des Rätsels? In seinem Tanz zieht das ganze Leben vorbei, und plötzlich ertönt Yansãs Schrei im Raum. Auf jede Frage gibt es eine richtige und viele falsche Antworten. Pedro Archanjo drückt Tadeu an sein Herz, es wird nicht mehr für lange sein.

Schon fehlt keiner mehr, es ist an Tadeu, zu danken, die Tränen hinunterzuschlucken und für die Orixás, die ihn beschützt, für die Freunde, die ihn bis zu dieser Stunde geführt haben, zu tanzen: für Eltern und Brüder, Tanten und Basen, die zahlreiche Familie.

Genau in diesem Augenblick tritt die Gräfin da Água Brusca aus dem Schatten, vielleicht steigt sie aus dem Plakat des »Moulin Rouge« herab, die Großmutter Zabela, in die Mitte des Kreises, um für Tadeu zu tanzen. Nicht die rituellen Tänze, das sind nicht die ihren.

Sie hebt den Saum des Rockes, zeigt Schuhe, Unterröcke, Rüschenhosen und tanzt in der Werkstatt der Wunder den Pariser Cancan, und die Alte ist so jung wie Dé, das kaum erwachsene Mädchen. Toulouse-Lautrecs Bild wird Wirklichkeit, französische Mulattinnen stürmen den Tabuão. Die Frauen in der Runde ahmen den frechen Schritt, den fremdartigen Tanz gleich nach, weihen den ungebräuchlichen Rhythmus ein. Die Männer stehen auf, strecken die flachen Hände aus und grüßen die Gräfin Isabel Tereza mit den Gesten, den Ehrerbietungen und den Iorubáworten, die den Heiligenmüttern vorbehalten sind, rufen Ora Yeyêo, und gleich spürt man an Zabelas Koketterie und Zauber, daß sie Oxuns Tochter ist, eine Verführerin.

So tanzt Zabela den Cancan von Paris in der Werkstatt der Wunder zu Ehren des Enkels. Dann küßt sie ihn auf beide Wangen. Das ist ein Wunder, Schatz, die tanzenden Großmütter, zwei unechte Großmütter und der Enkel Doktor, jede tanzt ihren Tanz.

6

»Da kommen sie . . .«, verkündete Valdeloir.

Aussá, Mané Lima und Budião brachten die Feuerwerkskörper, die brennende Zigarre des Capoeirameisters diente zum Anzün-

den. Der Pfeil durchschnitt den Himmel, öffnete sich in Licht über dem kleinen Zug. In einer dichten Gruppe stieg ein halbes Dutzend sonntäglich geputzter Leute langsam den Hügel hinunter, im Rhythmus des Belle-époque-Schrittes der Gräfin Isabel Tereza. Die Alte hatte Tadeu den Arm gereicht, die beiden an der Spitze, die weiße Großmutter, der dunkle Enkel.
Mit Raketen, Sternspiralen, Wunderkerzen und Silberregen erleuchteten die an der Tür der Werkstatt der Wunder versammelten Freunde den Weg des Ingenieurs Tadeu Canhoto, der kurz vorher sein Diplom in der Aula der Polytechnischen Schule erhalten hatte. Es schien heller Tag zu sein, es war eine Nacht der Wunder.
Auf ihren Stock gestützt, trat Mutter Majé Bassan aus der Menschenmenge und schritt dem Zug entgegen. Einige wollten sie stützen, sie erlaubte es nicht.
Vor etwa zwei Jahren hatten die Ärzte ihr nach gründlicher Untersuchung jegliche Anstrengung verboten. »Mutter Majé Bassan, ruhen Sie sich aus«, hatten sie gesagt, »Sie sind nicht mehr jung und gesund genug für die Belastungen einer Heiligenmutter, übergeben Sie Glocke und Messer einer Jüngeren. Gehen Sie nicht aus dem Haus, nicht einmal bis an die Ecke, singen Sie keine Litanei; ein Tanzschritt, ein einziger, kann Ihren Tod bedeuten, das erweiterte Herz droht jeden Moment zu bersten, es ist verbraucht. Verhalten Sie sich ruhig, bleiben Sie in Ihrem Stuhl sitzen, in freundlichem Gespräch, wenn Sie leben wollen. Überanstrengen Sie sich nicht, ärgern Sie sich nicht.« Sie antwortete mit Ja und mit Nein, gewiß, Doktor, der Herr Doktor befiehlt, ich gehorche, so muß es doch sein? Die Ärzte kehrten den Rücken, Majé Bassan nahm ihre Pflichten wieder auf, Messer, Tritonshörner, Glocke, Schiff der Heiligentöchter, den Kreis der Handlungen, Bori und Fetische. Sie bediente sich jedoch des Ausgehverbots, um eine Anzahl Einladungen abzulehnen, es war lange her, daß sie den Fuß über die Grenzen des Terreiro gesetzt hatte. Als sie den Entschluß verkündete, auf Tadeus Fest die Litanei zu singen und den Tanz zu eröffnen, hatten die Heiligentöchter versucht, sie umzustimmen: Und was ist mit dem Urteil der Ärzte, dem erweiterten Herzen? Ich gehe auf jeden Fall, ich

singe und tanze, und nichts wird geschehen. Hier war sie, die andere Großmutter, allein, fest auf ihren Stock gestützt, ging sie auf den Jungen zu.
Tadeu bot ihr den freien Arm, und so, zwischen den beiden Alten, erreichte er die Tür der Werkstatt. Knallkörper und Raketen explodierten.
Nur Geladene, wenige Privilegierte, waren zur Feierlichkeit des Studienabschlusses erschienen. Sie hatten der Verleihung der akademischen Würde beigewohnt, die Reden gehört, jeder reagierte auf seine Art.
Pedro Archanjo in neuem Anzug, gut aussehend, schön, stille Heiterkeit. Lídio Corró hatte »Bravo!« gerufen, als die Redner, der Professor und der Absolvent, Vorurteile und Rückständigkeit verdammten. Er wendete die Augen nicht von Tadeu, ganz gerührt, als er unter den neuen Doktoren den Jungen sah, der in der Werkstatt der Wunder aufgewachsen war und dessen Studien er praktisch finanziert hatte. Damião de Souza in weißem Anzug, frischgebackener Rechtsanwalt: Wenn er hier spräche, würde er die Zuhörer mitreißen! Manuel de Praxedes, in einen Abendanzug gesteckt, der klein war für seinen Riesenkörper und noch kleiner für die Begeisterung, die ihn beherrschte.
Von den Frauen nur Zabela, in altmodischer Rokokoeleganz, Fetzen aus Paris, Handschuhe, Juwelen und Parfüm, schalkhafte Augen. Dozenten, reiche Protze, Autoritäten kamen, ihr die Hand zu küssen.
»Hat jemand aus Ihrer Familie die akademische Würde erworben, Gräfin?«
»Dieser dort, schauen Sie, der Hübscheste von allen, der kräftige Bursche.«
»Welcher? Der ... dunkle?« fragten sie verwundert. »Er ist mit Ihnen verwandt?«
»Nahe verwandt. Er ist mein Enkel.« Und sie lachte so frech und vergnügt, daß das Fest in ihrer Umgebung vor der Zeit begann.
Zum Erstaunen vieler und als Skandal für einige durchquerte Tadeu, als er das Doktordiplom in Empfang nahm, den Raum an Zabelas Arm (»Diese schamlose Hexe ohne Würde«, knurrte Dona Augusta dos Mendes Argolo de Araújo), und mangels einer Mutter oder Braut war es die alte Gräfin, die ihm den Ring

akademischer Würde, den Saphir eines Ingenieurs, an den Finger steckte.
Pedro Archanjo, noch gelassen trotz der wachsenden Rührung, begleitete Tadeus Schritte und sah, daß er die Nelke verstohlen aufhob und sich an den Rockaufschlag steckte. Er beobachtete, wie er den Kopf aufrichtete und triumphierend lächelte. War die Blume zufällig den Händen des Mädchens entfallen, oder hatte sie sie dem jungen Ingenieur absichtlich zugeworfen, als er vorbeiging? Ein paar blonde Locken, die größten Augen von Bahia, die schimmernde Haut, so weiß, fast blau. Pedro Archanjo betrachtete sie neugierig. Sie hatte sich vom Stuhl erhoben und applaudierte mit langen, feingliedrigen Händen, nervös, das Gesicht gespannt, der Mund fest. Tadeu, endlich Doktor, lächelte neben Zabela, als der Dekan der Fakultät ihm das Diplom überreichte, das ersehnte Papier, und der Gouverneur ihm die Hand drückte. Seine Augen suchten das Mädchen, ein glühender Blick, dann wandten sie sich der Gruppe aus der Werkstatt der Wunder zu.
Mein Gott! Mein Kind, noch so jung! Pedro Archanjo applaudierte nachdenklich, seine Freude war nun nicht mehr gelassen, sie hatte sich mit Ahnungen vermengt. Auf jeden Fall, Tadeu, hast du meine ganze Zustimmung. Was auch kommen mag, wie es auch sein wird, koste es, was es wolle, schlag es nicht aus. Wir sind von einem guten Rebstock, unser gemischtes Blut bewährt sich im Kampf, wir weichen niemals zurück, und wir lassen die Hand nicht von unserem Recht, wir leben, um es auszuüben.
Bald darauf wünschte der Betreuer, Professor Tarquínio, von der Rednerbühne den frisch Diplomierten Erfolg in Beruf und Leben. Es gelte, Brasilien zu erziehen und aufzurichten, es von Rückständigkeit und Vorurteilen, von Gleichgültigkeit und Stammtischpolitik zu befreien. Es gelte, eine vom Krieg verwundete Welt wiederaufzubauen. Eine großartige und würdige Aufgabe, Verantwortung des Nachwuchses, vor allem der Ingenieure: Wir erleben das Jahrhundert der Maschinen, der Industrie, der Technik, der Wissenschaft, der Ingenieurwissenschaft.
Der Absolvent Astério Gomes, der im Namen der Kommilitonen sprach, antwortete auf den großmütigen Appell. Ja, wir werden auf den Ruinen des Krieges eine neue Welt bauen und Brasilien

aus der Hinfälligkeit, in der es vegetiert, herausreißen. Eine Welt des Fortschritts und der Freiheit, frei von Wunden, Vorurteilen, Unterdrückung und Ungerechtigkeit. Ein von Straßen durchzogenes Brasilien mit Fabriken und Maschinen, erwacht, im Vormarsch. Eine Welt, die allen Gelegenheiten bietet unter dem Zeichen der Technik.

Einen Augenblick lang sah Pedro Archanjo sie Seite an Seite, Tadeu und das Mädchen, als sie nach der Rede zu ihrem Bruder lief und ihn küßte. Auch die Kommilitonen kamen, den Redner ihrer Gruppe zu umarmen. Seite an Seite, die helle und durchsichtige Schönheit des Fräuleins und die dunkle und männliche Stattlichkeit des jungen Mannes.

In der Werkstatt der Wunder wurden nach dem rituellen Tanz der Begrüßung, als die Atabaques schwiegen, die Flaschen geöffnet. Auf dem Tisch, auf dem sie sonst die Typen für den Satz zusammenstellten, gab es eine Menge zu essen, abwechslungsreich und schmackhaft: Ragout aus Meerestieren, Gebakkenes, Geflügelragout, Bohnenklöße, gebratene Bohnen, Maniokbrei, Krabbenspinat und Fischgemüse. Viele fähige Freundeshände hatten Côco und Dendê gemischt, Salz, Pfeffer und Ingwer abgemessen. Im Morgengrauen waren auf zahlreichen Terreiros der unterschiedlichsten Stämme Ziegenböcke, Hammel, Hähne, Schildkröten, Opferspeisen gebracht worden. Majé Bassan hatte die Tritonshörner gespielt, dreimal hatten sie geantwortet: Arbeit, Reisen und Liebesleid.

Die Raketen platzten am Himmel, sie verbreiteten die Nachricht: An der Ladeira do Tabuão wohnt ein Doktor mit Hut und Ornat, der erste von uns, der an einer Hochschule studiert hat. In der Werkstatt hängte Lídio Corró das Bild vom Studienabschluß zwischen die Wunderzeichnung und das Plakat von Toulouse-Lautrec an die Wand: Tadeu im Talar, zwischen den anderen Kommilitonen. Niemals hatten sich so viele Leute auf einmal in der Werkstatt der Wunder versammelt.

Das Cachaçaglas in der Hand, erhob sich Damião de Souza, räusperte sich, bat um Ruhe, da er einen Toast ausbringen wollte. »Warte!« befahl die Gräfin. Für Zabela erforderte ein Trinkspruch auf einem ordentlichen Fest Sekt oder besser französischen Champagner, den einzigen, der würdig war, auf die Gesund-

heit eines wirklichen Freundes getrunken zu werden. Professor Silva Virajá hatte ihr drei Flaschen vom besten mit Wünschen für ein glückliches Weihnachten geschickt, Zabela hatte eine davon für Tadeus Fest reserviert.
Majé Bassan, gut erzogen, netzte die Lippen mit dem Getränk der Adligen. Lídio und Archanjo taten es ihr nach. Es war Zabela nicht gelungen, die Freunde für gute Weine zu gewinnen, die beiden Gevattern hielten treu zu Cachaça und Bier. Nach den Redeblumen der glühenden Ansprache, dem ungestümen Wortschwall, leerte Damião de Souza sein Glas auf einen Zug, dieses dumme Getränk! Wer tatsächlich fast die ganze Flasche trank, war die Spenderin selbst. Tadeu und Damião umarmten einander, sie waren zusammen groß geworden, am Strand und am Hügel, heute brachen sie auf, jeder mit seinem Schicksal.
Pedro Archanjo, Xangôs Augen, erkannte und begleitete sie: Die Wege waren unterschiedlich. Damião, ein offenes Buch ohne Geheimnisse, hatte den Doktortitel nicht an einer Hochschule erworben, wer ihm Titel und Diplom verliehen hatte, war das Volk. Wohin ihn sein Schicksal auch führen würde, stets würde er derselbe bleiben, hier verwurzelt, unverrückbar. Tadeu hatte noch auf der Hochschule begonnen, die Leiter hinaufzusteigen, vor seinen Kommilitonen. Er war entschlossen, alle Sprossen zu erklimmen, bereit, einen Platz ganz oben zu erringen. »Ich muß jemand werden, Pate«, hatte er am Morgen dieses Tages gesagt, eine Flamme des Ehrgeizes. Wie lange würden sie ihn noch in der Werkstatt der Wunder haben?
Lídio Corró ergriff die Flöte und reichte Pedro Archanjo die Bratsche, die Sambarunde setzte sich zusammen. Wo mochten Kirsi und Dorotéia sein, Risoleta und Dedé? Sabina dos Anjos war nach Rio de Janeiro gezogen, ihr Sohn war Seemann. Ivone hatte einen Fährmann geheiratet, sie wohnte in Muritiba. Vergebens verschlangen die Neuen den jungen, als Doktor gekleideten Tadeu mit den Blicken.
Das Fest ging die ganze Nacht durch, doch der Anlaß des Zusammenkommens, Ziel der Ehrungen, Dr. Tadeu Canhoto, Zivilingenieur, Mechaniker, Geograph, Architekt, Astronom, Ingenieur für Brücken und Kanäle, Eisenbahnen und Straßen, Polytechniker, bat um Entschuldigung und zog sich sehr zeitig

zurück. In den Sälen von Cruz Vermelha veranstalteten der Klub der Elite und der Betreuer, der berühmte und reiche Professor Tarquínio, den Abschlußball für die neuen Ingenieure.
»Ich muß hingehen, Pate. Der Ball hat längst begonnen.«
»Ist es nicht noch früh? Warum bleibst du nicht noch ein bißchen? Alle hier schätzen dich und sind gekommen, dich zu sehen.«
Archanjo hatte das nicht sagen wollen und hatte es doch gesagt. Warum tat er es?
»Das weiß ich wohl, und ich würde gern bleiben. Aber . . .«
Zabela schlug Archanjo mit dem Fächer auf den Arm. »Lassen Sie den Jungen weggehen, seien Sie nicht mürrisch.«
Teuflische lästige Alte, wie weit kannte sie Tadeus Geheimnis? War sie nicht verwandt mit diesen Gomes, diesen Wichtigtuern und Prahlhänsen?
»Sie, Meister Pedro, sind ein Liederlicher, ein Freigeist. Von Liebe verstehen Sie nichts, nur etwas von Frauen.« Die ehemalige Prinzessin des Recôncavo, die ehemalige Königin des Cancan seufzte. »Genau wie ich, ich kenne die Männer, aber kenne ich die Liebe?« Sie schwieg eine Weile und sah Tadeu nach, der den Raum verließ. »Er hieß Ernesto Argolo de Araújo, mein Vetter, ich war jung und närrisch, außerdem liebte ich ihn so sehr, daß ich ihm den Tod in den Armen eines Haudegens brachte, nur um ihn eifersüchtig zu machen und zu erfahren, wie weit seine Liebe reichte.«
Tadeu verschwand in der Dunkelheit, seine Schritte hallten am Hügel wider, Lackschuhe. Niemand wird ihn auf seinem Weg aufhalten können. Ich werde es nicht versuchen, Zabela, wozu? Er wird die Sprossen der Leiter hinaufsteigen, eine nach der anderen, und er hat es eilig. Leb wohl, Tadeu Canhoto, es war ein Abschiedsfest.

7

Der Richter Santos Cruz, dessen Wissen und dessen Sinn für Humor ebenso gerühmt wurden wie seine Intelligenz und seine Redlichkeit, war wirklich gereizt: Der Schreiber war in das

Arbeitszimmer gekommen, in dem sich der Richter bis zum Beginn der Geschworenensitzung aufhielt, und hatte ihm mitgeteilt, daß der Pflichtverteidiger von neuem ferngeblieben sei. Der Rechtsanwalt hatte eilig ein Entschuldigungsbriefchen gekritzelt.

»Krank ... Grippe ... Er wird sich in irgendeiner Kneipe betrunken haben. Er tut nichts anderes. Es ist unmöglich, daß diese Posse weitergeht. Wie oft ist dieser arme Unglückliche geholt und in die Zelle zurückgebracht worden? Nicht einmal im Gefängnis gönnen sie ihm Ruhe ...«

Der Schreiber, der vor dem Tisch stand, erwartete Anordnungen. Der Verdienstvolle fragte: »Welche Rechtsanwälte halten sich im Gebäude auf?«

»Als ich kam, habe ich keinen gesehen. Das heißt, ich sah Dr. Artur Sampaio, aber er ging auf die Straße hinaus.«

»Studenten?«

»Nur Costinha, der aus dem vierten ...«

»Nein, der taugt nichts, da wäre kein Verteidiger noch besser für den Angeklagten. Costinha verurteilte selbst die Heilige Jungfrau noch, wenn er sie eines Tages verteidigen müßte. Sollte sich niemand dieses Unglücklichen annehmen? Muß ich den Prozeß noch einmal vertagen? Das ist empörend!«

In diesem Augenblick trat der junge Damião de Souza in seinem weißen Anzug, mit einem Kragen mit umgelegten Ecken – bekannteste Person im Gericht, eine Art allgemeiner Assistent, den Richtern, Rechtsanwälten, Schreibern und Beamten zu Diensten – in das Arbeitszimmer des Richters. Zwei- oder dreimal hatte er eine Stelle in einem Anwaltsbüro angenommen, doch immer nur für kurze Zeit, er zog die sicheren und abwechslungsreichen Aufträge im Gerichtsgebäude vor. In Korridoren und Notariaten, in Geschworenensitzungen, an Gefängnistüren, auf Polizeiwachen lernte er alles, was mit Verbrechen und Verbrechern, Prozessen und Akten, Bittschriften und Gesuchen zu tun hatte. Erst neunzehn Jahre alt, war er der Retter junger Anwälte, die noch den Geruch der Hochschule an sich hatten, trunken von Theorie, bar jeglicher Praxis. Damião hatte Aufträge in Hülle und Fülle.

Als der Richter ihn sah, lächelnd, ein Blatt Papier in der Hand – »Dr. Santos Cruz, könnten Sie dieses Gesuch Dr. Marinos bewilligen?« –, da erinnerte er sich einer Unterhaltung mit dem

Jungen, als er ihn einmal zu Johanni bei sich zu Hause empfangen hatte.
»Lassen Sie das Gesuch hier. Ich werde dann sehen. Sagen Sie mir eines, Damião, wie alt sind Sie?«
»Ich bin neunzehn geworden, Herr Doktor.«
»Streben Sie noch immer nach dem Anwaltsdiplom?«
»Wenn der Herr vom guten Ende mir beisteht – so gewiß wie eins und eins zwei ist.«
»Halten Sie sich für fähig, auf die Geschworenentribüne zu steigen und einen Angeklagten zu verteidigen?«
»Ob ich mich für fähig halte? Herr Doktor, ohne respektlos sein zu wollen, möchte ich Ihnen sagen: Ich kann es besser als alle diese Jurastudenten, die praktizieren, indem sie die Armen ins Gefängnis stecken. Und ich sage außerdem: besser als mancher Anwalt.«
»Kennen Sie die Akten des Falles, über den heute verhandelt werden soll? Wissen Sie etwas darüber?«
»Um die Wahrheit zu sagen, von den Prozeßakten weiß ich nichts, von der Tat habe ich gehört. Aber wenn es darum geht, den Mann zu verteidigen, dann benennen Sie mich, Herr Doktor, geben Sie mir eine halbe Stunde für einen Blick in die Aufzeichnungen und eine Unterredung mit dem Angeklagten, und ich schwöre Ihnen, daß ich ihn auf die Straße bringe. Wenn Sie die Probe machen wollen, versuchen Sie es.«
Der Richter wandte sich in einer Laune an den Schreiber: »Texeira, setzen Sie Damiãos Benennung zur Verteidigung des Angeklagten auf, von Amts wegen, mangels eines anderen Verteidigers. Übergeben Sie ihm die Unterlagen, damit er sich mit dem Fall vertraut machen kann, und versammeln Sie die Geschworenen in genau einer Stunde. Inzwischen werde ich andere Angelegenheiten gleich hier erledigen. Besorgen Sie mir einen Kaffee. Wenn Sie Ihre Sache gut machen, Damião, dann können Sie mit Ihrer Zulassung als Anwalt rechnen.«
Zé da Inácia hatte ein häßliches Verbrechen begangen, und bei der ersten Schwurgerichtsverhandlung war er zu dreißig Jahren Gefängnis wegen kaltblütigen Mordes verurteilt worden. Das Gericht hatte ihm keine mildernden Umstände zugebilligt, auch sein gutes Vorleben war nicht berücksichtigt worden.
Wenn Zé da Inácia den Koffer eines syrischen Hausierers hügel-

auf und hügelab getragen hatte für ein paar Münzen, die kaum für das Essen von Caçula reichten, seiner Gefährtin vieler Jahre, dann nahm er sonntags unveränderlich seinen wöchentlichen Trunk und kam stolpernd nach Hause. Am Montag kehrte er zu dem Koffer zurück und folgte Seu Ibrahim von Kundschaft zu Kundschaft, schweigsam, friedfertig, unfähig, zu diskutieren oder sich zu beschweren, in Regen und Sonnenglut.

An einem Sonntag lernte er in einer Eckkneipe einen gewissen Afonso Bôca Suja kennen, und gemeinsam leerten sie eine Flasche Schnaps. Die zweite tranken sie in Zé da Inácias Haus, in Caçulas Gesellschaft. Bôca Suja war anfangs sehr herzlich, wurde dann aber streitsüchtig und unverschämt, und als Zé da Inácia sich darüber klar wurde, war er in einen Wortwechsel mit Beschimpfungen wie Hahnrei, Duckmäuser und Anspielungen auf seine Mutter verwickelt. Als Zé da Inácia auf der Wache nach dem Anlaß der Schlägerei gefragt wurde, wußte er nichts zu antworten. Der Gegenstand des Streites war in Cachaça untergegangen: Er sah sich mit dem Messer in der Faust, einer abgeschliffenen scharfen Küchenklinge. Ihm gegenüber Bôca Suja, der ein Holzscheit gepackt hatte und ihn bedrohte. »Ich werde dich in der Mitte aufreißen, du Schlappschwanz!« Auf der einen Seite fiel Bôca Suja zu Boden, von dem Messer durchbohrt, sofort tot, auf der anderen brach Zé da Inácia zusammen, von Cachaça und Schlägen bewußtlos. Als er wieder zu sich kam, war er ein auf frischer Tat ertappter Mörder, und auf der Wache hatte man ihm als Auftakt der Unterhaltung eine ordentliche Tracht Prügel verabreicht.

Bei der ersten Geschworenensitzung, nach mehr als einem Jahr Untersuchungshaft, hatte der Anklagevertreter von angeborener Perversität gesprochen und Seu Lombroso zitiert. »Meine Herren Geschworenen, sehen Sie sich den Kopf des Angeklagten an: der typische Schädel eines Mörders. Ohne von der dunklen Hautfarbe zu sprechen – die neuesten Theorien, die von dem berühmten Medizinprofessor unserer ehrwürdigen Hochschule, von Dr. Nilo Argolo, einer unbestrittenen Autorität, verteidigt werden, heben den hohen Prozentsatz der Kriminalität der Mischlinge hervor. Hier auf der Anklagebank findet sich ein weiterer Beweis für die Richtigkeit dieser Thesen.«

Er hatte das Opfer, Alfonso da Conceição, als einen armen, in der Nachbarschaft geschätzten Arbeiter geschildert, der unfähig gewesen sei, jemandem ein Leid zuzufügen. Sie waren ins Haus des Angeklagten gegangen, um ein bißchen zu plaudern, er wurde Zielscheibe der mörderischen Wut des Ungeheuers, das hier saß. »Betrachten Sie sein Gesicht: nicht die Spur von Reue.« Er forderte die Höchststrafe.
Zé da Inácia hatte kein Geld für einen Rechtsanwalt. Im Gefängnis stellte er Hornkämme und Spatel her, dafür erhielt er ein bißchen Geld, das kaum für Zigaretten ausreichte. Caçula fand Arbeit im Hause der Nichten des verstorbenen Majors Pestana, auf dessen Fazenda sie geboren war. Für sie war der Major das Symbol für Güte und Größe. »Solange der Major lebte, fehlte es mir an nichts, er war der beste Mensch!« Irgend etwas Gutes hatte zweifellos auch Zé da Inácia, denn Caçula gab ihn nicht auf, sonntags besuchte sie ihn im Gefängnis, sprach ihm Mut zu und machte ihm Hoffnung. »Wenn die Geschworenen kommen, gehst du frei aus, so Gott will.« Und Geld für den Anwalt? »Der Richter hat mir gesagt, daß er selbst einen einsetzen wird, du kannst ganz ruhig sein.«
Der Pflichtverteidiger Dr. Alberto Alves kaute im Schwurgerichtssaal an den Nägeln. Er hatte nicht einmal die Akten gelesen und seine Gattin, die lebhafte Odete, tuschelnd und kichernd mit Félix Bordalo, einem Aas, zurückgelassen. Zu dieser Stunde würden sie schon beim Küssen sein, und er konnte nichts tun, um sich der Hörner zu erwehren, hier angebunden in der Pflicht, den Verbrecher zu verteidigen, der auf der Anklagebank saß. Es genügte, sein Gesicht zu sehen, die Maße seines Schädels, um dem Anklagevertreter völlig recht zu geben: Dieses haltlose Raubtier war eine Gefahr für die Gesellschaft. Sollte Odete ...? Doch was für ein Zweifel, es war nicht das erstemal, vorher war der Fall mit diesem Dilton gewesen. Odetes Treueschwüre waren weniger wert als die Unschuldsbeteuerungen des reumütigen Angeklagten, des Verbrechers mit gesenktem Kopf, seiner Natur nach rückfällig, einer wie der andere. Eine Verteidigung unter aller Kritik, hohle Argumente. Dr. Alves verneinte nichts, bestritt nichts, er bat die Geschworenen nur um Milde. Er scheint eher ein Assistent der Anklagevertretung,

dachte der Richter Dr. Lobato, als er das Urteil diktierte: dreißig Jahre Gefängnis. Die Geschworenen hatten die Höchststrafe gefordert.

»Der Herr Verteidiger wird nicht Berufung einlegen?« fragte er angesichts der Gleichgültigkeit des Anwalts empört. »Ich glaube, er sollte es tun.«

»Berufung einlegen? Gewiß.« Wäre nicht der Tadel des Richters gewesen, so hätte sich Alberto Alves nicht einmal dieser Möglichkeit erinnert. »Ich lege Berufung ein.«

Jetzt bekam Zé da Inácia das zweite Verfahren, das dreimal vertagt werden mußte, weil der Pflichtverteidiger ferngeblieben war. In den Verteidigerstand setzte sich Damião de Souza.

Der Anklagevertreter war ein anderer, und ebenso wie Dr. Alberto Alves in der ersten Schwurgerichtsverhandlung dachte der Referendar Augusto Leivas bei der Anklagevertretung an eine Frau, aber nicht als ein Gehörnter, sondern als ein glücklicher Geliebter. Marília hatte sich endlich ergeben, und der Anklagevertreter sah die Welt himmelblau. Er gewahrte in der Hautfarbe Zé da Inácias keine schicksalhafte Vorherbestimmung zum Verbrechen und sah in der Form seines Schädels nicht den Hinweis auf einen Mörder. Er erfüllte seinen Auftrag, während seine Gedanken zu Marílias Reizen abschweiften: wundervoll in ihrer Schamlosigkeit, wenn sie nackt im Bett saß.

Der Richter, der besorgt war wegen der impulsiven Benennung des Verteidigers, atmete bei der schwachen Anklage auf und hielt die Herabsetzung der Strafe auf achtzehn oder zwölf Jahre, vielleicht sogar auf sechs, für sicher, so schlecht der junge Damião als Verteidiger auch sein würde.

Es geschah jedoch, daß Damião de Souzas Debüt in der Schwurgerichtsverhandlung die größte Sensation der Saison wurde, lange Zeit im Gericht kommentiert, am folgenden Tag Thema für die Zeitung. Erwähnung in der Presse sollte Damião von nun an sein ganzes Leben lang finden.

Manuel de Praxedes kam am Gericht vorbei, sah den Betrieb, fragte, weshalb so viele Leute da seien, und erfuhr, daß drinnen ein neuer Anwalt debütierte, noch sehr jung, aber was für ein Koloß auf der Rednertribüne! Manuel de Praxedes ging hinein, um ihn zu sehen, als Damião gerade zum Höhepunkt seiner Rede

kam. Schließlich konnte sich der gutmütige Riese nicht länger zurückhalten, er klatschte Beifall, forderte schreiend ein Dakapo, und wurde aus dem Zuhörerraum entfernt.
Mehr als einmal sah sich der Richter gezwungen, Ruhe zu fordern, der Zuhörerschaft mit der Räumung des Saales zu drohen, aber er tat es lächelnd. Lange hatte man keine Verhandlung mit solch lärmendem und bewegtem Publikum erlebt.
Damiãos Verteidigung wurde ein Eops, sie hatte etwas von einem Liebesroman, von einer griechischen Tragödie, von einem billigen Feuilleton, von der Bibel, und im rechten Augenblick kam das erläuterte Urteil des »verdienstvollen Richters und edlen Meisters des Rechts, Dr. Santos Cruz«. Kurz, der gute Zé da Inácia wurde zu der Tat hingerissen, um die Ehre seines Heimes und das eigene Leben zu retten, beides bedroht durch den häßlichen Verräter Afonso Bôca Suja. Ein Opfer des Schicksals, dieser Angeklagte: liebender Gatte, arbeitsamer, vorbildlicher Mensch, unter der glühenden Sonne mit dem Koffer des Hausierers, um im Schweiße seines Angesichtes – nur des Angesichtes, nein, meine Herren Geschworenen, des ganzen Körpers, denn der Koffer des Syrers wiegt Tonnen! – den Unterhalt für die geliebte Gattin zu verdienen. Eines Tages öffnete dieser edle und arme Bürger die Pforten seiner Freundschaft und seines Vertrauens einer Schlange: Afonso Bôca Suja – der Name sagt schon alles, meine Herren Geschworenen, denn schmutziger Mund – schmutziges Herz! Wilde Hyäne, hartnäkkiger Säufer, gewalttätig und ausschweifend, hatte er beabsichtigt, Zé da Inácia die Liebe der Gattin zu rauben, die Ehre seines Heimes zu beflecken. Stellen Sie sich diese griechische Tragödie vor, meine Herren! Als Zé da Inácia von der Straße kam, müde von der harten Arbeit – obwohl Sonntag war, hatte er gearbeitet –, war er auf die dantische Szene gestoßen: die arme Caçula im Kampf gegen den Schuft, der, mit dem Küchenmesser bewaffnet, versuchte, sie mit Gewalt zu nehmen, da die fromme Kreatur seine schändlichen Anträge empört abgewiesen hatte. Zé da Inácia eilt der Gattin zu Hilfe. Ein Handgemenge entsteht, und bei der Verteidigung der Ehre seines Hauses und des eigenen Lebens vernichtet der friedliche Arbeiter Zé da Inácia die dreckige Schlange.

Damião breitete die Arme aus und fragte: Meine Herren Geschworenen, Sie sind Gatten und Väter, Ehrenmänner, antworten Sie: Wer von Ihnen bliebe gleichmütig, wenn er beim Eintritt in sein Haus die Gattin im Kampf mit einem Lumpen sähe? Wer? Keiner, da bin ich sicher.

Er zeigte auf Caçula im Publikum: Da ist es, meine Herren Geschworenen, das größte Opfer! Der Erwähnten saßen die Tränen locker; bevor sie von zu Hause weggegangen war, hatte sie zwei Schluck Cachaça getrunken, um die Beschuldigungen gegen ihren Mann ruhiger anhören zu können. Das erstemal war es ein Greuel gewesen. Da ist sie, meine Herren Geschworenen, die arme und fromme Gattin, in Tränen gebadet, sie ist es, die Gerechtigkeit für ihren Mann fordert. Ich verlange angesichts der Prozeßunterlagen den Freispruch für meinen Mandanten.

Nun gab es das von Manuel de Praxedes vorgeschlagene Dakapo. In seiner Eitelkeit getroffen, sah der Anklagevertreter seinen unter großen Mühen erworbenen Ruf in Gefahr, verlangte von dem Schreiber die Akten und widersprach. Anhand von Gesetzen, Autoren, Zitaten und Belegen aus den Prozeßakten führte er die Anklage ernsthaft, er durfte nicht von einem Lausejungen, der nicht einmal Jurastudent war, einem Boten von Gerichtsbeamten, einem Trinkgeldempfänger von Schreibern, einem Hanswurst geschlagen werden. Er versuchte, den Punkt aufs i zu setzen, das unsinnige Märchen Lügen zu strafen, aber es war zu spät, es gab keine Möglichkeit. In der Antwort machte Damião aus den Geschworenen das, was er wollte und konnte, der Apotheker Filomeno Jacob schluchzte laut. Das Publikum ein »Meer von Tränen«, wie der Berichterstatter von *A Tarde* feststellte.

Das Schwurgericht sprach den Angeklagten einstimmig frei. Dem Richter Santos Cruz fiel es zu, das Urteil zu diktieren und Zé da Inácias Freilassung anzuordnen. »Es hat nicht viel gefehlt, und ich hätte auch geheult, nie in meinem Leben habe ich etwas Ähnliches gesehen«, sagte der Verdienstvolle zu dem Anklagevertreter, »ich werde ihm eine Anwaltsberechtigung erwirken, nie wieder wird ein Anwalt für die Armen fehlen.«

So fand Damiãos Studienabschluß statt. Studienabschluß ohne Ring des Akademikers, ohne Doktordiplom, ohne Rahmen, ohne Bild im Talar, ohne Ball, ohne Betreuer, ohne Kommilitonen, er allein, als einziger. Als der Prozeß vorüber war, kam die arme Caçula, die ihren Mann trotz allem liebte und die Hoffnung, ihn in Freiheit zu sehen, aufgegeben hatte, zu dem milchbärtigen Burschen und dankte ihm. »Gott möge es Ihnen vergelten, Herr Major!« Warum Major? Nur sie wußte das, Dinge aus der Vergangenheit: Major Damião de Souza für immer.

8

Als Pedro Archanjo die Stimme des Jungen an der Mansardentür erkannte – »Erlauben Sie, Pate« –, versteckte er die Korrekturbogen unter ein paar Büchern.

»Bist du es, Tadeu? Komm herein.«

Draußen regnete es, ein beständiger feiner Regen, trübselig.

»Du hier? Was gibt es?«

Gleich nach dem Studienabschluß hatte Tadeu eine Anstellung beim Bau der Eisenbahn Jaguaquara – Jequié als Hilfsingenieur bekommen. Kleines Gehalt, mißliche Arbeitsbedingungen. Der Junge aber hatte diese praktische Erfahrung im Innern des Staates der Arbeit in einem Ingenieurbüro vorgezogen. In der Hauptstadt mit den Beinen baumeln, Kandidat für eine Pfründe, im öffentlichen Amt – dafür habe ich nicht studiert.

»Ich muß mit Ihnen sprechen, Pate.«

Vom Bett kam Rosálias Atem. Archanjo stand auf und bedeckte die üppige Nacktheit des Mädchens. Sie war lächelnd eingeschlafen, in der Wärme der sanften, zärtlichen Worte, die so schön anzuhören und so ersehnt waren. Vor mehr als zehn Jahren, kaum daß sie siebzehn geworden war, hatte der träge Roberto, Sohn des Obersten Loureiro, sie am Kinn gefaßt und gesagt: »Mädchen, du bist reif für die Liebe.« Nach dem Sohn kam der Vater an die Reihe. Der Oberst schenkte ihr ein Kleid und ein bißchen Geld, Rosália arbeitete in Alagoinhas in Adri Vaselinas Pension. Mit einem Reisenden war sie nach Bahia gekommen, und Pedro Archanjo hatte sie auf dem Terreiro de Jesus beim Orangenkauf getroffen. Erst da erhielt Rosália die Gewißheit, daß sie ein menschliches Wesen war.

»Ich muß mit Ihnen sprechen, Pate«, wiederholte Tadeu. »Ich möchte Ihren Rat.«
»Gehen wir.« Archanjo fühlte einen Druck auf dem Herzen. Das Spiel am Morgen des Studienabschlusses fiel ihm ein: Arbeit, Reisen, Liebesleid, hatten die Tritonshörner geantwortet.
Sie stiegen langsam den Hügel hinauf, flüchtig sahen sie Lídio Corró in der Werkstatt, mit den Typen und dem Lehrling beschäftigt. Tadeu sprach, Archanjo hörte mit gesenktem Kopf zu. Einen Rat? Wozu einen Rat, wenn er bereits alles entschieden und sogar schon die Überfahrt mit dem Schiff gebucht hatte?
»Ich werde dir keinen Rat geben, und du bist auch nicht gekommen, um eine Meinung zu bitten. Aber ich finde, du denkst richtig. Du wirst mir sehr fehlen«, versicherte er, »zu sehr fehlen. Aber ich kann dich nicht hier festhalten.«
Tadeu hatte sich entschlossen, den Posten beim Bau der Eisenbahn aufzugeben und nach Rio de Janeiro zu gehen, wo er der Gruppe von Ingenieuren angehören würde, die unter Paulo de Frontins Leitung die Landeshauptstadt in eine moderne Stadt verwandelten. Er verdankte diese Möglichkeit Professor Bernard, Frontins Freund. Als er in Rio gewesen war, hatte er von der Begabung seines jungen Schützlings gesprochen, der arbeitsam, ehrgeizig und fähig war, ein wertvoller Gewinn für die Gruppe des bedeutenden Ingenieurs. »Schick mir den Jungen, ich brauche junge und fähige Leute.«
»Das ist meine Chance, Pate. Rio ist ein weites Feld. Hier habe ich keine andere Möglichkeit, als schließlich Beamter im Verkehrsbüro zu werden. Ich habe nicht studiert, um Bürokrat zu sein, an einen Schreibtisch gefesselt, mit kleinem Gehalt, auf Beförderung wartend. Im Süden kann ich Karriere machen, vor allem dort, wo ich arbeiten werde. Wenige haben solches Glück. Professor Bernard hat sich als wirklicher Freund erwiesen.«
Ist das alles, Tadeu? Hast du sonst nichts zu erzählen, nichts zu besprechen? Meister Archanjo ahnte, daß die Hauptsache noch nicht gesagt war. Tadeu suchte nach Worten, er wußte nicht, wie er sich äußern sollte.
»Sprich, mein Sohn.«
Fast immer nannte Archanjo Tadeu beim Namen, manchmal

beim vollständigen Namen – Tadeu Canhoto –, so gut wie nie aber »mein Lieber« oder »Freund«, wie seine üblichen Anredeformen lauteten. Bei wenigen, sehr seltenen Gelegenheiten sagte er »mein Sohn«.

»Pate, ich habe die Schwester eines Kommilitonen gern. Sie kennen ihn, es ist Astério, ich habe ihn Ihnen einmal vorgestellt, er war der Redner unserer Gruppe, erinnern Sie sich? Jetzt ist er in den Vereinigten Staaten, er wird zwei Jahre dort bleiben, um sich an einer Universität zu spezialisieren. Die Familie ist sehr reich.«

»Blondes Haar, durchscheinende schimmernde Haut, große Augen.«

»Kennen Sie sie, Pate?«

»Und diese Familie reicher Weißer, was sagt sie zu der Liebe?«

»Niemand weiß etwas, Pate, nur sie und ich, und jetzt Sie. Das heißt ...«

»Zabela.«

»Hat sie Ihnen davon erzählt?«

»Du kannst beruhigt sein, sie hat mir nichts gesagt. Ist sie mit Zabela verwandt?«

»Verwandt nicht. Sie sind miteinander bekannt. Das heißt: Lus Großmutter – sie heißt Luiza, aber sie nennen sie Lu – war als junges Mädchen Zabelas Freundin, und manchmal geht sie zu ihr, um über die Vergangenheit zu plaudern. Daher kennt Lu Zabela und besucht sie. Doch in der Familie weiß keiner etwas, und ich möchte nicht, daß sie es wissen. Zumindest vorläufig.«

»Und warum möchtest du es nicht? Fürchtest du, daß die Verwandten es nicht billigen?«

»Weil ich Mulatte bin? In Lus Familie gibt es alles, ich weiß nicht, was geschieht, wenn sie es erfahren. Bis jetzt haben sie mich immer sehr gut behandelt. Aber ich habe keine Ahnung, wie sie sich dann verhalten werden. Die Mutter hat Adelsdünkel, von der Großmutter, der Freundin Zabelas, wird nicht gesprochen. Manchmal wird es fast lustig, wenn Dona Emília, die Mutter, eine Hausangestellte tadelt und sie als ›schwarzes Schwein‹ bezeichnet. Sie blickt mich an, verwirrt, es fehlt nur, daß sie mich um Entschuldigung bittet. Aber nicht deshalb mache ich ein Geheimnis daraus, Pate. Sie haben mich gelehrt, auf meine Hautfarbe stolz zu sein. Ich möchte nicht im Hause dieser reichen

Leute erscheinen und mit leeren Händen um die Tochter anhalten. Wenn sie nein sagen, weil ich Mulatte bin, werde ich mich einrichten. Doch wenn ich es ihnen ermögliche, nein zu sagen, weil ich nicht imstande bin, eine Familie zu ernähren, was für ein Recht hätte ich zu widersprechen? Keines, meinen Sie nicht?«

»Du hast recht.«

»Ich gehe nach Rio, ich werde arbeiten, Pate. Ich bin kein Dummkopf, und ich könnte ein guter Fachmann sein. Ich werde der besten Ingenieurgruppe des Landes angehören. Ich denke, in zwei, spätestens drei Jahren habe ich eine gesicherte Existenz. Dann kann ich wiederkommen und an die Tür von Lus Haus klopfen, denn dann habe ich etwas zu bieten. Das ist auch die Zeit, da Astério aus den Vereinigten Staaten zurückkehrt, er könnte ein wichtiger Verbündeter für mich sein, eine entscheidende Stütze. Er selbst sagt, daß er ohne meine Hilfe nicht zum Studienabschluß gelangt wäre. Er ist mein Freund.«

»Wie alt ist das Mädchen?«

»Sie wird achtzehn. Als ich Astério im ersten Jahr an der Hochschule kennenlernte und er mich nach Hause mitnahm, war Lu zwölf Jahre alt, stellen Sie sich vor. Wir mögen uns seit langem, aber erst im vergangenen Jahr sind wir uns gegenübergetreten und haben geschworen.«

»Ihr habt geschworen?«

»Ja, Pate! Eines Tages werden Lu und ich heiraten. Ganz gewiß.« Er sagte es zwischen den Zähnen hindurch, fast grimmig.

»Wieso glaubst du, daß sie auf dich warten wird?«

»Weil sie mich gern hat und aus einer beharrlichen Familie stammt. Wenn die etwas wollen, dann wollen sie es wirklich. Lu ist wie ihr Vater, der weicht nie zurück. Wissen Sie, wem Oberst Gomes ähnelt? Ihnen. In vielem sind Sie verschieden, doch in anderen Dingen sind Sie gleich. Eines Tages werden Sie ihn kennenlernen.«

»Fühlst du dich imstande, bist du vorbereitet auf das, was sich daraus ergeben und auf dich zukommen kann? Es kann schwierig sein und vielleicht schrecklich, Tadeu Canhoto.«

»Waren nicht Sie es, der mich großgezogen hat, Sie und mein Onkel Lídio?«

»Wann willst du abreisen?«

»Noch heute. Am Nachmittag geht ein Schiff, ich habe schon die Karte.«
Am späten Nachmittag begleiteten Pedro Archanjo und Lídio Corró Tadeu zum Kai. Der Junge hatte im Hause der Gomes gegessen und sich verabschiedet. Dann war er umhergelaufen, Freunden Lebewohl zu sagen. Majé Bassan hatte ihm eine Kette gereinigter Perlen und einen Patuá, einen Talisman aus Xangôs Heiligtum, gegeben. Zabela, obwohl rheumatisch und fast gelähmt, wollte ihn trotzdem zum Dampfer begleiten. Tadeu willigte nicht ein: Sie solle im Bett bleiben und ihre Poeten lesen. Zabela zog eine Grimasse, trauriger Lebensabend für eine, die die Herrin von Paris war. Manuel de Praxedes und Mané Lima erschienen im letzten Moment, sie hatten es eben erst erfahren. Der Dampfer pfiff schon zum zweiten Male und mahnte die Reisenden zur Eile.
Der Abschied wurde eine Zeremonie, die großen Entfernungen, schwierig zu überwinden, Rio de Janeiro war sehr weit. Archanjo beherrschte sich nicht, er öffnete den Schrein des Geheimnisses. »Ich wollte es dir nicht sagen, es sollte eine Überraschung werden. Das Buch ist fast vollständig gedruckt, es fehlt nur noch wenig.«
Auf dem unruhigen Gesicht des Jungen malte sich die Freude des Lehrlings von vor zehn Jahren, die Schatten verschwanden. »Ach, Pate, was für eine Neuigkeit! Schicken Sie es mir, sobald es herauskommt, schicken Sie mir mehrere Exemplare, ich werde sie in Rio verteilen.«
Der dritte Pfiff, der Steward mit der Glocke: Besucher an Land, Reisende an Bord, das Schiff legt ab. Der Augenblick der Umarmungen und der Tränen, der zum Abschied winkenden Tücher war gekommen. Die vier Freunde gingen zum Kai hinunter, bildeten eine kleine Gruppe zwischen den Kränen. Plötzlich sahen sie Tadeu die Treppe hinunterlaufen. Bekümmert versuchte das Mädchen mit den blonden Locken, jemanden auf dem Oberdeck zu erkennen, aber wie sollte sie etwas sehen, wenn die großen Augen getrübt waren und so viele Leute ringsum standen? »Tadeu!« jammerte sie verzweifelt, die Stimme ging im Abschiedslärm unter. Da stand er keuchend neben ihr. Eine endlose und kurze Sekunde mitten unter den Neugierigen sahen sie einander an, er küßte ihr die Hand,

wandte sich zum Schiff zurück. »Tadeu!« rief die Unvernünftige erregt und streckte Arme und Lippen nach ihm aus. Tadeu riß sich von dem Kuß los, erreichte das Fallreep, leb wohl.
An der Hafenausfahrt verabschiedete sich das Schiff mit Rauchwolken und einem letzten Pfiff. Das Tuch winkte ein letztes Mal, leb wohl, Geliebter, vergiß mich nicht. Langsam entvölkerte sich der Kai, in den Schatten der Dämmerung blieben nur Archanjo und Lu.
»Pedro Archanjo?« Das Mädchen reichte ihm die zarte Hand, blaue Adern, schlanke Finger. »Ich heiße Lu, ich bin Tadeus Verlobte.«
»Verlobte?« Archanjo lächelte.
»Für ihn und mich. Sie wissen es, hat er mir gesagt.«
»Sie sind so jung.«
»Mama bietet mir jeden Tag einen Bräutigam an, sie sagt, ich sei im heiratsfähigen Alter.« Sie war ein Nervenbündel, eine zügellose Flamme, und ihr Lachen klang wie Wasser, das über Kiesel rollt, hell und rein.
»Wenn ich Mama meinen Bräutigam vorstelle, dann wird sie einen Anfall bekommen, den größten ihres Lebens.« Sie öffnete ihre großen Augen noch weiter und schaute Archanjo ins Gesicht. »Denken Sie nicht, ich wüßte nicht, wie schwierig das sein wird. Ich weiß es am besten, ich kenne meine Familie, aber das macht mir nichts aus. Sie brauchen keine Angst zu haben.«
»Vor diesen Dingen hatte ich nie Angst.«
»Ich meine, um mich brauchen Sie keine Angst zu haben.«
Nun war es an Archanjo, ihr in die Augen zu sehen. »Nicht um Sie und nicht um ihn, um keinen von euch beiden ist mir bange.« Er lächelte breit. »Ich werde keine Angst haben, meine Liebe.«
»Ich fahre morgen auf die Fazenda, darf ich Sie besuchen, wenn ich zurückkomme?«
»Immer, wenn Sie möchten. Es genügt, Zabela Bescheid zu geben.«
»Sogar das wissen Sie? Man hat mir schon erzählt, Sie seien ein Zauberer, nicht wahr? Tadeu hat so viel von Ihnen gesprochen, Wunder erzählt. Leben Sie wohl, nehmen Sie es mir nicht übel.« Sie trat näher und küßte ihn auf die Wange, die Dämmerung leuchtete golden und kupferfarben am Horizont.

Mein Kind, das wird das Ende der Welt sein, mach dich darauf gefaßt. Sie war stark, ein flammendes Feuer.

9

Als Pedro Archanjo an der Kathedrale vorbeiging, an den Fenstern der »Livraria Espanhola« des Don León Esteban und der »Livraria Dante Alighieri«, pompöser Name des Antiquariats des Giuseppe Bonfanti, schaute er verstohlen nach den Exemplaren der *Afrikanischen Einflüsse auf die Sitten von Bahia* zwischen den neuesten einheimischen Ausgaben und den von Don León importierten ausländischen Büchern aus. Ein Band von fast zweihundert Seiten, der Titel in luxuriösem Blau in der Mitte des Umschlags und oben der Name des Autors in Buchstaben, die eine Handschrift nachahmten, »eine hübsche Kursivschrift«, mit Meister Lídio Corrós Worten. Die Eitelkeit löste sich in Nachdenken auf, versonnen überquerte Meister Archanjo den Platz: Das Buch hatte ihn zehn Jahre lang Mühe und Disziplin gekostet; während er es schrieb, hatte er sich verändert, er war nicht mehr derselbe.

Don León hatte sein Geld aufs Spiel gesetzt und fünf Exemplare gegen feste Rechnung gekauft, zwei hatte er ins Schaufenster gestellt – »für jene, denen es am meisten bedeutet, das Buch im Fenster zu sehen« –, eines hatte er als Geschenk für einen Freund, der sich mit anthropologischen Studien befaßte, nach Spanien geschickt. Wegen der Seltenheit, nicht wegen eines wissenschaftlichen Wertes, den es sicherlich nicht hatte, das Buch eines von den Mikroben der Wissenschaft gezwickten Pedells. Eine Verrücktheit, die verbreiteter ist, als man denkt; die Stadt Bahia ist voll von Poeten und Philosophen, und Don Léon hatte reichlich Erfahrung mit diesem Typ von Autoren. Sie tauchten täglich in seiner Buchhandlung auf, blaß, streitsüchtig, unrasiert, Manuskripte unter dem Arm, Sonette und Gedichte, Erzählungen und Romane, philosophische Abhandlungen über die Existenz Gottes und das Schicksal des Menschen. Ganz selten trieb eines dieser Genies Geld und Mittel auf, das

»unsterbliche Werk« drucken zu lassen, und kam dann geradenwegs zu Don León, um Exemplare zu verkaufen. Unter den Bazillenträgern der Literatur und den vom wissenschaftlichen Virus Infizierten bevorzugte Don León die Poeten, die im allgemeinen friedfertig und träumerisch waren, während sich die Philosophen rasch ereiferten, bereit, Welt und Menschheit mit ursprünglichen und unwiderlegbaren Theorien zu retten. Archanjo, schwache Einsicht im Umgang mit Doktoren, widmete sich der Anthropologie und der Ethnologie, aber er hatte eine poetische Art, er war einer der Sympathischsten in dieser seltsamen Fauna, ein armer Teufel, der ein besseres Los verdient hätte. Don León, informiert, belesen, zurückhaltend und angenehm im Umgang, empfahl Autoren an Literaten und Studenten. Er brachte Blasco Ibáñez, Vargas Vila, den Argentinier Ingenieros, den Uruguayer José Enrique Rodó in Mode, Ingenieros und Rodó für die Professoren, Vargas Vila sehr populär unter den Studenten, Blasco Ibáñez für die berühmtesten Familien: Mannigfach war Don Léons Kundschaft, eklektisch der Geschmack des Buchhändlers.
Richter, Landgerichtsräte, Professoren der verschiedenen Fakultäten, hochgestellte Journalisten, die wichtigsten Personen des geistigen Lebens suchten seine Buchhandlung und seine Kenntnisse auf: Don León bekam Kataloge aus Argentinien, aus den Vereinigten Staaten, aus ganz Europa. Als Vermittler bei der Einfuhr von Werken, die in Brasilien nicht vorhanden waren, nahm er Bestellungen an. Auch Pedro Archanjo nutzte seinen guten Kundendienst, um Bücher aus Frankreich, England, Italien und Argentinien zu beziehen. Mehr als einmal war es geschehen, daß das Bestellte im Moment größten Geldmangels eintraf, und der Spanier borgte. »Behalten Sie die Bücher, bezahlen Sie, wenn es Ihnen besser paßt.« Don León schätzte an dem Mulatten die Korrektheit in Bezahlung und Kleidung, seine Sauberkeit, als wäre er eben aus dem Bad gestiegen, seine Erziehung, die ihn von der Mehrheit der Philosophen unterschied, die im allgemeinen plumpe Denker, unruhig, schlecht gekleidet, schmutzig und arm waren.
Trotz ruhiger Rede und sympathischen Auftretens war Pedro Archanjo deshalb nicht weniger närrisch in seiner Manie eines

Wissenschaftlers, Geld zu verschwenden – einen Haufen Geld! – für ausländische Werke, die nicht einmal die Medizinprofessoren kannten, dachte Don León, als der Mulatte mit dem Buch erschien. »Sehr gut, mein Glückwunsch.« In einem Übermaß an Großzügigkeit hatte er fünf Exemplare gekauft und zwei ins Schaufenster gestellt, aber er dachte nicht einmal daran, in der wenig eleganten Broschüre zu blättern, er hatte weder die Muße noch den Humor für solche irrsinnigen Abrisse.
Im Gegensatz zu der Organisation der »Livraria Espanhola« – die Bände auf den Regalen, nach Inhalt, Sprache und Autor geordnet, die Korbstühle im Hintergrund für den Schwatz erlauchter Kundschaft, der Angestellte mit Kragen und Krawatte – war Bonfantis Antiquariat ein Chaos, Bücherstapel auf dem Boden, auf dem Ladentisch aufgetürmt, wenig Platz für den großen Kundenkreis lärmender Studenten, malerischer Pseudoliteraten, alter Leute auf der Suche nach unzüchtiger Literatur. Zwei unverschämte, hungrige Negerjungen bedienten unter Witzeleien. An der Kasse Bonfanti, der seit sieben Jahren, seit er sich hier niedergelassen hatte, denselben schmierigen und abgetragenen blauen Kaschmiranzug trug, die Stimme bei An- und Verkauf kreischend.
»Zehn Tostãos, bitte sehr.«
»Aber, Seu Bonfanti, ich habe diese *Geometria* hier selbst gekauft, am Montag, und ich habe fünf Milréis dafür bezahlt«, erinnerte der Student.
»Sie haben ein neues Buch gekauft und verkaufen ein gebrauchtes.«
»Gebraucht? Ich habe es nicht einmal aufgeschlagen, es ist nagelneu, wie es hier herausgegangen ist. Geben Sie wenigstens zwei Milréis.«
»Ein Buch, das die Buchhandlung verlassen hat, ist ein gebrauchtes Buch. Zehn Tostãos, nicht einen mehr.«
Er erwarb nicht ein einziges Exemplar der *Einflüsse* gegen bar: Er dehnte die Freundschaft zu dem Autor nicht so extrem aus. Er nahm zwanzig in Kommission und stellte etwa fünf in das kleine Schaufenster, in dem er die Neuerscheinungen zeigte. Das große hatte er für gebrauchte Bücher, die Grundlage seines Gewinns, vorbehalten. Als Archanjos Freund tauschte er mit

ihm delikate Kochrezepte bei sonntäglichen Mittagessen in der Werkstatt oder in Bonfantis Haus in Itapagipe aus, unter Vorsitz Dona Assuntas, der dicken und gesprächigen Makkaronikönigin. Wenn es sich ums Essen handelte, verwandelte sich Bonfanti in einen liebenswürdigen und verschwenderischen Bürger, Essen war sein Laster.

Diese Eitelkeit des Autors eines neuen Buches, der mit den Schaufenstern liebäugelte, dauerte nicht lange. Pedro Archanjo wurde vollständig in Anspruch genommen von den Feierlichkeiten zu seinem fünfzigsten Geburtstag: ununterbrochene Folge von Carurus, »Dona Fernanda und Seu Mané Lima lassen Sie zum Caruru bitten, den sie am Sonntag für Seu Archanjo geben«, Batucadas, Sambarunden, Treffen, Zusammenkünften, große Essen und Trinkereien, alle wollten ihn feiern. Meister Archanjo tauchte ganz unter in diesem Meer von Cachaça, Bällen und Frauen und war hell begeistert. Er schien die in all den Jahren mit Studium und Vorbereitung des Buches verlorene Zeit auf einmal nachholen zu wollen. Lebenshungrig und lebensdurstig wurde er überall gesehen, kreuzte er an Orten auf, an denen er seit seiner Jugend nicht gewesen war, besuchte er Gegenden wieder, wandelte er auf vergessenen Pfaden. Wieder umherstromernd und müßig, Plauderer mit zügellosem Lachen, immer zu einem Schluck bereit, von Frauen umringt, beobachtete er alles, machte mit dem Bleistiftstummel Notizen in das kleine schwarze Heft. Unersättlich, eilig, gierig.

Das Buch hatte ihn nicht nur mehr als zehn Jahre Verantwortung und Anstrengung gekostet, es hatte auch einen hohen Preis an Glauben, Gesichtspunkten, Meinungen, Regeln, Betrachtungs- und Handlungsweisen gefordert; vorher war er jemand gewesen, jetzt war er ein anderer, verändert. Als er sich darüber klar wurde, war er umgekrempelt, hatte er einen neuen Wertmaßstab.

»Gevatter Pedro, du scheinst ein Senhor zu sein«, sagte Lídio Corró zu ihm, als er ihn mit dem Buch unter dem Arm in Richtung Hochschule gehen sah.

»Senhor wovon, mein Lieber? Hast du mich schon als Herrn von irgend etwas gesehen, Freund?«

Die Meinung des Gevatters, seines Zwillingsbruders, alarmierte ihn. Lídio Corró fürchtete, daß er davonzog. Nicht auf Reisen in

andere Länder, vorübergehend oder für immer. Einfach davonzuziehen. Sie zu verlassen, sie alle. Vielleicht war er der einzige, der die innere Wandlung bemerkte, den neuen Menschen, der in dem alten, ungestümen und etwas verantwortungslosen, freigeistigen, aber inkonsequenten, zweifellos kühnen, doch in seinen Ansichten begrenzten Pedro Archanjo heranwuchs. Für das Volk von Tabuão und Pelourinho, bei Hirtenspielen und Gafieira, bei Gesang und Tanz, bei Capoeira und Candomblé, blieb er derselbe Meister Pedro, den alle hochachteten: Mit ihm ist niemand vergleichbar, sogar ein Buch hat er geschrieben, er weiß mehr als ein studierter Doktor und ist unseresgleichen. Den Segen, mein Gevatter, sagten die Ogãs. Den Segen, mein Vater, Ojuobá in der Stimme der Zauberer, den Segen! Sollte sich Majé Bassan der Veränderung bewußt geworden sein? Wenn es so war, dann erfuhr es niemand, nicht einmal Archanjo.
Mit fünfzig Jahren tauchte Pedro Archanjo mit der Begierde eines Jünglings ins Leben ein. Tat er es außer aus den angezeigten Gründen nicht auch, um sich über Tadeus Abwesenheit zu trösten?
Mit dem Buch beschäftigte sich Meister Lídio Corró, seine Hingabe und sein Vertrauen waren unerschütterlich: Für ihn waren die Bücher des Gevatters eine Art neuer Bibel. Der Wundermaler ahnte ihre Bedeutung, denn er hatte die auf ihren Seiten ausgedrückte Wahrheit am eigenen Fleisch und Blut kennengelernt: in Verfolgung und Schlägerei, in Lüge und Wahrheit, in Schlechtem und Gutem. Er hatte alle Hände voll zu tun mit Verbreitung und Verkauf der Exemplare. Er schickte Bände an Kritiker, Professoren, Journalisten und Zeitungen, Hochschulen im Süden und im Norden, ausländische Universitäten, er brachte zwei Pakete an Tadeu zur Post, die er in Rio verteilen sollte.
Der *Diário da Bahia* kündigte die Publikation des Buches in einer Notiz von wenigen Zeilen an, wobei Pedro Archanjo ein »ausgezeichneter Autor« genannt wurde, und *A Tarde* schätzte den Band als »einen Reliquienschrein unserer Traditionen«. Von dem Satz angetan, zeigte Lídio die Zeitung der halben Welt. Zwei oder drei Kritiker äußerten sich vorsichtig über den Wert des Werkes, in kurzen Erwähnungen. Griechenland und Frankreich,

den letzten Hellenen zugewandt, fühlten sie sich als geistreiche Leser von Anatole France nicht angezogen von den »sonderbaren und ursprünglichen Bräuchen von Bahia«, noch weniger von »kühnen und umstrittenen Behauptungen über Rassen«, vom Lob der Rassenmischung, diesem explosiven Thema.
Jedoch geschahen einige bedeutsame Dinge. Vor allem wurde ein kleiner Teil in Buchhandlungen verkauft – allerdings wenig –, nicht nur in Bahia, sondern auch in Rio. Ein junger Buchhändler in Rio am Anfang seiner Laufbahn war außer einer Bestellung von fünf Exemplaren gegen Barzahlung – durch Tadeus Vermittlung – bereit, fünfzig in Kommission zu nehmen, um sie in Buchhandlungen in Rio zu verteilen, wenn »der Verleger ihm fünfzig Prozent Preisnachlaß gewährte«. Zum Verleger erhoben, auf dem Gipfel der Begeisterung, schickte Lídio Corró gleich das Doppelte, hundert Exemplare, und übertrug dem hauptstädtischen Buchhändler das Alleinverkaufsrecht für den ganzen Süden des Landes. Wie viele verkauft wurden, konnte Lídio wegen der ausbleibenden Abschlagszahlungen nicht klären. Dagegen wurde der junge Bücherhändler Tadeus vertrauter Freund, sein Name tauchte häufig in den seltenen Briefen an Archanjo auf: »Ich habe Carlos Ribeiro getroffen, meinen Freund, den Buchhändler, der ein großer Verbreiter Ihres Buches ist.«
Auch in der Medizinischen Fakultät blieb die Publikation nicht unbemerkt. Abgesehen von den Studenten, die mit Pedro Archanjo befreundet waren und denen Lídio Exemplare zu unterschiedlichen Preisen aufschwatzte, je nach den finanziellen Möglichkeiten der Kundschaft – man mußte verkaufen, um die Ausgaben für das Papier bestreiten zu können –, rief das Buch Debatten unter den Professoren im Sekretariatszimmer hervor. Arlindo, der andere Pedell des Lehrstuhls für Parasitologie, berichtete Archanjo über die fürchterliche Diskussion zwischen Professor Argolo und dem Lästermaul Isaias Luna. Es hatte nur gefehlt, daß sie sich prügelten.
Professor Luna, eine bedauernde Miene vortäuschend, hatte den Medizinprofessor gefragt, ob es wahr sei, was die Studenten am Terreiro erörterten. Erörterungen der Studenten? Worüber? Sicherlich Unsinn, Albernheiten. Nilo Argolo hatte keine Zeit für solche Torheiten. Was sagten sie?

Sie sagten, der Pedell Archanjo habe in einem dieser Tage zum Verkauf gelangten Buch bewiesen, daß Gêgestamm, Schlangenkult, Orixá Danh-gbi oder einfach Dan auf den Candomblé-Terreiros fortbeständen. Professor Argolo hatte in einer früheren Arbeit jegliches Überleben solchen Kultes im Gebiet von Bahia entschieden verneint: weder Anzeichen noch Hinweise. Jetzt wagte es der Mulatte Archanjo in völligem Mangel an Respekt, den nicht existierenden Orixá, Natter, Schlange, Danh-gbi, Dan mit Heiligtum, Verpflichtungen, Trachten, Emblemen, Feiertag und einer Legion von Zauberern, die auf dem Terreiro do Bongó tanzten, aufzuführen. Und die Geschichte der Cucumbis? Diese war nach Meinung der Studenten alt, schon im ersten Buch hatte der Mulatte Argolos Behauptungen bestritten, und nun belegte er das Thema mit einer solchen Menge von Beweisen, daß ... Nein, was die Rassentheorien betraf, so wollte er, Isaias Luna, ein weißer Bahianer, diese Angelegenheit nicht vertiefen, er war nicht verrückt. Aber nach dem, was man erzählt, Seu Argolo, diskutiert der Pedell auf der Grundlage von erstrangigen Autoritäten, er beweist Bildung ...
Aufgeregt verlor Professor Nilo Argolo die Beherrschung, und in grobem Portugiesisch fuhr er den Giftigen an: »Sie Niemand, Geizhals, Philister, niedrige Unzucht gestehender Angeklagter!« Er bezog sich auf Professor Isaias Lunas bekannte Vorliebe für Negerinnen – »feurig und zärtlich, unvergleichlich, Seu Argolo«.
Der skeptische Don León erlebte zwei Überraschungen in verhältnismäßig kurzer Zeit. Die erste widerfuhr ihm, kurz nachdem er das Buch des aufstrebenden Pedells ins Schaufenster gestellt hatte. Auf dem Heimweg von der Hochschule trat der berühmteste seiner Kunden, Professor Silva Virajá, in die Buchhandlung, wie üblich, um zu erfahren, ob »Freund León etwas Neues hereinbekommen« habe. Als er die Bände der *Einflüsse* im Regal bemerkte, nahm er einen von ihnen. »Don León, hier ist ein Buch, das bestimmt ist, ein Klassiker der Anthropologie zu werden. Später werden ihn die Lehrer zitieren, und sein Ruf wird um die Welt gehen.«
»Von welchem Buch sprechen Sie, Professor?«
»Ich spreche von diesem Buch von Pedro Archanjo, dem Pedell meines Lehrstuhls, einem Weisen.«

»Ein Weiser? Sie scherzen ...«
»Hören Sie, Don León!« Er schlug das Buch auf und las: »Eine Mulattenkultur wird sich herausbilden, die so mächtig und jedem Brasilianer eigen sein wird, daß sie sich zum nationalen Bewußtsein selbst erhebt, und sogar die Kinder eingewanderter Eltern, Brasilianer in der ersten Generation, werden in ihrer Kultur als Mischlinge aufwachsen.«
Ein paar Wochen später erhielt Don León von seinem der Anthropologie ergebenen Landsmann einen anerkennenden Brief. Er dankte für die Übersendung von Archanjos Buch: »Ein großartiges Werk, es eröffnet den Lesern ein neues Feld, es erschließt begeisternde Themen auf Neuland. Welch eine anregende Stadt muß dieses Bahia sein: Auf jeder Seite konnte ich seine Farbe und seinen Duft spüren.« Er bat, ihm das früher von demselben Autor veröffentlichte Buch zu schicken, das auf der Titelseite der *Einflüsse* verzeichnet war. Von diesem ersten Buch hatte Don León nicht einmal Kenntnis erhalten.
Als rechtschaffener Mensch und Buchhändler überstürzte er sich und machte sich auf die Suche nach Archanjo. Da schon später Nachmittag war, traf er ihn nicht mehr in der Hochschule an. Er ging den Pelourinho hinunter, ihn ausfindig zu machen, den Brief in der Hand, er irrte durch Gassen und Gäßchen. Er fragte hier, fragte dort, überall spürte er die Anwesenheit des Mulatten, einer Art Seelsorger und Patriarch. Ganz anders als ein armer Teufel, ein Narr mit philosophischer Manie, wie hatte er sich so täuschen können?
Die Lampen wurden angezündet, und Don Léon verpaßte zum ersten Male seit vielen Jahren die Bahn um achtzehn Uhr zehn nach den Barris, wo er wohnte.
Als er schließlich Aussás Haus in diesem schmutzigen Labyrinth entdeckte, in das er sich vorher niemals gewagt hatte, sank die Mondscheinnacht über den mit Cachaça, Bier und Aluá genossenen Caruru. Don León, unentschlossen an der Tür, den Duft des Ölgerichtes in der Nase, schaute in den ärmlichen Raum und sah seinen Kollegen Bonfanti mit vollem Munde, den Schnurrbart gelb von Dendê. Zwischen Rosália und Rosa de Oxalá saß Meister Pedro Archanjo mit stillem und gütigem Gesicht und aß mit den Fingern, was die beste Art zu essen ist.

»Seien Sie willkommen, Don León, und nehmen Sie Platz.«
Aussá kam mit einem Glas Bier, eine schöne Brünette brachte einen Teller mit Caruru, Acaçá und Sirimoqueca.

10

Pedro Archanjo erwartete sie in dem Anzug, den er zwei Jahre zuvor für Tadeus Studienabschluß hatte schneidern lassen, seit einigen Minuten an der Kirchentür, seine Erregung unterdrükkend: Gedanken und Bilder eines ganzen Lebens. Endlich tauchte sie bei der Kathedrale auf, von Blicken, Worten, einem Nimbus von Begehren umgeben. Fast zwanzig Jahre, siebzehn genau, stellte Archanjo fest, und jedes Jahr hatte Rosa de Oxalás Schönheit etwas hinzugewonnen. Sie war ein dunkles Mysterium, eine heftige Versuchung, ein unbezwingbarer Appell. Jetzt ein Weib ohne Adjektive, Rosa de Oxalá.
Unterdessen überquerte sie den Platz nicht in der Tracht einer Bahianerin, Rock, Bluse und weiße Unterröcke, die heilige Farbe des Zaubers. Als sie am Tor der Kathedrale Archanjo den Arm bot, trug sie das Kleid einer Dame der Gesellschaft, von der teuersten Schneiderin zugeschnitten und genäht, Geschmeide ohne Preis, Juwelen in Gold und Silber, und die angeborene Eleganz einer, die zur Königin bestimmt ist. Sie hatte sich zurechtgemacht, als nähme sie den Platz ein, der ihr eigentlich zustand, neben dem Vater der Braut, zur Linken des Priesters.
»Habe ich mich verspätet? Miminha ist erst jetzt fertig, ich komme aus dem Hause der Tanten, sie wird von dort ausziehen. Ach, Pedro, meine Tochter ist so hübsch!«
Sie durchschritten das Halbdunkel der nur von zwei flackernden Kerzen erhellten Kirche. Die Schatten der Dämmerung zitterten in der Luft, glitten dicht zu den Blumen herab, Lilien, Palmzweigen, Chrysanthemen, Dahlien, die das Kirchenschiff von einem Ende zum anderen füllten. Ein roter Teppich wurde vom Hochaltar bis zur Tür ausgebreitet, auf ihm würde die Braut am Arm des Vaters in ihrem Kleid mit Schleppe, Schleier, Kranz, in Angst und Freude entlangschreiten.

Während sie Stille und Halbdunkel durchdrangen, murmelte Rosa klagend: »Wenn es nach mir ginge, fände die Hochzeit in der Kirche zum guten Ende statt, aber ich habe bei dieser ganzen Angelegenheit keine Meinung geäußert. Es handelte sich um das Glück meiner Tochter, ich habe geschwiegen.«
Während sie kniend das Vaterunser betete, suchte Pedro Archanjo Anísio, den Sakristan der Kathedrale und seinen langjährigen Bekannten am Terreiro de Jesus. Zwar war er nicht sein Partner bei Cachaça und Fiedel geworden wie Jonas von der Igreja do Rosário dos Prêtos, doch als Archanjo ihn eine Woche zuvor befragt hatte, da machte er keine Schwierigkeiten, hatte er keine Einwände, gab er nur einen schwermütigen Kommentar: »Wo hat man so etwas schon gesehen? Ich wundere mich, daß sie sich unterwirft.«
Vom Küster geführt, zwängten sie sich hinter den Altar, stiegen die Stufen hinauf und setzten sich über dem Chor, in einem versteckten Winkel, beide auf eine kleine Bank, von der sie den ganzen Innenraum der Kathedrale überblicken konnten. Bevor Anísio, ein heller, näselnder Mulatte, sie verließ, um die Kerzen anzuzünden, hielt er sich nicht zurück mit der grausamen Feststellung: »Mich wundert nicht so sehr, daß die Mutter sich unterwirft, sondern daß die Tochter einverstanden ist.«
Auf Rosas Lippen zeigte sich ein sieghaftes Lächeln. »Hier irren Sie sich. Es hat viel Mühe gekostet, bevor sie einverstanden war, daß ich nicht komme. Sie wollte mich dabeihaben, in Reichweite, die ganze Zeit. Sie hat sogar gedroht, die Hochzeit abzusagen.«
»Also warum?«
»Ich sage Ihnen eines: Dank Ihrer Güte kann ich von hier, von diesem Mauseloch aus, die Hochzeit meiner Tochter beobachten. Aber dafür wird sie am Arm des Vaters die Kirche betreten, anerkannt und vor dem Notar adoptiert, als den ehelichen Kindern, denen seiner Frau, gleichgestellte Tochter. Sagen Sie mir, ob Sie den Preis für hoch halten, den ich zahle; ich als Mutter finde ihn niedrig.«
»Jeder kennt Ihre Eigenart, Dona. Entschuldigen Sie mich.«
»Ich kann Ihnen nur danken, Sie waren so gut, es zu gestatten.«
Der Sakristan stieg hinunter. Einen Augenblick lang hielt Rosa das Schluchzen mit dem kleinen Spitzentuch auf den Lippen

zurück. Mit geschlossenem Mund schaute Pedro Archanjo geradeaus, Schatten tauchten zwischen Bildern und Altären auf.
»Auch du verstehst es nicht?« fragte Rosa, als sie sprechen konnte. »Du weißt gut, daß ich mich entscheiden mußte. Eines Tages sagte er zu mir: ›Miminha ist meine Lieblingstochter, und ich möchte, daß sie genauso meine Tochter und Erbin ist wie die beiden anderen. Ich habe es schon allen im Hause angekündigt, ich habe es Maria Amélia mitgeteilt ...‹ Das ist der Name seiner Frau. ›Ich habe bereits alles mit dem Notar besprochen, es gibt nur eine Bedingung ...‹ Ich habe nicht nach der Bedingung gefragt, ich wollte nur wissen: Was hatte seine Frau dazu gesagt? Er antwortete sofort: ›Sie hat gesagt, sie habe nichts gegen Miminha, Miminha sei schuldlos, Amélia ist nur wütend auf dich.‹ Während ich über die Wut der Verärgerten lachte, hat er mit mir Schluß gemacht. ›Es ist Bedingung für Miminhas Legitimierung, daß sie von den Tanten erzogen wird, aus deiner Gesellschaft entfernt.‹ Ich werde meine Tochter niemals sehen? ›Du kannst sie sehen, wann du willst, aber erziehen werden sie meine Schwestern, sie wird in ihrem Hause leben und nur dann und wann hierherkommen. Bist du einverstanden, oder willst du nicht das Glück deiner Tochter?‹ Bei dieser Gelegenheit schloß ich den Vertrag mit ihm, zwar mündlich, doch wenn er sich ehrlich daran gehalten hat, warum sollte ich es nicht tun? Nicht weil ich eine Negerin bin, bin ich falsch und wortbrüchig. Ob du das verstehst? Es war für Miminhas Glück! Das verstehst du nicht, ich weiß, daß du es nicht verstehst. Du hättest gewollt, daß ich kämpfte. Glaubst du, das weiß ich nicht?«
Drunten zündete der Sakristan die Lampen an, und in der Pracht von Blumen und Licht empfing die Kathedrale die ersten Gäste. Pedro Archanjo sagte nur: »Wie willst du wissen, was ich denke?«
»Von dir, Pedro, weiß ich alles, mehr als von mir, ich kenne deine Gedanken. Für wen habe ich das ganze Leben getanzt? Sag es mir! Nur für zwei: für Oxalá, meinen Vater, und für dich, der mich nicht wollte.«
»Du vergißt Miminhas Vater und Gevatter Lídio ...«
»Warum sprichst du so? Womit habe ich dich beleidigt? Jerônimo hat mich der Prostitution entrissen: Als er mich mitnahm, war ich eine Dirne, die von Hand zu Hand ging, ich hatte keine Wahl.

Er gab mir Haus und Nahrung, die besten Kleider und sogar Zärtlichkeit. Er war gut zu mir, Pedro. Alle Welt hat Angst vor ihm, alle Frauen, selbst die angetraute. Doch mich hat er immer anständig behandelt: Er hat mich vom Dasein eines Straßenmädchens befreit, mir Komfort verschafft, nie hat er die Hand gegen mich erhoben. Er hat Miminha offiziell anerkannt und aller Welt verkündet: ›Sie ist meine Tochter, den beiden anderen gleich.‹ «
»Nur daß sie keine Mutter hat ...« Archanjos Stimme kam aus den letzten Schatten, die Helligkeit der Kerzen überflutete die bitteren Worte.
»Wozu hätte ihr die Mutter genützt, schäbig in wilder Ehe, frühere Dirne, Negerin aus der Sambarunde, Batuquetänzerin? Als er Miminha mitnahm, sagte ich: ›Meinen Heiligen gebe ich nicht auf, in Zeiten der Verpflichtungen rechne nicht mit mir.‹ War es nicht das ganze Leben hindurch so? Sag, war es nicht so?«
»Ja, das stimmt. Bei der Verpflichtung und in der Werkstatt, bei Lídio.«
»Das ist wahr. Er hatte meine Tochter mitgenommen, hatte sie ins Haus der unverheirateten Schwestern gebracht, nur einmal in der Woche durfte sie mich besuchen. Es war zu Miminhas Bestem, ich hatte eingewilligt, aber innerlich zehrte es an mir. Bei ihm taugte ich nur fürs Bett, meine Tochter zu erziehen, war ich nicht gut genug. Als mir das Kind genommen wurde, war ich wie von Sinnen, Pedro, meine Augen trübten sich, mein Verstand umdüsterte sich. Ich ging, mein Herz auf dem Terreiro auszuschütten, Trost zu suchen. Ich traf Lídio ...«
Ihre Stimme, so leise und gebrochen, drang nicht in die Kirche hinein, sie erhob sich und verhallte in diesem dunklen Winkel, gelangte kaum an Archanjos Ohr.
»Lídio! Der beste Mann, den ich kenne, neben ihm bist du ein schlechter Kerl, Pedro. Aber in dieser ganzen Angelegenheit gab es nur einen Irrtum. In jener Nacht hätte ich, statt Lídio zu begegnen, dich treffen sollen. Für wen habe ich die ganze Zeit getanzt? Ich habe es, das schwöre ich dir, nur für Oxalá und für dich getan, mein Pedro. Du weißt, daß es wahr ist und daß es nur deshalb nicht über den Tanz hinausging, weil du es so wolltest.«
»Wäre es ein anderer gewesen, aber Lídio ... Du selbst hast die Ursache genannt.«

Einer nach dem anderen trafen die Gäste ein und füllten die Kirche. Die Frauen, in vollendeter Eleganz für die schicke Hochzeit, die aufsehenerregendste des Jahres, verteilten sich in einem Rauschen von Seide und Lachen zwischen den Bänken. Die Männer versammelten sich im Hintergrund des Schiffes zum Schwatz. Ein paar Leute – Paten, Verwandte des Brautpaares, Autoritäten – besetzten die beiden Stuhlreihen am Hochaltar, die sonst dem Kapitel der Kirche vorbehalten blieben. Hin und wieder erkannte Rosa jemanden und zeigte auf ihn.
»Schau, Altamiros Eltern! Jetzt sind sie meine Verwandten, Pedro, ich habe eine Menge reicher weißer Verwandter.« Sie lachte, aber ihr Lachen war traurig.
Die Mutter – eine dicke Senhora, langsamer Schritt, gutmütiges Gesicht. Der Vater – ein Kakao-Oberst, hager, kraftvoll und blond, Wildbahn und Reitpeitsche fehlten ihm. Er kam mit erhobenem Haupt, einem stolzen Lächeln, der Schnurrbart honigfarben, ein Ausländer.
»Gringo?« fragte Archanjo.
»Er nicht, aber sein Vater, ich glaube, Franzose, der Zuname ist Lavigne. Ein wunderbarer Mensch, Pedro. Ganz Gringo und steinreich – und er hat mich mit seiner Frau besucht und gesagt: ›Dona Rosa, Ihre Tochter wird die Frau meines Sohnes sein, meine Schwiegertochter. Mein Haus steht Ihnen offen, wir sind Verwandte.‹ Wenn es nach ihm ginge, wäre ich dort, am Altar. Nach ihm und dem Jungen.«
»Dem Bräutigam?«
»Altamiro, ja. Gute Leute, Pedro. Doch hätte ich mich aufgedrängt, dann wäre die Familie von Miminhas Vater nicht gekommen, die Tanten waren ihr Mutter und Vater. Habe ich es nicht richtig gemacht, daß ich nicht gekämpft habe? Von hier sehe ich es auch, Pedro.«
Aus der Kirche stieg ein fröhliches Gemurmel auf, Feststimmung. Pedro Archanjo erkannte Professor Nilo Argolo mit Dona Augusta am Arm. Das war der einzige Augenblick während der ganzen Zeremonie, in dem er lächelte. Rosa drückte seinen Arm immer stärker.
»Die Tanten! Sie kommen herein, das heißt, daß Miminha da ist.«
Zwei große, stolze Alte mit grauem Haar nahmen neben dem

Altar Platz, den Eltern des Bräutigams gegenüber. Der Chor füllte sich mit Leuten, jemand prüfte den Klang der Orgel.
»Da kommt Altamiro mit der Trauzeugin, der Frau des Senators.«
Der Junge war Pedro Archanjo sympathisch, er kam nach dem Vater in Hautfarbe und blondem Haar, von der Mutter hatte er den leichten Ausdruck von Unbefangenheit.
Die ganze Gesellschaft von Salvador hatte sich in der Kathedrale eingefunden, Leute aus Ilhéus und Itabuna waren gekommen. Die Lavignes ernteten Tausende Arrobas Kakao, und der Junge, dem so viel Geld allein nicht genügte, war als Rechtsanwalt tätig. Der Vater der Braut, Tabakpflanzer und Exporteur, explosiv, adlig, heftig, ausschweifend, hatte Vermögen gewonnen, verloren und wieder zusammengetragen. Die Mutter – so tuschelten die Frauen – war eine mit Gold und Edelsteinen überhäufte Negerin, seine Geliebte, Macumbeira, die ihn seit mehr als zwanzig Jahren gefesselt hatte – wer kann etwas gegen Zauberei ausrichten? Man sagte, obwohl er der schlimmste Schürzenjäger war, habe er in seinem ganzen Leben nur eine Frau wirklich geliebt, diese Negerin, die Mutter des Mädchens. Das Mädchen ist ein Ohrgehänge der Schönheit, ein Kleinod ...
Die Töne der Orgel wurden Melodie, das Stimmengewirr im Schiff schwoll an, der Chor stimmte den Hochzeitsmarsch an. Rosa de Oxalá drückte Archanjos Arm, ihre Brust bebte, die Augen wurden ihr feucht.
Miminha in den weißen Spitzen ihres Kleides, Tochter der schönsten Negerin von Bahia und des letzten törichten Senhors vom Recôncavo, schritt am Arm des Vaters über den roten Teppich. Zweimal schon war dieser Vater denselben Weg über denselben Teppich zwischen Kerzen und Blumen gegangen, um beim Klang der Musik die anderen Töchter zum Altar zu führen. Niemals jedoch hatte er das Kirchenschiff mit solchem Stolz durchschritten. Die ersten Töchter liebte er, weil sie von seinem Blute stammten. Diese jetzt, mehr als alle anderen geliebt, war von seinem Blut und aus seiner Liebe geboren.
Dr. Jerônimo de Alcântara Pacheco hatte viele Frauen besessen, er hatte Liebschaften, stürmische Leidenschaften, Huren und Verheiratete gehabt, jungfräuliche Mädchen entführt und als

erster genommen, eine Ehefrau aus dem Adel. Liebe, nur einmal, für die Negerin Rosa. Selbst als sie nur noch die Tochter verband und Rosa, tödlich verletzt, sich gelöst hatte, kam er in manchen Nächten, wahnsinnig auf der Suche nach dem unvergeßlichen Körper, er kam, fast von Sinnen, imstande zu töten, um sie zu besitzen. Rosa verweigerte sich ihm niemals, und solange er lebte, betrachtete sie ihn als Herrn über einen Teil ihres Seins. Sie biß in das Spitzentuch, zerriß es zwischen den Zähnen, erstickte ihr Schluchzen, legte den Kopf an Archanjos Brust: Ach, meine Tochter! Der Priester betete, ereiferte sich in der Predigt, sprach vom Talent des Bräutigams, von der Schönheit der Braut, vom Ansehen der Familien, die sich in dieser Stunde durch die untrennbaren Bande des Sakraments der Ehe vereinigten. Für Rosa de Oxalá nahte der Augenblick eines weiteren Kompromisses.

Allmählich leerte sich die Kirche, Miminha entfernte sich am Arm ihres Mannes, die Tanten gingen, die Eltern des Bräutigams, die Trauzeugen, die Gäste, der stolze Alcântara. Die Musik verstummte, wieder war es still. Der Sakristan löschte die Lichter, zuerst die Leuchter, dann die Lampen. Die Schatten wuchsen, nur zwei Kerzen erhellten Nacht und Einsamkeit der Heiligen.

»Hat Lídio es dir gesagt?«

»Was?«

»Niemals werde ich wieder in die Werkstatt kommen, weder zum Schlafen noch auf einen Schwatz. Niemals, Pedro, es ist zu Ende.«

Er erriet die Ursache, fragte aber: »Und warum?«

»Jetzt, Pedro, bin ich die Mutter einer verheirateten Frau, der Gattin des Dr. Altamiro, ich bin eine Verwandte der Lavignes. Ich will ein Recht haben auf meine Tochter, Pedro, darauf, sie zu besuchen, mich mit ihren Leuten zu treffen. Ich will meine Enkel großziehen dürfen, Pedro.« In der Stille klang die Stimme fest, entschlossen. »Ein einziges Mal, als Miminha ein Kind war, habe ich es zugelassen, daß man sie mir nahm. Ich war allein auf der Welt, frei, alles zu tun, was ich wollte. Jetzt ist Schluß damit, Rosa de Oxalá gibt es nicht mehr.« Sie nahm Pedro Archanjos Hand und hielt sie zwischen den ihren. »Und der Heilige?«

»Ich habe ihn verlegt, ihn im Einverständnis Mutter Majés nach Hause gebracht. Sie hat sich aus ihrem Bett erhoben, um das Nötige zu tun.« Sie betrachtete den Mann mit gesenktem Kopf, mit den in der Dunkelheit verlorenen Blicken. »Du hast mich nie gewollt, Pedro, sosehr ich mich auch angeboten habe. Jetzt ist es zu spät.«

Auf der Treppe näherten sich die Schritte des Sakristans, es war Zeit, zu gehen. Die beiden Arm in Arm, ein einziger Kuß, der erste und der letzte. Es ist zu spät, Meister Pedro, jetzt ist es zu spät, es gibt keinen Ausweg. In den Schatten der Kirche verschwand Rosa de Oxalá. So wie sie gekommen, war sie gegangen. Ein ganzes Leben, nur eine Sekunde.

11

Als Pedro Archanjo endlich eintraf, liefen Ogãs und Heiligentöchter ihm weinend und betrübt entgegen. »Schnell, schnell, sie ruft dich unaufhörlich, sagt nur immer: Ojuobá, wo ist Ojuobá?« Majé Bassans Augen öffneten sich beim Widerhall der Schritte. »Bist du es, mein Sohn?«

Die Hand, wie ein trockenes, sprödes Blatt, deutete auf den Stuhl. Archanjo setzte sich, ergriff die Finger und küßte sie. Die Greisin konzentrierte die ganze Energie, die dem sterbenden Körper verblieben war, und begann mit hauchender Stimme zu erzählen. Sie vermengte die Sprachen, gebrauchte Iorubáworte, es war die letzte Lektion, ihre letzte Lehre:

»Umbé oxirê fun ipakô tô Ijenan, es war ein Fest auf dem Terreiro de Ijenan. Es war ein großes Fest, ein Fest Oguns, und eine Menge Leute kamen, Ogun tanzen zu sehen. Ogun Aiaká tanzte hübsch, um die Augen des Volkes zu erfreuen, das es müde war, soviel Leiden zu ertragen. Als er den besten Teil seines Tanzes zeigte, kam Sarapebé, der Bote, und berichtete, daß bewaffnete Soldaten unterwegs seien, Oguns Fest ein Ende zu bereiten und den Terreiro de Ijenan dem Erdboden gleichzumachen. Sie kamen zu Pferde, hatten es eilig, einzutreffen und loszuschlagen. Ogun hörte sich den Bericht des Mannes an, die Nachricht, die Oxossi ihm schickte, er ging zum Busch, hier ganz in der Nähe, und pfiff nach zwei Schlangen, eine länger und gefährlicher als die andere. Er brachte die beiden in die Mitte des Saales, zwei Giftknäuel, zusammengerollt, den Kopf erhoben, die giftigen Zungen herausgestreckt, die Augen auf die Tür gerichtet. Der Tür gegenüber tanzte Ogun, seiner sicher, und erwartete die Soldaten. Es dauerte nicht lange, und sie erschienen, sprangen von den Pferden und zogen ohne Warnung die Waffen zum Gemetzel. Von der Tür her sagte Ogun zu den Soldaten: ›Wer friedlich ist, der möge eintreten in den Terreiro, der komme, auf meinem Fest zu tanzen. Für Freunde ist mein Herz wie Blütenhonig, doch wehe den Feinden: Für sie ist mein Herz ein Giftbrunnen.‹ Er zeigte auf die beiden in ihr Gift eingerollten Schlangen, die Soldaten hatten Angst, aber Befehl ist Befehl, und ein Befehl der Kaserne oder der Polizei ist erbarmungslos, unwiderruflich, unabwendbar. Die Soldaten drangen mit erhobenen Waffen gegen Ogun vor. Ogun kapê dan meji, dan pelú oniban. Ogun rief die Schlangen, und die Schlangen richteten sich vor den Soldaten auf. Ogun warnte: ›Wer Streit will, der soll Streit haben, wer Krieg will, der soll Krieg haben, die Schlangen werden beißen und töten, nicht ein Soldat wird am Leben bleiben.‹ Die Schlangen rückten vor mit ihren Giftzungen, und unter Hilferufen sprangen die Soldaten auf die Pferde und flüchteten, schnell machten sie sich davon, denn während Ogun ununterbrochen tanzte, rief er die beiden Schlangen, Ogun kapê dan meji, dan pelú oniban.«

Pedro Archanjo wiederholte: Ogun kapê dan meji, dan pelú oniban, den uralten Fluch, die schreckliche Drohung gegen das Böse in der Welt, gegen das endlose Unglück, Hexerei und Verwünschung, das letzte Geschenk der Iyá. In der Stadt ließ der Polizeikommissar Pedrito Gordo die Terrortruppe mit allen Vollmachten los: In Terreiros eindringen, Heiligtümer zerstören, Babalaôs und Heiligenväter verprügeln, Zauberer und Iaôs, Gottheiten und Kultdiener festnehmen. »Ich werde Bahia von diesem Unrat befreien!«

Er gab den Polizisten strikte Befehle, organisierte die Eskorte der Banditen, zog in den heiligen Krieg.

Majé Bassan, die sanfte und gefürchtete, die kluge und weise, schloß die Augen. In der Ferne hörte man Yansãs Schrei an der

Spitze der Eguns, Xangô zog tanzend zum Terreiro, Pedro Archanjo hielt den Schmerz in der Brust zurück und sagte: »Unsere Mutter ist gestorben.«

12

Von der Tür aus sah Pedrito die Angst im Gesicht der Geheimpolizisten, dieser vier Mitglieder der »Eskorte der Schläger«, die von den Zeitungen der Opposition angeprangert wurde: »Eine Gruppe von Mördern, die durch die derzeitige Regierung zu Polizisten befördert wurden, versucht, unsere Redaktion zu vernichten.« Englischer Kaschmiranzug, Panamahut, manikürte Nägel, glatt rasierter Bart, Perle in der Krawattennadel, lange Zigarettenspitze, Referendar der Rechte Pedrito Gordo, der gefürchtete und gehaßte Polizeikommissar, schien ein Dandy – ein bißchen rundlich und im reiferen Alter, aber noch unbedeutend und widerspruchsvoll. Er warf die Kippe weg, reinigte die Zigarettenspitze: Die Erbärmlichen hatten Angst.

Im Zimmer packte Enéas Pombo, Bichokönig und Herr der Stadt, jetzt in Opposition und in Ungnade, den Revolver und wiederholte: »Wer einen Schritt weitergeht, stirbt!«

Die Geheimpolizisten schauten einander an: Candinho Faroleiro, Samuel Cobra Coral, Zacarias da Goméia und Mirandolino, das Raubtier von Lençois. Die lange und blutige Chronik von Tatsachen und Übertreibungen, die Enéas Pombos Mut verkündete, dieses Zulieferers der Friedhöfe, unfehlbaren Schützen, hielt die Polizisten zurück.

»Feige Bande!« sagte Pedrito. Er sagte es und ging an den vieren vorbei, in der Hand nur den dünnen, biegsamen Rohrstock.

Mit gezogener Waffe maß Pombo den Kommissar. »Kommen Sie nicht näher, Dr. Pedrito, oder ich schieße!«

Der Stock sauste durch die Luft, das Zischen ähnelte dem einer Reitpeitsche, ein schneidender Streifen im Gesicht des Bicholoshändlers, der erste, der zweite Hieb, Blut und Male. Blind vor Schmerz schoß Pombo verzweifelt aufs Geratewohl; der Kommissar war schneller. Da er untersetzt und dicklich war, hätte ihn

niemand solcher Beweglichkeit für fähig gehalten. Beim Anblick des Blutes faßten sich die Geheimpolizisten, nun wieder verwegene Kämpfer, und stürzten sich auf Pombo.
»Schafft ihn ins Kittchen!« befahl Pedrito.
Samuel Cobra Coral machte sich über die Schublade mit den Wettscheinen und dem Geld her. Die drei anderen führten den Loshändler unter Schlägen ab. Der Kommissar äußerte, Verachtung in der Stimme: »Unglücksraben, nichtsnutzige Weiber, ihr seid nichts als Angsthasen.«
Er ging auf die Straße hinaus, die Menge der Neugierigen gab ihm den Weg frei. Pedrito Gordo zwinkerte dem Mädchen vom Café gegenüber zu, stieg ins Auto und jagte davon – man sagte von ihm, er sei der beste Fahrer von Bahia.
In den Vorzimmern der Polizei, in Gesellschaft von Kameraden derselben edlen Art – Beato Ferreira, Leite da Mãe, Inocêncio Sete Mortes, Ricardo Cotó, Zé Alma Grande – kommentierten die vier Helden von der Razzia am Vorabend Pombos Verhaftung und das Ende einer Herrschaft. Im Palácio war der Thron leer zur Versteigerung. Wer macht das höchste Angebot?
Die vier Eisenfresser waren beunruhigt: Dr. Pedrito hatte sich deutlich ausgedrückt, er nahm kein Blatt vor den Mund. Nur mit einem Stock bewaffnet, hatte er Enéas Pombos Großmannssucht ein Ende gesetzt, hatte weder Revolver noch unfehlbare Zielsicherheit noch den Ruf des Mörders gefürchtet, während sie tatenlos dabeigestanden hatten, Memmen, Hasenfüße.
»Memmen!« spuckte Zé Alma Grande, bevor er sich zurückzog, um die Nachricht eines Postens anzuhören: sich sofort in den Palácio zu begeben, um Dr. Pedrito und den Gouverneur zu eskortieren. »Hasenfüße!«
Sie hörten schweigend und niedergeschlagen zu: Lieber Enéas Pombo mit Revolver als Zé Alma Grande unbewaffnet. Zé Alma Grande diskutierte nicht über die Befehle des Chefs, er zögerte nicht, sie auszuführen. Ein Mischling mit Revolver und Drohungen konnte ihn nicht hindern, Pedritos Anweisung zu befolgen. Schlagen und töten waren für ihn einfache und normale Dinge. Auch sterben, wenn der Tag käme. Zé Alma Grande, ein Neger von der Größe eines Hauses, ein Mann, der Pedritos ganzes Vertrauen genoß, kannte die Farbe der Angst nicht.

Noch beschämt von der Äußerung des Kommissars und der Mißachtung des Kameraden, fragten sich die vier, was sie tun könnten, um die Gunst des Chefs wiederzuerlangen. Pedrito Gordo pflegte nicht zu scherzen, und wenn er das Vertrauen zu einem seiner Anhänger verlor, dann empfahl er ihn einem raschen und endgültigen Schicksal: Ruhe in einer leeren Grube, ein Bandit verdient keine Rücksicht. Wie viele hatte er ins Jenseits geschickt? Izaltino, Justo de Seabra, Crispim da Bóia, Fulgêncio Bom da Faca, um nur die bekanntesten zu nennen. Erst regierten sie in der Stadt und kannten kein Maß, tranken umsonst, nahmen den Spaniern Geld ab, verprügelten und verhafteten mit oder ohne Anlaß, und plötzlich waren sie auf dem Boden des Leichenschauhauses ausgestreckt, »Opfer ihrer Pflicht«, wie Polizeibericht und Regierungszeitungen meldeten. Aus dem einen oder anderen Grunde waren sie bei dem allmächtigen Polizeikommissar in Ungnade gefallen.

Es war dringend nötig, sich als ergebenen Diener zu erweisen, etwas zu unternehmen, was den von Enéas Pombo und seinem Revolver erschütterten Ruf wiederherstellte. Am besten etwas Spektakuläres. Was?

»Wenn wir nun losziehen und ein paar Candomblés erledigen?« schlug Candinho Faroleiro vor.

»Du hast es getroffen. Das wird Dr. Pedrito gefallen«, stimmte Mirandolino zu.

»Heute ist Xangôs Tag, auf vielen Terreiros ist heute Betrieb.«

Die Information verdiente Vertrauen, sie kam von Zacarias da Goméia, der sich auf die Sache verstand. Er schrieb die Pocken, die ihm das Gesicht verunstaltet hatten, einem Macumbazauber zu, einem von einer Hure aus dem Bordellviertel bestellten Ebó. Außer den Motiven des Kommissars, die ideologisch und gelehrt waren, hatte Zacarias da Goméia, wie man sieht, persönliche Gründe, sich in den ruhelosen Kampf gegen die Candomblés zu stürzen.

Im Arbeitszimmer Pedrito Gordos standen auf einem kleinen Regal Bücher und Schriften, einige aus der Studienzeit des Kommissars, andere, die er später gelesen hatte, mit Rotstift angestrichen, manche erst kürzlich erschienen. *Die drei Strafrechtsschulen: Klassische, Anthropologische und Kritische* von

Antônio Moniz Sodré de Aragão, Anhänger der italienischen anthropologischen Schule; *Degenerierte und Kriminelle* von Manuel Bernardo Calmon du Pin e Almeida; *Vergleichende Schädelmessung der menschlichen Arten in Bahia unter entwicklungsgeschichtlichem und medizinischem Aspekt* von João Batista de Sá Oliveira; *Keime des Verbrechens* von Aurelino Leal. Aus diesen Büchern und aus den Arbeiten von Nina Rodrigues und Oscar Freire hatte der Student Pedrito Gordo in Stunden, die von der den Freudenhäusern gewidmeten Zeit blieben, gelernt, daß Neger und Mulatten einen natürlichen Hang zum Verbrechen hätten, der durch die barbarischen Praktiken des Candomblé, der Sambarunden, der Capoeira verschärft würde, Schulen des Verbrechens, die solche perfektionierten, die schon zum Mörder, Dieb, Gauner geboren seien. Als weißer Bahianer, der zwischen Bräunlich und Blond schwankte, betrachtete Kommissar Pedrito das Auftreten solcher Bräuche als gewaltige Unverschämtheit gegenüber den Familien, als Verspottung der Kultur, der Latinität, auf die Intellektuelle, Politiker, Kaufleute, Fazendeiros, die Elite so stolz waren.
Zu den Büchern aus der Studienzeit waren neue Publikationen gekommen, Arbeiten der Professoren Nilo Argolo und Oswaldo Fontes: *Die Negerkriminalität, Rassenmischung, Degeneration und Verbrechen, Die psychische und geistige Degeneration bei den Mischvölkern in tropischen Ländern, Menschenrassen und strafrechtliche Verantwortung in Brasilien, Pathologische Anthropologie – die Mulatten.* Als gewisse Demagogen auf der Suche nach Popularität unter Gesindel, Masse und Pöbel begangen, die Unterbindung der volkstümlichen Bräuche und die von der Polizei praktizierten gewalttätigen Methoden zu diskutieren, um Atabaques, Ganzás, Berimbaus, Agogôs und Caxixis zum Schweigen zu bringen, um den Tanz der Zauberer und die Capoeiras zu verhindern, zeigte der Kommissar Pedrito Gordo die anthropologische und juristische Bildung seines Bücherregals: »Es sind die Meister, die die Gefährlichkeit der Negermassen bestätigen, es ist die Wissenschaft, die ihren antisozialen Praktiken den Krieg erklärt, nicht ich bin es.« Mit einer demütigen Geste fügte er hinzu: »Ich bemühe mich nur, das Übel an der Wurzel zu packen, zu vermeiden, daß es sich

ausbreitet. An dem Tage, an dem wir mit dieser ganzen Schweinerei Schluß gemacht haben werden, wird das Register der Kriminalität in Salvador ungeheuer abnehmen, und wir werden endlich sagen können, daß unser Land zivilisiert ist.«
Wenn die Zeitungen der Opposition ihn des Vorurteils der Hautfarbe, der Förderung des Rassenhasses anklagten, verwies Pedrito auf Artikel, die bei früheren Gelegenheiten in denselben Zeitungen veröffentlicht worden waren und in denen eine energische Polizeiaktion gegen Candomblés und Afoxés, Capoeiras und Yemanjáfeste gefordert wurde. Jetzt, in der Opposition und im Angriff auf Regierung und Polizei, »schlagen sich die gedächtnislosen Volksverhetzer auf die Seite des Packs geständiger oder potentieller Krimineller«.
Professor Nilo Argolo, von der Regierungspresse zur Polizeikampagne interviewt, erklärte sie mit Lobesworten für richtig: »Ein heiliger Krieg, ein gesegneter Kreuzzug, der die Zivilisation unserer befleckten Erde wieder in ihre Rechte einsetzt.« Begeistert verglich er Pedrito Gordo mit Richard Löwenherz.
Ein heiliger Krieg: Die Kreuzfahrer zogen in dieser Nacht Xangôs aus, um mit den Ungläubigen Schluß zu machen. Außer den vier Unerschrockenen aus der Schlacht gegen das Bollwerk des Loshändlers gehörten zu den romanischen Heeren der Zivilisation die edlen Ritter Leite da Mãe, so genannt, weil er die Angewohnheit hatte, die eigene Mutter zu schlagen, und Beato Ferreira, Spezialist für Messerstiche an Gefangenen, gleichermaßen berechtigte Repräsentanten der vom Polizeikommissar mit Feuer und Schwert verteidigten Kultur.
Sie zogen zeitig aus, jeder mit seinem Knüppel, einem riesigen Stock, der modernen Lanze dieser verdienstvollen Kreuzfahrer, und sie taten guten Dienst. In den drei ersten Heiligenhäusern, über die sie herfielen, war ihre Aufgabe leicht: kleine Axés, bescheidene Terreiros, die Feste am Beginn. Sie ließen die Knüppel niedersausen. Schmerzensschreie von Alten und Frauen, liebliche Musik, feuerten die Krieger bei ihrer kulturellen Mission an. Als ihnen niemand mehr zum Verprügeln blieb, amüsierten sie sich mit der Vernichtung der Atabaques, der Pejis, der Heiligenschreine.
Die Nachricht von der Säuberungsaktion eilte den Polizisten

voraus, brachte Orchester zum Schweigen, zerstreute die Zauber- und Iaôkreise, löschte die Lichter und bereitete Verpflichtungen und Festen ein Ende. Bedrückt zogen sich Männer und Frauen in ihre Häuser zurück, während die Orixás wieder in Gebirge, Wald und Meer untertauchten, woher sie zu Tanz und Gesang zu den Terreiros gekommen waren.

Die Kreuzfahrer sahen sich plötzlich ihrer Opfer beraubt, gezwungen, einen so angenehmen Spaß zu unterbrechen. Zufrieden mit den erfochtenen Siegen, auf die wiedererworbene Achtung des gefürchteten Chefs vertrauend, forderten sie in den Kneipen außer kostenlosen Getränken genaue Informationen: Wo findet ein Candomblé statt? Los, rasch, die Adressen! Wer den Mund hält, bekommt Prügel, wer etwas verrät, kann auf uns rechnen. So erfuhren sie von dem großen Fest auf dem Terreiro de Sabaji außerhalb der Stadt.

In dem Zelt zeigten mehr als zehn Verzauberte reiche Kostüme und nahmen am Tanz teil. In der Mitte Xangô auf einem stolzen Pferd, dem Mulatten Felipe Mulexê. Es war ein Vergnügen, diesen Tanz zu erleben, Xangô de Mulexês Ruf war weit verbreitet.

Als Saal-Ogã verantwortlich für Festordnung und Wohlbefinden der Gäste und über jede Einzelheit wachend, sah Manuel de Praxedes sie brüllend und lachend nahen und erkannte sofort die Bande der Schläger. Zacarias da Goméia schrie von der Tür aus mit finsterem Gesicht, das von den schwarzen Pocken zerfressen war, ohne Nase, ohne Augenbrauen: »Jetzt wird Zacarias da Goméia tanzen, er wird den Tanz des schlagenden Knüppels beginnen!«

Samuel Cobra Coral, halb vom Alkohol gelähmt, wollte in das Zelt eindringen. Manuel de Praxedes, der sich seiner Pflichten bewußt war, verlangte Respekt für die Heiligen. »Scher dich zum Teufel«, erwiderte Cobra Coral und versuchte weiterzukommen. Mit einem Schlag stieß Manuel de Praxedes ihn gegen seinen pockennarbigen Kollegen, und der Stock wechselte den Besitzer. In den Händen des Stauers wurde er eine fürchterliche Waffe, ein Dreschflegel. Er wehrte sich mit ganzer Kraft.

Friedliche Menschen und fröhliche Orixás, die sich auf dem Terreiro zum Fest versammelt hatten, sahen sich nun gestört und bedroht. Einige Mutige unterstützten Manuel de Praxedes. Noch heute werden Geschichten von dieser Schlägerei erzählt: Xangô versetzte den Geheimpolizisten unsichtbare Schläge, und der riesige Praxedes wuchs so sehr, daß er Oxossi zu sein schien, der Stock war die Lanze des heiligen Georg, der die Banditen niederstieß. Zacarias da Goméia, entkräftet auf dem Boden, zog den Revolver und feuerte den ersten Schuß ab. Felipe Mulexê, an der Schulter verwundet, blutend, tanzte als Xangôs Pferd unerschrocken weiter. Die anderen Kreuzfahrer folgten Zacarias' Beispiel und griffen zu ihren Revolvern. Nur mit Gebrauch der Schußwaffen verschafften sie sich Zutritt.

In der schließlich entvölkerten Runde waren nur der blutende und tanzende Xangô und Manuel de Praxedes, der den Knüppel im leeren Raum schwang, zurückgeblieben. Die Polizisten taten sich zusammen und griffen an: Wir werden diesen Hurensohn aufs Kommissariat bringen, und dort wird er sehen, was ihm gut tut.

An der Spitze der sechs Helden Samuel Cobra Coral, ein rachsüchtiger Messerheld: Auf dem Kommissariat werde ich ihm die Haut abziehen, werde ich ihm seine Kühnheit, seine Freude an Schlägerei und Macumba nehmen. Ich werde dich zusammenhauen, du Hurensohn, daß du so klein wirst, aus einem Riesen wirst du dich in einen Zwerg verwandeln.

Mit einem unwahrscheinlichen Sprung – ein Wunder Xangôs, wie das Volk meinte – entkam Manuel de Praxedes durch das Fenster. Vorher hatte er Samuel Cobra Coral durch einen Faustschlag auf den Mund um drei Zähne erleichtert, wovon einer aus Gold war, ein Prachtstück, der Stolz des Geheimpolizisten.

Xangô verschwand mit blutender Schulter und einem Peitschentanz im Wald. Die Banditen verzettelten sich bei der Verfolgung der Flüchtenden. Oh, wenn sie Felipe Mulexê mit seinem Xangô erwischten! Oh, wenn sie Manuel de Praxedes ergriffen! Was für ein Wunder! Nicht eine Spur im dunklen Wald, nur das Schreien der Eulen.

Die Zerstörung der rituellen Gegenstände dämpfte die Wut, den Haß der Kreuzfahrer nicht. Es war zuwenig. Sie legten Feuer an das Zelt, die Flammen verschlangen den Terreiro de Sabaji. Als warnendes Beispiel.

Der heilige Krieg, der kulturelle Kreuzzug dauerte viele Jahre. Während Pedrito Gordo herrschte, der Dandy und Polizeikommissar, Referendar mit Lektüre und Theorien, wurden Gewalttaten Alltäglichkeiten, unwiderruflich, vor denen keiner sicher war. Dr. Pedrito hatte versprochen, mit Zauberei, Samba und Negermassen Schluß zu machen. »Ich werde die Stadt Bahia säubern.«

13

Tage später bekam Manuel de Praxedes, als er im Beco das Baronesas nach dem Essen auf die Straße trat, die gesamte Ladung von Samuel Cobra Corals Revolver in den Rücken. Ein Schuß auf den anderen, sechs im ganzen. Er brach zusammen, kein Ton kam mehr über seine Lippen.
Von allen Seiten liefen Leute herbei, Cobra Coral erläuterte: »Damit er aufhört, den Tapferen zu spielen. Macht den Weg frei, ich will vorbei.«
Das Volk gab den Weg nicht frei. Mit Racheschreien umringte es den Mörder, und die Empörung war so groß, daß der Hochmut des Kriminellen zu nichts zerrann. Er hatte Angst, zu sterben, hier auf der Straße abgeurteilt zu werden. Er ließ die Waffe fallen, bat um Gnade, kniete nieder. Wachtposten kamen, stießen die Menge zurück, führten den Gefangenen ab. Ein paar Leute begleiteten die Gruppe zum Kommissariat.
Nachdem Verbrecher und Tatwaffe den zuständigen Behörden übergeben worden waren, wurden die Leute weggeschickt. Der Leiter eines Kinos an der Baixa dos Sapateiros versicherte dem Kommissar noch einmal: »Er wurde ertappt, als er tötete.«
»Lassen Sie uns nur machen, seien Sie beruhigt.«
Am selben Nachmittag, gegen achtzehn Uhr, ging der Geheimpolizist des Kommissariats, Samuel Cobra Coral, auf frischer Tat festgenommener und der Polizei zur Anwendung gerichtlicher Maßnahmen übergebener Mörder, unter Lachen und Drohungen in Gesellschaft von Zé Alma Grande, Inocêncio Sete Mortes, Mirandolino, Zacarias da Goméia und Ricardo Cotó am Beco das Baronesas vorbei, wo Kameraden und Freunde bei

Manuel de Praxedes Totenwache hielten. Kommissar Pedrito Gordo hatte gefragt: »Was ist geschehen?«
»Ein Macumbatänzer hat mich auf der Straße angegriffen, Ihre Mutter beschimpft, Chef, und wollte mich ins Gesicht schlagen. Ich habe auf ihn geschossen, ich werde mich nicht von einem Zauberer belästigen lassen.«
»Krieg ist Krieg«, sagte der Polizeikommissar. Die Eskorte der Geheimpolizisten zog die Straße entlang, machte in einer Kneipe halt, trank und zahlte nicht. Krieg ist Krieg, und ein Soldat hat ein Anrecht auf Vergünstigungen.

14

Vom Rheumatismus gelähmt, barst Zabela vor Schmerzen und Entrüstung. »Tadeu ist ein gesitteter Mensch, diese Gomes sind Grobiane, Revolverhelden aus dem Sertão. Warum dieses Nein? Weil sie reich sind?«
»Weil sie weiß sind.«
»Weiß? Meister Pedro, kommen Sie mir nicht mit Weißen in Bahia. Veranlassen Sie mich nicht, zu lachen, denn ich kann nicht, die Schmerzen zerreißen mich. Wie oft habe ich Ihnen schon gesagt, daß ein reiner Weißer in Bahia wie Zucker aus der Siederei ist: alles unrein. Das ist im Recôncavo so, wieviel mehr im Sertão. Diese Gomes verdienen einen Jungen wie Tadeu nicht. Wenn Lu nicht wäre, ein liebes Mädel, das mich hier besucht, stundenlang mit mir plaudert ... Wenn es nicht ihretwegen wäre, würde ich Tadeu raten, eine bessere Familie zu suchen. Diese Gomes, ganz offen ... Ich kenne sie sehr gut, die Großmutter, mon cher, diese alte Eufrásia, die jetzt nicht aus der Kirche herauskommt, war leidenschaftlich ...«
Pedro Archanjo verbarg seinen Groll nicht. »In dieser Kaste sind alle gleich. Manche sagen, was sie denken: Neger und Mulatte nur in Strohhütten. Andere erklären sich für liberal, gleichmacherisch, und man wird sehen, daß sie nur bis zu dem Augenblick vorurteilsfrei sind, da vom Heiraten gesprochen wird. Herzlicher und weniger voreingenommen, als diese Familie gegenüber Tadeu

war, hätte niemand sein können. Als Student war Tadeu dauernd dort. Er aß dort zu Mittag und zu Abend, schlief viele Nächte im Zimmer seines Kommilitonen, er wurde wie ein Sohn behandelt. Aber als er von Heirat sprach, wendete sich das Blatt. Zabela, sagen Sie mir offen: Wenn Sie eine Tochter hätten, würden Sie sie einem Neger oder einem Mulatten zur Frau geben? Antworten Sie wahrheitsgemäß.«
Die Alte überwand die Schmerzen – »Ich werde von einer Meute Hunde verschlungen, sie beißen mich am ganzen Körper« – und richtete sich in ihrem Stuhl auf. »Pedro Archanjo, das lasse ich nicht zu! Wenn ich mein Leben in Santo Amaro, in Cachoeira oder hier verbracht hätte, unter den Argolos, Ávilas, Gonçalves, dann könnten Sie mir vielleicht diese Frage stellen. Haben Sie vergessen, daß ich den größten Teil meines Lebens in Paris gewesen bin? Wenn ich eine Tochter hätte, Meister Pedro, dann würde sie heiraten, wen sie wollte, einen Weißen, Schwarzen, Chinesen, Türken oder Juden, wen sie wollte. Und wenn sie nicht wollte, dann würde sie eben nicht heiraten.« Sie wimmerte vor Schmerzen, fiel in den Stuhl zurück. »Hören Sie ein Geheimnis, Meister Pedro: Am besten von allen im Bett sind die Neger, das hat schon meine Großmutter Virgínia gesagt.« Sie zwinkerte schelmisch mit rundem Auge. »Meine Großmutter Virgínia Argolo, verheiratet mit Oberst Fortunato Araújo, dem Neger Araújo. Eine Frau, die kein Blatt vor den Mund nahm, sie schleuderte diesen unreinen Baroninnen aus der Zuckersiederei ins Gesicht: ›Ich tausche kein Ei meines Negers gegen zwei Dutzend von euren Weißen!‹« Wieder erzürnt, kam die Alte auf das ursprüngliche Thema zurück: »Tadeu abweisen, diesen gesitteten Menschen, was für ein Unsinn!«
»Ich habe Tadeu nicht abgewiesen, ich werde ihn heiraten, wenn Gott will!« antwortete Lus Stimme aus dem Korridor.
Pathetische Ausrufe Zabelas – »*Ma chérie, ma pauvre fille, mon petit*« –, ein Lächeln in Archanjos betrübtem Gesicht.
»Hier, Lu?«
»Guten Tag, Zabela. Den Segen, mein Vater.«
Mein Vater – so redete Lu ihn seit langer Zeit an. Im Kreise von Freundinnen, im Übermut junger Mädchen, in der Obhut Archanjos, Lídios und Bruder Timóteos war sie zum Candomblé

gegangen. Sie hatte gesehen, wie Zauberer, Iaôs und sogar Männer, einige mit weißem Haar, Archanjo die Hand küßten: den Segen, mein Vater. »Warum Vater?« hatte sie Lídio Corró gefragt. »Wegen des Respekts, den sie Ojuobá schulden und entgegenbringen; Pedro Archanjos Familie ist dieses ganze Volk und noch viel mehr.« Von da an hatte sie ihn »mein Vater« genannt und um den Segen gebeten, halb scherzhaft, halb ernst.
Am Kai, bei Tadeus erstem Abschied, hatte Lu die beiden Gesichter verglichen, das ihres Geliebten und das Archanjos. Eine so große Ähnlichkeit, und sie sind nur Pate und Schützling, sie scheinen eher Vater und Sohn, Gott steh mir bei!
Tadeu war bezüglich seiner Familie – ein Gespräch darüber war ihm wenig angenehm – stets verschwiegen, hatte niemals den Vater erwähnt, er hatte diesen mysteriösen Canhoto, von dem er abstammte, nicht gekannt. Was die Mutter betraf, so erinnerte er sich nur ihrer Schönheit. »Mein Vater starb, als ich ganz klein war, ich erinnere mich seiner nicht; meine Mutter war sehr hübsch. Als sie sich meines Wunsches zu studieren bewußt wurde, brachte sie mich zu meinem Paten Archanjo. Kurz darauf starb sie, ich war noch in den Vorbereitungsprüfungen.« Damit war das Thema erledigt, der Schlußpunkt gesetzt.
Neugierig umkreiste Lu das wirre Rätsel der Canhotos. Nicht lange jedoch, denn sie spürte plötzlich Tadeus Verstimmung, er war in seinem Zartgefühl verletzt.
»Liebste, willst du mich oder meine Vorfahren heiraten?«
Das Mädchen berührte das Thema nie wieder, aber keiner weiß, ob sie anfangs »mein Vater« aus Spaß oder in geheimer Absicht gesagt hatte. Archanjo stellte sich dumm, lächelnd ließ er sich die Anrede gefallen. Er gab ihr den Segen, und um im gleichen scherzhaften Ton der Zuneigung und dem im Ausdruck des Mädchens enthaltenen Respekt zu entsprechen, sagte er »meine kleine Tochter, axé!«, als wäre sie eine Heiligentochter.
Im Zimmer kniete Lu zu Zabelas Füßen und erklärte: »Zu Hause ist die Atmosphäre noch etwas drückend. Ich habe die Gelegenheit genutzt, als der Alte wegging, und bin rasch hergekommen, um aufzuatmen. Jetzt, da Tadeu nach Rio zurückgekehrt ist, hat Mama die Wachsamkeit ein bißchen gelockert, sie hat nicht mehr solche Angst, daß ich fliehe, um ihn zu heiraten.«

»Wenn du das tätest, wäre es dein Recht. Und seins.«
»Das beste ist jedoch, zu warten, es sind nur acht Monate, sie vergehen rasch, wenn man schon drei Jahre gewartet hat. An dem Tage, da ich einundzwanzig und volljährig werde, wird niemand es mir verbieten können.«
Von wem stammte wohl der Gedanke, daß es zweckmäßig sei, zu warten, von Lu oder von Tadeu? Pedro Archanjo hätte es gern gewußt. Hätte er es wirklich gern gewußt?
»Es könnte sein, daß sich die Lage zu Hause in dieser Zeit ändert. Tadeu meint, es könnte sein. Schließlich wäre es besser, mit dem Einverständnis der Familie zu heiraten, in Harmonie zu leben.«
Von wem stammten so vernünftige Gedanken? Von dem Mädchen, von dem Ingenieur? Ach, Tadeu Canhoto, du steigst die Leiter hinauf, eilig und vorsichtig!
Tadeu verdiente gut, hatte seine Karriere erfolgreich begonnen, wurde geachtet, war bei Chef und Arbeitskollegen beliebt. Er hatte nach drei Jahren seine ersten Ferien, war nach Bahia gekommen und brachte einen Brief von Paulo de Frontin für Oberst Gomes mit: »Sehr geehrter Herr, ich habe von der Absicht Dr. Tadeu Canhotos gehört, um die Hand Ihrer würdigen Tochter anzuhalten, und möchte Ihnen meine Glückwünsche dazu im voraus übermitteln. Der Freier arbeitet seit drei Jahren bei mir, er ist einer der begabtesten und fähigsten Ingenieure von denen, die die alte Stadt Rio de Janeiro in eine große und moderne Hauptstadt verwandeln.« Er fuhr mit Lobesworten auf den Jungen fort: »tadellose Moral, fester Charakter, leuchtendes Talent«, ihm ständen alle Wege des Erfolges offen. Er freue sich mit der Familie Gomes über die glückliche Verlobung, überzeugt, daß sich der Oberst und seine Frau Gemahlin keinen besseren Schwiegersohn wünschen könnten.
Brief und Lobesworte der berühmten Persönlichkeit nützten nichts. Trotz der deutlichen Freude beim Empfang – »Schau, wer da kommt, Tadeu, dieser Undankbare« – veränderte sich die Atmosphäre völlig, als Tadeu darum gebeten hatte, allein mit dem Obersten zu sprechen, ihm den Brief seines Chefs übergab und um Lus Hand anhielt.
Die anfängliche Überraschung des Fazendeiro war so groß, daß er den Brief nicht nur bis zum Schluß las, sondern auch die kurzen

ergänzenden Worte des Ingenieurs anhörte, ohne ihn zu unterbrechen. ». . . um die Hand Ihrer Tochter Lu anzuhalten.«
Erst dann erlosch das Lächeln auf den Lippen des Obersten.
»Du sagst, du willst Lu heiraten?« Die Stimme des Fazendeiro verriet kaum Überraschung, eine neutrale, ratlose Stimme.
»Sehr richtig, Oberst. Wir lieben uns und wollen heiraten.«
»Du . . .« Plötzlich war die Veränderung vollständig, die Stimme klang hart, zornig. »Sie wollen sagen, daß Lu diesen lächerlichen Wunsch kennt?«
»Ich würde nicht vor Ihnen erscheinen, Oberst, ohne von ihr dazu ermächtigt zu sein, und wir betrachten unseren« – er betonte das Wort »unseren« – »Wunsch nicht als lächerlich.«
Wie das Brüllen eines verwundeten gefährlichen Tieres durchschnitt Oberst Gomes' Ruf das Haus. »Emília, komm her, schnell! Bring Lu mit! Schnell!«
Mit feindseligen Blicken betrachtete er Tadeu, als hätte er ihn nie zuvor gesehen.
Dona Emília kam herein und trocknete dabei die Hände an der Schürze; sie leitete die Köchin bei der Zubereitung von Nachspeisen an, zu Ehren Tadeus, der gewiß mit der Familie seines Kommilitonen zu Abend essen würde, ein brüderlicher Freund.
Fast gleichzeitig erschien Lu, lächelnd, nervös und gespannt.
Der Fazendeiro wandte sich an sie.
»Meine Tochter, dieser hier anwesende Herr überrascht mich mit einer unsinnigen Bitte und behauptet, es mit deiner Einwilligung zu tun. Er lügt, nicht wahr?«
»Wenn du damit sagen willst, daß Tadeu gekommen ist, um um meine Hand anzuhalten, so ist alles wahr, was er zu dir gesagt hat. Ich liebe Tadeu und möchte ihn heiraten.«
Der Oberst hatte sichtlich Mühe, sich zu beherrschen und nicht auf das Mädchen einzuschlagen. Eine ordentliche Tracht Prügel wäre das, was sie verdiente.
»Geh hinaus. Wir sprechen uns später.«
Lu lächelte Tadeu beherzt zu und verließ den Raum. Als Dona Emília die erstaunliche Neuigkeit hörte, wimmerte sie und stöhnte dann dumpf: »Ach, mein Gott!«
»Hast du etwas davon gewußt, Emília? Hast du etwas gewußt und es mir verheimlicht?«

»Ich habe genausoviel gewußt wie du: nichts. Für mich ist es die größte Überraschung. Sie hat niemals etwas ahnen lassen.«
Der Oberst fragte sie nicht nach ihrer Meinung, entweder weil er glaubte, sie zu kennen, oder weil seiner Ansicht nach eine Frau für die Pflichten des Hauses da ist und nicht, um in ernsten Angelegenheiten zu urteilen. Er wandte sich an Tadeu. »Sie haben das Vertrauen, das wir in Sie gesetzt haben, mißbraucht. Weil Sie ein Freund meines Sohnes waren, haben wir Sie bei uns aufgenommen, ohne auf Ihre Farbe und Ihre Herkunft zu achten. Man sagt, Sie seien intelligent, wie konnte Ihnen dann entgehen, daß wir unsere Tochter nicht für einen Neger großgezogen haben? Jetzt verschwinden Sie und kehren Sie niemals in dieses Haus zurück, sonst werden Sie mit Fußtritten auf die Straße gejagt.«
»Gut, daß der Fehler, den Sie mir vorwerfen, nur meine Hautfarbe ist.«
»Fort! Hinaus!«
Tadeu zog sich mit gemessenen Schritten zurück, Dona Emília wurde schwindlig. Das Geschrei des wütenden Obersten verhallte auf der Straße. Lu würde den Raubtieren entgegentreten, dachte Tadeu. Sie war stark und darauf vorbereitet. Am Abend zuvor hatten sie in Zabelas Haus das Problem in allen seinen Einzelheiten überdacht und für jede der verschiedenen Möglichkeiten eine Lösung gesucht. Tadeu Canhoto liebte mathematische Berechnungen, genaue Linienführung, Entschlüsse, die aus Prüfung und Analyse geboren wurden.
Obwohl Pedro Archanjo die Verweigerung erwartet hatte, war er außer sich, protestierte laut und geriet durcheinander, was so selten vorkam. »Ich verliere nur wegen Frauen den Kopf«, pflegte er zu sagen.
»Heuchler! Bande von Dummköpfen! Verdammte Weiße!«
Tadeu hielt ihn zurück. »Was ist das, Pate? Beruhigen Sie sich, beschimpfen Sie meine Verwandten nicht. Sie sind eine Familie reicher Fazendeiros wie jede andere, sie haben dieselben Vorurteile. Für den Obersten ist es ein Unglück, seine Tochter mit einem Mulatten zu verheiraten, es wäre ihm lieber, sie würde hysterisch und stürbe als alte Jungfer. Aber deshalb sind sie nicht minder Menschen, und im Grunde denke ich, daß dieses Vorurteil sogar oberflächlich ist, es widersteht der Zeit nicht.«

»Du entschuldigst sie noch, verteidigst sie! Tadeu Canhoto, jetzt muß ich mich aber doch wundern.«
»Ich verteidige sie weder, noch entschuldige ich sie, Pate. Es gibt meiner Meinung nach nichts Schlimmeres als das Vorurteil der Hautfarbe, nichts Besseres als die Rassenmischung, das habe ich von Ihnen, aus Ihren Büchern und Ihrem Verhalten gelernt. Nur will ich deshalb aus den Gomes nicht Ungeheuer machen, sie sind gute Leute. Ich bin sicher, daß Astério, dem ich nichts davon mitgeteilt habe, weil ich ihn überraschen wollte, uns unterstützen wird. In den Briefen, die er mir schreibt, tut er nichts anderes, als den nordamerikanischen Rassismus zu kritisieren, ›unannehmbar für einen Brasilianer‹, wie er meint.«
»›Unannehmbar für einen Brasilianer!‹ Doch in dem Augenblick, da es darum geht, die Tochter oder Schwester einem Mulatten oder Neger zur Frau zu geben, handeln sie genau wie ein nordamerikanischer Rassist.«
»Pate, nun wundere ich mich. Waren nicht Sie es, der immer gesagt hat, daß das Rassenproblem und seine Lösung in Brasilien und den Vereinigten Staaten nicht nur unterschiedlich, sondern sogar entgegengesetzt ist, daß die Tendenz bei uns trotz aller Hindernisse die Rassengemeinschaft, die Mischung ist? Und jetzt? Nur weil eines dieser Hindernisse auftaucht, ändern Sie Ihre Meinung?«
»In Wahrheit bin ich wütend, Tadeu, wütender, als ich erwartet hatte. Und was gedenkst du nun zu tun?«
»Lu zu heiraten natürlich.«
Das genügte, Pedro Archanjos Zorn in Tatkraft zu verwandeln.
»Entwirf einen Entführungsplan und flüchte sofort.«
»Entführung und Flucht? Das ist nicht einfach.«
»Ich habe schon Schwierigeres gemacht.«
Er sah sich an der Spitze des romantischen Unternehmens: Capoeirakämpfer, die die Straße bewachten, Lu, die im Morgengrauen aus dem Hause flüchtete, eingehüllt in Schrecken und einen schwarzen Umhang, ein Fischerboot mit geblähten Segeln, das die Brautleute in ein Versteck im Recôncavo führte, die heimliche Hochzeit, die Wut der Gomes! Nicht zufällig vermengte Meister Pedro Archanjo seine wissenschaftliche Lektüre mit den Romanen von Alexandre Dumas. »Übrigens ein Mulatte, Sohn

eines Franzosen und einer Negerin, eine glückliche Verbindung!« »Nein, Pate. Weder Entführung noch Flucht. Lu und ich haben schon alles entschieden. In acht Monaten wird Lu einundzwanzig, dann ist sie volljährig, Herrin ihres Schicksals. Wenn der Widerstand der Alten bis dahin nicht gebrochen ist, und dafür zähle ich auf Astério, dann verläßt sie an ihrem Geburtstag das Haus, um meine Frau zu werden. So ist es besser.«
»Glaubst du?«
»Wir glauben es, Lu und ich. Selbst wenn bis dahin der Oberst nicht eingewilligt haben sollte, wird die Tatsache, daß wir Lus Volljährigkeit abgewartet haben, die Dinge später erleichtern. Auch für mich hat das gewisse Vorteile. Ich fahre morgen wieder nach Rio und werde in acht Monaten zurückkommen.«
Pedro Archanjo sagte weder ja noch nein, übrigens bat ihn auch niemand um Rat. In der Werkstatt der Wunder begeisterte Lídio Corró die Freunde damit, daß er Tadeus Erfolge in der Hauptstadt schilderte: Paulo de Frontin entschied nichts, nicht eine Einzelheit der großen städtebaulichen Pläne, ohne seine Meinung zu hören, er hatte ihn zum Verantwortlichen für die schwierigsten Aufgaben gemacht. Faktisch baute Tadeu das neue Rio de Janeiro.
In Zabelas Haus hörte Pedro Archanjo, daß das Mädchen die Worte Tadeus wiederholte. »Es kann sein, daß ich die Alten in diesen Monaten überzeuge.«
»Hältst du das für möglich?«
»Wenn ich Ihnen sage, daß Mama schon halb umgekippt ist? Noch gestern hat sie zu mir gesagt, Tadeu sei ein guter Junge, wenn er nur nicht . . .«
». . . Neger wäre.«
»Stellen Sie sich vor, als sie von Tadeu sprach, sagte sie nicht mal mehr Neger, sondern: ›Wenn er nicht so kräftig braun wäre . . .‹«
Pedro Archanjo konnte schließlich lachen, er würde sich nicht zum Heilsapostel machen, Lu und Tadeu sollten entscheiden, wie es ihnen am besten schien, er würde sie jedenfalls unterstützen. Legal und langwierig, das war weder seine Art noch die Alexandre Dumas' des Älteren, des Mulatten, der dem General Napoleon von der schönen Negerin von Martinique (Martinique

oder Guadeloupe? Er erinnerte sich nicht) geboren worden war; wenn man sie angehört hätte, sie hätten sich für gewaltsame Entführung entschieden, aus vollem Herzen.
Zabela nahm die Gelegenheit des vorhandenen Publikums wahr und begann mit ihren Geschichten über die Familie Argolo de Araújo. »Hört. Fortunato Araújo, Oberst in den Unabhängigkeitskriegen, Held von Cabrito und Pirajá, bekannt als der Neger Araújo, trat in die adlige Familie der Argolos durch die Alkoventür der Großmutter Virgínia Gonçalves Argolo ein und übernahm Führung und Herrschaft. Er war ein hübscher Mulatte, ich war seine Lieblingsenkelin, er setzte mich auf den Sattelstock, und wir galoppierten über Felder und Berge, er war es, der mir den Beinamen ›Prinzessin des Recôncavo‹ gab. Meister Pedro, Sie, der Sie geübt sind im Lösen von Rätseln, sagen Sie mir, warum der berühmte Professor Nilo d'Ávila Argolo de Araújo, diese Mikrobe, *le grand con,* der soviel mit edlen Vorfahren prahlt, so karg ist im Gebrauch des ehrbaren Namens Araújo? Warum zitiert er die Heldentaten des Obersten Fortunato in den Kämpfen von dreiundzwanzig nicht, warum erzählt er nicht, daß der Neger Araújo dreimal verwundet wurde, als er für Brasiliens Unabhängigkeit kämpfte? In unserer berühmten Familie gab es keinen fähigeren Mann, ihm verdanken wir die Güter, die wir noch besitzen, einschließlich der elenden Reste, die mir geblieben sind. Mit Stolz und Recht sagte Großmutter Virgínia zu Baroninnen, Gräfinnen, Yayás und *à toutes les autres garces:* Ein einziges Ei meines schwarzen Fortunato ist zehnmal mehr wert als *toute cette bande de cocus,* die eure Männer und Geliebten sind, *les imbéciles.*«

15

Zabelas Geschichten weihten Pedro Archanjo in die Genealogie der vornehmen Gesellschaft ein, und im Laufe der Zeit wußte er von den Ávilas und den Argolos, den Cavalcantis und den Guimarães, aus den Kreisen der Lords, die mit adligen Beinamen protzten, ebensoviel wie von den Familienbanden des

Volkes, das mit den Negerschiffen gekommen war. Er kannte den Großvater von jedem und die genaue Stunde, in der sich das Blut gemischt hatte.
In den Jahren nach den Festlichkeiten zu seinem fünfzigsten Geburtstag setzte Meister Archanjo seine Studien fort: in den Büchern, die er in der Mansarde oder in der Werkstatt las (hier bewahrte er die meisten auf, im Hinterzimmer, Tadeus Zimmer), im feurig gelebten Leben. Er blieb jung, niemand würde ihn für fünfundfünfzig halten. Er spielte Capoeira, vergeudete seine Nächte bei einem guten Schluck, verrückt nach Frauen. Nach Rosália – oder gleichzeitig? – richtete er ein Haus für Quelé ein, ein Straßenmädchen von siebzehn Jahren, und sie gebar ihm einen Sohn. Einen Jungen, wie immer. Eine Tochter hatte Archanjo niemals, außer den kleinen Töchtern auf den Heiligenterreiros.
Die Frauen besuchten ihn in der Werkstatt der Wunder, wo nach Rosa de Oxalás Verschwinden Vorstellungen und Feiern aufhörten. Lídio hatte den Abschied nicht überwunden und litt endlose Eifersucht. Er erholte sich langsam, ganz wurde er nie damit fertig. Länger als fünfzehn Jahre waren sie Liebende gewesen, und der Maler fand keinen Ersatz, der imstande wäre, Rosas Bild aus der schmerzlichen Erinnerung zu löschen.
Die Holzplastik im Schlafzimmer, von dem Heiligenbildhändler Miguel, Damiãos Freund, geschnitten, zeigte wenig Ähnlichkeit mit Rosa. Nackt, hohe Brüste, ausladende Hüften. Wenn nicht einmal Lídio, der einzige, der sie ohne Kleider im Bett in seinen Armen gesehen hatte, die Vision dieser Pracht mit Farbe auf die Leinwand zu bannen vermochte, dann war es kühn von dem Heiligenbildhändler, sie sich vorstellen und in Palisanderholz nacharbeiten zu wollen. Wo war der nach Küssen hungrige Mund, der feurige Leib? In schlaflosen Nächten trat Rosa aus Leinwand und Holz heraus und tanzte im Zimmer.
In Werkstatt und Straßen, Freudenhäusern und Pensionen, auf Bällen und Schäferspielen, bei Gafieiras und Novenas, in Lachen und Singen mit Dirnen und Mädchen – die beiden Gevattern, Flöte, Fiedel, Geige und Rosas Abwesenheit. So gut Lídio auch bedient wurde, er blieb unbefriedigt: Wer Rosa besessen hatte, der konnte sie weder vergessen noch ersetzen. Und Pedro

Archanjo? Für ihn hatte der Liebesschmerz viel früher begonnen. Du, Gevatter Lídio, mein Lieber, kennst den Preis deiner Freundschaft nicht.
Vieles hatte sich in der Werkstatt der Wunder verändert. Die Druckerei füllte den großen Saal und den ehemaligen Vorbau aus. Der Betrieb war zu groß geworden, nicht einmal zum Wundermalen war Meister Lídio Zeit geblieben. Wenn er einen Auftrag annahm, mußte er ihn sonntags erledigen, die Woche war zu kurz für die Arbeit in der Offizin.
Indessen blieb die Werkstatt auch weiter das Zentrum des volkstümlichen Lebens, lärmender Gesprächsrunden, stiller Gedanken, lauter Veranstaltungen. Hier verbargen sich verfolgte Heiligenväter und Heiligenmütter, hier wurden Reichtümer der Axés aufbewahrt, hier genas Procópio von den Peitschenschlägen, die ihm bei der Polizei den Rücken aufgerissen hatten. Doch an der Tür war kein Plakat mehr zu sehen, das Vortrags-, Tanz-, Samba- und Maxixeabende ankündigte. Mané Lima und die dicke Fernanda zeigten sich in anderen Sälen. Und der Guckkasten war seit vielen Jahren nicht mehr in Betrieb. Ein einziges Mal noch tauschten Pinguelinho und Zé Piroca Ohrfeigen im Kampf um Lili Chupeta aus, als Zabela das »Sittenstück über die Irrtümer der Freundschaft« erleben wollte.
»*Quelle horreur!* Ihr seid Schweine, *des sales cochons!*« rief die Alte halb tot vor Lachen angesichts des Spaßes und der Gemeinheit der Vorstellung aus.
»Wir haben lange von diesen Puppen und ihrer Schamlosigkeit gelebt«, erklärte Archanjo, »das war unser Broterwerb.«
»Sie sind wirklich von weit unten gekommen«, kommentierte die Gräfin.
»Sollte es oben besser sein, vielleicht sauberer?«
Zabela zuckte die Achseln. »Sie haben recht, überall der gleiche Schmutz, die Freundschaft wird für einen Pappenstiel verkauft.«
Weder für einen Pappenstiel noch für die unschätzbare Münze der Liebe Rosa de Oxalás habe ich den Freund verkauft. Von hier bin ich gekommen, und hier bleibe ich. Wenn ich mich irgendwie verändert habe, und sicherlich ist es so, wenn in mir Werte entzweigegangen und ersetzt worden sind, wenn ein Teil mei-

nes früheren Wesens gestorben ist, so verleugne ich nichts, und ich verzichte auch nicht auf etwas, was ich gewesen bin. Nicht einmal auf den schmutzigen und anstößigen Guckkasten. In meiner Brust summiert und vermengt sich alles. Hört, Lídio, Tadeu, Zabela, Budião, Valdeloir, Damião de Souza, Major des Volkes und mein kleiner Junge, hört mich an! Ich möchte nur eins: leben, das Leben verstehen, die Menschen lieben, das ganze Volk.

Die Jahre vergingen, Pedro, nicht eine Falte im glatten Gesicht, entdeckte bei sich das eine oder das andere weiße Haar. Mit wiegenden Schritten, gut und sorgfältig gekleidet, überquerte er den Pelourinho in Richtung des Terreiro de Jesus. Im parasitologischen Labor der Medizinischen Fakultät analysierte und beschrieb Professor Silva Virajá das Schistosomum und wurde weltberühmt. In diesem Raum studierte der Gelehrte und trug zu Erkenntnissen über Ruhr, Leishmaniose, Pocken, Mykosen und Tropenkrankheiten bei. Pedro Archanjo wollte ihn wieder um einen Gefallen bitten: daß er zusammen mit Professor Bernard von der Polytechnischen Schule Tadeus Trauzeuge wurde.

Lus Geburtstag, der Tag ihrer Volljährigkeit, näherte sich. Monatelang war das Mädchen in Begleitung der Mutter auf die Fazenda verbannt gewesen. Man hatte sie zurückgebracht, in der Hoffnung, daß sie sich für einen würdigen Freier interessierte. In langen Unterredungen mit Archanjo, Lídio und Zabela prüfte Lu den Plan im allgemeinen und in seinen Einzelheiten.

»Da sie nicht nachgeben wollen, bleibt eben kein anderer Weg. Im übrigen widersetzt sich eigentlich nur Papa. Mama würde ich überzeugen, aber sie denkt mit dem Kopf des Alten, und er, Oberst Gomes, gibt nicht nach.« Man hörte aus ihrer Stimme, wie sie den Vater liebte und bewunderte. »Er hätte beinahe Astério das Monatsgeld gestrichen, nur weil Astério auf unserer Seite ist.«

Astério hatte an den Fazendeiro geschrieben und die Heirat gutgeheißen, Tadeu gelobt, »den ich wie einen Bruder schätze«. »Wer hat Dich um Deine Meinung gebeten?« hatte der Oberst in einem heftigen Brief gefragt. »Meine Tochter wird einen Mann nach meinem Geschmack und meiner Wahl heiraten.«

Er hatte übrigens bereits gewählt, wenn man bedachte, wie häufig Dr. Rui Passarinho zu Mittag- und Abendessen eingeladen wurde. Als Anwalt mächtiger Klienten, großer Firmen, als gewichtige und angesehene Persönlichkeit hatte Dr. Passarinho mit sechsunddreißig Jahren keine Zeit für Liebschaften, er war schon als junger Mensch in Praxis und Rechtsstreit beschlagen. Manche betrachteten ihn bereits als hartnäckigen Junggesellen.
In der Messe in São Francisco sah er das Mädchen Lu mit den großen Augen und den blonden Haaren; das Bild verfolgte ihn im Traum. Er sah sie noch zwei-, dreimal. Zu Hause erzählte er der verwitweten Mutter von dem schönen jungen Mädchen. Die Tochter der Gomes? Hübsch, ja, aber nicht mehr so sehr ein Kind, sie ist schon über zwanzig, sie ist an der Grenze, mein Sohn. Gute Familie, Überfluß an Geld, endlose Ländereien, viel Vieh auf den Weiden, ganze Straßen von Mietshäusern in Canela, Barbalho, Lapinha – wenn sie es sich recht überlegte, war das Mädchen der Gomes das Richtige für den unverheirateten Sohn.
Die Mutter Dr. Rui Passarinhos sprach selbst mit Dona Emília über das Interesse des Sohnes, und sie planten ein Abendessen. Ein Abendessen, ein Mittagessen, wieder ein Abendessen und noch ein Mittagessen, der Doktor wurde von den beiden Damen fast unbewußt an die Pforten der Ehe geführt. Lu – wohlerzogen, sehr nett, weiter nichts. Um Zabela aufzuheitern, imitierte sie die Verwirrung des Anwalts auf der Lauer nach einer Gelegenheit, sich zu erklären, ohne zu wissen, was er tun, was er denken sollte. Der Ärmste, er würde eine Überraschung erleben!
In der letzten Woche des Wartens auf Tadeu sprachen sie die Einzelheiten ab, zogen die Schrauben an. Pedro Archanjo ging zu Professor Bernard, überbrachte die Einladung. Er hatte eine lange Unterredung mit Bruder Timóteo im Kreuzgang des Klosters, der Bart des Mönches war ergraut, aber sein Lachen war jung geblieben. Durch Damiãos, Major Damião de Souzas Vermittlung erhielt Pedro Archanjo eine Einladung des Richters Santos Cruz, ihn zu Hause zu besuchen. Sie sprachen lange miteinander. Er brauchte nur noch mit Silva Virajá zu reden.
In Notariaten und Sakristeien auf der Suche nach Geburts- und Taufscheinen, von einem Freund zum anderen, um einzuladen,

zu verhandeln und Gesetze zu studieren, bereitete Pedro Archanjo die Hochzeit vor. Hochzeit gegen den Willen der Familie, aber legal, ach, sie hatte nicht den romanhaften Zauber von Entführung und Flucht, mit Umhang und Morgendämmerung, Fischerboot und galoppierenden Pferden, Verfolgung und Kampf. Das hätte ihm gefallen, dabei hätte er seinen Spaß gehabt und diesen Unverschämten eine Lektion erteilt. Pedro Archanjo traf sich mit Meister Budião und Valdeloir, gemeinsam wählten sie Vertraute, Capoeiraleute, deren Namen selbst die Geheimpolizisten erzittern ließen. Im Zweifelsfalle weiß man ja nie, was geschehen wird.

16

Er traf Professor Silva Virajá in Gesellschaft eines Mannes von etwa dreißig Jahren: hager, roter Schnurrbart und Spitzbart, offenes Gesicht, kraftvolle Hände, nachdenkliche Augen.
»Guten Tag, Pedro Archanjo. Gestatten Sie, daß ich Ihnen Dr. Fraga Neto vorstelle, der den Lehrstuhl in meiner Abwesenheit versehen wird. Er kommt aus Deutschland, ich fahre dorthin, so ist das Leben.« Er wandte sich an den Kollegen. »Das ist Pedro Archanjo, über den wir schon gesprochen haben, dem meine besondere Hochachtung gilt. Offiziell ist er Pedell der Fakultät und steht dem Lehrstuhl für Parasitologie zur Verfügung, in Wahrheit ist er maßgebend in der Anthropologie, er kennt die Sitten und Bräuche des Volkes von Bahia wie kein zweiter. Übrigens haben Sie ja seine Bücher gelesen . . .«
Pedro Archanjo brummte bescheiden: »Der Professor ist zu gütig, ich bin nur ein Laie . . .«
»Ich habe die Bücher gelesen, und sie haben mir sehr gefallen. Besonders das letzte. Über viele Dinge sind wir einer Meinung. Ich bin überzeugt, wir werden Freunde sein.«
»Mit Vergnügen und Ehre, Dr. Fraga. Und wann, Herr Professor, reisen Sie?«
»In etwa zwei Monaten. Zuerst fahre ich nach São Paulo, dann weiter nach Deutschland.«

»Werden Sie lange bleiben, Professor?«
»Ich gehe für immer, Archanjo. Nicht nach Deutschland, dort werde ich nur so lange sein, wie nötig ist für die Anschaffung des Labors, das ich in São Paulo einrichten und leiten werde, wo ich mich endgültig niederlasse. Man hat mir außergewöhnliche Bedingungen geboten: Ich werde meine Studien vorantreiben können. Hier ist das unmöglich: Die Mittel reichen nicht einmal, das notwendigste Material zu kaufen. Dr. Fraga war so nett, meine Einladung anzunehmen und den großartigen Posten in Deutschland aus reinem Patriotismus aufzugeben, um herzukommen und sich als Dozent in Bahia zu bewerben und damit die Fortführung unserer Arbeit zu sichern. Dafür rechne ich auf die Mitarbeiter des Lehrstuhls wie Sie und Arlindo und auf die Studenten.«
»Natürlich, wenn meine Bewerbung akzeptiert wird.«
Der Gelehrte lachte. »Sie wird angenommen werden, und wenn auch mit Pfuirufen, mein Lieber.«
Da eine Bewerbung um eine freie Dozentur nicht auf einen Kampf zwischen mehreren Kandidaten hinauslief, war sie im allgemeinen viel weniger aufregend und eindrucksvoll als die um eine Professur. Bei Dr. Fraga Neto aber war das Auditorium maximum überfüllt, und es gab einen Skandal: Empörung, Beifall, Spott, Beschimpfungen, Lärm, Unruhe und Streit.
Der junge Arzt und Forscher kam aus Europa, und ein beachtlicher Ruf ging ihm voraus. Professor Silva Virajá selbst mit dem Gewicht seiner Verantwortlichkeit hatte ihn aufgefordert, sich zu bewerben und ihn auf dem Lehrstuhl zu ersetzen. Als einziger Sohn wohlhabender Eltern war Fraga Neto nach dem Studienabschluß nach Europa gegangen. Er hatte ein paar Monate in Paris und London gelebt und sich in Deutschland niedergelassen. Er forschte in derselben Materie und Richtung wie Silva Virajá – »Ich bin ein einfacher Schüler des großen Meisters.«
Die Bewerbung schlug ein, seit langem war kein Kandidat für den Posten eines Dozenten so aggressiv und ketzerisch gewesen. Das Prüfungsgremium sah sich wahrhaft unerwarteten Behauptungen und Thesen gegenüber. Der einzige, der sich nicht empörte, war der Professor für Parasitologie selbst, Silva Virajá.

Er rieb sich die Hände in größter Zufriedenheit, als der streitlustige Kandidat eingesessene Überzeugungen, sichere Ideen, soziale Strukturen angriff. Fraga Neto, mit rotem Spitzbart und forsch, mit warnend erhobenem Finger, schien ein herrschender Teufel.

Die Ursachen solch großer Aufregung lagen nicht in der Debatte medizinischer Materie – die Vorlesung handelte von Tropenkrankheiten –, sondern in Behauptungen sozialer und politischer Ordnung, zahlreich und gewaltig, die der Kandidat dem Gremium und der Versammlung ins Gesicht schleuderte.

Fraga Neto begann damit, daß er sich als Materialisten bezeichnete, schlimmer noch: als dialektischen Materialisten, Schüler von Karl Marx und Friedrich Engels, »der beiden großen modernen Philosophen, der Genies, die die Wege eines neuen Zeitalters zur Menschlichkeit geöffnet haben«. Auf dieser Grundlage forderte er für eine vollständige Ausrottung der Tropenkrankheiten dringende und tiefe Veränderungen in der ökonomischen, sozialen und politischen Struktur Brasiliens. »Solange wir ein halbfeudales Land sind mit einer Agrarökonomie, die auf Latifundien und Monokultur beruht, können wir nicht ernsthaft vom Kampf gegen Tropenkrankheiten reden. Das Hauptübel ist unsere Rückständigkeit, von ihr werden die anderen Übel geboren.« Es war ein Gottstehunsbei unter den Professoren, von denen viele zugleich Universitätsangehörige und Eigentümer großer Ländereien, Fazendeiros und Viehzüchter waren. Die Debatte wurde unüblich boshaft, ging fast bis zur Beleidigung. Ein Mitglied des Prüfungsgremiums, Montenegro mit den Neologismen, war am Rande einer Nervenkrise. »Unsinn!« schrie er in panischem Entsetzen.

Die Studenten waren, wie man sehen konnte, einmütig auf der Seite des Kandidaten, lärmend klatschten sie seinen Äußerungen Beifall. »Unsere veraltete Ökonomie ist hauptverantwortlich für Schistosomum, Aussatz, Pocken, Malaria, Blattern, für Endemien und Epidemien in unserem armen Vaterland. Ohne radikale Strukturveränderung können wir nicht an die Ausrottung der Krankheiten denken, an Vorbeugungsmaßnahmen, an einen systematischen und ernsthaften Kampf gegen die Leiden, die unser Volk quälen, können wir nicht von öffentlicher

Gesundheit reden. Solche Maßnahmen zu versprechen ist Dummheit, wenn nicht Betrug und Köder. Solange wir Brasilien nicht verändern, werden unsere Studien, so ernsthaft und ursprünglich sie auch sein mögen, nicht über isolierte Bemühungen hinausgehen, die aus Begabung und Talent einiger weniger, zu ungeheuren Opfern bereiter Gelehrter resultieren. Alles andere ist fruchtloser akademischer Meinungsstreit. Das ist die Wahrheit, wenn es auch schmerzt.«

Die größte Sensation gab es bei der Verteidigung der These. Nicht genug mit dem durch so aggressive Ideen verursachten Tumult, zitierte Fraga Neto als wissenschaftliche Autorität einen Pedell der Fakultät. Nachdem er ihn als »kompetenten Anthropologen mit soziologischem Weitblick« bezeichnet hatte, las er eine Seite aus einer Broschüre, die dieser Archanjo, ein mit ihm befreundeter Mulatte, hatte drucken lassen: »Die Lebensbedingungen des Volkes sind so schrecklich, das Elend ist so groß, der Mangel jeglicher medizinischer oder gesundheitlicher Hilfe so absolut, von geringstem Interesse für Staat und Behörden, daß die Tatsache, in solchen Bedingungen zu leben, an sich einen außergewöhnlichen Beweis von Kraft und Lebenstüchtigkeit darstellt. Deshalb gewinnt die Bewahrung von Bräuchen und Traditionen, die Organisation von Gesellschaften, Schulen, Paraden, Gruppen, Ternos, Afoxés, die Schöpfung von Tanz- und Gesangsrhythmen, alles, was eine kulturelle Bereicherung darstellt, die Bedeutung eines wahren Wunders, das nur durch die Mischung der Rassen erklärbar und möglich ist. Aus der Rassenmischung entsteht eine Rasse mit so viel Talent und Widerstandsfähigkeit, so mächtig, daß sie Elend und Verzweiflung in der täglichen Erschaffung der Schönheit und des Lebens überwindet.« Von den für die Kongregation bestimmten Stühlen kam ein Brüllen: »Protest!« Es war Professor Nilo Argolo, der sich erregt erhoben hatte und keifte: »Dieses Zitat ist eine Verspottung der ehrwürdigen Fakultät!«

Professor Argolo beschränkte sich nicht auf diese kurzen Worte, er sagte noch andere in einer gewiß niederschmetternden und einwandfreien Rede. Leider hörte sie niemand: Die Studenten brachten Hochrufe auf Fraga Neto aus, mehrere Professoren schritten gleichzeitig ein, Zwischenrufe, Beschimpfungen, Hohn-

lachen und Pfiffe kreuzten sich, ein Durcheinander. Am Schluß der durchaus bestandenen Prüfung – zwei oder drei Professoren setzten die Note herunter – wurde Fraga Neto von den Studenten im Triumph auf die Schultern gehoben.
Bezüglich der Einladung als Tadeus Trauzeuge auf dem Standesamt hatte Professor Silva Virajá keine Bedenken, sie anzunehmen. Er hatte den Ingenieur noch als kleinen Jungen gekannt, als er im Parasitologielabor auf seinen Paten Archanjo gewartet hatte, und er war über die Schwierigkeiten unterrichtet, die er hatte überwinden müssen, um das Studium zu Ende zu führen. Mehrmals hatte er ihm das Nötige für Straßenbahn, Eis oder Kino geschenkt. Die Gomes kannte er ebenfalls: rauhe Fazendeiros aus dem Sertão, gallig und rückständig, geistig weit unter Tadeu. Doch wenn der Junge und das Mädchen sich liebten, dann hatte alles andere nicht die geringste Bedeutung. Da blieb nur heiraten und Kinder zeugen.

17

Ein gewaltiges Aufsehen gab es, wochenlang wurde in Bahia von nichts anderem gesprochen; erst durch die Feierlichkeiten zum hundertsten Jahrestag der Unabhängigkeit, die großen Festlichkeiten zum 2. Juli, geriet die Sache in Vergessenheit. Anlaß zu gereizten Diskussionen, zu Austausch von Unverschämtheiten, es schien beinahe, daß zum ersten Male ein Mulatte und eine Weiße heirateten. Eine weiße Bahianerin, mochte sie auch mit schwarzem Blut gesprenkelt sein nach Meinung der gut unterrichteten Gräfin Isabel Tereza, des jungen Paares vertraute Zabela. Der Bräutigam – ein dunkler Mulatte, »sehr ins Braun gehend«, um Dona Emílias versöhnenden Ausdruck zu gebrauchen.
Solche Hochzeiten wurden allmählich Alltäglichkeiten. Wenn die schwarzweißen weißschwarzen Brautleute die Kirche am Arm der Eltern betraten, dann riefen sie schon keine Empörung mehr hervor, sondern nur die bei Vermählungen übliche Rührseligkeit. Jetzt jedoch ging die Braut nicht am Arme des

Vaters, in Kirchenschiffen und auf Altären wurden keine Kerzen angezündet, zivile und religiöse Zermonie wurden im Freundeshaus im Kreise einer kleinen Zahl Geladener in bedrohter Atmosphäre vollzogen. Tadeus und Lus Hochzeitsmarsch wurde in Bahia lebhaft diskutiert.

Die mächtigen Gomes, Herren eines großen Stückes vom Sertão, markante Persönlichkeiten der Oberschicht, hatten den Heiratsantrag als eine Beleidigung betrachtet und den schwarzen und armen Freier mit einem eindeutigen Nein weggeschickt. Sie hatten ihm die Türen des gastlichen Hauses verschlossen und ihm das Herz des Mädchens versagt, ohne die Mitgift des Jungen zu berücksichtigen: Talent und Willenskraft, Prüfung an der Hochschule, Fähigkeit, schwierigste mathematische Aufgaben zu lösen, Auszeichnung in den Fachdisziplinen und die brillante Karriere in Rio, Paulo de Frontins rechte Hand.

Beifall für die Gomes, es wurde Zeit, daß ein ehrbarer Familienvater dem kriminellen Bluthandel, der wachsenden Entartung der weißen Rasse in Brasilien ein Ende setzte und das Negervolk in seine Schranken wies – so beglückwünschten sich Nilo Argolo, Oswaldo Fontes und ihre kriegerische Clique in Unterstützung und Zustimmung für den Obersten.

Unnütze und traurige Geste, der Rassenhaß kann sich im brasilianischen Klima nicht durchsetzen, keine Mauer des Vorurteils widersteht dem Ungestüm des Volkes – antworteten Leute wie Silva Virajá, Fraga Neto und Bernard.

All das und darüber hinaus die Schönheit der Braut, die berühmte Intelligenz des Bräutigams, die hartnäckige und verbotene Liebe hüllten die Hochzeit in einen romantischen und aufregenden Hauch. Sie wurde Mittelpunkt des Lebens in der Stadt.

Tadeu war ein paar Tage vorher angekommen und hatte sich kaum sehen lassen, nur wenige wußten von seiner Anwesenheit in Bahia. In Zabelas Haus traf er sich mit Lu, gemeinsam besprachen sie die letzten Einzelheiten, »mit einer Verbissenheit, daß es Freude machte«, wie die immer weniger bewegliche und geschwätzigere Alte Meister Archanjo mitteilte.

Lu unterrichtete Tadeu über Dr. Rui Passarinhos beharrliches Werben, die ständigen Besuche als vertrauter Gast des Obersten. Der aufmerksame und diskrete Anwalt handelte klug und taktvoll. Er drängte sich nicht auf, erklärte sich nicht, blieb bei Andeutungen und langen Blicken. Er hatte seine Interessen in Dona Emílias Hände gelegt, die sich in Lobesworten über den Bittsteller erging. Ganz verliebt, meine Tochter, wartet er auf ein Wort von dir, eine Geste, ein Zeichen der Zustimmung, um seine Bitte zu äußern. Schließlich wirst du einundzwanzig. Alle deine Freundinnen aus dem Colégio das Mercês sind verheiratet, sind Mütter, Maricota hat ihren Mann sogar schon wieder verlassen, Gott, wie schrecklich, wie entsetzlich!, einen besseren Mann als Dr. Passarinho findest du nicht, er ist nach dem Geschmack deines Vaters und nach meinem, schau, du stehst an der Grenze, eine alte Jungfer zu werden, sei vernünftig, sei nicht verbohrt. Tag und Nacht die Litanei in ihren Ohren, die Frage in den Augen des Anwalts.

Am Vorabend von Lus Volljährigkeit erschien Dr. Passarinho nach dem Essen, und statt mit dem Obersten im Salon zu bleiben, im Gespräch über Politik und Finanzen, fragte er das Mädchen, ob sie bereit sei, ihn zwei Minuten anzuhören. Sie setzten sich unter den großen Mangobaum im Garten des herrschaftlichen Hauses. Über ihnen der Himmel mit Sternen und Mondschein, unten der Golf, das Küstenfort, die Schatten der Schiffe, eine Nacht für Verliebte.

Ohne Erfahrung in Liebeserklärungen, ungern, überwand der Akademiker nach einem unbehaglichen Schweigen die Verlegenheit.

»Ich weiß nicht, ob Dona Emília, die ich um Erlaubnis gebeten habe, dieses Gespräch mit Ihnen zu führen, Ihnen schon etwas gesagt hat ... Ich bin kein kleiner Junge mehr ...«

»Dr. Rui, Mama hat schon mit mir gesprochen. Ich fühle mich geehrt, denn Sie verdienen meine Sympathie, Ihr Verhalten war vollendet. Ebendeshalb habe ich Sie unterbrochen. Denn ich bin schon versprochen, ich bin verlobt, ich werde bald heiraten, sehr bald.«

»Versprochen? Verlobt? Dona Emília hat mir nichts gesagt!«

Wirklich überrascht, konnte der Anwalt dem Mädchen endlich in die großen wasserblauen Augen sehen.

»Hat Ihnen niemand etwas erzählt? Ich meine nicht Papa oder

Mama, sie sprechen nie darüber. Aber zur Zeit des Antrages gab es viel Gerede.«
»Ich weiß von nichts, ich lebe sehr zurückgezogen, kümmere mich nicht um Klatsch.«
»Dann werde ich Ihnen alles sagen, es ist die beste Möglichkeit, Ihnen meine Achtung zu beweisen. Ein Teil dessen, was ich Ihnen anvertraue, ist geheim.«
»Ich bin ein Ehrenmann, Senhorita, ich bin Rechtsanwalt. Ich wahre viele Geheimnisse.«
»Vor fast einem Jahr, genau vor acht Monaten, hat Dr. Tadeu Canhoto, ein Ingenieur, der zusammen mit meinem Bruder Astério studiert hat, um meine Hand angehalten. Wir haben uns seit der Kindheit gern.«
»Tadeu Canhoto. Ich kenne ihn dem Namen nach.«
»Der Bewerber wurde abgewiesen, weil Tadeu Mulatte ist. Mulatte und arm, er hat sich hochgearbeitet, hat unter Opfern studiert. Die abschlägige Antwort kam von meinen Eltern, ich liebe Tadeu, und ich betrachte mich als seine Verlobte.« Sie ließ sich nicht von ihm unterbrechen. »Hören Sie den Rest: Morgen werde ich einundzwanzig, und morgen werde ich auch dieses Haus durch die Tür dort verlassen und heiraten. Ich denke, indem ich Ihnen die Wahrheit sage, trage ich der Ehre Rechnung, die Sie mir erwiesen haben, als Sie daran dachten, mich zur Frau zu nehmen. Ich brauche Sie nicht um Verschwiegenheit zu bitten.«
Der Rechtsanwalt betrachtete das vom Mondschein übergossene Meer, irgendwoher drang das Schlagen einer Sambarunde, ein Capoeiralied:

»Nimm die Orange auf dem Boden, Piepmatz,
meine Liebe ist gegangen, ich bleibe nicht,
mein Tischtuch ist eine Schnabelspitze.
Nimm die Orange auf dem Boden, Piepmatz.«

»Tadeu Canhoto? Ist das nicht der, der eine Mathematikprüfung ganz in zehnsilbigen Versen gemacht hat?«
»Genau der.«
»Ich habe viel von ihm gehört, man sagt, er sei ein sehr talentier-

ter Junge, erst neulich hat mir ein Freund, der kürzlich aus Rio gekommen ist, erzählt, daß der Ingenieur Canhoto Dr. Paulo de Frontins größtes Vertrauen genießt.« Er hielt inne, hörte das ferne Lied – meine Liebe ist gegangen, ich bleibe nicht. »Ich werde Ihnen nicht sagen, daß ich froh bin, ich dachte, ich würde die Ehre haben, um Ihre Hand anzuhalten, Sie eines Tages als Frau und Kameradin zu haben. Ich kehre zu meinem Papierkram zurück, zu den Akten und den Urteilen, mir gefällt das Junggesellendasein, ich weiß nicht, ob ich ein guter Ehemann sein könnte. Erlauben Sie, daß ich Ihnen im voraus meine Glückwünsche zur Hochzeit ausspreche. Für die Ehe und für den Mut. Ich weiß nicht, ob ich Ihnen irgendwie nützlich sein kann, Ihnen und Dr. Tadeu. Ich stehe Ihnen zur Verfügung, wenn Sie zufällig meine Dienste brauchen sollten.«

»Vielen Dank. Ich habe nichts anderes von Ihnen erwartet.«

»Alles in Ordnung, Doktor?« fragte Dona Emília, als der Anwalt liebenswürdig und korrekt, ein *gentleman,* ihr zum Abschied die Hand küßte.

»Ganz in Ordnung, Dona Emília, alles ganz in Ordnung.« Obwohl der Anwalt enttäuscht war, empfand er eine gewisse Erleichterung, er war eben zum Junggesellen geboren.

»Bis morgen, Doktor. Kommen Sie zum Essen mit Lu.«

»Danke und gute Nacht.«

Lu wurde von Fragen gequält, äußerte sich nicht, lächelte und war nervös. Dona Emília informierte den Obersten über den Fortgang der Ereignisse: »Alles in Ordnung, morgen werden wir Neuigkeiten haben.«

Die hatten sie, große und unerwartete. Am Morgen verließ die nun volljährige Lu, Herrin ihrer Handlungen, zeitig das Haus und kehrte nicht zurück. Sie hinterließ ein an die Eltern gerichtetes Briefchen, dramatisch und kurz: »Seid mir nicht böse, ich heirate den Mann, den ich liebe, lebt wohl.« Oberst Gomes lief in Dr. Passarinhos Anwaltsbüro, willens, die Hochzeit zu verhindern, die Tochter wiederzubekommen, Tadeu ins Gefängnis zu werfen.

»Keinerlei gesetzliche Maßnahmen sind möglich«, erklärte der Anwalt. Das Mädchen sei volljährig, Herrin ihres Willens, berechtigt zu heiraten, wen sie wolle. Der Anwärter sei nicht nach dem Geschmack der Eltern? Bedauerlich, zweifellos, aber da bleibe nichts übrig, als mit dem Bräutigam Frieden zu schließen und die sicherlich geringfügigen Meinungsverschiedenheiten zu vergessen.

Das niemals! Der Oberst durchmaß den Raum mit langen Schritten. Gewöhnlicher Neger! Ein Studienkamerad Astérios, der Oberst und Dona Emília, die ihm viele Male den Hunger stillten, hatten ihn im Hause aufgenommen. Er hatte sich das zunutze gemacht, um dem Mädchen, einem Kinde, den Kopf zu verdrehen. Ein Mulatte ohne Vater und Mutter, faktisch auf Grund von Almosen ausgebildet, ein Niemand, ein gewisser Tadeu Canhoto.

»Entschuldigen Sie, Oberst, aber Dr. Tadeu Canhoto ist kein Niemand. Es handelt sich um einen bedeutenden Ingenieur, er genießt echtes Ansehen, er ist ein Mann mit großer Zukunft. Was Lu betrifft, so ist sie kein Kind mehr, sie ist einundzwanzig, und wenn sie das väterliche Haus verläßt, um Dr. Tadeu zu heiraten, dann tut sie es, weil sie ihn wirklich liebt.«

»Ein Mischling!«

»Verzeihen Sie mir, Oberst, aber noch gestern war ich selbst Anwärter auf Lus Hand, und ich habe Sie und Dona Emília über meinen Wunsch befragt und von Ihnen beiden die Zustimmung erhalten, worauf ich sehr stolz bin. Indessen, Oberst, auch ich bin ein Mischling, trotzdem . . .«

»Sie? Mischling?«

»Was Sie beeindruckt, geschätzter Oberst, ist die Farbe, nicht die Rasse. Meine Großmutter väterlicherseits war eine Mulattin, sehr dunkel, Oberst. Ich bin weiß, aber ich habe einen Bruder, der Arzt in São Paulo ist, er ist ein hübscher Brauner, er ist nach Großmama Sinhá Dona geraten. Er hat übrigens die Tochter eines sehr reichen Italieners geheiratet. In Bahia, Oberst, ist es schwierig, zu sagen, wer nicht Mischling ist.«

»Meine Familie . . .«

»Oberst, wenn Ihre Tochter Dr. Tadeu liebt, so vergessen Sie die Vorurteile, geben Sie Ihren Segen.«

»Niemals! Für mich ist sie mit dem Tage, da sie diesen Neger heiratet, tot und begraben.«

»Wenn Enkel kommen . . .«

»Doktor, sprechen Sie mir nicht davon, von diesem Unglück. Ich werde diese Heirat auf jeden Fall verhindern. Ich möchte, daß Sie mein Anwalt sind, der mir hilft, den Lumpen ins Gefängnis zu bringen und Lu in ein Kloster zu stecken.«
»Ich habe Ihnen schon gesagt, daß nichts zu machen ist, Oberst, das Gesetz ...«
»Das Gesetz interessiert mich nicht! Sie sind Anwalt, Sie wissen, daß das Gesetz nicht für alle gemacht ist. Wer es sich leisten kann, der setzt sich darüber hinweg. Sie sind ermächtigt, auszugeben, was nötig ist.«
»Unmöglich, Oberst. Nicht nur, daß das Gesetz klar ist, sondern es gibt auch einen Umstand, den Sie nicht kennen: Seit gestern bin ich der Rechtsanwalt Ihrer Tochter Lu, vertraglich gebunden, ihre Rechte als mündige und freie Bürgerin zu schützen gegen jedes Manöver, das ihre Hochzeit mit Dr. Tadeu Canhoto verhindern könnte. Deshalb ...«
Der Oberst suchte einflußreiche Freunde auf, sprach Drohungen aus, bemühte sich bei Autoritäten. Spitzel erhielten den Auftrag, Tadeu aufzustöbern und der Polizei auszuliefern. Sie trafen ihn in der Werkstatt der Wunder in Begleitung des Anwalts Passarinho, der halb Bahia nach ihm abgesucht hatte, um ihn über die Absichten des Fazendeiro zu unterrichten.
»Sie sind mein Nebenbuhler?« Tadeu lächelte, als er ihm die Hand drückte.
»Ich denke, jetzt bin ich Ihr Rechtsanwalt. Es hat mich viel Mühe gekostet, Sie ausfindig zu machen, Doktor.«
Sie unterhielten sich, als die Geheimpolizisten eintrafen. Tadeu weigerte sich, sie zu begleiten. »Ich habe keinerlei Verbrechen begangen, ich habe nichts auf der Polizei zu tun.«
»Wenn Sie nicht freiwillig mitkommen, zwingen wir Sie.«
Dem Anwalt gelang es, die Situation zu retten, indem er sich erbot, selbst zum Polizeichef zu gehen. »Ich kenne ihn gut, wir haben miteinander studiert, wir stehen in freundschaftlicher Verbindung.«
Im Arbeitszimmer des Polizeichefs wollte Dr. Rui wissen, ob der Polizeiapparat existiere, um die Befolgung der Gesetze zu garantieren oder um sie zu verletzen und an Übergriffen und Ungesetzlichkeiten mitzuwirken.

»Mein Lieber, reg dich nicht auf. Ich habe mehr als zehn Gesuche erhalten, Oberst Gomes fordert Gefängnis und Prügel, ich habe nur Leute ausgeschickt, das angezeigte Individuum vorzuladen, es soll bei der Polizei erscheinen und aussagen. Schließlich handelt es sich um die Entführung einer Minderjährigen, der Tochter einer höchst angesehenen Familie.«
»Entführung! Minderjährige! Lu ist heute einundzwanzig geworden, vor dem Gesetz ist sie ebenso mündig wie du und ich. Sie ist auf ihren Beinen aus dem Hause gegangen und hat einen Brief hinterlassen. Nachdem ich diese Einzelheiten geklärt habe, frage ich, ob du weißt, wer das ›angezeigte Individuum‹ ist. Wenn du es nicht weißt, dann sage ich es dir. Es ist der Ingenieur Tadeu Canhoto, Mitglied der Gruppe des Dr. Paulo de Frontin und sein Vertrauensmann. Professor Bernard von der Polytechnischen Schule hat eine Vollmacht von Paulo de Frontin in der Tasche, ihn als Trauzeuge bei der Hochzeit Dr. Tadeus mit der Tochter des Obersten Gomes zu vertreten.«
»Was du nicht sagst! Ich dachte, es wäre ein billiger Verführer.«
Der Rechtsanwalt fuhr fort: »Weißt du, wo das Mädchen sich aufhält? Im Hause des Professors Silva Virajá. Willst du sie dort rausholen? Genügen dem Polizeichef nicht die Schwierigkeiten und Kritiken, die durch die Übergriffe des Kommissars Pedrito Gordo verursacht wurden? Möchte er neue Kopfschmerzen?«
Er, Passarinho, Anwalt des Ingenieurs, hatte verhindert, daß wegen der Bedrohungen durch die Polizei an Paulo de Frontin telegrafiert wurde.
»Ich habe überhaupt niemanden bedroht. Ich habe Leute geschickt, die ihn auffordern sollten, hier zu erscheinen . . .«
»Du hast zwei Banditen geschickt mit der Anweisung, ihn vorzuführen. Wenn ich nicht dabeigewesen wäre, dann hätten sie Dr. Tadeu mit Gewalt hergeschleppt. Hast du schon an die Folgen gedacht? Du setzt deinen Posten aufs Spiel, um den Launen eines Obersten aus dem Sertão zu dienen. Wenn Frontin einen Finger ausstreckt, dann gibt es keinen Gouverneur, der dich stützt. Misch dich da nicht ein, mein Lieber.«
Der Polizeichef ließ dem Obersten ausrichten, er bedaure, nichts tun zu können, der Fall liege ganz und gar außerhalb seiner Befugnisse; er zog die Polizisten zurück. Er liebte seinen Posten,

von der Provision aus dem Bichospiel hatte er sich schon ein Haus in der Graça gekauft.
Verzweifelt drohte der Oberst, der Hochzeit mit Schüssen ein Ende zu bereiten oder bereiten zu lassen, »das Gesicht des Negers mit der Peitsche zu zerschlagen«. Er tat nichts, er reiste ab auf die Fazenda, als das Aufgebot im Gericht ausgehängt und in der Kirche São Francisco verlesen wurde. Kommentare, Klatsch, lächelnd fragende Gevatterinnen machten um Pflanzungen und Weiden keinen Bogen. Die Angelegenheit verbreitete sich, niemand in Bahia sprach von etwas anderem. Lus Großmutter, die alte Eufrásia, Dona Emílias Mutter, schon sehr gebrechlich, weigerte sich, Tochter und Schwiegersohn in das ländliche Exil zu begleiten. Sie vertrug die Fazenda nicht, und nichts war so nach ihrem Geschmack wie Klatsch, Vergnügen des Alters, das letzte. Sie blieb allein mit Dienstmädchen und Chauffeur – ich gehe nicht auf die Fazenda, nicht einmal gefesselt.
Tage später wurde die Hochzeit im engsten Kreise gefeiert. Nicht in Zabelas Haus, wie vorher abgesprochen worden war. Das Ehepaar Silva Virajá, das Lu auf Archanjos Bitten aufgenommen hatte, bot ein herrschaftliches Haus und Champagner für die Festlichkeit. Lu schwankte, denn sie fürchtete, die Greisin zu verbittern, Tadeu jedoch nahm an. »Das ist viel angemessener, Liebste.« Dafür kleidete sich Zabela im großen Stil, sie schien den Seiten einer Zeitung vom Ende des 19. Jahrhunderts entsprungen. Bruder Timóteo reichte die Sakramente, Dr. Santos Cruz, der bei dieser Gelegenheit das Familienoberhaupt ersetzte, legalisierte die Ehe. Jeder hielt eine Rede.
Der Mönch lobte in hartem Portugiesisch, das Steine brechen konnte, die Verbindung der liebenden Herzen, gesegnete Vereinigung unterschiedlicher Rassen und Kulturen, verschiedenen Blutes. Der Richter stand ihm in nichts nach. Als glänzender Redner, Dichter, dessen Sonette in Zeitungen gedruckt wurden, rühmte er in lyrischen Tiraden die Liebe, die sich über den Unterschieden von Rasse und Schicht zusammenfindet, um Welten der Schönheit zu schaffen. Nach Meinung der in Tränen zerfließenden Zabela war die Rede des Richters »eine Hymne auf die Liebe, ein Poem, *une merveille*«.

In unmittelbarer Nähe des Hauses des Gelehrten, aufmerksam und bereit in Portalen und Winkeln, die berühmtesten Capoeirakämpfer von Bahia. Die beiden Meister, Budião und Valdeloir, bewachten die Tür zur Straße. Trotz der Reise des Obersten ins Landesinnere hatte Pedro Archanjo die Sicherheitsmaßnahmen beibehalten. Er wollte nichts riskieren.
Bei der Hochzeit gab es nur eine Klatschbase: Lus Großmutter. Närrisch auf einen kleinen Schwatz über die Verrücktheit der Enkelin, dieses halsstarrigen Mädchens, das die Familie verließ wegen eines schwarzen armen Schluckers, begab sie sich zu Zabela, der Freundin aus der Jugendzeit, was für eine Freundin!
»Ach, Dona Eufrásia, Madame ist zur Hochzeit gegangen. Könnte ich doch auch dabeisein!« Das Dienstmädchen zerfloß in Begeisterung.
»Hochzeit? Meiner Enkelin Lu, sie ist heute? Wo?«
Im Hause Silva Virajás? Schnell, Chauffeur! Vielleicht komme ich noch zurecht, etwas zu sehen. Sie traf ein, als Bruder Timóteo das Brautpaar segnete, im Augenblick des Kusses.
Zabela gewahrte eine Gestalt im anderen Raum: *Nom de Dieu,* das sieht aus wie Eufrásia.
»Meine Lieben, *chers amis,* die Repräsentantin der Familie, *la grand-mère,* ist gekommen, die Enkelin zu segnen. *Entrez, Eufrásia, entrez!*«
Eufrásia zögerte den Bruchteil einer Sekunde. Dann lächelte sie Senhora Silva Virajá zu, tat einen Schritt nach vorn und betrachtete die Enkelin: hübsch im Brautkleid, Schleier und Kranz auf dem blonden Haar, sie lächelte mit den Lippen und mit den großen Augen, an der Seite des Mannes, so vornehm im gutgeschnittenen Cutaway, das Gesicht ernst, ein ganz Dunkelbrauner.
Sie ging zu Lu und Tadeu, sollte der dusselige Schwiegersohn sich doch aufregen! Schließlich war das nicht der erste Mulatte auf den Matratzen der Familie. Wer das gut weiß, das bin ich, ist es nicht so, Zabela?
Hinter den anderen Gästen sahen Pedro Archanjo und Lídio Corró Tadeu in die Arme der Großmutter Eufrásia Maria Leal da Paiva Mendes sinken.

18

Der heilige Krieg des Polizeikommissars Pedrito Gordo dauerte Jahre, und allmählich ließ der zähe Widerstand der Mütter und der Heiligenväter nach. In der Chronik des städtischen Lebens, in Sambaweisen und Capoeiraliedern zeichnete das Volk die Taten der Verfolgung auf:

»Candomblé gefällt mir nicht,
weil es ein Zauberfest ist,
wenn mir der Kopf schmerzt,
werde ich einer der ersten sein.«

Viele Babalorixás und Yalorixás brachten Axé und Heilige weit weg, verlagerten sie aus dem Zentrum und den benachbarten Stadtteilen in entfernte Siedlungen, Orte mit schwierigem Zugang. Andere nahmen Orixás, Instrumente, Trachten, Itás, Gesänge und Tänze, Baticum, Rhythmen und gingen nach Rio de Janeiro – so gelangte mit den Karawanen flüchtender Bahianer die Samba in die damalige Hauptstadt des Landes. Einige kleinere Terreiros konnten der Verfolgung keinen Widerstand leisten, sie verschwanden ganz. Viele reduzierten den Kalender der Feste auf die unerläßlichen Verpflichtungen, die heimlich erfüllt wurden.

Nur wenige widersetzten sich in Todeskampf: die großen Häuser alter Tradition, mit Dutzenden und aber Dutzenden von Festen. An Festtagen, wenn die Atabaques im Ruf der Heiligen schlugen, bot das Volk dieser Terreiros Polizeiüberfällen, Gefängnis und Schlägen die Stirn.

»Hör auf mit dieser Heiligenpflicht,
dort kommt Pedrito,
da kommt er singend! ô cabieci,
da kommt er singend! ô cabieci.«

Manchmal wüteten die Geheimpolizisten unter Pedritos unmittelbarem Befehl im nächtlichen Bahia auf der Suche nach Candomblés und Batuques, der Knüppel schlug hemmungslos.

»Schlag das Tamburin,
schüttele den Caxixi,
beeil dich,
denn Pedrito
kommt hierher.«

Von 1920 bis 1926, solange die Herrschaft des allmächtigen Polizeikommissars dauerte, waren die Negerbräuche, von den Essenhändlerinnen bis zu den Orixás, ausnahmslos Gegenstand fortgesetzter und wachsender Gewaltakte. Der Kommissar hatte sich vorgenommen, die volkstümlichen Traditionen mit Knüppel und Buschmesser und, wenn es nötig war, mit Kugeln auszurotten.

Die Samba wurde ans Ende der Welt verbannt, Gassen und Hütten waren verwaist. Fast alle Capoeiraschulen hatten ihre Türen geschlossen. Budião hielt sich einige Zeit verborgen, Valdeloir machte harte Zeiten durch. Mit den Capoeirakämpfern war es schwieriger, die Geheimpolizisten traten ihnen nicht offen gegenüber, sie hatten Angst. Aus der Ferne und von hinten war es sicherer. Hin und wieder fand man den Körper eines Capoeirakämpfers im Morgengrauen, von Kugeln durchsiebt, von Schüssen aus dem Hinterhalt, das Werk einer Bande von Revolverhelden. So starben Neco Dendê, Porco Espinho, João Grauçá, Cassiano do Boné.

Unter den Opfern der Übergriffe und der Brutalitäten in dieser Epoche entfesselter Wut war auch der Heiligenvater Procópio Xavier de Souza, Babalorixá des Ilé Ogunjá, einer der großen Candomblés von Bahia. Er trat Pedrito entgegen und wurde von ihm pausenlos verfolgt und gezüchtigt. Immer wieder festgenommen, hatte er auf dem Rücken die Male der rohen Lederpeitsche, blutige Striemen. Nichts brachte ihn zur Strecke, er gab sich nicht geschlagen.

Das Volk sang in den Straßen:

»Procópio war im Saal,
er wartete auf die Ankunft des Heiligen,
als Seu Pedrito kam.
Procópio trat vor ihn hin.

Das Huhn hat die Kraft im Flügel,
der Hahn hat sie im Sporn,
Procópio im Candomblé
und Pedrito im Buschmesser.«

Procópio ließ die Atabaques nicht schweigen, er flüchtete nicht in den Wald oder nach Rio de Janeiro. Der Kreis der Zauberer, erst so groß, wurde kleiner, schließlich gering. Ogãs zogen sich in Erwartung besserer Zeiten zurück. Procópio machte weiter.
»Meine Heiligen feiern, daran wird mich niemand hindern.«
In Blut gebadet, die Kleider in Fetzen, Pedrito Gordo im Kommissariat gegenüberstehend, wiederholte er die Herausforderung: Ich bin Babalorixá, ich feiere meinen Heiligen, meinen Vater Oxossi.
»Warum hörst du nicht auf, halsstarrig zu sein, du Schwachkopf? Siehst du nicht, daß deine Heiligen nichts taugen? Willst du dich totprügeln lassen?«
»Ich muß meine Orixás ehren, an Festtagen muß ich für sie schlagen, das ist meine Pflicht. Selbst wenn Sie mich töten.«
»Hör zu, du sturer Hund: Ich lasse dich laufen, aber wenn du es wagst, noch einmal Candomblé zu schlagen, paß gut auf, dann wird es das letzte Mal sein. Das letzte!«
»Ich werde nicht vor dem von Gott bestimmten Tage sterben. Oxossi schützt mich.«
»Du wirst nicht? Eure Heiligen sind nichts wert. Wenn sie etwas taugten, dann hätten sie mich längst umgebracht. Ich erledige sie alle mit der Peitsche, und ich bin hier, quicklebendig. Wo bleibt der Fetisch, der mich tötet?«
»Ich arbeite nur für das Gute, nie habe ich einen Zauber für das Böse gemacht.«
»Hör zu, du verdammter Neger: Ein Heiliger aus der Kirche tut Wunder, deshalb ist er ein Heiliger. Eure Heiligen aber machen nur Krach, es sind Scheißheilige. An dem Tag, an dem ich ein Wunder von diesen Hurenböcken erlebe, lege ich mein Amt nieder.« Pedrito lachte und berührte die aufgerissene Brust des Negers mit der Stockspitze. »In wenigen Tagen werden es sechs Jahre, daß ich den Knüppel auf Candomblés tanzen lasse, ich habe schon fast allen ein Ende gemacht, den Rest werde ich für

immer erledigen. In dieser ganzen Zeit habe ich nie ein Wunder von einem Orixá gesehen. Alles nur Geschwätz.«
Die Geheimpolizisten lachten mit, der Doktor war witzig, der Doktor hatte keine Angst. Procópio vernahm die abschließende Drohung: »Höre meinen Rat: Schließ den Terreiro, schmeiß die Atabaques raus, schick den Heiligen zum Teufel, und ich gebe dir einen Posten bei der Polizei. Ein freies Leben, frag die hier, ob es lohnt. Denn wenn du noch einmal schlägst, dann wird es das letzte Mal sein. Ich halte meine Versprechen.«
»Meine Heiligen zu feiern, daran wird mich niemand hindern.«
»Dann tu es, und du wirst schon sehen. Ich habe dich gewarnt.«
Ein schlechtes Beispiel, das den Widerstand lebendig hielt, eine Flamme, die die schlimme und gefährliche Nacht erhellte. Procópio, unbeugsam, war keine Liane, die sich wand. Pedrito ließ den Blick über die Männer gleiten, einen nach dem anderen, die »Bande der Schläger, die Mörder im Dienste des Polizeikommissars«. Sechs Jahre Befehlsgewalt hatten ihn Wert und Treue jedes Mitgliedes der berüchtigten Eskorte, der Ritter des heiligen Krieges, gelehrt. Wirklicher Mann, völlig vertrauenswürdig, Mut ohne Angst, vollstreckender Arm, treuer und ergebener Hund, nur einer – Zé Alma Grande.

19

Die großen Feste von einst auf dem Terreiro de Ilé Ogunjá waren auf eine kleine Gruppe von Zauberern, fatalistischen alten Tanten und ein paar Ogãs zusammengeschmolzen. Auf Oxossis Fest fehlten sogar Alabês. Wären nicht Ojuobá und der Heiligenvater Procópio dagewesen, so hätte man niemanden gehabt, der die Leitung des Orchesters übernehmen konnte. Wenn Procópio es wagte, das große Zelt zu öffnen, so erzählte man, würde Kommissar Pedrito selbst kommen, und wehe dem, der anwesend war. Er selbst hatte den Heiligenvater gewarnt: Wenn du zum Fest schlägst, wird es das letzte Mal sein.
In den Gassen und Gäßchen hielt man Procópio schon für tot. Die Geheimpolizisten würden sich nicht auf Gefängnis und

Prügel, auf die Verwüstung der Pejis beschränken. Der Befehl lautete, dem Babalorixá ein Ende zu bereiten. Procópio hörte nicht auf Ratschläge und Warnungen und entschloß sich, den Terreiro am Fronleichnamstag, an Oxossis Tag, zu öffnen und den Orixá willkommen zu heißen. »Warum sollte ich das Fest meines Heiligen nicht feiern?« sagte er in der Werkstatt der Wunder zu Pedro Archanjo. »Selbst wenn sie mich töten, muß ich meine Pflicht erfüllen, dafür habe ich den Deká empfangen.«
Pedro Archanjo schlug die Aufstellung einer Capoeirakämpferbrigade vor, die den Terreiro bewachen und den Häschern des Kommissars entgegentreten sollte. In diesem erbarmungslosen Krieg hatte die Polizei viele Tapfere getötet, als einen der ersten Manuel de Praxedes. Manche hatten Angst und flüchteten, manche legten die Trommeln nieder und begannen ein anderes Leben. Trotzdem waren noch furchtlose Kameraden geblieben, Pedro Archanjo wußte, wo er sie suchen mußte. Procópio lehnte es ab. Es war besser, wenn der Kommissar, falls er käme, nur ihn, die Zaubereien und die Alabês vorfände. Je weniger Leute, desto besser.
Ein wenig besuchtes Fest, aber reich an Stimmung. Die Heiligen stiegen früh herab, und alle auf einmal, in einem Getümmel. Xangô und Yansã, Oxalá und Nanan Burokô, Euá und Roko, Yemanjá der Wasser, Oxumarê, riesige Schlange am Boden. In der Mitte des Raumes Oxossi, König von Ketu, Jäger der Raubtiere, in der rechten Hand Pfeil und Bogen, in der linken den Erukerê. »Okê, arô!« grüßte Pedro Archanjo Ojuobá. Bei Procópios Tanz wandte sich Oxossi der Tür des Terreiro zu und stieß seinen herausfordernden Schrei aus. Ojuobá und die Iakekerê stimmten die Litaneien an, weihten den Tanz, alles friedlich und freudig. Okê, arô, Oxossi!
Das Geräusch der Wagen kündigte die Todesstunde an. Bei gewissen Arbeiten hatte Polizeikommissar Pedrito Gordo nur zu Zé Alma Grande volles Vertrauen, Mund ohne Fragen, Herz ohne Zweifel, in einem so großen Körper hatten Angst und Gewissensbisse keinen Platz. Um einen Aufrührer ein für allemal zum Schweigen zu bringen, gab es keinen Besseren.
In der Regel bediente sich Pedrito Zé Alma Grandes nicht gegen Unbewaffnete, bei leichten Aufgaben: Razzien bei Candomblés,

Sambarunden, in Hütten und bei Negertänzen. Ein scharfer Hund, Vertrauensmann, Matador für gewagtere Aufträge. Immer dabei, wenn es darum ging, wirklichen Gefahren, hartgesottenen Feinden, eigensinnigen Mördern, zielsicheren politischen Gegnern entgegenzutreten. So war es im Gefängnis von Zigomar gewesen: Mit einem Faustschlag hatte Zé Alma Grande den Schurken außer Gefecht gesetzt. Als Américo Monteiro im »Club Comercial« auf den Kommissar geschossen hatte, aus nächster Nähe, war Zé Alma Grande es gewesen, der die Revolvermündung abgelenkt hatte, er hatte den Journalisten nur deshalb nicht erwürgt, weil Pedrito seinen Feind durchprügeln wollte. »Laß den Mann los, Zé, ich will sehen, ob er ohne Waffe noch mutig ist.«

Zé Alma Grande hatte auch die Aufgabe, in Amaralina die Tür von Vicenzas Freudenhaus zu bewachen, wenn der Kommissar in seinen Mußestunden die Rolle eines Verführers verheirateter Frauen spielte – Hörnerschmerz erzeugt mitunter Mut, Pedrito hatte als Beweis einen vernarbten Bauchschnitt.

Außerdem die Geheimaufträge, die gut bezahlten verantwortungsvollen Arbeiten. Man fand Tote in Rinnsteinen, den Kopf mit der Faust eingeschlagen, Fingerspuren am Hals. Wenn Alma Grande die riesigen Hände ausstreckte, dann hatten die Tapfersten Angst. Guga Maroto war ein Löwe, ein harter Mann, ein Halsabschneider. Als er Zé Alma Grandes Klauen an der Kehle spürte, fiel er auf die Knie, flehte um Vergebung.

Zum erstenmal nahm der Polizeikommissar Zé Alma Grande zum Überfall auf einen Candomblé mit. Für den unwahrscheinlichen Fall, daß jemand sich wehrte, vervollständigte er die Karawane mit Samuel Cobra Coral und Zacarias da Goméia, einer wie der andere geschworene Gegner von Terreiros und Orixás.

Von der Tür aus wandte sich Pedrito – tadellos im Anzug aus englischem Tuch, den Stock in der Hand, Panamahut, lange Zigarettenspitze, ein Dandy – an den Heiligenvater: »Procópio, ich habe dich gewarnt!«

Pedro Archanjo hörte das Todesurteil in der Stimme des Kommissars. Die Geheimpolizisten näherten sich dem Chef, Meister Archanjo erkannte Zé de Ogun. Viele Jahre lang hatte er ihn nicht gesehen, seit Majé Bassan dem Abtrünnigen den Zutritt zu Xangôs Terreiro verboten und ihm das Recht zu Litanei und Tanz genommen hatte, weil er eine Iaô getötet hatte. Im Heiligenamt verdoppelte sich seine Kraft. Eines Nachts in der Conceição da Praia, wütend über eine Störrische, empfing er den Heiligen und machte Schluß mit dem Fest, brachte eine Soldatenstreife zum Laufen. Es gelang erst am nächsten Tage, ihn festzunehmen, als er an der »Rampa do Mercado« schlief. Bei dieser Gelegenheit warb Kommissar Pedrito ihn an, indem er ihn für die Eskorte aus dem Gefängnis ließ. Die Geheimpolizisten nannten ihn Zé Alma Grande wegen seiner Offenheit im Reden und seiner Ruhe beim Töten. Pedro Archanjo Ojuobá erkannte Zé de Ogun: Alles war möglich.

»Halt an, Procópio! Hör auf damit!« befahl der Kommissar. »Ergib dich, und ich lasse die andern laufen.«

»Ich bin Oxossi, mit mir macht niemand Schluß!«

»Jetzt gleich werde ich mit dir Schluß machen, verdammter Heiliger!«

Pedrito Gordo wies auf Procópio und sagte zu Zé Alma Grande: »Den da. Hol ihn, lebend oder tot.«

Der Neger, höher als ein Stockwerk, trat vor. Ojuobá bemerkte mit Xangôs Augen ein kurzes Schwanken im Schritt des Revolverhelden, als er in den heiligen Bereich des Terreiro eindrang. Samuel Cobra Coral und Zacarias da Goméia bezogen Posten, bereit, jeglichen Protest zu verhindern. Procópio tanzte weiter, er war Oxossi, der Jäger, Herr des Waldes, König von Ketu.

Man erzählt, daß genau in diesem Augenblick der vom Horizont zurückgekehrte Exú den Raum durchdrang. Ojuobá sagte: »Laroiê, Exú!«

Alles ging sehr rasch. Als Zé Alma Grande noch einen Schritt in Oxossis Richtung tat, fand er sich Pedro Archanjo gegenüber. Pedro Archanjo, Ojuobá oder Exú selbst, wie viele meinten. Die Stimme erhob sich gebieterisch, in schrecklichem Bannfluch, in tödlichem Verweis: »Ogun kapê dan meji, dan pelú oniban!«

Der Neger Zé Alma Grande, hoch wie ein Stockwerk, mit den Augen eines Mörders, dem Arm eines Krans, den todbringenden Händen, hielt erstarrt inne, als er den Zauber hörte. Zé de Ogun machte einen Sprung, stieß einen Schrei aus, schleuderte die

Schuhe weg, wirbelte durch den Raum, verwandelte sich in einen Orixá, als Heiliger verdoppelte sich seine Kraft. »Ogunhê!« schrie er, und alle Anwesenden antworteten: »Ogunhê, mein Vater Ogun!«

»Ogun kapê dan meji, dan pelú oniban!« wiederholte Archanjo. »Ogun rief die beiden Schlangen, und sie erhoben sich gegen die Soldaten!«

Die Arme des Orixá streckten sich aus, die eisenharten Hände waren zwei Schlangen: Zé Alma Grande, der rasende Ogun, stürzte auf Pedrito zu.

»Bist du verrückt, Zé?«

Samuel Cobra Coral und Zacarias da Goméia hatten keine Wahl, sie traten zwischen den Dämon und den Kommissar. Mit der rechten Hand griff Zé Alma Grande Samuel Cobra Coral, den Mörder Manuel de Praxedes', des guten Riesen der Leichter und Schiffe. Er hob ihn hoch, wirbelte ihn herum, als wäre er ein Kinderspielzeug. Dann schleuderte er ihn mit aller Kraft auf den Boden, mit dem Kopf nach unten. Der Kopf schob sich in den Nacken, die Knochen der Wirbelsäule brachen, die Schädeldecke zersprang, er lag tot zu Füßen des Polizeikommissars. Zacarias da Goméia wollte schießen, ihm blieb keine Zeit, er bekam einen Tritt, mitten im Schrei brach er zusammen, für eine Schlägerei würde er nie mehr taugen.

Nur zweimal in seinem ganzen Leben hatte Pedrito Gordo sich gefürchtet, und nie hatte jemand davon erfahren. Das erstemal war er ein Jüngling gewesen, ein angehender Jurastudent, ein Gigolo alter Huren. Weil er Schändlichkeiten mit einer dürren, schwindsüchtigen Unglücklichen getrieben hatte, erwachte er mitten in der Nacht, als die Unselige ihm das Messer an die Halsschlagader setzte. Sie war am Anfang ihrer Arbeit, hatte schon die Haut geritzt und Blut spritzen lassen, Pedrito hatte davon noch das Mal. Indessen war sie so betrunken, daß der Junge sie nach kurzem Erschrecken überwältigen konnte und ihr mit demselben Messer das Gesicht verschönerte. Die Angst des Jungen, als er erwachte und das Messer an der Kehle spürte, hatte keine Zeugen gehabt.

Das zweitemal hatte er als Akademiker und reifer Mann auf der väterlichen Fazenda eine Liebschaft mit der Frau eines Revolverhelden. Eines Nachmittags, während der Arbeitszeit des Ehemannes, war Pedrito über der Schamlosen, als er den Stich des Buschmessers in seinem Rücken spürte und die wütende Stimme hörte: »Ich werde dich umbringen, du Hurensohn.« Die Angst ließ ihn über der Frau erschlaffen. Er wurde durch einen Ruf von draußen, der dem Revolverhelden galt, gerettet. In der Sekunde der Unaufmerksamkeit des Gehörnten hatte sich Pedrito gefaßt, dem Unglücklichen das Messer entrissen und ihm eine Tracht Prügel versetzt. Auch von dieser Angst hatte niemand erfahren – vielleicht hatte die Frau sie wahrgenommen, als das Herz des Geliebten aus dem Takt geriet. Die Leute, die herbeigelaufen waren, die Schlägerei zu sehen, erlebten Pedritos Tüchtigkeit, mit der er den Mischling züchtigte.

Diesem dritten Male jedoch wohnten alle als Zeugen bei, es war eine öffentliche Angst, ein fassungsloser Schrecken. Als Zé Alma Grande, der scharfe Hund, Mörder auf Befehl, Mann seines vollen Vertrauens, sich in Ogun verwandelte und auf den Kommissar zustürzte, brauchte Pedrito seinen ganzen Stolz, um in einem letzten Versuch, sich durchzusetzen, den Stock zu erheben. Es nützte ihm nichts. Die Rohrstücke barsten in den Fingern des Verzauberten – Schlangenköpfe, die sich gegen den Befehlshaber des gesegneten Kreuzzuges, des heiligen Krieges richteten. Nun blieb Pedrito Gordo nichts übrig, als schändlich davonzulaufen, in Panik, um Hilfe rufend, in Richtung seines schnellen Wagens, der ihn weit weg von dieser Hölle der durch ein Wunder entfesselten Orixás führen würde. Aber, ach, die Macumbeiros hatten die vier Reifen durchlöchert.

Alle sahen den Polizeikommissar Pedrito Gordo, die Polizeibestie, den unheimlichen Chef der Messerstecherbande, den Maulhelden, den seelenlosen Verbrecher, den Schrecken des Volkes in trauriger Flucht durch die überfüllten Straßen, von einem Candomblé-Orixá, von dem ganz in Schlangen entflammten Krieger Ogun verfolgt. Er wurde zum Gelächter und Gespött der ganzen Stadt, zur heimischen Nachricht der oppositionellen Zeitungen, zum Vers Lulu Parolas, zum Lied der Volkssänger:

»Meister Archanjo hat Schluß gemacht
mit Pedritos Großmannssucht.«

20

Mit unverhohlenem Vergnügen nahm der Polizeichef Pedrito Gordos Rücktrittsgesuch entgegen. Ein unbequemes Erbe des früheren Gouverneurs, unkontrollierbare Autorität, hatte er nach seinem Ermessen gehandelt, ohne Anweisungen zu erwarten oder Rechenschaft abzulegen, Befehlshaber einer Eskorte von Banditen, wilden Totschlägern; der Kommissar war ein Problem geworden, und nur Angst hatte den Polizeichef gehindert, ihn zum Wohle der Öffentlichkeit zu entlassen.
Monatelang wurde Pedrito nicht auf den Straßen von Bahia gesehen, er war auf einer »Studienreise« in Europa. Nach Zé Alma Grande hatte die Polizei die ganze Stadt abgesucht, die Schlägertruppe erfüllte ihre letzte Mission. Sie fanden ihn, im Wald umherirrend, noch hinter den Pflanzungen von Cabula, und erschossen ihn ohne Mitleid. Tödlich verwundet gelang es Zé Alma Grande noch, Inocêncio Sete Mortes an der Kehle zu packen, und er nahm ihn mit sich in den Himmel der Mörder.
Das Amt des Polizeikommissars wurde abgeschafft – eine Art zweiter Polizeichef, sein möglicher Ersatz, in der Praxis der wahre Befehlshaber, denn ihm stand die ausübende Tätigkeit zu –, während man den Kommissaren eine Karriere bot. Dem ersten von ihnen, dem Referendar Fernando Góis, fiel es zu, den heiligen Krieg zu beenden und Lachen und Feste zu erlauben. Liebenswürdig und manierlich, eignete er sich nicht für solche Funktionen, er wurde Bankier.
Die Candomblés konnten die Pforten der Terreiros wieder öffnen, die Afoxés kehrten auf die Straße zurück, die Samba verbreite sich beim Karneval, in Gesellschaften und Gruppen, Theatervorführungen und Schäferspiele organisierten sich wieder. Capoeiras bei Trommel und Gesang:

»Diese Schlange beißt dich,
Sinhô São Bento.
Oi, Sprung der Schlange,
Sinhô São Bento
ist der Gevatter!«

»He, Gevatter Archanjo, wie lange dauert unser Kampf?« erinnerte Meister Lídio Corró in der Werkstatt der Wunder, als er vom Rücktritt des Polizeikommissars in der Zeitung las. Diese Schlacht gegen Polizei, Regierung und Haß hatten sie vor mehr als fünfundzwanzig Jahren begonnen, am Ende des vergangenen Jahrhunderts, als sie den ersten Karnevalsafoxé, die »Embaixada Africana«, geplant, organisiert und zum Umzug geführt hatten. Das Thema war Oxalás Hofstaat gewesen, Meister Lídio als Botschafter, Valdeloir als Tänzer.
In dieser Zeit hatten sie den Polizeidirektor Dr. Francisco Antônio de Castro Loureiro, der den Aufmarsch von Gruppen und Afoxés, Batuque und Samba verboten hatte, vernichtend geschlagen und zum Rücktritt veranlaßt. »Das waren gute Zeiten, was, Gevatter, als wir jung und kühn mit dem Afoxé der Kinder Bahias auszogen, nieder mit der Polizei, es lebe das Volk und sein Fest! Erinnerst du dich, Gevatter? Dieser Kampf ist so lang, daß er nie aufhört. Major Damião de Souza, damals noch ein Kind, hatte ein Soldatenkäppi erbeutet, der selige Manuel de Praxedes hatte die Rolle Zumbis verkörpert. Niemals haben wir aufgehört zu kämpfen, Gevatter: auf Straße und im Terreiro, in Buch und Zeitung, mit Tinte und Stein, mit Fest und Krach. Ein langer Kampf, ein ewiger Kampf. Wird er eines Tages ein Ende finden, Gevatter?«
»Eines Tages wird er enden, mein Lieber, das wird nicht zu unserer Zeit sein, Kamerad. Wir werden kämpfend sterben, uns im Kampf vergnügen. Pedrito an der Spitze, im Laufschritt, Ogun hinterdrein, die Hände wie Schlangen, ich muß lachen, Gevatter, etwas Lustigeres habe ich nie gesehen. Wir werden kämpfend sterben. Jung und kühn, mein Lieber. Nieder mit der Polizei, es lebe das Volk von Bahia!«

21

Nachdem die Ereignisse bei Procópios Candomblé schon einige Zeit vergangen waren, kamen eines Abends ein paar Männer mit dem Auto von einem Fest in Casa Branca, dem Terreiro von

Engenho Velho, das wiedererstanden war in seiner Pracht. Der Wagen gehörte Professor Fraga Neto, dem Dozenten für Parasitologie und kommissarischen Leiter des Lehrstuhls, und bei ihm waren Bruder Timóteo – in Zivil, mit Jacke, langem Bart und der rosigen Haut der Holländer –, der Heiligenbildhändler Miguel und Pedro Archanjo. Sie setzten den Mönch am Kloster ab, und Miguel ging von hier zu Fuß weiter, er bewohnte ein Zimmerchen in der Rua do Liceu, in der er auch seinen Laden eingerichtet hatte.
Professor Fraga Neto hatte aus Deutschland die Gewohnheit, nachts lange aufzubleiben, und die Freude am Bier mitgebracht.
»Was halten Sie davon, wenn wir uns die Kehle anfeuchten, Meister Pedro? Ich habe einen ganz trockenen Mund, dieses Dendêgericht ist sehr gut, aber es hat mich durstig gemacht.«
»Ein Bierchen täte gut.«
Nachdem Professor Fraga Neto in der »Perez«-Bar, an der Ecke des Terreiro neben der Kathedrale, gegenüber der Medizinischen Fakultät, die ersten Schlucke geschlürft hatte, begann er das Gespräch: »Hier sind wir nicht Professor und Pedell des parasitologischen Lehrstuhls, wir sind zwei Männer der Wissenschaft und zwei Freunde. Wir können offen miteinander reden, und wenn Sie wollen, können Sie mich ›mein Lieber‹ nennen, wie Sie es mit allen tun. Denn ich möchte, daß Sie mir heute bestimmte Dinge erklären.«
Freunde? dachte Archanjo. Professor und Pedell verband eine gegenseitige große Sympathie. Fraga Neto, ungestüm und edelmütig, rasch im Schwärmen und Behaupten, hitzig in der Debatte, explosiv, hatte in Archanjo erfahrene Reife, Sicherheit, unbestechliche, mit Sanftmut und Lebensfreude gemischte Begeisterung gefunden. Kann ein Pedell der Freund eines Professors sein? Archanjo hatte sich als Silva Virajás Freund betrachtet. Viele Jahre lang, mehr als fünfzehn, hatte er die Wärme der fast väterlichen Zuneigung des Gelehrten empfunden, obwohl der Altersunterschied zwischen ihnen nicht groß war. In all dieser Zeit hatte ihm die Hand des Meisters den Weg gewiesen, ihm in dauerndem stillen Beistand Hilfe und Unterstützung gegeben. Auch der Freund Fraga Netos, der am Beginn der Verteidigung seiner Bewerbungsthese einen Abschnitt

der *Afrikanischen Einflüsse auf die Sitten von Bahia* zitiert hatte und unaufhörlich Archanjos Umgang und Gesellschaft suchte. Mehrere Male war er in der Werkstatt der Wunder gewesen: Er hatte sie nicht mehr als aufsehenerregenden und ungebundenen Ort von Tanz und Gesang kennengelernt, jetzt war sie eine bescheidene und betriebsame Druckerei, wo sich abends bedeutende Männer und Ehrwürdige versammelten, um über alles mögliche zu sprechen. Freunde, gewiß, unterschiedliche Freundschaft, aber sie verband ihn mit Lídio, Budião und Valdeloir, mit Aussá, Mané Lima und Miguel: das waren Freunde, und sie waren ihm gleich; Silva Virajá und Fraga Neto standen auf einer anderen Stufe. Meister Archanjo wollte sie nicht erklettern, nicht einmal, wenn sie ihm dafür die Freundeshand entgegenstreckten. Major Damião, einen Fuß unten, den anderen oben – nur er war dieses Gleichgewichts fähig. Und Tadeu? Er hatte lange nichts von sich hören lassen. Meister Pedro Archanjo schlürfte den Schluck Bier. Professor Fraga Neto forschte im Gesicht des Pedells: Was verbirgt sich im Schatten dieser Augen, in der ehernen Sanftmut? Woran denkt er, was ist Maßstab seines Lebens?

Fraga Neto ging in die Werkstatt, um Kontakt zu finden mit dem Volk, mit den »werktätigen Massen«, wie er sich ausdrückte. Wenn Pedro Archanjo ihn mitunter vom europäischen Leben, von Studien, politischer Bewegung, Arbeiterunruhen erzählen hörte, dann fühlte er sich alt, wie ein Mensch aus einer anderen Zeit, der die neue Sprache eines edlen Propheten aus einer Welt hört, in der nicht einmal mehr die feinen Unterschiede existierten, die Archanjo und Fraga Neto trennten.

»Nun, mein Lieber«, sagte der Professor, indem er Archanjo nachahmte und seine Gedankengänge unterbrach, »es gibt etwas, was mir entgeht und mich neugierig macht. Darüber wollte ich schon lange mit Ihnen sprechen.«

»Was ist das? Sagen Sie es, und wenn ich kann, werde ich darauf antworten.«

»Ich frage, wie es möglich ist, daß Sie, ein Mann der Wissenschaft, ja, ein Mann der Wissenschaft, warum nicht . . . Warum haben Sie nicht studiert? Wir wollen uns vertraulich unterhalten und alles sagen, wie es ist. Ich frage, wie es möglich ist, daß

Sie an Candomblé glauben.« Er leerte das Bierglas und füllte es neu. »Denn Sie glauben daran, nicht wahr? Glaubten Sie nicht daran, so würden Sie sich nicht zu alldem hergeben: singen, tanzen, alle diese Gebärden machen, die Hand zum Kuß reichen, alles sehr hübsch, ja, der Mönch amüsiert sich königlich, aber geben wir zu, Meister Pedro, alles ist sehr primitiv, Aberglaube, Barbarei, Fetischismus, Anfangsstadium der Zivilisation. Wie ist das möglich?«
Pedro Archanjo schwieg eine Weile, schob das leere Glas beiseite und bat den Spanier um einen Schluck Schnaps: Von dem, Sie wissen schon, keinen anderen.
»Ich könnte sagen, daß ich gern singe und tanze, Bruder Timóteo schaut gern zu, ich mache gern mit. Das würde genügen.«
»Nein, Sie sind sich im klaren, daß es nicht so ist. Ich möchte wissen, wie Sie Ihre wissenschaftliche Erkenntnis mit den Verpflichtungen des Candomblé in Einklang bringen können. Das ist es, was ich wissen möchte. Ich bin Materialist, das ist Ihnen bekannt, und manchmal bin ich verblüfft angesichts bestimmter Widersprüche des menschlichen Wesens. Zum Beispiel bei Ihnen. In Ihnen scheinen zwei Menschen zu stecken: einer, der die Bücher schreibt, und ein anderer, der auf dem Terreiro tanzt.«
Die Cachaça kam, Pedro Archanjo trank das Glas aus: Dieser Schnüffler wollte den Schlüssel zu der schwierigsten Frage, des unheimlichen Rätsels.
»Pedro Archanjo Ojuobá, der Bücherleser und gute Erzähler, der eine, der mit Professor Fraga Neto plaudert und diskutiert, und der andere, der Pulquéria die Hand küßt, der Yalorixá, zwei verschiedene Wesen, vielleicht der Weiße und der Schwarze? Täuschen Sie sich nicht, Professor, ein einziger. Die beiden vermischt, ein einziger Mulatte.« Die Stimme klingt streng und langsam, ungewöhnlich ernst, jedes Wort aus der Brust gerissen.
»Wie ist es Ihnen möglich, Meister Pedro, so viele Unterschiede in Einklang zu bringen, gleichzeitig das Nein und das Ja zu sein?«
»Ich bin Mischling, ich habe etwas vom Schwarzen und vom Weißen, ich bin gleichzeitig weiß und schwarz. Ich bin im Candomblé geboren, mit den Orixás groß geworden, und schon

als junger Mann habe ich einen hohen Posten auf dem Terreiro übernommen. Wissen Sie, was Ojuobá bedeutet? Ich bin Xangôs Augen, mein verehrter Professor. Ich habe eine Verpflichtung, eine Verantwortung.«

Er klopfte auf den Tisch und rief den Kellner. Noch Bier für den Professor, Cachaça für mich.

»Ob Sie es glauben oder nicht, ich will Ihnen sagen, was ich bis jetzt nur mir selbst eingestanden habe, und wenn Sie es jemandem wiedererzählen, wäre ich gezwungen, es zu leugnen.«

»Sie können ganz beruhigt sein.«

»Viele Jahre glaubte ich an meine Orixás, wie Bruder Timóteo an seine Heiligen glaubt, an Christus und die Jungfrau. In all dieser Zeit lernte ich, was ich wußte, auf der Straße. Dann suchte ich andere Wissensquellen, ich gewann neue Wissensgüter, ich verlor den Glauben. Sie sind Materialist, Professor, ich habe die Autoren, die Sie zitieren, nicht gelesen, doch ich bin ebenso Materialist wie Sie. Vielleicht noch mehr, wer weiß?«

»Noch mehr? Und warum?«

»Weil ich weiß, wie Sie es wissen, daß außerhalb der Materie nichts existiert, aber ich weiß auch, daß selbst so manchmal die Angst meine Zeit ausfüllt und mich verwirrt. Mein Wissen begrenzt mich nicht, Professor.«

»Erklären Sie das.«

»All das, was meine Grundlage war, die Erde, auf die ich meine Füße setzte, verwandelte sich in einem leichten Spiel der Rätsel. Alles von den Heiligen stammende Wunderbare reduzierte sich auf einen Zustand der Trance, den jeder Neuling an der Hochschule analysiert und darlegt. Für mich, Professor, existiert nur die Materie. Aber deshalb höre ich nicht auf, zum Terreiro zu gehen und meine Funktionen als Ojuobá auszuüben, meine Verpflichtungen zu erfüllen. Ich beschränke mich nicht wie Sie, der Angst hat vor dem, was die anderen denken könnten, Sie fürchten, die Größe Ihres Materialismus abzuwerten.«

»Ich bin mir treu, Sie sind es nicht!« erwiderte Fraga Neto heftig. »Wenn Sie nicht mehr daran glauben, meinen Sie dann nicht, daß es unaufrichtig ist, eine Farce mitzumachen, als glaubten Sie daran?«

»Nein. Erstens, wie ich Ihnen schon sagte, tanze und singe ich gern, ich mag Feste, vor allem Candombléfeste. Außerdem stehen wir in einem Kampf, einem grausamen und harten Kampf. Sehen Sie, mit welcher Gewalttätigkeit man alles zerstören will, was wir, Neger und Mulatten, besitzen, unser Vermögen, unsere Eigenart. Noch vor kurzer Zeit, unter Polizeikommissar Pedrito, war der Besuch eines Candomblé gefährlich, der Bürger setzte seine Freiheit und sogar sein Leben aufs Spiel. Sie wissen das, wir haben schon darüber gesprochen. Aber wissen Sie, wie viele gestorben sind? Wissen Sie vielleicht, warum diese Gewaltakte nachgelassen haben? Sie haben nicht aufgehört, sie sind nur zurückgegangen. Wissen Sie, warum der Polizeikommissar abgesetzt wurde? Wissen Sie, wie das geschehen ist?«

»Ich habe schon davon gehört, mehr als einmal. Eine unsinnige Geschichte, in die Ihr Name verwickelt ist.«

»Glauben Sie, daß ich, wenn ich mit dem Polizeikommissar Pedrito diskutiert hätte, wie ich es mit Ihnen tue, etwas erreicht hätte? Wenn ich meinen Materialismus proklamiert, mich vom Candomblé abgewandt und gesagt hätte, all das sei nichts als ein Kinderspiel, das Ergebnis primitiver Angst, der Unwissenheit und des Elends, wem hätte ich damit geholfen? Dem Polizeikommissar Pedrito und seiner Schlägertruppe hätte ich geholfen, Professor, ich hätte geholfen, mit einem Volksfest Schluß zu machen. Ich ziehe es vor, weiter zum Candomblé zu gehen, außerdem tue ich es gern, ich liebe es, vor den Atabaques Gesang und Tanz anzuführen.«

»So, Meister Pedro, helfen Sie nicht, die Gesellschaft zu verändern, Sie verändern die Welt nicht.«

»Wirklich nicht? Ich meine, die Orixás sind Eigentum des Volkes. Capoeirakampf, Sambarunde, Afoxés, Atabaques und Berimbaus sind Vermögen des Volkes. Alle diese Dinge und noch viele andere, die Sie mit Ihrem kleinlichen Denken auslöschen wollen, Professor, genau wie Kommissar Pedrito, entschuldigen Sie, daß ich das sage. Mein Materialismus schränkt mich nicht ein. Was die Veränderung betrifft, an die glaube ich, Professor, und habe ich wirklich nichts getan, sie zu unterstützen?«

Sein Blick verlor sich auf der Praça do Terreiro de Jesus:

»Terreiro de Jesus, in Bahia hat sich alles vermischt, Professor. Der Jesuskirchplatz, der Terreiro de Oxalá, Terreiro de Jesus. Ich verkörpere die Mischung von Rassen und Menschen, ich bin ein Mulatte, ein Brasilianer. Morgen wird es so sein, wie Sie es sagen und wünschen, gewiß wird es so sein, denn der Mensch geht vorwärts. An diesem Tage wird sich alles ganz und gar vermischt haben, und was heute Mysterium und der Kampf armer Leute ist, Neger- und Mischlingsrunden, verbotene Musik, illegaler Tanz, Candomblé, Samba, Capoeira, all das wird ein Fest des brasilianischen Volkes geworden sein, Musik, Balé, unsere Farbe, unser Lachen, verstehen Sie?«
»Vielleicht haben Sie recht, ich weiß es nicht. Ich muß darüber nachdenken.«
»Ich sage Ihnen noch, Professor: Ich weiß aus der sicheren Quelle der Wissenschaft, daß alles Übernatürliche nicht existiert, es resultiert aus dem Gefühl, nicht aus dem Verstand, es wird fast immer aus der Angst geboren. Und trotzdem, als mein Schützling Tadeu mir sagte, daß er ein reiches weißes Mädchen heiraten wolle, dachte ich an das Spiel, das die Heiligenmutter am Tage seines Studienabschlusses gemacht hatte. Ich trage all das im Blut, Professor. Der alte Mensch lebt noch in mir, unabhängig von meinem Willen, denn lange Zeit war ich dieser Mensch. Jetzt frage ich Sie, Professor: Ist es leicht oder schwer, Theorie und Leben in Einklang zu bringen, das, was man aus Büchern lernt, und das Leben, das man jeden Augenblick lebt?«
»Wenn man die Theorien mit Feuer und Schwert anwenden will, dann verbrennen sie uns die Hand. Das ist es, was Sie meinen, nicht wahr?«
»Wenn ich meine Wahrheit in die vier Winde verbreitete und sagte: All das ist nur Spielerei, dann würde ich mich auf die Seite der Polizei stellen und im Leben emporsteigen, wie man sagt. Hören Sie, mein Lieber, eines Tages werden die Orixás auf den Bühnen der Theater tanzen. Ich will nicht emporsteigen, ich gehe vorwärts, Freund.«

22

»Diesmal hat sich die Bestie Nilo Argolo selbst übertroffen. Stellen Sie sich vor, daß diese Arbeit für das Parlament bestimmt ist, aus ihr soll ein Gesetz hervorgehen. Ein Gesetz, nein: ein Gesetzeswerk, er tut es nicht für weniger.« Professor Fraga Neto schwenkte den schmalen Band, auf dem Gipfel der Empörung. »Nicht einmal in Nordamerika hat man sich eine so brutale Gesetzgebung ausgedacht. Das Ungeheuer Argolo hat die schlimmsten, die verhaßtesten Gesetze jeder beliebigen südbrasilianischen Regierung und die rassistischsten der Vereinigten Staaten übertroffen. Das ist eine komplette Sache, man braucht es nur zu lesen!«

Fraga Neto brauste leicht auf, Begeisterung und Widerwille ließen ihn ständig kleine Versammlungen über die unterschiedlichsten Angelegenheiten in den Gängen der Hochschule und unter den Bäumen des Terreiro abhalten. In reichlich fünf Jahren war er außergewöhnlich populär geworden bei den Studenten, die ihn unter allen möglichen Vorwänden aufsuchten, und er wurde eine Art Generalstaatsanwalt.

»Dieser Argolo ist ein gefährlicher Irrer, es ist Zeit, daß ihm jemand eine Lektion erteilt!«

Pedro Archanjo nahm die Broschüre mit, ein kleines Buch, auf dessen Seiten der Medizinprofessor seine bekannten Ideen und Thesen über das Rassenproblem in Brasilien zusammengefaßt und geordnet hatte. Die Überlegenheit der arischen Rasse. Die Minderwertigkeit aller anderen, vor allem der schwarzen, einer Rasse in primitivem Zustand, Untermenschen. Die Rassenmischung, die größte Gefahr, der gegen Brasilien gerichtete Bannfluch, ein ungeheurer Anschlag: die Schaffung einer Unterrasse in der tropischen Hitze, einer degenerierten Unterrasse, unfähig, lästig, zum Verbrechen bestimmt. Die ganze Rückständigkeit des Landes ist auf die Rassenmischung zurückzuführen. Der Neger könne noch zu körperlicher Arbeit genutzt werden, er habe die rohe Kraft der Arbeitstiere. Der Mischling jedoch, faul und gewöhnlich, diene nicht einmal dazu. Er entwürdige die brasilianische Landschaft, verderbe den Charakter des Volkes, sei ein Hindernis für jegliche ernste Bemühung im Sinne des

Fortschritts, »des Fortschreitens«. In einem Dickicht von Zitaten, in literarischen Bestrebungen eines Portugiesisch des 16. Jahrhunderts, in dem er von »Erhabenheit«, »Belletristik«, »Größe« und »hochtrabender Vollkommenheit« sprach, stellte er das Übel fest, zeigte seine Ausdehnung und Gefährlichkeit und legte Rezept und Seziermesser, Therapie und Chirurgie in die Hände der Gesetzgeber. Nur ein Gesetzeswerk, das dem Patriotismus der Herren Parlamentarier entspringe und die vollständige Rassenabsonderung erzwinge, könne das Vaterland noch vor dem Abgrund retten, auf den es zurolle, angestoßen von der »entwürdigten und entwürdigenden« Rassenmischung.
Ein solches Gesetzeswerk, das vorzusehen und anzuordnen war für alles, was Neger und Mischlinge betraf, konzentrierte sich auf zwei grundsätzliche Projekte.
Das erste betraf die Lokalisierung und Isolierung der Neger und der Mischlinge in gewissen geographischen Gebieten, die Professor Nilo Argolo schon bestimmt hatte: Gegenden am Amazonas, in Mato Grosso und Goiás. Von dem Professor angefertigte Landkartenskizzen, die in dem kleinen Buch wiedergegeben waren, ließen keinen Zweifel über die Unwirtlichkeit der erwählten Gebiete. Diese Begrenzung hatte keinen endgültigen Charakter, sie war bestimmt, die »minderwertige Rasse« und die »entwürdigende Unterrasse« von der übrigen Bevölkerung getrennt zu halten, solange man über ihr Schicksal noch nicht definitiv entschieden hatte. Der Professor sah den Erwerb afrikanischer Territorien durch die Regierung vor, wo die gesamte Neger- und Mulattenbevölkerung von Brasilien untergebracht werden könnte. Eine Art Liberia, freilich ohne die Fehler der nordamerikanischen Versuche. Im brasilianischen Fall würden Neger und Mischlinge – möglichst alle – deportiert, auf einmal weggeschickt, für immer.
Das zweite Projekt von unleugbarer Dringlichkeit, Gesetz oder Dekret für das nationale Heil, würde die Ehe zwischen Weißen und Schwarzen verbieten, wobei als Schwarze alle zu verstehen waren, die »afrikanischen Blutes« waren. Ein absolutes Verbot, das imstande war, die Rassenmischung zu bremsen.
So kurz zusammengefaßt, ohne die reine Sprache, »unverdient nicht mehr gebräuchlich«, schienen diese Projekte und diese

Thesen unsinnig, verrückt. Sie wurden aber von Artikelschreibern und Parlamentsmitgliedern ernstgenommen, und anläßlich der Verfassunggebenden Versammlung von 1934 kramte jemand die in dem schmalen Band des Professors Nilo Argolo enthaltenen Vorschläge »Einführung in das Studium eines Gesetzbuches des nationalen Heils« wieder hervor.

Seit langem hatte Pedro Archanjo sich nicht von der Wut hinreißen lassen. Seit der abschlägigen Antwort des Obersten Gomes auf Tadeus Werbung hatte nichts eine so heftige Reaktion seinerseits verdient. Im Kampf gegen die Übergriffe des Kommissars Pedrito – das Herz gekränkt von Prügel, Gewaltmaßnahmen, Gefängnisstrafen und Mordtaten – hatte Pedro Archanjo die scheinbare Gelassenheit, die Zurückhaltung der Gesten, die seine Reife und die ersten Jahre des Alters auszeichneten, nicht eingebüßt. Genau, gewandt, bereit und hart im Handeln, wenn es nötig wurde, friedfertig und sanft im Alltag, ein fröhlicher Kamerad, verständnisvoll und gutmütig. Die Broschüre des Professors Nilo Argolo schaffte es, ihn außer sich zu bringen, und er erleichterte sich durch Beschimpfungen: »Schlappschwanz, Idiot, nutzloser Kerl, alter Sack!«

Noch immer zornig, besuchte er Zabela, die jetzt ganz unfähig war, sich auf den eigenen Beinen zu bewegen, in einem Rollstuhl gefangen, uralt. Pedro Archanjo war es niemals gelungen, das Alter der Gräfin zu erfahren. Als er sie kennengelernt hatte, vor zwanzig Jahren, »alt und zugrunde gerichtet«, schien sie ihm eine Greisin, am Ende eines intensiven, feurigen und genossenen Lebens. Zehn Jahre lang war Zabela diesselbe geblieben wie an jenem Spätnachmittag in der Werkstatt der Wunder, war unaufhörlich in Bewegung, neugierig und unermüdlich; manchmal wirkte sie wie ein junges Mädchen, so groß waren Lebhaftigkeit und Begeisterung der ehemaligen Prinzessin des Recôncavo und der ehemaligen Königin von Paris.

Schließlich hatte der Rheumatismus sie gepackt und eingeengt. Voller Schmerzen, von Spritzen zerstochen, in der Diskussion mit Ärzten, manchmal kratzbürstig. Sie gab nicht gleich nach, wehrte sich, solange sie konnte, straßauf, straßab, bis die Beine sich endgültig dieser Lauferei versagten. Welcher Ausweg, wenn nicht der eines Rollstuhls, den Silva Virajá, von Archanjos Brief über die Leiden der Freundin unterrichtet, aus São Paulo geschickt hatte. Indessen überließ sie sich nicht der schlechten Laune. Die Kratzbürstigkeit war Koketterie und nicht Klage, der Charme einer alten Frau. Sie war klar und geistig beweglich bis zum letzten Tage. Sie liebte das Leben, aber sie entsetzte sich vor der Hinfälligkeit, »einfältig, geisteskrank, Anlaß zu Spott und Lachen zu werden«. »Wenn ich hinfällig werde«, hatte sie zu Archanjo gesagt, »dann besorgen Sie ein Gift in der Fakultät, eins von denen, die augenblicklich töten, und geben es mir, ohne daß ich es weiß.« Wie alt mochte sie sein? Neunzig, wenn nicht mehr.

Der Besuch eines Freundes war schon ein Fest, der Archanjos aber ein ganz besonderes: Sie schwatzten stundenlang, die Alte bat um Nachrichten von Tadeu und Lu, die selten schrieben. Stimmte es, daß die Gomes Frieden geschlossen hatten? Solange Eufrásia gelebt hatte, war Zabela informiert gewesen. Die Großmutter jedoch hatte das Zeitliche gesegnet, und sie hatte die sensationelle Neuigkeit ganz zufällig erfahren: Einem entfernten Verwandten, der in Rio lebte und auf der Durchreise in Bahia war, war eingefallen, ihr einen Besuch abzustatten, ein lobenswerter Liebesdienst! Also gut, dieser Vetter, Juvêncio Araújo, Versicherungsvertreter, war in der Hauptstadt mit der ganzen Familie Gomes zusammen gewesen, mit Emília und dem Obersten, Tadeu und Lu. Sie hatten sich in Copacabana in schönster Harmonie aufgehalten. Der unnachgiebige Oberst war es gewesen, der Tadeu dem Versicherungsvertreter vorgestellt hatte: »Mein Schwiegersohn, Dr. Tadeu Canhoto, einer der für die Umgestaltung Rio de Janeiros verantwortlichen Ingenieure.« Sehr stolz auf den Schwiegersohn, Arm in Arm mit ihm. Archanjo bestätigte den Frieden. Er hatte es nicht von Tadeu oder Lu erfahren, aber er hatte Astério getroffen, Lus Bruder, der aus den Vereinigten Staaten zurückgekehrt war. Der Junge, sehr liebenswürdig, hatte Neuigkeiten von dem Paar und vom Ende des Widerstandes des Obersten Gomes erzählt. Als der Oberst von der Schwangerschaft der Tochter erfahren hatte, war er eilig nach Rio gereist, leider hatte Lu das Kind verloren, eine unerwartete Fehlgeburt. Im übrigen der offene Himmel, alle glücklich, Tadeu – sicherlich sind Sie darüber im Bilde –

macht eine außergewöhnliche Karriere, man schätzt ihn als großartigen Städtebauer, er beherrscht Oberst Gomes völlig. Pedro Archanjo zwinkerte mit einem Auge und lachte, ein sympathischer Junge, ein Müßiggänger, der nichts von Arbeit wissen wollte.

»Scheint Ihnen Tadeu nicht ein bißchen undankbar?« forschte Zabela. Undankbar? Weil er nicht schrieb? Viel Arbeit und Verantwortung, wenig Zeit. Auch er, Archanjo, war kein Briefschreiber. Zabela betrachtete sein Gesicht: eigensinniger Mulatte, voller Mysterien: Pedro Archanjo las ihr vor, Zabela erinnerte sich der Gedichte, sie wollte Neuigkeiten erfahren, sie tranken Likör. Die Alte beachtete das strikte Verbot des Arztes nicht. Ein Schluck, was konnte das schon Böses tun?

Diesmal war er zu Zabela gegangen, sie um Erlaubnis zu bitten, die in diesen zwanzig Jahren von ihr gelieferten Informationen über die bahianische Aristokratie, die großen adligen Familien, die eifrig hinter Großmüttern, Partikeln und reinem weißen Blut her waren, in einem Buch verarbeiten zu dürfen, das er zu schreiben beabsichtigte. Er zeigte ihr die Broschüre des Professors Nilo Argolo: Neger und Mischlinge deportiert, mitten im Urwald, im Amazonasgebiet der Moskitos und des Sumpffiebers, der Krankheiten im Durcheinander der Flüsse, in den Sümpfen von Mato Grosso.

»Da bleibt nicht einmal einer übrig, die Geschichte zu erzählen.« Zabela lachte unter Grimassen, das Lachen verursachte ihr Schmerzen.

Auch Archanjo lachte, die Alte gab ihm die gute Laune wieder. »Nilo Argolo ist eine Mikrobe, ein Wurm, *un sale individu,* ein Dreckskerl. Geh, mein Sohn, erzähl alles haargenau und schreib rasch, damit ich, bevor ich sterbe, lachen kann *de ces emmerdeurs.*«

Pedro Archanjo kehrte zur disziplinierten Arbeit zurück und tat es mit Eile, Zabelas Bitte zu entsprechen: Ich möchte das gedruckte Buch sehen, ich will ein Exemplar an Nilo d'Ávila Argolo de Araújo schicken *avec une dédicace.*

Sie hatte keine Zeit, sie starb vorher. Strahlend und lebhaft lachte sie am Vorabend ihres Todes ununterbrochen, *un fou rire, mon cher,* als Archanjo ihr über seine neueste Entdeckung

berichtete: Ein gewisser Bomboxê, ein Neger, Archanjos Vorfahre, und wissen Sie, wessen Vorfahre noch? Des Professors Nilo Argolo de Araújo. *Oh! là là!*
Am Morgen fand das Dienstmädchen sie tot im Rokokobett. Sie war im Schlaf gestorben, es war das einzige, was sie still und diskret getan hatte in ihrem ganzen langen Leben, das reich, voller Feste und leidenschaftlich gewesen war. An diesem häßlichen, grauen und feuchten Tag versammelten sich ein paar Leute um den mageren Körper: einige aus den Herrenhäusern von Vitória, einige von den Hügeln am Pelourinho und am Tabuão. Zur Stunde, da der Sarg in die Gruft der Araújo e Pinho geleitet wurde, sahen sich Archanjo und Lídio in Gesellschaft von Ávilas, Argolos, Gonçalves, Martins, Araújos an den Tragringen des Sarges.
Vom Friedhof kehrte er zurück an die Arbeit, er fuhr im selben eiligen Rhythmus fort, als wäre Zabela noch am Leben. Ungefähr ein Jahr nach der Veröffentlichung des Gesetzentwurfs von Professor Nilo Argolo gelang es Lídio Corró, hundertzweiundvierzig Exemplare der *Anmerkungen über die Rassenmischung in bahianischen Familien* zu drucken und zu binden, ein wenig eleganter Band auf schlechtestem Papier. An Geld hatte es gefehlt, die Reparatur der Druckerpresse hatte ein Vermögen gekostet, sie hatten sich mit einigen Rollen Zeitungspapier begnügen müssen, die sie aus Gefälligkeit bekommen und unter Opfern bezahlt hatten.
In seinem dritten Buch analysierte Pedro Archanjo die Quellen der Rassenmischung und bewies ihre Ausdehnung, die größer war, als er selbst geglaubt hatte: Es gab keine Familie ohne Mischblut – nur einige wenige kurz zuvor eingetroffene Gringos, und die zählten nicht. Einen reinen Weißen gab es in Bahia nicht, das gesamte weiße Blut hatte sich durch Indianer- oder Negerblut, im allgemeinen durch beide, bereichert. Die Mischung hatte mit dem Schiffbruch Caramurus eingesetzt und nie aufgehört, sie ging laufend und rasch weiter, war die Grundlage der Nationalität.
Das Kapitel, das dem Beweis der geistigen Fähigkeiten des Mischlings gewidmet war, schloß ein eindrucksvolles Verzeichnis mit Namen von Politikern, Schriftstellern, Künstlern, Inge-

nieuren, Journalisten und sogar Baronen des Kaiserreichs, Diplomaten und Bischöfen ein, lauter Mulatten, der beste Teil der Intelligenz des Landes.
Das Buch, vor allem die große Liste, wurde ein Anlaß des Aufschreis, des Skandals, der Verfolgung des Autors. Pedro Archanjo hatte eine Aufstellung der adligen Familien von Bahia veröffentlicht und die Stammbäume, die im allgemeinen wenig auf gewisse Großmütter, bestimmte Ehen, auf uneheliche und mischblütige Kinder achteten, vervollständigt. Da waren, auf unwiderlegbaren Beweisen beruhend, vom Stamm bis zu den Zweigen Weiße, Neger und Indianer, Pflanzer, Sklaven und Freie, Krieger und Gelehrte, Priester und Zauberer, eine nationale Mischung. Als Eröffnung der großen Liste die Ávilas, die Argolos, die Araújos, die Ahnen des Medizinprofessors, des reinen Ariers, der gewillt war, Neger und Mischlinge, geborene Verbrecher, zu diskriminieren und zu deportieren.
Das Buch war übrigens ihm gewidmet: »Dem erlauchten Herrn Professor, der Leuchte der Wissenschaft, Dr. Nilo d'Ávila Oubitikô Argolo Araújo als Beitrag zu seinen Studien über das Rassenproblem in Brasilien widme ich die folgenden bescheidenen Seiten als sein Vetter Pedro Archanjo Oubitikô Ojuobá.«
Archanjo hatte die Folgen nicht gemessen noch erwogen.
Als Verwandten und Vetter behandelte Archanjo den Medizinprofessor auf den hundertachtzig Seiten des Buches. Mein Vetter hier, mein Vetter da, mein berühmter Blutsverwandter. Verwandt durch einen gemeinsamen Urgroßvater: Bomboxê Oubitikô, dessen Blut in den Adern des Professors und in denen des Pedells floß. Beweise im Überfluß: Daten, Namen, Urkunden, Liebesbriefe, eine einzige Entthronung. Dieser Oubitikô war mit den ersten großen Candomblés von Bahia verbunden, und als hübscher Neger hatte er sich an eine Yayá Ávila herangemacht, und dann wurden Mulatten mit grünen Augen geboren, lieber Vetter.
Und die Araújos? Um wer weiß was zu verbergen? Den Neger Araújo, diesen prächtigen Oberst Fortunato de Araújo, Held des Unabhängigkeitskrieges, Mulatte des Recôncavo, zweifellos der edelste unter allen Zuckeradligen durch seine Intelligenz, seinen Mut, seine Auszeichnung.

In den *Anmerkungen* legte Meister Archanjo die vollständige Wahrheit dar, und die Familien konnten endlich erkennen, woher sie stammten, nicht nur eine Seite betrachten, sondern das ganze Gesicht, Weizen und Kohle, und erfahren, wer sich ins Bett der Familie gelegt hatte.
Die Welt ging unter.

23

Die Studenten äußerten sich zugunsten Pedro Archanjos, glühende Reden gegen Diskriminierung und Rassismus auf dem Terreiro de Jesus. Die Medizinstudenten verbanden sich mit den Jura- und Ingenieurstudenten und inszenierten das Begräbnis des Professors Nilo d'Ávila Argolo de Araújo, Nilo Oubitikô. Ein Sarg, Schärpen und Plakate, Reden an jeder Ecke, in den Straßen der Stadt protestierten die Studenten in Kommentaren und mit Lachen dagegen, daß Pedro Archanjo verfolgt wurde. Die Polizei zerstreute die Beerdigung in Campo Grande, und der Sarg blieb verlassen stehen, man hatte es nicht geschafft, ihn auf dem Terreiro de Jesus zu verbrennen, auf einem symbolischen Scheiterhaufen, »errichtet aus dem tierischen Haß des Professor Argolo selbst, eines Besessenen«, mit den Worten des Studenten Paulo Tavares, von Kindheit an in einem Rollstuhl, gelähmt, aber deshalb ein nicht weniger lebhafter und ungestümer Anführer und Redner.
Sie umringten den Pedell und klatschten ihm Beifall, als er, lächelnd und ruhig, die Hochschule an jenem Nachmittag verließ, an dem die versammelte Kongregation entschied, ihn des bescheidenen Amtes zu entheben, das er fast dreißig Jahre lang zur vollen Zufriedenheit ausgeübt hatte, und ihm den Zutritt zu den Räumen der Hochschule zu untersagen.
Ein riesiges Pfeifkonzert empfing Professor Nilo Argolo, als er die Versammlung verließ. Er überquerte den Platz unter Rufen wie »Ungeheuer! Nilo Oubitikô! Unmensch!«. Er forderte Polizeischutz, Sicherheit. Oswaldo Fontes, Montenegro, einige andere, ebenfalls kompromittiert durch die traurige Angelegen-

heit, erhielten gleiche Mißfallenskundgebungen. Fraga Neto dagegen wurde zugejubelt, und er bestieg eine improvisierte Tribüne, um »noch einmal den Protest gegen Ungerechtigkeit und kleinliche Rache, die man an einem beispielhaften Beamten, einem Wissensdurstigen mit hohen Verdiensten übt, kundzutun; ich protestiere hier in der Öffentlichkeit ebenso, wie ich es in der Kongregation getan habe, mit Zorn und Empörung«.
Einzelheiten der Zusammenkunft waren draußen bekannt geworden. Professor Isaias Luna, Argolo zugewandt, hatte ihn gefragt: »Will der Herr Professor zulassen, daß die ganze Bibel jenem Studenten recht gibt, der Sie bei einer Gelegenheit im Unterricht als Savonarola bezeichnet hat? Sie werden die Inquisition wieder einführen – in der Medizinischen Fakultät von Bahia.« Hysterisch hatte Professor Argolo versucht, den anderen anzugreifen. Am Schluß der Versammlung, der Abstimmung vorausgehend, wurde ein Brief Silva Virajás verlesen, den er aus São Paulo geschickt hatte, wo er Kenntnis erhalten hatte von den Maßnahmen, die das Sekretariat der Fakultät der Kongregation vorgeschlagen hatte, um »Professor Nilo Argolo, der in seiner Ehre von dem Pedell Pedro Archanjo angegriffen worden ist, Genugtuung zu verschaffen«. Silva Virajá hatte geschrieben: »Schließen Sie den Pedell aus, wenn es Ihnen richtig scheint, begehen Sie die Ungerechtigkeit, üben Sie Gewalt aus. Niemals jedoch wird es Ihnen gelingen, den Namen dessen aus den Annalen der Fakultät zu löschen, der in Bescheidenheit und Arbeit das den Ruf unserer Schule rettende Werk geschrieben hat, der durch die Prediger des Rassenhasses, falsche Wissenschaftler, kleinliche Menschen so tief heruntergerissen wurde.«
Entlassen und umjubelt, ging Pedro Archanjo die Ladeira do Pelourinho hinunter. In der Werkstatt der Wunder erwarteten ihn Lídio Corró und zwei Geheimpolizisten.
»Sie sind festgenommen!« sagte einer der Polizisten.
»Festgenommen? Warum, mein Lieber?«
»Hier steht es: Unruhestifter, Aufschneider, asoziales Element. Vorwärts, gehen Sie.«
»Sie haben mich nicht rausgelassen, Gevatter, ich konnte dich nicht warnen«, erklärte Lídio.

Zwischen den beiden Geheimpolizisten ging Pedro Archanjo Ojuobá als Festgenommener ab. Auf dem Polizeipräsidium wurde er in eine Zelle gesperrt. An der Ecke des Pelourinho war ihm eine Soldatenstreife begegnet, die die Richtung des Tabuão einschlug.

Kaum waren die Polizisten mit Archanjo fort, da machte sich Lídio Corró auf die Suche nach Dr. Passarinho. Er fand ihn nicht im Anwaltsbüro, nicht im Gericht und nicht zu Hause, nirgends. Es gelang ihm, Dr. Fraga Neto zu benachrichtigen, er kehrte ins Haus des Rechtsanwalts zurück, ihn vom Essen wegzuholen. Dr. Passarinho versprach, gleich nach beendeter Mahlzeit zur Polizei zu gehen: Diese Verhaftung war Unsinn, er möge sich beruhigen, er würde bald Archanjos Freilassung erwirken. Er versprach es und hielt es, zumindest zum Teil. Er ging zur Polizei, und dort traf er bereits Professor Fraga Neto an. Die Befehle jedoch waren streng: Der Mulatte verdiente seit langem eine Lektion. Sehen Sie: eine riesige Liste.

Die Nachricht verbreitete sich, und ohne Absprache strömte das Volk von allen Seiten dem Marktplatz zu, vor das Polizeipräsidium. Männer und Frauen, Mulatten, Weiße und Neger, Alte und Junge, Terência und Budião, der Heiligenbildhändler Miguel und Valdeloir, Mané Lima, Aussá und die dicke Fernanda. Arme Leute von überallher, immer mehr, eine wachsende Wallfahrt. Sie kamen allein oder zu dritt und viert, manchmal eine ganze Familie, Mütter mit ihren Kindern auf dem Arm, alle in Richtung des Marktplatzes.

Sie versammelten sich vor dem Präsidium, anfangs ein paar Dutzend Leute, dann Hunderte und aber Hunderte, immer mehr, immer mehr. Wo die Nachricht hingelangte, brachte sie das Volk in Bewegung. Sie kamen aus engen Straßen, aus elenden Gäßchen, aus Werkstätten, Läden, Kneipen, Freudenhäusern, von überall kamen sie auf den Marktplatz. Allen voran sah man den Major Damião de Souza, in weißem Anzug, weil er Oxalás Sohn war, Kragen mit umgelegten Ecken, Zigarre im Mund, zornige Worte.

Auf einer Selterskiste, die Hand erhoben, die Worte feurig, endlose Rede. Er stieg von der Tribüne herab, schritt durch die Tür des Präsidiums, verschwand im Korridor, kehrte gereizt zurück. Wieder auf der Kiste, sprach er von neuem. Er begann seine Rede in der Dämmerung, sprach bis in die Nacht hinein: Was für ein Verbrechen hat Ojuobá begangen, wessen klagt man Pedro Archanjo an, wen hat er umgebracht, wen hat er bestohlen, was für ein Verbrechen hat er begangen?

Was für ein Verbrechen hat er begangen? fragte das Volk.

Dort drinnen diskutierten Polizeikommissare, der Anwalt Passarinho, der Polizeichef, der Professor Fraga Neto. Ohne ein Wort des Gouverneurs kann ich nichts machen, wiederholte der Polizeichef. Er selbst hat den Haftbefehl unterschrieben, nur er kann die Freilassung anordnen. Niemand wußte, wo der Gouverneur sich aufhielt, er war nach dem Essen weggegangen, ohne eine Nachricht zu hinterlassen.

Zeitig hatte Lídio Corró neue Informationen erhalten, er lief eilig in die Werkstatt der Wunder, und als er dort die Verheerung sah, waren die Soldaten schon fort.

Von der Höhe seiner Kiste, die rauhe Stimme gegen die Gewalt erhoben, verlangte Major Damião de Souza am Schluß und am Wiederbeginn seiner Rede: Freiheit für den aufrechten Mann, der nie gelogen, dessen Wissen nie dem Bösen gedient hat, Freiheit für den Mann, der weiß und lehrt, Freiheit.

Tiefe Nacht, und noch immer trafen Leute auf den Straßen ein, der Marktplatz war voll. Sie kamen von weit her, auf schlechten Wegen, brachten Laternen und Fackeln mit. Schwache Lichter erhellten die Praça da Polícia, die das Volk besetzt hielt. Eine Stimme sang: Ojuobá, eine andere antwortete, noch eine und noch eine, der Gesang ging von Mund zu Mund, erhob sich zum Himmel, sein Echo hallte im Gefängnis wider. Eine vielfache und einzige Stimme, zärtlicher Freundesgesang. Archanjo war zufrieden, das war ein lustiger Tag. Er war müde, es war auch ein anstrengender Tag gewesen. Zahllose Stimmen, sanftes Liebeslied. Pedro Archanjo schlief im Wiegen des Schlummerliedes ein.

Über Talent und Erfolg philosophierend, verabschiedet sich Fausto Pena – es wird auch Zeit

Es ist einleuchtend, daß Talent und Wissen nicht genügen, um den Erfolg zu sichern, den Sieg der Literatur, Kunst, Wissenschaft. Schwierig ist der Kampf eines jungen Menschen um Berühmtheit, rauh sein Weg. Ein Gemeinplatz? Gewiß. Mir ist das Herz schwer, und ich versuche nur, meine Gedanken auszudrücken, ohne mich mit pomphaftem Stil und Phantasie zu belasten.

Um ein bißchen Beifall zu ernten, den Namen in Artikeln, Zeitungen und Zeitschriften zitiert zu sehen, einen Hauch von Erfolg zu haben, der nur mühsam zu erlangen ist, zahlt man einen hohen Preis an Kompromissen, Heuchelei, Schweigen, Unterlassungen – nennen wir es einmal beim Namen: Niedrigkeiten. Wer weigert sich zu zahlen? Unter den Kollegen von Soziologie und Dichtkunst, Anthropologie und Literatur, Ethnologie und Kritik weiß ich keinen, der gegeizt hätte. Zum Ausgleich dafür sind die Gemeinsten auch die Anspruchsvollsten im Hinblick auf Redlichkeit und Anstand – der anderen natürlich. Sie spielen die Unbestechlichen, erklären sich für makellose Charaktere, haben den Mund voll Würde und Gewissen, grimmige und unerbittliche Richter des Betragens der anderen. Bewunderungswürdige Schamlosigkeit. Sie bringt etwas ein, es gibt Leute, die so etwas glauben.

In unserer Zeit der Industrie und der Elektronik, des Wettlaufs nach den Sternen und des höflichen Kleinkrieges ist erledigt, wer nicht heftig und unverschämt ist, wer die Brust nicht voll Kühnheit und Frechheit hat. Er kommt nie zum Zug.

Von einem standhaften alten Literaten jedoch hörte ich vor einigen Tagen in bitterem Gefühlsausbruch eine sonderbare Meinung: Seiner Ansicht nach hat die heutige Jugend unzählige glänzende Gelegenheiten, vielfältige Möglichkeiten, die Welt gehört uns, und der Beweis ist da, die Junge Macht.

Die Junge Macht ist da, zweifellos, ich bin weit davon entfernt, es zu leugnen, ich betrachte mich als einen Teil der großen Bewegung. Auf dem Grunde meines Wesens ruht ein Widerspenstiger, ein Außenseiter der Gesellschaft, ein Radikaler, ein Partisan, und den kehre ich bei passender Gelegenheit heraus (augenblicklich allerdings wäre es bedrückend und gefährlich, die Ursachen brauche ich nicht zu erklären, sie liegen auf der Hand, wie man sagt). Die Jungen setzen ihre Revolution durch, beherrschen die Welt, all das ist gewiß, doch die Jugend geht vorüber, und man muß seinen Lebensunterhalt verdienen. Zu sagen, daß es Möglichkeiten im Überfluß gibt und der Sieg für jedermann erreichbar ist – ach nein! Für einen Platz an der Sonne, ein winziges Plätzchen, habe ich das Unglaublichste getan, habe ich beharrlich und tapfer gekämpft, mir tut der Nacken weh. Ich habe mich überschlagen, den Preis gezahlt, den man von mir gefordert hat, und wohin bin ich gekommen? Was habe ich erreicht? Traurig ist die Bilanz. An Wichtigem die Forschung über Pedro Archanjo, Auftrag des genialen James D. Levenson, meine Visitenkarte. Der Rest: Nichtigkeiten, Krümchen. Die Spalte »Junge Poesie«, lobende Adjektive für mein poetisches Talent, gegenseitiges Lob – eine Hand wäscht die andere –, Aussicht auf eine Nachmittagssendung im Fernsehen, außerhalb des guten Programms, »Das junge Talent«. Was noch? Drei Gedichte in der Anthologie *Junge bahianische Poesie,* von Ildázio Taveira zusammengestellt und von einem offiziellen Organ in Rio herausgegeben. Drei Gedichte von mir, fünf von Ana Mercedes – man stelle sich das vor!

Das ist es in kurzen Worten, was ich bis jetzt in hartem Wettstreit und unter großen Mühen erlangt habe. Nicht mitgerechnet habe ich bei alldem ein paar Techtelmechtel mit Dichterinnen, die nicht alle so aufrichtig und rein waren, wie nötig gewesen wäre. In Wahrheit vegetiere ich arm und unbekannt dahin. An Großem und Schönem in echter Goldmünze gab mir das Leben nur Ana Mercedes, und die habe ich aus Eifersucht verschwendet.

Im Haben wäre noch der Vertrag zu verzeichnen, den Senhor Dmeval Chaves, Besitzer einer Vertriebs- und Verlagsgesellschaft, ein Mächtiger des Handels und der Industrie, endlich unterschrieben hat. Er verpflichtet sich, die Arbeit über Pedro Archanjo in zweitausend Exemplaren zu veröffentlichen und mir die Autorenrechte zu bezahlen: zehn Prozent vom Ladenpreis der verkauften Exemplare und halbjährliche Abschlagszahlungen. Das scheint mir gut, sofern er wirklich abrechnet.

An dem historischen Tage der Unterzeichnung des Vertrages im Büro in der Rua da Ajuda, im ersten Stock des Firmengebäudes, von Telefonen und Sekretärinnen umgeben, war der Mäzen herzlich, und ich hielt ihn für großzügig. Vor meinen Augen erwarb er einen Originalstich von Emanoel Araújo und bezahlte ihn sofort, ohne um den Preis des snobistischen und lorbeergekrönten Künstlers, eines dieser vom Glück Begünstigten, zu feilschen. Der Verleger erklärte mir, er trage Gemälde, Stiche, Lithographien und Zeichnungen zusammen für die neuen Wände seines Hauses in Morro do Ipiranga, auf dem Millionärshügel, das er eben umgestaltet und durch ein drittes Stockwerk erweitert hatte: Als Vater von acht Kindern beabsichtige er, es auf fünfzehn zu bringen, so Gott ihm Kraft und Rang erhalte. Soviel Verschwendung ermutigte mich, ihm zwei Bitten vorzutragen.

Als erstes suchte ich um einen bescheidenen Vorschuß auf die Autorenrechte nach. Niemals sah ich eine so rasche Verwandlung des Ausdrucks. Das glänzende und gefällige Gesicht des Verlegers, bis dahin in Lachen und guter Laune geöffnet, schloß sich in Enttäuschung und Traurigkeit, als er das Wort Vorschuß hörte. Für ihn, erklärte er mir, handele es sich um eine prinzipielle Frage. Wir haben einen Vertrag geschlossen, eindeutige Bestimmungen, Pflichten und Rechte. Kaum haben wir ihn unterzeichnet, da wollen wir ihn schon zerstören, den schriftlich festgelegten Paragraphen zuwiderhandeln? Wenn wir irgendeine Klausel brechen, dann verliert der Vertrag jeden Wert und jede Ernsthaftigkeit. Eine Frage der Grundsätze. Welcher, das erfuhr ich nicht. Zumindest aber fester, denn es gab kein Argument, das imstande gewesen wäre, den Verleger von seiner nachdrücklichen Weigerung abzubringen. Nichts möchte ich weniger, als von Grundsätzen abzugehen.

Nachdem der Zwischenfall vorüber war, kehrten Farbe und Lächeln in das freundliche Gesicht zurück, gutgelaunt empfing er den Grafiker Calazans Neto und seine Frau Auta Rosa und bat mich um meine Meinung über die Arbeiten, die der berühmte Künstler mitgebracht hatte. Er zögerte, sich zu entscheiden, schwankte zwischen zwei und drei. Offenbar war das der Tag der Gravüren. Nach langwieriger Wahl und entsprechender Bezahlung – diese Typen lassen sich mit Scheck bezahlen, im übrigen sind es die Gattinnen, die den Preis bestimmen und die kassieren, bekannt und teuer – ging das Ehepaar, und ich wagte den zweiten Überfall. Wie man weiß, bin ich hartnäckig.

Ich öffnete mein Herz und gestand: Ich strebe nur danach, in Schaufenstern und auf dem Ladentisch der Buchhandlungen eine Sammlung, ein kleines Buch zu sehen, das meine ausgewählten Gedichte enthält, auf dem Umschlag der Name des duldsamen Dichters. Die Gedichte verdienen gewiß Veröffentlichung, gute Aufnahme auf dem Markt, Tag der Autogramme und der Leser. Nicht ich sage das, sondern die bedeutendsten jungen Kritiker von Rio und São Paulo sind dieser Meinung. Ich besitze eine erkleckliche Anzahl von Urteilen, einige in Literaturartikeln gedruckt, andere unveröffentlicht, in Restaurants und Bars niedergekritzelt gelegentlich meiner Reise mit Ana Mercedes nach Rio – ach, sehnsuchtsvolle Tage der Festlichkeiten und der Hochstimmung. Mit Hilfe dieser Lobesworte könnte ich einen Verleger im Süden reizen, doch da er, Dmeval Chaves, den Band über Archanjo unter Vertrag genommen hatte, habe ich mich zum Freundschaftsbeweis entschlossen, die Manuskripte dieser »Gedichte allumfassender übergesellschaftlicher Beziehung« – mit den Worten Henriquinho Pereiras, höchste Urteilskraft, unbestreitbar und hauptstädtisch – ihm zur Publikation zu überlassen. Ein für Erfolg, Rezensionen und Verkauf bestimmtes Buch. Gesicherter Absatz, ich war überzeugt. Ein Skeptiker, dieser Senhor Dmeval Chaves. Er zweifelte. Der Absatz sei weder gewiß noch ungewiß. Er dankte mir immerhin für den Vorzug und zeigte sich gerührt über solchen Beweis der Achtung. Eigenartig: Er fühlte sich als Liebling der Dichter – es genügte, daß sie Gedichte für einen Band hatten, schon kamen sie zu ihm, überließen ihm die Erstlinge.

Ich verzichtete auf die Autorenrechte, ich bot ihm meine Poesie

umsonst, er wollte sie nicht. Immerhin schloß er mir die Türen nicht ganz. Er erklärte sich bereit, die Angelegenheit zu prüfen, wenn ich, da ich so gute Beziehungen in Rio hatte, ihm die Gewähr brächte, besser gesagt, die vertragliche Verpflichtung des Nationalen Buchinstitutes, fünfhundert, wenigstens jedoch dreihundert Exemplare der Auswahl zu kaufen. Die Auflage sei vom Kauf abhängig: sechshundert bis achthundert Exemplare.
Die Idee ist nicht schlecht, ich werde es versuchen, ich habe in Rio Beziehungen angeknüpft, die Dollars in Dinners und Abendessen, Whisky und Bars angelegt, jetzt werden wir sehen, ob sie Zinsen bringen. Wer weiß, ob ich nicht bald wieder vor den Lesern erscheine, nicht in der Eigenschaft eines trockenen Soziologen, sondern als freigeistiger Sänger der neuen Zeit, Meister der Jungen Poesie? Wenn mich Ana Mercedes als siegreichen Autor publizierter Bücher, als allbekannten Dichter sieht, dann ist sie vielleicht gerührt, und die Flamme der Liebe entzündet von neuem ihr feuriges Herz. Selbst wenn ich sie mit Volksmusik und Komponisten, mit anderen jungen Dichtern teilen müßte, selbst wenn ich mir die Hörner des Universums aufladen sollte, das macht mir nichts, selbst so liebe ich sie noch, fern ihrem Körper stirbt die Poesie.
Was Meister Pedro Archanjo betrifft, so verlasse ich ihn hier, im Gefängnis, ich begleite ihn nicht weiter, es lohnt nicht. Welchen positiven Saldo bieten seine letzten fünfzehn Jahre mit Ausnahme des Kochbuches? Streik, Arbeit, Verfall, Elend. Dr. Zèzinho Pinto hat mich überzeugt, die moralische Integrität großer Männer zu respektieren, sie frei von Fehlern, Lastern, Ticks, Engstirnigkeiten darzustellen, selbst wenn solche Unvollkommenheiten in ihrem Leben vorhanden sind. Ich sehe nicht ein, warum ich an schlechte und traurige Momente erinnern sollte, wenn der Ruhm endlich die Gestalt des bahianischen Meisters beleuchtet. Was für eine Gestalt? Um ganz offen zu sein: Nicht einmal ich selbst weiß es. Bei diesen großartigen Feierlichkeiten zum hundertsten Geburtstag ist das Durcheinander so schrill, die Feuerräder des offiziellen Lobpreisens sprühen mit so hellem Licht, daß es schwierig wird, die genauen Umrisse der Figur zu erkennen. Der Figur oder der Statue?
Gerade gestern gab der diensteifrige Präfekt einer modernen

Straße der Stadt den Namen Archanjos, und wieder wurde der Autor von *Das Leben des Volkes in Bahia* in der Rede eines ziemlich unwissenden Stadtverordneten zum Schirmherrn der Unternehmer erhoben. Nicht einmal dem Präfekten mit all seiner Autorität gelang es, die Dinge an den rechten Platz zu rücken, nicht einmal er konnte Archanjo seiner Zeit und seiner Armut zurückgeben. Beeindruckend: Niemand bezieht sich auf Archanjos Werk und Kampf. Artikel und Reden, Anzeigen und Werbeplakate nutzen seinen Namen und seinen Ruhm, um andere zu preisen: Politiker, Industrielle, Feldherren.
Man erzählte mir, daß vor kurzem während einer Ehrung seines Andenkens – Einweihung des Colégio Pedro Archanjo in dem Stadtteil Liberdade – in Anwesenheit ziviler, militärischer und geistlicher Autoritäten der offizielle Sprecher der Zeremonie, Dr. Saul Novais, Verantwortlicher für kulturelle Belange, beizeiten gewarnt vor den Unzuträglichkeiten, falls er auf Rassendemokratie und Rassenmischung, auf subversive Themen also, eingehen sollte – all das, was Leben und Werk des Geehrten ausmacht –, keine Bedenken hatte, sondern das Problem radikal (und bewundernswert) löste: Er schloß Meister Archanjo aus der Rede aus. Sein großartiger Vortrag, eine Hymne auf die edelsten Gefühle des Patriotismus der Brasilianer, drehte sich um den anderen Archanjo, um »den ersten, jenen, der als freiwilliger Soldat aus Bahia auszog, um auf den Schlachtfeldern des Krieges in Paraguay Ehre und Größe des Vaterlandes zu verteidigen«. Er sprach von Heroismus, von der Tapferkeit, von dem blinden Gehorsam gegenüber den Befehlen der Vorgesetzten, höchste Qualitäten, die ihm Beförderung und Erwähnung einbrachten, bevor er im Kampfe starb, ein Vorbild für den Sohn und für künftige Generationen. So im Vorbeigehen nannte er rasch und diskret den Namen Pedro Archanjos, des Sprößlings eines unsterblichen Soldaten. Er zog sich gut aus der Affäre, drückte sich mit Erfolg, ein geriebener Bursche.
Wer bin ich, daß ich mich in solche Heldentaten einmische? Warum sollte ich Meister Archanjo alt und zerlumpt zeigen, wie er den Pelourinho in Richtung der armseligen Freudenhäuser hinabsteigt? Das Denkmal wächst im Licht der Ehrungen: Statue, fast reiner Weißer, offizieller Gelehrter der Hochschule,

verschnitten und stumm, im Waffenrock des Soldaten, Pedro Archanjo, Brasiliens Ruhm.
Ich verabschiede mich, meine Herren, und lasse Pedro Archanjo im Gefängnis.

Von einer Frage und einer Antwort

1

Wir kehren zum Anfang zurück, zum Barbierstuhl, sagte Meister Lídio Corró.

Wenn er den Kunden den Bart scheren müßte, könnte er es noch? Er hat nicht mehr den ruhigen Puls, die leichte Hand. Einen sicheren und klugen Strich aber im Wundermalen. Das ist sein wirkliches Amt, und wenn er es auch gegen die soviel einträglichere Druckerei vertauscht hat, so hat er doch den alten Beruf und die Kunst niemals ganz aufgegeben. Aus Zeitmangel lehnte er die meisten Aufträge ab, doch er geriet in Versuchung, wenn sich das Wunder seiner Phantasie durch Seltenheit oder Größe aufzwang. »Wunder, das der glorreiche Herr vom guten Ende an sechshundert Fahrgästen des englischen Überseedampfers ›King of England‹, der in der Hafenausfahrt von Bahia Opfer einer entsetzlichen Feuersbrunst wurde, geschehen ließ.« Sechshundert Fahrgäste, lauter Protestanten, nur einer aus Bahia, und dieser hatte in der Stunde der Gefahr, die Blicke dem Heiligen Hügel zugewandt, geschrien: »Rette mich, o Herr vom guten Ende!« Er hatte ein Erinnerungsbild für die Kirche und das Opfer eines Kalbes und eines Ziegenbockes für Oxalá gelobt, im selben Augenblick fegte eine riesige Welle über das Schiff und löschte den gewaltigen Brand.

Am Tage von Pedro Archanjos Entlassung und Festnahme (»Der Schwarze ist festgenommen, mein Weißer«, informierte der Geheimpolizist Professor Nilo Argolo im Auftrage des Polizeichefs) war nach dem Überfall der Soldaten auf die Werkstatt der Wunder von der Offizin nichts übriggeblieben. Der Lehrling lief zur Polizei, die Nachricht war seinem Gesicht abzulesen: Die Streife war in die Druckerei eingedrungen, hatte Maschinen und Regale zerschlagen, das auf Kredit gekaufte Papier zur Vervollständigung der Herausgabe der *Anmerkungen* – »Wir brauchen wenigstens fünfhundert Exemplare, alle

Welt will es kaufen und lesen« – vernichtet. Die Typen hatten sie in Leinensäcke gesteckt, zusammen mit den Büchern. Der Befehl lautete, die Exemplare der *Anmerkungen* zu beschlagnahmen, sie hatten auch Archanjos Bücher mitgenommen, nur jene waren gerettet worden, die er in der Mansarde aufbewahrte, seine tägliche Lektüre, die auf dem Nachttisch. So waren Hovelacque und Oliveira Martins, Frazer, Ellis und Alexandre Dumas, Couto de Magalhães, Franz Boas, Nina Rodrigues, Nietzsche, Lombroso und Castro Alves und viele andere weggenommen worden, eine lange Liste von Philosophen, Essayisten, Romanciers, Dichtern, Dutzende von Bänden, die Übersetzung des *Kapitals* ins Spanische in einer billigen Ausgabe, mit gekürztem Text, in Buenos Aires gedruckt, und das *Buch von São Cipriano.*

Eins nach dem andern von Schnüfflern und Soldaten gebracht, endeten die Bücher in Antiquariaten. Archanjo selbst konnte ein paar dadurch wiedererlangen, daß er sie Bonfanti abkaufte. »Wenn ich sie für den Preis verkaufe, den ich bezahlt habe, *figlio mio,* dann verdiene ich keinen Zwanziger.« Von den *Anmerkungen* waren neunundvierzig Stück beschlagnahmt worden – die übrigen hatte Meister Corró an Universitäten, Fakultäten, Bibliotheken, Professoren, Kritiker, Redaktionen geschickt, an Buchhandlungen oder unmittelbar an Kunden abgegeben –, und nicht alle »brannten auf dem Scheiterhaufen der Inquisition, der auf Verlangen des Savonarola Argolo de Araújo im Hof des Polizeipräsidiums angezündet wurde«, wie Professor Fraga Neto in einem Brief an Silva Virajá schrieb. Mehrere wurden von den Polizisten heimlich verkauft, zu hohen Preisen, und es gab keinen Kommissar oder Deputierten, der nicht sein Exemplar nach Hause mitgenommen hätte, um einen Blick in die berühmte Liste des Mulattenvolkes zu tun, womit sie dem Beispiel des Polizeichefs folgten. »Vergeßt nicht, eins für den Gouverneur aufzuheben!«

Meister Lídio, völlig verschuldet, ohne irgendeine Aussicht, die Druckerei wieder aufzubauen, in höchster Geldnot, verkaufte Maschinen und restliche Typen fast zum Schrottpreis. Von den eiligsten Gläubigern befreit, hielt er sich für gut entschädigt: Gevatter Archanjo hatte Federn und Perlen und falsche Edelsteine, die eingebildete und intolerante mittelmäßige Professoren schmückten, heruntergerissen, Scheißgelehrte, Gesindel von Prahlhänsen, große Böcke, Prügelbestien! Nackt und gezeichnet auf dem Marktplatz ausgesetzt, blieb ihnen nur die Peitsche der Polizei, blieben ihnen Geheime und Soldaten. Im übrigen waren sie das Gespött der Stadt.

Zwei starke Mulatten, zwei fröhliche Gevattern. Meister Lídio Corró zeichnet Wunder, Meister Pedro Archanjo unterrichtet Kinder in Grammatik und Arithmetik, vier Schüler hat er für Französisch.

In Wirklichkeit fühlt Lídio sich krank, er ist neunundsechzig Jahre alt. Sobald er ein bißchen länger läuft, schwellen ihm die Beine an, schlechter Kreislauf. Dr. David Araújo hat ihm ein ruhiges Leben verordnet, strenge Diät, mäßiges Essen ohne Dendê, ohne Kokos, ohne Pfeffer, nicht einen Tropfen Alkohol. Es fehlte nur, ihm die Frauen zu verbieten. Vielleicht hatte er das nicht getan, weil er dachte, Lídio hätte das Messer schon zugeklappt, pflege dieses Spiel nicht mehr. Unmöglich, Doktor, Dendê und Cachaça einem Manne zu verbieten, der eben seine wenige Habe durch rohe Gewalt an die Fäuste der Soldaten verloren hat und aus dem Nichts neu beginnt. Was die Frauen anbelangt, so ziehen sie ihn manchem Jungen vor. Wer es wissen will, der braucht nur in der Umgebung zu fragen.

Pedro Archanjo, acht Jahre jünger, klagt nicht über die Gesundheit. Kräftig und gut gekleidet, ein Freund von Essen und Trinken, immer mit einem neuen Mädchen, mehr als einem. Indessen verbirgt er nicht sein Mißfallen, Kinder zu unterrichten, er hat nicht mehr die Geduld, die Zeit ist zu kurz und zu kostbar, um sie mit Grammatikstunden zu vertrödeln.

Was er liebt, wirklich liebt, das ist ein gutes Gespräch. Von Tür zu Tür, von Laden zu Laden, von Haus zu Haus, von Fest zu Fest gehen. Die Prozession der Betrübten und Hilfsbedürftigen erleben, die Major Damião de Souza in der Werkstatt des Heiligenbildhändlers Miguel aufsuchen. Es kommt vor, daß er hier ganze Vormittage verbringt, in das kleine schwarze Heft kritzelt, so daß ihn manche für den Sekretär des Majors halten.

Er hört gern Vertraulichkeiten der Orixás aus Pulquérias und Aninhas Mund, Geschichten aus der Zeit der Sklaverei, von alten Gevattern mit weißem Kraushaar erzählt; er ist gern bei den Proben des Afoxé dos Pândegos da África anwesend, an dessen Leitung teilzunehmen er sich auf Bitten Mutter Aninhas bereit erklärt hatte, als Bibiano Cupim, Axogun des Candomblé von Gantois, die glorreiche Standarte wieder erhob und durch die Straßen trug; er liebt es, sich auf die Orchesterbank in Meister Budiãos oder Valdeloirs Capoeiraschule zu setzen, die Maultrommel zu spielen und den Gesang anzustimmen:

»Wie geht es, wie steht es,
Camunjerê?
Wie ist die Gesundheit,
Camunjerê?
Ich bin gekommen, dich zu besuchen,
Camunjerê.
Für mich ist es ein Vergnügen.
Wie geht es, wie steht es,
Camunjerê?«

Gern stimmt er die Litanei auf dem Terreiro an, segnet Zauberinnen und Iaôs, während er neben der Heiligenmutter sitzt.

»Kukuru, Kukuru,
tibitiré la wodi la tibitiré.«

Iß vom Guten, iß vom Schlechten, man lebt immer. Ist es nicht so, Vater Ojuobá? Den Segen, ich gehe schon, wer später geht, der schließe die Tür.

Während Meister Lídio Kundschaft sucht, die Rückkehr zum Wundermalen bekanntmacht – einen Maler, der ihm gleichkommt, hat es nicht gegeben und wird es nicht geben –, verringert Meister Archanjo die Anzahl der Schüler und der Stunden, verbringt seine Zeit auf der Straße, im Gespräch mit dem einen und dem anderen, mit Lachen und Fragen, mach den Mund auf, Freund, beginne deine Geschichte, löse das Rätsel. Er hört und erzählt, und es gibt niemanden, der mit so viel Sorgfalt und Witz über so viele Geschehnisse zu berichten weiß: Erst am Ende der Geschichte löst er das Rätsel.

So viel Sehnsucht und Drängen nach Leben hatte er nicht einmal in der Jugend, als er aus Rio zurückkehrte und im Trubel von Bahia untertauchte. Die Zeit ist kürzer geworden, die Tage werden weniger, Wochen und Monate vergehen im Laufschritt. Die Zeit reicht für nichts, obendrein die Verschwendung, Kinder zu unterrichten. Als Bonfanti ihn mit dem Buch über die Kochkunst beauftragt, nutzt er das als Vorwand und verabschiedet die restlichen Schüler. Jetzt fühlt er sich völlig frei von jeglichem Zeitplan und jeder Einschränkung. Als Herr über seine Zeit gehört er wieder der Straße und den Menschen.

Er betrachtet Meister Lídio, wie er die Hand geduldig über die Zeichnung des Wunders führt, die Farben für die bewegte Szene auswählt. Dona Violeta, eine dicke Vierzigerin, genau vor der Straßenbahn hingestürzt, das Kleid zerrissen, Blut am verwundeten Schenkel, das Bein gebrochen, schaut flehend das Bild des Herrn vom guten Ende an. Die dramatische Verwirrung – gefährlicher Sturz, mörderische Straßenbahn, frommer Blick –, all das nimmt nur wenig Platz auf dem Bild ein. Auf den verbleibenden zwei Dritteln ein festliches Besuchszimmer, wo Fahrgäste, Fahrer, Schaffner und Kontrolleur, ein Posten von der Zivilgarde und ein Hund das Ereignis besprechen. Der Maler arbeitet Figur um Figur aus, ein bärtiger Mann, ein alter Neger, der ein weißes Kind an der Hand hat, die blasse Frau, der Hund in lebhaftem Rot.

Plötzlich hebt er den Blick zu Archanjo. »Mein Gevatter, weißt du, daß Tadeu gekommen ist, daß er sich in Bahia aufhält?«

»Tadeu ist gekommen? Wann?«

»Wann, weiß ich nicht, schon vor Tagen. Ich habe es heute erfahren, am frühen Morgen, in Terências Bude. Damião hat ihn auf der Straße getroffen. Er hat gesagt, er gehe nach Europa. Er ist im Hause von Lus Familie . . .«

»Seiner Familie, mein Lieber. Ist er nicht der Schwiegersohn des Obersten, der Mann der Tochter?«

»Er ist nicht hier aufgetaucht . . .«

»Sicherlich wird er noch erscheinen. Er ist angekommen, hat Dinge zu erledigen, Spaziergänge zu machen, Verwandte zu besuchen.«

»Verwandte? Und wir?«

»Bist du sein Verwandter, mein Lieber? Seit wann? Weil er dich Onkel genannt hat? Lehrlingsgepflogenheiten, mein Freund.«
»Und du, bist du es auch nicht?«
»Ich bin verwandt mit aller Welt und mit niemandem. Wenn ich Söhne gezeugt habe, dann habe ich sie nicht bei mir, bin ich doch bei keinem geblieben, mein Lieber. Reg dich nicht auf, wenn Tadeu Zeit findet, dann wird er herkommen. Um sich zu verabschieden.«
Lídio senkte die Augen über das Bild, Archanjos Stimme war neutral, fast gleichgültig. Wo war die innige Liebe, diese allergrößte Zuneigung?
»Wenn man vom Teufel spricht, erscheint er.« Pedro Archanjo lachte, und Lídio hob den Blick.
An der Werkstattür, in dezenter und sorgfältiger Eleganz, Strohhut, mit gepflegtem Schnurrbart, manikürten Nägeln, hohem Kragen, Gamaschen, Spazierstock mit Perlmuttknauf, ein Fürst, sagte Tadeu Canhoto: »Erst heute habe ich erfahren, was geschehen ist. Ich war schon auf dem Weg hierher, um zu hören, wie es den beiden geht. Ich beeilte mich, als man es mir erzählte. Es stimmt also? Nicht einmal die Maschinen sind noch verwendbar?«
»Aber wir haben uns sehr amüsiert«, erklärte Archanjo. »Gevatter Lídio ebenso wie ich, wir finden, es hat gelohnt.«
Tadeu trat ein, kam zu ihnen, küßte dem Paten die Hand. Lídio schloß ihn bewegt in die Arme. »Du bist ein Lord!«
»In meiner Position muß ich mich gut gekleidet zeigen.«
Pedro Archanjo betrachtete den bedeutenden Herrn, der vor ihm stand, mit den Augen der Freundschaft. Tadeu mußte etwa fünfunddreißig sein, er war vierzehn gewesen, als Dorotéia ihn zum Terreiro mitgebracht und Archanjo übergeben hatte: Er redet nur von Lesen und Rechnen, er nützt mir nichts, aber ich kann das Schicksal nicht zwingen, die Richtung des Jungen nicht ändern. Auch ich kann das Schicksal nicht zwingen, die Wege ändern, die Zeit anhalten, den Aufstieg verhindern, Gevatter Lídio, mein Lieber. Tadeu Canhoto geht seinen Weg, wird die oberste Sprosse erreichen, er hat sich für so vieles vorbereitet, und wir, mein Freund, haben ihm geholfen. Schau, Dorotéia, wie dein Junge aufsteigt, er bringt es weit.

»Ich möchte fragen, wie ich helfen kann. Ich habe eigenes Geld, ich hatte es zurückgelegt für ein Problem, das ich in Europa lösen will. Wißt ihr es schon? Ich habe von der Regierung ein Stipendium für ein Städtebauseminar in Frankreich erhalten. Lu fährt mit mir. Im ganzen werden wir ein Jahr unterwegs sein. Nach der Rückkehr soll ich die Stelle des Chefs übernehmen, der sich zur Ruhe setzt. So heißt es zumindest, es ist ziemlich sicher.«
»Du hast nicht geschrieben, wie sollten wir es wissen?« beklagte sich Lídio.
»Woher die Zeit? Ich lebe in einer Hetze, ich muß zwei Ingenieurgruppen anleiten, jeden Abend Verpflichtungen, wir sind viel unterwegs, Lu und ich. Eine Hölle . . .« Am Ton der Stimme war leicht zu erkennen, wie ihm diese Hölle gefiel. »Ich sagte, ich habe Geld, ein paar Ersparnisse. Ich dachte es für eine Behandlung zu verwenden, damit Lu eine Schwangerschaft durchhält ohne Fehlgeburt. Sie hat schon drei Kinder verloren.«
»Behalte dein Geld, Tadeu, laß Lu behandeln, wir brauchen nichts. Wir haben beschlossen, mit der Druckerei aufzuhören, viel Arbeit, wenig Gewinn, und Lídio schuftet Tag und Nacht. Für uns ist es so besser: Der Gevatter zeichnet seine Wunder, schau, was für ein herrliches Bild er malt. Ich unterrichte, wenn ich Zeit habe, ich habe mein Leben lang gelehrt, jetzt hat mich der Italiener mit einem Buch beauftragt, ich bin dabei, es zu schreiben. Wir brauchen kein Geld, du hast es nötiger, eine solche Reise ist kein Kinderspiel.«
Tadeu blieb stehen, die Stockspitze auf die schlechten Bretter des Fußbodens gestützt. Plötzlich hatten die drei kein Thema mehr, kein Gespräch. Schließlich sagte Tadeu: »Ich habe Zabelas Tod sehr bedauert. Oberst Gomes hat mir erzählt, sie habe sehr gelitten.«
»Da irrt der Oberst. Zabela hatte große Schmerzen, sie war gelähmt, sie klagte gern. Aber sie lebte bis zum letzten Tage fröhlich und zufrieden.«
»Um so besser. Jetzt muß ich gehen. Ihr könnt euch nicht vorstellen, von wie vielen Leuten wir uns noch verabschieden müssen. Lu entschuldigt sich, daß sie nicht mitgekommen ist. Wir haben uns getrennt, ich die einen, sie die anderen, nur so

schaffen wir es. Sie hat mich gebeten, ihre Grüße zu überbringen.«
Nach den Umarmungen und den Wünschen für eine gute Reise, als Tadeu durch die Tür schritt, lief Archanjo ihm nach, erreichte ihn auf der Straße. »Sag mir eines! Kommst du auf deinen Wanderungen auch nach Finnland?«
»Finnland? Bestimmt nicht. Dort habe ich nichts zu tun. Neun Monate in Frankreich, die Zeit des Lehrgangs. Dann kurze Aufenthalte in England, Italien, Deutschland, Spanien, Portugal, ›*à vol d'oiseau*‹, wie Zabela sagen würde.« Er lächelte, wollte seinen Weg fortsetzen, blieb stehen. »Finnland, warum?«
»Nur so, nichts.«
»Dann bis zum nächsten Mal.«
»Leb wohl, Tadeu Canhoto.«
Von der Tür aus sahen Archanjo und Lídio ihn den Hügel hinaufsteigen, mit festem Schritt, den Spazierstock in der Hand schwenkend, ein bedeutender Herr, gut gekleidet, Ring am Finger, umsichtig und fern, Dr. Tadeu Canhoto. Diesmal war es ein Abschied für immer. Verwirrt nahm Lídio Corró die Malerei des Wunders wieder auf.
»Er scheint nicht derselbe.«
Wofür kämpfen wir, Gevatter Lídio, mein Lieber, mein Kamerad? Warum sind wir hier, zwei Alte ohne einen Zwanziger in der Tasche? Warum wurde ich festgenommen, warum haben sie Schluß gemacht mit der Druckerei? Warum? Weil wir gesagt haben, daß alle ein Recht darauf haben sollen, zu studieren, voranzukommen. Erinnerst du dich des Professors Oswaldo Fontes, Gevatter, des Artikels in der Zeitung? Das Negervolk, das Mulattenvolk überschwemmt die Hochschule, besetzt die freien Stellen, man muß Einhalt gebieten, ein Ende setzen, dieses Unglück verhindern. Erinnerst du dich des Briefes, den wir geschrieben und an die Redaktion geschickt haben? Er wurde ein Leitartikel, und die Seiten der Zeitung waren an die Mauern des Terreiro geklebt. Tadeu ist von hier gekommen, hier hat sein Aufstieg begonnen, er ist hochgeklettert, und nun gehört er nicht mehr hierher, mein Lieber, er gehört in den Corredor da Vitória, zur Familie Gomes, er ist der Dr. Tadeu Canhoto.

In Budiãos Schule sangen die Capoeirakämpfer eine alte Weise aus der Sklavenzeit.

»In der Zeit, da ich Geld hatte,
aß ich mit einem Ioió am Tisch,
schlief ich im Bett mit einer Iaiá.
Freundchen, he,
Kamerad!«

Dr. Fraga Neto sagt, es gibt weder Weiße noch Schwarze, es gibt nur Reiche und Arme. Was willst du, Gevatter? Daß der Junge studiert und weiter hier in der Armut des Tabuão bleibt? Hat er deshalb studiert? Dr. Tadeu Canhoto, Schwiegersohn des Obersten, Erbe von Ländereien und Viehherden, Stipendium in Frankreich, Reise nach Europa, es gibt weder Weiße noch Schwarze, im Corredor da Vitória macht Geld weiß, hier macht das Elend schwarz.
Jeder mit seinem Los, mein Lieber. Die Negerjungen in dieser Straße werden sich trennen, Kamerad, jedem sein Schicksal. Einige werden Schuhe anziehen, Krawatten umbinden, Hochschuldoktoren. Andere werden hier bleiben bei Amboß und Hammer. Die Trennung von Weiß und Schwarz, mein Lieber, endet in der Vermischung, in unserer Hand ist sie schon zu Ende, Gevatter. Jetzt ist die Trennung eine andere, und wer danach kommt, der schließe die Türen.
Leb wohl, Tadeu Canhoto, auf deinem Weg nach oben. Wenn du durch Finnland kommst, suche nach Oju, dem König von Skandinavien, er ist dein Bruder, grüß ihn von mir. Sag ihm, daß es seinem Vater, Pedro Archanjo Ojuobá, sehr gut geht, daß ihm nichts fehlt.
»Dr. Tadeu Canhoto, ein berühmter und reicher Mann, Gevatter. Das Leben geht immer weiter, das Rad dreht sich nicht zurück. Laß uns ausgehen und bummeln, mein Lieber. Wo gibt es heute ein Fest, Kamerad?«

2

Tage danach, als Pedro Archanjo am späten Nachmittag aus Bonfantis Antiquariat kommt, wo er Korrekturbogen des Buches über die bahianische Kochkunst in Empfang genommen hat, findet er in der Werkstatt der Wunder Lídio Corró, den Gevatter, Freund, Bruder, Zwilling, tot über dem unvollendeten Wunder, echtes Blut ergießt sich über die Schienen.

Der Pinsel des Malers löscht die Buchstaben auf der Fassade, die Werkstatt der Wunder gibt es nicht mehr. Ein alter Mann steigt den Hügel hinunter, mit langsamem Schritt.

3

Anfangs auf Straßenbahnfahrer, Schaffner, Kontrolleure und die anderen Angestellten der Bahianer Verkehrsbetriebe beschränkt, dann auf ihre Nebenbetriebe, die Gesellschaft für Elektroenergie und das Fernsprechnetz ausgedehnt, traf der Streik Meister Pedro Archanjo, als er die Hügel von Pelourinho, Carmo, Passo, Tabuão hinauf- und hinunterstieg, die Baixa dos Sapateiros durchwanderte und Lichtrechnungen vorlegte. Durch Vermittlung Dr. Passarinhos, des Rechtsberaters des Unternehmens, hatte er den Posten erhalten. Obwohl es ermüdend war und schlecht bezahlt wurde, zog er ihn der seßhaften Arbeit des Unterrichts für Kinder vor. Während er Quittungen aushändigte, ging er von Haus zu Haus, von Werkstatt zu Werkstatt. Er plauderte, hörte eine Geschichte, erzählte eine andere, kommentierte Ereignisse, nahm einen Schluck Cachaça an. Wo die Werkstatt der Wunder gewesen war, hatte ein Türke eine Kurzwarenhandlung eröffnet.

Obwohl das Personal der Elektroenergie einige Tage gezögert hatte, sich dem Streik anzuschließen – kaum hatten Fahrer und Schaffner ihn begonnen, da verpaßte Pedro Archanjo nicht eine einzige Gewerkschaftsversammlung, Aktivität und Begeisterung waren ansteckend, und nur wenige Junge konnten mit diesem Alten in Aktion und Initiative Schritt halten. Weil er es nicht auf Anweisung, aus Verpflichtung tat, um den Auftrag einer Gruppe oder einer Parteiorganisation zu erfüllen. Er tat es, weil er es gerecht und unterhaltsam fand.

Zum erstenmal seit sechs Jahren blieb er an der Tür der Medizinischen Fakultät stehen. Die Studenten aus seiner Zeit waren längst fort, Archanjo kannte die jetzigen nicht, noch kannten sie ihn. Die Lehrkräfte jedoch hielten in ihrem Schritt inne, wenn sie den ehemaligen Pedell erkannten. Einige grüßten ihn. Pedro Archanjo wartete auf Professor Fraga Neto, er wandte sich an ihn, als er ihn mit den Studenten auftauchen sah.

»Professor ...«

»Archanjo! Wie lange ... Wollen Sie mich sprechen?« Er fragte die Studenten: »Wissen Sie, wer das ist?«

Die Jungen drehten sich nach dem armen Mulatten um, die Kleidung fadenscheinig, abgetragen, aber rein, die Schuhe im Putzglanz. Die saubere äußere Erscheinung hatte der wachsenden Armut und dem Alter widerstanden.

»Das ist der berühmte Pedro Archanjo. Er war ungefähr dreißig Jahre lang Pedell der Fakultät und ist ein großer Kenner des bahianischen Lebens und der Volksbräuche, er ist Anthropologe und hat Bücher veröffentlicht, ernsthafte Bücher. Er wurde entlassen, weil er ein Buch als Erwiderung auf eine rassistische Arbeit des Professor Nilo Argolo geschrieben hatte. Archanjo bewies mit seinem Buch, daß wir alle in Bahia Mulatten sind. Es war ein Skandal ...«

»Ich habe davon gehört. Deshalb hatte sich das Ungeheuer Argolo pensionieren lassen, nicht wahr?«

»Das stimmt. Die Studenten haben ihm die Unnachgiebigkeit nicht verziehen. Sie nannten ihn nur noch ... Wie war der Name, Archanjo?«

»Oubitikô.«

»Wieso dieser Name?«

»Das ist einer der Zunamen des Professors, einer, den er niemals benutzt hat. Ein von Bomboxê, einem Neger, geerbter Zuname, er war der Urgroßvater des Professors. Und zufällig auch meiner ...«

»›Mein Vetter, Professor Argolo ...‹«, erinnerte sich Fraga Neto. »Entschuldigen Sie mich, meine Herren, ich verabschiede

mich, ich gehe mit Archanjo, ich habe ihn lange nicht gesehen.«
Der Professor und der ehemalige Pedell setzten sich in die »Perez«-Bar, wie früher.
»Was trinken Sie?« fragte Fraga Neto.
»Einen Schluck Brandy lehne ich nicht ab. Wenn Sie auch ...«
»Nein, ich kann nicht. Keinen Alkohol, kein Bier, leider. Schwierigkeiten mit der Leber. Aber ich trinke ein Tonic-Wasser.«
Er beobachtete Archanjo verstohlen: Er war sehr heruntergekommen. Nicht nur, daß er gealtert war; er hatte auch die frühere Erhabenheit nicht mehr. Wie lange würde er sich noch bemühen, die Kleidung sauber, die Schuhe geputzt zu halten? Der Professor hatte Archanjo jahrelang nicht gesehen, seit dem Tode des Bruder Timóteo. Sie waren zusammen im Kloster gewesen, hatten bei dem toten holländischen Mönch gewacht. Bei einer anderen Gelegenheit hatte er ihn gesucht, um vielleicht ein Exemplar der *Anmerkungen* zu bekommen, er fand die Werkstatt der Wunder nicht mehr. Dort war jetzt der Basar eines Türken. Pedro Archanjo? Er hatte keine bestimmte Adresse, manchmal wurde er hier gesehen, wenn er eine Nachricht hinterlassen wollte ... Fraga Neto verzichtete darauf. An dem Tisch in der Bar stellt er fest: Der alte Archanjo war sehr heruntergekommen. »Professor, ich habe Sie aufgesucht wegen des Streiks der Verkehrsbetriebe.«
»Wegen des Streiks? Generalstreik, nicht wahr? Alles steht still, ist es nicht so? Straßenbahnen, Rolltreppen, der Lacerdaaufzug, der Xarriô, alles steht. Großartig, was?«
»Großartig, ja! Eine gerechte Sache, Professor, die Gehälter sind erbärmlich. Wenn Elektroenergie und Fernsprechnetz sich anschließen, dann ist uns der Sieg gewiß.«
»Uns? Was haben Sie damit zu tun?«
»Ach ja, Sie wissen es nicht. Ich bin Angestellter ...«
»Der Verkehrsbetriebe?«
»Der Elektroenergie, im Grunde ist es dasselbe. Es ist ein Trust, wie Sie sagen, Professor.«
»Stimmt, der imperialistische Trust.« Fraga Neto lachte.
»Nun, Professor, ich bin Mitglied einer Kommission für Solidarität mit den Streikenden. Ich bin zu Ihnen gekommen ...«
»Geld ...«

»Nein. Das heißt, Geld hilft natürlich auch, doch das ist Sache einer anderen Kommission, der für Finanzen. Wenn Sie mit Geld helfen wollen, spreche ich mit jemandem von den Finanzen, und er wird Sie aufsuchen. Was ich wollte, ist etwas anderes: Ihr Erscheinen in der Gewerkschaft. Wir sind ständig in Verhandlung, Tag und Nacht, und viele Leute bekunden ihre Solidarität, die Zeitungen veröffentlichen es, das ist wichtig. Juraprofessoren, Abgeordnete, Journalisten, Schriftsteller, viele aufrechte Leute, Studenten in großer Menge sind gekommen. Ich dachte, daß Sie mit Ihren Ideen ...«

»Mit meinen Ideen ... Sie hatten recht, an mich zu denken, ich habe meine Ideen, ich habe mich nicht gewandelt. Für die Arbeiter gibt es nichts Gerechteres als den Streik, er ist ihre Waffe. Nur daß ich nicht hingehen kann. Ich weiß nicht, ob Sie darüber im Bilde sind: Ich will mich um den Lehrstuhl bewerben ...«

»Und Professor Virajá? Ich weiß, daß er lebt, noch vor wenigen Tagen habe ich einen Bericht von ihm in der Zeitung gelesen.«

»Professor Silva Virajá hat sich pensionieren lassen, er war der Meinung, es sei nicht richtig, den Lehrstuhl weiter zu besetzen, wenn er keine Vorlesungen mehr hält und nicht beabsichtigt zurückzukommen. Ich habe alles getan, ihn daran zu hindern, es ist mir nicht gelungen. Ich habe zwei Konkurrenten, Archanjo. Einer ziemlich fähig, Professor ohne Lehrstuhl auf diesem Gebiet in Recife. Der andere ist ein großes Tier von hier, hat überall einflußreiche Beziehungen. Das wird eine unserer Schlachten sein, Meister Archanjo. Ich hoffe zu gewinnen, aber ich bin das Opfer einer schrecklichen Kampagne, sie nutzen alles gegen mich, besonders meine Ideen, jene, auf die Sie sich beziehen. Wenn ich zu Ihrer Gewerkschaft gehe, mein Lieber, dann kann ich dem Lehrstuhl Lebewohl sagen ... Verstehen Sie, Archanjo?«

Archanjo nickte. Der Professor ergänzte: »Ich bin kein Politiker. Ich habe meine Überzeugungen, aber ich bin nicht politisch tätig. Vielleicht sollte ich es sein, das wäre das richtige. Aber, mein lieber Archanjo, nicht jeder ist aus demselben Holz geschnitzt wie Sie und setzt Ämter und Titel aufs Spiel, um Ideen zu verteidigen. Verurteilen Sie mich nicht.«

»Der Titel eines Pedells . . . Sehr wenig, Professor, wenn man ihn mit dem eines Professors mit Lehrstuhl vergleicht. Jedes Ding hat seinen Preis, seinen Wert. Warum sollte ich Sie verurteilen, Professor? Ich werde den Genossen von der Finanzkommission sagen, daß sie Sie aufsuchen.«

»Abends, zu Hause, das ist besser.«

Archanjo stand auf, auch Fraga Neto erhob sich, er zog die Brieftasche, um die Zeche zu bezahlen. »Was für einen Posten haben Sie denn bei der Elektroenergie?«

»Kassenbote.«

Der Professor senkte etwas bewegt die Stimme und fragte: »Kann ich Ihnen irgendwie helfen, Archanjo? Würden Sie etwas annehmen . . .« Er zog einen Schein aus der Brieftasche.

»Beleidigen Sie mich nicht, Professor. Behalten Sie das Geld, legen Sie es zu dem, das Sie für den Streik geben. Und alles Gute für die Bewerbung. Wenn es mir nicht verboten wäre, die Fakultät zu betreten, so würde ich kommen, Ihnen Beifall zu spenden.«

Fraga Neto folgte ihm mit den Blicken: ein verteufelt unbeugsamer alter Mann. Unruhig, mit zögernden Schritten, verließ er die Bar und ging zu seinem Auto. Ein verteufelt unvernünftiger alter Mann, zu einem Kassenboten erniedrigt. Ein Wettbewerb ist ein Wettbewerb, ein Lehrstuhl ist ein Lehrstuhl. Ein junger Kandidat für eine Dozentur, frisch aus Europa, hat ein Recht darauf, verrückt zu sein und sich als Marxist zu erklären. Ein Professor der Medizinischen Fakultät, der sich um den Lehrstuhl bewirbt und zwei Konkurrenten gegenübertreten muß, der eine maßgebend, der andere von Ministern protegiert, wird nur zu einer streikenden Gewerkschaft gehen, wenn er den Wettbewerb verlieren, die Karriere abschließen will. Es ist das gleiche, als ob man den Lehrstuhl aus dem Fenster wirft, Archanjo. Der Titel eines Pedells ist eine Sache, der Titel eines Professors mit Lehrstuhl eine andere, man kann es nicht vergleichen, haben Sie selbst gesagt. Armer Pedell, Elend und Stolz. Reicher Professor mit Lehrstuhl, wo sind Stolz und Anstand? Kann nur der Pedell anständig sein, Stolz haben? Er beschleunigt den Schritt, fast läuft er dem Alten nach.

»Archanjo! Archanjo! Warten Sie!«

»Professor ...«
»Die Gewerkschaft... Wann, sagen Sie, wann soll ich hingehen?«
»Jetzt gleich, wenn Sie wollen, Professor. Kommen Sie mit mir, mein Lieber.«
Professor Fraga Neto verlor den Lehrstuhl nicht, glänzend setzte er sich in der Bewerbung durch, schlug den Fähigen und den Protegierten mit Auszeichnung. Pedro Archanjo aber verlor seine Stelle, denn dieser alte Teufel begnügte sich nicht damit, solidarische Leute zur Gewerkschaft zu bringen. Er machte sich zum Aufwiegler, redete, überzeugte, war einer von denen, die den Streik in der Gesellschaft für Elektroenergie anfachten, dem bald der Streik beim Fernsprechnetz folgte. Siegreicher Generalstreik, im Augenblick wurde niemand entlassen. Die Entlassungen begannen einen Monat später. Unter den ersten war Pedro Archanjo.
Er stieg lachend den Pelourinho hinunter. Arbeitslos. Ja, Zabela, *chômeur*.

4

Ein langes und schäbiges Verzeichnis von Anstellungen, alle von kurzer Dauer und mit niedrigstem Lohn. Arbeit für einen alten Mann war schon schwierig, und der alte Teufel hielt sich an keinen Zeitplan, brach den Dienst ab, kam zu spät, ging zu früh, erschien überhaupt nicht, hatte es bei den Gesprächen auf der Straße vergessen. Unmöglich, ihn zu behalten, trotz des allgemeinen guten Willens.
Er war Ersatzkorrektor bei einer Morgenzeitung. Bei Einbruch der Nacht erfuhr er, ob sie seine Dienste brauchten, heute fehlte der eine der Planmäßigen, morgen kam ein anderer nicht, der Alte hatte eine gewisse Praxis, war sicher in Grammatik und Ausdruck. Morgens verbreitete er bei Sarapatel und Cachaça die Nachrichten aus aller Welt und aus dem Lande unter den Freunden, Miguel, Major, Budião, Mané Lima, sie waren die ersten, die sie erfuhren. Es stand schlecht in der Welt, Verwirrung auf Verwirrung. Die Faschisten brachten Neger in Abessi-

nien um, zerstörten Sabas Thron, oh, Sabina dos Anjos, Saba, dein König wurde ins Konzentrationslager gebracht! Judenmassaker folgten, das Ariertum wurde offiziell proklamiert, der Weltkrieg näherte sich unter Trommelwirbel. In Brasilien diese Sache, der Estado Nôvo, die Lippen geschlossen, die Gefängnisse voll.

Es dauerte nicht lange, und der Alte wurde nicht nur entlassen, sein Name stand außerdem auf der schwarzen Liste der Zeitungen.

Alles deutete darauf hin, daß Pedro Archanjo absichtlich einen Vergötterungsartikel über Hitler verunstaltet hatte, von einem Großen aus der Regierung, Oberst Carvalho, unterzeichnet und vom Presse- und Propagandaamt an die Zeitungen verteilt mit dem ausdrücklichen Hinweis auf hervorstechende Plazierung bei der Veröffentlichung. Versehen und Druckfehler zogen sich durch den ganzen Artikel. Man könne noch annehmen, sagte der Chef der staatlichen Zensur wiederholt zu dem Direktor des Organs – übrigens sein Freund –, in gutem Glauben könne man noch annehmen, daß »Hitler, fern der Menschheit« anstelle von »Hitler, Stern der Menschheit« erscheint, Verwechslung eines Buchstabens, verständliche Unachtsamkeit des Setzers. Wesentlich schwieriger war es, »Töter der Menschheit«, statt »Retter der Menschheit«, wie es im Manuskript hieß, zu akzeptieren. Völlig unbegreiflich war dieses Wort »Schlappschwanz«, das zweimal neben dem Namen des Führers wiederholt wurde. Zum Glück wußte niemand in Rio, daß »Schlappschwanz« dasselbe wie »Schandknabe« bedeutete. Trotzdem waren die Befehle, die von dort kamen, schrecklich, und er selbst setzte seinen Posten aufs Spiel, wenn er Skandal und Strafe auf die Beschlagnahme der Nummer und auf Unterbrechung des Erscheinens für acht Tage, acht nützliche Tage, beschränkte, außerdem ordnete er eine rasche Untersuchung an, um die Verantwortlichen zu finden.

Die Zensoren brachten nichts ins reine, es war unmöglich, die Korrekturbogen zu entdecken, sie waren verschwunden. In erstaunlicher Übereinstimmung wußten alle von nichts, waren alle blind und stumm. Da der Alte nur gelegentlich Ersatzmann war, tauchte sein Name nicht einmal auf. Selbst der Zeitungseigentümer, wütend über Verbot und Verlust, noch wütender über die Diktatur, verschwieg den Namen des Narren, obwohl er ihn auf die schwarze Liste der Presse setzte. »Wenn er weiter Korrektur liest, wird er uns schließlich alle ins Gefängnis bringen.« – »Der alte Tropf!« sagten die Setzer. Dieses Exemplar der Zeitung, heimlich verkauft, erzielte einen guten Preis.

Wenn er als Kanzleigehilfe im Archiv des Gerichts nicht arbeite, dann sei das nicht so wichtig, wie der Schreiber Cazuza Pivide dem Major Damião de Souza erklärte. Das Schlimme sei, daß er nicht arbeite und keinen arbeiten lasse, kaum sei er da, hörten alle auf, der alte Teufel sei ein Pott voll Geschichten, eine verzwickter und bezaubernder als die andere, Seu Major. Sogar ich habe meine Arbeit liegenlassen, um zuzuhören.

Hausmeister eines Gymnasiums – das war er einen Tag lang. Die Internatsschüler schienen ihm Gefangene, von Heim und Straße fern, einer unerträglichen Disziplin unterworfen, ständig hungrig nach Essen und Freiheit. In der ersten und einzigen Nachtwache bot er den Jungen eine literarisch-musikalische Vorstellung: Gedichte und Fiedel. Sie hätten bis zum Morgenrot gesungen, wenn der eilig gerufene Direktor seine Autorität nicht eingesetzt und dieser »unbeschreiblichen Schlamperei« ein Ende bereitet hätte. Als Hotelportier verließ er bei der geringsten Einladung die Tür. Beim Einlaßdienst im »Olímpia«-Kino in der Baixa dos Sapateiros ließ er dic Gassenjungen umsonst in die Sonntagsmatinee.

Als Aufsicht beim Bau, in Sonne und Regen, plauderte er mit den Arbeitern, der Arbeitsrhythmus wurde langsamer, der Alte war nicht zum Antreiber der anderen geboren, noch weniger zum Sklavenaufseher, zum Überwacher von Arbeitern. Warum sollten sie, Maurer und Zimmerleute, Gesellen und Gehilfen sich auch abrackern, da sie schlecht bezahlt und ausgebeutet wurden, damit andere leicht zu Geld kamen? Der Alte hielt sich nie an eine Arbeitszeit, selbst die Studiendisziplin war innerlich, er kontrollierte sie nicht an den Uhrzeigern; er hatte sich niemals einem Zeitplan und dem Kalender unterworfen.

Die Kleidung abgenutzt, die Hemden fadenscheinig, die Schuhe zerschlissen. Ein einziger Anzug, drei Hemden, zwei Unterhosen, zwei Paar Strümpfe: Es war unmöglich, gut gekleidet zu sein.

Trotzdem wusch er diese wenigen Stücke noch selbst, entsetzte sich vor Schmutz, und Cardeal, seit mehr als zwanzig Jahren Schuhputzer auf dem Terreiro, bürstete ihm die Schuhe kostenlos.
»Komm, mein Vater, ein bißchen Glanz auf die Schuhe.«
Zufrieden in jeder Hinsicht. In der »Livraria Dante Alighieri« nannte er Bonfanti einen Dieb. »Wo bleibt das Geld für mein Kochbuch, Seu Calabrese?« – »Nenn mich Dieb, aber nenn mich nicht Calabrese, *io sono toscano, Dio merda!*« In Miguels Laden, in den Werkstätten am Pelourinho, in den Buden des Mercado do Ouro, des Mercado Modêlo, des Mercado de Santa Bárbara verbrachte er Vormittage und Nachmittage im Gespräch. Er aß hier und dort, ein fröhlicher Gast. Ständig an Terências Tisch, jetzt bedient von der Nichte Nair, einer Jungen von fünfundzwanzig Jahren und Mutter von sechs kleinen Kindern. Das erste – Terências Enkel, denn Nair hatte es von Vetter Damião, der nicht so dumm war, diesen familiären Leckerbissen einem kühnen Fremden zu überlassen. Die anderen fünf, jedes von einem anderen Vater, in einer Farbskala, die von hell bis schwarz reichte. Nair hatte keine Vorurteile und verlor keine Zeit.
»So etwas habe ich nie erlebt ... Sie kann keine Hosen sehen«, beklagte sich Terência, das Haar weiß, die Augen auf den Gevatter gerichtet. »Sie hat nicht deinen Stolz, Gevatter.«
»Meinen Stolz, Gevatterin? Warum sagst du das?«
Er las die Antwort in den leidvollen Augen: So viele Jahre hatte sie auf ein Wort, eine Bitte, ein Flehen gewartet. Es war nicht Stolz, Gevatterin, es war Achtung. Du hast so viel vom krummen Souza gesprochen, wütende Stimme, harrendes Herz. Ich habe dein Brot gegessen, den Jungen lesen gelehrt, ich habe das leere Bett respektiert, weil ich dachte, daß ... Der Gevatter, der so intelligent, der Gevatter, der Xangôs Augen ist, ach, Gevatter, warum hast du nicht zu sehen verstanden? Jetzt ist es zu spät, zwei Alte, da ist nichts mehr zu ändern. Ist wirklich nichts mehr zu machen, Gevatterin? Von wem ist Nairs Vorletzter, der ausgelassene Herrscher? Er ist noch keine zwei Jahre alt, und der Vater, Gevatterin, sollst du wissen, falls du es nicht weißt, ist dein dir zur Verfügung stehender Diener ...

In den Capoeiraschulen beim Diskutieren mit Budião und Valdeloir, bei Schäferspielen, am Sitz des Afoxé dos Pândegos da África, auf Terreiros, im Morgengrauen in Sete Portas, in Água dos Meninos. Von einem Gespräch zum anderen, Notizen in dem kleinen schwarzen Heft, lachen und weinen machend mit seinen Geschichten und Erzählungen, bummelnd, so verbrachte der alte Pedro Archanjo die letzten Jahre seines Lebens. So viel Rennerei, so viele Leute, so allein.

Allein seit Lídio Corrós Tod. Es dauerte lange, bevor er sich gefaßt hatte, seine ganze Energie war erforderlich, seine Leidenschaft zu leben. Bald erstand der Gevatter als Lieblingsheld in tausend Geschichten wieder auf. Alles, was der Alte gesehen und verwirklicht hatte, hatte er in Lídios Gesellschaft getan, ein gemeinsames Werk. Brüder, Zwillinge, eng verbunden. »Einmal, vor vielen Jahren, gingen Gevatter Lídio und ich zu einem Yansãfest, ein langer Weg, in der Nähe von Goméia, zu Zeiten des Polizeikommissars Pedrito, als der Knüppel auf den Rücken der Heiligenleute niederfuhr. Gevatter Lídio . . .«

Da Mutter Pulquéria ihn so arm und bedürftig sah, ihn, der ihr soviel geholfen hatte bei der Lösung von Terreiroproblemen, bot sie ihm einen bezahlten Posten an. Sie brauchte jemanden, der sich damit befaßte, die Monatsbeiträge der Mitglieder des Axé zu kassieren, Miete und Pacht für die auf den Ländereien der Pflanzung errichteten Hütten, die Wohnungen der Verwandten und Anhänger von Heiligentöchtern. Jemanden, der vertrauenswürdig genug war, die Rechnungen zu machen, sie hatte keine Zeit. Die Bezahlung war gering, nützte aber immerhin etwas, Kleingeld für die Straßenbahn. Für die Straßenbahn bezahlte er seit dem Streik nicht. Zu essen hatte er genug, an vielen Tischen, mannigfache Auswahl. Ich übernehme den Auftrag, Mutter Pulquéria, Verpflichtung Ojuobás und Gefallen eines Freundes, unter einer Bedingung: Ich tue es umsonst, ich nehme keine Bezahlung an, beleidige mich nicht, meine Mutter. Er dachte: Wenn ich noch an das Mysterium glaubte, wenn ich das Geheimnis des Rätsels nicht durchschaut hätte, dann könnte ich vielleicht, gläubig und überzeugt, Geld von dem Heiligen nehmen. Jetzt nicht, Mutter Pulquéria: Wer den Auftrag ausführt, der ist nur ein ergebener Freund. Man bezahlt den

Glaubensbruder, nicht den Freund, Freundschaft vermietet man nicht, man verkauft sie nicht, ihr Preis ist ein anderer, unterschiedlich. Das sage ich! Bis zum Ende seines Lebens beschäftigte sich Pedro Archanjo mit den Monatsgeldern der Sektenmitglieder, der Kinder von Pulquérias Terreiro, Pacht und Zinsen der Mieter und Bewohner, er erledigte die Buchführung des Axé großartig und legte noch, wenn er sie hatte, Tostãos aus seiner Tasche auf den Kürbisteller des Orixá, auf Xangôs Peji, in Exús Wohnung.
Einmal war er tagelang verschwunden, und als die Freunde es merkten, entstand große Unruhe. Man suchte überall, fand aber nichts: Wo mochte er sein? Seit er die Mansarde über dem Meer verlassen hatte, die dreißig Jahre lang seine Wohnung gewesen war, hatte er nie mehr eine bestimmte Schlafstätte, er wechselte Zimmer und Bett jeden Monat, lebte aufs Geratewohl. Schließlich entdeckte ihn Ester, die Herrin des Freudenhauses in Maciel de Cima, geachtete Matrone und seine kleine Tochter. Als junges Mädchen und Kellnerin in einem Café hatte sie das Heiligenamt ausgeübt. Die alte Majé Bassan konnte schon schlecht laufen, und Ojuobá half ihr sehr, jenes Schiff der Iaôs in den sicheren Hafen von Orunkó am Namenstag zu leiten. In der Stunde, da Ester geritzt wurde, lieh die kraftlose Majé Bassan Ojuobás Hand, gab ihm das Messer.
In einem verpesteten Schweinestall, ohne Bett, ohne Matratze, eine zerschlissene Decke, ein Fetzen, die Bücherkiste – ein solches Elend hatte Ester noch nicht gesehen –, Archanjo glühte im Fieber und sagte, es sei nichts, eine einfache Erkältung. Der Arzt stellte den Anfang einer Lungenentzündung fest, verschrieb Pillen und Spritzen und die unverzügliche Einweisung des Kranken. Ins Krankenhaus niemals, widersetzte sich Archanjo, ins Krankenhaus setze ich keinen Fuß. Ein Armer im Krankenhaus ist ein sicherer Toter. Der Arzt zuckte mit den Schultern: an irgendeinen Ort, wo ein Mensch leben kann, er darf auf keinen Fall in diesem feuchten Loch bleiben, wo sich nicht einmal Mäuse halten.
In einem Winkel des Freudenhauses hatte Ester ein Zimmerchen, das für den Burschen bestimmt war, der den Kunden Bier, Wermut und Kognak servierte, die Ordnung hütete und die

Mädchen beschützte. So unterschiedliche und verantwortungsvolle Funktionen gehörten zu Mario Formigãos Aufgabenbereich. Ein kräftiger blonder Mulatte und vorbildlicher Familienvater, er wohnte bei Frau und Kindern. Das Zimmerchen war leer. Ein Hurenhaus war kein Ort für Vater Ojuobá, aber eine andere Möglichkeit sah Ester nicht, wenn der alte Starrkopf nichts vom Krankenhaus wissen wollte.

In diesem Zimmer in Esters Freudenhaus, einer schmalen Kammer, lebte er die letzte Zeit seines Lebens glücklich. Von Anstellung zu Anstellung – es waren keine Posten mehr: Trinkgelder, Nebenverdienste –, ohne Feierlichkeiten wurde er siebzig Jahre alt; bevor er einundsiebzig wurde, brach der Krieg aus, und das war sein einziges Amt, er füllte ihm Tage, Stunden und Minuten aus.

In allen Winkeln der Stadt, von den Freudenhäusern bis zu den Märkten, von den Plätzen zu den Läden, von den Werkstätten zu den Terreiros, in Häusern und Straßen diskutierte er und erregte sich. Alles, was er dachte und tat, stand auf dem Spiel, war in Gefahr, in tödlicher Gefahr.

Er war Soldat und General, er, der eingefleischte Zivilist. Als Taktiker und Stratege entwarf und entwickelte er Schlachten. Als alle mutlos wurden und sich geschlagen gaben, übernahm er das Kommando über ein Heer von Mulatten, Juden, Negern, Arabern, Chinesen und zog aus, den nazistischen Horden entgegenzutreten. Vorwärts, mein Lieber, den entfesselten Tod, diesen Schuft, zu besiegen.

5

Der Alte begleitete den Zug vom Ausgangspunkt in Campo Grande bis zur Praça da Sé, wo die eindrucksvolle Kundgebung zum vierten Jahrestag des Ausbruchs des Zweiten Weltkrieges eine riesige Versammlung wurde. Um den langen Marsch zu überstehen, fütterte er die an den Sohlen durchlöcherten Schuhe mit Papierfetzen aus, schon versuchte er nicht mehr, die Flecken auf der Jacke, die Risse in der Hose zu verbergen.

Die antifaschistischen Kräfte hatten Tausende von Demonstranten vereint, eine Zeitung sprach von fünfundzwanzigtausend Menschen, eine andere von dreißigtausend. Studenten, Intellektuelle, Arbeiter, Staatsbeamte, Leute aus dem Volk aus allen sozialen Schichten. Beim Licht der mit verbotenem brasilianischen Erdöl brennenden Fackeln – dessen Existenz offiziell geleugnet wurde, viele waren das Opfer eines Prozesses geworden und hatten Gefängnisstrafen abgesessen, weil sie es bestätigt hatten –, in riesiger und langsamer Prozession, bewegte sich die Menge und wiederholte Losungen, rief Zustimmung und Ablehnung.

Die Fahnen der Alliierten, Transparente und Spruchbänder, große Bilder der Führer im Krieg gegen den Faschismus. Am Anfang des Zuges auf den Schultern der Direktionsmitglieder der Medizinischen Front das Bild Franklin Delano Roosevelts. Der Alte erkannte Professor Fraga Neto, der die Stangen dieser Art Traggerüst hielt, den Kopf erhoben, streitlustiger Spitzbart, roter Schnurrbart. Er war einer der ersten gewesen, der mit den polizeilichen Verboten gebrochen und öffentlich die Entsendung brasilianischer Truppen auf die Schlachtfelder gefordert hatte.

Dann folgten die Bilder von Churchill, Stalin, de Gaulle, Vargas. Zwei herausragende Forderungen bestimmten die Demonstration. Die erste betraf die unverzügliche Bildung eines Expeditionskorps, das fähig wäre, der Kriegserklärung Brasiliens an die Achsenmächte den rein symbolischen Charakter zu nehmen und in wirkliche Teilnahme zu verwandeln. Die andere bezog sich auf Maßnahmen zur Förderung und Nutzung des brasilianischen Erdöls, das unbestritten im Recôncavo entdeckt worden war. Man hörte auch die ersten Aufrufe zur Amnestie für politische Gefangene. Was die Freiheit betraf, so war das Volk dabei, sie in der Praxis, in Demonstrationen und Versammlungen, zu erobern.

Der zerlumpte und langsame Alte ließ sich keine Kundgebung entgehen, er bevorzugte bestimmte Redner, er war imstande, die politische Färbung jedes einzelnen zu erkennen, obwohl jetzt alle in einer einzigen Front für den Sieg im Kriege standen.

Vor der Polytechnischen Schule in São Pedro machte der Zug

kurz halt, und von einem Fenster im ersten Stock aus klagte eine laute Stimme die Verbrechen des rassistischen und totalitären Nazismus an und pries die Soldaten der Demokratie und des Sozialismus. Jedes Wort forderte Beifall heraus. Mühsam stieg der Alte auf eine Bank, um den Redner besser sehen zu können, es war einer von denen, die er bevorzugte, Fernando de Sant'Ana, Student der Ingenieurschule und unbestrittener Führer seiner Kommilitonen, volle Stimme, glatte Sätze, hager und braun, von derselben Farbe wie Tadeu. Vor vielen Jahren, im Ersten Weltkrieg, hatte der Alte den Studenten Tadeu Canhoto von ebendiesem Fenster Brasiliens Teilnahme am Kampf gegen den deutschen Militarismus fordern hören. Dieser erste große Krieg hatte ihn nicht so sehr betroffen, obwohl er Speichel und Argumente zugunsten Frankreichs und Englands verschwendet hatte. Allerdings bewegten ihn Tadeus Reden, seine faszinierende Intelligenz, sein genauer Ausdruck, sein klares Denkvermögen. Wenige Tage zuvor hatte er in der Zeitung unter Lobesworten über das »Talent des hervorragenden bahianischen Städtebauers« die Nachricht von der Ernennung des Ingenieurs Tadeu Canhoto zum Sekretär der Öffentlichen Arbeiten des Bundesdistrikts gelesen. Die Gomes waren nach Rio de Janeiro gezogen, um bei der Pflege der endlich geborenen Enkel zu helfen. Lus Behandlung in Frankreich oder die Gelübde Dona Emílias an den Herrn vom guten Ende in Bahia?

Jetzt ist es anders: Der Alte nimmt gierig jedes Wort des jungen Studenten auf, ein feuriger Mischling, der den Rassismus anklagt, ungestüme Jugend, die die Zukunft ahnt. Er steigt von der Bank herunter: In diesem Krieg ist er ein Veteran; in dem langjährigen Kampf, in seinen Schützengräben hat er sein Leben verbraucht.

Wieder hielt der Zug auf der Praça Castro Alves an, und die Menge überflutete Barroquinha, Montanha, einen Teil der Ladeira de São Bento. Von hier aus sah der Alte mit dem schwerfälligen Schritt auf halber Höhe des Hügels den Major am Sockel des Poetendenkmals, den Finger warnend erhoben. Der Alte konnte nur den Beifall hören, die Worte des Redners gelangten nicht bis zu ihm. Das war auch nicht nötig, denn er kannte sie alle, die Ausdrücke und die Sätze, die hochtrabenden

Adjektive, die Ausrufe, oh, Volk, Volk von Bahia! In der ganzen Stadt verbreitet, Gerechtigkeit der Armen, Hoffnung der Gefangenen, Vorsehung der Bedürftigen, Wissen der Analphabeten, Anwalt des Volkes, sein Junge Damião, am Fuße der kleinen Stufe der Statue. Schon etwas lebhaft um diese Zeit, eine gute Menge Cachaça im Bauch, klar und brillant, niemals war es jemandem gelungen, ihn betrunken zu überraschen. Jeder der anderen Redner war ein Vertreter dieser oder jener Organisation, Front, Gewerkschaft, Schicht, Vereinigung, verfolgten oder illegalen Partei. Nur der Major sprach im Auftrag des Volkes. Fast in gleicher Höhe mit der Straße, auf der kleinen Stufe der Statue.

In einem gewaltigen Bogen stieg die Demonstration die Rua Chile hinauf, vom Erker des Palácio winkte der kommissarisch eingesetzte Gouverneur der Menge zu. Von der Präfektur aus richtete Professor Luís Rogério das Wort an die Massen: Wir werden siegen! Der Alte erinnerte sich seiner als jungen Medizinstudenten bei dem lustigen symbolischen Begräbnis des rassistischen Professors, auf dem Terreiro in der Kundgebung gegen die Entlassung des Pedells.

Auf der Praça da Sé, auf bunter, fahnengeschmückter Tribüne die Abschlußkundgebung. Der Alte mengte sich in das Gedränge, bat um Durchlaß, und wo man ihn zufällig erkannte, dort gab man ihm den Weg frei. Es gelang ihm, sich dem Rednerpult zu nähern. Ein junger, großer und schöner Mischling sprach mit Baßstimme im Namen der antifaschistischen Medizinischen Front, sein Name war Dr. Divaldo Miranda, er hatte kurz zuvor das Studium abgeschlossen, der Alte kannte ihn nicht, doch da rief der Junge an jenem 1. September 1943 vergessene Ereignisse wach, grub Schatten und Phantome aus. Er bezog sich auf die Studie für eine Gesetzesvorlage eines gewissen Professors der Medizinischen Fakultät, Nilo Argolo de Araújo, wonach die brasilianischen Mischlinge in unwirtlichen Gegenden des Landes isoliert und jene, die Klima und Krankheiten überlebten, nach Afrika deportiert werden sollten. Der Vorschlag hatte keine Folgen, rief Lachen und Empörung hervor. Als Hitler die Macht in Deutschland ergriff und den Beginn des rassistischen Jahrtausends ankündigte, lebte der

Professor noch und hieß ihn in einem wirren Artikel willkommen als »der von Gott Gesandte«. Von Gott gesandt, um Neger und Juden, Araber und Mischlinge, das schmutzige Mulattenvolk auszurotten, um den geplanten Rassenmord in ein Gesetz zu verwandeln.

Während der Alte auf der Praça den schönen und ungestümen Jungen bewunderte, erinnerte er sich eines Dialoges, der älter war als fünfunddreißig Jahre. Er hatte eben sein erstes Buch veröffentlicht, und Professor Argolo hatte ihn auf dem Gang der Hochschule angesprochen. »Es handelt sich um ein Krebsgeschwür«, hatte der Universitätslehrer gesagt und sich dabei auf die Rassenmischung bezogen, »man muß es ausrotten. Die Chirurgie scheint eine grausame Art, Medizin auszuüben, in Wirklichkeit ist sie heilsam und unerläßlich.« Archanjo, ein offenherziger junger Mann, ebenso wie der Junge auf der Tribüne, hatte sich das Lachen verbissen und gefragt: »Dadurch, daß man uns alle tötet, einen nach dem andern, Professor?« Gelbes fanatisches Leuchten hatte sich in den Augen des Professors entzündet. Er hatte das erbarmungslose, unerbittliche Urteil gesprochen: »Alle beseitigen, eine Welt nur von Ariern, von höheren Wesen, nur die für schmutzige Arbeiten unerläßlichen Sklaven behalten.« Ein Genius, ein Führer, ein von Gott Gesandter würde die erstaunliche Idee in die Hände nehmen, ein unbesiegbarer Kriegsherr, der die höchste Mission erfüllte: die Welt von Juden, Arabern und Gelben zu reinigen, »dieses afrikanische Gesindel, das uns besudelt«, aus Brasilien wegzufegen.

Alles, was der Professor gefordert und vorgesehen hatte, war Wirklichkeit geworden. Alles, was der Alte verkündet und verteidigt hatte, war in Gefahr. Thesen und Ideen wieder einander gegenübergestellt. Nicht mehr in einer geistigen Schlacht, jetzt mit Waffen in der Hand. Das Blut floß, die Legionen der Soldaten packten den Tod.

Wenn Hitler siegte, Hitler oder ein anderer Rassenfanatiker, konnte er dann mit ihnen allen Schluß machen, in Tod oder Sklaverei? Der Professor bejahte es, rief nach dem Führer, der fähig war, es zu tun, aus den Nebeln Deutschlands antwortete Hitler: Hier! Wenn er siegte, könnte er dann dem Volk ein Ende

setzen in Toten und Sklaven? Der Alte suchte eine Antwort in den Äußerungen der Redner.
Giocondo Dias, ein Revolutionär, der sich in der Aktion bewährt hatte, grüßte die Kämpfer der freien Welt im Namen der brasilianischen Arbeiter und sprach das Wort Amnestie aus, von der Menge in ständigem Geschrei wiederholt, das erst aufhören würde, wenn sich die Gefängnistüren öffneten, am Vorabend des Sieges. Nestor Duarte, Professor der Rechte, Schriftsteller, griff mit heiserer Stimme und glühenden Worten die Schranken der Freiheit an, Produkte der Diktatur, er forderte Demokratie, »in Verteidigung der Demokratie ergreifen die Soldaten die Waffen gegen den Nazismus«. Professor Tzalie Jucht, leidenschaftliches und duldsames Gesicht, in der Stimme den Schmerz der Gettos und der Pogrome, verkörperte die Juden. Edgard Mata, volkstümlich, beliebt, schwungvoller Redner, schloß die Versammlung mit schwülstiger Voraussage: »Hitler, Geißel des Satans, Bestie der Apokalypse, wird im Kot der Niederlage kriechen!«
Die Menge applaudierte, Rufe, Beifall, Begeisterung und Eile. Die ungeheure Masse bewegte sich, verdichtete sich, begann, die Praça zu räumen. Der Alte wurde angestoßen und suchte einen Ausgang, da war er mit seiner unbeantworteten Frage: Könnte wirklich jemand ihnen allen ein Ende bereiten? Hitler oder ein anderer, heute oder morgen? Fast zerdrückt, nutzte er den Weg, den sich ein Seemann bahnte, entwischte, atmete schwer.
Er begann seinen Marsch in Richtung des Terreiro de Jesus, da fühlte er einen jähen Schmerz. Es war nicht das erstemal. Er versuchte, sich an der Wand des Palácio Episcopal zu stützen, erreichte sie aber nicht. Er würde fallen, das Mädchen eilte auf ihn zu und stützte ihn. Der Alte faßte sich, das Herz beruhigte sich wieder, der Schmerz ließ nach, nun war er wie ein feiner Dolchstich, fern.
»Danke.«
»Was haben Sie? Sagen Sie es, ich bin Medizinstudentin. Soll ich Sie in ein Krankenhaus bringen?«
Er hatte einen Abscheu gegen Krankenhäuser, ein Armer in einem Krankenhaus ist eine Bestellung für den Sarg. Es war nichts, mir fehlte nur Luft in dem Gedränge, ich hatte das Gefühl zu ersticken. Nichts Ernstes, vielen Dank.

Die verbrauchten Augen betrachteten das braune Mädchen, das ihn stützte. Eine ihm bekannte Schönheit, vertraut, familiär. Ach, das konnte nur Rosas Enkelin sein! Sanftmut, Koketterie, Sehnsucht, Verführung, außergewöhnliche Schönheit – er erkannte sie.
»Sind Sie Rosas Enkelin? Miminhas Tochter?« Seine Stimme klang unendlich müde, aber froh.
»Wieso wissen Sie das?«
So ähnlich und so verschieden, wieviel Blut hat sich gemischt, um sie so vollkommen zu erschaffen? Langes seidiges Haar, zarte Haut, blaue Augen und das undurchdringliche Mysterium des schlanken, üppigen Körpers.
»Ich war ein Freund Ihrer Großmutter. Ich war bei der Hochzeit Ihrer Mutter anwesend. Wie heißen Sie?«
»Ich bin Rosa, wie sie. Rosa Alcântara Lavigne.«
»Sie studieren Medizin?«
»Im dritten Jahr.«
»Ich dachte, ich würde niemals wieder eine so schöne Frau wie Ihre Großmutter sehen. Rosa Alcântara Lavigne ...« Er schaute dem Mädchen in die offenen, neugierigen blauen Augen, Erbe der Lavignes. Oder der Alcântaras? Blaue Augen, braune Haut.
»Rosa de Oxalá Alcântara Lavigne ...«
»De Oxalá? Von wem ist der Name?«
»Von Ihrer Großmutter.«
»Rosa de Oxalá ... Sehr schön, ich glaube, ich werde ihn annehmen.«
Eine Studentengruppe rief: »Rosa! Rosa! Wir gehen, Rosa!«
»Ich komme schon«, antwortete Rosa, die Enkelin Rosas, so ähnlich, so verschieden.
Die Versammlung zerstreute sich, das Volk füllte die Straßenbahnen, die Nacht sank auf die Pfeiler der ausgelöschten Lampen, der Alte lächelte, müde und froh. Das Mädchen spürte verwirrt, daß dieser schwerfällige, vielleicht kranke Greis in schmutziger Jacke, geflickten Hosen, durchlöcherten Schuhen und mit gebrochenem Herzen ihr nahestand, ein Verwandter, wer weiß? Über die Familie der Großmutter hatte sie nie etwas Genaues erfahren, eine verlorene Spur, verschwiegenes Mysterium, die Familie de Oxalá.

»Leb wohl, meine Tochter. Es war, als hätte ich Rosa wiedergesehen.«
In einer Anwandlung, von einer fremden Macht oder einem Gefühl getrieben, nahm das Mädchen die arme dunkle Hand und küßte sie. Dann lief sie der lustigen Gruppe ihrer Kommilitonen nach, singend zogen sie die dunkle Straße entlang.
Langsam überquerte der Alte den Terreiro de Jesus in Richtung des Maciel de Cima, es war Essenszeit in Esters Freudenhaus. Könnte jemand, so mächtig er auch als Heerführer sein mochte, dem ganzen Volk in Tod und Sklaverei ein Ende setzen, Schluß machen mit Rosa und ihrer Enkelin, mit der Vollkommenheit?
»Den Segen, mein Vater«, bat das Freudenmädchen, fast noch ein Kind, auf der Suche nach dem ersten Kunden dieser Nacht.
Die Dunkelheit hüllte den Alten ein, schwerfälliger Schritt, schweres Problem, wer würde ihm den Schlüssel des Rätsels geben?

6

Den Nachrichten, den Kriegsberichten nach »sind diese Russen Prachtkerle«. Maluf servierte einen Tropfen, sie kommentierten die Demonstration und die Versammlung, den Wert der unbezwungenen Engländer, die amerikanische Epopöe auf den verlorenen Inseln Asiens, die sowjetischen Heldentaten. Ataulfo, ein Pessimist, hielt den Sieg nicht für sicher und gewiß. Weit davon entfernt. Hitler hatte noch einiges im Jackenärmel verborgen, geheime Waffen, die geeignet waren, die Welt zu vernichten.
Die Welt vernichten? Wenn Hitler den Krieg gewänne, würde er dann alle, die keine reinen Weißen, keine ausgewiesenen Arier waren, töten oder versklaven können? Schluß machen mit Leben und Freiheit, wir alle ohne Ausnahme, tot oder Sklaven, was noch schlimmer wäre?
Die Diskussion fing Feuer – er kann, er kann nicht, warum kann er nicht? Und ob er kann!
Der Schlosser widersprach: »Nicht einmal Gott, der das Volk geschaffen hat, kann alle auf einmal töten, er tötet einen nach dem andern, und je mehr er tötet, desto mehr Menschen

werden geboren und wachsen heran und müssen geboren werden, heranwachsen und sich mischen, einen Hurensohn wird keiner verhindern!«
Als er mit der riesigen Hand, größer als die Manuel de Praxedes' oder Zé Alma Grandes, auf die Theke schlug, stieß er das Glas um, und fort war die restliche Cachaça. Der Türke Maluf, ein guter und solidarischer Kerl, brachte noch eine Runde.
Der alte Pedro Archanjo wiederholte, was er endlich als Antwort gefunden hatte: »... müssen geboren werden, aufwachsen und sich vermischen, niemand kann es verhindern. Du hast recht, Kamerad, das ist es, niemand wird uns vernichten können, niemals. Niemand, mein Lieber.«
Es war schon spät, er hatte noch immer das lähmende Gefühl im Arm, den Schmerz, der auf der Lauer lag. Fröhlich verabschiedete er sich: »Bis morgen, meine Lieben, das Leben ist der Mühe wert, wenn man Freunde, einen Schluck Cachaça und eine so sichere Gewißheit hat. Ich gehe, wer später geht, der schließe die Tür.«
In der Dunkelheit des Hügels legte Pedro Archanjo schwerfällig mit letzter Kraft den Weg zurück, tappte vorwärts. Der Schmerz zerriß ihn. Er stützte sich an die Hauswand, rollte auf den Boden. Ach, Rosa de Oxalá!

Vom Ruhm des Vaterlandes

Der vortreffliche Dr. Zèzinho Pinto hatte richtig vorausgesehen, treffend gewählt: Der Festsaal des Historischen und Geographischen Institutes von Bahia, klein und eindrucksvoll, war besetzt. Als der Dekan der Medizinischen Fakultät eine so auserlesene Versammlung sah, sagte er zu Seiner Exzellenz dem Gouverneur: »Fiele zu dieser Stunde eine Bombe auf das Gebäude des Instituts, so verlöre Bahia auf einen Schlag den besten Teil seiner Intelligenz, sein Kapital und seine Reserven.«
Um den hundertsten Geburtstag Pedro Archanjos zu feiern, hatten sich hier wirklich die würdigsten Personen, die Großen des Landes zusammengefunden. Einstimmig in der Erfüllung einer der angenehmsten bürgerlichen Pflichten: erwiesenen Ruhm des Vaterlandes zu ehren.

Als der Direktor des Instituts die große Session eröffnete und den Gouverneur um den Vorsitz bat, da versagte er sich nicht das Vergnügen, in einer kleinen und eleganten Ansprache eine für Heuchler und Überhebliche bestimmte Spitze anzubringen: »Wir vereinen uns hier, das großartige Hundertjahrfest dessen zu feiern, der uns die vollständigen Namen unserer Vorfahren lehrte.« Trotz seines vorgeschrittenen Alters und seines bedeutenden historischen Werkes war Direktor Magalhães Neto ein Freund guter Epigramme und faßte sie in bester bahianischer Tradition ab.

Nachdem der Gouverneur den Vorsitz übernommen hatte, erteilte er Dr. Zèzinho Pinto, dem Herausgeber des *Jornal da Cidade* und Schirmherrn der Feier, das Wort. »Als das *Jornal da Cidade* diese umfassenden Ehrungen vorbereitete, verwirklichte es einen der wichtigsten Punkte seines Programms: die Namen hervorragender Männer, deren Beispiel den Weg der neuen Generationen erleuchtet, zu ehren und zu verbreiten. Von den Fanfaren des *Jornal da Cidade* gerufen, begleicht Bahia,

endlich auf schneller Fahrt auf den Schienen des Fortschritts und der Industrialisierung, die Dankbarkeitsschuld gegenüber Pedro Archanjo, der dem Vaterland Ruhm gebracht hat und ihm Devisen des internationalen Erfolges einträgt.«
Dann folgte Professor Calazans – zufrieden, lebend und in Freiheit das Ziel des Marathonlaufs erreicht zu haben – und las die Übersetzung des von dem großen James D. Levenson an den Ehrenausschuß gerichteten Briefes. Der Nobelpreisträger lobte nicht nur die Initiative, sondern legte auch Rechenschaft ab über den mit den Übersetzungen der Bücher erzielten Erfolg, nicht nur in den Vereinigten Staaten – in der ganzen zivilisierten Welt. »Die Verbreitung von Pedro Archanjos Werk bewirkt, daß der originelle und bemerkenswerte brasilianische Beitrag zur Lösung des Rassenproblems, ein früher unbekannter hoher Ausdruck des Humanismus, heute Gegenstand des Interesses und des leidenschaftlichen Studiums in den verschiedensten und angesehensten Wissenschaftszentren ist.«
Dr. Benito Mariz feierte im Namen der Gesellschaft schreibender Ärzte in Pedro Archanjo vor allem den Stilisten einer vervollkommneten Sprache, »schön und gesund«, der »im Umgang mit den Meistern der Medizin lernte, Wissenschaft und schöne Literatur zu handhaben«. Der Dekan der Medizinischen Fakultät bestand auf einer bekannten These: »Pedro Archanjo gehört zur Medizinischen Fakultät, er ist das Erbe der Großen Schule, hier arbeitete und schrieb er, die Fakultät gewährte ihm entsprechende Umgebung und Bedingungen.«
Im Namen der Philosophischen Fakultät sprach niemand, denn Professor Azevêdo, noch verstimmt wegen des Seminarverbots über Rassenmischung und Apartheid, war der Einladung nicht gefolgt: Seine Ehrung Archanjos war das Buch, das bereits im Druck war. Er erklärte Calazans die Gründe: »Die sind imstande, meine Rede vorher zu verlangen, um sie zu zensieren.«
»Wer?« fragte die Sekretärin des Studienzentrums, Edelweiss Vieira, den Feinheiten der Sprache immer fern, unerläßlich in Zeiten wirren politischen Lebens und unleugbaren Eingreifens in die Kultur. »Wer greift ein?« – »Bitte, Dona Edelweiss, fragen Sie nichts mehr, Sie haben das Wort, treten Sie ans Rednerpult.«

Auf der Tribüne dankte Edelweiss Vieira dem »Vater der bahianischen Folklorestudien« mit einer rührenden Passage für den ungeheuren Reichtum, der in seinen Büchern vor dem Vergessen bewahrt und vor der Preisgabe gerettet wurde. Weiße Mulattin mit rundlichem Gesicht und sanften Worten, bescheidenem Lächeln, eine sympathische Person; am Schluß wandte sie sich dankbar und liebevoll an den Verstorbenen und bat: »Den Segen, Vater Archanjo.« Indem die Folkloristin auf von ihm urbar gemachtem Boden forschte, indem sie auf Pfaden und Wegen wandelte, die der Autor des *Lebens des Volkes in Bahia* erschlossen hatte, schien sie mitten in all der Förmlichkeit, all diesem redseligen und leeren Geschwätz eine ehrerbietige Terreirotochter, die vor dem kleinen Vater niederkniet. In diesem Augenblick zeichnete sich im Raum deutlich die Gestalt Archanjos ab. Nur einen kurzen Augenblick, denn dann hatte das berühmte Akademiemitglied Batista das Wort, der Hauptredner des Abends, da Professor Ramos aus Rio de Janeiro nicht gekommen war, aus Gründen, die den von Professor Azevêdo angeführten ähnlich waren. »Jungfräuliche Zimperlichkeit«, kommentierte Dr. Zèzinho. Als einer alten Hure in der Politik kam es ihm zu, alles zu schlucken.
Bis dahin waren alle Ansprachen ziemlich kurz gewesen, keine hatte länger als eine halbe Stunde gedauert, alle Redner hatten sich den Erwägungen des Generalsekretärs Calazans gefügt: »Eine halbe Stunde für jeden ergeben drei Stunden Rhetorik, das ist das Höchste, was das Publikum ertragen kann.« Als jedoch unser bekannter Batista die Tribüne betrat, prägte Niedergeschlagenheit die Zuhörer, und daß es keine allgemeine Flucht gab, lag nur an der Rücksichtnahme auf das *Jornal da Cidade,* auf Dr. Zèzinho, auf die Anwesenheit des Gouverneurs und, um die ganze Wahrheit zu sagen, auf ein gewisses Angstgefühl. Professor Batista war in der gegenwärtigen Situation ein einflußreicher Mann, verantwortlich, wie man meinte, für viele Denunziationen und einige Prozesse gegen subversive Elemente. Unter solchen Bedingungen war kein Platz für Hoffnung. Er durfte übertreiben, soviel er wollte, sich nach Herzenslust seitenlang austoben.
Ein Teil der gewaltigen Rede war vor längerer Zeit geschrieben

worden, als Levenson sich in Bahia aufhielt. Sie widmete sich dem Ehrendiner, das der überspannte Nobelpreisträger abgelehnt hatte, weil er sich mehr für das volkstümliche Leben und die Reize Ana Mercedes' als für den Umgang mit hervorragenden Persönlichkeiten interessierte. Dieser alten Einleitung hatte der ausführliche Batista Kapitel hinzugefügt, die sich auf Archanjo und Probleme von allgemeinem und unmittelbarem Interesse bezogen. So verfaßte er ein »meisterhaftes Dokument von Gelehrsamkeit und Patriotismus«, wie es der Redakteur des *Jornal da Cidade* bezeichnete. Meisterhaft und endlos.

Auch ein bißchen streitsüchtig. Am Anfang des Vortrags polemisierte Batista gegen James D. Levenson, indem er bewies, daß Wissenschaft und Kultur keine Privilegien des Gringo waren: Wenn er selbst, der Redner, die Verdienste des Nordamerikaners auch anerkannte, so fürchtete er doch den Vergleich nicht. Er zollte vor allem Levensons Titeln, seinem Lehrstuhl, seinem Ruf und seiner höchsten Lobes würdigen Nationalität Beifall. Er kritisierte seine ständige wissenschaftliche Ketzerei, die mangelnde Ehrerbietung gegenüber ausgewiesenen Namen, die Leichtfertigkeit, mit der er Tabus zerstörte und große Männer als »gefährliche Scharlatane« behandelte. Dann polemisierte er gegen Archanjo. Seiner Meinung nach hätte der an diesem Abend Geehrte, Gegenstand freigebigen Beifalls der Anwesenden, niemals die Grenzen der Folkloreforschungen überschreiten dürfen. »Wenn auch mit dem Makel zahlreicher Unvollkommenheiten behaftet, stellen sie einen aussichtsreichen Versuch dar und verdienen, in der Praxis der Gelehrten akzeptiert zu werden.« Als er jedoch an der Ernte großer Gelehrter vom Ausmaß eines Nilo Argolo und Oswaldo Fontes habe mitwirken wollen, »schrieb er ungereimtes Zeug ohne die mindeste Basis eines festen Fundamentes«. Er führte das Thema Pedro Archanjo nicht weit. Den größten Teil seiner Rede füllte er mit dem Lob der »echten Tradition, der einzigen tatsächlich verehrungswürdigen: die der christlichen brasilianischen Familie«. Professor Batista hatte kurz zuvor den Vorsitz in der verdienstvollen »Vereinigung zur Verteidigung der Tradition, der Familie und des Eigentums« übernommen, er fühlte sich verantwortlich für die nationale Sicherheit. Mit wachem Spitzelauge bemerkte er überall Feinde des Vaterlandes und des Regimes. Selbst einige Leute in der Landesregierung waren ihm des geheimen Einverständnisses mit Subversiven verdächtig, und es heißt, er habe einige angezeigt – bitte, fragen Sie nicht, welche, und auch nicht, bei wem, Dona Edelweiss.

Alles geht einmal zu Ende, auch der bedrohliche Batista kam mit seinem Vortrag gegen halb zwölf Uhr nachts zum Schluß, der Saal in drückendem Schweigen, allgemeines Unbehagen. Nach dem, was man gesehen und gehört hatte, würde der Redner, wenn Archanjo hier erschiene, wahrscheinlich die Soldaten rufen.

Mit einem Seufzer der Erleichterung wollte der Gouverneur die Sitzung schließen. »Da es niemanden mehr gibt, der das Wort ergreifen will . . .«

»Ich bitte ums Wort!«

Es war Major Damião de Souza. Zu spät, wie immer, die Augen blutunterlaufen, denn zu dieser Nachtstunde hatte er schon einen guten Teil des Alkohols von Bahia aufgenommen, war er im Saal erschienen, als das lästige Geschwätz des siegreichen Batista begann. Er war in Begleitung einer schlecht gekleideten, hochschwangeren Mulattin, die sich in so glückhafter Umgebung wenig wohl fühlte. Der Major hatte dem Dichter und Soziologen Pena befohlen: »Poet! Tritt diesen Stuhl der Armen ab, die ein Kind erwartet und nicht stehen kann.«

Fausto Pena stand auf, und mit ihm erhob sich solidarisch und gerührt eine zarte Literatin, ein neuer Stern in der Spalte »Junge Poesie«, des Dichters letzte Schöpfung.

»Setz dich, meine Tochter«, sagte der Major zu der Mulattin.

Er selbst ließ sich auf dem anderen freien Stuhl nieder, starrte den Redner an und schlief unverzüglich ein. Er erwachte mit dem Beifall, zeitig genug, ums Wort zu bitten.

Am Rednerpult wandte er sich nach einem schwermütigen Blick auf das Wasserglas – »Wann werden sie den Rednern endlich Bier anbieten?« – an die Autoritäten dieses »Buketts von Talenten«, das sich hier versammelt hatte, um Pedro Archanjo zu feiern, den Meister des Volkes und des Majors selbst, den er die ersten Buchstaben gelehrt hatte, den Gebildeten, der dank eigener Anstrengung ein Großer geworden war, exponierter

Name Bahias, der mit Ruy Barbosa und Castro Alves die »höchste Dreifaltigkeit des Geistes« bilde. Nach Batistas grimmigem, mit Untertönen und Drohungen durchsetztem Diskurs machten die hochtrabenden, barocken und sehr bahianischen Worte des Majors die Luft wieder erträglich und ernteten den fröhlichen Beifall des Auditoriums. Der Major breitete dramatisch die Arme aus. »Sehr gut, meine Damen, meine Herren! Alle diese Ehrungen, die man Meister Archanjo im Laufe des Monats Dezember zuteil werden ließ und die die hervorragendste Intelligenz von Bahia zusammenführten, alles ganz richtig und wunderbar, aber ...«

»Wenn jemand ein Streichholz vor seinem Munde anzündet, geht er in Flammen auf ...«, flüsterte der Institutsdirektor dem Gouverneur zu, doch er sagte es mit ungeheurer Sympathie, tausendmal lieber die rauhe Stimme und den Cachaçaatem des Majors Damião de Souza als die gebieterische Stimme und den unheilvollen Blick des enthaltsamen Batista.

Mit ausgebreiteten Armen und schluchzender Stimme kam der Major zum Schlußwort: »So viele Feste, so viele Reden, so viel Lob für Archanjo, der das und noch viel mehr verdiente – doch da ist die Kehrseite der Medaille! Die Familie, die Nachkommen Archanjos, seine Verwandten, die gehen allmählich zugrunde, vegetieren im größten Elend, in Hunger und Kälte dahin. Hier, meine gütigen Damen, meine erlauchten Herren, in diesem großartigen Festsaal selbst, leidet eine nahe Verwandte Archanjos, Mutter von sieben Kindern, das achte kurz vor der Geburt, Witwe, die noch den Tod des heißgeliebten Gatten beweint, die Arzt, Krankenhaus, Medikamente, Geld für die Nahrung der Kinder braucht ... Hier in diesem Saale, wo so viele Lobesworte auf Pedro Archanjo zu hören waren, hier ...« Er zeigte auf die Mulattin auf dem Stuhl. »Steh auf, meine Tochter, stell dich hin, damit alle sehen, in welchem Zustand ein Nachkomme, eine nahe Verwandte des unsterblichen Pedro Archanjo, des Ruhmes von Bahia und Brasilien, des Ruhmes des Vaterlandes ist!«

Sie erhob sich mit gesenktem Kopf, wußte nicht, wohin mit den Händen und mit den Blicken, den hohen Bauch vorgestreckt, die Schuhe ausgetreten, das Kleid fadenscheinig, niedrigste Armut.

Einige richteten sich in den Stühlen auf, um besser sehen zu können.
»Meine Damen und meine Herren, anstelle von Adjektiven und Lobreden bitte ich Sie jetzt um einen Obolus für diese arme Frau, in deren Adern Archanjos Blut fließt!«
Er sagte es und stieg von der Tribüne, den Hut in der Hand. Am Präsidiumstisch beginnend, sammelte er von den Anwesenden der Reihe nach Geld ein. Als er am Ende des Saales angelangt war, erklärte der Gouverneur die Sitzung für beendet, »in großmütiger christlicher Ausübung der Nächstenliebe«, und der Major übergab der gequälten Nutznießerin die Scheine von unterschiedlichem Wert, diese ganze Menge Geld. Als der Hut leer war, nahm er Arno Melo am Arm und schlug ihm vor: »Komm, Schwarzer, bezahl mir ein Bier, ich habe einen trockenen Mund, und ich bin blank.«
Sie gingen in die Bar »Bizarria«. Die beiden und Ana Mercedes. Ana Mercedes an Arnos Arm, endlich im Hafen der Beförderung und Werbung vor Anker gegangen. Eindrucksvolle Enthüllung von Kontakten, es gab keinen Kunden, der imstande wäre, ihren Argumenten zu widerstehen. Auf der Straße bat Arno den Major: »Lassen Sie mich sie küssen, drei Stunden habe ich den Geschmack ihres Mundes nicht gekostet und so viel Albernheit gehört, ich bin begierig, und ich kann sterben, wenn ich es nicht tue.« – »Gern, mein Lieber, erleichtern Sie sich, aber beeilen Sie sich, vergessen Sie nicht, daß das Bierchen wartet. Dann zeige ich Ihnen, wenn Sie wollen, ein ganz verschwiegenes Freudenhaus aus Archanjos Zeit.«
Während sich der Saal leerte, näherte sich Professor Fraga Neto – mit weißem Bart, ein noch immer schlanker und diskutierfreudiger Greis – der armen nahen Verwandten Pedro Archanjos. »Ich war ein Freund Archanjos, meine Tochter, aber ich wußte nicht, daß er Familie hatte, daß er Nachkommen hinterlassen hat. Wessen Tochter sind Sie, wie ist Ihr Verwandtschaftsgrad?«
Die Mulattin umkrampfte noch verblüfft die gewöhnliche Börse, in die sie die Scheine gesteckt hatte – nie hatte sie so viel Geld auf einmal gesehen –, und starrte den neugierigen Alten an. »Mein Herr, ich weiß nichts von alledem. Diesen sogenannten Archanjo kenne ich nicht, ich weiß nicht, wer er ist, ich habe

heute zum ersten Male von ihm gehört. Doch das andere stimmt: die Not, die kleinen Kinder, zwar nicht sieben, aber vier, ja, Senhor, mein Mann ist nicht gestorben, aber weggelaufen und hat mich ohne einen Tostão zurückgelassen ... Ich wußte mir nicht zu helfen und bin wegen einer Unterstützung zu dem Major gegangen. Ich habe ihn in der Bar ›Triunfo‹ gesehen, er sagte mir, er habe kein Geld, aber ich solle mitkommen an einen Ort, wo er Hilfe für mich finden würde. Er hat mich hierhergebracht ...« Sie lächelte, und dann ging sie zur Tür hinaus; trotz der Schwangerschaft schwenkte sie die Hüften in wiegendem Gang, wie der verstorbene Archanjo.

Auch Professor Fraga Neto lächelte und wiegte den Kopf. Von der ersten Idee Zèzinho Pintos bis zu den letzten Worten der Rede von Batista »Tradition und Eigentum« – gefährlicher Bursche! – war alles bei dieser Gedenkfeier Farce und Schwindel, eine Kette von Unsinn gewesen, vielleicht war diese List des Majors, die schwangere Mulattin ohne Nahrung in Not und Unglück, falsche Verwandte, wirkliche Verwandte, jemand von Archanjo, aus dem Universum Archanjos, die einzige Wahrheit. Er wiederholte aus dem Gedächtnis: »Die Erfindungsgabe des Volkes ist die einzige Wahrheit, keiner Macht wird es je gelingen, sie zu leugnen oder zu bestechen.«

»Vom geheimnisvollen und wirklichen Gebiet«

Im Karneval 1969 führte die Sambaschule Filhos do Tororó das Thema »Pedro Archanjo in vier Bildern« durch die Straßen, sie hatte großen Erfolg damit und erhielt mehrere Preise. Zum Klang der Sambaweise von Waldir Lima, der fünf vortreffliche Konkurrenten aus den Reihen der Komponisten ausgestochen hatte, zog die Schule durch die Stadt und sang:

»Ergreifender Schriftsteller,
aufsehenerregender Realist.
Er begeisterte die Welt.
Oh, genialer Pedro Archanjo,
sein Leben in vier Bildern
zeigen wir in diesem Karneval.«

Endlich konnte Ana Mercedes Rosa de Oxalá darstellen, und sie blieb ihr nichts schuldig an Verführungskunst und Koketterie. Zügelloses Hinterteil, freie Brüste unter der Bluse aus Batist und Spitzen, lüsterner Blick, der um Bett und strammen Riemen bittet – denn diese Mulattin, ach, war nicht für irgendeinen Pipimatz da –, so brachte sie die Praça und das Volk um den Verstand.

Wer träumte nicht von den langen Schenkeln, dem flachen Bauch, dem verlockenden Nabel? Betrunkene und Masken warfen sich vor ihre Tanzfüße.

Ana Mercedes trat zwischen den bedeutendsten Gafieiraanführern auf, und jeder von ihnen stellte eine Figur des Themas dar: Lídio Corró, Budião, Valdeloir, Manuel de Praxedes, Aussá und Paco Muñoz. Auf dem allegorischen Wagen der Afoxé der Kinder Bahias, der Botschafter, der Tänzer, Zumbi und Domingos Jorge Velho, die Neger von den Palmares, die Soldaten des Kaiserreiches, der Beginn des Kampfes. Sie schlugen sich im Gesang:

»Vom geheimnisvollen und wirklichen Gebiet,
Größe nationaler Intelligenz,
gewann er aus Wesen und Dingen
spontane Begeisterung.«

Kirsi aus Schnee und Weizen, als Morgenstern verkleidet, dem Schäferspiel voran, so hell und weiß, eine hübsche Blondine aus Skandinavien. Dutzende und aber Dutzende Frauen, ein großer Teil des weiblichen Flügels, dem Schönheiten, Stars, Fürstinnen und Hausfrauen von höchstem Rang angehörten, alle in sinnlichen Posen in einem riesigen Bett, das allein einen der allegorischen Wagen beanspruchte, vielleicht den mit der größten Anziehungskraft. Vor ihm auf der Bühne zeigte der Zeremonienmeister ein Schild mit dem Titel dieses Bildes, das so viele Frauen in einem gemeinsamen und grenzenlosen Bett vereinte: Pedro Archanjos süße Pflicht. Da waren sie alle: Mätressen, Gevatterinnen, Freudenmädchen, Verheiratete, Jungfrauen, Negerinnen, Weiße, Mulattinnen, Sabina dos Anjos, Rosenda, Rosália, Risoleta, die nachdenkliche Terência, Quelé, Dedé, jede zu ihrer Zeit. Aus dem Bett traten sie halbnackt in die Sambarunde.

»Ruhm, Ruhm
des brasilianischen Mulatten,
des Zeitgenossen.
Ruhm, Ruhm.«

Bei Atabaques, Agogôs, Rasseln und Klappern der Candomblé der Zauberer, Iaôs und Orixás. Procópio ergreift die Peitsche im unheilvollen Balé der Geheimpolizisten, Ogun, ein riesiger Neger, hoch wie ein Stockwerk, jagt den Kommissar Pedrito Gordo durch die Straßen, so daß er sich vor Angst in die Hosen macht. Der unbesiegbare Tanz geht weiter.

Die Capoeirakämpfer tauschen unmögliche Schläge aus, Mané Lima und die Dicke tanzen Maxixe und Tango. Die Alte mit aufgespanntem Sonnenschirm, Rüschenrock und Cancanrhythmus ist die Gräfin Isabel Tereza Gonçalves Martins de Araújo e Pinho, für die Freunde Zabela, Prinzessin des Recôncavo, Pariser Modedame.

Mit Teufelshörnern, in Flammen aus rotem Papier gehüllt, kündigt Dorotéia das Ende des Zuges an, sie entschwindet in Schwefeldämpfen.

»Preisen wir nun den erworbenen Ruhm
in seinen großen Feldzügen,
in dieser Welt meines Gottes.
Und alles, was wir auf den Straßen zeigen,
sind Geschichten des Lebens,
in seinen Büchern erzählt.«

Capoeirakämpfer, Heiligentöchter, Iaôs, Schäferinnen, Orixás, der Heiligedreikönigszug und der Afoxé, Vortänzer und Schöne singen, tanzen und öffnen die Reihen. Meister Pedro Archanjo Ojuobá bittet um Durchlaß.

»Ruhm Ruhm
Ruhm Ruhm.«

Pedro Archanjo kommt tanzend, er ist nicht nur einer, sondern mehrere, zahlreich, vielfach, alter Mann, Vierzigjähriger, Junger, Grünschnabel, Wanderer, Tänzer, guter Erzähler, tüchtiger Trinker, Rebell, Aufrührer, Streikender, Raufbold, Bratschen- und Fiedelspieler, Verliebter, zärtlicher Geliebter, Zuchthengst, Schriftsteller, Gelehrter, Zauberer.
Lauter Arme, Mulatten und Zivilisten.

Vila Moreira, im brüderlichen Hause von Nair und Genaro de Carvalho, Bahia, März bis Juli 1969.

Worterklärungen

Abacaxí	eßbares Fruchtfleisch einer ananasähnlichen Pflanze
Abará	Klöße aus Bohnen mit Piment und Palmöl, in Bananenblätter gewickelt
Abebé	Kultgegenstand
Acaçá	Brei aus Reis und Maismehl
Acarajé	Gericht aus gekochten, in Palmöl gebackenen Bohnen
Adê	Kultgegenstand
Afoxé	Karnevalsgruppe
Agbé	Kultgegenstand
Aluá	Erfrischungsgetränk
Amalá	eine Speise
Arraia	Fischsorte
Arroba	Gewichtseinheit (15 oder 20 Kilogramm)
Atabaque	Trommel
Axé	Grundstein der Erde
Axexê	Kultvorschrift
Babalorixá	Priester des fetischistischen Negerkults
Baixa	Senke
Baticum	Begriff aus dem Negerkult
Batucada	Tanz und Lied der brasilianischen Neger
Batuque	Tanz mit Instrumentalbegleitung, meist Schlaginstrumenten
Berimbau	Musikinstrument
Bicho	ein Glücksspiel
Briosa	Bezeichnung der früheren Bürgerwehr (kasernierte Polizeitruppe)
Cachaça	Schnaps
Candomblé	jedes größere Jahresfest des afrobrasilianischen Negerkults

Capoeira	dem Ringkampf ähnliches Spiel
Carurú	Blattgemüse mit Krabben, Fisch, Palmöl, Piment
Cocada	Speise aus Kokosfleisch
Conquém	Opferspeise
Cruzeiro	brasilianische Münze
Deká	Kultauftrag
Ebiri	Kultgegenstand
Ebó	Opfergabe oder Zaubermittel
Efó	Gericht aus Krabben und Kräutern
Egun	guter Schutzgeist
Ékédé	Kultdiener
Eruexin	Kultgegenstand
Erukerê	Kultgegenstand
Euá	Gottheit des Negerkults
Exú	Geister der Unterwelt
Fazenda	Landgut, Pflanzung
Fazendeiro	Farmer, Pflanzer
Feijoada	Gericht aus Bohnen mit Speck, Dörrfleisch, Schinken und verschiedenen Gemüsesorten
Fode-Mansinho	Leisetreter
Gafieira	Tanzfest
Ganzá	Musikinstrument
Iaiá	Mädchen (besonders in der Zeit der Sklaverei gebräuchliche Anrede)
Iakekerê	Kultsänger
Iaô	Dienerin des Negerkults, Heiligentochter
Igreja	Kirche
Inhame	Jamswurzel mit eßbaren Knollen
Ioiô	Herr (besonders in der Zeit der Sklaverei gebräuchliche Anrede)
Itá	Kultgegenstand
Iyá	Gottheit des Negerkults
Ladeira	Berghang, Halde, abschüssige Straße
Macumba	Zeremonie des Negerkults
Mãe	Mutter
Malê	brasilianischer Muselmane afrikanischer Herkunft

Mastruço	Heilpflanze
Maxixe	brasilianischer Tanz
Moqueca	gekochter Fisch mit Kokos, Pfeffer und Dendê-Öl
Obá	Gestalt des Negerkults
Ogã	Gestalt des Negerkults
Ogun	Gottheit des Negerkults
Omolu	Blatterngott
Orixá	Gottheit des Nagê- oder Yeruba-Kults
Ossain	Gottheit des Negerkults
Oxalá	höchste Gottheit des Negerkults
Oxolufan	Gestalt des Negerkults
Oxossi	Gott der Jäger
Oxum	Wassergottheit
Oxumarê	zwittrige Gottheit des Negerkults
Padê	Kulttanz
Pândegos	etwa: fröhliche Müßiggänger
Pântano	Sumpf
Paxorô	Waffe Oxalás
Pé-de-Moleque	Süßigkeit aus Zuckermasse und zerstoßenen Erdnüssen
Peji	Heiligtum der Candomblégottheiten
poverello	armer Teufel
Praça	Platz
Recôncavo	großes fruchtbares Gebiet im brasilianischen Bundesstaat Bahia
Salvador	Bahia
Sarapatel	Gericht aus Innereien von Schwein oder Hammel
Schistosomum	Pärchenegel (Blutschmarotzer)
Sertão	das trockene Landesinnere, der Busch
Seu	Herr
Sinhá	Frau
Sirimoqueca	Krabbenragout
Terreiro	Gelände, Kultplatz
Tostão	Münze, entspricht dem deutschen Groschen
Xangô	eine der mächtigsten Gottheiten des Negerkults

Xaréu	ein Fisch
Xaxará	Kultgegenstand
Xerê	Kultgegenstand
Yalorixá	Gottheit des Negerkults
Yansã	sudanesische Göttin der Winde und des Sturms, eine der Gemahlinnen von Xangô, wird auch Oia und Oxum genannt
Yemanjá	Meeresgöttin

Inhalt